약속 한번 깼었지

꿀이흐르는 장편소설

I

동아

약속 한번 깼었지 I

초판 1쇄 인쇄일 | 2021년 6월 15일
초판 1쇄 발행일 | 2021년 6월 22일

지은이 | 꿀이흐르는
펴낸이 | 박성면
펴낸곳 | (주)동아

출판등록 | 제406-39601002510020070000071호
주소 | 경기도 파주시 문발로 115, 세종대학교출판부 206호
전화 | (031)8071-5201
팩스 | (031)8071-5204
E-mail | bear6370@hanmail.net

정가 | 12,800원

ISBN 979-11-6302-497-2 (04810)
       979-11-6302-496-5 (set)

ZERO NOVEL

약속 한번
깼었지

꿀이흐르는 장편소설

I

동아

목 차

프롤로그

황태자가 자살했다.

폐위제(廢位祭). 갈기갈기 찢긴 황태자의 예복이 제단 위 불꽃으로 타올랐다.

"시체도 없죠."

"건질 수가 없으니까요."

귀족들이 수군댔다.

사흘 전, 황태자가 호수에 몸을 던졌다. 유서도 없었다. 하지만 모두 쉬쉬하면서도 알고 있었다. 황태자가 치정에 휩쓸려 스스로 목숨을 끊었다는 사실을.

덕분에 분위기는 굉장히 어수선했다. 나라에서 세 번째로 귀했던 이를 폐위하는 자리라고는 믿기 힘들 정도였다.

기사가 속삭였다.

"저 여자, 저하를 바라보는데요."

차가운 황금색 눈동자가 움직였다. 맞은편에 앉은 귀족들이 보였다. 적잖은 눈들이 아닌 척 이쪽을 흘긋대다가 사라졌다. 장갑으로 가린 입들과 모자 아래서 주고받는 눈빛들. 그 사이로 보이는…….

'저' 여자.

모를 리가 없었다. 계속 찾던 얼굴이었으니까.

오로라가 연상되는 연보라색 눈동자. 일견 다정해 보이지만 묘하게 날이
선 눈빛이었다. 얼핏 양립할 수 없어 보이는 분위기였지만, 이 장소와 잘
어울리는 편이기도 했다. 황태자의 자리가 비워졌음을 선포하는 이곳은 꼭
우울한 연회장 같았으니까.

"여전히 뻔뻔하네요, 콘클 공작은. 아니, 저 여자가 뻔뻔한 걸까요?"

기사의 목소리에는 복잡한 분노가 묻어났지만, 듣는 그는 무표정했다. 얼음
파편처럼 차가운 눈동자도 그저 무던하기만 했다.

정작 그 자신이 당사자임에도 불구하고.

에제트 아스페르크 키르헨.

이 제국의 8황자이자 북쪽 수문석의 수호자.

그는 신분이며 명성이 높은 것과 함께 묘한 외모로도 눈에 띄는 남자였다.
소년미를 채 벗지 못해 싱그러운 한편, 눈빛만은 서늘하다. 그 점이 뭇 여성
들의 마음을 자극했다. 노예 경매장에 데려가 세우고 싶은 분위기라고 해야
할까.

반듯한 자세며 단단한 손, 완전히 무르익기 직전의 젊고 탄탄한 근육은
황족의 정복과 어우러져 은근한 상상이 들게끔 만들었다.

"램드."

일직선으로 다물렸던 에제트의 입매가 천천히 움직였다.

"혼약 건 때문에 그러나?"

램드라고 불린 기사는 공손하게 대답했다.

"예, 저하. 이제는 혼약이라고 부르기도 어렵습니다만……."

"혼약이 아니면?"

"파혼이죠. 파혼이라고 불러야 하지 않겠습니까."

온순한 태도와는 달리 기사의 속은 부글부글 끓고 있었다. 비단 그뿐만이

아니라, 북문석 영지의 모든 기사들이 비슷할 터였다. 지금이라도 에제트에게 허락만 받는다면, 콘클 공작의 멱살을 잡아 올리고 싶었으니까.

콘클 공작이 저 여자를 이곳까지 데리고 온 이유, 너무 명확하질 않은가.

또 저 여자를 에제트에게 팔아먹으려고.

또 한 번 인형 놀이나 하려고.

"너무 염치가 없지 않습니까? 저하가 죽은 게 틀림없다며, 당장 혼약을 파기하자고 사람을 보낼 땐 언제고……."

그때만 생각하면 기사는 아직도 뒤통수가 얼얼했다.

지금으로부터 2년 전.

북쪽 수문석과 가장 가까운 곳에 위치한 수문석인 서북문석, 그곳에 상급 마물들이 대거 출몰하는 초비상 사태가 터졌다. 황실 기사단까지 긴급히 출병했지만 서북문석 영지는 아예 함몰되었다.

수문석이란 대지 아래 마물을 봉인한 8개의 거대한 보석을 일컫는다.

수문석 밑은 당연히도 마물의 천국이었다. 다시 말해 수문석 영지가 함몰되었다는 건 시체도 건지지 못한다는 소리였다. 실제로 천 년이 넘는 동안 단 한 명도 살아서 돌아오질 못했고.

문제는 당시 서북문석 토벌에 에제트도 가 있었다는 사실.

그때 북문석 영지에는 저 여자도 혼약자로 머무르고 있었다. 혼란스러운 와중에 그나마 윗사람은 저 여자뿐이었는데.

'말도 마십시오. 황자 저하가 서북문석 영지에서 실종되셨다는 급보가 도착하자마자, 콘클 공작가에서 사람을 보냈습니다. 그러더니.'

북문석 성의 집사가 전해 준 말.

"저 여자는 바로 전령을 따라 콘클 공작가로 돌아가 버렸다고 했습니다. 뒤도 돌아보지 않고요."

정말 제멋대로인 여자였다.

애초에 혼약을 결정할 때부터 그랬다.

에제트의 의사 따위는 조금도 고려되지 않은 혼약. 어쩌면 저 여자의 의사도 마찬가지였을지도 모른다. 그런데도 콘클 공작가가 대단한 권세가였기 때문에 혼약은 일사천리로 진행되었다.

"물론 지금은 상황이 전혀 달라졌지만요, 저하."

돌연 목숨을 끊은 황태자. 덕분에 차기 황관의 행방은 이제 알 수 없게 되었다.

게다가 에제트는 무려 2년 만에 서북문석 아래의 지옥에서 살아 돌아왔다. 몇십 년이 넘는 동안 대륙의 게이트를 파괴하던 흡혈 마물 스켈루스의 사체와 함께.

이 사건 하나로 에제트의 위치는 완전히 뒤바뀌었다. 돌멩이 같던 황족에서 금강석을 품은 금덩이로 수직 상승한 셈이다. 상황만 두고 보자면, 계리에 밝은 콘클 공작의 행동도 당연한 것으로 포장되었다.

"램드. 디아린 영애를 이리로 모시도록."

"예?"

그 이상의 말을 에제트는 꺼내지 않았다. 기사는 마뜩잖다는 눈빛으로 여전히 이쪽을 바라보던 연갈색 머리의 귀족 영애를 향해 다가갔다.

"저하. 콘클이스터 영애님을 모셔 왔습니다."

램드의 말에 에제트는 자리에서 일어났다. 황족이 앉는 자리는 다른 귀족들과 거리가 있었다. 의자가 촘촘히 붙어 있지 않아서, 개인적인 공간도 꽤 확보되었다. 시선까지는 막을 수 없지만 목소리가 잘 흘러 나가지 않을 터.

에제트가 먼저 입을 열었다.

"디아린 영애."

격조했다는 등의 인사치레는 없었다. 그저 차갑고 딱딱한 호명. 디아린 역시 비슷한 얼굴로 에제트를 응시했다.

"많이 자라셨네요. 에제트 저하."

얼핏 놀리는 것처럼 들릴 수도 있지만, 디아린은 진심이었다. 그녀는 여전히 그의 얼굴을 볼 수 없었지만, 키가 훌쩍 자란 정도는 보였으니까.

원래 에제트는 그녀보다 눈높이가 조금 높은 정도였는데, 이제는 고개를 들어 올려야 했다. 그 점이 그녀는 신기했다. 스물두 살이 된 디아린은 별로 달라진 게 없는데.

소년들은 원래 이렇게 금방 자라나.

"안 그래도 드릴 말씀이 있었어요. 잠깐 괜찮으실까요."

물끄러미 디아린을 응시하던 에제트가 수락했다. 그에게 가까이 다가선 그녀가 입을 열었다.

"과거의 제가 아둔했어요. 몸이 좋지 않아 콘클 영지로 요양 차 떠났는데 이제야 건강이 회복되었답니다. 공작님께 듣고 보니 제가 그간 건강상의 연유로 북부에 연통 한 번 넣지 못한 게 기억이 나서요."

그걸 지금 변명이라고?

옆에서 듣던 불곰 같은 기사의 얼굴이 시퍼렇게 변했다.

"그러니까, 저하."

둘의 대화를 엿듣고 싶어 하는 귀족들이 많았다. 디아린은 최대한 자연스러워 보이게 몸을 에제트 쪽으로 기울였다.

"혼약을 파기해 드릴게요."

기사는 순간 '예?' 하고 되물을 뻔했다. 뜬금없는 말을 들은 건 마찬가지건만, 에제트만이 묘한 눈빛이었다. 디아린은 온 신경을 바짝 곤두세운 덕에, 그 미묘한 눈빛을 어렴풋하게나마 알아챌 수 있었다. 에제트는 디아린에게서 한 번도 눈길을 떼지 않았다.

그가 물었다.

"콘클 공작의 뜻입니까?"

디아린만큼이나 나지막한 목소리였다. 바로 옆에 선 기사를 제외한 누구도 대화를 엿듣지 못했다.

"설마요. 공작님이 저하를 놓치려고 하겠어요? 할 수만 있다면 저하를 밧줄로 칭칭 동여매고 싶을 텐데요."

"그러면요?"

곧 부서질 얼음 결정처럼 몹시도 자그마한 목소리로, 디아린이 말했다.

"내 뜻이야."

"……."

에제트의 표정이 기이하게 변하는 것을 램드는 똑똑히 보았다.

일부러 작게 말한 건 거기까지인 듯, 디아린은 목소리를 평소처럼 키웠다.

"아. 북문석 성의 추가 무기고 열쇠요? 그 열쇠라면 콘클 공작님이 보관하고 계시죠, 저하. 돌아가서 한번 공작님께 돌려 달라 말씀을 드려 보겠습니다."

밑도 끝도 없이 갑자기 '무기고 열쇠 이야기'로 화제가 돌아갔지만, 에제트는 충분히 알아들었을 것이다. 디아린은 그렇게 믿었다. 옆에 있는 램드조차 알아들은 양 황망한 표정을 짓고 있는데.

"나머진 다음에 이야기할까요, 저하. 일주일을 어떻게 기다려야 할지 모르겠어요."

디아린이 드레스 자락을 가볍게 잡아 들어 올렸다.

"그럼. 그간 평안하시길."

가벼운 작별 인사.

또각또각, 구두 소리가 점차 멀어졌다.

에제트가 죽는 그 순간까지도 잊지 못할 바로 그 뒷모습의 시작이었다.

chapter 1

디아린은 멀어지기 전, 주변을 한번 둘러보았다.

방금 전까지 그녀의 뒷모습을 보던 수많은 시선들이 물 흐르듯 흩어진다. 우아하고 부유한 귀족들도, 황궁의 잘 차려입은 사용인들도. 그 의미 없는 얼굴들은 하나하나 보였다. 아무 의미가 없는데도 전부 보인다.

디아린에게 보이지 않는 것은 오직 아키르 황족의 얼굴뿐이다.

공평한 피.

디아린 콘클이스터를 부르는 말 중 하나였다.

천룡절에 태어난 아기들 중 무작위로 발현되는 혈통─'공평한 피'가 발현된 이는 아키르 황족의 얼굴을 보지 못했다.

가장 고귀한 이들을 보지 못하는 눈.

마물의 핵인 '요석'을 만질 수 있는 손.

아키르 제국의 황실에서는 한 대에서, 반드시 한 명의 황족만큼은 '공평한 피'와 결혼시켰다. 상징적인 의미를 가지며 대대로 내려오는 전통이었다.

물론 당연하게도, 유력한 황족이 공평한 피를 배우자로 맞는 경우는 없었다. 의례를 지키는 것은 그런 용도로 키워진 한미한 황족이다. 그렇기에 디아린을 혼약자로 맞을 황족 역시 원래는 황후의 견제를 받는, 밀려난 황자여야 했다.

아름답지만, 모두가 잊은 상징물처럼.

조용히 그 자리를 지키다 죽어 사라지는…….

'하지만 지금은 상황이 전혀 다르게 되었고요.'

그러니까 원래는 그랬어야 한다는 얘기다.

아키르 제국의 8황자, 에제트 아스페르크 키르헨.

명목상으로는 아직 디아린의 혼약자인 그는 기사인 램드, 그리고 영지 소속 마법사 한 명과 함께 장장 2년 만에 구사일생으로 수문석 지하에서 살아 돌아왔다.

흔히들 수문석 지하는 인간이 살아 돌아올 수 없는 지옥. 그야말로 마물의 천국이라 한다. 살아 돌아온 에제트는 마물의 시체를 끌고 나와 그 말을 증명했다.

에제트가 끌고 온 거대한 흡혈 대마물—스켈루스는 대륙의 게이트 80% 이상을 파괴시킨 재앙.

그 대마물의 사체를 끌고 온 황자, 에제트 아스페르크가 단숨에 대륙 최고의 기사 자리를 획득한 것은 당연한 일이었다.

'예전에는 에제트의 혼약자라고 해도 그냥 그랬는데 말이야.'

에제트의 위상이 얼마나 달라졌냐면, 지금 디아린 앞에서 그녀를 무시무시하게 노려보고 있는 이 남자만 봐도 알 수 있었다.

"앙겔로 백작님."

"분명 내 딸에게 혼약자 자리를 양보하라고 했을 텐데. 디아린 콘클이스터 양."

나이 지긋한 앙겔로 백작은 탐욕과 분노로 가득 찬 얼굴이었다. 먹잇감 앞에서 침을 뚝뚝 흘리는 더러운 식충이 같았다. 황궁의 마차 대기소에서 기다리다가, 지나가던 디아린을 마차 안으로 끌어들여 협박하는 것만 봐도 알 만했다.

'직접 여기까지 나온 걸 보니까.'

귀족의 품위는 어디다 갖다 팔아 처먹었는지. 어지간히 몸이 달아 있는 모양이다. 솥뚜껑 같은 손이 디아린의 손목을 난폭하게 잡고 있었다.

"내 딸은 황후 폐하의 총애를 받는 아주 고상한 레이디지. 너 따위 몰락한 방계 계집과는 비교도 할 수 없어. 좋게 말할 때 물러나지 않는다면……."

"네. 물러날게요."

디아린은 순순히 대답했다.

"……뭐? 물러나겠다고?"

"네. 오늘 돌아가서 콘클 성으로 내려가겠습니다. 저도 얼굴도 보이지 않는 혼약자는 싫어서요."

물론 거짓말이다. 하지만 이깟 거짓말, 필요하다면 디아린은 백 번도 더 할 수 있었다. 괜히 둘만 있는 곳에서 화를 북돋을 위험을 감수할 필욘 없었다. 일단 마차에서 나가는 게 우선이었다.

"말귀는 잘 알아듣는군. 주제도 잘 알고."

"감사합니다."

고분고분한 대답에 앙겔로 백작은 디아린의 손목을 놔주었다. 그 틈에 재빨리 나가려는 그녀를 앙겔로 백작이 다시 붙잡았다.

"생각해 보니 넌 믿어도 콘클 공작을 믿을 수 없겠군. 더러운 악당 놈이니까. 이 반반한 얼굴에 문제를 좀 만들어야 나도 안심할 수 있겠지?"

킬킬 웃은 앙겔로 백작은 디아린의 뺨을 세게 때리려다가.

"컥!"

……하고 비명을 내질렀다. 디아린이 구둣발로 자신의 고간을 걷어찼기 때문이다. 하마터면 마차 바닥을 뒹굴 뻔한 그였으나, 겨우 고통을 다잡고 넘어지지 않았다.

앙겔로 백작이 벌게진 얼굴로 소리를 질렀다.

"이 미천한 방계 계집이!"

그대로 디아린을 붙잡아 후려치려는 그 순간.

벌컥.

마차 문이 열렸다. 볕이 들어와 마차 내부를 비춘다. 말 그대로 정지한 앙겔로 백작이 끼긱 뒤를 돌아보았다. 소름이 끼칠 만큼 차가운 황금색 눈동자가 그곳에 있었다.

에제트 아스페르크 키르헨.

앙겔로 백작이 제 딸을 혼약자로 들이밀며 욕심 낸 그 황자가.

마차 안 상황을 본 에제트의 이마가 구겨졌다.

"지금 뭐 하는 거지?"

"8, 8황자 저하……."

"제정신인가?"

아들뻘인 황자가 하대하는데도 앙겔로 백작은 정신을 차릴 수도, 반발할 수도 없었다.

"그, 그것이……. 커헉!"

앙겔로 백작은 끝까지 말을 잇지도 못했다. 그대로 뒷덜미를 잡혀 끌려 나갔기 때문이다. 제법 육중한 체구인데도 질질 끌고 나가는 악력은 상상 이상이었다. 사람이 바닥에 철퍼덕 나뒹구는 커다란 소리 같은 게 들리더니, 앙겔로 백작의 비명이 연신 이어졌다. 경비대가 우르르 오는 소리도 들렸다.

잠시 후.

"디아린 영애."

돌아온 에제트가 디아린에게 손을 내밀었다. 디아린은 에제트의 손을 잡았다. 그녀의 손이 원체 차갑게 식어 있어서인지 보통일 에제트의 체온이 따뜻하게까지 느껴졌다.

'어떻게 온 걸까? 사람들이 에제트를 혼자 놔둘 리가 없는데?'

"저, 감사합니다. 저하."

그 말에 에제트는 디아린을 흘긋 돌아보았다.

디아린에게, 에제트의 얼굴은 여전히 아무것도 보이지 않는다. 물안개가 낀 듯 불분명한 선. 오직 눈동자만이 흐릿하게 떠올라 있다.

"디아린."

'……지금 에제트가 내 이름만 부른 건가? 왜?'

"당신은."

에제트는 연보랏빛 눈동자를 응시했다. 적당히 두려 하는 거리감. 아무것도 모르는 게 분명한 그 눈빛.

"제 얼굴을 빤히 보시는 건 여전하군요."

"아. 죄송합니다, 저하."

디아린이 서둘러 눈길을 피했다. '공평한 혈통'이 종종 저지르는 실수였다. 황족의 얼굴을 전혀 보지 못하니, 마치 구경하듯 멍하니 응시해 버리는 것이다. 디아린을 물끄러미 보던 에제트의 눈동자도 제자리를 찾았다.

그가 입을 열었다.

"갑자기 영지를 떠나셨었다고 들었습니다."

"아, 네."

"그렇게까지 갑자기 가실 필요가 있으셨습니까."

"그……. 갑자기 많이 몸이 안 좋아져서요."

사실 말이 안 되는 변명이긴 했다. 북문석 영지는 제국에서도 손에 꼽히게 넓었다. 비록 겨울에는 대단한 폭설이 내리는 최북단이긴 했지만, 정통성 있는 귀족들이 거주하는 만큼 결코 낙후된 지역은 아니었다. 의원 하나 찾지 못할 곳은 아니라는 얘기다.

"북문석이 싫으셨던 겁니까, 정략혼이 싫으셨던 겁니까."

"네?"

"둘 다입니까?"

뜻밖의 질문에 디아린은 당황했다. 가면을 잔뜩 쓰고 왔던 이 황궁 폐위제에서, 디아린은 드물게 진심을 이야기했다.

"둘 다 아니에요."

에제트는 물끄러미 디아린을 보았다. 그가 무슨 표정으로 그녀를 보는지 디아린은 알 수 없었다. 하지만 믿든, 안 믿든. 이게 사실이니까.

디아린으로선 지금 더 이상 할 수 있는 말이 없었다.

"이유가 있었겠지요."

"……."

에제트가 꺼낸 말에, 디아린은 약하게 입을 벌렸다가 다물었다. 마음이 순간 술렁거렸다.

에제트의 옆에서 시종일관 보위하고 있던 기사, 램드가 자신에게 보인 적대감은 그녀도 알고 있다. 아마 북문석의 모든 이들이 디아린을 저리 적대하고 있을 터였다.

그러니 에제트도 그럴 거라고, 각오하고 온 건데.

왜…….

"디아린 영애."

"……네, 저하."

"일주일 후가 아니라 사흘 후에 마차를 보내겠습니다."

"네?"

"그러니 그때로 약속 날을 당기도록 하지요."

디아린을 사람 많은 곳까지 데려다주고 나서야, 에제트는 그녀의 손을 놓았다.

* * *

콘클 공작은 흡족한 표정을 지었다.

"앙겔로 백작, 그 주제도 모르는 개새끼가 감히 네 얼굴을 상하게 하려고 했다지? 이미 황실 경비대에 넘겼다."

콘클 공작의 목소리에서, 디아린이 다칠 뻔했다는 것에 대한 염려는 전혀 느껴지지 않았다. 그는 디아린을 훑어보며 만족스러워했다.

"널 구해 준 것이 마침 지나가던 8황자라니, 아름답게 치장하고 온 보람이 있구나. 일이 잘 풀리려나 보군."

에제트의 기사가 예상했듯이, 콘클 공작은 작정하고 디아린을 데려온 게 맞았다. 오늘 분위기에 어울리는 검은색 벨벳 드레스는 디아린이 최근 입어 본 옷 중에서도 최고 품질이었으니.

오늘 그녀는 예뻤다. 예뻤지만 창백해서 꼭 유령 같았다. 모자에 달린 아스라한 검은색 망사 베일이 파리하게 질린 낯빛과 극명하게 대비됐다.

콘클 공작이 물었다.

"마차 앞에선 그렇다 치고, 폐위제에서 8황자와 무슨 대화를 했지?"

분명 사람을 심어 놓았을 테니 둘의 대화도 얼추 듣긴 했을 것이다. 그런데도 굳이 물어보는 건 디아린을 시험하는 행동이었다.

"과거엔 제가 아둔했다고 사과를 드렸어요. 그리고 2년 전의 추억을 일깨워 드렸죠."

"추억?"

"네. 2년 전 서북문석 전멸 사건이 일어나기 직전이, 황자 저하의 탄신일 이셨거든요."

"그랬던가."

공작의 눈이 약간의 흥미를 띠었다.

"그때 손수 마련해 놓은 탄신일 선물을 드리지 못한 게 아쉽다고 말씀드 리니, 조금이지만 흔들리는 눈치셨습니다."

당연히 디아린은 에제트와 이런 대화는 하지 않았다. 그래도 상관없었다. 공작이 누굴 심어 두었든 대화를 완벽히 도청은 하지 못했을 테니까. 디아 린은 그저 일부러 목소리를 줄이지 않은 대화만 왜곡하지 않고 알려 주기 만 해도 충분했다.

"8황자가 호기심을 보이던가?"

"어느 정도는요."

옛정에 매달리는 것.

감정에 호소하는 것.

확실히 콘클 공작은 디아린의 이야기가 그럭저럭 나쁘지 않다고 평가한 표정이었다.

"그리고 열쇠를 받을 수 있게 공작님께 말씀드려 보겠다고도 했어요."

"열쇠라면?"

"추가 무기고 열쇠요. 정기 마물 토벌을 할 때 꼭 필요하니까요."

"이런. 내가 보수 목적으로 가져가 놓고 8황자에게 돌려주는 걸 잊고 있었군."

"공작님은 바쁘신 분이니까요."

그런 중요한 걸 잊었을 리 없지만, 디아린은 모른 척 그 거짓말에 수긍했다. 북문석의 추가 무기고 열쇠는 콘클 공작에게서 반드시 돌려받아야 하는 물건이었으니까.

"공작님. 추가 무기고 열쇠를 제 지참금으로 부탁드려도 될까요?"

"지참금이라."

당돌한 말이었다. 디아린은 미소를 지으며 부드럽게 말했다.

"정에만 매달리는 것도 한계가 있으니까요. 황자 저하는 북문석 영지의 수호자니까, 추가 무기고 열쇠를 가져오겠다는 조건을 내칠 순 없을 거예요."

"하지만 8황자가 열쇠만 빼돌리고 널 속일 수도 있지."

"지금 달라고 말씀드린 건 아니에요. 저도 안전장치가 필요하니까요. 황자 저하가 저를 '혼약자'로서 북문석 영지로 데려가면, 그때 인편으로 보내 주세요."

"널 데려간 후?"

"네."

콘클 공작은 턱을 쓰다듬었다. 아키르 황실은 소문에 민감하다. 공작가의 보호 아래 있는 귀족을 혼약자로 영지에까지 데려가 놓고 돌려보내긴 현실적으로 어렵다. 나쁘지 않은 계획이었다.

"8황자와는 언제 다시 만나기로 했느냐?"

"일주일 후에 다시 말씀드리고 싶다고 하니까, 응해 주셨답니다. 조금 후에 사흘 후로 조정되긴 했지만요."

"그랬군. 좋다."

디아린의 말과 몰래 심어 둔 수하가 도청에 성공한 대화는 완벽히 일치했다. 콘클 공작은 일단은 이쯤에서 만족하기로 했다.

지금이야 에제트 아스페르크 키르헨의 위상이 달라졌다고는 하나, 그래 봤자 어린애이지 않은가?

콘클 공작이 아는 에제트는 본래 한미한 위치에 있는 황자였다. 어린 나이, 형식적인 계승권. 수도와 거리가 가장 먼 북쪽 수문석을 수호하라는 황명을 묵묵히 수행하는 게 전부인 성격.

"켈스튜더 공작이 제 막내딸과 8황자와 혼인을 추진하려고 한다는군. 내가 너와의 혼약을 방패로 막고 있기는 하지만 말이다."

쯧.

켈스튜더 공작을 생각해 낸 콘클 공작이 혀를 찼다.

8황자의 귀환은 그로서도 정말 예상 못 했던 사태였다. 더구나 그가 수문석 지하에서 전리품으로 끌고 온 것이 다름 아닌 흡혈 대마물 스켈루스라니. 그간 그놈이 망가뜨린 게이트의 가격만 해도 어마어마했다.

먼 거리를 단숨에 이동시켜 주는 게이트는 마물의 핵을 이용한 거대한 마법 설치품이었는데, 스켈루스는 이를 감지하고 땅 밑에서 계속해서 마력을 빨아들여 파괴시켰다.

아키르 제국의 수도는 연결된 게이트가 많은 만큼, 역시 큰 피해를 입었었다.

근 30년간 대륙 공공의 적, 아니 천재지변이나 마찬가지였던 대마물을 쓰러뜨린 황자라니…….

문제는, 이 황자를 눈독 들이는 대귀족 중에는 콘클 공작이 눈엣가시로 여기는 켈스튜더 공작도 있다는 점이다.

켈스튜더는 대대로 제국법을 관장하는 문관 가문이었다. 조금만 더 있으면 2년 전, 콘클 공작이 '파혼'을 이유로 디아린을 다시 데려왔다는 사실도 알게 될 것이다. 그걸 물고 늘어지면 끝장이었다.

그러니까 그 전에.

"내 기대에 부응하는 게 좋을 거다, 디아린 콘클이스터. 만약 날 실망시킨다면……."

"……."

"이제 추운 건 싫지 않느냐? 필리프 후작이 또 찾아왔더구나."

필리프 후작가는 콘클 공작의 휘하 가문으로, 이번 대의 후작은 특히나 욕심이 많은 성격이었다. 디아린을 얼음 창고에 자주 가두던 놈이기도 했다.

디아린은 나지막이 한숨을 삼켰다.

'그놈 때문에.'

혹한의 추위.

깜깜한 어둠.

사방이 꽉 막힌 공간.

이 세 개가 합쳐진 곳을 디아린은 정말로 싫어하게 됐다.

그 사실을 콘클 공작도 아주 잘 알았다. 게다가 다른 요소가 더 있다. 콘클 공작은 디아린의 손목에 시선을 주었다.

불과 한 달 전까지만 해도 저 손목에는 굵은 바늘도 찔려 있었다. 콘클의 성에서 비밀 실험을 했기 때문이다. 하지만 디아린은 전혀 몰랐다. 모르는 게 맞았다. 그녀는 실험을 하는 내내, 마취제에 절여져 죽은 듯 잠만 잤으니까.

제 손목에 신수 적조의 영혼석 일부가 매달려 있다가 꺼내졌을 거라곤 상상도 못 할 터.

그저 극심한 병을 앓아 2년 가까이 혼수상태에 있었다는 말만 곧이곧대로 믿는 멍청하고 예쁘게 생긴 귀족 영애.

'쯧. 결국 성공은 못 했지만……'

하지만 신체에 각인된 고통은 본능으로 남아 있는 법이다. 트라우마라는 말이 괜히 생긴 게 아니다. 콘클 공작은 그녀가 제 손아귀에 있다고 믿어 의심치 않았다.

"내 말뜻은 잘 알겠지? 콘클이스터 영지가 전염병으로 폐쇄된 후 너를 친아버지처럼 돌봐 준 내게 충분한 보상을 하리라 믿는다."

"……물론이지요, 공작님."

정말로 몸이 기억하는 것처럼, 디아린의 손끝이 약하게 움츠러들었다.

* * *

'사실 다 알고 있지만.'

디아린 콘클이스터는 공작 몰래 한숨을 쉬었다. 다 알고도 모르는 척하는 건 힘든 일이다.

디아린은 정말 다 알고 있었다. 콘클의 성에서 계속해서 당한 실험. 그뿐일까? 디아린은 자신이 환생했다는 사실까지도 알고 있었다.

이전 삶의 디아린은 최연소 고위 마법사였다.

그래서 전생을 기억하는 것이다. 세계의 법칙이 떠안긴 선물. 마법사의 힘을 깨우쳤던 이들은 저마다 작은 기적을 선사받아 태어나니까.

디아린은 쭉 뻗은 자신의 왼손을 바라보았다. 황태자의 폐위제에 끼고 갔던 사파이어 반지와 화려한 금팔찌는 이제 없다. 공작저에 돌아오자마자 득달같이 달려든 하녀들에게 회수당했으니까.

물론 디아린에게 중요한 건 아니었다.

정말로 중요한 건······.

디아린은 새하얀니 곧게 뻗은 손목에 조금 마력을 주입시켰다. 그러자 금세 새까만 날개 한 쌍을 그린 문양이 흰 손목을 둥글게 따라 그려지듯 떠올랐다.

신수 흑조(黑鳥)의 문양.

손목에 신수의 문양을 발현시키는 이들을 '각인자'라고 불렀다. 디아린은 흑조의 각인자였다. 그리 특별한 건 아니었다. 콘클의 피를 이은 사람에게는 심심찮게 나타나는 증표였으니까. 당장 콘클 공작만 하더라도 흑조의 각인자였다.

오래전, 콘클의 당주였던 자가 흑조의 후손과 혼인한 이후 콘클 가문에는 흑조의 각인자가 유독 자주 나타나곤 했다. 더군다나 신수라고는 하지만 흑조만이 유독 특별한 건 아니었다.

아키르의 시조는 천룡을 소환하였고, 이어 다섯 마리의 신수를 소환하였다.

아키르 제국의 건국 신화 첫 장에 나오는 말이었다. 아키르 제국에서는 건국 신화에 등장하는 다섯 신수를 매우 중요하게 대접했다.

흑조. 백조. 청조. 황금조.

각기의 신수가 모두 중요하지만, 그중에서 가장 특별한 존재를 꼽으라면, 대부분의 사람은 하나를 꼽았다.

지금은 사라진 것으로 알려져 있는 신수, 적조(赤鳥).

수많은 음유시인들에게 불사조라는 영감을 가져다준, 붉게 타오르는 새.

'······이젠 아니지만. 사라진 거.'

디아린은 2년 전, 콘클 성의 실험대에서 겪었던 일을 떠올렸다.

그때 그녀는 이 세계에 다시 태어나며 스스로와 했던 약속을 처음으로 깼다.

다시는 마법을 쓰지 않겠다. 다시는 마법사로 살지 않겠다. 다시는 마법에 소원을 걸지 않겠다…….

디아린은 뻗어 나가려던 생각을 접었다. 손목에 붉은빛을 띤 마력이 다시 한번 주입된다. 그러자 평범했던 흑조의 문양이 붉게 변한다. 곧게 파인 홈을 따라 붉은 잉크가 흐르는 것처럼.

한 쌍의 붉은 날개.

모양은 흑조의 문양과 똑같다. 색깔만 변했을 뿐. 하지만 누군가 보기라도 한다면……. 아키르 제국의 황제, 수십의 왕들, 사계탑의 주인, 신관들까지 뒤로 넘어가 버릴 문양이었다.

콘클 공작은 아예 기절해 버리지 않을까?

'그 모습은 좀 보고 싶네. 재밌겠다.'

그 순간, 디아린의 어깨에서 붉은 깃털 두 개가 둥실 떠올랐다. 두 개의 신비로운 깃털은 마치 대답을 하는 것처럼, 디아린의 주변을 포르륵 맴돌았다.

적조. 대륙에 아무런 흔적도 남기지 않았다는 신수.

콘클의 그 어떤 마법사들도 모르는 일이었지만, 디아린 콘클이스터. 그녀는 이 붉은 날개들을 사역마(使役魔)로 만드는 데 성공했다.

물론 쉬운 일은 아니었다. 지난 2년간 당한 실험이 아니었다면 만나지도 못했을 테지. 그 시간 동안 디아린의 손목에 강제로 주입된 건 바로 적조의 영혼석이었다.

결박된 몸에 처음 적조의 영혼이 흘러 들어왔을 때, 디아린은 말 그대로 기겁했다. 몸을 움직일 수만 있었다면 당장 떼어 냈을 것이다.

돌과 돌이 부딪히면 불티가 나듯, 적조의 영혼은 아주 힘껏 디아린의 영혼과 마력에 달려들었다. 대륙 절반을 날리고도 남을 끔찍한 대폭발을 예감한 디아린은, 거의 반사적으로 스스로의 영혼과 육체를 유리시켰다.

'어쩔 수 없었지.'

비록 전생의 일이지만, 디아린은 분명히 마법사였다. 마법사였던 시절이 있었다. 허락받은 힘으로 무고한 동족을 해하지 않는 자. 함부로 피를 뒤집어쓰지 않는 자. 한때나마 그런 마법사의 윤리를 따랐던 자.

돼지가 마법사였으면 돼지를 보호했을 것이다.

소가 마법사였다면 소를 보호했을 것이다.

그러니 마땅히 인간을 보호해야 하는 인간의 마법사.

그래서 디아린의 영혼은 영원한 순례자가 된 것처럼, 아니 유령처럼 떠돌기 시작했다. 콘클 공작은 물론 수도 없이 드나들던 마법사들도 몰랐으리라.

알고 있는 존재는 오직 핏발 선 디아린의 영혼뿐. 진짜 육체는 콘클성 실험대에 잘 묶여 있었으니까. 독한 수면제에 취해 죽은 듯 미동도 없었다.

'마냥 떠돌진 못했지만.'

디아린의 영혼에 들러붙은 적조는 어마어마한 마력을 필요로 했다. 만약 디아린 앞에 정제된 마도석이 쌓여 있었더라면, 그 마도석을 날것으로 씹어 삼키기 위해 달려들었을지도 모른다.

그런 게 없다.

채울 게 없다.

엄청난 공허에 어쩔 줄 몰라 하던 영혼은 강대한 흐름을 따라 흘러갔다. 강대하나 위험한 것들이 우글거리는 수문석 지하까지.

거기까지 도달한 영혼이 눈앞에 있는 마물의 육체를 빼앗아 마시게 된 건, 어찌 보면 당연한 수순이었으리라.

어느 순간, 디아린의 영혼은 기이한 형체를 갖추었다.

미늘 갑옷처럼 딱딱한 피부. 마귀처럼 길어진 팔다리는 짝짝이. 붉은 날개가 펄럭일 때마다 핏방울이 튀었고 손톱과 발톱은 야수 같았다. 수많은 마물들의 껍데기를 억지로 이어 합쳐 놓은 모습이었다.

끔찍한 모습이었지만 상관없었다. 그녀의 눈엔 아무것도 보이지 않았으니까. 시력은 포기한 지 오래였다. 디아린이 지나가는 길에는 핏물이 길게 강을 이루었다.

그런데도 감각은 선명했다. 무언가를 죽이고 찢고 터뜨리고 있다는 느낌이 뚜렷하게 느껴졌다. 실제로 그녀의 주변엔 마치 폭탄이 터진 듯 수천 마리의 마물이 엉망으로 찢겨 나가 죽어 있었다.

가끔은 디아린의 팔이나 다리가 하나둘씩 떨어져 있을 때도 있었다. 눈에서는 피가 계속해서 흘렀고 귀는 바다에 빠진 사람처럼 이명으로 먹먹했다. 그때까지 디아린의 이성이 남았던가? 아니, 그때의 그녀를 사람이라 부를 수 있을까?

'괴물이었지, 그냥. 어차피 그 후의 기억은 없어지기도 했고.'

수문석 지하에서의 기억은 초반 며칠이 전부였다. 꼭 기억할 만한 일은 없었을 것이다. 아마도.

중요한 건 디아린이 이룩한 결과였다. 사라진 신수를 홀로 마침내 각인시켰다는 그 결과. 디아린 외에는 아무도 모르는 일이지만.

2년이라는 시간 동안 그녀 말고도 결과를 가져온 사람이 또 있기는 했다. 에제트. 디아린의 혼약자.

'수문석 지하에서 우리가 스쳤을까? 아닐까?'

디아린은 눈을 감았다.

* * *

⟨……아린, 디…….⟩

잠든 귓가로 목소리가 내려앉았다. 디아린은 "으으……." 하면서 얼굴을 찡그렸다. 어제 입었던 검은색의 중후한 드레스가 꽤나 무거웠던 까닭에 아직도 피곤했다. 정신을 차리는 와중에도 의아함이 들었다.

'왜 벌써 깨우지?'

에제트와 재회 약속을 잡았다는 말에 콘클 공작은 흡족해했다. 그러니 적어도 사흘은 콘클 공작저의 사용인들 역시 적당히 예의 바르게 굴어야 했다. 이른 아침마다 이불을 홱 빼앗아 가는 건방진 하녀도 당분간 자제할 거라는 소리였다.

이렇게 일찍 깨우는 손길도 당연히 없어야 하는데…….

〈디아린!〉

빽 지르는 소리에 디아린이 눈을 훅 떴다.

한밤중이었다. 하녀가 커튼을 꼼꼼히 닫아 놓지 않은 탓에 흘러 들어오는 달빛이 그대로 보였다. 디아린은 한 박자 느리게 알아챘다. 하녀가 아니라 사역마가 자신을 깨웠다는 사실을.

정확히는 올, 적조의 오른쪽 날개였다. 디아린은 온몸으로 귀찮음을 풀풀 풍기며 베개에 얼굴을 푹 파묻었다.

"왜 그래, 올? 나 피곤해…….

〈지금 잘 때가 아니에요. 정신 좀 차려 보세요. 네?〉

마력이 담긴 붉은 깃털이 동동 날아와 그녀의 뺨을 콕 찔렀다. 디아린은 여전히 베개에 얼굴을 묻은 채 귀찮은 듯 손을 휘저었다. 깃털은 손에 잡히는 대신 뒤집어져 있던 그녀의 몸을 홀랑 돌려놓았다.

잠옷 치마가 한 박자 늦게 내려앉았다.

"왜 그러……, 어라."

잠기운이 눈 깜빡할 새 사라졌다. 디아린의 눈빛이 금세 정돈되었다. 그녀는 붉은 깃털이 가리키는 방향에서 시선을 떼지 않으며 조심스레 몸을 일으켰다.

침대 기둥 쪽. 그곳에 반투명한 나비가 숨을 죽이고 있었다. 들고양이 정도의 크기였고, 주변은 휘황찬란한 오색으로 반짝였다. 그리고 그 주변으로 피어오르는 검은 안개.

살랑거리는 나비 날개를 따라 가루가 반짝이며 떨어졌다.

'어쩐지 잠이 너무 달콤하더니.'

디아린은 잠옷 소매를 끌어당겨 코와 입 주위를 틀어막았다.

〈황궁 근처에서 쫓아온 것 같아요.〉

"저렇게 위험한 게?"

황궁 치안 무슨 일이야?

〈이번에 죽은 게 황태자였다면서요? 그게 죽어서 분노를 느낀 인간이 엄청 많았나 봐요.〉

"시끄럽긴 했지. 백조의 소환사 때문이니 어쩌니 말도 많았고……."

디아린은 마물에게서 시선을 떼지 않으며 천천히 몸을 일으켰다. 그녀가 옆으로 휙 구르기 직전, 바람 찢어지는 소리와 함께 마물이 수십 개의 이빨을 드러내고 달려들었다.

마물의 이빨은 강철처럼 단단해서 인간의 살점은 푸딩처럼 으깨 씹어 버릴 수 있었다. 그러나 강철은 다이아몬드로 때려 부수면 그만인 법.

콰직!

으스러지는 소리와 함께 마물의 이빨이 산산조각이 났다. 마물이 문 것은 디아린의 목이 아닌 거대하고 딱딱한 마력 덩어리였다. 덩어리는 마물의 소리까지 삼켜, 마물은 삽시간에 세상에서 완전히 지워졌다.

디아린의 침실은 무슨 일이 있었냐는 듯 고요해졌다. 사실 약간의 소음 정도야 괜찮았다. 디아린이 머무는 이곳은 콘클 대저택의 수많은 별관 중 하나였기 때문이다.

그러니까, 어느 정도는 시끄러워도.

'상관없겠지.'

디아린은 즉시 화장대로 뛰어갔다. 대충 놓인 손수건을 잡아 두껍게 뭉쳐 입가에 댔다. 짧은 신음 소리와 함께 쿨럭 크게 기침을 했다. 몇 번 더 잔기침을 토해 낸 그녀가 손수건을 입에서 뗐다. 깨끗했던 천에는 핏물이 고여 있었다.

"휴."

디아린은 익숙하게 손수건을 말아 쥐었다. 침실 문을 열고 나가서 욕실로 향했다. 부유한 공작가라 마법 처리를 한 배관을 쓴다. 수도꼭지를 돌리자 따뜻한 물이 흘러나왔다. 그녀는 미지근한 물로 손수건에 묻은 핏자국을 빨아 지웠다.

돌아올 때는 살금살금 조심해서 왔다. 침실로 귀환한 디아린은 침대에 조용히 몸을 뉘였다. 야밤에 하기에는 좀 지나친 노동이 아닌가? 숨을 몇 번 고른 디아린은 마력이 주입된 손목을 바라보았다.

선명하게 떠오른 적조의 문양.

올이 물었다.

〈왜 그렇게 심란하게 바라보세요?〉

"너 같으면 안 심란하겠어?"

올이 눈치를 보았다.

〈……역시, 피 토해서 그러시죠? 많이 아프신가요?〉

"하나도 안 아파. 말했잖아? 아무 느낌도 안 든다고."

올의 기분을 달래 주려는 게 아니었다. 디아린은 정말로 전혀 아프지 않았다. 보통 마법사가 피를 토했다는 것은 마력의 과다 사용으로 몸에 상당한 충격이 가해졌다는 뜻이었다. 하지만 지금 디아린에게는 강력한 무통 마법이 걸려 있었다.

〈이봐. 그 마법, 그만 해제할 생각은 없나?〉

올보다 조금 더 묵직한 목소리가 들려왔다. 디아린이 대답했다.

"해제할 생각 없다니까. 로르."

적조의 왼쪽 날개, 로르. 디아린을 항상 '이봐'나 '인간', 또는 '악마'로 호칭하는 천성이 까칠한 사역마.

〈대체 어디서 그런 상위 마법을 배워 오는지는 모르겠지만 좋은 게 아니다. 고통을 무작정 회피하는 건……, 나쁜 방법이다.〉

올보단 어른스러운 것 같지만 그래도 어휘가 부족한 편이었다. 책 좀 읽어 똑똑하고 차갑고 염세적인 어린애 같았다.

"난 마법사였으니까 괜찮아."

디아린이 걸어 놓은 무통 마법은 상당히 상위 클래스의 마법이었다. 일반적인 통증에는 감응하지만 마법으로 생긴 통증은 거의 완벽하게 지워 주었다.

"그리고 너흴 감당하려면 이 정도는 있어야 해."

태연한 말에 올과 로르가 동시에 헛기침을 했다.

〈……큼.〉

〈……원래 큰 힘엔 큰 책임이 따르는 법이다.〉

"그래, 그래."

디아린이 아기 달래듯 대충 대답했다. 로르는 잠시 침묵을 지키다가 다시 입을 열었다.

〈아무튼, 인간. 이 문제를 해결하려고 그 꼬마에게 작업을 건 거잖나?〉

"꼬마라면, 에제트? 8황자?"

〈그래.〉

"꼬마 아니야. 황자 저하시지. 작업 건 것도 아냐. 제안이었어."

〈그게 그거 아닌가?〉

"아니거든?"

〈……인간들은 정말 어렵군.〉

올이 궁금증 가득한 목소리로 끼어들었다.

〈2년 만에 재회한 혼약자라면서요. 소감이 어떠신가요?〉

"……그냥, 잘 모르겠어. 사실 좀 걱정했는데."

디아린과 에제트.

두 사람은 원인과 과정은 달랐으나 결국 수문석 지하에서 살아 돌아온 인간들이었다. 물론 수문석 아래를 헤맬 때의 디아린은 인간의 형태가 아니라,

마물 그 자체였지만. 설사 둘이 마주쳤더라도 강력한 마물이라 여기고 피했겠지.

'왜 수문석 지하에서의 기억은 하나도 안 나는 거야?'

디아린뿐만 아니라, 올과 로르도 수문석 지하를 헤매며 다닌 2년 동안의 일을 전혀 기억하질 못한다고 했다. 그래서 디아린은 좀, 아니, 많이 답답했다. 하필 같은 기간에 에제트가 수문석 지하에 떨어져 헤맸다고 하니까.

하지만 만약 그곳에서 에제트가 디아린과 마주쳤다면…….

'에제트가 몸 멀쩡히 살아 나오지 못했겠지?'

그러나 에제트는 멀쩡해 보였다. 일단 옆에 있는 램드가 멀쩡해 보였으니까, 에제트도 멀쩡했을 것이다.

다행히도.

올이 물었다.

〈근데 제가 아까 보니까 주인님한테 불친절하진 않던데요?〉

"아니, 올. 너까지 그러지 말아 줄래? 너희가 그때 없어서 모르겠지만, 나 이번에 북부에 가면 진짜 가시방석에 앉은 느낌일 거야."

따지고 보면 외침에 도망갔던 왕족이 나라가 안정되니까 뻔뻔하게 다시 기어 들어오려는 막장 상황이질 않은가? 속사정이 어쨌든 겉모습은 그랬다.

"그리고……."

디아린은 민둥민둥한 침대 천장을 보며 중얼거렸다.

"에제트는 원래 남한테 무관심한 편이야."

그녀는 에제트의 얼굴을 떠올리려 애썼지만, 떠오르는 이미지는 아무것도 없었다.

자신은 '공평한 혈통'이니까.

그나마 에제트의 머리카락은 보였다. 눈동자도 감정을 읽기 굉장히 힘들다 뿐이지 표면적인 색깔은 알 수 있었다.

머리색은 짙은 까만색.

눈동자는 황금색.

그랬다. 싸늘한 검정색이나 짙은 푸른색, 피 같은 빨강. 그런 색들이 잘 어울릴 것 같은 차갑고 냉소적인 에제트의 눈동자는 눈부신 황금색이었다.

"……어쩌겠어. 영지로는 꼭 내려가야 하는걸."

〈그야 그렇지. 거기는 마물이 많다 했던가?〉

"그럼. 수문석 영지니까. 아, 일단 자야겠다. 내일도 피부 관리를 몇 시간씩 해야 한댔어."

어디 피부뿐이겠는가. 머릿결 관리며, 손톱과 발톱엔 연분홍으로 꽃물을 들이고 윤기가 나게 정리해 준다고 했다. 거기에 전신 마사지는 물론, 수도에서 알아주는 유명 드레스 디자이너도 방문하기로 예약을 잡았단다.

이 콘클 대저택에 온 후 디아린이 한 번도 받아 본 적 없는 초호화 호사였다. 뭐, 그러고 난 다음에는 어디 살롱의 란제리까지 대령할 것 같았지만.

'그것도 나쁘진 않지.'

기왕 입어야 한다면 황금이 다닥다닥 붙은 걸로 사 달라고 해야지. 디아린은 오래지 않아 잠이 들었다.

* * *

다음 날이었다. 디아린은 눈동자를 굴려 천장을 한 번 바라보았다.

'……이것 참, 가시방석에 앉은 기분이네.'

계약자의 감정에 사역마들은 바로 반응했다.

〈로르, 주인님 기분이 안 좋아지고 있는데요?〉

〈이 악마는 기분이 좋은 적이 별로 없었잖나. 올.〉

〈그건 그렇죠.〉

디아린은 올과 로르가 떠드는 소리를 한 귀로 흘렸다. 그녀는 습관적으로 귀밑머리를 넘기려다가, 딱! 하는 소리에 멈칫했다.

"조심하라고 했죠. 머리가 망가진다고요, 영애님."

"아, 네."

디아린은 순순히 손을 내렸다. 그녀는 깨끗한 은장식이 붙은 커다란 거울 앞에 서 있었다. 속옷, 페티코트, 하늘하늘한 가운을 걸친 채였다. 디아린의 뒤로는 메인 디자이너인 무슈 리무드가 서 있었다. 뒤에선 조수들이 드레스를 정리하느라 바빴다.

'무슈 리무드.'

수도에서도 독보적인 입지를 자랑하는 디자이너였다. 백작급 이상의 귀족들에게만 의상을 주문받는 콧대 높은 디자이너이기도 했다. 콘클 공작이 집사와 하녀장에게 꽤나 단단히 일러 놓았구나 하는 생각이 들었다.

하지만 무슈 리무드는 표정이 밝지 못했다. 그 이유는 충분히 짐작이 갔다.

'엘리제가 입을 옷인 줄 알았겠지.'

엘리제는 콘클 공작의 친딸이자 한 명뿐인 콘클 영애로, 디아린과 또래였다. 이 응접실에 진열해 놓은 옷들도 전부 이십 대 초중반의 귀족 영애가 입을 옷들뿐이었다.

애초에 그렇게만 주문한 것 같으니, 주문받는 디자이너로선 엘리제가 옷을 구입할 거라 오해할 법한 상황이었다. 잔뜩 기대하게 해 놓고 콘클의 방계가 나왔으니, 무슈 리무드의 표정이 좋지 못한 것도 이해가 갔다.

'뭐, 어쨌든.'

디아린은 옷이나 고르기로 했다. 콘클 공작이 신경을 쓴 만큼 그녀도 부응해야 했으니까. 게다가 디아린은 이미 고르기로 결정한 기준이 있었다.

여기서 가장 비싼 드레스!

마법사는 호기심이 많은 만큼 욕심도 많았다. 드래곤 레어처럼 보물을 닥닥 긁어모아 놓고 자신만의 아지트를 건설한 대마법사도 있었다. 디아린은 그 정도는 아니었지만, 그래도 아름답고 값비싼 것들을 잔뜩 보니 기분이 좋아졌다.

엘리제에게 한껏 팔아먹을 작정으로 들고 온 드레스들답게 전부 눈이 멀어 버릴 정도로 호화롭고 번쩍거렸다. 직물은 60수 이상으로 튼튼했고 가슴에 굵직하게 장식되어 있는 다이아몬드의 커팅 방식은 브릴리언……

'아니, 너무 마법사처럼 평가하고 있잖아.'

정신을 다잡은 디아린은 다시 평범한 귀족처럼 드레스를 살피다가, 가장 비싸 보이는 드레스를 골랐다.

옆에 서 있던 조수가 얼른 다가왔다.

"영애님, 이 드레스를 입어 보시겠어요? 잠시만 기다려 주시……"

"오, 콘클이스터 영애님."

무슈 리무드가 가볍게 제지했다. 그는 프로다운 목소리로 말했다.

"이 드레스는 영애님의 눈동자 색과는 어울리지 않아요."

"눈동자 색이요?"

"예. 그 드레스보다는……"

무슈 리무드는 청보라색 드레스를 한 벌 꺼내 가져왔다.

"이 드레스는 어떨까요? 아주 고혹적이죠."

청보라색 드레스는 단아하고 예뻤장했지만, 화려한 맛이 영 적었다. 오늘 디아린의 목표는 명확했다.

억 소리 나게 비싼 드레스를 고르는 것.

디아린이 고개를 갸웃하자, 무슈 리무드가 눈치 빠르게 눈을 접어 웃었다.

"좀 더 둘러보도록 해요, 콘클이스터 영애님."

"알겠어요. 무슈 리무드."

후보는 많다. 예컨대 이 황금빛 드레스. 와토 플리트는 바닥에 살짝 끌릴 정도로 기다랬고, 옷감에는 포도 넝쿨이 금실과 은실로 아름답게 수놓아져 있었다. 디아린이 그 드레스를 가리키는 순간.

탁.

"안목이 아주 뛰어나군요, 콘클이스터 영애님. 하지만……"

황금빛 드레스를 뒤로 빼며 무슈 리무드가 안타까운 표정을 지었다.

"이 드레스는 질고 강렬한 황금색이라서 영애님의 낯빛을 오히려 죽여 버릴 겁니다. 그 드레스보다는 이 진회색 드레스가 영애님에겐 더 어울리겠군요. 어떻죠?"

"그 드레스가요?"

"그럼요, 영애님."

진회색 드레스는 단정했다. 너무 단정해서 신관이 뒤집어써도 될 것도 같았다. 물끄러미 드레스를 보던 디아린이 무슈 리무드를 보며 웃었다.

"재밌네요."

"재미있다고요? 뭐가요?"

"드레스 고르는 일이요."

무슈 리무드가 아아, 하면서 표정을 풀었다. 그는 근처에 걸린 드레스 중 중급품인 흰 드레스를 내밀었다.

"우유처럼 새하얀 이 드레스는 어떤가요? 허리에서부터 퍼지는 곡선이 어찌나 단정한지 모르지요?"

디아린은 드레스를 흘긋 보더니 얌전히 고개를 끄덕였다. 방금 전까지 열심히 드레스를 살피던 모습과는 대조적인 반응이었다.

"자자, 너희들? 영애님이 드레스를 고르셨으니 어서 입혀 드려라."

"예!"

무슈 리무드는 눈을 접으면서 웃었다. 그는 살롱을 운영하며 이런 모습을 몇 번 본 적이 있었다.

'처음엔 눈치 없이 원하는 드레스를 마구 고르다가, 뒤늦게 주제파악을 한 하급 귀족 레이디들 말이야.'

그래도 한때는 황자의 혼약자라고 해서인가. 디아린은 그런 레이디들 중에서도 독보적으로 주제 파악이 빠른 편이었다. 무슈 리무드가 꽤나 너그러워질 만큼.

디아린은 새하얀 드레스에 어울리는 화장을 하고 작은 레이스 모자도 썼다. 장갑과 구두, 콘클에서 미리 내어 준 보석들까지 골라 걸치니 드레스가 무척이나 고급스러워 보였다. 정가보다 몇 배는 더 비싸 보이기도 했다. 무슈 리무드의 노련한 기술 중 하나였다.

"아주 잘 어울립니다, 콘클이스터 영애님."

그는 박수를 두 번 치며 말했다. 조수들도 기계처럼 박수를 쳤다.

"마치 영애님을 위해 태어난 드레스 같군요."

"그런가요?"

"물론이죠. 자, 이 드레스로 결정하시는 건?"

"좋아요."

무슈 리무드는 흡족한 얼굴로 계산서를 작성했다. 대금 지불은 하녀장의 몫이었고, 값을 치르기 전에 디아린의 모습을 확인할 터. 물론 무슈 리무드는 완벽한 선을 지켰다. 적당한 가격의 드레스를 입히면서도 디아린이 반짝반짝 빛나도록.

합리적인 계산서. 완벽한 모습. 무슈 리무드는 자신만만해져 직접 하녀장을 호출했다.

"끝이 났다고요?"

"그렇습니다. 확인해 보시죠."

응접실로 먼저 들어선 하녀장은 바로 디아린의 행색부터 확인했다.

"어디……. 하?"

하녀장의 얼굴이 곧장 굳었다. 뒤따라 들어온 무슈 리무드의 낯은 아예 새파래졌다.

반짝반짝했던 꽃단장?

간데없다.

디아린은 겨우 드레스만 달랑 걸치고 있었다. 모자도, 장갑도, 목걸이며 귀걸이까지 전부 빼 버린 채. 조수들이 완벽하게 잡아 놓았던 주름과 리본은 엉망으로 풀려 있었다.

무슈 리무드는 얼이 빠진 표정이었다.

'어, 언제 다 뺀 거지?'

〈내가 했다. 하찮은 인간 놈 같으니라고.〉

오직 디아린에게만 들리는 목소리. 로르가 실재했다면 지금 딱 한심하다는 표정을 짓고 있을 거라고, 그녀는 생각했다.

후광 효과를 싹 다 걷어 버린 정직한 드레스.

성의 없는 의장.

하녀장의 표정이 차갑게 변했다. 10여 년 전 죽은 콘클 공작 부인과, 엘리제 콘클 공작 영애를 차례로 모시며, 그들의 드레스들을 관리했던 하녀장은 분노까지 느꼈다.

"대체 이딴 누더기는 누가 고른 거죠?"

하녀장의 싸늘한 질타에 무슈 리무드가 서둘러 정신을 차리고 말했다.

"콘클이스터 영애님이 화사한 걸 좋아한다면서 직접 고르셨습니다만……."

"어머?"

디아린이 거울에서 시선을 떼고 말했다.

"그럴 리가요. 난 하얀색 옷감을 제일 싫어하는데."

그래서 일부러 이 드레스를 입어 준 건데. 디아린은 하녀장에게 눈길을 던졌다.

"하녀장도 알고 있을 텐데요?"

그랬다. 별관에서 쥐 죽은 듯 지내는 이 방계 귀족 영애는 하얀색 옷을 절대 입지 않았다. 콘클 공작가의 하녀장이 유일하게 알고 있는 디아린의 호불호였다.

하녀장이 분노에 찬 눈빛으로 무슈 리무드를 쏘아보았다.

"무슈 리무드! 지금 이런 싸구려 드레스를 입힌 걸로도 모자라 콘클 공작저에서 거짓말까지 한 겁니까?"

"그, 그런 게 아니라……!"

"당장 벗겨 내세요!"

무슈 리무드가 허겁지겁 움직였다. 주눅 들어 있던 조수들도 재빨리 달려들어 드레스를 벗겨 냈다. 하녀장은 팔짱을 끼고 응접실에 버티고 섰다. 아예 이곳을 감시하기로 결정한 모양이었다.

디아린은 가장 처음 골랐던 드레스를 선택했다. 눈이 탁 트일 정도로 곱고 아름다운 드레스.

당연히 무슈 리무드가 가장 신경 쓴 이번 시즌 메인 작품이었고, 엘리제에게 팔려고 작정했던 옷이었다. 하지만 지금 무슈 리무드는 꼼짝도 하질 못했다. 그는 하녀장의 얼음장 같은 감시하에 가운까지도 직접 시중을 들어 입혀 주어야 했다.

'건방진 것. 공작 영애도 아닌 게 감히 나에게 망신을 줘?'

무슈 리무드는 독기를 품고 앙칼지게 디아린을 바늘로 찔렀다.

따끔.

디아린의 등허리가 움찔 떨렸다.

따끔따끔.

무슈 리무드는 시침핀으로 마구 찔러 놓고서는 시침을 뗐다. 그러나 바늘 자국은 없었다. 통증은 주면서 흔적은 거의 남기지 않는 교묘함. 무슈 리무드가 10년 넘게 갈고 닦은 기술이었다.

탁.

갑자기 디아린이 무슈 리무드의 손을 쳐냈다. 무슈 리무드는 당황스러운 척 물었다.

"왜 그러시죠, 영애님? 어디가 불편하신가요?"

"다 됐나요?"

"아, 가운 리본만 제대로 묶으면 된답니다."

그 말을 들은 디아린은 주저 없이 무슈 리무드를 홱 밀쳐냈다. 그녀는 가슴에 묶인 리본을 성의 없이 잡아당겨 풀며 하녀장 쪽으로 걸어갔다. 갑자기 다가온 디아린을 보며 하녀장이 눈썹을 치켜 올렸다.

"뭐죠?"

"하녀장."

더 이상의 설명도 예고도 없었다. 홱. 가운을 젖힌 디아린이 그대로 바닥에 옷을 내팽개쳤다. 하녀장과 무슈 리무드, 조수들까지 동시에 숨을 삼켰다.

"……!"

"……!"

"……!"

윗가슴, 어깨, 팔, 그리고 등까지. 가운이 가리고 있던 살갗이 그대로 드러났다.

올과 로르만이 평화롭게 떠들었다.

〈얘는 이제 뒤졌네요.〉

〈주제를 모르면 패가망신하기 마련이지. 모든 생명체가 그렇다.〉

피부에 티가 안 나? 천만에. 디아린의 피부는 엉망진창이었다. 얼마 전부터 하녀들이 공들여 관리한 덕에 윤기가 흐르던 피부가 붉은 자국으로 엉망이었다. 누가 봐도 바늘로 찔러 가며 학대한 모습이었다.

마력을 유난히 많이 가진 마법사들만 아는 사실이지만, 마력을 강하게 머금고 있을수록 피부가 몹시 예민해졌다. 작은 상처에도 금세 붉게 올라오곤 했다.

디아린이 태연하게 말했다.

"시침핀으로 그렇게 찔러 댈 필욘 없잖아요, 무슈 리무드."

하녀장이 결국 분노로 눈이 뒤집혔다.

"무슈 리무드! 정신이 나갔습니까? 미쳤냐고요!"

드레스 다음엔 란제리도 맞춰야 했다. 괜히 황금을 들이부어 가며 디아린의 피부 관리를 해 주는 게 아니었다. 콩클 공작의 명을 따르지 못했다간 큰일이 난다. 더군다나 중요한 피부가 이렇듯 학대받은 것처럼 보인다면……!

"콘클 공작가를 무시해도 유분수지! 공작님이 당신네 살롱을 잘도 가만히 두시겠군!"

"그, 그게……."

"그 입 닥쳐요!"

뺨을 맞은 무슈 리무드의 다리가 후들거렸다. 아무리 그래도 고작 방계 아닌가. 하찮은 방계에게 있었던 일을, 콘클 공작에게 보고하겠다고 할 줄은 조금도 예상하지 못했다. 하지만 하녀장은 완고했다.

"자, 잘못했습니다! 잘못……."

손이 발이 되도록 빌어도 소용없었다. 무슈 리무드는 그대로 쫓겨났다. 다른 곳도 아닌 공작가에서 꽁무니 빠져라 쫓겨났으니 뒷소문도 만만치 않게 돌 것이다. 하녀장은 씨근덕대며 당장 새로운 디자이너를 부르겠다고 말했다.

"인사 올립니다, 콘클이스터 영애님. 오, 세상에. 몹시 아름다우신 분이군요."

"안녕하세요, 마담."

"제가 새로운 뮤즈를 만난 것 같은데요? 영애님의 연갈색 머리카락은 꼭 브라운 슈가처럼 달콤해 보이는군요. 자, 이쪽으로 오시겠어요?"

새로 온 디자이너가, 얼마나 열정적이었으며 또 얼마나 상냥했는지는 굳이 표현할 필요도 없었다. 덕분에 디아린은 처음 계획대로, 정말 말도 안 되게 값비싼 드레스를 손에 넣을 수 있었다.

* * *

디아린이 머리부터 발끝까지 억 소리 나게 꾸민 이유가 있었다.

'긴장된다.'

그녀는 식은땀이 배어나는 손을 의식했다. 치마에 문질러 닦고 싶었지만 안 됐다. 그녀가 지금 입고 걸치고 있는 것들을 합치면 저택 한 채 값은 아슬아슬 될 테니까.

우윳빛 손이며 목이며 귓가며 온통 황금으로 번쩍거렸다. 일부러 황금만 골라 몸을 잔뜩 꾸몄다.

"안녕하십니까, 콘클이스터 영애."

"안녕하세요, 램드 경."

진홍색 눈동자. 램드 베스턴 경. 에제트가 수도로 올라오면서 유일하게 데려온 기사였다. 사흘 전 황태자의 폐위제에서도 어찌나 흉흉하게 노려보던지. 디아린은 눈치채지 못한 척했지만 뒤통수가 따끔따끔해서 혼났다.

"저하께서 영애를 모셔 오라고 하셨습니다."

"경을 직접 보내 주다니 신경을 많이 쓰셨군요."

디아린의 미소에도 램드는 아무런 답을 하지 않았다. 그저 무뚝뚝했다. 디아린의 웃음기도 슬그머니 걷혔다.

"가시죠."

램드는 다소 건방지게 느껴질 정도로 홱 등을 돌렸다.

레이디와 기사. 일견 낭만적으로 보일 조합임에도 불구하고 둘은 그저 걷기만 했다. 오가는 대화도 없었다. 차갑고 딱딱한 분위기와 또각또각 걷는 소리.

황궁은 굉장히 넓었다. 작은 도시 하나가 통째로 들어갈 정도로 광활했으니 말 다 한 셈이다.

'에제트는 예전 궁을 그대로 쓰려나?'

원래 8황자의 궁은 광활한 황궁에서도 가장자리에 위치하고 있었다. 황태자가 봉해진 이후에는, 길거리 돌멩이보다도 쓸모없는 게 같은 항렬의 황족이니까.

'그대로여야 하는데.'

혹시라도 황제가 에제트에게 호화로운 궁을 새로 하사했다면 디아린이 세워 온 계획도 약간 어그러진다.

계획.

묵묵히 걷던 램드가 입을 연 건 인적이 완전히 끊겼을 즈음이었다.

"콘클이스터 영애."

생각에 빠져 있던 디아린은 한 박자 늦게 대답했다.

"……네?"

"폐위제에서 하신 말씀 진심입니까?"

살벌하게 적대감을 풀풀 풍기는 겉모습과는 달리, 램드가 그래도 눈치는 있었다. '파혼'이라는 단어는 일절 입에 담지도 않은 것만 봐도 그렇다. 그래도 혹시 몰라 디아린은 주변을 둘러보았다. 다행히 내궁에 들어선 후라 근처에 지나가는 사람이 전혀 없었다.

디아린은 고민 없이 대답해 주었다.

"네. 진심이에요."

"……하."

램드가 기가 차다는 소리를 내며 자리에서 우뚝 멈춰 섰다. 그는 바로 뒤를 돌아보았다. 거대한 산이 소리도 없이 움직이는 것 같았다. 램드의 급작스러운 행동에 디아린은 약간 당황했다.

'왜 이래, 또?'

안 그래도 디아린에게 적개심을 숨기지 않는 램드였다. 더군다나 이 젊은 기사가 입고 있는 북문석 영지의 정복은 수도의 것보다 훨씬 유행에 늦었다.

두툼하고 촌스러운 정복에 무식하게 큰 검을 차고 있는 기사?

수도 귀족들이 램드의 유명세에 환호하면서도, 잘 다가오지 못하는 데에는 이유가 있었다.

'나야 여차하면 저 멀리 날려 버릴 수 있지만.'

디아린은 개미만큼의 공포도 느끼지 못하고 램드를 똑바로 올려다보았다.

그녀도 여성 평균을 웃도는 키다. 거기에 구두도 불편하고 높은 걸 신었다. 체구는 좀, 차이가 많이 나지만 진실로 가진 힘의 차이는……. 이쪽이 말도 못 하게 우세하니 이쪽이 이긴 것이다.

〈그럼요. 우리 주인님이 최고죠?〉

〈악마가 아니던가.〉

오른쪽 날개는 찬양하고 왼쪽 날개는 무심하다.

"콘클이스터 영애."

램드는 묵직한 목소리로 디아린을 불렀다.

"우리가 바보로 보입니까?"

"네?"

"파혼이요? 말은 저도 그렇게 하겠습니다. 관심이 없다는 식으로 연막 치는 작전이라니. 정말 너무도 흔하고 뻔해서 말도 안 나오는군요. 기가 찹니다."

흔한 패턴. 흔한 관계. 흔한 작전.

"영애에겐 저하가 무슨 장난감입니까? 마음에 안 들 땐 버렸다가 최고의 위상을 달고 귀환하니까 다시 아까워지는……, 뭐 그런 겁니까? 대체 저하를 버리실 땐 언제고, 왜 이제 와서 이렇게 매달리는 거죠? 영애는 염치란 게 없습니까?"

램드는 참을 수가 없었다. 이 여우 같은 여자가 하는 계산이 너무 빤히 눈에 보였다. 심지어 지금도 무슨 생각을 하는지 도무지 모르겠는 저 무표정을 보아라. 램드는 정말로 복장이 터져 죽을 것만 같았다.

악랄하고 답답하고 이기적인 여자.

램드가 입술을 짓씹었다.

"더 심한 말씀도 드리고 싶지만, 레이디에 대한 예의로 자중하겠습니다. 그러니 지금이라도……."

"그렇군요. 알겠어요."

"예?"

"경이 뭘 걱정하는지 알겠다고요."

디아린은 순순히 대답했다. 너무 순순히 대답해 램드의 얼이 빠질 정도였다.

"2년 전에 그런 일이 있었으니까, 나라도 불신할 거예요. 그건 경의 잘못이 아니죠."

"……"

"잠시만요. 경."

디아린은 들고 왔던 하늘색 레티큘에서 주섬주섬 종이 한 장을 꺼냈다. 신전에서 발부하는 서약서로, 은빛 문양이 잔잔하게 그려져 있었다.

그녀가 램드에게 서약서를 내밀었다.

"이게 뭡니까?"

"일단 읽어 보세요."

'왠지 네가 그렇게 떠들어 댈 것 같아서 말이지.'

램드가 왈왈댈 것을 디아린은 어느 정도 예상했다.

그는 이전부터 에제트에 대한 충심이 몹시 강한 기사였다. 2년 전 서북문 사건 때 에제트와 함께 실종되었다가, 그의 도움을 받아 구사일생 귀환한 후론 더 심해진 것 같았다.

충심은 나쁜 게 아니니까.

디아린의 표정과는 달리 램드는 몹시 당황한 눈치였다. 그는 본인이 서약서에 적힌 내용을 잘못 읽었나, 두 번이나 점검했다. 하지만 글자의 내용은 바뀌지 않았다.

"다 읽었나요?"

"아니, 그러니까……. 영애? 제가 잘못 읽은 것 같습니다?"

램드가 얼굴을 찡그렸다.

"파혼을 안 하면 영애를 죽이라고……, 적혀 있습니다만."

"그거 맞아요. 제대로 읽었는데요."

디아린은 레티큘에서 꺼낸 척 올의 깃털을 소환해 손에 쥐었다. 자세히 뜯어보면 상서로운 빛이 감도는 오묘한 깃털이지만, 지금 램드에겐 경황이 없었다. 잉크를 묻히지 않고 쓸 수 있는 조잡한 다회용 마도구 깃펜 정도로만 인식했다.

그녀는 황궁 담벼락으로 가까이 걸어갔다. 종이를 평평한 벽 위에 대고, 올의 깃털로 슥슥 서명을 했다. 황궁에 오기 전, 저택에서 미리 서명을 해 올까도 싶었지만.

'날 죽이라는 종이에 미리 서명하는 건 좀 그랬지.'

램드가 좋게 넘어가면 아닌 척 태워 버릴 종이였는데. 이렇게 심하게 적개심을 드러내는 기사에게 어물쩍 넘어갈 수가 없었다. 처음부터 확실하게 못을 박는 게 좋았다.

사실 디아린은 북문석 영지에 가려는 명확한 목적이 있었다.

마물을 잡아 로르의 마력을 완전히 채우는 것.

지금은 사역마의 신세라고는 하나 올과 로르는 본래 신수였다. 덕분에 북문석 영지에 자리하고 있기만 해도 비어 있던 마력이 저절로 차오른다고 했다.

'그것만으론 부족하겠지.'

가끔씩 몰래 마물 사냥을 나가야 했다. 가급적 기사들에게 들키지 않을 생각이지만, 만약에 들킨다면 큰 문제니까.

"자, 전 서명을 했어요."

"콘클이스터 영애. 아무리 그래도 이렇게까지······."

이렇게까지 할 필요는 없다.

거의 반사적으로 말하려던 램드가 혀를 깨물듯 입을 다물었다. 디아린 콘클이스터는 콘클 공작의 사람. 공작이 왜 기를 쓰고 디아린과 에제트의 혼약을 물고 늘어지는지 모를 리가 없었다.

'콘클 공작은 3황자를 황위에 올리려고 하니까.'

에제트의 위치는 분명히 승격된다. 지금도 '수문석 지하에서 살아 돌아온' 타이틀로 인해 온 대륙의 기사들이 열광하고 있는 와중인데.

'거기다 수문석 지하에서 가져온 게 그 대마물 스켈루스야.'

에제트는 이미 3황자에게 위협적인 존재였다.

그러니 3황자를 지지하게 만들어야 한다. 그러지 않을 거라면 여태 그랬듯 북문석 영지나 수호하며 쥐 죽은 듯 살다 죽게끔 해야 한다.

이게 콘클 공작의 속셈이었다.

그러기 위해서 에제트의 곁에는 콘클의 사람이 붙어 있어야 했다. 그게 바로 디아린이었고. 새삼, 혼약자라는 명분이 얼마나 괜찮은지. 혼인이 확언된 사이이니 다른 귀족 가문에서도 대놓고 수작질하기 어려웠다. 적들이 디아린의 손을 빌려 에제트에게 독을 먹일지도 모르지만.

"……."

결국 램드는 이 서약서를 받는 수밖에 없었다. 그는 정말 떨떠름하고, 당황스럽고, 갈피를 잡을 수 없다는 표정으로 서약서를 곱게 접어 품속에 갈무리했다.

"……이건 다짐의 명확한 증거로만 가지고 있겠습니다."

"그럼요. 저도 죽을 생각은 없어요. 램드 경."

대답하는 디아린의 목소리는 산뜻하다. 그런데 품에 있는 서약서는 이상하게 묵직하게 느껴졌다. 고작 종이 한 장일 뿐인데.

램드는 망설이다가 입을 열었다.

"콘클이스터 영애."

"네, 램드 경?"

"그, 방금은 심한 언사로 무례를 끼쳐 죄송합니다."

투명한 연보라색 눈동자가 흘긋 램드를 보았다. 그게 전부였다. 디아린은 램드를 한번 쳐다보기만 했을 뿐, 아무런 대답도 되돌려주지 않았다. 의례상의 괜찮다는 말도.

"……."

덕분에 램드는 에제트의 궁에 도착하기 직전까지 그녀의 눈치를 살필 수밖에 없었다.

에제트의 처소인 흰 떡갈나무 궁은 2년 전 그대로였다.

고풍스럽지만 구석의 칠이 조금 벗겨진 예스러운 천장. 냉대 받는 황족이나 쓸 법한 궁. 사비를 들여 수리할 법도 한데 그러지도 않았고.

'황후 속이 많이 쓰리겠지. 에제트를 원래도 싫어했는데.'

에제트의 위치가 달라졌으니, 그간 몰래 하던 구박도 더 이상은 눈치가 보여 못 할 것이다. 그렇지만 황후가 아직도 강짜를 부리고 있는 모양이다. 아니면 제대로 된 예산 편성을 운운하며 괜히 집행을 미루고 있거나.

디아린에겐 잘된 일이었다.

'감사합니다. 황후 폐하. 심술을 부려 주셔서요.'

디아린의 기분이 상승하는 만큼 올도 호기심에 가득 차서 물었다.

〈주인님, 여긴 왜 이렇게 초라하죠? 마구간인가요?〉

로르가 대신 대답했다.

〈황자가 능력이 없는 모양이다.〉

〈우와, 그런데 왜 안 차셨어요? 주인님?〉

〈이 악마도 비슷하게 가난하잖나.〉

〈아하, 참. 그랬죠.〉

디아린은 건방진 사역마들의 대화를 개무시하며 눈앞의 에제트를 바라보았다.

그녀의 눈에 에제트의 얼굴은 이상하게 보인다.

'블러로 꾹 눌러 칠한 것 같아.'

과거의 삶에는, '블러'라는 이름의 특이한 마도구가 있었다. 그림 위에 블러를 덧칠하면 선과 색이 굉장히 흐릿하게 뭉개졌다. '공평한 혈통'의 눈에 황족의 얼굴은 그렇게 보였다. 희미하기만 한 상. 아무것도 보이지 않아 오히려 익숙한 소년.

그는 의외로 자신을 기다리게 하지 않았다. 오히려 디아린이 약간 늦었을 정도였다.

'영지에 있을 때도 나한테 예의를 갖춰 주긴 했지.'

황족은 고압적인 한편 누구보다 고상해야 하니까. 망나니라는 4황자도 황실 무도회 같은 데에서는 그렇게 예의 바를 수 없다고 하질 않던가. 물론, 소문 더러운 4황자와 비교하는 건 에제트에게 몹시 미안한 일이긴 하지만…….

에제트가 먼저 입을 열었다.

"혼약을 파기해 준다고 하셨지요."

"아, 네. 저하."

유일하게 보이는 황금색 눈동자는 평소처럼 건조하고 차갑다.

"콘클 공작의 동의 없이 그게 가능합니까?"

"그럼요. 저는 콘클 영애가 아니라 콘클이스터 영애니까요. 물론 지금은 명예 작위나 마찬가지이긴 하지만……."

폐쇄된 콘클이스터 영지를 떠올린 디아린의 눈빛이 조금 가라앉았다.

"어쨌든 가능하답니다. 콘클도 한동안은 저하에게 혼약 이야기를 꺼내지 못하겠죠."

안 그래도 켈스튜더 공작이 에제트를 노리고 있다고 들었다. 비단 켈스튜더 공작뿐만이 아니었다. 에제트를 탐내는 귀족들의 수는 풍선처럼 부풀어 오를 터.

콘클 공작가의 몸집이 아무리 크다고 해도 그 많은 귀족들을 보란 듯 무시할 수는 없었다.

"그러니 저하께서는 분명 이득이신 거래예요."

디아린은 아예 계약서를 에제트에게 내밀었다. 너무 명료했고 간단했다.

1. 1년만 자신을 영지에 있게 해 달라.
2. 오늘 당장 영지로 출발해 달라.

"1년 후엔 제 발로 직접 나올게요. 콘클 공작님은 생각보다 철두철미하고 까다로워서, 제가 저하의 영지로 내려가야 속이기 편하거든요. 그리고 제가 내려가야지 공작님이 추가 무기고 열쇠를 보내 준다고도 했고요."

추가 무기고 열쇠.

에제트의 뒤에 서 있던 램드의 눈이 순간 빛났다.

그날은 경황이 없어 깊게 생각을 못 했지만, 추가 무기고 열쇠는 북문석 숲 정기 토벌에 꼭 필요했다.

에제트는 디아린을 물끄러미 바라보다가 물었다.

"왜 파혼을 해 주겠다고 하신 겁니까?"

"콘클 공작가에서 나오고 싶어서요."

"그게 전부인가요?"

"네. 그리고……, 어차피 저하도 저도 원해서 한 혼약은 아니었잖아요. 그러니 파혼을 하는 게 둘 모두에게 좋은 일이지 않을까요?"

에제트는 대답이 없었다. 그저 디아린의 의중을 가늠하려는 듯 곧은 시선으로 바라보기만 했을 뿐이다.

디아린이 약하게 헛기침을 했다.

"음, 그리고 저하. 제가 위자료도 준비해 왔답니다."

"……위자료요?"

"파혼을 요청하는 건 엄연히 저니까요."

"……."

이 말은 에제트도 예상치 못한 게 분명했다.

'당황했네.'

디아린은 몰래 마력까지 총동원해 에제트를 살피고 있었고, 그래서 그의 표정을 평소보다 조금 더 정확하게 읽을 수 있었다. 노을처럼 고요하기만 했던 눈동자가 조금이나마 다른 감정을 품는 게 나쁘지 않았다.

어쩐지 기분이 좋아졌다. 디아린은 이 자리에 앉은 후 처음으로 진심으로 웃었다. 그녀는 다른 말을 하는 대신 두르고 있던 숄을 조심조심 벗어냈다. 거미줄로 짠 듯 몹시도 가볍고 하늘하늘한 숄이었다.

"램드 경, 이게 어떤 숄인지 아시죠?"

갑자기 호명 당한 램드 베스턴이 움찔 놀랐다. 당황스러웠지만 일단 빠르게 숄을 훑어보고는 대답했다.

"······베르쥬 숄 아닙니까?"

"맞아요. 베르쥬 숄. 장인이 손이 부르트도록 꼬박 3년을 짜야 완성된다고 마담 페트리샤가 얼마나 신이 나서 설명하던지. 뭐, 사실이기도 하고요."

아름다운 디자인도 그랬지만, 천이 더 이상 생산되지 않는 아주 희귀한 마법 천이었다.

걸치고서 숄 중간에 달린 다이아몬드 단추를 돌리면 등 뒤에서 오색찬연한 날개가 펼쳐져, 꼭 천사나 요정 같았다. 주목을 받고자 하는 사교계의 인사들에게는 그야말로 돈 내고도 못 구하는 최고의 물건인 셈이었다. 한 뼘 가격이 평범한 남작의 1년 수입과 비슷한, 그야말로 초고가의 숄이었다.

제작 수량이 극도로 적어 중고여도 가격 방어가 잘 된다고 들었다. 그뿐만이 아니었다. 디아린이 오늘 고르고 입은 모든 옷과 황금 장신구를 되팔면 귀족의 저택 한 채를 아슬아슬하게 구입할 수 있을 정도였다.

단순히 구매 비용만 따지자면 유색 보석이나 다이아몬드가 더 비쌀 것이다. 하지만 되팔 때, 환금성이 더 좋은 건 황금이다. 디아린은 일부러 번쩍번쩍한 순금으로 세공된 무거운 장신구들만 골라 걸쳤다.

디아린이 작정하고 비싼 것들을 골라 댈 때마다 하녀장의 얼굴 근육이 움찔거렸다. 그러나 결국 제지는 하지 못했다. 콘클 공작이 미리 명을 내렸겠지. 어지간히 에제트가 아깝긴 한 모양이었다.

'나한텐 잘된 일이지만.'

북문석 영지에서 에제트가 머물고 있는 성도, 외양만 번듯하지 내부는 부유한 평민 수준도 못 됐다.

'이 궁도 그대로인 걸 보니까 북문석 성도 비슷하겠지.'

"북문석 영지에도 뷰티 살롱들과 공방, 보석 상회들이 많잖아요. 그쪽에서 현금화를 해서 전부 위자료 명목으로 드리겠습니다."

"……."

뒤에 서 있던 램드의 표정이 미묘해졌다.

하긴, 입고 걸친 걸 되팔아서 위자료로 주겠다는 귀족이 드물긴 하겠지. 에제트는 처음에만 약간 감정을 드러냈을 뿐 지금은 또 무표정인 것 같아 감을 잡기 힘들었고.

"영지의 성을 보수하는 데 쓰면 성의 사용인들이 좋아하지 않을까요?"

"……보수요?"

"네, 보수요."

이 소박한 궁에서도, 에제트의 눈빛은 지나치게 형형하다. 자신을 노려보고 있지 않는데도 그런 기분이 들었다.

"계약서대로라면 제가 손해 보는 게 전혀 없군요. 디아린 영애."

"그러려고 열심히 준비해 왔으니까요."

이 말만큼은 완벽한 진심.

에제트는 오래지 않아 디아린에게서 시선을 뗐다. 검을 쥐는 자 특유의 단단한 손이 깃펜을 집어 들었다. 2년 새에 못 본 흉터가 늘어난 것 같기도 하고.

그의 얼굴이 보이지 않아, 디아린은 대신해 다른 것들을 주의 깊게 보곤 했다. 의복도 그중 하나였다.

'옷도 예쁘네.'

오늘 에제트는 화려한 차림새였다. 황제를 알현하고 온 모양이다. 황자들의 정복 중 하나인 흑청색 예복은 금박으로 문양이 수놓아져 있었고, 루비와 흑요석, 다이아몬드가 조화로이 장식되어 반짝거렸다.

누가 봐도 너무 번듯하게 아름다워서, 이 흰 떡갈나무 궁에 어울리지 않았다. 다이아몬드를 신문지로 감싸 놓은 것 같았다.

디아린이 에제트의 옷이나 관찰하고 있는 사이, 램드는 정말 이래도 괜찮은 건가, 하는 표정으로 에제트를 바라보고 있었다. 그러거나 말거나 펜촉은 종이를 스쳤다.

에제트 아스페르크 키르헨

아키르 황족 특유의 단정한 글씨체다. 에제트가 펜을 내려놓았다.

* * *

에제트는 적어도 자신이 한 약속에 대해서는 칼같이 지키는 성정이었다. 그 결과로 디아린은 북문석 영지로 향하는 마차를 탈 수 있었다. 에제트가 계약서에 서명을 한 후 30분도 걸리지 않아 준비 된 마차였다.

덜그럭, 덜그럭.

바퀴 굴러가는 소리가 귀에 들어온다. 좋은 마차였다. 돈을 덕지덕지 처바른 최고급 마차까지는 아니었지만 몇 가지 편의 마법이 걸려 있었다. 특히 바퀴에 마력을 주입해 공기 위를 달리듯 푹신한 승차감을 주는 마법은 그리 어려운 마법도 아니었다.

디아린은 막 새로운 옷으로 갈아입은 상태였다. 콘클의 하녀들이 열심히 입혀 준 최고급 드레스는 마차 안에서 벌써 벗어 버렸다. 도와주는 하녀 없이 풍성한 드레스를 벗는 건 몹시 어려운, 기예에 가까운 일이었지만 디아린에겐 말 잘 듣는 사역마들이 있었다.

〈내가 왜 옷시중 따위를 들어야 하는 거지?〉

〈그야 주인님 옷이잖아요.〉

〈우린 신수야!〉

〈하지만, 로르.〉

올은 세상에서 가장 순수한 목소리로 말했다.

〈사역마는 명령에 절대 복종해야 한다구요?〉

〈젠장! 조용히 해! 그 가증스러운 순진한 척 집어치우란 말이다!〉

〈네에?〉

"로르."

화가 난 듯 번쩍번쩍 빛을 뿜던 붉은 깃털이 움찔 떨렸다. 디아린이 태연하게 말했다.

"그 숄 던지면 넌 죽는 거야."

〈제길…….〉

순식간에 고와진 마력이 동동 띄워 놓고 있던 베르쥬 숄을 아주 조심조심 접었다. 마차 좌석 위에 사뿐 올려놓는 폼이 몹시 부드럽다. 일을 끝낸 올과 로르의 깃털은 디아린의 몸으로 날아와 흡수되듯 사라졌다.

디아린은 좌석 시트에 드러누웠다. 타고 있는 사람이 본인 혼자니 거리낄 것도 없었다. 급하게 꾸려진 이 마차에는 딱 세 명만 타고 있었다.

디아린, 마부, 그리고 램드 경.

에제트는 없었다. 황제의 뒤바뀐 신임을 증명하듯, 그는 무려 한 달을 더 수도에 머물러야 했다. 수도에서의 일정이 빡빡해졌다는 건 그만큼 황제의 총애를 받게 되었다는 소리와 마찬가지였다.

'난 혼자 북문석으로 가도 상관없다고 했는데.'

그 말이 객기로 들렸던가. 얼떨결에 램드가 함께 북문석 영지로 가게 되었다. 에제트의 명령이었다.

바로 전에, 자길 죽여도 좋다고 허락해 준 기사와 함께 떠나는 여행이라.

램드는 램드대로 디아린이 불편한 눈치였다. 마부석에 타겠다고 자처하더니 한 번도 마차 안으로 오질 않았다. 아마 영지에 도착할 때까지 이럴 것 같았다.

'나야 좋지 뭐.'

근 30여 년간 이동을 방해하던 재해, 대마물 스켈루스는 이제 없다. 여기저기 다시 게이트가 깔릴 것이고, 북문석 영지에도 새 게이트가 생길 것이다.

이런저런 생각을 하던 디아린의 시선이 잘 개어 놓은 드레스를 향했다.

〈주인님, 드레스 제가 갰어요. 잘 갰죠?〉

"너는 하녀 해도 되겠네. 올."

〈헤헤.〉

올이 뿌듯한 목소리로 물었다.

〈근데 무슨 생각을 하세요? 드레스 보면서 계속 웃으시네요?〉

"콘클 사람들 배가 좀 많이 아프겠다는 생각."

공작저의 사용인들은 디아린이 돌아오기만을 기다리고 있을 터였다. 입 벌어지게 비싼 드레스와 번쩍번쩍한 황금 장신구. 명품 구두며 금화로 장식한 모자, 레티큘과 베르쥬 숄을 깨끗하게 회수할 생각만 하고 있겠지.

하지만 디아린이 북문석 영지로 향하면서 전부 물거품이 되었다. 그들이 영지로 서신을 넣을 수도 없거니와, 착용한 것들을 돌려보내 달라고도 못 할 터였다. 귀족 사회에서 자존심이라는 건 꽤나 까다롭고 복잡한 문제였으니까.

아마 그런 편지를 보냈다간 콘클 공작가에서 바로 쫓겨날 터다. 체통도 모르고 주인의 위신을 해쳤다는 문제로.

"그러니까 이거 전부 다, 내 거란 소리야."

공작가 예산에 경제적 부담 안겨 주기.

공작저 사용인들 배 아파하게 만들기.

소소한 복수를 잘 끝냈으니, 이제 디아린은 본인의 본래 목적에만 집중하면
된다.

아니, 목적'들'이지.

디아린이 고개를 모로 기울였다. 연보라색 눈동자가 마차 천장을 바라본다.

"이번에는 마법에 실패하지 않겠지? 올, 로르."

* * *

천재와 바보는 종이 한 장 차이라고 했던가.

디아린은 이 말을 조금 다르게 바꿨다.

천재와 미친놈들은 종이 한 장 차이다.

마법사들은 일반인의 눈으로 볼 때 천재였다. 이 천재라고 불리는 마법사
들에게는 고질적인 병이 하나 있었다. 신체적인 병을 일컫는 게 아니었다.
마법사들은 마법에 대한 열망과 탐구욕이 너무 심했다.

오직 향상심만이 그들의 인생을 좌우했다. 한번 마법에 실패하면 3년을
틀어박혀 지냈다. 영혼을 걸고 만든 대마법진을 실패하면 깊은 낙담에 빠져
목숨도 종종 끊어 버렸다. 그야말로 미친놈들. 디아린의 냉정한 성격으론
도저히 그 충동이 이해가 가지 않았다. 그래서 한심하다고 여겼다.

'한심하긴 개뿔.'

저 또라이들 사이에서 나만 정상이라고 생각했었지. 얼마나 커다란 착각
이었던가.

첫 번째 생에서 디아린은 '흰 사슴족'이라는 부족에서 태어났다.

고고한 흰 사슴족은 태생적으로 빛과 치유를 담당했다. 마법사인 디아린은
말하자면 별종이었다.

'그래서 끝이 좋지 못했나.'

디아린은 마법사로서는 굉장히 뛰어났지만, 그 외에는 흰 사슴족이라고

할 만한 특징이 거의 없었다. 흰 사슴족 특유의 헌신적이고 다정한 성격은 조금도 찾아볼 수 없었다.

디아린의 싸늘한 성격은 하필이면 같은 흰 사슴족의 아이가 있어 더욱 비교당했다.

디어(Dear) 반다.

디아린과 더불어 또 다른 흰 사슴족의 아이.

좋은 아이였다. 다정한 성격과 따뜻한 행동.

그 애는 항상 자신을 걱정했다. 이성적인 마법사의 길을 택해 점점 차가워지고 냉정해지기만 하던 디아린과는 정말이지 본질적으로 다른 아이였다.

그들이 살던 세계는 부족 간의 전쟁이 극렬했다. 숲속 깊은 곳에서 살던 흰 사슴족에게도 그 전쟁의 여파는 강하게 있어서, 반다의 상냥함은 여러모로 위안이 되었을 것이다.

'하지만 나 때문에 죽어 버렸지. 반다는.'

정확히는 디아린의 방어 마법에 반다가 휩쓸렸다. 흰 사슴족을 지키기 위해 디아린이 세운 방어막을 적들은 폭발로 파훼하려고 했고, 반다는 하필 그때 폭발하는 마법에 휩쓸려 버렸다.

디아린의 품에서 피범벅이 되어 반다는 죽었다.

'나는……, 살고 싶었어.'

아직도 반다의 그 한 마디만 흐릿하게 기억에 남는다.

'난 그 애를 되살리려고 했는데.'

흰 사슴족의 원로들은 결론을 내렸다. 당대 한 명씩만 태어나는 흰 사슴의 아이가 이번에만 둘인 이유는, 둘 중 하나가 일찍 죽었을 때를 위해서인 것 같다고.

게다가 디아린은, 흰 사슴족의 아이답지 않게 너무 차갑고 싸늘하니까.

종족의 의무에 준거해 디아린은 반다를 되살려야 했다.

그래서 디아린은 대마법진을 그렸다.

죽은 반다를 되살리려는 대마법.

이전 삶의 디아린이 생의 마지막에 그리던 마법진이기도 했다. 그녀가 심혈을 기울여 준비한 이 대마법진에는 한 치의 오차도 없었다. 그럼에도 실패했다. 무엇이 부족했는지, 대체 뭐가 문제였는지는 디아린은 아직도 완벽히 파악하질 못했다.

'아무튼 처참하게 실패.'

세계의 법칙은 냉정했다. 대마법진 실패의 대가로 디아린에게 남은 수명과 남은 마력 중 하나를 바칠 것을 종용했다. 그녀는 실패한 마법진 위에 주저앉아 웃음을 터뜨렸다. 역류한 피를 야차처럼 뒤집어쓰고 한참을 웃던 젊은 마법사는 수명을 전부 버렸다.

이후로 얻은 두 번째 삶도, 세 번째 삶도 비슷했다. 다른 게 있다면 두 생을 합쳐 스무 살도 넘기지 못하고 죽은 점?

'어차피 너무 짧았던 생들이라 기억도 잘 없어. 괜찮아.'

디아린이 환생을 거듭하며 깨달은 건, 첫 번째 생에서 반다를 되살리려다 실패한 이후 자신의 영혼에 심각한 마법 부작용이 남았다는 사실이다.

어느 정도 나이가 들면 항상 실패한 대마법진에 집착하는 것.

겪은 삶은 흐려지고 첫 번째 생만 떠오르는 것.

영영 잊지 못하는 것.

'벌써 네 번째 삶이야.'

새로운 삶을 인지하는 바로 그 순간. 디아린은 스스로의 마법에 강력한 금제를 걸면서 맹세했다.

다시는 마법을 쓰지 않겠다고.

다시는 마법에 소망을 걸지 않겠다고.

'그렇게까지 했는데도 별로 평화로운 삶은 아니지만 말이야.'

마법에 걸렸던 금제는 적조의 영혼들이 날뛰면서 완전히 깨 버렸다. 디아린의 목숨까지 깨지지 않은 이유는 그녀가 이전의 삶에서 상당한 고위 마법사였기 때문이다.

똑똑.

문 두드리는 소리가 들린 건 그때였다.

"콘클이스터 영애. 잠시 들어가도 되겠습니까?"

여행 내내 마부석 옆에 동상처럼 앉아 있던 램드가 문을 열고 들어왔다. 그는 여전히 딱딱했다. 하지만 이전과 다른 점이 있다면 디아린이 싫어서가 아니라 콘클이 싫어서 경계하는 딱딱함이었다.

"크흠, 영애. 아까 동행하는 상단주들과 협의를 했는데, 이 키랄트산이 요즘 영 분위기가 좋지 않다고 합니다. 밤에도 계속 달려 빠르게 빠져나가는 쪽으로 의견이 좁혀졌는데 괜찮겠습니까?"

"분위기가 좋지 않다고요?"

"마물이 출몰한다는 목격담이 들려왔답니다."

"마물이요? 그럼 최대한 빨리 나가야겠네요."

"예, 그럼……."

램드가 가볍게 고개를 숙였다. 그가 막 몸을 내리고 마차 문을 닫으려는 순간이었다.

"으아악!"

귀 찢어지는 비명이 산길을 울렸다.

"검은 안개야! 검은 안개가 생겼어!"

"용병들 전원 무기를 꺼내라!"

램드가 딱딱하게 굳은 얼굴로 디아린을 바라보았다.

"절대 나오지 마십시오, 영애. 바로 빠져나가야겠습니다."

고개를 끄덕일 새도 없이 문이 단단히 닫혔다. 비명 소리와 함께 마차가 다시 달리기 시작했다. 마물로부터 최대한 빨리 도망치려는 것 같았다.

디아린은 마차 손잡이를 잡고 표정을 굳혔다.

'검은 안개라니.'

창밖은 아까와는 다른 의미로 캄캄해졌다. 무언가를 태워서 만든 듯한 인위적이고 새카만 안개가 물씬 피어올랐다. 저 안개는 일반적인 자연 현상이 아니었다.

검은 안개.

시체가 썩으면 고약한 냄새가 나는 것처럼, 마물이 나타나면 함께 피어오르는 안개였다. 애초에 마물이란 평범한 괴물을 뜻하는 말이 아니었다. 땅 아래, 지옥에서 기어 올라온 저주. 이 저주를 내린 것은 다름 아닌 용이었다.

천룡 오드.

황법에 적시된 아키르 제국의 공식 명칭은 '오드 아 키르'였다.

아키르 제국의 시조는 현자였으며, 동시에 전설적인 마법사였다. 시조는 천룡 오드의 도움을 받아 나라를 세웠고 후에는 대마법진까지 완성했다.

대마법진에서는 각기 한 쌍의 날개를 가진 신수들이 나타났다. 그 신수들이 바로 백조, 흑조, 청조, 황금조.

그리고 적조였다.

하지만 인간의 욕심은 끝이 없다고 했던가?

시조는 용혈을 탐냈다. 그는 천룡 오드를 배반하고 마법을 걸어, 오드의 용혈을 전부 제 몸으로 이식시켜 버렸다. 믿고 도왔던 인간에게 피를 전부 빼앗긴 천룡, 오드는 죽어 버리기 전 마지막 힘을 다해서 저주를 내렸다. 마물이 우글대는 땅 아래의 지옥문을 열어 버린 것이다.

영생을 누리기 위해서 용을 배신한 시조. 그는 배반의 대가로 평생토록 열린 지옥문을 방어하는 마법진을 만들어야 했다.

그 노역으로 완성한 것이 바로 고위 마법의 집약체인 수문석이었다.

수문석은 지옥의 문을 봉인한 커다랗고 신성한 보석이었다. 제국 곳곳에 박은 여덟 개의 수문석은 완벽하지는 못했다. 용의 마법이 인간의 마법보다 상위였기 때문이다.

이후 천 년에 가까운 세월 동안 수많은 마법사들이 수문석들을 보수했다.

4개의 수문석은 완벽해졌지만, 남은 4개의 수문석은 여전히 불완전했다. 마법사들은 늘 인력 부족에 시달렸고, 용혈을 그대로 흡수한 시조의 마법도 여간 거대하고 까다로운 게 아니었다. 수문석 보수는 아직도 현재 진행형이었다.

북문석, 에제트가 수호하고 있는 수문석도 '아직 열려 있는' 수문석 중 하나였다. 이 불완전한 수문석의 틈으로 마물들이 정기적으로 기어 올라왔다. 그들로부터 수문석을 수호하고 영지를 보호하는 게 용혈을 타고난 아키르 황족의 의무였다.

〈……라는 거죠. 아시겠지요? 주인님.〉

"으응. 너 설명 잘하네. 올?"

디아린은 떨떠름하게 대답했다. 하지만 흥미롭기도 했다. 특히 천룡 오드의 진실에 대해서는 처음 들어 보았다.

"무슨 비리 같다. 하긴, 천 년이나 지났으니까."

이 이야기를 알고 있는 사람은 한 명도 남아 있질 않았다.

아키르 황실에서는 이 이야기를 아름답고 교훈을 주는 전설로 적당히 재생산했다. 그러고는 구전 설화로 널리널리 퍼프렸다. 아마 디아린도 적조의 로드가 되지 못했더라면, 평생 몰랐을 진상이겠지.

그녀는 휙휙 바뀌는 창밖의 풍경에서 시선을 떼지 않았다.

"달려! 계속 달려라!"

"산을 벗어나면 된다, 어서!"

마차 안에 있는데도 엄청난 속도감이 느껴졌다. 마차 바퀴가 빠져 버리는 건 아닐까? 디아린이 걱정한 순간이었다.

'어?'

덜컹. 큰 소리를 내며 마차가 갑자기 멈췄다. 몸이 확 쏠려 하마터면 자빠질 뻔했다.

"아가씨! 나오세요! 어서……, 헉! 기사님! 기사님!"

마부의 비명 소리. 정체를 알 수 없는 커다란 소음과 말들의 비명 소리가 들리더니, 갑자기 마차가 심하게 요동쳤다. 눈 깜빡할 새였다. 마차가 엄청난 속도로 달리기 시작했다.

'무슨 상황이지?'

〈주인님.〉

동동 날아 창문을 통과해 바깥을 보고 온 올의 붉은 깃털이 속삭였다.

〈베어울프가 말을 먹어 치우고 마차를 끌고 가고 있는데요.〉

"어? 이 마차만 끌고 가고 있어?"

〈네에.〉

"……왜 굳이? 이 마차, 행렬 중간에 있었을 텐데?"

〈그야 마물들은 신수 소환사의 체취에 홀리니까요.〉

〈인간 네가 여기서 제일 맛있어 보인단 소리다.〉

때마침 디아린이 읽던 책 한 권이 충격에 못 이겨 촤르륵 펼쳐졌다. 책에 그려진 삽화가 보였다.

달콤한 생크림 쿠키. 먹음직스러운 칠면조 구이. 버터 한 조각. 꿀과 설탕을 바른 과일. 윤기가 차르르 흐르는 각종 진미들.

디아린의 얼굴이 약간 일그러졌다.

"……내가 지금 저렇게 보인다는 거야?"

〈그래.〉

로르가 무심한 목소리로 덧붙였다.

〈참고로 좀 더 달리면 절벽이다. 인간.〉

"와……, 나 이런 여행 처음인데."

〈보통 사람은 이런 여행을 하지 않지.〉

"돌아가면 신수의 힘을 제대로 감추기부터 해야겠어."

디아린은 곧장 일어서 마차 문부터 열었다. 꽝음과 함께 마차 문이 바깥으로 확 젖혀져 엉망으로 나부꼈다. 말이 전속력, 아니 그 이상으로 달리는 속도로 풍경이 휙휙 바뀌었다. 뛰어내리면 몸이 조각조각 박살이 날 게 틀림없었다.

디아린은 왼쪽 손으로 내부 손잡이를 꽉 잡은 채 오른손을 펼쳤다. 손바닥 위로 붉은색 마법진이 둥실 떠올랐다. 붉은 마력이 마치 검처럼 날카롭게 변했다. 마력을 틀어쥔 디아린이 그대로 마차 문을 콰직 썰어 버렸다.

쾅!

고막을 때리는 폭음과 함께 마차 문이 그대로 뒤로 날아갔다. 마차 내부에서의 커다란 소음을 감지한 듯, 미친 듯이 폭주하던 마차의 속도가 돌연 뚝 멎었다.

디아린은 타이밍을 놓치지 않고 주저 없이 마차에서 뛰어내렸다. 바로 그 순간, 마차 앞쪽에서부터 오싹한 소리가 들렸다. 그녀는 곧장 시선을 옮겼다. 디아린보다 족히 두 배는 큰 그림자가 묵직한 걸음으로 걸어오고 있었다.

"크르릉……."

디아린의 손목만 한 송곳니에는 새빨간 피와 살점이 흥건했다. 노란 안광은 어둠 속에서 짐승처럼 빛났다.

베어울프.

마물임을 증명하듯 두 눈에서는 끊임없이 붉은 피가 줄줄 흐르고 있었다. 웬만한 기사 몇은 덤벼야 할 정도로 단단하고 커다란 몸집이 위협적이었다. 베어울프는 디아린을 노리고 있었다.

"크르릉!"

베어울프는 그대로 디아린에게 뛰어들었다. 오직 포식자로서의 본능만 남은 마물에게, 디아린은 너무도 허점이 많고 유혹적인 먹잇감이었다.

강철 같은 송곳니로 여린 목덜미를 물어 뜯어내기 직전.

서걱.

베어울프가 달려드는 자세 그대로 절반으로 갈라졌다. 서슬 퍼런 안광이

제자리로 돌아가기도 전, 베어울프가 미처 죽음을 인지하기도 전. 마물이 피를 분수처럼 뿜었다.

바로 그 순간, 디아린의 등에서 붉은 날개가 마물처럼 뻗어져 나와 베어울프를 한 입에 집어삼켰다. 사체는 순식간에 완전히 세상에서 지워졌다.

〈이 베어울프는 무리 중 수장인 모양이다. 마력의 양이 월등하군.〉

사체를 깨끗하게 먹어치운 로르가 말했다. 그때 디아린이 품속에서 손수건을 다급히 꺼냈다.

쿨럭!

바닥에 피를 뱉은 디아린이 손수건으로 재빨리 입을 닦았다.

"영애! 콘클이스터 영애!"

실로 무서운 속도로, 램드 경이 말을 타고 쫓아왔다. 이 어두운 산길에서 이렇게 빨리 찾아온 것도 대단한 능력이었다.

'며칠 전 열린 기사 결투에서도 우승했다더니.'

원래 그렇게까지 대단한 기사가 아니었던 걸로 아는데. 희한했다. 램드는 거의 화살이 날아오는 듯한 느낌으로 말에서 뛰어내려, 순식간에 디아린 앞에 도달했다.

"괜찮으십니까? 다친 곳은요? 마물들이 계속 길을 가로막는 바람에 그만……!"

"난 괜찮아요. 베어울프가 여기까지 끌고 오더니 저기로 사라지더라고요."

"후우……. 다행입니다."

깊은 안도의 한숨.

마물들을 미친 듯이 베어 내며 왔는지 램드의 모습은 엉망이었다. 불곰이 연상되는 북슬북슬한, 눈동자 색과 꼭 같은 진홍색 머리카락도 바람에 흩날려 엉망진창이었다. 이거 뭐 겉만 보면 램드가 오히려 납치되었다가 풀린 사람으로 보일 지경이었다.

그런 모양새로 잘도 램드는 마차 주변을 빙글빙글 돌면서 신중하게 살폈다.

"기사님! 기사님!"

"이쪽이오! 여기 있소!"

횃불을 든 무리들이 어둠 속에서 보였다. 비상용 마법 아티팩트로 빛을 되돌려 보낸 램드가 주의를 거두지 않으며, 디아린 쪽으로 시선을 옮겼다.

그 순간, 램드의 눈이 크게 뜨였다. 숲을 바라보고 있던 디아린이 숨죽여 기침을 하더니, 조용히 피를 뱉은 것이다. 창백하게 질린 얼굴로 그녀는 입에 묻은 피를 닦았다.

램드는 급하게 숨을 참았다. 못 볼 걸 훔쳐 본 듯한 기분이다. 그는 보지 않은 척 몸을 홱 틀었다. 순식간에 램드의 머릿속 또한 엉망이 되었다.

'⋯⋯피? 피를 토해?'

디아린 콘클이스터 영애. 혹시, 어디가 아픈 건가?

chapter 2

대륙에서 가장 귀한 접빈실은 제국 황궁의 알현실이다.

오직 황제를 접견하기 위한, 황제만을 위한 자리. 자줏빛 옥좌는 고상했으며, 다이아와 황금, 상아, 각종 붉고 푸른 보석들을 아낌없이 퍼부은 장식들은 순간 얼떨떨한 기분이 들 정도로 호화로웠다.

이 눈부신 알현실에서, 에제트는 무표정한 얼굴로 앞을 바라보고 있었다.

출입구부터 시작해 보좌 앞까지 길게 깔린 붉은 다마스크 융단. 하필이면 그 붉은 융단과 비슷한 색상의 로브를 주워 입고 온 중년의 마법사가 걸어 들어왔다.

'보호색 같군.'

'보호색 같아요.'

'보호색인가.'

주변에서 어찌 생각하는지 모르는 마법사가 황제에게 고개를 조아렸다.

"에제트 아스페르크 키르헨 저하의 위명에 찬사를 보내고자 합니다. 저는 사계탑 소속 마법사 제랄드라고 합니다."

"반갑군. 제랄드 룬."

"황공하옵니다. 폐하."

정중한 인사가 금세 흥분으로 바뀌었다.

"정말 영광입니다! 제 눈으로 직접 수문석에서 귀환하신 분을, 보게 되다니……! 대대로 남을 광영이지요! 오드 아 키르의 위대한 다섯 신수들에게 이 영광을 올립니다."

위대한 다섯 신수들에게 영광을 올린다.

아키르 제국에서는 최고의 존경을 담아 바치는 인사였다. 에제트의 표정은 별반 달라진 게 없었지만, 알현실에 서 있는 다른 귀족들은 달랐다.

사계탑이 얼마나 오만하며, 독자적이고, 고집불통에.

'지 멋대로인지 모르는 사람은 적어도 이 자리에 아무도 없지.'

옥좌에 앉아 듣고 있던 황제, 브루노 9세도 흡족한 표정을 지었다.

"사계탑의 성의가 고맙군. 제랄드 룬."

"황공하옵니다. 황제 폐하."

"허나 이상하군. 8황자의 마법사—딜리스 오안이라고 했던가? 그녀가 이미 사계탑으로 향했다고 짐이 알고 있는데?"

수문석에서 살아 돌아온 사람은 셋.

에제트.

램드 베스턴.

그리고 북문석 영지의 마법사인 딜리스 오안이었다.

그녀는 황제의 부름에 응하기 앞서 사계탑으로 향했다. 기본적으로 모든 마법사들은 사계탑 소속이었기 때문이다. 그 독자적인 영향력은 황제라고 해도 쉽게 볼 수 없었다.

"하하하."

제랄드가 웃으면서 말했다.

"저는 아키르 제국으로 급히 출발하느라 딜리스 룬과는 아직 만나질 못했지요. 그렇지만……."

그가 또 확 들떠 올라서 떠들었다.

"딜리스 룬의 사례도! 정말! 정말 정말! 놀랍습니다! 분명 2계급 마법사에 불과했는데, 수문석 지하에서 살아 돌아오자마자 4계급으로 껑충 상향됐다 지요! 전례가 없는 일입니다!"

마법사가 계급을 뛰어넘는 것은 정말로 어려운 일이었다. 몇십 년씩 수련 해도 될까 말까였다. 그런데 딜리스 오안은 기껏 2년 만에 4계급 마법사가 되어 귀환했다.

전설까지는 아니어도 준전설.

사계탑의 마도 교과서에서는 이미 실리기로 확정된 이야기였다.

"황제 폐하. 제가 주워듣기로는, 8황자 저하와 함께 귀환한 기사, 램드 베스턴이라는 젊은 기사 역시 실력이 부쩍 늘었다고 하더군요! 이 기적도 정녕 진실입니까?"

"진실이라네. 제랄드 룬."

램드는 이번 비공식 기사 결투에서 우승을 차지했다. 황제는 팔걸이를 두드 리면서 에제트를 보았다.

"원래 그렇게 눈에 띄는 기사가 아니었는데 말이지. 그렇지? 에제트 아스 페르크."

"예, 할바마마."

에제트가 차분하게 대답했다.

할바마마라는 호칭을 듣고, 싱글벙글 사람 좋게 웃던 중년 마법사 제랄드의 낯에 약하게 금이 갔다.

그랬다. 황제와 에제트는 조손 관계였다. 비단 에제트뿐만이 아니었다. 황실에 현존하는 모든 황자들은 황제, 브루노 9세의 친손자였다. 아키르의 황제이자 철혈의 군주, 브루노 9세에게는 살아남은 친자식이 없었다.

황제인 브루노 9세의 숙청 때문이었다.

12년 전, 황제의 맏이이자 장남이었던 황자가 반역을 일으켰다. 그 반역이

도화선이 되었다. 단죄하여 캐다 보니 거의 대부분의 황녀와 황자가 직·간접적으로 가담되어 있었다.

그야말로 충격적인 일.

이후 브루노 9세는 깊은 불신에 빠져 친자식들을 전부 도려냈지만, 그래도 황통을 이을 후계자는 필요했다. 그래서 본인만의 기준을 통과한 손자 몇몇만 살려 '황자'로 책봉했다.

덕분에 현 제국의 황자들은 전부 브루노 9세의 아들이 아닌 손자였다. 당시 내외국은 물론 정상인이 드문 사계탑에서까지도 '엥? 저건 좀 엽기적인데……?' 하고 의견이 떠돌 정도였다.

그사이 황제가 물었다.

"제랄드 룬. 혹시 수문석 지하에 들어가면 기사의 실력이 비약적으로 상승하는 건가?"

먼저 물어 놓고 황제는 아, 하면서 고개를 저었다.

"아니군, 아니야. 그럴 리가 없겠지. 만일 그렇다면 황실 기사단이며 서북 문석 일대가 전멸하진 않았을 테니까."

"그렇습니다."

제랄드가 이마를 살짝 찌푸렸다.

"정제되지 않은 마력의 안개 속에서 기적처럼 살아남다 보니, 실력이 극적으로 상향된 것뿐이지요. 수문석 지하는 표현 그대로 지옥이니까요."

"그래. 지옥으로 유명한 곳이지."

"맞습니다. 혹시, 폐하께서도 그런 소문을 들어 본 적 있으신지요? 맹독 버섯을 섭취하면 아주 적은 확률로 질병을 떨쳐낸다는 소문 말입니다."

"들어 보았네."

"이미 아시겠지만 뜬소문에 불과하지요."

"그렇군. 제랄드 룬이 무슨 말을 하려는지 알겠네."

맹독 버섯을 먹으면 죽는다.

하지만 아주 간혹, '치사량에 이르는 강력한 맹독이 몸에 쌓인 독을 밀어내면서 신체가 새로 탈바꿈 된다'라는 말이 떠돌았다. 그게 진짜인지 확인할 수도 없을뿐더러 독버섯을 먹고 죽을 확률이 비교도 할 수 없게 높았다.

"게다가 그런 식으로 사람을 사지로 몰아넣어 성장시키는 방식은, 흑마법사들이나 시도해 볼 짓이지요."

사계탑은 정도(正道)를 표방하는 곳이었다. 게다가 이번처럼 몹시 특수한 경우가 아니고서야, 시조의 봉인 마법을 뚫고 인간이 지하로 내려가는 것도 불가능에 가까웠다.

브루노 9세가 고개를 끄덕였다.

"사계탑의 도덕성에 대해서는 한 치의 의심도 없다네."

"지고하신 폐하께서 그리 말씀해 주시니 영광입니다."

매끄러운 대답이었다.

에제트는 왜 사계탑의 수많은 마법사들 중, 제랄드가 황제를 알현하러 왔는지 알 수 있었다. 제랄드는 황제 앞에 서기에는 썩 괜찮은 달변가였다. 사교성을 말아먹은 마법사들만 득시글댄다는 사계탑에서, 이 정도면 대단한 인재일 것이리라.

이런 점을 차치하고서라도, 제랄드는 에제트에게 몹시도 우호적이었다.

"사계탑에서는 이미 대공사에 착수할 준비를 마쳤습니다. 8황자 저하의 엄청난 업적 덕분에 더 이상 게이트가 파괴될 염려가 없어졌으니, 무너졌던 게이트를 전부 복구하고 재정비하는 데 열을 올릴 예정이지요!"

"그렇다면 요석의 가격이 요동치겠군."

"그렇지요, 폐하."

요석은 마물의 핵에 잠겨 있는 돌이었다. 게이트를 설치하기 위해서는 이 요석이 반드시 필요했다. 하지만 대부분의 사람은 이 요석을 맨손으로 잡을 수가 없었다. 오직 '공평한 혈통'만이 요석을 잡아도 탈이 나지 않았다.

"아키르 황궁의 게이트들은 시조의 위대하신 보호 마법 덕분에 망가진 것이 없으나, 수도의 게이트들은 사정이 다르다. 멀쩡한 곳이 없지."

"막혔던 길들이 전부 뚫릴 것입니다."

황제는 흡족한 표정을 지었다.

이후로도 사계탑이 얼마나 열광했는지, 몇 번이고 실감나게 이야기한 후에야 제랄드는 재무부 대신과 함께 알현실을 떴다. 더불어, 함께 서 있던 귀족들까지 내보낸 황제가 입을 열었다.

"사계탑 그 딱딱한 놈들이 저렇게까지 흥분하는 건 처음이구나. 에제트 아스페르크."

"황공하옵니다. 할바마마."

"콘클 공작이 너를 보며 그렇게 애태우는 이유를 알겠노라."

"일시적인 관심일 뿐이겠지요."

"지나친 겸손이구나."

황제가 흐음, 하며 턱을 쓰다듬었다.

"그래, 콘클의 방계―공평한 피를 북문석 영지로 보냈다고?"

"예."

"콘클의 힘은 쉽게 무시할 수가 없지."

황제가 이렇게 말할 만큼, 콘클 공작가는 아주 오래된 가문이었다. 아키르 제국이 건국되기 전부터 이미 존재했다고 알려진 가문이었으니 족히 천 년은 넘었으리라.

후일 아키르의 시조가 날개 달린 신수들을 소환한 후에야, 콘클은 제국에 복속되었다고 알려져 있다. 당연히 콘클이 첩첩이 쌓아 놓은 권력과 재력은 대단했다. 몇 년 전 후계자인 아들이 사고를 당한 후 콘클 공작이 잠시 칩거하긴 했지만 그뿐이다. 어쨌든 탄탄한 뼈대가 쉬이 사라지는 건 아니다.

"하지만 쉽지 않을 뿐 넘지 못한다는 뜻은 아니다. 켈스튜더 공작이 네게 관심을 많이 보이더군. 켈스튜더의 딸이면 격에도 맞고 아주 적당해."

황제의 마음은 반반이었다.

콘클과 굳이 척을 질 필요가 없으니 그냥 이대로 혼약을 유지하거나, 아니면 켈스튜더가 살랑살랑 흔드는 수많은 이익을 챙기며 콘클 공작 가문에 아키르 황실의 위력을 한 번 행사해 보는 것이나.

어느 쪽이든 괜찮았다.

"어쩌겠느냐? 네게 선택권을 주마."

"저는 괜찮습니다. 할바마마."

"흠? 하지만 그 방계 여자는……."

"디아린 콘클이스터 양은."

에제트가 입을 열었다.

"방계이긴 하지만 후견인이 콘클 공작이며 흑조의 각인자이기도 합니다. 북문석 영지엔 각인자가 항상 모자라지요. 재고해 주십시오. 할바마마."

건조한 이유였다. 하지만 맞는 말이기도 했다.

"네 말대로, 각인자는 값어치 있는 인재지."

특히 수문석 영지에 머무르는 각인자라면.

마물들이 내뿜는 마력은, 인간에게 본능적인 불안감을 안겨 준다. 하지만 각인자가 근처에 있으면 그런 불안감이 상당 부분 완화된다. 그래서 각지의 영주들은, 각인자를 꼭 영지에 데려와 놓고 싶어 했다. 한 명이라도 더 많이. 일종의 복지나 마찬가지였다.

"그래. 그르지 않은 사유구나. 에제트 아스페르크."

당장 켈스튜더와의 혼인이 급한 것도 아니니.

더군다나 북문석 영지는 거리가 멀다 보니, 각인자도 넉넉지는 않은 편이었다. 수문석 영지가 술렁이면 황실 입장에서도 꽤나 손해니까. 황제는 납득한 듯 수염을 쓸었다.

* * *

'춥다.'

디아린은 어깨를 오들오들 떨었다.

'이게 평범한 늦가을 날씨라니 말도 안 돼.'

물론 추운 건 디아린 혼자뿐인 것 같았다. 북쪽이 고향인 사람들은 팔팔했다.

"오늘은 가을치곤 좀 쌀쌀하구만!"

"예끼! 자네는 외투나 걸치고 말하세!"

"그래도 가을이 추우면 겨울이 따뜻한 법이지."

'……진짠가?'

제발 그러면 좋겠다고 생각하며, 디아린은 케이프 코트를 한껏 여몄다. 코트 안감에는 양피와 공단이 누비어져 있었지만, 북쪽의 냉기를 제대로 막아 주기엔 역부족이었다.

아직 북문석 영지에 도착하지 않았는데도 이 정도라니.

'하지만 수도에서 살 수 있는 옷은 이 정도가 전부였으니까.'

아키르의 시조가 그 염병을 떨고도 대제국을 유지할 수 있었던 건, 아주 강력한 마법 덕분이었다.

제국의 황궁에는 수많은 마법 성물이 남아 있다. 하나하나가 다른 왕국에서는 국보로 지정될 것인데, 그런 것들이 아키르 황실에는 차고 넘친다는 소리였다.

특히 어떤 마법 성물은 수도의 날씨를 언제나 온화하고 따뜻하게 유지해 준다고 했다. 그래서 수도에는 봄과 여름, 그리고 포근한 가을과 아늑한 겨울이 돌아가며 도래했다. 화려한 사교를 즐기기에도 정말 좋은, 그야말로 축복받은 계절이었다.

덕분에 수도에서 이런 두툼한 옷은 더 구입하기 힘들었지만. 이 케이프 코트도 당연히 재고품이었다. 하지만 이만한 코트를 바로 딱 건진 것도 행운이었다.

달달 떨면서 디아린은 주변으로 시선을 옮겼다.

시끌벅적했다. 상인과 용병들이 짐을 점검하랴 인원을 체크하랴 정신이 없었다. 그중에 마부와 램드는 없었다. 그들은 새 말과 마차를 사기 위해 잠시 자리를 비웠다.

에제트가 준비해 주었던 마차는 디아린이 문짝을 부숴 버렸다.

너덜너덜.

디아린은 한 마디도 안 했는데 마차를 본 모두가 "아니? 이렇게 무식하고 난폭할 수가! 정말 마물의 힘은 상상을 초월하는군요!" 하고 치를 떨었을 정도였다. 무식하고 난폭하게 마차를 때려 부순 장본인인 디아린은 아무것도 모르는 척했다.

상단에서는 선뜻 마차를 빌려주었다. 영지까지도 기꺼이 빌려주겠다고 했는데, 램드가 성격답지 않게 고집을 부렸다. 상단의 싸구려 마차로는 추위를 제대로 막지 못할 거라고 강력히 주장했다.

'정작 자긴 하나도 안 추워 보이던데.'

램드도 마부도 북문석 영지 출신이다. 추위를 타는 사람은 남부 출신인 디아린뿐이었다.

'이상하네.'

램드가 갑자기 자신을 배려하는 것 같았다. 이유가 뭘까?

'날 죽여도 좋다고 못을 박아서인가?'

하긴, 따지고 보면 디아린 본인은 콘클의 흑심과 무관하다고 주장한 것과 비슷하니까. 가장 걸리는 점을 제하고 나면 디아린은 에제트의 혼약자였다. 휘하 기사에게 존중을 받는 게 당연한 위치라는 소리였다.

홀로 납득한 디아린이 두 손을 깍지 껴 잡았다. 이것보다 더 추워지면, 손끝에 서리가 맺히지 않을까? 디아린은 처음 북문석 영지에 갔을 때도 심한 독감으로 개고생을 했었다.

턱.

갑자기 등 뒤에서부터 몸이 확 따뜻해졌다. 그리고 묵직하게 느껴지는 무게감. 디아린이 깜짝 놀라 뒤를 보았다.

"램드 경? 뭐예요?"

어느새 그녀의 어깨 위로 두꺼운 모피 망토가 둘러져 있었다.

"마침 운 좋게 양질의 모피 망토가 매물로 나왔더군요. 이 정도는 입어야 괜찮으시겠죠. 기사들이 걸치는 거라 디자인이 좀 투박하지만 참아 주십시오. 성에 도착하면 바로 고급스러운 망토를 구해 오겠습니다."

"어……, 네. 신경 써 줘서 고마워요."

램드가 볼을 살짝 긁적였다. 디아린은 금세 포근해지는 몸에 감탄했다.

"와, 정말 따뜻하네요."

갈색 모피 망토를 두르기만 했을 뿐인데 훈기가 서서히 돌았다. 디아린이 생명줄 잡듯 갈색 털 망토를 여미자 램드가 조심스럽게 입을 열었다.

"영애."

"네?"

"몸은 괜찮으십니까?"

"몸이요? 괜찮아요. 좀 춥긴 하지만요."

"……추위만 해결해 드리면 됩니까?"

이건 또 무슨 말인가.

디아린이 뭔 말이냐는 표정으로 램드를 바라보았다.

"배가 고프냐는 뜻인가요?"

"예, 뭐……."

"괜찮아요. 졸리지도 않고요. 시장하면 경 먼저 식사하세요."

평이한 대답. 램드는 불곰 같은 인상과는 달리 약간 머뭇거렸다. 그럴 수밖에 없었다.

영애, 피를 토하지 않았느냐고. 이걸 물어야 하는 것 같은데. 램드는 상식인이었다. 그런 사안을 먼저 물어볼 수는 없었다.

호위인 자신에게 먼저 이야기하지 않은 걸 보아하니, 감출 생각인 모양이었으니까. 애초에 그다지 친밀한 사이도 아니질 않은가. 외려 약속을 안 지키면 죽여도 좋다고 하는 그런 살벌한 관계…….

그런 사이 주제에 몸 상태에 대해 캐묻는다고?

'정말 끔찍하잖아.'

참 대단한 실례였다. 결국 램드는 헛기침을 했다.

"이틀 후면 북문석 영지에 도착할 겁니다. 영애."

"그래요?"

"예. 마부가 솜씨가 좋으니 더 단축될지도 모르지요."

디아린은 기억 속의 커다란 성을 떠올렸다. 북문석 성. 은회색으로 반짝이는 암반 위에 지어진 그곳은 겉만 보면 참 아름다운 건축물이긴 했다. 하얀 돌을 고르게 차곡차곡 쌓아 만든 외벽, 짙은 푸른색으로 칠해 놓은 지붕이며 둥근 원탑. 우아한 곡선의 창틀.

'……내부가 문제였지, 내부가.'

디아린의 방에는 난로며 탕파며 화로며 잔뜩 있어 따뜻했지만, 방문 밖으로 나서는 순간 추위가 사정없이 뺨을 때렸다. 복도에서는 정오일지라도 입김이 흩어질 정도였다. 복도 벽에 두꺼운 태피스트리를 걸어 추위를 막아야 하는데 그 큰 성을 다 감쌀 예산이 없었다.

창문도 그랬다. 깨지지 않은 유리보다 깨진 유리가 많았다. 깨져 나간 유리창을 바람이 두드려 덜커덩대는 소리는 가히 소름이 돋는다. 위험한 건 덤이었다. 그래서 깨진 유리는 웬만하면 걷어내고 나무 덧창을 달고 천으로 덮어 두었다.

디아린은 콘클에서 갈취해 온 드레스와 황금의 가격을 생각했다. 가장 좋게 팔아 줄 곳이 어디일까? 공방이나 뷰티 살롱보다는 상단에다가 직접 파는 게 더 좋은 값을 받을 수도 있었다.

'어떻게 꾸며 볼까?'

* * *

〈주인님?〉

올이 호기심 가득한 목소리로 물었다.

〈완전 거지꼴인 성이라고 하셨잖아요?〉

로르가 동조했다.

〈이 성이 거지꼴이면 네가 콘클에서 머물던 방은 폐허 아닌가?〉

〈아냐, 아냐. 거지 소굴이죠.〉

"……조용히 해."

말은 그렇게 말해 놓고, 디아린은 올과 로르에게 반박할 수 없었다.

'성이…….'

탈바꿈 수준으로 변해 있었다.

북문석 영지는 수도와 물리적 거리는 가장 멀었지만 땅은 굉장히 컸다. 거주하는 영지민들의 숫자도 엄청났다. 그래서 북문석 정통 귀족들이 의회를 만들어 관리했다. 다른 수문석 영지들과는 달리 자치령에 가까웠다.

하지만 황족이 머무는 성만은 황제 직할이었다. 이 말인즉슨 수문석성들은 황궁의 연장선이라는 소리였다. 그렇기 때문에 북문석 성의 내부가 그토록 엉망진창이었던 셈이다. 황궁에 있는 에제트의 흰 떡갈나무 궁과 비슷할 정도로. 밀려난 황족들에게는 흔히 있는 일이었다. 흔한 일이었는데…….

디아린은 멍하니 성을 둘러보았다.

밝았다. 밝고 환했다.

원래 이렇게 밝고 산뜻하게 조명을 켜 두던 성이 아니었다. 2년 전 북문석 성은 관리의 한계로, 성 절반의 복도를 폐쇄했었다. 나무판자를 X자로 걸어 놓고, '임시 폐쇄'라고 투박하게 써 놓았었는데. 덕분에 당시 디아린은 이 성이 유령성인지, 아니면 한 제국의 황자가 머무는 수문석성인지 아리송했을 정도였다.

그녀는 홀 중앙에 자리한 커다란 벽난로를 응시했다. 예전에는 골동품 같은 벽난로가 있었던 곳이다. 그을음이 심하게 눌어붙어 아무리 박박 닦아도 깨끗해지지 않을 것만 같았던. 그런데 지금은 반질반질한 황동으로 아예 새롭게 마감이 되어 있었다.

횅하니 비어 있던 벽에는 은으로 된 촛대들이며 싱싱한 생화 장식들이 가득했다. 심지어 천장에는 크리스털 샹들리에까지 세 개나 반짝거리고 있었다.

'전엔 저런 거 없었잖아······?'

아니, 엄밀히 말하면 있긴 있었다. 달랑달랑 떨어져 누구 하나 죽일 것 같던 낡디낡은 샹들리에가.

'사실 그건 유리 고물에 가까웠지.'

지금 디아린의 눈에 보이는 샹들리에들은 최고급품이었다. 콘클 공작저의 그레이트 홀에 달린 것과 비슷해 보였다. 사르르 떨어지는 물방울처럼, 예술적으로 매달린 수백 개의 크리스털. 그 밑으로 금빛이 눈부시게 산란했다.

바닥에도 역시 연둣빛 고급 대리석이 차곡차곡 깔려 있었다. 바닥재와의 색감 배치를 고려한 것 같은 짙은 암녹색 카펫도 양털로 짜낸 고급품. 한겨울이면 무채색이 되곤 하는 북문석 영지에 색다른 생기를 불어넣어 줄 것만 같았다.

'아, 이래서 에제트 표정이 그랬나?'

드레스랑 숄이랑 싹 다 팔아서 성 보수를 하자고 했을 때. 단순히 당황한 줄 알았는데······.

'으으.'

디아린은 어쩐지 창피해졌다. 괜히 성에 입성하기 전 다시 화려한 옷차림으로 정성껏 갈아입었나 싶었다.

'그건 그렇고 상황이 좀.'

기껏 잘 꾸며진 홀 안쪽은 분위기가 몹시 험악했다. 두 명의 남자가 서로를 노려보며 대치하고 있었다.

디아린은 둘의 이름을 알았다.

'하나는 더블렌 남작이고.'

이 북문석 성의 집사인 더블렌 남작.

'다른 하나는 마프랑이었나. 이름이 그랬지.'

줄곧 북문석 성의 내탕금을 집행하던 예산 집행관, 마프랑. 대치하며 서 있는 둘의 분위기는 상당히 좋지 않았다.

'서로 죽일 것 같은데?'

디아린의 생각이 끝나기가 무섭게 느글거리는 목소리가 들렸다.

"아~ 그래서 지금 다 가져왔다 이거 아니오? 그동안은 예산 집행 과정에서 실수가 있었다고 몇 번을 말합니까, 더블렌 남작?"

마프랑의 말에 더블렌 남작이 싸늘하게 대꾸했다.

"마프랑 집행관. 8년이나 예산 집행에 실수가 있었다는 걸 저더러 믿으라는 말입니까?"

"흐흠, 크흐흠!"

"더군다나 8황자 저하께서 실종되신 2년은 아예 예산 집행이 정지됐었죠. 도합 10년이나 실수를 하셨군요."

"거 너무 **뻑뻑**하게 굴지 맙시다, 더블렌 남작. 사람이 하는 일인데 실수가 있을 수도 있지? 지금이라도 제대로 집행해 놓았으면 됐잖습니까? 보시오. 여기 성도 수리를 전부 끝내서 번쩍번쩍하지 않습니까?"

"그동안은 북문석 성이 수리가 필요할 정도로 엉망이었다는 사실을 알고는 계셨단 뜻이군요. 마프랑 집행관."

"흠! 허흠!"

괜히 헛기침을 한 마프랑은 되레 벌컥 성질을 냈다.

"아! 그래서 어쩌라는 겁니까? 고아하신 황후 폐하께서 수문석성의 예산을 꼼꼼히 살피신다는 건 남작 당신도 잘 알고 있지 않소? 그러다 보니 조금 늦어진 것뿐이오!"

마프랑의 말을 듣던 올이 갸웃했다.

〈주인님. 쟨 뭘 잘했다고 지가 성질을 내요?〉

"황후가 편들어 줄 거라고 믿고 있어서 그렇겠지."

그동안은 쭉 그랬으니까.

황족들의 내탕금은 기본적으로 황후의 소관이다. 황태자나, 특별히 총애 받는 황족이 아닌 이상 황제는 신경을 기울이지 않는다. 오블리잔 황후는 그 기회를 놓치지 않고, 마프랑을 통해 에제트의 예산을 8년 넘게 불성실 하게 집행했다.

'그러니까 아직도 이렇게 건방지게 굴어도 괜찮다고 생각하는 거겠지.'

그게 아니고서는 마프랑의 저 싸가지를 설명할 수 없었다.

디아린은 귓가에 단 순금 귀걸이를 한번 만져 보고, 홀 안쪽으로 걸어갔다.

"마프랑 집행관?"

"음? 아니, 이게 누구……, 콘클이스터 영애님 아니십니까? 오랜만에 뵙습니다?"

"오랜만이네요."

디아린을 발견하고도, 마프랑의 태도는 별달리 달라지지 않았다. 2년 전에도 그랬다. 콘클 공작이 아버지로 있는 귀족 영애라고 처음은 조심하더니, 며칠 가지 않아 본래대로 오만하게 굴었다.

수도에 사람을 보내 알아본 거겠지. 디아린의 실제 위치에 대해서.

"아까 우연찮게 두 사람의 대화를 들었는데, 예산 집행에 실수가 있었다고요?"

그렇게 물으며 디아린은 흘긋 더블렌 남작을 보았다. 더블렌 남작은 디아린을 쳐다보지도 않았다. 심지어 상당히 짜증 난다는 표정을 숨기지도 않고 있었다.

디아린은 그 표정을 바로 해석할 수 있었다.

'진드기에 바퀴벌레까지 붙었네 하는 표정이네.'

마프랑도 불쾌하다는 목소리로 대답했다.

"그렇습니다. 실수에 불과한데, 더블렌 남작이 통 이해를 해 주지 못하고 있어서 문제지만요."

"어머. 사람이 실수를 할 수도 있죠."

"영애님이 제 편을 들어 주시다니?"

"사실이니까요."

"하하하!"

마프랑이 호탕하게 웃었다. 그가 웃을 때마다 비열해 보이는 콧수염이 꿈틀 거렸다.

"역시 장차 황자비가 되실 분이라 그런지 아량이 넓으시군요. 이보시오, 더블렌 남작?"

"……예."

"더블렌 남작의 윗사람이신 영애님이 이리 말씀하시니 이해해 줘야 않겠 습니까?"

"……."

마프랑이 의기양양하게 묻자 더블렌 남작이 입술을 꽉 깨물었다. 디아린은 일그러진 더블렌 남작의 얼굴을 흘긋 보고 말을 덧붙였다.

"하지만 마프랑."

"예, 영애님?"

싱글벙글 웃으며 되묻는 마프랑을 향해 디아린이 말했다.

"더블렌 남작의 입장도 이해는 해 줘야죠."

"음……."

"이건 8황자 저하의 체면과도 직면되는 문제니까요. 저하도 그간 불편하지 않으셨겠어요?"

마프랑의 눈썹이 살짝 올라갔다. 사실, 그가 부랴부랴 예산을 가져온 것도 8황자의 완전히 달라진 위상 때문이었다. 아마 더블렌 남작이 '당장 황자 저하께 고하겠다!'라고 으름장을 놓았으면, 마프랑도 바로 꼬리를 내렸을 것이다.

디아린은 속으로 혀를 찼다.

'애초에 에제트 좀 운운하면 됐을 걸 가지고.'

더블렌 남작은 고지식해서 절대 윗사람의 이름을 대지 못했다. 고자질? 더더욱 못했다. 이걸 아니까 마프랑도 저 지랄을 떤 것이다.

그사이, 속으로 재빨리 계산을 끝낸 마프랑이 웃으면서 손을 싹싹 비볐다.

"크흐흠. 영애님이 8황자 저하께 잘 말씀드려 주실 수 있겠습니까?"

노골적인 청탁에 디아린이 웃었다.

"물론이죠. 음……. 좋은 생각이 있어요."

"어떤 생각이시죠?"

"내가 예비 황자비의 신분으로 그간의 북문석 예산을 마프랑 집행관에게 융통해 주었다고 하면 어떨까요?"

뜻밖의 파격적인 제안에 마프랑의 눈이 번쩍 뜨였다.

"정말이십니까?"

"네."

"영애님은 아름다우신 데다가 현명하기까지 하시군요!"

디아린이 고개를 갸웃했다.

"그런데 이 계획에 문제는 없을까요?"

"아, 당연히 문제 될 게 없습니다! 제가 그간 사정이 어려워서 너그러우신 영애님께서 빌려주신 건데 누가 뭐라고 하겠습니까?"

"그렇군요. 그러면."

디아린은 미소와 함께 말을 이었다.

"그간 빌려준 원금의 이자를 갚아야겠네요?"

'……이자?'

순간 귀를 의심한 마프랑이 어색하게 웃으며 되물었다.

"하하, 영애님? 방금 제가 뭘 잘못 들었……."

"이자 갚으라고요."

"그, 그게 갑자기 무슨 말……."

"원금은 오늘 돌려줬으니까 괜찮아요. 10년간 이율 전부 쳐서 당신 돈으로 갚아요."

멍해진 마프랑을 일별한 디아린이 고개를 돌려 물었다.

"얼마만큼의 이율로 계산해야 하죠, 더블렌 남작?"

"……."

"더블렌 남작?"

마프랑만큼 멍하니 듣던 더블렌 남작이 한 박자 늦게 정신을 차렸다.

"특별 이율을 적용해야 합니다. 통상 4할로 계산하면 됩니다."

마프랑이 울분에 찬 소리를 쳤다.

"이 미친년이! 어린애 장난질이나 할 거면 저리로 꺼……, 커헉!"

"지, 집행관님!"

순간 눈앞에 별이 번쩍였다. 순식간에 정강이와 뒤통수를 세게 걷어차인 마프랑이 자빠졌다. 숨도 쉬지 않고 달려와 마프랑을 걷어찬 사람은 다름 아닌 램드. 그는 엎어져 끙끙대는 마프랑에게 위협적으로 경고했다.

"입조심하십시오. 한 번만 더 무례한 언사를 보였다간 죽습니다."

"제기랄……."

"제기랄?"

"아니……, 아닙니다. 경. 크윽……."

비굴하게 말을 삼킨 마프랑은 수하들의 도움을 받아 겨우 일어났다. 당장 개소리 집어치우라고 하면서 북문석 성을 부숴 버리고 싶었지만, 그럴 수는 없었다. 지금까진 자신의 뒷배로 황후가 있었지만, 황후는 일이 커지면 절대 나서지 않을 것이다.

'……일이 커지면 분명 나는 잘린 꼬리가 될 것이다!'

상황 판단을 끝낸 마프랑이 겨우 정중하게 입을 열었다.

"디, 디아린 콘클이스터 영애님."

"네. 말해요."

"정말 송구하지만 그렇게 큰돈은……, 당장 드릴 수 없습니다."

"그래요?"

"예. 제가 보이는 것과는 달리 빚이 많습니다. 한 번만 아량을 베풀어 주시면……."

'빚이 많다고?'

디아린은 대답하는 대신 마프랑을 훑어보았다. 그는 굉장히 부유한 차림새였다. 잘 먹고 잘 지내서 기름기가 좔좔 흘렀다. 그에 비해, 이 북문석 성의 집사인 더블렌 남작.

'잘 차려입은 평민 수준이지.'

옷은 단정하고 깨끗했지만 귀족다운 사치품이라곤 전혀 없다. 2년 전에도 저런 차림새였다.

한숨을 삼킨 디아린은 갈색 망토를 풀어 벗어 내며 입을 열었다.

"마프랑 집행관. 이자를 내놓기 싫으면 세 가지 선택지가 있어요."

"세 가지라고 하신다면……?"

디아린이 손가락 세 개를 펼쳤다.

"첫 번째는 북문석 내탕금 장기 횡령죄로 황법에 의거해 목이 잘리든가."

엄지를 접고.

"두 번째는 8황자 저하가 황제 폐하께 주청을 올려 전 재산을 몰수당하든가."

검지를 접고.

"마지막은 감히 날 모멸한 죄로 콘클 공작님께 목이 잘리든가."

마지막 남은 세 번째 손가락만 빙글 돌려 보여준다.

"감히!"

감히 망한 가문의 소생인 네까짓 게 뭔데!

……라고 소리치려고 했던 마프랑 집행관은 그러지 못했다. 디아린의 등 뒤에서 반짝거리는 날개가 펼쳐진 까닭이다. 마프랑의 눈이 저절로 커졌다.

저게 베르쥬 숄이라는 건 금방 알아볼 수 있었다. 웬만한 귀족들도 갖기 힘든 초호화 명품이라는 건 차치하고서라도, 완전히 드러난 디아린의 옷차림은 입이 떡 벌어지게 화려했다.

황금 솥에 빠졌다가 나왔는지 온통 번쩍번쩍한 순금 장신구들. 다이아가 수도 없이 달린 드레스까지. 지금 디아린이 입고 걸친 것들은 기껏해야 중하급 귀족인 마프랑 자신은 언감생심 꿈도 꾸지 못할 정도로 대단한 값어치를 가진 물건들이었다.

"……."

마프랑에겐 디아린의 위치가 전혀 달라졌음을 알리는 지표처럼 보였다. 디아린은 당연히 그걸 노리고 일부러 망토를 벗은 것이었다.

"마프랑 집행관."

"예, 예……."

"오늘부터 정확히 한 달 줄게요. 아니면 다음에는 저 쟁반 위에 당신 얼굴만 올려 둘 거야."

"……."

마프랑의 낯빛이 하얘졌다.

마프랑과 그의 수하들이 꽁지가 빠져라 떠나가자, 그 시끌벅적하던 홀이 순식간에 조용해졌다. 더블렌 남작은 품에서 동그란 모양의 브로치를 하나 꺼냈다.

"그건……."

—이 미친년이! 어린애 장난질이나 할 거면 저리로 꺼……, 커헉!

마프랑의 욕설이 생생했다. 램드가 알아보고 말했다.

"녹음용 마도구군요."

일회용인 데다가, 녹음할 수 있는 시간이 짧았지만 가격은 상당한 마도구였다. 구두쇠 더블렌 남작이 이를 갈고 준비했던 것이다. 램드가 눈을 반짝이면서 물었다.

"저걸 증거로 제출한다면, 몇 가지로 걸려 들어가겠습니까?"

"황실 신료의 품위를 지키지 못한 것, 예비 황족 모욕, 또 예산 떼먹은 것까지 끌고 들어갈 수 있겠군요."

"오……. 영애님 덕분에 일이 쉬워졌군요."

마프랑은 일주일 안에 최대 사형까지도 구형이 될 수 있었다. 디아린에게 울컥한 마프랑이 욕설을 내뱉은 덕분에 녹음 증거가 훨씬 풍부해졌다. 뭣모르는 이들 눈에는, 디아린이 더블렌 남작과 합심해서 일부러 그런 반응을 끌어낸 것처럼도 들렸다.

'우연이겠지만.'

그렇게 생각한 더블렌 남작이 옷매무새를 가다듬었다. 그는 디아린을 향해 가볍게 고개를 숙였다.

"정말로 오랜만에 인사 올립니다. 디아린 콘클이스터 영애님."

가느다란 은테 외알 안경이 반짝거렸다. 연하늘색 눈동자를 가진 날카로운 인상의 남작을 향해 디아린도 인사를 건넸다.

"안녕하세요, 더블렌 남작. 오랜만에 보네요."

"예. 그리 가 버리신 후 2년 만이지요. 그때는 안녕히 잘 가셨는지요? 급하게 훌쩍 가시느라 넘어지진 않으셨습니까?"

이 노련한 남작의 특기는 웃는 얼굴로 욕하기였다. 말속에 숨겨진, 아니대놓고 표출하는 뾰족뾰족한 저 가시들을 보아라. 이 정도면 예의를 차린

축이긴 했지만.

디아린은 일단 마주 웃었다. 웃으면서도 그녀의 머리는 팽팽 돌아가고 있었다.

'역시 한 번 도와준 걸론 턱도 없구나.'

사실 더블렌 남작의 냉대야 예상했다. 그래서 디아린은 계획을 세워 놨었다. 성에 딱 돌아오자마자, 보수 비용부터 당근처럼 꺼내자고. 무릇 많은 돈이란 차가운 마음도 녹여 버리니까.

하지만 성은 이미 지나치게 완벽했다. 보수 비용을 얘기하면 그 돈으로 집을 구해 나가 살라고 눈치 주는 거 아닐까?

그때였다.

"흠흠."

램드가 헛기침을 했다.

"더블렌 남작님. 일단은 영애를 안으로 모시는 게 어떻습니까? 중간에 마물 떼를 만나서 몹시 피로하실 겁니다."

"마물 떼요?"

"베어울프가 영애의 마차를 끌고 갔죠."

"예? 베어울프요? 끌고 가요?"

더블렌 남작의 두 눈이 순식간에 동그래졌다. 차갑던 눈꼬리가 완화되었다. 그는 당황한 표정 그대로 디아린을 빠르게 훑어보았다. 그녀는 겸연쩍게 말했다.

"다친 곳은 없어요."

"……그러면 일단 안으로 들어가시죠. 간단히 요기부터 하셔야겠습니다. 뜨거운 버섯 수프가 거의 완성이 되어 가는 참입니다."

사실 그레이트 홀에 들어설 때부터 따끈한 수프 냄새가 은근하게 났다. 버터와 밀가루, 크림을 넉넉하게 넣고 북쪽 특산품인 눈꽃 버섯이 듬뿍 들어간 맛 좋은 수프. 스튜처럼 푹푹 끓인 버섯 수프는 디아린이 가장 즐겨

먹던 음식 중 하나였다. 당장 식당으로 가 와구와구 퍼먹고 싶었지만.

디아린은 램드를 바라보았다.

"경, 식사 전에 나랑 잠깐 얘기 좀 할까요?"

먼저 램드에게 드는 이 기묘한 위화감부터 풀어야겠다.

* * *

규모만은 번듯한 북문석 성이라, 응접실도 기본적으로 몇 개는 갖추고 있었다. 응접실은 성의 얼굴이나 마찬가지다. 아무리 사정이 어려운 귀족이어도 응접실 하나쯤은 온 힘을 주어 꾸며 놓는다.

2년 전의 북문석 성도 마찬가지였다. 그런데 지금은 한 단계 더 업그레이드가 되어 있었다. 마호가니 가구. 복잡한 자수를 새겨 놓은 테이블보. 끝단 넝쿨무늬 레이스가 섬세한 도자기 티 세트…….

이쯤 되니 디아린은 헛웃음이 나올 것 같았다.

"램드 경."

"예, 콘클이스터 영애."

디아린은 새삼스레 램드를 훑어보았다.

램드 베스턴. 디아린보다 다섯 살이 많은 걸로 안다. 스물일곱. 젊은 기사인 건 둘째 치고 키가 진짜 컸다. 만약에 수문석 지하에서 살아 돌아왔다는 명성이 없었다면, 수도 귀족들이 망나니를 본 듯 슬슬 피했을 게 뻔했다.

천연 곱슬인 게 분명한 붉은 머리카락은 작은 끈으로 질끈 묶어 놓았다. 사자 같기도 하고, 곰 같기도 하고. 거대한 개 같기도 하고…….

'마지막은 좀 욕 같나.'

디아린은 헛기침을 하고 물었다.

"내가 황궁에서 드렸던 서약서 잘 가지고 계시죠?"

"물론입니다."

"그리고 그 전에 나한테 폭언 퍼부은 거 기억하시죠?"

램드의 어깨가 바로 굳었다.

폭언. 사실 폭언이라고 하기에는 아리까리했으나 귀족 사회는 원래 좀 그렇다. 그냥 한 말이 해석에 따라 폭언이 될 수도 있고 차가운 충고가 될 수도 있었다.

물론 그때엔 그들의 상황이 특수하기도 했고, 또 램드가 뒤늦게 사과를 하기도 했다. 하지만 그는 분명히 기억했다. 디아린은 그때의 사과를 받아 주지 않았다.

받아 주지 않은 사과도 사과일까.

답은 당연히 '아니오'였다.

"경에게 하나 대답을 듣고 싶은 게 있는데요. 그걸 솔직히 답해 주는 걸로 사과를 대신 받고 싶거든요."

"대답이요?"

"네."

"대답이라면……."

램드는 잠깐 침묵에 잠겼다. 뭘까. 대체 뭐기에 이렇게까지 분위기를 잡는 걸까. 유추할 만한 건 하나 있었다.

'수문석 지하에 대해 물어보려는 건가?'

수문석 지하에 대한 질문은 수도에서도 지겹게도 받았다. 더군다나 램드가 기사 결투에서 우승까지 차지했으니, 수도 기사들은 거의 미쳐 버린 수준으로 달라붙었다. 그곳에서는 트라우마에 시달리는 척 연기했지만 지금은.

"좋습니다. 무엇이든 솔직히 답해 드리겠습니다."

"좋아요, 경."

디아린이 고개를 한 번 끄덕였다. 그녀가 의문을 가득 담아 물었다.

"왜 날 도와주는 거죠?"

"……예?"

"좀 이상했거든요. 망토를 구해 온 것도 그렇고, 굳이 그 비싼 마차를 새로 산 것도 그렇고. 추위 타는 건 나밖에 없으니까 날 위해서 샀다는 거잖아요. 거기까진 내가 호위 대상이니까 건강에 신경 써 주는 걸로 이해하려고 했는데……."

기이함이 정점을 찍은 건 방금 전이었다.

굳이 마프랑 집행관의 뒤통수와 정강이를 걷어차 주고. 특히.

"아까 더블렌 남작 앞에서는 왜 날 감싸 준 거죠?"

"……."

"남작이 나한테 가시를 세우니까, 일부러 마물 얘기 꺼낸 거잖아요. 내가 그 이야기를 하면 상황 모면용 가증스러운 일이었겠지만 경이 꺼내면 상관없었을 테니까요. 그렇죠?"

"……."

램드는 대답을 하지 못했다. 디아린도 별로 대답을 바란 건 아닌 듯했다.

"그런데 경이 갑자기 이렇게 잘해 주기 시작한 게, 키랄트산 이후에서였단 말이에요. 혹시 거기서, 뭐라도 봤나요?"

램드는 한동안 말이 없었다. 입술만 달싹이던 그는 이윽고 결심한 듯 말문을 열었다.

"사실……, 예. 봤습니다."

그는 이마를 일그러뜨리며 말했다.

"영애가 마차 뒤편에서 피를 토하시더군요."

"……네?"

램드는 그 장면을 우연찮게 보았다고 변명을 늘어놓으며 말했다.

"피를 토한다는 건 어지간한 일이 아니고서는 불가능하죠."

그야 그렇지.

디아린이 대답할 말을 찾지 못하자, 이젠 램드가 고개를 들어 올렸다. 그 사이 고민을 끝냈는지 표정이 굳건했다.

"외려 제가 묻고 싶었습니다. 영애. 대체 어디가 얼마나 아프신 겁니까? 얼마나 오래 앓으신 거고요?"

"그건."

"돌이켜 보니 서약서 내용도 그렇고. 영애, 혹시 심한 병이라도 앓고 계신 건지요?"

"……심한 병 그런 건 아닌데요."

"피를 그렇게 토하시면서요?"

"지병이에요."

"저하도 아십니까?"

"아뇨."

"왜 말씀을 안 하셨습니까?"

"어차피 1년 후면 남남일 사이인데 말을 해야 하나요?"

"……참, 그랬지요."

"약을 잘 먹으면 낫는다고 의사가 그랬어요."

"그렇습니까……."

언젠가는 지병을 앓는 레이디의 모습이 미의 기준이었을 때도 있었다. 더 창백해 보이게, 더 연약해 보이게. 시시때때로 하는 졸도는 기본이었다. 심하게는 폐렴 환자의 창백하고 수척한 모습을 아름다움의 지표로 삼고 그런 모습을 강요한 적도 있었다.

물론 옛일이었다. 기괴한 풍습이니 오래가지도 못했지만.

지병을 가족이 아닌 남에게 말할 필요는 없었다. 건강 상태를 캐묻는 건 실례일뿐더러 에제트와 디아린은 애매한 사이였다. 혼약자이니 남은 아니지만, 가족이라기엔 결국 깨짐을 염두에 둔 혼약이라…….

"경도 그렇게 신경 쓸 필요 없어요."

이래 놓고 사실, 속으론 별로 신경 쓰고 있지 않으면 어쩌나. 그러면 좀 부끄러울 것 같았다.

디아린은 어색한 마음으로 뺨을 살짝 긁적였다. 괜히 화제를 돌렸다.

"그런데 성의 보수가 끝난 걸 말 안 해 준 건 좀 서운하네요. 제가 망신 당하는 걸 그렇게까지 보고 싶었나요?"

"아닙니다!"

램드가 화들짝 놀라 소리치는 바람에 디아린은 더 깜짝 놀랐다. 동그래진 연보라색 눈동자를 본 램드가 더 당황해 크게 목을 가다듬었다.

"처, 처음엔……!"

목소리가 기어들어 갔다.

"처음엔 그럴 생각이 없잖아 있긴 했지만……. 뒤에는 말씀드리려고 했습니다. 타이밍을 잡지 못해 망설이다 보니까 도착해 버렸고요."

"경은 그렇다 쳐도 저하도 그러실 줄은 몰랐네요."

램드는 이제 식은땀을 뻘뻘 흘리는 기분이었다. 그게, 사실 그도 약간 의문이었다. 자기야 수련이 좀 부족해서 얍삽한 마음을 몽땅 버리지 못했다지만 에제트도 그러한가? 자신이 하는 얕은수에 어울려 준 게 희한했다.

"그, 음. 아마 모르시는 게 아니었나……, 싶은……, 저하는 이렇게 완벽하게 수리가 된 성을 제대로 보지 못하셨거든요."

"그렇구나아."

납득한 척하는 말과 그렇지 못한 태도. 램드도 바보 얼간이가 아니라서 그녀가 별로 이해하진 못했다는 걸 충분히 알 수 있었다.

"뭐, 됐어요. 반은 농담이에요. 경이 콘클을 싫어하는 건 당연했으니까."

에제트까지 그러는 건, 뭐 마음이 좀 아프긴 하지만 어쩔 수 없는 일이니까. 디아린은 그렇게 생각했다.

램드는 아무 말도 하지 못했다.

콘클을 싫어하는 건 사실이다. 지금도 아주 증오하고 있었다. 더불어 디아린을 싫어했던 것도 사실이다. 그녀는 콘클 공작이 에제트에게 뻗친 가장 직접적인 검은 손 중 하나니까.

'하지만 지금도 그런가?'

사실, 잘 모르겠다.

콘클에 대한 분노는 여전하다. 하지만 디아린에 대해서는 이전만큼은 화가 나지 않았다.

진실로 램드는, 피를 토하는 레이디를 생전 처음 봤다. 자신을 죽여도 좋다고 서약서를 내미는 모습도 처음 봤다.

이 혼약에서 이득을 챙기는 건 콘클 공작.

그렇다면 이 여자는 결국 도구가 아닌가?

도구······.

램드는 함께 저녁을 먹자는 디아린의 청도 거절하고 기사 숙소로 돌아갔다. 오랜만에 귀환한 방에서 살얼음이 엷게 뜬 찬물을 대야에 가득 받았다. 얼음물 위에 얼굴을 몇 번 처박은 후에야 램드는 후, 하고 숨을 내쉴 수 있었다.

* * *

"아가씨. 짐은 이게 전부이신가요?"

"네. 샤이 양."

샤이라는 이름을 가진 하녀는 처음 보는 얼굴이었다. 아마도 디아린이 떠나고 새로 들어온 하녀 같았다. 입은 옷이 다른 걸 보니 시녀 격으로 승급될 하녀인 모양이다.

디아린은 침실을 둘러보았다. 2년 전 그녀가 북문석 성에서 쓰던 바로 그 침실이었다. 그때 더블렌 남작은 꽤나 정성을 다해서 침실을 꾸며 주었는데. 디아린이 콘클 공작에게로 돌아가 버린 후에는 그대로 버려졌나 보다. 먼지를 재빨리 닦고 털어 내긴 했지만 묘하게 시간을 삭인 느낌이 들었다.

디아린은 별생각 없이 샤이를 보다가, 의문을 가졌다.

'왜 저걸 켜지?'

샤이는 마도석 온열 난로를 켜고 있었다. 다시 보니 그녀가 들고 온 가죽 덮개를 씌운 상자 안에는 반짝이는 마도석이 가득했다.

보통 북부에 거주하는 귀족들의 성에는 두 가지 난로가 구비되어 있다. 하나는 전통적인 장작 난로. 다른 하나는 마도석을 사용하는 온열 난로.

장작 난로는 유지비가 저렴했다. 하지만 벽난로를 켜 놓으면 생기는 그을음이나, 피어오르는 재를 싫어하는 귀족들이 아주 많았다. 그래서 귀족들은 나무를 이용한 벽난로보다는 마도석을 이용한 온열 난로를 훨씬 선호했다. 깔끔하고 냄새도 없었기 때문이다. 그리고 색깔도 은은해서 분위기를 잡기에도 좋았다.

문제는 마도석의 가격이었다. 마도석은 가격이 꽤 비쌌다. 화염 에너지를 마법으로 압축시켜 저장할 수 있는 마도석. 사계탑에서만 독점으로 판매하는 데다가, 일회용인 터라 가격이 만만찮았다. 장작과는 비교도 할 수 없었다.

하지만 귀족들은 사치품에 돈을 많이 쓴다. 마구간이나 식당에는 전통적인 장작 난로를 써도, 직계 식솔들의 침실만큼은 거의 대부분 마도석 온열 난로를 썼다. 북문석 성의 디아린의 침실에도 마도석 온열 난로가 설치되어 있었다. 2년 전에도 디아린이 방 안에 있을 때만큼은 언제나 마도석이 채워져 있었다.

'그땐 그때고.'

물론 당시에도 적대를 아예 받지 않았던 건 아니지만 그래도 지금보단 훨씬 덜했다.

당시 더블렌 남작은 디아린에게 조금은 말랑하게 대했었다. 당시 에제트는 가진 거라곤 외모와 실력과 혈통밖에 없는 평범한 황자였으니까.

일단 본인의 세를 불리기 위해서 콘클 공작이 혼약을 강요했다곤 하지만, 굳이 그보다 넘치는 수작을 더 부릴 이유는 없었다. 냉정하게 말하면 에제트의 효용 가치가 그만큼 크지 않았던 것이다.

'지금도 이렇게 해 줄 줄은 몰랐는데.'

성의 마도석은 은제 식기나 와인처럼, 집사가 직접 관리하는 중요한 물품이었다. 다시 말해 더블렌 남작이 가져가라고 샤이에게 내어 주었다는 소리다.

'참 희한한 사람이네.'

외알 안경 너머의 푸른 눈은 디아린을 얼려 죽일 것 같았는데.

'마프랑 집행관을 쫓아내 줘서 그런가?'

"샤이 양."

"네?"

"성이 갑자기 왜 이렇게 예뻐졌어요?"

"성이요? 아! 얼마 전에 황궁에서 사람들이 와서 대대적인 수리를 했답니다."

"아하."

알 만했다.

에제트가 그야말로 금의환향했으니까. 몇 년간 북문석 성을 방치하던 황실 행정 집행관들은 등골이 서늘했겠지. 그간 행정 착오가 있었다고 본인들 잘못을 축소시키면서 미친 듯이 수리를 해 주었을 것이다.

'근데 왜 수도에서는 흰 떡갈나무 궁을 계속 쓰는 거야?'

이유를 도무지 알 수가 없었다.

샤이는 방을 데운 후에는 능숙하게 디아린의 짐도 정리해 주었다. 시종일관 얌전했던 그녀였지만, 디아린의 드레스를 보고는 작게 탄성을 질렀다.

하늘하늘한 옷감에 작은 별이 박힌 듯 깨알 같은 다이아몬드 수백 개가 수놓아져 있는 그야말로 최고급품 드레스. 웬만한 귀족들도 구경하기 힘든 보물이나 마찬가지였으니 당연한 반응일 터였다.

"아, 그것들은 깨끗하게 보관해 주세요. 되팔 거거든요."

"네. 되팔……, 네? 네."

샤이는 당황하면서도 훨씬 조심스럽게 행동했다. 그녀가 눈을 휘둥그레 뜬 것은 그다음이었다.

"어머, 이건?"

아. 속옷. 란제리 속옷.

에제트를 보러 가기 전, 드레스를 맞추며 몇 벌 맞춘 거였다. 말이 속옷이지 끈이나 마찬가지였다. 북문석 영지로 내려오기 전, 수도에서 망토를 구입하면서 다 갈아입어 망정이지. 내려오면서 세탁을 하고는 한 번도 입지 않았다.

그런데 샤이의 얼굴이 새빨갰다.

이렇게 자극적인 란제리라니!

"아가씨! 저는 옷감에 향기를 배게 하는 방법을 많이 알고 있어요. 향료를 진하게 탄 온수에 하루를 꼬박 담가 놓았다가 탈탈 털어 햇볕에 바짝 말리면 되죠."

"네? 네……."

샤이는 무슨 상상을 하는지 얼굴이 점점 빨개졌다. 익어 터질 토마토 같았다.

하긴, 혼약자가 성으로 가져온 엄청 야한 란제리들이라니. 누가 봐도 한 가지 상상밖에 들지 않긴 했다. 특별히 속옷을 모으는 취미가 있는 게 아니라면.

어차피 에제트와는 적당히 사이좋은 혼약자인 척하자고 합의한 상태였다. 지금 콘클 공작저는 얼마나 뒤집어졌을까? 수도 사교계엔 언제쯤 소문이 퍼질까? 어쩌면 이미 퍼졌을지도 모른다.

그 에제트 아스페르크 키르헨 황자가.

그 콘클 방계 혼약자와의 옛정을 잊지 못해, 북문석 성으로 훌쩍 내려보냈다라.

'내가 주인공만 아니었으면 진짜 재밌는 치정극인데.'

"아가씨?"

"아, 샤이 양."

디아린은 수줍은 척 웃으며 부탁 좀 한다고 말했다. 샤이는 걱정 말라며 란제리 속옷을 싹싹 모아 챙겼다.

"전 아가씨 옆방에 있으니까, 필요하면 부르세요."

샤이가 불까지 끄고 나갔다. 곧 잠들 듯 이불을 덮고 있던 디아린은, 잠든 척하다가 조용히 일어났다.

디아린은 온열 난로로 살금살금 걸어 가 쪼그려 앉았다. 난로의 뚜껑 덮개를 연 다음에, 아직 사용되기 전인 마도석을 하나 꺼냈다. 마도석을 손에 쥐자, 흰 손목에서 흑조의 문양이 환상처럼 그려졌다가 사라졌다.

금세 열을 발하기 시작하는 마도석을 손난로처럼 꼭 쥔 후에 새하얀 목조 옷장을 열었다. 램드가 구해 왔던 망토가 잘 걸려 있다. 디아린은 망토를 꺼내 어깨에 단단히 묶고서 창가로 다가갔다. 북쪽 밤의 차가운 바람이 훅 들어온다. 가볍게 휘날리는 옅은 빛깔의 머리카락.

디아린은 창틀 위에 발을 올렸다. 그와 동시에 검은 문양이 손목에서 다시 한번 빛났다. 침실 전체가 순식간에 고요해졌다. 평범한 사람들은 무슨 변화가 지나갔는지 모르겠지만, 신수인 올과 로르는 알았다.

〈마법이네요.〉

올이 한가롭게 속삭였다. 디아린은 이 침실 전체에 소음을 소거하는 마법을 건 것이다. 샤이가 혹시 바람 소리를 듣고 들어올까 봐 일시적으로 걸어 놓은 마법이었다.

로르가 살짝 질린다는 목소리로 물었다.

〈인간. 너는 대체 몇 개의 마법을 동시에 할 수 있는 거지?〉

"글쎄, 안 세어 봤는데……. 네가 궁금하면 나중에 한 번 세어 볼까?"

올이 끼어들었다.

〈그럼 주인님이 또 피를 토하시지 않을까요?〉

"아냐. 지금 그거 해결하러 가는 거니까."

디아린은 미리 챙겨 둔 손수건을 입 안에 틀어막듯 물었다. 온몸에 마력을 페스츄리처럼 겹겹이 두른 그녀는 이윽고 창틀 위에 완전히 올라섰다.

창밖. 완전한 허공.

기잉, 작은 방울이 울리는 소리와 함께 디아린의 발 앞에 작고 둥근 마법진이 여럿 생성된다. 마법진들은 마치 투명한 계단처럼 지붕을 향해 차례로 정렬하기 시작한다.

망설임 없이 그 위로 발을 올린다.

한 걸음, 한 걸음. 또 한 걸음.

디아린이 밟고 지나간 마법진은 아스라이 사라졌다. 그리고 다시 앞쪽에 생성되는 무한대의 마법진. 언뜻 보기엔 하늘을 걸어 올라가는 것 같았다.

그렇게 디아린은 얼마 걸리지 않아 성의 가장 높은 지붕에 도착할 수 있었다. 그녀는 생명줄처럼 쥐고 있던 따뜻한 마도석을 실내용 슬리퍼 안쪽에 슥 밀어 넣었다.

자유로워진 두 손. 양팔을 손바닥이 위로 보이게 하여 앞으로 쭉 뻗는다.

살갗에 붉게 그려지는 신수의 문양. 적조의 마력.

디아린만 한 사람도 족히 통과할 수 있을 만큼 커다란 마법진이 거울처럼 세로로 그려진다.

작은 유리구슬들이 부딪히는 듯한 맑은 소리가 귀를 울렸다. 비어 있던 마법진에 수많은 문양들이 빽빽하게 그려졌다.

그와 동시에 위로 떠오르는 머리카락과 망토. 그리고 몸.

대지에 발을 딛지 않는 인간.

마법은 어느새 형태를 완전히 갖추었다.

완성과 동시에 가로로 축을 돌린 마법진이 천천히 디아린의 몸을 관통하기 시작했다. 머리에서부터 발끝까지.

그제야 디아린은 내내 입을 틀어막고 있던 손수건을 뱉을 수 있었다. 손수건은 본래 색을 알 수 없을 정도로 핏물로 가득 물든 상태였다.

"이것 좀 버려 줘."

〈그래.〉

로르의 붉은 깃털이 둥둥 날아 피투성이 손수건을 저 멀리 적당한 데 던지고 온다.

차게 식은 밤의 공기. 새하얀 입김이 흩어졌다.

"후."

서늘한 바람이 달빛에 빛나는 연갈색 머리카락을 휘감는다. 은백색의 보름달이 그녀의 머리 바로 위에 있는 것 같았다. 완벽히 둥근 원탑이었지만 마력으로 온몸을 칭칭 감고 있는 디아린에게 중심을 잡는 일은 일도 아니었다.

"아까 램드가 날 시한부 환자처럼 보는 거 봤지?"

〈그 기사? 보았다. 웃기더군.〉

〈맞아요. 주인님 손짓 한 번이면 몸이 터져 죽을 놈이잖아요?〉

"말 좀 예쁘게 해. 올."

〈아름다우신 주인님의 고운 손짓 한 번이면 귀여운 몸이 예쁘게 터져 죽을 분이잖아요?〉

"……말을 말아야지."

어쨌든 램드에게 피 토하는 모습을 들킨 건 뜻밖이었다. 베어울프를 반으로 썰어 버리던 모습을 들킨 것보단 나았지만.

그래서 디아린은 세 가지의 마법을 한 번에 걸기로 했다.

창조, 변형, 환상.

피를 토하는 건 마력의 부작용 때문이었다. 마력을 계속 담아 두려면 육체 일부를 분실해야 하는 건 어쩔 수 없다. 그래서 마법을 걸어 피 대신 적조의 깃털을 떨쳐 낼 생각이었다.

디아린은 이 마법에 또 한 번 환상 마법을 덧씌웠다. 타인의 눈에 적조의 깃털은 검은 깃털, 즉 흑조의 깃털이 떨어지는 것처럼 보일 터였다. 어차피 땅에 닿고 얼마 있지 않으면 눈송이처럼 스르르 사라질 테니까.

쉽게 말하는 것과는 달리 실상은 눈물 나게 복잡한 마법이었다. 중급으로 평가되는 4계급 마법사 열 명이 몇 년을 달라붙어야 할 마법을, 디아린은 차 한 잔 마실 시간에 전부 완성시켰다.

심지어 다른 마법들을 여전히 사용 중인 상태로.

얌전히 있던 올이 물었다.

〈주인님. 이 마법들은 왜 미리 안 만들어 놓으셨어요?〉

〈혹시 피 토하는 걸 즐기나?〉

〈주인님은 성벽이 희한하시네요?〉

〈성벽이 뭐지?〉

〈아. 이것도 기억 못 하나? 성적인……, 뭐 그런 게 있어요, 로르.〉

"……제발. 너희 소환사를 이상한 사람으로 만들지 말아 주시겠어요, 올, 로르?"

콘클 공작저에서는 하녀들이 걸핏하면 문을 열고 들어왔다. 시전 중인 마법이 중단되면 몸에 걸리는 부담이 굉장히 크다.

'샤이 양은 그러진 않을 것 같긴 하지만…….'

게다가 마법사들은 환하게 뜬 보름달 아래에서 깊은 심리적 안정을 느낀다. 그녀가 일부러 이 지붕까지 올라온 이유가 있었다.

발밑으로 검은 깃털들이 스르르 떨어지다가 이내 사라졌다. 디아린의 안색은 눈에 띄게 창백해진 상태였다. 시체 같았다. 마법에 익숙하지 않은 몸이 빠르게 피로해진 탓이었다. 디아린은 침실로 내려가기 전 몸을 돌려 성의 후원을 바라보았다.

정확히는 성의 후원에 장벽처럼 자리한 어두운 숲을.

"저 숲, 볼 때마다 참 신기해."

〈너 같은 마법사가 할 말은 아니지.〉

로르의 대답에 디아린이 "그건 그렇지만." 하고 고개를 끄덕였다.

"그래도 이런 공간 왜곡은 너무 참신한걸."

당장 성 1층 그레이트 홀로 내려가, 문을 열고 후원으로 빠져나가 산책하듯 슬슬 걷다 보면 도착할 수 있는 거대한 숲.

하지만 실제 이 숲의 '진짜' 위치는 성과 한참 떨어진 곳에 있었다. 그런데도 평소에는 이렇게 성의 후원과 딱 붙어 있는 것처럼 보이는 것이다. 단순한 착시 마법이 아니라, 실제로 강력한 공간 왜곡 마법이 걸려 있었다. 그래서 정말로 후원을 통해 바로 저 숲으로 왔다 갔다 하는 게 가능했다.

침엽수가 울창하게 난 북쪽 얼음의 숲.

저 숲 가장 깊은 곳에는 북수문석이 자리하고 있다. 아키르의 시조가 긴 노동 끝에 완성한 지하의 봉인, 아직도 열려 있는 수문석.

"올."

디아린은 문득 궁금해졌다.

"수문석은 어떻게 생겼어?"

〈글쎄요? 못 봤어요. 로르도 마찬가지고요.〉

"못 봤다고?"

〈천룡이 죽어 버려서 우리도 얼마 있지 못해 영혼석 상태로 돌아갔거든요.〉

"그게 무슨 상관인데? 너흴 소환한 건 시조 아니야?"

〈천룡이죠.〉

〈천룡이다.〉

'응?'

디아린이 의문을 느끼고 되물었다.

"천룡이라고? 하지만 알려지기론 시조가 모든 신수들을 소환했다는데?"

〈적조를 소환한 건 천룡이에요.〉

〈시조에 대한 천룡의 정이 몹시 깊었으니까 그냥 넘겨 준 거지.〉

뜻밖의 진실에 디아린은 눈을 동그랗게 떴다.

'이거, 알려지면 진짜 뒤집어질 이야기 아냐?'

"그럼 설마 다른 신수들도 시조가 아니라 천룡이 소환한 거야?"

〈그것까진 몰라요.〉

〈우린 가장 마지막에 소환된 신수였으니까. 소환된 시간도 길지 못했고. 찰나 같았지.〉

"……."

아키르 제국의 근간을 통째로 뒤흔들 수도 있는 말을 하면서도 붉은 새는 평화로웠다. 이 이야기 어디든 흘리면 진짜로 큰일 나겠네, 하고 생각하는 디아린을 두고 올은 들리지 않게 속삭였다.

〈그래서 주인님이 정말 특별하다고요?〉

디아린의 귀에는 전혀 들리지 않는 속삭임이었다.

〈주인님은 혼자 우릴 삼켰잖아요.〉

〈그 표현은 좀 이상하군, 올. 홀로 각인시켰다고 말하는 게 옳다.〉

〈그래요. 그럼.〉

올이 가볍게 정정하더니 헤헤 웃었다.

〈혼자 각인시켰으니 대단하신 주인님!〉

둘만의 짧은 대화는 금세 소거됐다. 때마침 디아린이 로르에게 물었다.

"어때? 로르. 저 숲, 마물이 많아?"

〈마력이 짙다. 달이 완전히 뜨면 환장하게 나올 것 같군.〉

"다 먹을 수 있어?"

로르가 나긋하게 대답했다.

〈물론이지.〉

"좋아."

* * *

다음 날이었다.

디아린은 덜그럭거리는 소리에 눈을 떴다. 샤이가 난로에 조용조용 마도석을 채우고 있었다. 디아린은 흘긋 습관처럼 창밖을 보았지만, 커튼이 너무 꼼꼼하게 잘 닫혀 있어서 시간대를 알 수가 없었다. 디아린이 원탑에서 돌아와 대충 쳐 놓은 걸 샤이가 다시 정리한 모양이었다.

원래 콘클에서는 하녀들이 커튼을 치는 둥 마는 둥 해서 이렇게 하면 바로 시간을 가늠할 수 있었는데. 디아린은 쓴웃음을 삼키며 자리에서 일어났다.

"어머, 아가씨? 저 때문에 깨셨나요?"

"아뇨. 목이 말라서요."

"아! 아침 차를 드릴게요."

샤이는 찻주전자와 잔도 챙겨 온 모양이다. 침대에 앉은 채로 적당히 식은 차를 마신 디아린은 눈을 깜빡였다.

"샤이 양?"

"네?"

"혹시 침실에 시계를 갖다 놔 줄 수 있나요?"

"시계요? 일어날 시간을 말씀해 주시면 제가 깨워 드릴게요."

"아……."

디아린은 살짝 머쓱해져서 뺨을 긁었다. 그래, 사실 저게 일반적인 귀족들이 일어나는 방식이다. 침실에는 시계를 잘 두지 않았다. 시간을 확인해서 깨워 주는 건 저택 사용인들의 몫이었으니까. 물론 디아린에겐 해당 사항이 없었던 일이었다. 그러니까 시계를 요청했지만 샤이는 눈을 동그랗게 떴다.

'처음 북문석 성에 왔을 때도 이랬던 것 같은데.'

뭐, 그때는 북문석 성의 상황이 풍족하질 못했던지라 샤이 같은 전속 하녀가 없었다. 성에 머무는 귀족 여성이 없으니까 굳이 봉급이 비싼 전속 하녀를 고용할 이유가 없었던 것이다.

물론 성의 잡무를 돌봐 주는 임시 하녀들을 고용하고는 있었지만 말 그대로 임시였다. 성 밖에 있는 본인들의 집으로 출퇴근을 하는 하녀들이었다. 당시 더블렌 남작은 그 사실을 굉장히 민망해했다. 그래서 최대한 빨리, 아주 좋은 전속 하녀를 뽑아 오겠다고 말했었는데.

'금세 내가 콘클 영지로 돌아가 버렸으니까. 흐지부지됐을 거고.'

디아린은 그래도 보던 버릇이 있어서 시계가 있는 게 좋겠다고 말했다. 샤이는 더 토를 달지 않고 알겠다고 대답했다.

"아침 식사는 침대로 가져다드릴게요. 오믈렛 좋아하시나요?"

"좋아해요. 토마토소스 뿌린 거요."

"구운 베이컨도 잔뜩 가져올게요. 아가씨는 안색이 창백하시니 영양가 있는 걸 더 드셔야겠어요. 아니면 감기에 걸리실지도 몰라요."

샤이가 싱긋 웃었다.

그녀가 가져온 쟁반에는 따뜻한 음식들이 가득했다. 흰 빵을 조금씩 뜯고, 부드러운 치즈를 솔솔 갈아 넣은 스튜를 휘휘 저어 떠먹는데, 문 두드리는 소리가 들렸다.

"콘클이스터 영애님. 잠시 들어가도 되겠습니까?"

더블렌 남작이었다. 그는 방금 전 에제트에게서 연통을 받았다.

"저하께서 이르시길, 영애님의 호위 기사를 직접 선택해도 좋다고 하시 는데, 혹시 염두에 두신 분이 계십니까?"

"나보고 고르라고요?"

"예. 저하께서 그리 적어 두셨더군요."

"에제트 저하가요?"

"예."

"다른 제한 조건도 없이요?"

"예. 없습니다."

"내가 기사단장이라도 고르면 어쩌려고요?"

더블렌 남작의 얼굴이 살짝 굳었다.

'저거 봐. 또 바퀴벌레 보듯이 날 보고 있어.'

지금 딱 거울을 가져와 본인에게 얼굴을 비춰 주고 싶었다. 더블렌 남작은 굳은 얼굴로 말했다.

"저하께서 명하신 일이니 이행해야겠죠. 그럼, 테트반 기사단장님으로 하시겠습니까?"

디아린이 헛웃음을 지었다.

"그쪽도 농담을 농담으로 좀 받아들일 줄 알아야겠어요. 단장을 호위로 삼겠다고 하면 여기 기사들이 가만히 있겠어요? 눈빛으로 나를 지져 죽일 텐데요?"

조용히 듣고 있던 올이 호다닥 끼어들었다.

〈단장이 농담이셨어요? 왜요? 주인님 격엔 그 정도는 골라야 하잖아요?〉

〈단장 정도도 부족하다 이거지.〉

〈아! 제 생각이 짧았어요. 그럼 그 황자를 호위로 삼는 건 어떠세요?〉

〈괜찮군.〉

'괜찮긴 뭐가 괜찮아.'

하여간 이 사역마들은 배운 게 없어서 그런지 제정신들이 아니었다. 나중엔 사계탑의 주인이며 아키르의 황제까지도 발닦개로 쓰라고 떠들 판이었다. 어쨌든 디아린은 북문석 영지로 내려오기 전, 아니, 에제트를 찾아가기 전부터 이미 생각해 둔 남자가 있었다.

"호위로 고르면 바로 호출할 수 있죠?"

"영애님이 원하신다면 그래야겠죠."

"좋네요. 그럼 카일 드미트리 부단장을 호위로 삼고 싶어요. 그리고 최대한 빨리, 가급적 당장 오라고 해 주세요."

'당장?'

더블렌 남작은 이마를 약간 찌푸렸다.

평판을 이유로 들어 단장은 됐다고 해 놓고 부단장은 호위로 삼겠다고? 게다가 당장 불러? 그렇게 급하게 부를 이유가 없는데.

수문석 영지는 전쟁터가 아니다. 정기적으로 수문석이 열릴 때나, 비정기적으로 마물이 출몰할 때를 제외하고는 별로 위험하지 않다. 2년 전, 겨울 한철 남짓을 북문석 영지에 머물렀던 디아린도 이 상식을 잘 알고 있을 텐데.

'무슨 속셈인지 모르겠군.'

* * *

"뭐?"

짧은 은발을 가진 여자가 눈을 찡그렸다.

"그 여자가 성에 돌아왔다고?"

"그 여자가 아니라 콘클이스터 영애님이야."

램드가 침착하게 정정해 주었지만 소용없었다.

"영애님이고 나발이고! 아니, 양심이 어디 있는 건데? 우리 저하 버렸다며? 버리고 콘클로 돌아갔다며? 근데 이제 와서 성에 다시 눌러앉아? 제정신인가?"

딜리스 오안.

에제트, 그리고 램드와 함께 수문석으로 떨어진 그녀. 고작 2년 만에 4계급으로 초고속 초월을 한 북문석 영지의 마법사이기도 했다. 사계탑은 물론이고 제국의 수많은 마법사들이 그녀를 한번 만나 보고 싶어 난리였다. 아키르의 황제조차도 이름을 기억할 정도이니 말 다한 셈이었다.

그만큼 유명 인사인 그녀는 몹시 화가 나 있었다.

"뭐 때문에 돌아왔다는데?"

"저하의 혼약자니까. 그리고 엄연히 흑조의 각인자야."

램드는 딜리스와 둘도 없는 친우였다. 에제트와 함께 2년 동안 수문석 지하에서 헤매다가 살아 돌아왔으니, 그 정은 가족의 혈연보다 깊었다. 그렇지만 램드는 디아린과 에제트의 계약에 대해서 솔직하게 말하지 않았다.

그건 깊은 우정과는 다른 문제였으니까.

"그걸 저하께서 허락하셨다고?"

"그래."

"저하께서 설마 뭐, 그 여자한테 홀딱 빠져서 그러신 건가?"

"그건. 그건……, 아닌 것 같다."

콘클 공작이 개입된 혼약을 완전히 끝내고 싶은 마음 때문이시겠지. 솔직하게 대답한 램드를 보며 딜리스가 눈을 부라렸다.

뭘 그걸 고민하고 앉았어?

"당연히 그렇겠지."

솔직히 말해 딜리스는 기가 막혔다.

콘클의 위세는 대체 어디까지란 말인가? 에제트가 대마물의 사체를 끌고 그 지옥에서 살아 돌아온 후, 사계탑과 대신전에서는 친히 축하 사절을 파견할 정도였다. 에제트의 이름이 영웅처럼 거론돼 뿌듯했다.

그런데 콘클은 그 말 같지도 않은 혼약을 또 들먹였다. 말도 안 되는 상황에 당장이라도 분노하고 싶었지만, 그녀 역시 그 누구보다 빠른 초월을 한 마법사였다. 이지의 척도가 남다르다.

딜리스는 금세 냉정을 되찾고 말했다.

"좋아. 오히려 잘됐네."

"뭐가?"

"수문석 숲 정기 토벌 때면 항상 각인자가 모자라잖아? 각인자 수가 적다 보니 투입할 수 있는 병력도 한정되어 있고."

"너, 설마 콘클이스터 영애를 토벌에 데려가겠다는 건 아니지?"

"어. 왜? 안 돼?"

"절대 안 돼!"

"그러니까 왜? 저하랑 혼인하면 황족이잖아? 수문석에 관련된 모든 건 오드 아 키르 황족의 의무인데?"

"콘클이스터 영애는!"

램드의 눈엔 그녀가 익숙한 듯 피를 토하던 모습이 아직도 선연했다. 물론 남의 중대한 병을 타인에게 알릴 순 없었다.

"……그 영애는 건강이 별로 좋지 않아."

"건강? 뭐, 곧 죽기라도 한대?"

그건 모르겠다. 램드가 말을 머뭇거리자 딜리스는 같잖다는 듯 말했다.

"아니네. 그럼 상관없지. 그건 그런데……."

목소리가 차가워졌다.

"넌 왜 아까부터 그 여자 편을 들어?"

"편을 든 게 아니라."

"아니. 넌 편들었어. 확실하게 그 여자 편을 들고 있다고."

딜리스가 비아냥거렸다.

"설마 우리의 램드 베스턴 경이 레이디 콘클이스터에게 반하기라도 한 건가요? 확실히 예쁜 외모였던 걸로 기억해. 아, 그래서 촉망받는 기사의 마음도 **빼앗을** 정도인가 봐?"

"딜리스 오안!"

모욕이라고 생각한 램드가 목소리를 높였을 때였다. 중년의 기사가 다가 왔다.

"무슨 일들인가? 목소리가 너무 크다."

"아, 오벨라 부단장님."

"부단장님."

오벨라 게오르크. 북문석 기사단의 부단장 중 한 명으로, 30년을 넘게 현역에 종사한 베테랑 기사였다. 깔끔하게 묶어 올린 머리카락에는 새치가 드문드문 섞여 있었지만, 그녀의 눈동자는 냉정한 총기로 반짝였다.

딜리스는 마법사지만, 기사단장인 테트반 요크와 더불어 오벨라 게오르 크도 몹시 존경했다. 그래서 깍듯하게 예의를 갖췄다.

"죄송합니다. 잠깐 램드 경과 의견이 맞지 않아서요."

"그럴 수도 있지. 하지만 여긴 우리들만 있는 게 아니니 품위를 지키도록. 에제트 아스페르크 저하의 위명과도 직결이 되는 문제다."

오벨라의 말대로다. 이곳, 서북문석 영지에는 각 수문석 영지에서 파견된 기사단들로 득시글거렸다. 완전히 함몰되었던 서북문석도 2년에 걸친 집요한 정벌 및 복구 작업 끝에 거의 옛 모습을 되찾고 있었다. 아마 멀지 않아 새로운 황족이 수호자로 지정되어 내려올 것이다.

딜리스가 고개를 살짝 숙였다.

"알겠습니다."

"시정하겠습니다. 오벨라 부단장님."

램드도 함께 고개를 숙였다. 턱을 가볍게 끄덕인 오벨라가 물었다.

"아까 콘클이라는 얘기가 들리더니, 혹시 그 영애님 이야기를 하고 있었나?"

"……예. 맞습니다."

램드가 조심스럽게 대답했다.

디아린 콘클이스터가 돌아왔다는 이야기는 이쪽에선 벌써 화젯거리였다. 수도가 이미 신나게 뒤집어진 것에 비하면 조용한 편이지만, 그래도 다들 한두 마디씩 꼭 그 이야기를 입에 올렸다.

오벨라는 고개를 숙이고 있는 기사와 마법사를 차례로 훑더니 입을 열었다.

"아까 수도에서 연락이 왔다. 콘클이스터 영애님의 의중을 직접 물어보고 직속 호위 기사를 배정시켜 드리라고. 저하가 그리 보내셨지."

"직속 호위 기사요?"

"그렇다네."

"저하께서 직접요?"

"그래. 딜리스 룬."

오벨라의 대답에 딜리스가 얼굴을 찡그렸다. 감시 목적이라기엔 '직접 의중을 물어보라' 하는 말이 묘하게 들렸다.

아무리 콘클에서 보냈다지만, 그렇게까지 정중할 필요가 있는 건가?

"영애님의 의견에 따라 카일 드미트리 부단장이 직속 호위 기사가 될 예정이다."

"카일 부단장님이라니……."

"영애님이 직접 고르셨지."

오벨라의 말에 딜리스가 알 만하다는 듯 빈정거렸다.

"정말 놀랍도록 뻔하군요, 그 아가씨는."

오벨라와 더불어 부단장 중 하나인 카일 드미트리. 그는 귀족적이고 깔끔했다. 차림새만 보자면 황실 근위대장에 비견해도 될 정도였다. 대저택에서 지내다 온 아가씨니 그 정도는 돼야 눈에 차는 모양이다.

램드는 살짝 걱정이 되었다.

'……괜찮을지 모르겠군.'

부단장이니만큼 다들 앞에서 말은 안 해도, 뒤에서는 그가 너무 화려하게 입는다고 조금씩 수군댔다. 그런데 이번에 딱 디아린이 카일 드미트리 부단장을 골랐으니. 다들 아닌 척해도 그를 비웃을 것이다.

수컷 공작새처럼 화려하게 하고 다니더니, 레이디의 시중도 들게 됐다고.

'모욕이라고 생각할 수도 있어.'

램드의 불안한 예상은 정확히 맞아떨어졌다.

"디아린 콘클이스터 영애!"

막 아침 차를 마시고 있던 디아린이 고개를 돌렸다. 함께 있던 샤이가 경악해서 파르르 떨었다.

"카일 부단장님? 세상에! 함부로 들어오시면 안 돼요!"

카일은 매끈하게 생긴, 삼십 대 초반의 기사였다. 그는 샤이가 비명을 지르든 말든 안색을 잔뜩 굳히고 성큼성큼 걸어 들어왔다.

보통 귀족의 침실은 내밀하다. 이렇게 허락받지 않은 외부인이 불쑥불쑥 들어오는 건 안 될 일이었다.

다행이라고 해야 할지, 북문석 영지는 원체 추운지라 레이디의 잠옷도 두꺼운 편이었다. 더구나 북부 출신이 아닌 디아린은 네글리제 위에 실크 가운을 입고, 그 위에 가볍고 부드러운 모피 가운까지 한 번 더 걸친 상태였다. 사실 이대로 나가도 될 정도였다. 노출이라고는 거의 없으니.

그렇긴 하지만……

"당장 나가 주세요, 부단장님! 도대체 이게 무슨 실례인가요?"

'대가리에 술병을 꽂으셨어요? 꽂으셨냐고요!'라고 외치고 싶은 걸 참고 샤이는 전속 하녀답게 빽빽 소리를 질렀다.

"왜 소리를 지르지? 영애가 나를 지명했다고 들었는데?"

"그럼 나가서 기다려 주세요! 당장이요!"

조용히 관망하던 디아린이 입을 열었다.

"샤이 양. 괜찮아요."

"하지만! ……알겠습니다."

샤이가 고개를 푹 숙이고 물러났다. 금세 시무룩해진 모습에 디아린은 조금 웃을 뻔한 걸 참았다. 철저히 고용인과 피고용인의 관계에서 우러나온 것이라지만, 샤이의 호의는 정말 따뜻했다.

디아린은 고개를 들어 올렸다.

"오랜만이죠? 카일 경."

카일은 대답하지 않았다. 디아린이 자신을 지목할 만한 이유는 아무리 생각해도 제 화려한 옷차림밖에 없었다. 조롱이라고 생각한 카일은 기분이 잔뜩 저조해진 상태였다.

그는 디아린을 아주 이글이글 노려보았다. 물어뜯으려는 것 같았다. 누가 봐도 디아린을 적대하는 모양새였다.

그렇게 북문석 영지를 버리고 돌아가 놓고, 뻔뻔하게 성으로 돌아와 눌러

앉은 이기적인 여자에 대한 적대심. 그 모든 태도 안에는 에제트에 대한 깊은 충심이 자리하고 있을 터.

'……라고 다들 생각하겠지? 나도 그렇게 생각할 정도였으니까 말이야.'

카일이 이 침실에 들어온 이후부터, 디아린은 의례상의 미소도 짓지 않았다. 이 남자가 얼마나 가증스러운지 아는 사람은 없을 테니까.

'콘클의 끄나풀인 새끼.'

한 수문석의 부단장이란 놈이, 뒤에서 콘클 공작과 내통하고 있는 관계란 걸 누가 알까?

아무도 모를 것이다. 디아린도 몰랐다.

저자가 몰래 자신의 차에 이상한 약을 타기 전까지는.

콘클의 전령과 합심해서 자신을 공작가로 향하는 마차에 태우기 전까지는.

'다들 내가 내 발로 걸어서 콘클로 돌아가 버린 줄 알잖아. 저 새끼가 돕는 바람에.'

저자가 콘클과 내통한다는 증거를 잡기 위해, 일부러 호위 기사로 지명했다. 디아린은 갑자기 열이 뻗쳤다.

'아, 진짜 그냥 여기서 뒤지게 패고 끝낼까?'

〈주인님. 저놈 죽이고 싶으세요?〉

〈날개 꺼낼까?〉

"……."

디아린은 올과 로르가 떠들 때마다 가끔, 아이를 둔 부모가 된 기분이었다. 감정 관리를 빡세게 해야겠다는 경계심이 든다고 해야 할까…….

카일의 이마에 한층 주름이 진 건, 샤이가 챙겨 온 바구니를 본 이후였다. 햄과 치즈를 끼워 넣은 샌드위치, 차갑게 식힌 딸기 생크림 푸딩. 훈제 연어와 절인 올리브. 북부의 전형적인 소풍 바구니였다.

"설마 소풍을 가려는 건가?"

디아린은 카일을 돌아보지도 않고 그렇다고 대답했다.

"그럼 나는 왜 부른 거지?"

"그야, 숲으로 소풍을 갈 생각이니까요. 날 호위해야죠?"

"북문석 숲? 혹시 영애, 미쳤나?"

"안으로 들어가자는 건 아니에요. 외곽 오솔길이 있잖아요?"

이 시기의 숲 외곽 오솔길은 전혀 위험하지 않다. 한낮에는 나무를 하러 온 영지민들도 심심찮게 보일 정도였다.

디아린이 턱을 조금 기울이고 물었다.

"설마, 경. 무서운 건가요?"

"하! 무섭기는 누가? 지금 한가롭게 바구니나 싸서 소풍이나 다닐 처지냐는 말이다!"

"내가 무슨 처지든 경이 상관할 바는 아니죠. 나는 황자 저하의 혼약자고, 경은 내가 지명한 호위 기사인 게 전부니까."

디아린은 찻잔을 내려놓으며 말했다.

"그리고 건방지게 나한테 말 놓지 마. 카일 드미트리."

"뭐, 뭐?"

"영애'님'이라고 호칭 똑바로 하고. 내가 당신 주군의 혼약자인 걸 자꾸 잊는 모양이네?"

"건방……!"

"한 번만 더 말 그따위로 하면 기사 연맹에 널 고발할 거야. 기사의 품위는 어디다가 팔아먹었지?"

"……!"

카일의 턱에 힘이 들어갔다. 당장이라도 디아린의 멱살을 잡고 싶은 눈치였다. 하지만 실행하진 않았다. 못 했다는 말이 맞았다. 카일은 이 침실에 들어오는 순간, 이미 실내를 한번 재빨리 훑어본 후였다.

잘 꾸며 놓은 장식들이며 값비싼 마도석이 그득그득 쌓인 온열 난로.

일단은, 함부로 대할 수는 없었다.

"……알겠습니다."

디아린은 그제야 생긋 웃었다.

"그럼, 소풍을 가 볼까요?"

* * *

디아린이 소풍을 간 수문석 숲은 몹시 광활했다.

으레 생각하기에 수문석 숲은 경계가 삼엄하고 철저하게 출입이 통제되어 있을 것 같지만, 아니었다.

정말로 위험한 건 숲의 깊은 중심지.

중심지에는 수문석이 자리하고 있었기 때문이다. 마물이 기어 올라오는 틈을 봉인하는 마력의 결정체. 그 틈은 천룡 오드가 대지를 할퀸 발톱 자국이기도 했다.

원체 숲이 드넓다 보니, 중심지와 떨어진 외곽에는 평소에도 사람들이 적잖게 출입했다. 게다가 아키르 시조의 마법이 깃든 수문석 숲은 무한한 자원의 보고였다. 나무를 아무리 베어내도 하루 만에 다시 원래대로 솟아난다.

물론, 그 특별한 나무를 뿌리째 뽑아 다른 곳으로 옮기면 평범한 나무로 변해 버렸지만. 더군다나 아키르의 시조가 황법으로 일정 이상의 벌목은 금지해 놓았기 때문에, 대규모의 목재 수출은 불가능했다.

"정말 아가씨랑 같이 오니까 하나도 안 무섭네요. 신기해요."

샤이는 신기한 듯 재잘거렸다.

각 영지의 각인자들이 주기적으로 숲 외곽 오솔길을 걸어 다니며 영지민들의 불안을 중화시켜 주지만, 그래도 이렇게 직접 옆에 붙어 있는 것에는 못 미쳤다. 각인자 옆에선 아름다운 숲에서 삼림욕이나 하는 평화로운 기분이 들었다.

"한 달 후면 세 번째 계절의 토벌이 있죠? 랑데르도 그때를 맞춰서 영지로 귀환한다는데, 아가씨를 보고 너무 딱 붙어 있지 않을까 걱정이 되네요."

샤이의 쌍둥이 동생인 랑데르는 북문석 기사단의 준기사였다. 실력도 있어 몇 년 안에는 정식으로 기사 작위를 받을 게 확실시된다고, 샤이가 기쁜 듯 말했던 적도 있었다.

적당히 '귀족스러운 소풍 시간'을 보낸 후, 디아린은 카일을 한번 흘긋 보았다. 그는 여전히 좋지 않은 표정이었지만, 이어진 소풍 덕분에 좀 풀린 낯빛이었다.

그때였다.

순간적으로 디아린의 낯빛이 음험하게 변했다. 길고 두꺼운 양단 장갑으로 가린 손목에 신수의 문양이 한 번 떠오른 찰나. 디아린의 발밑에 떠오른 붉은 마력이 카일의 발목을 잡고 그대로 자빠뜨렸다.

"윽!"

부기사단장답게 가까스로 중심을 유지한 카일. 하지만 그게 전부가 아니었다. 카일은 마력으로 뒤통수를 거하게 얻어맞고 아예 기절해 버렸다. 그야말로 눈 깜짝할 새 일어난 일. 샤이가 비명을 질렀다.

"부단장님? 뭐, 뭔가 붉은 게 지나간 것 같았는데……!"

쌍둥이 동생이 기사라더니 샤이도 시력이 꽤 우수했다. 번개처럼 스쳐 간 디아린의 마력을 얼핏이라도 포착하다니 대단했다.

샤이가 겁에 질려 파들댔다.

"서, 설마 마물이 나타난 건……!"

"아직 낮인데 마물이 나타날 리가 없잖아요. 검은 안개도 없고요."

디아린은 샤이를 안심시켜 주며 말했다.

"저번에 마도 서적을 읽었는데, 강력한 기사들은 간혹 수문석 숲의 정제되지 않은 마력 때문에 뇌에 강한 둔통을 받을 때가 있대요. 마력이 충격으로 흐트러진 거죠. 그래서 카일 경이 기절한 것 같아요."

"아아……."

샤이가 가슴을 쓸어내렸다.

"역시 수문석 숲은 몹시도 위험한 곳이네요……."

〈너는 정말 없는 말을 잘 지어내는군. 그래서 악마인가.〉

로르가 감탄하자 올이 으쓱해 했다.

〈주인님의 장점 중 하나죠.〉

샤이는 아무 의심 없이 디아린의 말을 믿었다. 어느 정도 안심한 샤이는 마부를 데려오겠다고 금방 오솔길을 따라 달려갔다.

디아린은 카일을 내려다보았다.

이 매끈하고 반질반질한 낯.

좋은 것만 처먹고 다닌 모양이다. 가슴에 단 단추도 흑색 보석. 특히 차고 있는 보검이 눈에 띄었는데, 검집이 황금과 순은으로 우아하게 세공되어 있었다. 물론 수문석 기사로서 받는 봉급이 상당하겠지만, 카일의 불룩한 주머니에는 다른 돈도 아주 많이 섞여 있었다.

'날 팔아넘겨서 콘클 공작한테 얼마나 받았을까?'

2년 전, 디아린은 자의로 콘클로 돌아간 게 아니다. 그런데도 남들은 다 그렇게 오해했다.

"무해하게 웃으면서 말이야. 넌 부단장이란 직위가 아까워."

개새끼. 날 팔아먹고 받아 처먹은 게 지금 차고 있는 저 검이겠지?

디아린의 얼굴에 즐겁지 않은 웃음이 어렸다. 그녀는 구두 끝으로 카일의 얼굴을 툭툭 성의 없이 건드렸다.

* * *

"으……."

카일 드미트리는 띵 하니 울리는 머리를 잡고 일어났다. 주변을 둘러보니 자신의 사택이었다.

왜 여기에 있지, 하는 생각이 스칠 때였다.

"부단장님? 정신이 드시나요? 자, 물부터 좀 드세요."

샤이가 따뜻한 물을 내밀었다. 놀라서 보니 샤이뿐 아니라 디아린도 함께 있었다.

샤이가 말했다.

"아까 스미스 씨가 성으로 사람을 부르러 갔어요."

"내가 왜 여기 있지?"

"아, 기억 안 나시나 보다. 북문석 숲에서 쓰러지셨어요. 그러니까 마력의 충격 때문에요."

"……마력의 충격?"

이건 또 무슨 말인가. 깊게 생각하고 되묻기도 전이었다. 카일이 눈을 부릅떴다. 그가 벌떡 일어나더니 샤이가 옷을 개서 올려놓은 테이블 쪽으로 급하게 걸어갔다. 재킷, 조끼, 신발 다 있는데 하나가 없다.

"내 검은? 어디 있지?"

"검이요?"

"그래! 내가 차고 있던 검!"

"자, 잘 모르겠는데요……."

"제기랄!"

그 검은 황금으로 복잡한 마법 문양을 새긴 데다가 손잡이엔 루비까지 박아 놓은 아주 값비싼 물건이었다. 테트반 기사단장도 그렇게 화려하고 비싼 검을 차지 않을 정도였다.

카일이 샤이에게 버럭 소리를 질렀다.

"젠장! 뭘 멀뚱멀뚱 서 있어! 당장 찾아보라고!"

"건방진 게 일상이네."

"뭐?"

카일이 핏발 선 눈으로 디아린을 돌아보았다.

"영애……님. 지금 뭐라고 했지요?"

"샤이 양한테 윽박지르지 말아 줄래? 네 검은 거기에 떨어뜨리고 온 모양이니까."

"뭐요? 왜 그걸 안 챙겨 온 거죠? 젠장!"

당장 나가서 북문석 숲으로 가려던 카일에게 디아린이 말했다.

"가 봤자 없을걸? 그쪽, 성 후원 쪽이 아니라 아예 외곽 오솔길이라서 나다니는 사람들도 적잖은데. 누가 벌써 주워 갔겠지. 그렇게 비싼 검이면 인생 역전하는 정도잖아."

그렇게 말하는 디아린의 어조는 묘했다.

"안 그래, 카일 경?"

마치, 누가 주워 가길 바라는 느낌이라고 할까. 비웃고 있지도 않는데 비웃고 있다는 생각이 들 정도였다.

그리고 카일은 뒤늦게 깨달았다. 소풍 시간 때도 자신에게 공대를 하던 이 영애가, 어느 순간 말을 놓고 있다는 사실을.

순간 드는 직감.

"영애님, 설마……."

카일은 설마설마하며 물었다.

"일부러 내 검을 두고 온 건 아니겠지요?"

"맞아."

선선한 긍정에 카일이 귀를 의심했다.

"내가 버리고 왔어."

순간 카일이 입을 멍하니 벌렸다. 심지어 샤이도 비슷한 표정이 되었다.

"이유가 궁금한가 보네. 그 검 말이지. 램드 경이라면 모를까."

디아린이 느릿하게 카일을 훑어보았다.

"너 같은 놈한텐 너무 과분한 보검이잖아?"

"디아린 콘클이스터!"

카일이 버럭 소리를 질렀다. 그가 한달음에 디아린의 멱살을 낚아챘다.
샤이가 깜짝 놀라 달려가 카일의 팔을 붙잡았다.

"부단장님! 미치셨어요? 대가리에 진짜로 술병 꽂으셨어요?"

"이거 놔!"

"꺄악!"

카일이 부들부들 떨었다.

"이게 진짜 눈에 뵈는 게 없어? 8황자 저하가 너 같은 게 좋아서 영지로
불러와 주신 줄 알아? 콘클 공작한테 살살 꼬리나 쳐서 온 게 뻔한 주제에
감히 나한테 이따위로 굴고도 무사할 것 같아?"

디아린은 멱살이 잡힌 채로도 아무런 동요가 없었다.

"입이 달렸으면 대답을 해!"

"그쪽이야말로 자의식이 너무 과한 거 아냐?"

"뭐? 자의식? 자의식이라고 했나?"

디아린은 태연하게 말을 이었다.

"그렇잖아. 차기 단장 자리도 램드 경한테 빼앗길 주제에, 뭘 믿고 나한테
이렇게 함부로 대해?"

"……!"

본래 북문석 기사단의 부단장 자리는 셋. 이제까지는 셋 중 한 자리가 공석
이었는데, 이번에 램드가 부단장으로 승격되며 완전히 채워질 예정이었다.

아까 디아린은 샌드위치를 먹으며 일부러 지나가듯 그 얘기를 꺼내 보았다.
예상처럼 카일의 얼굴은 금세 좋지 않게 변했다. 그때 확신했다. 카일이 램드
에게 열등감을 품고 있음을.

카일의 얼굴이 시뻘겋게 변했다.

"맞아야 그 입을 닥치겠군!"

카일이 디아린의 뺨을 거세게 내려치기 직전이었다. 쿵 하는 소리가 나
더니, 그가 그대로 뒤로 나자빠졌다.

"……?!"

장작으로 카일의 뒤통수를 내려치려고 살금살금 다가오던 샤이가 깜짝 놀라 눈을 크게 떴다.

더한 일은 다음에 일어났다.

"아가씨!"

디아린이 카일을 마구 걷어차기 시작한 것이다. 오늘은 소풍을 갈 예정이었던지라 신발도 부드러운 송아지 가죽 구두를 신었다. 샤이가 직접 골라 온 거라서 그 부드러움을 확실하게 기억한다. 그러니까 저렇게 기사의 면상을 아무리 걷어차 봤자, 아프긴커녕 간지럽기만 해야 하는데…….

"컥! 커윽!"

카일의 얼굴은 순식간에 엉망이 되었다. 피가 튀고 입술이 터졌다. 눈가도 찢기고 이마에도 상처가 났다.

이 일방적인 폭행을, 샤이는 도무지 이해할 수가 없었다.

명색이 한 기사단의 부단장이, 어떻게 연약한 아가씨의 발길질조차 피하지 못하는 것인가? 일어나지도 못하는 이유는 대체 무엇이란 말인가?

디아린의 나들이용 드레스 밑으로 새까만 깃털이 총총 떨어지고 있었지만, 샤이도 카일도 눈치채지 못했다. 깃털들은 바닥에 닿자마자 사라졌다. 강력하게 응축된 마력이 카일을 일어나지도 못하게 꽁꽁 묶고, 무자비하게 구타했다는 사실 역시 아무도 몰랐다.

"아, 안 돼요! 아가씨! 진정하세요!"

뭐에 홀린 듯 넋 놓고 있던 샤이가 뒤늦게 정신을 차리고 매달렸다. 디아린은 그제야 발길질을 멈췄다.

"컥, 커억…….'

겨우 풀려난 카일이 새우처럼 옆으로 몸을 구부리고 기침을 토했다. 늑골이 부러진 것 같은 충격에 그는 도무지 정신을 차릴 수가 없었다. 아무것도 이해가 안 가는데 무엇도 따질 겨를이 없었다.

"이, 이 방계 고아 계집이⋯⋯."

치밀어 오른 모멸감과 창피함. 카일이 정신력을 끌어모아 헐떡이며 일어났다. 비틀거리면서도 그는 주먹을 말아 쥐었다. 임무고 나발이고 여기서 저 여자에게 당장 복수를 해야 곱게 죽을 것 같았으니까.

손을 들어 디아린의 머리를 후려치려던 카일은 문득 멈춰 섰다. 자수정 같은 동공 속에서 기묘한 빛을 본 것이다. 깊은 우물에 물방울이 똑똑 떨어져 파문을 그리는 것처럼, 요동치는 별의 움직임.

마력의 운용.

마법사의 표식.

일정 경지에 근접한 기사는 마력의 흐름에 대해서도 어느 정도 감지할 수 있다. 분명 아까까지 자신을 옥죄던 정체 모를 힘과 저 마력은 느낌이 상당히 비슷했다.

'⋯⋯하지만 저 여자가 마법사라는 이야기는 들은 적이 없는데?'

카일의 얼굴이 굳어지는 걸 보면서 디아린은 태연하게 눈을 깜빡였다. 그때였다.

"카일 경! 카일 경!"

문을 요란하게 두드리는 소리가 들렸다. 성으로 갔던 마부가 의사와 사람 몇을 데리고 온 모양이었다. 디아린은 여전히 제 멱살을 쥐고 있던 카일의 손을 털어냈다.

"첩자면 첩자답게 굴어, 카일 경. 콘클 공작님이 내 비위 맞추라고 하셨지 않아?"

"⋯⋯."

"아직 못 전해 들었다면 어쩔 수 없지만."

눈도 깜빡이지 않고 콘클 공작을 운운하며 사기를 친 디아린. 그녀는 문을 열어 주기 위해 현관 쪽으로 걸음을 옮겼다.

디아린의 말 중 진실은 오직 하나였다.

카일이 첩자라는 것.

샤이가 넋이 나가 중얼거렸다.

"첩……자?"

"……."

샤이와 카일의 얼굴이 서로 다른 의미로 새파래졌다.

* * *

더블렌 남작은 여느 때처럼 겨울 준비로 바쁜 하루하루를 보내고 있었다.

밤새 얼어 죽은 가축은 없는지, 창고에 보관한 곡식에 쥐가 쏠지는 않았는지.

그렇게 열심히 일하고 왔더니. 상상도 못 한 소식이 그를 기다리고 있었다.

더블렌 남작은 어쩐지 눈 뜬 채로 뺨을 맞는 기분이었다.

남작은 얼굴을 한 번 쓸어 넘겼다. 그리고 입을 열었다.

"그……러니까, 영애님."

부단장 카일이 콘클 공작의 첩자?

"너무 대놓고 모함을 하시는 게 아닙니까?"

벌써부터 콘클 공작이 북문석 기사단의 와해를 꾀하는 건가? 하지만 이렇게 대놓고 수를 쓸 만큼 디아린 콘클이스터 영애가 멍청하던가?

"저, 집사님. 아가씨 말씀은 모함이 아니에요."

옆에 있던 샤이가 조심스럽게 거들었다. 그게 모함일 리가 없다. 카일은 침착한 척하려고 했지만, 순간 스쳐 간 확연한 동요를 감추질 못했다. 디아린의 마력 색깔도 순간이지만 본 샤이였다. 그걸 놓칠 리가 없었다.

그러나 더블렌 남작은 아직도 이해가 가지 않았다.

"하지만 그게 진짜면 옆에서 다 들은 이 목격자를 살려 놓았겠습니까?"

샤이가 침을 꿀꺽 삼켰다. 디아린은 태연하게 대답했다.

"당연히 샤이 양도 콘클 공작의 사람이라고 했어요."

"그 말은……."

"물론 거짓말이죠."

더블렌 남작의 어깨에서 힘이 쭉 빠졌다. 관자놀이를 슬슬 문지르던 그가 물었다.

"그런데 카일 경이 그 말을 믿던가요?"

"긴가민가했겠죠. 하지만 안 믿어도 당장 어쩔 건가요?"

"당연히……."

"당연히 뭐요?"

더블렌 남작은 뒷말을 찾지 못했다. 사실 디아린의 말이 맞았다.

"……당장은 아무것도 할 수가 없겠군요."

아무리 부단장이라지만, 갑자기 성의 전속 하녀—그것도 실질적으론 시녀 격인 여자를 죽일 수는 없다. 심지어 대낮에, 문밖에는 마부가 데려온 의사와 하인들도 기다리고 있었다는데.

"하지만 카일 부단장님은 무려 10년 넘게 북문석 영지를 수호한 기사님 이셨는데……."

"그럼 11년 전부터 콘클이랑 연이 있었겠죠. 아니면 도박 빚이 많았다던가. 콘클은 돈으로 매수하는 게 특기거든요. 알다시피 원체 부유한 가문이라."

"……."

더블렌 남작은 카일의 유독 화려했던 의장을 떠올렸다. 씀씀이도 아주 후한 편이었지. 특히 작년에 그가 구매한 웬 보검은 황태자가 차도 괜찮을 정도로 아주 고급지고 호화로웠다.

하지만 더블렌 남작은 곧 고개를 가로저었다.

"솔직히 말씀드려 쉽게 믿기 힘듭니다. 콘클의 '첩자'에 관한 문제라면 외람 된 말씀이지만 영애님도 자유로우시진 못하잖습니까."

디아린이야말로 콘클 공작이 직접 보낸 사람이니까.

"게다가 영애님은 2년 전에 순순히 콘클로 돌아가시기까지 했고……."

"그건."

디아린이 이를 악물었다.

"그건 내가 가고 싶어서 간 게 아니에요."

"……아니라고요?"

"내 찻잔에 몰래 웜우드를 탔거든요? 그 잘난 카일 부단장께서."

더블렌 남작의 얼굴이 순간 창백해졌다.

"웜우드라면……."

그의 머릿속으로 2년 전 있었던 일이 그려졌다.

2년 전, 에제트가 실종됐던 긴박한 겨울.

성내는 혼란스럽다고 말하면 오히려 부족할 정도였다. 그렇게 정신없는 와중에 갑작스레 콘클에서 전령을 보냈다.

그는 디아린을 데려가겠다며, 1:1 대면을 요청했다. 하지만 더블렌 남작은 완강히 거부했다. 콘클 공작 같은 대귀족의 전령을 남작의 지위로 거부하는 게 얼마나 큰 용기인지 모르는 사람이 없었다.

당연히 콘클의 전령은 화를 불같이 냈다. 기사를 하나 대동시켜서라도 대면을 시켜 달라고 강요했다. 투박한 북문석 기사들은 위압적이니 가장 귀족적인 기사를 붙여 달라고도 했다. 아니면 콘클을 무시하는 걸로 알고 가만두지 않겠다는 말에 떠오르는 기사는 많지 않았다.

평소에도 맵시 있게 잘 차려입고 다니는 카일이 당연하다는 듯 발탁되었다. 전령은 카일을 이끌고 디아린이 먼저 가 있던 응접실에 들어가더니, 얼마 있지 않아 함께 나왔다.

디아린 콘클이스터는 그때, 아무 말도 없이 콘클의 전령을 따라 성의 그레이트 홀을 걸어갔다. 자신의 발로 직접 마차에 오르기까지 했다. 그렇게 가 버렸다. 인사도 없이.

'뒤도 돌아보지 않았는데.'

더블렌 남작은 이제 머리가 깨질 것만 같았다.

"영애님이 말씀하신 웜우드 약물은 저도 들어 본 적이 있어서 압니다. 웜우드를 정밀한 마도구로 정제하면 말도 안 되게 강력한 환각 약물이 된다고 들었죠. 하지만 사계탑에서 제조 및 시판을 금지한 게 20년도 전의 일이잖습니까? 기존의 약물도 다 회수해서 폐기했다고 들었는데요."

"날 데리러 온 곳이 어디라고 생각하는 거예요? 콘클 공작가예요."

"……."

아무리 콘클 공작이어도, 사계탑에서 철저히 금지시킨 웜우드 약물을 새로 제조했다고는 디아린도 생각하지 않았다. 하지만 천 년이 넘는 역사를 가진 가문이니 가문의 창고에 몇 병 몰래 보관하고 있어도 이상할 게 없었다.

그만큼 희귀한 걸 그녀를 데려오고자 썼다.

'이유는 쉽게 추측할 수 있어.'

콘클 공작이 적조의 영혼석을 어쩌다가 발견한 모양인데, 깨어나게 할 방도로 특별한 각인자가 필요했으리라.

하지만 각인자는 아키르 제국에서 생사일시까지 공식적으로 기록해 두는 중요한 인재들이었다. 생을 추적하는 정도는 아니지만, 급사하거나 오랜 기간 행방불명이 되면 반드시 관련 기구에서 사람을 파견해 조사한다. 그러니까 아무나 함부로 데려가 실험에 썼다가는 반드시 꼬리가 밟힐 터.

게다가 디아린은 '공평한 혈통'이다.

'각인자이면서 공평한 혈통인 자.'

두 가지 조건을 모두 만족하는 이는 극히 드문 편.

때마침 에제트는 서북문석에서 실종되었고, 디아린은 따지고 보면 부모도 없는 고아다. 그러니까 콘클 공작은 웜우드 약물을 사용하면서까지 디아린을 데려갔던 것이다.

'나 말고도 몇 명 더 지하에 잠들어 있었지.'

달리 말하면 콘클의 저력으로도 몰래, 뒤탈 없이, 몇 년간 가둬 놓을 수 있는 각인자가 그 정도가 전부라는 소리다.

그만큼 적조가 탐났던 모양이지.

'몰라. 결국 소환사는 내가 됐으니까.'

이젠 내 거야.

"영애님."

더블렌 남작이 입을 열었다.

"왜 이걸 진작 말씀하지 않으셨습니까……? 저하는 아십니까?"

"아뇨."

"왜 말씀을 안 하셨지요?"

"……카일의 사택에 가 본 후에 전해 드리려고 했어요. 2층을 뒤지니까 인식표 색깔이 다른 전서구가 있더라고요."

그 말을 '확실한 증거의 확보' 정도로 알아들은 더블렌 남작이 침음성을 냈다.

'사실 에제트를 속이기가 쉽지 않아서 그렇지.'

웜우드를 마력으로 정제한 약물은 아주 위험했다. 마시는 순간 그대로 기억이 끊기는데, 몸은 멀쩡하게 움직였다. 너무 위험하고 악용될 소지가 많아 사계탑에서 제조를 엄격히 금지한 것이다.

디아린도 정제된 웜우드의 약효를 이기진 못했다. 하지만 다른 이들과는 달리 기억이 끊기지 않았다. 그녀의 영혼에 감돌고 있는 마력이 그만큼 강력한 덕이었다. 그래서 디아린은 모든 걸 보았다.

환각 약물이 담긴 차를 마시고 정지된 그녀를 두고, 카일과 전령이 서로 짧게 말을 맞추는 것을.

카일이 콘클 공작의 끄나풀이었음을.

'콘클 공작님이 이 허름한 성에 더 볼일 없을 거라고 했다는 말씀에 이 여자가 좋다고 따라 나갔다고 하십시오.'

'여부가 있겠습니까. 이 외진 북문석엔 질렸다고 말하면서 갔다고 하면 딱이겠군요.'

'그렇지요.'

하지만 이 말을 하려면 디아린이 어떻게 기억을 잃지 않았는지에 대해 먼저 말해야 했다.

'그걸 어떻게 말해? 내가 사실은 엄청 대단한 마법사였습니다, 하고?'

당연히 할 수 없다.

그래서 디아린은 수를 냈다. 에제트가 자신더러 직접 호위 기사를 골라도 좋다고 해 준 게 천운이었다. 덕분에 자연스럽게 카일의 사택에 들어 가 온 방을 뒤져 볼 수 있었다. 아니었으면 밤에 몰래 잠입해서 증거를 찾아봐야 했을 텐데, 그랬으면 이렇게 빨리 일을 진행시킬 수 없었을 터였다.

평범한 각인자가 어떻게 부기사단장의 사택에서 들키지 않고 증거를 찾아 냈느냔 의심을 받았을지도 모르니까.

"후우……."

더블렌 남작이 여전히 혼란스러운 표정으로 한숨을 내쉬었다. 디아린은 아무 말 없이 찻잔이나 기울였다.

시간이 조금 더 흘렀다.

더블렌 남작의 부탁을 받고 카일의 사택에 몰래 다녀온 램드가 돌아오자, 초조해하던 더블렌 남작이 자리에서 일어났다.

"램드 경? 확인해 보셨는지요?"

* * *

카일 드미트리가 처리됐다.

어떻게 처리됐는지는 잘 모른다. 공식적인 사형은 아니었다. 비정기적인 북문석 숲 정찰을 갔던 카일이 불행하게도 실족해 숲의 호수에 빠져 죽었다.

……라고 발표되었다.

'사실은 램드가 에제트의 명을 받고 처리한 거지만.'

램드는 생각보다 연기파였다. 그가 너무 침통한 얼굴로 사고가 생겼다고 말하니 모두가 믿었다.

시나리오는 이랬다.

둘은 숲 깊숙한 곳을 정찰 중, 뜻밖의 마물을 만났다고 했다. 실제로 램드의 얼굴에 피가 묻어 있었고 옷차림도 엉망진창이 된 채로 귀환했다. 누가 봐도 험난한 전투를 겪은 모습이었다.

에제트 아스페르크 키르헨이 제국 전체에서 살아 있는 신화 취급을 받기 시작했다면, 램드는 북문석 기사단에서 비슷한 추앙을 받았다. 그의 말은 잘 먹혀들었다. 아무도 의심하지 않았다.

게다가 더블렌 남작도 별말 없이 카일의 장례비를 처리해 주었다는 이야기가 퍼지면서, 다들 카일의 죽음을 애도하고 슬퍼하기만 했다. 분위기는 침체되었지만 그뿐이다. 얼마 후에는 다들 원래대로 돌아오겠지.

"흐흠."

더블렌 남작이 헛기침을 했다.

"디아린 콘클이스터 영애님. 자수정 방은 마음에 드십니까?"

남작의 목소리엔 미미한 긴장감이 깔려 있었다.

"마음에 안 드시면 다시 꾸며 보겠습니다."

"다시요?"

"예."

'자수정'이라는 보석 이름이 붙여진 공간.

대개 보석 이름을 붙여 놓는 방은, 성이나 저택에서도 가장 귀한 장소였다. 이 북문석 성에도 보석이 이름으로 붙여진 방은 딱 두 개밖에 없었다. 하나는 사파이어 방이라고 불리는 에제트의 처소. 그리고 다른 하나는 자수정 방.

자수정 방은 컸다. 원래 디아린이 묵던 침실을 여덟 개 정도 합친 크기였으며 용도에 따라 전부 분리가 되어 있었다. 침대와 안락의자를 들여 놓은 침실이며 개인 욕실, 응접실, 작은 거실까지 따로 딸려 있어서 사실상 집한 채와 구조가 비슷했다.

당연하게도 무척 깨끗했다. 자수정 방이라는 이름에 걸맞게 호화로웠고 아늑했다. 문제가 있다면 며칠 전, 디아린이 이 자수정 방을 보았을 땐 엉망진창이었다는 것이다.

'황자 저하께서 이 방을 영애님에게 내어 드리라고 했습니다만, 보시다시피 관리가 덜 되어 있습니다. 어쩌시렵니까?'

그때 본 자수정 방에는 제대로 된 가구도 없었다. 벽난로 위 랑브리도 다 벗겨져 있어서, 임시로 들여 놓은 난로는 싸구려 깡통 같았다. 카펫은 낡았고 벽지도 더러웠다. 완전히 아름다워진 성에서 홀로 흉가처럼 엉망진창이었다. 치우려면 인력도 없고 오래 걸려 힘들다고 더블렌 남작이 눈치도 엄청 줬었다.

'아니면 영애님이 원래 쓰시던 침실도 있죠. 다행히 그 방은 잘 관리를 해 놓았습니다.'

그래서 디아린은 원래 쓰던 침실을 선택했는데.

"더블렌 남작."

"예."

"고작 사흘 만에 이렇게 정리할 수 있었던 거였군요."

"……."

"근데 일부러 정리를 안 한 거고요. 내가 그 방 쓰는 게 싫어서?"

"……."

"남작?"

"……."

"나아암즈아아악."

"제가 유치한 심술을 부렸음을 인정하겠습니다."

연보라색 눈동자가 더블렌 남작을 물끄러미 바라보았다. 능숙한 집사인 그는 전혀 당황하지 않고 고개를 깊이 숙였다.

"똑같이 재현한 방에서 제가 며칠 묵도록 하겠습니다."

"내 침대는 빼고 그러도록 하세요."

"예."

여기까지는 소소하게 갚아 주고 좋았는데.

"영애님이 이 약을 잘 챙겨 드시게 하십시오."

"예, 알겠어요."

의사와 샤이는 몇 마디 주고받다가 밖으로 나갔다. 사실 디아린은 어제부터 잠기운과 미약한 열 기운으로 눈을 잘 뜨지 못하는 상태였다.

너무 무리했다.

영혼은 수문석 아래에서 굴렀다 왔다지만, 이 육체 자체는 마력을 받아들이기 시작한 지 몇 달도 되지 않았다. 신생아 같은 숙련도로 고위 마법을 마구 연성하고, 카일을 팰 때도 눈이 뒤집혀서 비 오는 날 먼지 나듯 팼다. 덕분에 마력을 많이 썼다.

디아린은 샤이가 가져온 약을 먹고, 암염을 묻힌 박하 잎사귀를 열심히 씹어 입 안을 청결히 하고 또 종일 잤다.

그리고 늦은 밤 즈음. 이마가 간지러워서 눈을 떴다.

"……?"

누군가가 이마를 느리게 쓸어 주고 있었다. 서늘한 느낌. 샤이는 손이 눈빛만큼이나 따뜻했다. 그럼 누굴까? 순간적으로 에제트가 떠올랐다.

아니, 혹시 에제트인가?

디아린이 몇 번 눈을 깜빡였다. 전보다 선명해진 시아에 붉은 깃털이 들어왔다. 어디 퐁당 빠졌다 온 것인지 찬물까지 묻혀 온 적조의 깃털이 디아린의 이마를 샥샥 쓸고 있었다.

"……로르 너였니?"

〈그래. 열이 많이 나는군.〉

"으응. 너였구나."

힘없는 대답에 로르가 얼핏 침묵했다. 원래 사역마는 주인의 감정에 민감하게 반응한다.

〈……나 말고 누굴 기대한 거지?〉

올이 설레 하는 목소리로 끼어들었다.

〈혹시 저인가요? 주인님?〉

"나도 몰라."

피곤한 목소리로 대꾸한 디아린이 신음 소리를 내며 다시 눈을 감았다. 사실은 에제트일 줄 알았다. 기대한 건 아니다. 보통 이런 타이밍엔 혼약자가 등장하질 않나. 보통 그러니까. 그래서 조금 긴장한 마음으로 눈을 뜬 것뿐이다.

하지만 현실은 사역마.

'그래도 일어나면 고맙다고 해 주자…….'

디아린이 금세 또 잠이 들자, 로르는 다시 팔랑팔랑 날아서 놋대야에 깃털을 담갔다.

〈확실히 인간의 몸은 약해. 마력 양은 정신이 나간 것처럼 대단한데, 육체가 약해서 감당이 안 되는군.〉

〈인간이 원래 그렇죠, 뭐. 그래도 우리 주인님은 대단하시니까 상관없지.〉

〈넌 정말 돌아 버린 듯 세뇌되었구나.〉

〈전 원래 돌았어요, 로르. 그리고 우리 주인님은 소환식도 안 거치고 이렇게 멋대로 각인까지 시킨 사람이잖아?〉

신수의 주인이 되기 위해선, 본래 아주 복잡한 의식을 거쳐야 한다.

하지만 디아린은 그야말로 맨몸으로 부딪혀 '사역마'로 적조를 각인시켰다. 이런 경우는 정말 그들이 탄생한 이래 단연 처음이었고 마지막이리라.

착실히 깃털을 뽑아 낸 디아린의 이마에 물을 조달하는 로르와 달리, 올은 깃털만 달랑달랑 한가롭게 움직였다. 하찮은 마물이나 인간이 감히 제 주인을 탐낼 때라면 모를까, 올은 디아린이 볼 수 없는 선행은 절대 하지 않았다. 설령 그것이 주인의 안위에 도움이 된다고 해도.

그래서 그런 건 전부 로르의 몫이었다. 딱 지금처럼.

〈로르. 며칠 전에 주인님이 엄청 화난 거 봤죠? 그런 거 오랜만이었는데.〉

〈그 기사 놈 때문이지. 카일이라고 했던가. 더럽고 치졸해. 기사도를 맹세해 놓고 첩자질이나 하는 녀석이었으니.〉

〈하지만 그놈이 차에 웜우드 약물을 몰래 탄 덕에 주인님이 우리와 만난 거잖아요? 난 그래서 좋아.〉

로르는 순간 디아린의 눈치를 슬쩍 보았다. 다행히도 이 앞뒤 모르는 악마는 깊이 잠들어 있었다.

〈……올. 너는 제발 좀 생각을 하고 말을 해라.〉

〈그래서 주인님 잘 때 말하는 거라고요. 화내면 진짜 무서우니까.〉

철없게 들리는 말에 로르는 깊은 한숨을 내쉬었다.

* * *

디아린은 또 이마에서 느껴지는 서늘한 감각에 어렴풋이 깼다.

"로르, 나 이제 됐는데……."

"……로르요?"

귀에 익은, 그러나 묘하게 낯설게 느껴지는 그 목소리.

연보라색 눈동자에 서려 있던 잠기운이 확 달아났다. 디아린은 마치 불에 덴 아이처럼 화들짝 놀라 일어나려고 했으나, 상대방이 조금 더 빨랐다.

단단한 두 손이 디아린의 양어깨를 부드러운 힘으로 잡아 내리눌렀다.

"일어나지 않으셔도 됩니다."

잡힌 어깨 아래로 놀란 가슴이 오르락내리락했다. 디아린은 그 상태 그대로, 제 바로 위에 있는 인영을 바라보았다. 가라앉아 있던 마력이 금세 조밀하게 곤두선다.

보이지 않는 얼굴.

아무리 가까이서 봐도 흐릿하게만 보이는 황금색 눈동자.

에제트.

그에게서는 오후의 바람이 곁에 머무는 듯한, 차가운 바람 냄새가 났다.

디아린은 문득 마른침을 삼켰다. 갑자기 본인의 몰골이 신경 쓰였다. 열 때문에 땀도 많이 흘렸을 것 같은데. 머리가 더러울까 봐 염려스러웠다. 결국 디아린은 상체를 일으키면서, 머리를 넘기는 척 상앗빛이 감도는 연갈색 머리카락을 만져 보았다. 걱정했던 것과는 달리 보송보송했다.

'다행이다.'

안심한 디아린은 침대 헤드에 등을 기대고 앉아 물었다.

"언제 오신 건가요? 황자 저하."

에제트는 조금 느리게 대답했다.

"아까 도착했습니다. 디아린 영애."

확실히 10년 넘게 봉사했던 부기사단장이 숨겨진 첩자였다는 사실은 큰일이었으니까. 기사단의 재정비를 위해서라도 에제트가 직접 내려오는 게 맞았다.

"몸이 안 좋으시다고요."

"카일……, 네?"

서로 다른 얘기를 거의 동시에 꺼냈다. 잠깐 정적이 흘렀다.

에제트는 디아린의 머리맡에 있는 탕파에 손을 대 보더니, 의자에서 일어나 마도석 온열 난로 쪽으로 걸어갔다. 그가 익숙하게 탕파 안에 있던 식은 물을 따라 버렸다. 그리고 샤이가 갖다 놓은 주전자를 기울여 뜨거운 물을 보충했다.

"2년 전보다 성이 많이 보수됐다고 생각했는데. 아직도 추우십니까?"

"아뇨, 추워서 감기에 걸린 게 아니라 그냥 몸살이 난 거예요."

"그래도 좀 더 따뜻하게 있는 편이 좋겠습니다."

"그럴게요."

에제트가 디아린의 두 손에 탕파를 쥐여 주었다. 손등을 스치고 가는 그 손길이 어쩐지 간지러워, 괜히 아픈 몸에 힘이 들어갔다.

디아린은 헛기침을 했다. 그리고 입을 열었다.

"저하. 카일 드미트리에 대해선 들으셨죠?"

"들었습니다."

에제트의 대답은 건성은 아니지만 건조했다. 카일에 관한 문제가 별로 중요치 않다는 것처럼 들렸다. 그래서 디아린은 의아해졌다.

"저한테 물어보실 건 없으세요?"

"뭘 물어보길 바라시는데요?"

"카일이나 콘클에 대해서라든지요."

"그런 일이라면 영애에게 더 물을 건 없습니다."

"왜요?"

"묻고 싶지 않으니까요."

꼭 얼음 결정 같은 목소리였다.

"믿을 수도 없고요."

"……."

차가운 말. 그만큼 차갑게 느껴지는 분위기. 디아린은 어깨를 살짝 움츠렸다. 대체 이 미청년, 아니 미소년, 아니 모르겠다.

'뭐가 보여야 말이지.'

눈동자가 보인다고 해서 눈빛이 완벽히 보이는 것도 아니다. 하지만 남들에게 듣던 대로 그저 아름다울 이 황자님은 북문석 수호자답게 북풍이 쌩쌩 불어서 문제다.

'이해가 안 가는 건 아냐.'

이 얼마나 의심받기 좋은 포지션인가. 조금만 상상의 나래를 펼친다면, 디아린이야말로 콘클 공작이 보낸 진짜 첩자고 카일을 팔아서 에제트의 신임을 사려고 한다. 이런 시나리오도 충분히 가능했다.

어색한 침묵이 흘렀다. 디아린만 그렇게 생각하고 있을지도 몰랐다. 에제트는 별달리 달라질 게 없는 목소리로 입을 열었으니까.

"수도에서 콘클 공작을 우연히 만났습니다."

"콘클 공작을요?"

"예."

진짜 우연은 아니겠지만. 디아린은 보지 못했지만, 에제트의 눈빛에는 냉소가 스쳤다.

"왜 제가 영애를 그대로 영지로 보냈는지 궁금해하더군요. 적당히 대답했습니다."

그저 옛정을 생각했을 뿐이라고.

그래서 언제든 마음이 변하면 저버릴 수 있을 것처럼.

수도에 퍼진 치정극 소문과는 많이 달라서, 콘클 공작은 조금 실망한 듯도 했다.

'디아린 콘클이스터가 다른 건 많이 부족해도, 얼굴 하나만은 눈에 띄게 반반하지 않소.'

팔려고 내놓은 인형을 품평하는 듯한 말이었지.

냉소적인 표정으로, 에제트가 입을 열었다.

"그러니 우리는 2년 전 관계에 머물러 있는 정도로 보이는 게 좋겠습니다. 콘클 공작의 의심을 피하기 위해서요."

"알겠어요."

디아린은 순순히 고개를 끄덕였다. 그녀는 절대로 콘클 공작의 의심을 사고 싶지 않았다.

'추가 무기고 열쇠도 받아내야 하고, 또 1년은 더 계속 북문석에 머물러야 하니까.'

"그럼, 저하. 당분간은……, 예전처럼 부를까요?"

"예전처럼이라면요?"

"에제트."

말과 말 사이에 야트막한 침묵이 흘렀다.

"에제트라고요. 원래 우린 서로 이름을 불렀잖아요."

에제트가 한 박자 늦게 대답했다.

"그땐 그랬었죠."

의식을 어설프게 치렀다지만 어쨌든 혼약자였다. 황제나 콘클 공작이 회 까딱 돌지 않는 이상 이 혼약은 진행될 테고, 그들은 서로 가족이 될 게 당연 했다.

디아린은 살아 있는 혈육이 없었고, 에제트에게 남은 혈육은 남보다도 못 한 존재들뿐이었다. 그래서 새롭게 가족이 될 사람에게 약간의 기대를 품을 수밖에 없었다.

당시엔 친애의 단계로 시작했던 호명이, 이제는 친애를 가장하기 위한 수단이라.

에제트는 천천히, 그녀의 이름을 불렀다.

"디아린."

그 목소리는 이상할 정도로 고요했다. 폭풍 전야처럼, 무언가 많은 감정을 감춘 목소리.

귓가가 간지럽지는 않았다. 달콤한 애정이 담긴 건 아니었으니까. 다만 크고 묵직한 종이 울린 양 기묘하게 아렸다. 디아린은 무의식적으로 에제트의 얼굴을 쳐다보았지만, 역시 보이는 건 없었다.

'눈 한 번만 똑바로 보고 싶다.'

늘 불투명한 안개가 낀 듯 제대로 보이지 않으니까. 그래서 디아린은,

언젠가 본 적 있던 순금으로 눈을 박은 여신상을 떠올렸다. 볼 수 없으니 의존할 거라고는 이런 기억들뿐이라서.

'에제트 눈도 진한 황금색이니까, 예쁘겠지.'

순금 같은 눈동자는 무슨 생각을 하고 있을지 모르겠다. 사람을 홀릴 듯 아름답지만 결국은 광물이라 차갑기만 할 황금.

그때 에제트가 다른 말을 꺼냈다.

"디아린."

"네?"

"예전에는 제게 말도 놓으셨죠."

"……."

문득 튀어나온 옛이야기에 디아린이 헛기침을 했다.

에제트의 말이 맞았다. 2년 전의 그녀는, 에제트의 얼굴을 보고 충격을 받았다.

'나는 공평한 피니까, 황족의 얼굴은 전혀 보이지 않을 거라고 몇 번이나 들었는데도.'

정말로 보이지 않았다. 아니, 엄밀히 표현하면 여러 개로 보였다.

어떤 날은 드래곤의 비늘을 붙여 놓은 가면을 뒤집어 쓴 것처럼 보였고, 어떤 날은 아주 짙은 안개가 얼굴을 둘러싸고 있는 것처럼 보였다. 그 불확실한 상에 눈동자 색깔만 겨우 둥둥 떠다니는 것이다.

덕분에 처음에는 괴물이 연상됐다. 낯설었다. 자신이 에제트에게 느끼는 거리감을, 그가 모를 리도 없었다.

'그래서 대화라도 많이 나누면 그나마 괜찮지 않을까 싶었고.'

이 차가운 황자님은 말수가 적은 편이라, 좀 더 말을 많이 하면 좋겠다고 생각했다. 말이라도 놓으면 좀 더 친해지지 않을까. 그런 생각이었다.

"그땐, 음, 저하와 빨리 친해지려고 그랬죠."

"지금은요?"

"그야 지금은……."

"지금도 놓으셔야 할 것 같습니다만."

"어, 음……."

틀린 말은 아니었다.

과거의 카일은 콘클 공작에게 속속들이 자신과 에제트의 행태를 보고했을
터. 그중에는 서로의 호칭도, 대화 내용도 간략하게 보고되어 있겠지. 어쩌면
그런 보고들이 있었기 때문에 콘클 공작이 일말의 희망을 갖고 에제트에게
디아린을 또 한 번 들이민 것인지도 모른다.

"……어쩔 수 없으니까 한동안은 편하게 할게요. 아니, 할게."

물끄러미 디아린을 응시하던 에제트가 조금 웃었다.

'웃네.'

마력의 금계가 풀려서 좋은 점은 에제트의 표정을 이전보다는 조금 더
읽을 수 있다는 것.

'마력이 '공평한 피'에 뭔가 영향이라도 주는 건가? 아무튼…….'

약한 미소에 불과했지만, 늘 북풍 같던 표정이 잠깐이나마 풀리는 건 드문
경우였다. 새삼 에제트가 몹시도 아름다운 얼굴을 가졌다고 하던 이야기가
생각났다.

'웃는 거 귀엽겠지.'

"약을 드셔야죠."

에제트의 말에 디아린은 뒤늦게 협탁에 약이 있다는 걸 알았다.

"샤이 양이 갖다 놨나 보네."

에제트는 별다른 첨언을 하지 않고 약 그릇을 들어 건네주었다.

"드십시오."

"고마워."

그는 약을 마시는 디아린을 눈에 담았다.

사실 이 약은 에제트가 직접 들고 온 것이었다. 그가 가져간다고 했을 때,

디아린의 전속 하녀라던 샤이는 벌벌 떨었다. 황족이 타인의 시중을 드는 건 굉장히 드문 일이었으니까.

드물다 못해…….

에제트는 디아린을 들여다보았다. 자신과는 웃으면서 이야기를 나누었지만, 내내 해쓱해 보인다는 생각이 들었다.

카일 때문에 충격을 받았는지, 몸살이 지독하게 들었다고 더블렌 남작한테 듣기는 했다.

예전에도 그랬다.

디아린은 북문석 영지로 내려온 지 석 달도 되지 않아 심한 독감을 앓았다. 북부의 추위는 혹독하니까 그럴 만도 했다. 디아린은 에제트가 서북문석 영지로 향하던 그날까지도 침대 신세에서 벗어나질 못했었다.

그때의 디아린 콘클이스터와 지금의 디아린 콘클이스터.

겉으로는 별로 달라진 게 없는 것처럼 보이지만, 에제트 눈에는 많이 달랐다.

"에제트."

그때 디아린이 무심코 에제트의 귓가로 손을 뻗었다.

갑작스러운 접촉.

몸에 익은 체술대로 하마터면 반사적으로 쳐낼 뻔했다. 에제트의 몸이 급작스레 굳은 걸 아는지 모르는지, 디아린의 부드러운 손끝은 자신의 귓가 아래를 약하게 건드리고 있었다.

"이 상처 새로 생긴 것 같은데."

에제트의 오른쪽 귓불. 희미한 흉터가 나 있었다. 낱낱이 뜯어보지 않으면 모를 만큼 아주 작은 상처. 에제트와 독대를 했던 황제도 알아채지 못했다. 디아린이 아슬아슬하게 볼 수 있는 에제트의 신체이기도 했다.

"수문석 지하에서 생긴 거야?"

"예."

디아린은 다른 곳에도 상처가 생겼느냐고 묻고 싶었지만 참았다. 왠지 이상하게 들릴 것 같았기 때문이다.

"마물이 많이 강했나 보네."

"이건 마물이 만든 게 아닙니다."

에제트는 뺨을 가볍게 기울이며 말을 이었다.

"램드가 잠결에 실수를 했었습니다."

"……램드 경이?"

"예. 수문석 지하는 정제되지 않은 마력 때문에 다들 어느 정도 정신적 착란을 겪는다고 하더군요."

"아하."

이거, 이거. 아무리 그래도 주군 몸에 흉이 지게 하다니.

디아린은 허허 웃으며 생각했다. 램드가 에제트한테 찰싹 달라붙는 게 충심이 전부인 줄 알았더니 미안함도 좀 있는 건가?

'물론 이런 걸로 놀리거나 하면 안 되겠지만.'

어쨌든 한 가지는 새로 알았다. 인간은 수문석 지하에서 정신적 착란을 겪는구나. 에제트도 분명 겪었을 것이고. 어쩐지 동질감이 들었다. 그도 자신도 그 지옥에서 어떻게든 살아남느라 정말로 힘들었겠다고.

에제트는 그곳에서 무슨 착란을 겪었을까.

약 기운이 점차 퍼졌다. 눈 깜빡할 새 몸이 노곤해졌다. 디아린은 웃으면서 눈을 몇 번 감았을 뿐인데, 일어나니까 한밤중이었다.

이불은 잘 덮여 있었지만, 에제트는 다시 수도로 올라가고 없었다.

* * *

며칠 후.

디아린은 가뿐해진 기분으로 눈을 떴다.

사나흘은 침대에서 꼼짝도 하지 못했다. 어젯밤에는 슬슬 괜찮아져 허브를 잔뜩 푼 뜨거운 물에 한참 몸을 담갔다. 그래서일까, 몸이 무척 가볍게 느껴졌다.

한참 동안 푹신한 이불에서 꼼지락거리던 디아린은 침대에서 일어났다. 창가로 걸어가 고개를 들어 올렸다. 아치형의 아름다운 창문. 잘 닫혀 있던 베이지색의 커튼을 걷자, 어두웠던 방에 금세 새벽 볕이 들어찼다. 차갑지만 신선한 공기가 폐부 가득이 들어왔다.

디아린은 창틀에 몸을 기대고 북문석 성의 정원을 바라보았다.

물안개가 피어오르는 드넓은 정원.

보수가 절실했던 예전의 북문석 성에서도, 유일하게 아름다웠던 장소다.

'따지고 보면 황후의 괴롭힘 중 하나이긴 했지만. 정원은 멀쩡히 두고 내부는 엉망으로 두는 거…….'

기하학적으로 완벽한 대칭을 이루는 아름다운 수목들. 추위를 잘 견디는 상록수들은 대개 잎이 좁고 거칠거칠하며 뻣뻣한 편인데, 그걸로 기가 막히게 조경을 해 놓았다.

특히 새벽이면 물안개가 신비로운 정경을 연출해, '물안개 정원'이라는 별칭이 붙을 만큼 아름다웠다. 북쪽에서는 잘 보기 힘든 남부식 정원이라 희소성이 더 높았다.

손등에 턱을 괴고 물안개 정원을 구경하던 디아린의 뒤로, 똑똑 문 두드리는 소리가 들렸다. 샤이였다. 마도석이 가득 든 가죽 상자를 들고 들어오던 샤이가 디아린을 보고 깜짝 놀라 소리쳤다.

"아가씨— 아가씨? 세상에, 아직 추워요!"

"저 이제 다 나았어요. 샤이 양."

"그래도요! 또 몸살을 앓으시면 어쩌시려고요?"

아닌데.

추위 때문이 아니라 마법을 막 쓰다가 몸살이 난 건데.

하지만 디아린은 샤이에게 더 반항하지 않고 순순히 창문을 닫았다. 멀뚱멀뚱 지켜보고 있던 올이 툭 말을 던졌다.

〈주인님은 잔소리를 좋아하시는 것 같아요.〉

디아린이 조그맣고 재빠르게 중얼거렸다.

"아냐."

〈하지마안 지금 주인님 기분이 좋은데에.〉

"아니라고."

"네? 뭐라고 하셨어요?"

화장대에서 촘촘한 빗을 꺼내던 샤이가 물었다. 디아린은 아하하 웃으면서 말을 돌렸다.

"어제 기사단이 귀환했다면서요?"

"네, 아가씨. 점심 때 즈음에요. 다들 여독을 푸시고……. 테트반 단장님이 원체 엄격하신 분이라서 오늘부터 바로 또 훈련을 한다고 들었어요."

쌍둥이 동생인 랑데르도 마침 함께 돌아온지라, 샤이는 기사단에 관한 소식을 몇 개 들어 놓았다.

"조금 있으면 세 번째 계절의 토벌이잖아요. 황자 저하께서도 조금 있으면 수도에서 다시 영지로 귀환하실 테니까……."

샤이가 은밀하지만 열의에 찬 목소리로 말했다.

"그때는 꼭 란제리를 준비해 놓을게요. 아가씨."

"아뇨, 아뇨. 란제리는 됐어요."

"수줍어하지 마세요!"

둘은 한창 옥신각신했다.

디아린에게 정말 중요한 건 세 번째 계절의 토벌이었다. 각 수문석 숲에서 대규모로 기사단을 차출해 지하에서 기어 올라오는 마물을 정리하는 시기.

디아린은 이 토벌에 꼭 따라가야 했다. 하지만 마음대로 갈 수는 없었다.

원래는 에제트에게 부탁할 생각이었지만······. 그 이야기를 꺼낼 만한 타이밍을 도무지 찾을 수가 없었다.

'너무 수상해 보이니까.'

몸살로 끙끙 앓으면서 나도 거기 데려가라고 말하는 콘클의 방계?

'의심한 에제트가 딱 붙어서 날 감시하면 복잡해지잖아.'

항상 그랬지만, 이럴 때만큼 제 성에 붙은 '콘클'을 지워 버리고 싶은 적이 없다. 디아린은 휴 하고 한숨을 내쉬었다.

결백한 신상이라는 건 정말 삶의 필수 불가결 요소였다. 뭐 좀 튀는 행동을 해도 의심으로 이어질 수 있으니 디아린은 마음대로 행동하기도 힘들다.

'서약서는 왜 아키르 황족한테는 쓸 수 없는 거야?'

내가 수상한 짓을 하면 죽여도 좋다.

파혼하지 않으면 죽여도 좋다.

콘클과 접선하는 기미가 있다면 죽여도 좋다.

이래저래 서약할 것투성이인데, 신전의 서약서는 아키르의 직계 황족에게는 쓸 수가 없었다. 게다가 일 년에 한 장만 받을 수 있고. 그래서 디아린은 램드를 보러 갈 생각이었다.

"샤이 양."

"네, 아가씨?"

"램드 경도 오늘 훈련에 나올까요?"

"나오실걸요? 부단장 자리가 한 자리 빼곤 다 공석이 되어 버려서, 상위 기사 분들이 바빠졌다고 들었어요."

샤이가 물었다.

"혹시 램드 경에게 하실 말씀이 있으시다면, 사람을 보내서 호출할까요?"

"괜찮아요. 외출도 하고 싶었으니까 제가 직접 갈게요."

디아린은 거울 속에 비치는 자신을 바라보면서 말했다.

"오늘은 좀 건강하고 생기 있어 보이고 싶은데 될까요?"

"어머? 물론이죠."

샤이는 장미수가 담긴 유리병을 들어 올리며 물었다.

"램드 경이 아가씨더러 금방 쓰러질 것 같다고 하시던가요?"

샤이는 이상한 데에서 촉이 좋았다. 디아린은 어색하게 웃었다.

* * *

2년 전과 비교하자면, 그래. 사람이 몹시 늘었다. 성의 임시 고용인 수가 배로 늘어난 건 확실하고, 종자들도 아주 많아졌다. 얼굴 한 번 제대로 못 본 그들은 다들 디아린을 어느 정도 알고 있는 것 같았다.

"영애님."

"영애님."

고용인들은 고개를 꾸벅 숙이고 지나갔고, 종자들도 그럭저럭 예의를 갖췄다.

기사들이 문제였다.

그들은 거의 대부분 디아린을 피했다. 기감 좋은 이들만 있다 보니 멀리서 디아린이 보였다 하면 아예 마주치기 전에 빙 돌아가 버리는 것이다. 전염병 보균자가 된 것 같은 기분을 만끽하며 디아린은 연무장에 도착했다.

검이 부딪히는 소리가 날카롭게 들려왔다.

이곳은 제 1연무장. 숫자답게 가장 오래되었고, 성 내부에 위치한 연무장 중에서도 가장 넓은 크기를 자랑했다. 오래된 만큼 시설은 구식인 면이 없잖아 있었지만, 그것마저 예스러운 분위기를 풍겼다.

연무장은 왁자지껄했다. 열기가 아른아른 피어오르는 것 같았다. 정식 기사의 수야 백을 넘지 않겠지만, 그 밑으로 준기사며 종자들이 많았고 또 바빴다.

훈련병과 병사들은 성 내부의 연무장이 아닌 외부 연무장을 이용한다. 이곳보다 전통적인 면모는 떨어지지만, 크기가 훨씬 큰 연무장들. 혹은 작아도 한적하고 조용한 연무장들. 그런 연무장들이 수문석 영지에는 잔뜩 있었다.

디아린은 램드를 눈으로 찾으며 가장자리를 걸었다.

연무장의 가장자리에는 키 큰 나무들이 촘촘히 심어져 있었다. 나다니는 사람도 많았다. 물론 그중에서 가장 눈에 띄는 게 디아린이긴 했지만……, 단상 위 황제인 양 군중의 시선을 잡아끌 정도는 아니었다.

어차피 기사들은 디아린을 못 본 척 고개를 돌려 버린다. 디아린도 마찬가지로 못 본 척 대강 시선을 피했다.

그때였다.

디아린은 이마를 찌푸렸다. 아주 미약하지만, 마력이 느껴졌다. 마력 자체가 약하다는 뜻이 아니었다. 강한 마력을 날카로운 송곳 끝처럼 예리하게 깎았다고 할까. 아주 섬세한 조절이었다. 신경을 거슬리게 하는 뾰족한 마력이 디아린을 주시하고 있었다.

그녀는 바로 그쪽으로 고개를 돌렸다. 연보라색 눈동자가 살짝 커졌다.

"…….."

"…….."

그건 상대방도 마찬가지였다. 디아린이 바로 자신이 있는 쪽을 돌아볼 거라곤 전혀 예상치 못했기 때문이다. 산뜻한 연둣빛 눈동자를 본 디아린은 먼저 다가가 인사를 했다.

"안녕하세요, 딜리스 룬."

딜리스. 에제트, 램드와 더불어 수문석 지하에서 살아 돌아온 마법사.

마법사라면 모두 사계탑으로 모인다. 그런 만큼 사계탑의 위용과 영향력은 부유한 왕국에 맞먹는다.

그들은 지식의 보고이자 마법의 중심지답게, 마법사들의 위상에도 많은 힘을 쏟았다. 그 과정의 결과물로 나온 것 중 하나가 바로 마법사의 호칭인

'룬'이었다. 기사에게 예우를 담아 부르는 호칭인 '경'과 같은 맥락이었다.

디아린의 인사를 받은 딜리스는 미간을 가늘게 좁혔다.

"여긴 무슨 일인가요? 콘클이스터 영애."

돌아오는 인사는 없었다. 하지만 아주 오랜만이라는 둥, 더블렌 남작도 했던 비꼬기도 없다. 바로 본론. 실리를 추구하는 마법사답게 딜리스는 여전했다.

"램드 경을 만나러 왔어요."

"······램드를요?"

"네."

"램드 베스턴을요?"

"네."

디아린은 선선히 대답했다. 굳이 숨길 필요는 없었으니까. 딜리스가 여전히 냉정해 보이는 표정으로 말했다.

"램드라면 제가 불러 드리죠."

고맙다고 대답하는 디아린에게 딜리스가 물었다.

"그런데, 램드는 왜 찾으시는 건가요?"

"할 이야기가 있어서요."

"대신 전해 줄까요?"

"아뇨. 괜찮아요."

'사적인 용건인가 보군.'

딜리스는 카일 드미트리의 배신에 대해서 상세히 알고 있는 몇 안 되는 인물이었다. 그에 따른 이야기도 물론 전부 전해 들었다.

하지만 그게 진짜일까? 카일을 버리는 패, 혹은 연막으로 사용해 북문석 영지의 신뢰를 얻으려는 콘클 공작의 수가 아닐까?

상당히 신뢰성 있는 추측이었다. 게다가 오늘은 이렇게 램드까지 직접 찾으러 오고.

'확실히 내가 이 여자라면, 램드부터 공략하겠어. 제일 만만하잖아.'

합리적 의심을 담아, 딜리스는 새삼스레 디아린의 차림새를 훑어보았다.

그녀는 혼자 화사했다. 맑은 우윳빛이 약하게 감도는 달콤해 보이는 연갈색 머리카락. 그 긴 머리를 반만 그러모아 땋아 묶고, 거기에 장미 조화가 달린 리본으로 장식해 놓았다. 귀걸이도 장밋빛 석영으로 조각한 아름다운 장미꽃 모양이었다.

걸친 망토는 두텁지만 오묘한 진남색. 안에 받쳐 입은 르댕고트(redingote)는 몸에 딱 맞아 생기 넘치면서 깔끔해 보였다. 허리 아래로 자연스레 퍼지는 드레스는 간소한 외출용 같았지만 군데군데 달린 장밋빛 리본이 산뜻했고.

뺨은 발그레했다. 입술에도 생기가 돌았다.

사실 디아린의 차림은 딱 외출하는 귀족 레이디 정도였지만, 딜리스는 삐딱하게 봤다.

'미인계인가?'

램드가 어쩐지 이 여자에게 태도가 물렁하더니, 정말로 미인계인가?

'의심스럽네.'

심증일 뿐이긴 했다. 물증 없는 일로 디아린에게 화를 낼 만큼 딜리스는 비이성적인 마법사는 아니었다. 하지만 짜증이 나는 건 어쩔 수가 없었다. 그 지옥에서 살아 돌아와서도 여전히 콘클에게 휘둘려야 하는 상황이. 염증이 날 지경이었다.

"아, 그리고 테트반 요크 기사단장님도 만나고 싶은데요. 드릴 게 있어서요."

"드릴 거라뇨?"

디아린은 망토 안쪽에 달린 주머니에서 열쇠 하나를 꺼냈다. 아주 새까만 흑철로 만든 까맣고 투명한 열쇠의 끝에는 까마귀의 깃털처럼 보이는 새까만 깃털이 여덟 개 달려 있었다.

"그 열쇠, 혹시······?"

"네. 추가 무기고 열쇠예요. 엊그제 콘클 공작님이 제게 보내 주셔서요."

에제트와 황궁에서 했다던 대화에 애가 탔는지, 아니면 카일 드미트리의 실종에서 무언가 잘못되었음을 알았는지. 어제 내려온 콘클 공작의 전령은 추가 무기고 열쇠를 전해 주고 갔다.

'혹은 이걸 전해 주는 핑계로 찾아 와 몰래 카일 드미트리의 사택을 살펴볼 수도 있겠지만 말이지.'

하지만 한정된 시간으로 아무리 뒤져 봤자 의심을 살 만한 증거는 나오지 않을 것이다. 더블렌 남작은 차갑지만 일 처리는 확실한 편이라고. 디아린은 늘 생각하고 있었다.

"콘클 공작님이 2년 전 서북문석 전멸 사건 이후 보수 겸 가져가셨다가, 경황이 없어 돌려주는 걸 그만 잊고 계셨다네요."

"경황이 없어서요?"

"네. 공작님은 바쁘신 분이니까요."

딜리스는 코웃음을 칠 뻔했다.

'웃기는 소리.'

추가 무기고를 관리하는 게 콘클 공작의 휘하 관리인이라지만, 보수가 끝나면 곧장 반환해 주는 게 맞았다. 하지만 콘클 공작은 모른 척 차일피일 미뤘다.

열쇠의 반환이 미뤄지면 피해를 보는 것은 수문석 영지의 기사들이었다. 그런 식으로 영지의 귀족과 서열 정리를 하는 게 콘클의 뻔하고 전형적인 수법이었다.

다행히 이번에는 빨리 돌려받았지만······.

'잘도 힘겨루기를 해 놓고, 변명은 번지르르하게 하네.'

역시, 콘클은 좋아하려고 해도 좋아할 수가 없다.

딜리스는 팔짱을 끼고 말했다.

"콘클이스터 영애, 개인적으로 용건이 하나 있는데요."

"용건이요? 뭔데요?"

"2주 후면 세 번째 계절의 토벌인 걸 알고 있죠?"

"네. 알고 있어요."

딜리스가 은은하게 웃었다. 하지만 연둣빛 눈동자는 여전히 냉철하고 차가웠다.

"그때 같이 북문석 숲에 가 주셨으면 좋겠어요."

"……토벌에 동행해 달라고요?"

"그래요."

딜리스가 디아린의 손목을 턱으로 가리키며 말했다.

"괜찮죠? 그쪽도 흑조의 각인자니까요."

얼마 전 서북문석 잔여 토벌 때, 램드가 펄펄 난리를 쳤던 주제였다. 디아린 콘클이스터를 각인자로서 세 번째 토벌에 데려가느냐 마느냐.

이걸 제안한 걸 알면, 램드가 정말 난리를 치겠지만 딜리스는 깨끗이 무시했다.

"혹시 무서워서 못 가겠다면 어쩔 수 없고요. 하지만 영애는 앞으로 황족이 될 몸이고, 각인자니까 의무를 다해야 맞는 거겠죠?"

말 한 마디 한 마디가 송곳 끝처럼 날카로웠다.

딜리스는 아무 대답도 하지 못하는 디아린을 보며 코웃음을 쳤다. 두려움과 자존심 사이에서 고민하는 모양이었다. 북문석 숲은 그만큼 무서우니까. 마물이며 피, 토벌. 연약한 귀족 아가씨와는 너무나 거리가 먼 단어들.

그러나 딜리스의 이런 예상과는 달리, 디아린은 전혀 다른 생각을 하고 있었다.

'딜리스 얘도 날 안 좋아하네. 하긴 당연한 건가?'

뾰족뾰족한 말이며 냉소적인 미소.

그야말로 마법사다운 표정이다. 마법과는 다시는 연을 만들지 않겠다고 스스로 약속했던 적도 있으면서, 오랜만에 마법사다운 마법사와 대화를 나누니 의외로 감회가 새로웠다.

디아린은 팔짱을 끼고 픽 웃었다.

"물론이죠. 가겠습니다."

"……가겠다고요?"

"네."

귀를 의심하는 표정. 디아린은 태연하게 말을 이었다.

"딜리스 룬이 그렇게까지 부탁하는데 거절하는 것도 예의가 아니니까요. 세 번째 토벌엔 각인자로서 함께 가도록 할게요."

목소리는 다정한데 내용은 아주 그냥 적선한다는 듯했다. 그 괴리감.

"참. 받아요."

딜리스에게 흑조의 열쇠를 가볍게 건네준 디아린이 빙긋 웃었다.

"이 열쇠는 기사단장님한테 전달 좀 부탁할게요. 중요한 거니까."

"……."

디아린은 일그러지는 풀잎 같은 눈동자를 뒤로한 채 휙 몸을 돌렸다. 짙은 남색 망토와 예쁜 연갈색 머리카락이 가볍게 들렸다가 내려앉았다.

"어때?"

어느 정도 멀어졌을 때 디아린이 소곤거리면서 물었다. 올이 바로 대답했다.

〈동상처럼 굳어 있는데요?〉

"안 뛰어와?"

〈네. 넋 놓고 주인님만 보고 있어요.〉

"흐음~"

잘됐네?

사실 디아린은 오늘, 램드에게 부탁을 하러 연무장까지 온 것이다.

〈토벌에 참여시켜 달라고?〉

"그으래, 로르. 뭐든 합법적인 게 좋으니까."

일부러 건강해 보이게 화장도 하고, 밝고 화사한 옷을 입고 나왔는데. 어쩌다 보니까 딜리스가 뜻밖의 행운을 안겨다 주었다. 게다가 먼저 말을 꺼낸 건 딜리스다. 그러니까 '왜 콘클 방계 여자가 굳이 토벌에 동행하려고 하는 거지? 수상해.' 같은 말도 듣지 않을 수 있게 됐다.

"웬 행운이람."

이득이다, 이득. 디아린은 가벼운 걸음으로 성을 향해 걸음을 옮겼다.

* * *

"가지 마십시오."

더블렌 남작은 엄중한 얼굴로 말했다. 디아린은 스태프(staff) 책자를 살펴보다가 고개를 들어 올렸다.

"왜요?"

"왜라니요. 영애님이 그렇게 위험한 곳에 왜 가신단 말입니까?"

"그야."

디아린은 딜리스에게서 들었던 말을 대충 재탄생시켰다.

"그게 황족 될 사람의 의무라고 하니까요?"

"……영애님이 언제부터 그렇게 고지식한 분이셨습니까?"

"남작한테 고지식하단 말 듣고 싶진 않은데요……?"

이건 진짜 몹시 진담이었다.

더블렌 남작은 입을 다물었다. 은테 안경 속 푸른 눈이 황당함으로 물들었다.

그도 기사단에 쫙 퍼진 소문은 들었다. 디아린 콘클이스터가 테트반 기사단장에게 추가 무기고 열쇠를 전해 주었다는 소문. 차일피일 미뤄지던 열쇠의 소유권을 모두가 은근히 걱정하고 있었던지라, 한시름 놓기도 했다.

더블렌 남작은 디아린을 바라보았다.

예산으로 장난질을 치던 마프랑 집행관을 내쫓았다. 오랫동안 콘클의 첩자 노릇을 하던 카일 드미트리도 처리했다. 추가 무기고 열쇠까지 갖다주었다. 북문석 성에 이득을 잔뜩 안겨 주고 하는 말이…….

'토벌에 따라갈 거라니.'

"꼭 가셔야겠습니까?"

"네. 갔다 올 거예요."

디아린의 대답은 정해져 있었지만, 그와 별개로 더블렌 남작이 반대하는 이 상황이 싫지는 않았다. 뜨거운 차를 몇 잔이나 마셔 장밋빛으로 변하기 시작한 뺨에 미소가 살며시 올라왔다.

올이 키키 하고 웃었다.

〈봐봐. 잔소리 좋아한다니까요, 주인님.〉

디아린은 '아냐.'라고 대답하고 싶은 마음을 참고 남작을 바라보았다.

"영애님."

더블렌 남작은 노련한 집사답게 다시 설득을 시작했다.

"수문석 숲이 흔히 마물이 나오는 숲 정도가 아닌 걸 아시잖습니까."

"알죠, 그럼. 숲 전체에 걸린 대마법도 들어서 알고 있는걸요?"

수문석 숲은 겉에서 보기에는 광활한 숲에 불과했다. 하지만 수문석이 열리는 날에 중심부로 들어서면, 왜곡된 지형이 펼쳐졌다. 깊은 계곡이나 높은 산맥, 때로는 혹독한 얼음 왕국이 나타나기도 했다.

모든 감각은 환상이 아닌 실재. 아키르의 시조가 숲 전체에 걸어 놓은 대마법이었다.

하지만 계곡이나 산맥 따위. 설사 바닷속이 펼쳐진대도 디아린은 별생각이 없었다.

더블렌 남작이 이마를 찌푸렸다.

"고생만 땀나게 하다가 오실 겁니다."

"황족 될 사람의 의무—"

"—같은 건 혼인 후에 지키셔도 충분합니다."

디아린이 고개를 갸웃했다.

'그럼 평생 못 지키겠네.'

그녀는 어쩔 수 없다는 듯 들고 있던 책자를 내려놓았다. 양손을 무릎 위에 올린 후에는, 처연한 척 눈을 내리깔았다.

"……이번에 또 뭡니까?"

더블렌 남작의 목소리에는 경계심이 가득했다.

"사실, 이런 속사정까진 말 안 하려고 했는데요. 내가 너무 비참해져서."

"비참이라뇨?"

"난 여기 기사들이랑 잘 지내고 싶어요."

"……갑자기 그게 무슨 말씀이신지요?"

"카일 드미트리가 그렇게 되었다고 해도, 그 사실을 아는 기사들은 거의 없잖아요."

"그건……, 예. 그렇지요."

2년 전에, 디아린이 어떤 과정으로 콘클로 돌아가야 했는지 아는 사람은 에제트와 램드, 샤이, 그리고 더블렌 남작 정도였다.

물론 다른 에제트의 보좌관 중 아는 사람이 또 있을 수도 있겠지. 딜리스 라든지. 오벨라 부단장, 테트반 기사단장도 알고 있을지도 모른다. 하지만 그뿐이었다.

거의 대부분의 기사들이 이 진실을 알지 못한다. 그래서 간혹 마주친 기사들은 세 가지 반응을 보였다. 저들끼리 수군거리나, 대놓고 경멸에 찬 눈빛을 보내거나. 그도 아니면 찬바람을 쌩쌩 풍기며 무시하거나.

마지막이 압도적으로 많긴 했다. 추가 무기고 열쇠를 준 것만으론 솔직히 부족한 감이 있었다.

"각인자로 함께 토벌을 치러내고 나면 많이 완화될 테지만……."

디아린은 포기한 어조로 쓸쓸하게 말했다.

"남작이 그렇게 반대하니 그냥 외롭고 고독하게 살게요. 기사들 눈초리받으면서."

"……."

"내 묘비에는 북문석에서 평생 적대받던 디아린 여기 혼자 잠들다. 뭐, 그렇게 적어 주세요."

"……."

"어흐흑."

결국 더블렌 남작이 패배를 시인했다.

"그런데 영애님, 그 책자는 왜 계속 보고 계신 겁니까?"

에제트에게 편지를 쓴 더블렌 남작은 디아린을 보고 의문을 가졌다.

"스태프를 사시려고요?"

스태프는 마법사들이 마법을 좀 더 용이하게 다루기 위해 쓰는 일종의 지팡이였다. 흔히 드루이드들이 들고 다니는 떡갈나무 지팡이와 비슷한 형태였지만, 구성하고 있는 주재료에 따라 모습이 천차만별로 달라졌다.

디아린은 책자에서 눈을 떼고 말했다.

"혹시 모르니까 내 몸 지킬 도구 정도는 있어야죠. 각인자니까 최소한의 마력은 가지고 있고, 아주 가벼운 보호 마법 정도는 걸려 있는 걸로 살까 해서요."

디아린이 보고 있는 건 저렴한 스태프들이었다. 더블렌 남작이 이마를 살짝 찌푸렸다.

"그럼 좀 좋은 걸로 사십시오."

"마법 용품 비싼 거 남작이 더 잘 알잖아요?"

"돈 나올 곳이 있습니다."

"어디에서요?"

"황실에 청구할 수 있으니 사십시오."

"네? 정말요?"

"아시다시피 북문석 성엔 마법사가 몇 명 없어서, 마법 용품에 할당된 예산들은 최소한만 사용하며 계속 보류해 놓았습니다. 금액이 제법 될 겁니다."

제법 되는 금액!

"그거 진짜 듣기 좋은 말이네요."

〈신나셨네.〉

〈신났군.〉

디아린은 재빨리 소책자를 호로록 넘겼다. 더블렌 남작은 그 모습을 보다가, 문득 의아해진 듯 이마를 조금 찌푸렸다.

'분명 이 영애한테 배당된 돈이 있을 텐데.'

더블렌 남작은 서류를 찾아보는 둥 분주하게 굴다가, 디아린에게 다가가 금액이 빼곡하게 기입된 서류를 몇 장 보여 주었다.

"이게 제 거라고요?"

뜻밖의 말에 연보랏빛 눈이 동그래졌다.

* * *

뺨이 불독처럼 불룩한 상인은 손을 싹싹 비볐다.

"마음에 드는 게 없으신가요, 황자비 저하?"

스태프를 살피던 디아린이 고개를 들어올렸다.

"호칭이 과한데요. 난 아직 혼인 전입니다."

"아이코! 아이코! 이놈의 주둥이가 넘치는 존경심에 그만 말썽을 부렸군요! 알겠습니다. 콘클이스터 영애님."

디아린의 심기를 거스를 수는 없다. '그' 8황자의 혼약자니까.

다시 말해 황자가 푹 빠져 있는.

다시 말해 한몫 거하게 잡아 낼 수 있는 고급 손님!

게다가 어쩐지 돈 냄새도 풀풀 난다.

"보십시오! 남극석으로 만든 이 아름다운 몸체를요."

상인은 기다란 스태프가 담긴 나무 상자를 들이밀며 열심히 영업했다.

"아시다시피 남극석을 마력으로 가공해서 만든 스태프는 정말 고급품입니다. 수도나 왕도에서도 구하기 힘들 만큼 몹시 귀한 물건이지요. 예비 황자비의 우아한 기품에 너무나 잘 어울리지 않습니까?"

"나는 보호 마법을 걸 수 있는 스태프를 보여 달라고 했는데, 남극석이 몸체면 내구도가 너무 약하지 않은가요?"

"아니? 그 무슨 섭섭한 말씀을!"

상인은 얼른 품에서 헝겊 뭉치를 꺼내 스태프를 슥슥 닦았다. 남극석 특유의 깨끗하고 투명한 몸체가 반질반질 빛을 발했다. 누구라도 한 번쯤 홀릴 듯한 청명한 아름다움이었다.

"이 남극석 스태프가 괜히 최고급품이 아닙니다. 가볍고 아름다우나, 보호 마법도 충분히 걸 수 있지요."

"북문석 숲에서 사용해도 될 정도로요?"

"물론입니다!"

디아린은 매끈한 표면을 한 번 손가락으로 쓸어 보았다.

얼음 유리 같은 남극석. 일정 온도 이상이 되면 액체로 변해 버리면서도, 광물로 취급되는 특이한 광석이었다. 변온 취약점을 보완하기 위해서인지 스태프 윗부분에는 온도 조절용 마도석이 여러 개 박혀 있었다.

"마도석을 계속 갈아 줘야 하니 유지 비용이 상당하겠네요."

"원래 예술품일수록 손이 많이 가는 법이죠."

"가볍고, 예쁜데, 북문석 숲에서도 쓸 만큼 강력하다라……."

디아린이 눈썹을 살짝 올렸다.

"장인의 기술이 참 대단하네요."

"이걸로 하시겠습니까?"

권하면서도 상인은 티 나지 않게 침을 꿀꺽 삼켰다.

보호 마법? 물론 걸 수 있다. 그러나 북문석 숲에서 쓸 만한 보호 마법은 걸 수 없었다. 디아린이 짐작했다시피 경도가 약했기 때문이다. 크고 복잡한 마법 수식은 견뎌내지 못하고 깨져 버릴 게 틀림없었다.

하지만, 이 여자는 후방에서 안전히 보호받을 귀족 레이디 아닌가? 어떤 얼간이 천지 기사들이 황자의 혼약자를 앞세워서 마물과 전투를 하겠는가? 어차피 본인도 장식적인 목적으로 갖고 다닐 거 아닌가.

그러니 상인이 생각할 때, 남극석 스태프가 가장 합리적이었다. 이 영애는 조금 허술하지만 투명하고 예쁜 마법 무기를 가져서 좋고, 자신은 큰돈을 벌어서 좋고. 다 서로 좋자고 하는 짓이다.

"마법은 바로 걸어 주나요?"

"물론, 당연히 그래 드려야지요! 이봐!"

상인이 재빨리 마법 세공사를 불러 오게 했다. 마법 용품에 원하는 마법을 새기는 건 간단한 일이었다.

먼저 사계탑에서 유료로 판매하는 마법 각인(※물론 무척 비싸다)을 사 온다. 그리고 세공사가 원하는 마법 용품에 원하는 마법 각인을 새기는 것이었다. 대륙에 현존하는 대부분의 마법 용품이 이런 식으로 만들어졌다.

그사이, 디아린은 따뜻한 차 한 잔을 대접받았다. 흑설탕과 우유를 넣어 데운 차를 마신 그녀는 세공이 끝났다는 말에 돌아가, 스태프부터 만져 보았다.

"어떠십니까? 영애님. 마법도 아주 완벽하게 걸렸습니다."

"들고 저 벽 쪽에 가서 서 봐요."

"예?"

"서라고."

"예……."

상인은 얼떨떨해하면서도 디아린의 말을 따랐다. 그는 엉거주춤하게 스태
프를 들었다.

"그, 자세 표본이 필요하신 거라면 저보단 젊고 잘생기고 매끈한 청년이
하나 있습니다만……. 불러 오라고 할까요?"

디아린은 상인을 아래위로 훑어보면서 말했다.

"북문석 숲에서도 쓸 수 있는 보호 마법이라고 했죠?"

"예. 그렇습니다만……."

"그럼 오벨라 경이 공격해도 막아 낼 수 있겠네요."

줄곧 디아린의 뒤에서 부동자세로 있던 오벨라가 입을 열었다.

"지금 휘두르면 되겠습니까?"

"예? 여, 영애님?"

디아린이 스태프를 살펴보며 사무적인 어조로 말했다.

"설마 스태프가 박살이 나진 않겠죠? 아. 만약에 스태프가 깨지지 않는
다면, 정말 그럴 가치가 있으니 정가에서 두 배를 주고 사겠습니다."

"영애님……! 흐아악!"

상인이 그대로 뒤로 나자빠졌다. 오벨라가 정말로 바로 검을 휘두른 것이다.
오러가 실린 공격에 스태프에 걸린 보호 마법이 작동했으나, 한 번을 넘기지
못하고 보호막이 파훼되고 말았다.

쩌적.

디아린은 금이 간 남극석 스태프를 집어 들었다. 말없이 살펴보던 그녀가
바닥에다가 힘껏 스태프를 던졌다. 허술한 마법 용품의 말로는 당연히 산산
조각.

쨍그랑!

연보라색 눈동자가 싸늘하게 변했다. 구두 굽 밑으로 스태프 조각이 사정
없이 밝혔다.

"나한테 사기를 쳐?"

상인의 얼굴이 파랗게 질렸다. 오벨라는 절도 있게 검을 집어넣었다. 그녀는 얼어붙어 있던 상인의 멱살을 잡아 올렸다.

"감히 황자 저하의 혼약자께 사기를 치려 한 죄 재판을 받아 마땅하리."

"겨, 경! 영애님! 살려 주……! 으아악!"

거하게 등쳐 먹고 타국으로 가려던 상인의 꿈이 물거품처럼 흩어지는 순간이었다.

상인이 끌려가고, 얼마 있지 않아 다른 상인이 불려 왔다. 이미 자초지종을 전해들은 젊은 상인의 얼굴은 창백했다. 디아린은 싸늘하게 말했다.

"스태프 다 가져와. 이딴 것들 말고."

"예, 영애님!"

상인이 후다닥 나가고, 디아린은 자리에 앉아 등을 기댔다.

"오벨라 경도 앉으세요."

"감사하나, 저는 호위를 해야 하니 사양하겠습니다."

"그래요? 알겠어요."

현 디아린의 임시 호위인 오벨라 부단장. 그녀가 철저한 원칙주의자이며 단단한 성격인 건 알고 있다. 디아린은 두 번 권하지 않았다.

그녀는 찻잔을 만지작거리면서 생각했다.

'마법사랑 같이 왔어야 했는데.'

원래 이런 곳은 마법사와 와야 무시당하지 않는다. 하지만 지금 북문석성의 모든 마법사는 토벌을 앞두고 몹시 바빴다. 성에 거의 없었다.

그나마 딜리스가 간간이 남아 있긴 한데……, 그녀가 한심하게 보겠지? 같이 스태프를 사러 가자고 하면?

그래서 그냥 왔다. 사실 마법용품 보는 눈은 이 북문석 영지, 아니 대륙을 통틀어도 디아린보다 잘 보는 사람은 드물 테니까.

마법 용품은 사계탑에서 제작하거나, 외부의 장인들이 만들었다. 전자는 대부분 사계탑 안에서 소모됐다. 아주 가끔씩 소량이 밖에 풀리기도 하는데,

당연히 가격이 하늘을 뚫을 정도였다.

사계탑 수제품은 몸에 금칠을 하고 사는 대부호들이 바로 사들였다. 없어서 난리였다. 당연히 북문석 영지의 상회에서는 한 점도 갖추고 있지 않았다. 애초에 디아린도 그런 고급품을 바라고 온 게 아니었다.

'하지만 방금 스태프는 너무 대놓고 사기잖아.'

올이 상관에게 아양 떠는 부하처럼 조잘댔다.

〈멋져……. 콘클만 아니었으면 주인님이 이 제국을 제패했을 텐데!〉

'그런가?'

오벨라가 바로 곁에 있어서 소리 내서 말은 못 하고, 디아린은 고개만 약간 기울였다. 올이 신이 나서 대답했다.

〈그럼요? 주인님 몸에 흐르는 피만 다 빼내면 말이에요!〉

'그러게.'

디아린이 씁쓸한 미소를 지었다. 올의 말은 틀리지 않았다. 그녀의 몸에 흐르는 콘클이스터의 피에는 아주 오래된 고대 마법이 걸려 있었다.

콘클이스터는 영원히 콘클의 가주를 공격할 수 없는 것.

'시골에 처박힌 영주 가문 주제에 어떻게 공작가의 성이 붙어 있나 했더니.'

콘클의 이름이 붙은 몇 안 되는 방계 가문들이 있다. 단 한 번도 반란을 일으키지도, 콘클에서 떨어져 독립하지도 않은 가문들. 추측건대 그들에게 전부 같은 고대 마법이 걸려 있을 것이다.

"콘클이스터 영애님."

그때 직원 몇이 들어와 굽실댔다.

"지금 상회에 있는 모든 스태프를 공수해 전시해 놓았습니다. 고귀하신 분이 보기엔 조, 조금 정신이 없긴 하지만……."

"그런 건 괜찮아요."

디아린은 바로 일어났다.

아까 보석처럼 예쁘게 전시되어 있던 것과는 달리, 어수선했지만 훨씬 종류가 다양했다. 디아린은 주로 나무를 조각해 깎아 놓은 스태프를 살펴보았다.

전나무, 떡갈나무, 물푸레나무……

상인이 손을 비비며 말했다.

"영애님은 나무 종류만 보시는군요."

"네. 나무로 만든 스태프에 보호 마법 각인 아홉 개를 새기려고요."

"아, 안목이 탁월하십니다!"

아부성 목소리였지만 내용은 진심이었다.

'목재가 원료인 스태프에 보호 마법 각인 아홉 개를 새기는 게 가격 대비 성능이 가장 뛰어나지. 보통 사람은 모르는 게 태반인데.'

마도구 장사꾼들이 절대 안 알려 주는 얘기. 생긴 것과 달리 이 영애는 마법에 대한 관심이 꽤 많은 모양이다. 그런데 동료 상인은 뭘 모르고 사기를 치려 했으니……

'그 덩치 놈, 북문석 장사는 완전히 접겠군.'

얼마쯤 보았을까? 문득 눈에 들어오는 새까만 스태프가 있었다. 디아린이 미간을 살짝 찌푸렸다. 그녀는 옆에서 따라다니는 상인에게 물었다.

"이 스태프, 원재료가 흑단목인가요?"

"마, 맞습니다."

"남쪽에서 자란 흑단목 같은데요?"

"예? 예에. 남부 에스터 흑단목입니다."

대답하면서도 상인은 비명을 지르고 싶었다.

'미쳤다. 이게 왜 여기에 섞여 들어왔지?'

실력이 아직 미숙해서, 장인 길드에도 이름을 등록하지 못한 수습 장인이 조각한 스태프였다. 사용한 목재가 좀 희귀하긴 했지만 그게 전부였다. 헐값을 쳐도 판매하기가 어려운 저품질. 그냥 수량 맞추는 용도로 갖고 있을 뿐이었다. 모양도 단정한 스태프가 아니라 무슨 겨울 가지를 뚝 꺾어 온 듯 어설펐다.

"급하게 챙겨 나온다고 이것까지 나와 버렸나 봅니다. 당장 치우겠습니다!"

아니면 자신도 스태프를 들고 벽에 서야 할지도 모른다. 그 지랄 맞은 끝을 절대 겪고 싶지 않았다.

그런데 디아린이 상인의 손을 막았다.

"괜찮아요. 이걸로 할게요."

* * *

"영애님."

상회에서 나온 오벨라는 디아린을 따르며 물었다.

"새 드레스는 구매하지 않으십니까?"

"네? 새 드레스요?"

디아린이 눈을 깜빡였다.

"딱히 살 생각이 없는데요. 혹시 경이 사러 갈 예정이라면 같이 갈게요."

"아닙니다."

오벨라는 오벨라대로 고개를 갸웃했다.

디아린은 상회에서 스태프를 산 후, 곧장 드레스 공방으로 향했다. 가장 규모가 커 보이는 곳을 골라 들어가더니, 가져온 드레스며 아주 값비싸 보이는 숄을 팔았다. 공방 주인의 두 눈이 휘둥그레 변하는 모습을 오벨라는 똑똑히 보았다. 흥정을 몇 번 하더니, 아주 두둑한 주머니와 숄을 교환했다.

그 후에는 상단도 들렀다. 이번에는 가져온 황금들을 몽땅 처분하더라. 얼마나 가진 금이 많던지 무슨 황금의 요정 같았다.

당연히 그렇게 마련한 돈으로 새 드레스나 장신구를 장만할 줄 알았다. 하지만 아니었다. 디아린은 은행에만 들렀을 뿐 다시 무언가를 사러 가지 않았다.

'스태프에도 그다지 큰돈을 들이지 않았고.'

갖고 있는 드레스며 보석을 파는 것도 흔한 경우가 아니긴 하지만.

오벨라가 의아해하는 사이, 디아린은 다른 생각을 했다. 이렇게 두둑한 돈이라니?

'원랜 처분해서 더블렌 남작한테 주려고 했는데 말이야.'

오히려 더블렌 남작이 디아린에게 돈을 주었다. 정확히 표현하자면, 생각지도 못한 돈의 '행방'을 알려 주었다.

'품위 유지비라니?'

세상에, 그간 황실에서 직통으로 꼬박꼬박 지급되었던 돈이란다. 디아린은 공식적으로 파혼도 하지 않았고, 계속 해서 에제트의 혼약자였으니까. 2년간 한 푼도 쓰지 않고 모아 둔 품위 유지비는 액수가 제법, 아니. 꽤 많이 컸다.

'이걸로 성이나 보수하지……. 왜 안 썼어요?'

'8년만 더 모아 두었다가 영애님이 안 돌아오시면 그때 쓰려고 했습니다.'

더블렌 남작의 불퉁한 말이 꽤나 진심 같아서, 디아린은 웃음을 흘렸었는데.

"오늘 고생했어요. 오벨라 경."

"별말씀을. 들어가시길."

이제 사흘 후면 토벌이다. 에제트는 수도에서의 일정 때문에 토벌 날짜에 딱 맞춰 북문석 숲으로 귀환한다고 들었다. 어차피 에제트는 선두일 테고, 디아린 자신은 후방에 있을 테니까. 몇 번 마주치지도 않겠지.

"그나저나 수문석은 오랜만이네."

혼잣말에 로르가 대답했다.

〈그래 봤자 대지 위가 아닌가. 지하와는 다르다. 정신이 함몰될 일도 없고.〉

"걱정하는 거야? 고맙네?"

〈뭐?〉

로르가 바로 정색했다.

〈착각하지 마라. 내가 너 같은 악마를 왜 걱정하나? 대체 너는……. 아니.

인간. 내 말 듣고 있나? 야!〉

디아린은 책상에 앉았다. 생각도 정리할 겸 필기를 해 볼 생각이었다.

마법사들은 활자를 좋아한다. 모든 활자 중독자들이 마법사는 아니지만, 모든 마법사는 활자 중독이었다. 그녀는 서랍에서 적당한 종이를 꺼내 깃펜에 잉크를 묻혔다.

마물 사냥

마물의 사체는 굉장히 돈이 된다.

'특히 요석. 요석은 다 모아 놔야지.'

물론 그 외의 사체는 없을 예정. 왜냐하면 디아린이 마물을 사냥하려는 건, 판매 목적이 아니었으니까.

그녀는 로르에게 엄청난 양의 마물을 먹여야 했다. 그만한 수량을 충당하기에는 수문석 숲만큼 적당한 곳이 없었다.

"가장 좋은 건 지하로 떨어지는 거겠지만."

살아 나오는 게 까다로우니까 기각.

보통 사람이라면, 아니 뛰어난 기사라도 당연히 죽음을 가정할 공간이다.

지옥 같은 지하를 그저 까다롭다고만 생각하는 디아린은 계속해서 펜을 움직였다. 거칠거칠한 종이 위로 깃털 펜이 슥슥 움직였다.

펜나투스 호수로 가기

펜나투스 호수.

로르의 마력을 완전히 채운 후 가야 하는 장소였다. 아키르 황궁의 가장 깊숙한 곳에 위치한 호수로, 그 자체가 커다란 성물이었다. 너무 귀한 나머지 황족 외의 출입이 철저히 제한되어 있지만.

"뒷사정이 어쨌든 나도 일단 황족이 될 사람이잖아? 에제트한테 도움을 조금 받으면 못 갈 건 없지."

디아린은 그곳에 가야만 했다. 그래야만 로르와의 계약을 완전히 해제할 수 있기 때문에.

본래 사역마의 계약 해제는 이렇게 복잡하지 않다. 신수라 그런 것도 있지만, 개중에서도 적조는 더욱 특별했다.

이 붉은 새는 영혼이 두 개였다.

다른 신수들은 영혼이 하나. 그게 일반적이었다. 디아린은 그 사실을 로르에게 듣고 아쉬워했다. 자신에게 깃든 이 사역마들도 영혼이 하나였으면 어땠을까? 그랬다면 디아린이 로르를 포기할 일도 없었을 텐데.

'아니. 그랬다면 로르 자체를 만나진 못했겠지.'

영혼이 한 개였다면, 이 세상엔 올만 존재했을 테니까.

올은 적조의 본능. 로르는 적조의 이성.

그래서 언뜻 보기에는 로르가 더 어른스럽고, 주도권도 잡고 있는 것 같지만 실상은 조금 달랐다.

"아쉽네."

로르가 툭 대답했다.

〈우린 원래 인간 따위가 계약할 급이 아니니까, 당연하지.〉

"네, 네. 잘나셨어요."

〈이제 알았나.〉

침묵이 약간 흘렀다. 로르가 먼저 입을 열었다.

〈이봐.〉

"응."

〈누누이 말하지만 네가 날 버리는 게 아니라 내가 널 버리는 것이다.〉

디아린이 픽 웃었다.

"그 말 귀에 박히게 들었어, 로르."

〈원래 난 인간 따위 몹시 싫어해.〉

"그래, 그래."

올은 말이 없었다. 이 대화는 올이 가장 싫어하는 대화였기 때문이다.

〈올은 신경 쓰지 마라.〉

"그래도 듣고 있는데 그렇게 말해도 돼?"

〈어린애 같은 투정이니까 상관없어.〉

"강하게 키우네."

디아린의 재능은 눈부셨다. 하지만 영혼과 육체는 별개의 것. 고위 마법사의 영혼을 품고 있는 디아린의 신체는 너무도 평범했다.

본디 마법사는 어릴 때부터 마력이 증거로 나타난다. 사계탑에서는 적극적으로 어린 마법사를 육성한다. 그렇게 어린 시절부터 마력을 늘리며 단련을 해야 했는데, 디아린은 예외였다. 거의 다 큰 성인의 몸에 갑자기 들어찬 엄청난 마력. 적조.

그 결과는 당연히 붕괴였다.

"말이 좋아 붕괴지, 일찍 죽는다는 소리잖아."

꼭 남일 말하듯 성의 없는 중얼거림이었다.

아키르의 시조조차 충분한 준비와 천룡의 전폭적인 도움, 적법한 의식, 어마어마한 양의 마도석과 함께 불러낸 신수들이다.

그에 비해 디아린은 그저 맨몸. 마력은 봉인한 상태.

날것으로 부딪힌 소환이니 그 부담이 다 어디로 갔을까.

생명력의 종말이다.

그녀의 몸은 조금씩 붕괴되고 있었다.

"에제트의 혼약자 신분은 꼭 필요했지. 펜나투스 호수에 들어가야 하니까."

아키르 황실의 귀한 공간 성물이니만큼, 호수에는 수호 마법만 수십 개가 걸려 있었다. 물론 잡다한 경보 마법도 포함해서 수십 개라지만. 어쨌든 까다로운 목표였다. 다행히 황족은 그 엄중한 출입에서 자유로웠다.

〈잊은 것 같아서 말하는데, 용혈도 필요하다.〉

"알아. 근데 그건 에제트한테 직접 부탁해야 해."

그에게 피를 달라고 해야 한다. 그 말을 꺼내면 뭐라고 할까?

디아린은 에제트의 반응을 상상할 수가 없었다. 괜히 이마만 찌릿찌릿 찌푸려 보았다.

'미쳤다고 생각하는 거 아냐?'

이렇게 찝찝하긴 했지만 용혈은 정말 반드시 필요했다. 펜나투스 호수는 평소에는 부동의 호수로, 표면이 대리석처럼 굳어 있기 때문이다. 물처럼 잠시나마 투명하게 만들려면 일정 이상의 용혈을 수면 위에 떨어뜨려야 했다.

"원래는 에제트 네 피도 좀 담아 달라고 계약서에 적으려고 했는데, 너무 좀 이상한 사람으로 보일까 봐 안 했어."

〈잘했다. 당장 쫓겨났을 것 같군.〉

"그치?"

〈그래.〉

디아린은 찻물을 종이에 천천히 부었다. 찻물이 잉크와 뒤섞이며 종이는 금세 알아볼 수 없게 되었다.

꼭 알 수 없는 미래처럼.

chapter 3

마침내 토벌 당일.

성은 동트기 전부터 분주했다. 차출된 기사들이 성 앞에 도열하고, 무기와 식량 그리고 각종 장비들로 꾸린 짐이 한가득했다. 마법사와 준기사, 종자가 함께 가며 시중을 들 사용인은 안전상의 이유로 동행하지 않는다.

가장 앞쪽에서 행렬을 이끄는 이는 테트반 단장, 오벨라 부단장. 그리고 디아린이었다. 디아린은 기사단을 이끈다기보다는, 그 지위가 워낙 높아 앞쪽에 자리를 받은 것뿐이지만 이런 걸로 툴툴댈 이는 없었다. 에제트가 선두 지휘하는 것만큼이나 당연한 사실이었다.

디아린은 말고삐를 단단히 쥐고 흘긋 뒤를 돌아보았다. 더블렌 남작이 대경한 것과는 달리, 다들 디아린의 동행에 식겁한 기색은 아니었다. 그녀가 흑조의 각인자라는 건 알 만한 이들은 다 아는 까닭이다. 그리고 각인자는 한 명이라도 많을수록 좋다.

저 멀리 북문석 숲이 보였다. 어제까지만 해도 성의 후원을 통해 손쉽게 드나들 수 있는 숲이, 이제는 영지의 북쪽 끝으로 가야 할 정도로 멀어져 있었다.

저게 진짜 북문석 숲의 위치였다. 정기적인 토벌일에만 해제되는 공간 왜곡 마법.

멀리서 보는 북문석 숲은 언뜻 보기엔 평범했다. 그녀는 눈가를 가볍게 쓸었다. 다시 뜬 연보라색 동공에는 마력이 은은하게 감돌고 있었다. 이제 북문석 숲은 전혀 다르게 보였다. 거대하고 불길한 마력이 숲 중심을 구심으로 하여 느리게 회오리치고 있었다.

일 년에 네 번.

열린 수문석 틈으로 마물들이 대대적으로 기어 올라오는 날.

수문이 열린다고 표현은 한다. 하지만 수문석이 자체적으로 문을 열어 주거나 틈을 만들어 준다는 뜻은 아니다.

지하의 마물들은 인간을 잡아먹고자 하는 본능에 잠식되어 있다. 이지가 없는 마물들은 거대한 수문석 밑에 다닥다닥 달라붙어, 온몸으로 수문석을 밀어 올린다.

이 과정 중에 몸이 으깨지고 목이 부러져 죽는 마물들만 수천 마리. 하지만 상관없다. 마물들은 죽어 떨어져 나가는 시체를 짓밟으면서도 수문석을 계속 들어 올린다. 단 1초도 쉬지 않고서.

이 힘이 쌓이고 쌓여, 수문석이 잠시나마 틈새를 보이는 날. 마물로부터 인간을 보호하기 위해 시조의 대마법이 펼쳐지는 날.

그날이 바로 오늘인 것이다.

* * *

누구나 예상했다시피, 디아린 콘클이스터는 안전한 후방에 배치됐다. 디아린의 동행은 엄연히 딜리스의 심술 때문이었다. 딜리스는 굳이 그 사실을 감추지도 않았다. 이런 점에서는 정정당당한 마법사구나, 하는 생각이 들었다.

북문석 숲에 들어서면서부터, 디아린은 북문석 각인자 집단인 '겨울 물결'과 따로 움직이도록 되어 있었다.

"안녕하십니까?"

안내역으로 나온 사람을 본 디아린의 눈이 살짝 동그래졌다. 남색 눈동자가 푸근해 보이는 노년의 여인이 웃으면서 인사했다.

"'겨울 물결'의 리더인 리브리 켈던입니다. 황자비 저하."

"어, 음······."

리브리는 미소를 지었다.

"비 저하라는 호칭이 익숙지 않으신가 보군요. 아, 괜찮습니다. 익숙하지 않으실 수도 있지요. 그럼 뭐라고 부를까요. 영애님이라고 부를까요? 아니면 아가씨? 공주님? 여왕님?"

"······아무거나 편하게 부르세요. 마지막 두 개는 빼고요."

리브리는 입가를 가리고 웃었다.

"원래는 신입 막내를 '아가'라고 부르는 게 '겨울 물결'의 전통입니다. 하지만 귀한 위치에 오르시게 될 분을 그리 부를 순 없고. 아가님이라고 불러야겠지요."

'그게 더 이상한데······?'

하지만 이것도 싫다 저것도 싫다 따지는 건 성격에 맞지 않아 디아린은 그냥 고개를 끄덕였다.

그 외에도 '겨울 물결'엔 몇 가지 전통이 있었다.

1. '겨울 물결'의 리더는 가장 강한 각인 능력을 지닌 이가 맡는다.
2. 각인자들은 지위 고하를 막론하고 리더에게 공대한다.
3. 리더는 명령의 편의를 위해 모든 각인자에게 말을 편하게 한다.

현 '겨울 물결'의 리더는 리브리 켈던.

다시 말해 현 북문석에선 가장 강한 각인자라는 소리였다.

'시골 저택에서 호박 수프를 끓여 줄 할머니 같은 분위기인데.'

디아린은 그렇게 생각하며, 리브리의 안내를 따라 다시 말 위에 올라 타 수문석 숲 안쪽으로 들어갔다.

'일주일 전부터 오솔길 출입도 통제되고.'

숲 외곽 오솔길도 지금은 완전히 막혔다. 허가받은 기사들만 들어올 수 있었다.

북문석 숲은 꼭 정글 같았다. 밀림 같기도 했다. 나무는 빽빽하고 하늘이 보이지 않을 지경이었다. 게다가 몹시도 광활했다. 그나마 길이 제대로 있어서 다행이지, 아니면 조난당한 기분이었을 것 같았다.

한참 말을 타, 엉덩이가 배기고 허벅지 안쪽이 욱신거릴 즈음이었다.

"다 왔어요, 아가님."

말에서 내리는 게 행복하다니. 폴짝 내린 디아린은 리브리의 안내를 따라 걸었다.

"자, 이쪽부터."

온통 울창한 길이지만 길은 명확했다. 몇 걸음 걷다가, 옆으로 꺾은 순간이었다. 커다란 빈터가 불쑥 등장했다. 기사단을 전부 수용하고도 남을 정도로 넓은 빈터였다. 그 빈터 한가운데에는 커다란 석판 조각이 이질적으로 자리하고 있었다. 디아린은 그 석판으로 가까이 다가갔다.

그녀의 눈이 깊게 가라앉았다.

'이건……'

말구유만큼 큰 석판. 세월을 짐작하기조차 어려운, 아주 오래된 마법 각인들이 빼곡하게 새겨져 있었다. 이렇게 수많은 마법을 새기는 것은 보통 솜씨가 아니었다.

'천 년 정도 된 것 같은데.'

"이건 천 년 전, 위대하신 오드 아 키르의 시조께서 친히 만드신 마법 성물이에요. 그리고 이 석판 정중앙에 난 홈이 보이지요?"

'마력 홀을 꽂는 곳인가?'

"여긴 마력 홀을 장착시켜 마법 시동을 거는 홈이지요. 이런 건 처음 보시지요? 평생 모른 채로 사는 귀족들도 허다하니까요."

놀랐지요? 놀랐지요?

놀라는 반응을 기대하는 리브리에게 디아린이 고개를 끄덕였다.

"네."

"어머나, 아가님. 이건 정말로 보기 힘든 희귀한 석판이랍니다."

"네. 정말 희귀하네요."

다정한 대답 속에 담긴 미묘한 심드렁함. 리브리가 고개를 갸웃했다. 조용히 있던 로르가 입을 열었다.

〈너라면 이 정도는 비슷하게 구현할 수 있을 것 같은데. 그렇지 않나?〉

'아마도.'

디아린이 속으로 대답했다. 그사이, 리브리는 다른 쪽으로 걸음을 옮겼다.

"이제 베이스캠프를 보러 가지요, 아가님. 아가님도 들어본 적 있겠지요? 수문석 토벌을 나선 기사단은, 천 나부랭이로 만든 막사 따위에서 자지 않는다는 이야기 말이죠."

"네. 들어 본 적 있어요."

유명한 이야기다. 황제가 친히 출전한 전장에서도 천으로 친 막사가 기본인데, 수문석 숲에서만은 아니라고. 수문석 숲 안에 아름다운 마을이 있다는 이야기는 정말로 유명했다. 얼마나 유명했냐면 전설에서 빗대어진 동화도 만들어져 있을 정도였다.

아주 먼 옛날.

마음씨 좋은 마법사가 지친 병정 인형들을 위해 동화 속의 마을을 만들어 선물했어요.

아기자기한 장난감 집.

설탕으로 만든 문.

달콤한 초콜릿으로 창문을 만들고 쿠키로 벽을 만들었답니다.

"이쪽이에요. 자작나무 바로 뒤편이지요."

디아린이 리브리를 따라서, 흰 자작나무들로 가린 곳으로 들어선 순간이었다. 갑자기 눈앞 광경이 확 바뀌었다. 디아린의 두 눈이 크게 뜨였다. 리브리가 웃으면서 말했다.

"듣는 것보다 눈으로 보는 게 훨씬 낫지요. 물론, 동화에서처럼 과자 집은 아니지만요. 동화처럼은 보이죠."

리브리의 말 그대로였다.

아름다운 마을이 숲 한복판에 동화처럼 펼쳐져 있었다. 설탕 인형들이 살 것만 같은 소담하고 예쁜 집들. 부유한 시골 마을 같기도 했고, 동화 속 장난감 나라 같기도 했다. 담갈색 벽돌로 층을 쌓고, 붉고 푸른 지붕을 예쁘게 댄 집들은 하나같이 아기자기해서, 아름다운 인형 왕국처럼도 보였다.

거기에 바닥도 흙이 아니었다. 수도의 고급 공원처럼 길을 다져 놓고, 다듬은 석판을 격자무늬로 빈틈없이 깔아 놓았다. 중앙에는 작은 광장이 있었으며 조그마한 분수대며 가로등까지 있었다.

정말로 이상하고, 환상적이며, 상상도 못한 정경이었다.

무엇보다 이건 전부.

"……마법."

저도 모르게 나온 말이었다.

"이건 대마법……, 어머나? 바로 알아보네요. 아가님?"

놀란 리브리가 되묻자 디아린이 대충 둘러댔다.

"마법에 관심이 좀 있어서요."

"아무리 관심이 있대도……. 눈썰미가 보통 수준이 아니군요."

리브리는 진심으로 감탄한 표정이었다.

"어쩌면 아가님, 후일 훌륭한 마법사가 되실 수도 있겠어요. 물론 그 전에 귀하신 황자비가 되겠지만요."

"훌륭한 마법사요?"

"재능이 있는 것 같아서요. 뛰어난 재능."

리브리가 푸근하게 웃으면서 마을 중앙으로 걸어 들어갔다.

"자."

작은 분수대가 있는 광장 가장 근처.

"이곳이 아가님이 묵으실 집이랍니다."

외벽이 붉은 고급 벽돌로 되어 있어, 누가 봐도 상급 인사의 거처라는 게 티가 나는 집 한 채였다.

"천천히 둘러봐요."

리브리가 떠났다. 비로소 혼자 남겨진 디아린은 벽부터 쓸어 보았다.

"대단한 마법이야."

구조 자체는 단출하다. 문을 열면 바로 보이는 방 한 칸이 전부였으니까. 하지만 막사와는 비교도 할 수 없었다. 게다가 이 마을에 집만 백 채가 넘어 보였다. 이만한 대규모의 환상 마법을, 심지어 촉감까지 완벽하게 구현해 내다니.

〈용혈을 잔뜩 흩뿌려 놨네요.〉

〈그러게. 오래돼서 냄새는 없어졌지만.〉

시니컬하고 냉소적인 올과 로르의 평가.

하지만 디아린의 세 번의 전생들에서도 대마법사는 절대 흔한 존재가 아니었다.

물론 디아린은 고위 마법사였다. 대마법사 바로 직전의 단계. 하지만 그 단계 하나를 초월하는 게, 기적이나 마찬가지였다. 금강석으로 만든 알껍데기를 연약한 부리로 깨야 한다는 소리였다.

디아린은 역사상 가장 어린 고위 마법사였다. 그래서 한 살 한 살 먹어 갈수록 마음이 초조해진 것도 없잖아 있었다. 최연소 고위 마법사라며 이름을 날렸던 만큼, 최연소 대마법사 타이틀도 가져야 마땅하다 싶어 항상 마음이 조급했었다.

죽고 보니 다 부질없는 짓이다. 그러나 당시의 자신에겐 이런 여유가 허락되지 않았었다.

최고가 되지 못할 바엔 죽는 게 나아.

그런 생각을 품고 살았다. 그때로 되돌아간다고 해도, 똑같이 조급한 마음으로 살았겠지.

'분명하다니까.'

똑똑. 문 두드리는 소리가 들린 건 직후였다.

"콘클이스터 영애. 저 램드 베스턴입니다."

"램드 경?"

디아린이 문을 열었다. 간만에 보는 램드였다. 부단장이 될 준비로 바쁘다더니, 얼굴 제대로 보는 건 정말 오랜만이었다.

"실례하겠습니다."

덩치 큰 건 여전해 램드가 들어오자 집이 확 좁아졌다. 디아린은 뒤로 물러섰다. 램드의 등 너머로 조용히 뒤따라오는 여자가 보였다.

"클라라도 같이 왔네요."

"네에……. 디아린 양."

짙은 회색 눈을 가진 클라라는 각인자로, 따지자면 디아린의 사수 같은 역할을 했다.

'나한테 말도 제대로 못 붙이긴 하지만.'

클라라는 몹시 부끄러움을 많이 타는 성격이었다. 그나마 디아린 양, 하고 이름을 부르는 것도 '겨울 물결'의 오랜 전통 덕분이었다.

오늘 토벌이 있기 며칠 전, 클라라는 성에 직접 찾아왔다. 샤이에게 따로 챙겨야 할 것과 옷차림 등을 알려 주긴 했지만, 정작 함께 다녀야 하는 디아린과는 눈도 잘 마주치지 못했다. 천성이 소심한 모양이다.

그사이 디아린의 혈색을 살펴 본 램드가 물었다.

"영애. 몸은 좀 괜찮으십니까?"

"괜찮아요. 보다시피요."

"음, 으으음. 그렇군요."

"진짜 괜찮다고요."

"……예. 의심 안 했습니다."

야. 그 말 너무 수상하잖아.

디아린이 클라라의 눈치를 살피며 램드를 노려보았다. 연보랏빛 눈동자가 자신에게 쏘아지자 그는 움찔 어깨를 떨었다. 디아린이 머리 하나 반은 족히 작은데도 램드는 어쩔 줄 몰라 했다.

"저, 디아린 양."

때마침 클라라가 조심스럽게 입을 열었다. 디아린은 바로 미소를 머금고 그녀를 돌아보았다.

"네?"

"저, 이거…….."

나무 상자 하나가 쑥 내밀어졌다. 디아린이 눈을 깜빡였다.

"이게 뭔가요?"

"네에, 그. 이 상자는…….."

방을 둘러본 클라라가 가까이 있던 작은 탁자 위에 상자를 내려놓았다. 짙은 적갈색을 띤 나무 상자는 척 보기에도 고급스러워 보였다.

클라라가 상자를 딸깍, 하고 열었다. 나무 상자 안에는 커다란 수정구슬이 들어 있었다. 점술가들이 점을 볼 때나 쓸 것 같은 느낌으로, 묘한 신비로움이 감돌았다.

순간 디아린은 불길한 느낌이 들었다.

'설마 이거?'

"저, 각인자의 각인 능력을 측정하는 수정 구슬이랍니다."

"……."

불길한 느낌이 딱 맞아떨어졌다. 디아린은 침착하게 입을 열었다.

"능력 측정에 관한 이야기는 따로 못 들었는데, 꼭 해야 하나요? 각인자의 능력은 탄생과 동시에 다 기록되잖아요. 그걸 확인하면 되지 않나요?"

"저어. 원래는 측정할 계획이 없었는데, 의례적인 거라서요. 그런데 이번 토벌에 갑자기 이너럴 룬이 오시는 바람에……."

"이너럴 룬이요? 그게 누군데요?"

옆에 서 있던 램드가 끼어들어 설명했다.

"영애. 이너럴 룬은 이번에 아스페르크 저하께서 모셔 오신 사계탑 소속 6계급 마법사입니다. 방금 전에 저하와 함께 도착하셨죠."

"……6계급 마법사요?"

"예. 조금 후에 직접 만날 수 있으실 겁니다."

디아린은 갑자기 머리가 빙글빙글 돌았다.

'이건 또 무슨 말이야?'

6계급 마법사면 정말 대단한 마법사다. 이 세계에 태어난 후로, 의식적으로 마법과 거리를 두고 살았던 디아린도 알고 있었다. 상식이었다.

6계급 마법사는 한 나라의 국왕이라도 오라 가라 말할 수 없었다. 사계탑이 독자적인 권력을 유지하고 있기도 했고, 마법사가 가진 자체적인 마력도 대단했기 때문이다.

아키르 황실에 단 한 명 있는 수석 마법사가 6계급이니 말 다한 셈이다.

눈치를 살피던 클라라가 조심스럽게 입을 열었다.

"그, 그래서 정확한 정보 편달을 위해서 모든 각인자의 능력을 지금 새로 측정하라는 리브리 님의 지시가 떨어졌어요. 호, 혹시 불쾌하시더라도……."

"아니, 아니에요! 불쾌한 건 아니에요."

클라라가 창백한 얼굴로 기절할 것 같아서, 디아린은 서둘러 그녀를 진정시켰다. 로르는 흥미롭다는 목소리로 말했다.

〈이건 또 재밌는 변수군.〉

"즈믜읎으."(재미없어.)

디아린이 이를 꽉 깨물고 중얼거린 말에 램드가 귀를 쫑긋했다. 뭐라고 한 거지?

혼잣말인 듯 고개를 털어낸 디아린은 클라라에게 물었다.

"어떻게 하면 되나요?"

구슬을 발로 차서 깨부수고 싶은데 그러면 클라라가 실신할 것 같았다.

"네, 네! 여기 이 말린 백화 가루를 손바닥에 묻히신 다음에……."

손바닥을 활짝 펼쳐서, 밀가루처럼 곱게 으깬 백화 가루를 듬뿍 묻힌다. 그다음에 수정 구슬 위에 얹으면 측정이 되는 방식이었다.

'큰일이네.'

마력을 감추고 제어하는 방법은 그 누구보다 잘 알고 있다. 하지만 각인 능력을 제어하는 방법은 디아린도 잘 몰랐다. 한 번도 해 본 적이 없다.

디아린 콘클이스터의 각인 능력? 당연히…….

〈역대 최고겠지.〉

로르의 심드렁한 말이 머리에 울렸다.

흰 손이 수정 구슬 위에 얹어진다. 가느다란 손목에 흑조의 문양이 진하게 그려진다. 디아린은 눈을 감고 영혼에 둘러진 모든 힘을 억제했다. 위우웅— 하는 소리와 함께 투명했던 수정 구슬에서 아련한 빛이 나기 시작했다.

눈이 몇 번 깜빡일 시간.

빛이 잦아들더니 이윽고 수정 구슬의 표면이 연분홍색으로 변했다. 막 피어나는 벚꽃처럼 예쁜 분홍빛. 디아린의 마력처럼 핏빛 같은 색이 아니었다. 문외한인 사람이 보아도 본래 디아린의 마력보다 훨씬 약해 보이는 색깔이었다.

'이 정도면 평균치는 되려나?'

디아린은 약간의 불안을 담아 고개를 들어올렸다. 그런데 뜻밖에도…….

"……클라라?"

갑자기 왜 울어?

시종일관 주눅 들어 있던 클라라가 눈물을 글썽거리고 있었다. 옆에 있는 램드도 심각하게 이마를 찌푸린 채였다.

"아아, 디아린 양."

갑자기 클라라가 디아린을 폭 끌어안았다.

왜 이래?

디아린의 연보랏빛 눈동자가 당황으로 물들였다.

"'겨울 물결'에는 철칙처럼 전해지는 말이 있어요. 각인자는 존재만으로 소중하다고요. 능력치의 강약과는 상관없이요."

"네? 네……."

그 말이 왜 나오나? 클라라는 어쩔 줄 몰라 하며 말했다.

"정말, 이렇게 연약하실 수가……. 마치 병아리 같은 분이셨군요……."

"병아리요?"

〈병아리?〉

〈누가? 저 악마가?〉

내내 뚱해 있던 올조차 튀어나올 만큼 놀라운 단어였다. 클라라는 소심한 만큼 눈물도 많은 성격 같았다. 그녀는 훌쩍거리며 디아린에게서 떨어졌다.

"제가 보여 드릴게요……."

백 마디 설명보다 한 번 직접 보여 주는 건 리더인 리브리의 영향일까?

클라라는 손바닥을 펼쳐 백화 가루를 묻히곤 곧장 수정 구슬에 손을 얹었다. 클라라의 드러난 손목에 새파란 청조의 문양이 그려진다. 그녀가 눈을 감고 집중하자, 투명해져 있던 수정 구슬의 색깔이 다시 한번 변했다.

짙디짙은 남색.

"……."

디아린이 멍하니 눈을 깜빡였다.

"제 각인 능력은 '겨울 물결' 단원들 중에서도 평균이에요. 각인 능력이 강할수록 색이 짙어지고요. 검은색에 가깝게 변하는 사람도 있는데……."

"영애께서는 약하십니다. 아주 많이 말이죠."

램드가 심각하게 덧붙였다. 좁은 방에 잠시 침묵이 흘렀다.

"영애. 절대, 절대 혼자 행동하지 마십시오. 무조건 후방에만 계셔야 합니다."

"제가 리더한테 다시 말씀드릴게요. 일정 내내 최후방에 계셔도 될 거예요. 디아린 양은 갓 태어난 병아리처럼 연약하시니까……."

"……."

각인 능력을 감추는 건 처음이라 한껏 긴장했는데, 재능이 재능인지라 너무 잘해 버렸다. 너무 잘해 버린 나머지…….

〈병아리래, 병, 큭, 병, 풉, 아니, 병아리요? 병아리……. 으하하하!〉

디아린은 더 생각하기를 포기했다.

* * *

그나마 다행인 건 미친 듯이 웃어대는 건 올이 전부라는 사실이다.

"이야기 들었어요, 아가님."

'겨울 물결'의 리더 리브리는 심각한 얼굴로 디아린을 걱정했다. 그녀는 비밀을 엄수해 주겠다고 말했다. 게다가 '겨울 물결'의 단원들은 디아린에게 호의적인 편이었다. 찬바람 쌩쌩 풍기는 기사들에 비하면 참 감사한 반응이었다.

클라라도 상냥하게 말했다.

"이번 토벌에는 각인석도 굉장히 넉넉한 편이에요. 이전 토벌들처럼 무리

할 필요는 전혀 없으니까요."

디아린은 클라라와 함께 석판 조각이 있는 빈터로 향했다.

기사, 마법사, 각인자, 종자 등으로 구성된 토벌단의 수는 아흔 명 남짓.

아직 정렬 시간이 아닌지라 빈터는 웅성웅성했다. 계속해서 사람들이 모여들고 있었다. 앞쪽에선 기사단이 이미 다 도열한 상태였다.

"디아린 양, 앞쪽으로 안 가셔요?"

다른 각인자들은 '겨울 물결'에게 지정된 줄로 가 서야 하지만, 디아린은 예비 황자비가 아니던가.

"저 시선들을 지나쳐 갈 자신이 없네요. 뒤에 있을래요."

남들 시선을 무서워하는 소심한 클라라는 크게 공감했다.

"그, 그럼 저랑 같이 있어요."

"좋아요."

각인 능력이 엉망진창으로 나와 좋은 점을 하나 더 꼽아 보자면, 클라라가 디아린을 감싸 주려고 노력한다는 사실이었다.

'……좋은 거 맞지?'

나름대로 사수로서 책임감을 느끼는 모양이다.

디아린은 클라라와 함께 뒤쪽으로 가면서, 흘긋 앞을 보았다.

가장 앞줄, 석판 조각의 근처에는 익숙한 얼굴들이 많았다. 토벌단에서 한 자리씩 차지한 이들이 지위 고하에 맞춰서 자리를 지키고 있었다. 그러니 그 최상위에 에제트가 있는 것도 당연했다.

에제트도 다른 기사들처럼 갑옷을 입고 있었다. 그의 머리카락이 겨울의 약한 햇볕을 받아 가볍게 반짝였다.

문득 디아린은 여름 때의 에제트가 궁금해지기 시작했다.

'우린 한 번도 같이 여름을 맞은 적은 없네.'

북문석 영지도 한여름에는 더워질 때가 있다고 들었다. 고작 한 달 정도지만. 더우면 옷차림이 많이 가벼워질 터다.

디아린은 에제트의 얼굴을 못 보는 대신, 그의 다른 것들, 예컨대 가장자리에 위치한 것들을 더 유심히 보곤 했다. 목소리라든지. 손이라든지. 균형이 잘 잡힌 에제트의 몸은 솔직히 너무 예뻐서, 그가 여름 바람에 한들거릴 모습이 궁금했다.

그때였다.

에제트의 얼굴을 상상하며 발끝을 내려다보고 있던 디아린은 문득 주변이 웅성웅성해지는 걸 느꼈다.

'뭐지?'

디아린이 고개를 들어 올렸다. 그녀의 입술이 자그마하게 벌어진다. 오직 얼굴만 흐리게 보이는 기이한 상. 에제트가 어느새 자신 앞에 있었다.

"디아린."

목소리가 저번보다 약간 더 낮아진 것 같다. 에제트가 의아한 듯 물었다.

"왜 여기 있는 겁니까?"

앞으로 오지 않고.

디아린은 손끝으로 약하게 뺨을 긁적였다. 에제트가 굳이 뒤쪽으로 찾아와서, 그런 걸 물을 줄은 상상도 못 했다.

"음, 내가 좀 늦게 나와서."

"그럼 앞쪽으로 가시죠."

에제트는 잡으라는 듯 디아린에게 손을 내밀었다가, 이마를 살짝 찌푸렸다. 그는 거의 눈 깜빡할 새 끼고 있던 장갑을 벗었다. 다시 내밀어지는 손. 디아린은 얼떨결에 에제트의 손을 잡았다.

장갑을 끼지 않아 그대로 느껴지는 살갗은 단단하고 거칠었다. 모양은 길고 예쁜 손이 감촉이 이러니 신기했다. 검을 잡는 사람의 손.

'이상하네.'

장갑을 낀 채로 에스코트하는 건 전혀 실례가 아닌데. 왜 굳이 장갑을 벗었을까?

디아린은 에제트에게 손이 잡혀 앞쪽으로 향했다. 뒤늦게 주변을 보니, 각을 잡아 도열해 있던 기사들의 시선이 전부 에제트와 디아린에게로 쏠려 있었다. 아예 몇몇 기사들은 이쪽으로 몸을 튼 채였다.

'클라라!'

잠깐 그녀를 잊고 있었던 디아린이 걸어가면서 홱 뒤로 고개를 돌렸다. 클라라는 눈을 아주 동그랗게 뜨고 있었다. '어머! 어머!' 하는 얼굴로 두 손으로 입을 막고 있었다. 디아린은 헛웃음을 흘리며 고개를 살짝 숙였다. 클라라가 저도 모르게 꾸벅 맞절을 했다.

* * *

"반갑습니다, 사계탑 소속 이너럴 제스입니다. 황자비 저하."

"안녕하세요. 이너럴 룬."

6계급 마법사. 이너럴 제스는 흰 수염이 난 노인이었다. 사계탑 마법사인 그에게까지 호칭을 정정해 달라고 하는 건 우스운 일이라, 디아린은 웃으면서 물었다.

"오시는 길에 힘들지는 않으셨나요?"

"물론이지요. 제가 생긴 건 이래도 정정한 편입니다. 게다가 아무리 힘들어도, 8황자 저하께서 친히 초빙해 주셨는데 응당 와야 하지 않겠습니까?"

"혼약자로서 감사한 일이네요. 그럼, 부디 잘 부탁드리겠습니다."

"예. 비 저하. 최선을 다해 환각 마물을 멸절시키도록 하겠습니다."

'환각 마물을 없애러 온 거구나.'

일부러 말을 돌려 이너럴이 여기까지 온 이유를 알아낸 디아린이 미소를 지었다. 이너럴은 악수를 청했다.

"이렇게 뵌 것도 인연인데 악수를 청해도 되겠습니까, 황자비 저하?"

"영광이지요."

악수. 6계급 마법사의 주름진 손은 디아린에게 오래 머무르지 않았다. 예의에 맞는 시간을 준수해 떨어져 나갔다. 디아린과 접촉했음에도 이너럴의 낯빛에는 특별히 변화가 없었다. 그녀의 마력을 전혀 간파하지 못한 표정이었다.

'다행이네.'

은근히 긴장하고 있던 디아린의 어깨에서 힘이 스르르 풀렸다.

사계탑이 정한 기준으로 마법사들은 총 8계급으로 분류된다. 디아린은 일단 자신이 6계급이거나, 혹은 그 이상인 건 확신할 수 있게 되었다.

자연스럽게 고개를 돌리던 디아린은 문득 에제트와 시선이 마주쳤다. 정확히는 안개 속 황금색 눈동자가 제 쪽으로 향해 있었다. 왜 그러느냐고 물어보기 전에 이너럴이 먼저 에제트를 불렀다.

"황자 저하! 잠시 이쪽으로 와 주시겠습니까?"

디아린은 적당히 뒤로 물러섰다. 리브리가 눈치 좋게 램드와 제 옆을 띄워 놓아 그 사이에 서면 됐다. 겨울 물결의 리더면서. 리브리의 미소는 할머니처럼 따뜻했다.

약간의 시간이 흐른 후.

"시작하겠습니다."

이너럴의 말이 들렸다.

어수선했던 주변은 간데없다. 모든 기사와 종자들은 칼처럼 도열했고, 마법사며 각인자도 마찬가지였다. 어느새 빈터는 바늘 하나 떨어지는 소리도 들릴 정도로 조용해진 상태였다.

시조의 석판. 북문석의 석판.

천 년의 시간을 가진 마법.

석판 바로 앞에 선 이너럴의 오른쪽 손에서 투명하게 반짝이는 홀이 모습을 드러냈다.

왕홀(王笏)과 비슷한 마력 홀.

귀족의 지팡이처럼 화려해 고급스러운 광채가 반짝반짝 났다. 이너럴은 두 손으로 홀을 잡고서 이마 위까지 들어올렸다. 홀두(笏頭)에 새겨진 화려한 루비 각인에서 빛이 뿜어져 나오기 시작했다.

모두의 시선이 홀을 향했다. 이너럴은 천천히 석판 홈 위에 홀을 내려놓고 손을 뗐다.

안착.

홀은 홀로 완전히 섰다. 동시에 바닥의 석판에 빛이 차오르기 시작했다. 이너럴이 두 걸음 물러선 바로 그 순간, 석판의 모든 빛이 홀의 몸체로 집중되더니 그대로 물줄기처럼 허공 수십 미터 위로 쏘아 올려졌다.

분수처럼, 혹은 유성처럼 하늘에서 퍼진 빛줄기. 눈 깜빡할 새 북문석 숲이 돔 형태의 빛의 장막으로 완전히 감싸였다.

"……됐군요."

마법 방어막. 토벌이 진행되는 14일간 유효한 마법이었다. 역대 아키르 제국의 황제들과 사계탑이 몇백 년을 합작하여 만들어 낸 것으로, 수문석이 열려 있는 동안 어떤 마물도 빠져나갈 수 없었다.

〈인간들의 마법치곤 나쁘진 않군.〉

로르가 나름 칭찬을 해 주었다.

디아린은 물끄러미 마법 방어막을 올려다보았다. 워터 볼 안에 갇힌 느낌이었다. 하늘이 불투명했다. 꼭 우둘우둘 두꺼운 유리를 한 겹 씌워서 보는 것 같았다. 숲을 전부 감싸는 커다란 방어막과, 그 안의 석판을 위시한 마을을 보호하는 작은 방어막. 방어막과 방어막 사이에는…….

"지형이 변했네요, 아가님."

리브리의 자그마한 속삭임이 들려왔다. 그 말대로 왜곡. 평범했던 숲이 완전히 변하는 대마법. 순식간에 온 세상이 하얗게 뒤덮였다.

"폭설, 그리고 설원으로."

거짓말처럼 세상이 눈으로 휩싸였지만, 당황하는 사람은 아무도 없었다. 분주하게 움직이는 마법사와 기사들 사이에서, 디아린은 클라라에게 돌아가 보려고 했다.

"디아린."

그녀가 시선을 뒤로 돌렸다. 에제트가 어느새 가까이 다가와 있었다. 그의 걸음걸이는 평소와 다를 게 없었다. 그 사실이 신기했다. 장착한 은빛 갑주는 무척 무거울 텐데도, 에제트는 평범한 옷을 걸친 사람처럼 너무도 가벼워 보였다.

"어느 쪽에 배정되셨습니까?"

"나 후방에 배정됐어."

"최후방요?"

"응. 최후방."

"토벌 내내요?"

"응. 내내."

"그렇군요."

"……에제트?"

"예."

하나하나 대답하다가, 문득 이상함을 느낀 디아린이 눈썹을 살짝 올리고 물었다.

"혹시, 내 각인 등급 들었어?"

"들었습니다."

"최하급인 거?"

"솔직하게 말씀드려도 됩니까?"

"솔직하면 좋지."

에제트는 약간 고민하는 듯하더니, 순순히 실토했다.

"색깔도 다 들었습니다."

"······그냥 지금 내 얼굴 색 보면 알 텐데, 뭐 하러 들었어?"

연분홍. 말 그대로였다. 디아린의 빰과 귓불이 민망함에 옅게 달아올라 있었으니까. 에제트는 고개를 돌렸다. 어깨가 조금 떨리는 걸 보니 혼자 웃는 것 같았다. 가볍게 흔들리는 어깨와 반짝거리는 갑주.

디아린이 빈정댔다.

"황자 저하께 이렇게 고상한 취미가 있는지 몰랐네요?"

"화나셨습니까?"

"안 났어."

"나신 것 같은데요."

"아니 내가 나이가 있지······. 안 났어."

어린 혼약자에게 이런 걸로 화낼 만큼 철없고 속 좁은 사람이 아닌데. 어이없어 하는 디아린에게 "아량에 감사합니다."라고 매끄럽게 대답한 에제트가 화제를 돌렸다.

"아까 환각 마물에 대해선 들으셨습니까?"

"응. 이너럴 룬한테 대충."

환각 마물.

그 말을 듣는 순간 디아린의 눈빛이 조금 가라앉았다. 마주하고 있는 황금색 눈동자가 그대로였던지라, 바로 표정을 갈무리하긴 했지만.

환각 마물은 특이한 마물이다. 보통 약해 보이는 먹이에게 먼저 달려드는 마물들과는 달리, 환각 마물은 강한 사람에게 강하게 반응했다. 최우선 선호 먹이는 마력을 강하게 품고 있는 인간. 특히 4계급 이상의 마법사를 보면 갑자기 떼로 뭉쳐서 거대한 환각에 휩싸이게 했다.

지금까지는 북문석 영지에 4계급 이상의 마법사가 없었다. 하지만 이번에는 딜리스가 4계급이 되어 버리질 않았던가. 그래서 에제트가 사계탑에서 마법사를 초빙해 온 거라고 다들 이야기했다. 딜리스조차 그렇게 알고 있을 것이다.

한편으로 당사자인 딜리스는 의문을 품고 있었다.

'5계급 마법사여도 충분할 걸, 왜 6계급이나 부르셨는지는 모르겠지만.'

에제트는 가죽 건틀릿을 다시 끼며 말했다.

"선발대는 이틀에 한 번씩 마을로 돌아올 것 같습니다."

"노숙하려면 힘들겠네."

"익숙한 편이니까 괜찮습니다. 이너럴 룬은 좀 걱정되지만요."

"그럼 잘 좀 보살펴 드려. 사계탑에서 여기까지 오기 힘들잖아."

"그래야죠."

디아린은 손을 뻗었다. 그녀는 에제트가 한 손으로 끼우는 건틀릿을 제대로 고정시켜 주면서 말했다.

에제트의 눈길이 잠시 그 온기에 머물렀다.

"조심히 다녀와. 다치지 말고."

"알겠습니다."

* * *

"이쪽 방어진은 확인 끝났습니다. 흠집은 없어요."

디아린이 해야 하는 최후방 지원은 생각보다 쉬웠다. 마을을 감싸고 있는 마법 방어진을 빙글빙글 돌면서 상처나 이상이 생기진 않았는지 체크한다.

"확인 완료. 완벽합니다."

솔직히 말도 안 되게 쉬운 일이었다. 1계급 마법사 한 명이 방어진 주변을 돌면서 확인을 하는데, 디아린은 옆에서 잘 따라다녀 주기만 하면 됐다. 게다가 그녀 뒤에는 기사 두 명도 함께였다.

마법사 1+각인자 1+기사 2

편달된 조의 인원수가 이렇게 적다는 건, 그만큼 맡겨진 임무가 안전하다는 방증이었다. 마을 방어진 주위에는 최하위 마물은커녕 검은 안개조차 보이질 않았다.

"눈만 많이 내리네요."

디아린은 뒤집어쓰고 있던 망토를 손으로 툭툭 털었다. 쌓였던 눈이 후드득 떨어졌다.

"영애님. 이걸 쓰십시오."

젊은 기사가 어디서 가져 왔는지 우산을 불쑥 내밀었다. 디아린은 눈을 깜빡이다가 "고마워요."라고 말하고 받아 들었다. 기사들이 일반적으로 쓰는 크고 무거운 장우산과는 달리 훨씬 가볍고 크기도 알맞은 우산이었다. 기사들의 태도는 토벌 시작 전과 많이 달라져 있었다.

처음엔 '그' 디아린 콘클이스터와 함께해야 한다니, 벌레 씹은 표정을 하던 기사들이었다. 그런데 고작 몇 시간 만에 어리둥절한 얼굴로 변했다.

"이상하네. 원래 기분이 이렇게 편할 리가 없는데."

"그러니까. 이쯤 되면 하루 밤샌 것처럼 기분이 나빠야 하잖아."

"진짜 희한한걸."

디아린의 각인 능력이 최하급 중 최하급, 바닥 중 바닥, 심해의 병아리 수준으로 측정되었다는 건 몇몇만 아는 사실이다. 이들은 그저 '낮은 수준으로 나왔다' 정도로만 알고 있었다.

수문석이 열리는 시기는 악몽이다. 마물들이 뿜어내는 불길함이 남달라진다. 심지어 토벌 때문에 숲 중앙까지 들어와 있어야 한다. 이때는 각인자가 바로 옆에 붙어 있어도 평소보다 효과가 덜했다. 예민한 이들은 등골이 서늘해 흠칫흠칫 놀라다 제풀에 지치곤 할 정도였다.

지금은 아니다. 이상할 정도로 마음이 편했다. 기분이 편안하고 불안하지 않았다. 디아린과 같은 조인 이들은 잊을 만하면 그녀의 손목을 흘긋 바라보았다.

이 추운 날씨에도 디아린은 왼쪽 손목을 드러내 놓고 있었다. 임무 중에는 시각적인 안정도 필요하기 때문에, 각인자들은 왼쪽 손목을 내놓고 다녔다. 내내 떠올라 있는 새까만 흑조의 문양.

흑조의 각인자는 모두에게 안정감을 준다. 사람은 기분이 편안하면 마음도 너그러워지는 법이다.

"경, 밤에는 어떻게 불침번을 서나요?"

"아. 제가 대답해 드리겠습니다."

그날이 마무리될 즈음. 디아린의 질문에 기사들은 성의껏 대답해 주기 시작했다.

그날 저녁.

디아린은 하루 동안 성실히 각인자로 돌아다니면서, 많은 것을 보았다. 일단 각인 능력을 오래 쓸수록, 각인자들은 피로를 느낀다는 사실이다.

각인자들은 굳이 비유하자면 향료 같은 존재였다. 마물이 뿜어내는 악취를 정화시키고 중화시키는 존재. 향료를 오래 두면 진했던 향기도 옅어지듯, 각인자들도 오랫동안 각인 능력을 발휘시키면 피로해했다. 이런 점에서는 기사나 마법사와 다를 게 없었다.

후발대에 포함됐던 클라라는 녹초가 되어서 돌아왔다. 다른 각인자들도 비슷비슷했다. 한 명은 아예 쓰러져서 업혀 들어왔다. 그 와중에도 손목의 각인 문양은 빛을 내고 있으니 투철한 직업 정신이라고 표현할 만했다.

〈너도 좀 피곤한 척을 해야겠군.〉

로르의 말에 디아린은 바로 축 늘어졌다. 그런 척을 했다.

"영애님! 괜찮으십니까?"

"안색이 파리하신데요?"

'이대로 들어가서 일찍 쉬고 싶다고 말하면 아무도 의심하지 않겠네.'

디아린이 막 입을 떼려고 했을 때였다.

"……영애?"

문득 들린 익숙한 목소리. 디아린의 귀가 쫑긋했다. 그녀보다 한 발 빠르게 옆에 있던 기사 두 명이 부동자세를 취했다.

"램드 경!"

"벌써 돌아오셨습니까?"

"……아."

비틀거리는 디아린을 보고 허겁지겁 달려왔던 램드가 기사들을 바라보았다.

"너, 그리고 너. 가서 오벨라 부단장님께 전해라. 이너럴 룬이 악몽 마물의 흔적을 발견하셨다고 말씀드리도록. 긴급회의를 소집하겠다는 황자 저하의 명이 계셨다."

"예? 아, 알겠습니다!"

기사들이 서둘러 광장 쪽으로 달려갔다. 램드는 곧장 견갑부터 벗어 내려놓았다. 황제에게 하사받은 특별한 마법 각인 갑옷은 한 손으로 풀 수 있을 만큼 간편했다. 램드는 "그 견갑 좀 부탁하죠." 하고 마법사에게 말한 후, 디아린 앞에 몸을 숙였다.

"실례 좀 하겠습니다, 영애."

눈 깜빡할 사이에 디아린은 램드의 등에 업혔다.

"내 발로 갈 수 있는데요."

"어차피 저도 오벨라 부단장님을 뵈러 가야합니다."

오벨라와 디아린의 집은 거의 붙어 있었다.

"그럼 따로 가면 되잖아요."

"어차피 영애."

별로 업은 것 같지도 않다고 말하려다가, 역시 주군의 혼약자에게 할 말은 조금 아닌 것 같아서 램드는 말을 삼켰다.

"영애 뭐요?"

"아닙니다. 아무튼 저하의 혼약자시니 제가 모셔야지요. 몸은 괜찮으십니까?"

어설프게 돌린 말에, 디아린은 흐음 하다가 대답했다.

"괜찮아요. 램드 경도 토벌 한두 번 해 본 사람 아니잖아요? 그냥 각인 능력을 써서 피곤한 것뿐이에요. 푹 자면 괜찮겠죠."

지나가며 디아린과 램드를 본 준기사들은 고개를 숙였다. 인사는 하긴 했지만 크게 흘긋거리진 않았다. 쓰러져 온 각인자도 있는 마당에 이 정도는 당연한 일일 터. 차라리 몸도 가누지 못할 만큼 지친 척하는 게 나아 보였다.

디아린은 내려 달라는 실랑이는 저 멀리 밀어두고, 다른 걸 물었다.

"램드 경. 아까 말한 악몽 마물은 뭐예요? 에제트도 돌아오나요?"

"아, 예. 그렇습니다. 저하께서는 이너럴 룬을 포함한 선발대와 함께 돌아오고 계십니다. 저는 먼저 오벨라 부단장님께 알려야 해서 급하게 온 거고요. 악몽 마물은……."

램드의 표정이 조금 나빠졌다.

"이너럴 룬께서 발견하셨습니다. 상급 마물이 나타나는 것도 까다로운데, 그게 하필이면 악몽 마물이라니."

"상급 마물요?"

"예."

"까다롭겠네요."

"까다롭죠. 위험하기도 하고요."

악몽 마물은 환각 마물 중에서도 까다로운 분류였다. 특히 상급은 차원이 달랐다. 하급 악몽 마물은 그날 밤 악몽이나 꾸게 하는, 그런 귀여운 정도의 위험도였지만 상급은 아예 사람의 목숨을 갖고 놀았다.

새로운 트라우마를 창조해 현실과 다름없는 감각으로 보여 주는 마물. 사람의 정신을 갖고 노는 인성. 물론 모든 존재가 그러하듯, 악몽 마물에게도 취약점은 있다.

유달리 정신력이 강한 사람, 또는 새로운 트라우마를 안겨 줄 수 없을 만큼 이미 강한 트라우마를 앓고 있는 사람. 그런 사람들에게는 악몽 마물의 힘이 잘 통하지 않는다.

램드는 혹시 자기가 너무 겁을 줬나 싶어서, 안심시키듯 말했다.

"그래도 너무 걱정은 마십시오. 악몽 마물은 인간의 모습을 따라해 트라우마를 재현하려고 하지만, 허점이 있습니다. 모습이 미묘하게 허술하다거나, 말할 때 제대로 어순을 맞추지 못한다거나……. 뭔가 좀 이상하다 싶으면, 더 다가가지 말고 말하는 걸 유심히 들으시면 됩니다."

* * *

"아무래도 저희 선에서 처리할 수 있겠습니다. 저 이너럴을 믿어 보시죠."

긴급 소집 회의는 이렇게 결론이 났다.

원칙적으로 상급 마물의 흔적을 발견할 경우 즉시 황실에 보고를 올려야 했다.

원래라면 지원이 올 때까지 기다려야 하지만, 지금은 6계급 마법사인 이너럴이 함께 있었다. 그는 아키르 황실 수석 마법사와 동급이었다. 게다가 에제트가 북문석 기사단을 통솔하고 있었다. 현재 대륙을 통틀어도 그보다 이름을 앞세울 기사가 없었다.

덕분에 상급 마물의 자체 멸절을 결정하기까지 걸린 시간은 하루. 조편성을 긴급하게 변경하느라 토벌단은 숨 가쁘게 분주했다.

와중에도 방어진 확인은 필수로 해야 했다. 편성된 조 멤버가 이틀간 서너 번이나 바뀌었지만 디아린에게는 좋은 일이었다. 그녀의 곁에서 말도 못 할 편안함을 느낀 기사들의 반응은 한결같았다. 하나같이 친절해졌다. 원래도 중립에 가까웠던 여타 마법사들은 말할 것도 없었다.

'그 마법사 중에 앤 포함이 안 되겠지.'

디아린은 눈앞의 딜리스를 바라보았다. 그동안 서로 배당받은 임무를 진행하느라 마주칠 일이 없었는데, 어쩌다가 이렇게 마주쳤다. 문제는 딜리스가 안 가고 디아린을 집요하게 바라본다는 사실이었다.

'그냥 지나가면 될 텐데 왜 이러지?'

심경의 변화라도 생겼나 하자니 연둣빛 눈동자는 여전히 차가웠다.

"무슨 일이에요? 딜리스 룬."

결국 디아린이 먼저 물었다. 말을 고르는 것 같던 딜리스가 천천히 입을 뗐다.

"영애, 최하위 등급이 나왔다면서요."

"네?"

"각인 능력이요."

"아, 네. 그렇게 됐네요."

이번엔 그걸 가지고 빈정거리려나? 디아린의 예상과는 달리, 딜리스는 약간 짜증을 냈다.

"대체 영애는, 그렇게 약하면서 이 위험한 곳에 오면 어떡해요?"

"확실히 해야죠. 나더러 토벌에 꼭 좀 와 달라고 한 건 딜리스 룬이에요."

"하아."

내가 미쳤지. 딜리스는 얼굴을 쓸어 넘겼다. 그사이 디아린은 저 멀리 걸어가고 있었다. 딜리스는 황당해졌다.

'사람이 말하는데 가는 건 무슨 경우야?'

예의를 운운할 사이가 아니긴 하지만. 딜리스는 멀어지는 디아린을 불러 잡을 생각도 못 하고 멀거니 쳐다만 보았다.

각인은 축복받은 재능이다. 마물들 특유의 불길함을 중화시킬 수 있는 동시에, 마물들에게서 가장 '덜' 피해를 받는 존재였으니까.

마물들은 각인자를 보면 바로 공격하지 않았다. 식물이나 돌덩이를 보는 듯, 느리게 탐색했다. 무색무취의 식재료를 보듯. 각인자로서의 힘이 강할

수록, 마물들에게서 안전했다. 겨울 물결의 리더인 리브리의 경우엔 유유히 걸어서 도망칠 수 있을 정도였다.

하지만 디아린은 신수 소환사. 각인 등급 따원 아무 의미도 없다.

적조의 로드.

일반 사람과는 전혀 다른 단계.

덕분에 마물들이 눈을 뒤집고 달려든다지만, 딜리스는 몰랐다.

'그래서 키랄트 산맥에서 베어울프한테 끌려갈 뻔했다는 건가.'

검도 못 써. 마법도 못 써. 각인자로서 능력도 최하위야.

이건 진짜, 뭣도 없는 민간인을 사지에 끌고 온 거나 마찬가지였다.

디아린 콘클이스터라는 여자가 싫은 것과는 별개로, 마법사로서의 윤리에 금이 쭉 갔다. 딜리스라고 도덕심에 목매다는 성격은 아니었지만, 기분이 영 안 좋은 건 어쩔 수 없었다.

게다가 저 여자, 첫날부터 쭉 토벌단 교과서 같은 모습이질 않나.

긴 머리카락은 위로 높게 묶고, 편한 튜닉과 짙은 감색의 바지. 옷감 재질이야 당연히 황자의 혼약자라는 위치에 걸맞게 고급스러웠고. 추위를 많이 타는 모양인지 망토를 꽁꽁 두르고 있었는데, 무지갯빛 무늬가 있는 가죽으로 장식한 두꺼운 망토였다.

차라리 잔뜩 꾸미고 왔으면, 나들이 나왔냐고 비웃어 줄 수라도 있겠는데. 듣자 하니 각인자로서 임무도 성실히 수행한단다. 트집 잡을 구석이 없었다.

딜리스는 뒤도 보지 않고 멀어지는 디아린에게 시선을 떼지 않은 채로 입을 열었다.

"뭘 쳐다봐?"

뒤쪽에서 램드가 어슬렁어슬렁 걸어오고 있었다. 딜리스가 비딱하게 뒤로 돌았다.

"내가 또 저 영애 괴롭히나 싶어서 쪼르르 튀어 왔냐?"

"넌 무슨 말을 그렇게 해?"

"아니면?"

둘은 말없이 서로를 노려보았다. 침묵이 흘렀다. 먼저 입을 뗀 건 램드였다.

"이너럴 룬이 널 찾으신다."

"난 왜? 인사는 다 했잖아."

"몰라서 물어? 유명 인사니까 대화를 계속 나누고 싶으신가 보지."

딜리스는 사계탑에서 아주 잔뜩 시달리고 왔다. 자신이 조금만 더 어리벙벙한 성격이었으면 사계탑에서 조사를 빙자한 생체 실험을 당했을지도 모른다고 생각될 정도였다.

"그렇게 대놓고 귀찮다는 표정 좀 짓지 마. 6계급 마법사시란 말이야."

"6계급이면 뭐 어쩌라고."

"상급 마법사다."

"그래 봤자 상급이지. 우리가 봤던 마법사는 기억나지 않아?"

앞뒤 다 잘라먹은 말이지만, 램드는 바로 알아들었다. 지금 딜리스는 수문석 지하에서의 일을 말하는 것이다.

램드가 이마를 찌푸렸다.

"……그게 마법사였어? 마물이었잖아."

그러고는 한 마디 더 덧붙였다.

"그땐 우리가 눈이 안 보였으니까 확실히는 모르겠지만."

"마물이라면 드래곤이었겠지. 아니, 마물이 아니라 괴물이어도 좋아. 우릴 구해 줬잖아."

"……구해 줘? 그게 구해 준 거라고? 너, 정말 진심으로 그렇게 말하는 거야?"

"진심인데."

"대체 마법사들이란. 자기보다 강한 마력을 보면 미쳐 버리는 건 한결같군."

딜리스는 웃으면서 빈정거렸다.

"네 검 부러뜨리기 전에 그 입 좀 닥쳐 줄래?"

* * *

디아린은 창문에 달린 덧창을 열어 보았다.

어둑어둑했다. 작은 광장을 가로질러, 정확히 맞은편에 위치한 집. 기사들이며 수뇌부가 쉴 새 없이 드나드는 곳. 에제트가 머무는 집이었다.

상급 마물 자체 멸절이라.

아무것도 모르는 사람이 들으면 터무니없다고 생각될지도 모르지만, 디아린은 아니었다. 그녀는 에제트라면 충분히 할 수 있을 거라고 생각했다. 인간에 대한 믿음이 아니라 그의 실력에 가지는 막연한 육감이었다.

사실 디아린은, 살아 있는 전설이 된 에제트는 잘 모른다. 서북문석 지하에 침몰되기 전의 에제트를 떠올려 보면.

그때 에제트는 딱히 이름 난 기사는 아니었다. 그 소년은 절대 자신을 드러내지 않았다. 적당히 검을 휘둘렀고 적당히 마물을 토벌했다. 황위 계승자가 아닌 황손들의 숙명이었다.

하지만 그때에도 에제트가 약하다고 생각해 본 적은 없었다. 단 한 번도. 매일 새벽마다 연무장에 가서 아침에 오고, 저녁에도 연무장을 다녀와, 땀에 흠뻑 젖은 채로 돌아오던 성실함만 미루어 봐도 짐작할 수 있었다.

그러니 지금은 어떨까.

선발대에 따라가지 못한 건 이런 점에서 좀 아쉽다고 생각이 되었다. 디아린은 유리창에 코끝을 댄 채로 물었다.

"다 했어?"

〈……다 했다.〉

지친 목소리로 대답한 로르가 버럭 성질을 냈다.

〈왜 내가 네 머리까지 땋아 줘야 하나! 난 신수지, 하인이 아니란 말이다!〉

"그래, 그래. 그리고 난 너희의 소중한 주인님이란다."

〈아무리 주인이래도 이건 너무한 거 아니냐!〉

"이제 나가 볼까나. 몸 데울 마도석도 챙겨 왔고."

〈야!〉

디아린은 침대에 던져 놓았던 손거울로 머리를 비춰 보았다. 귀 끝 옆에서부터 하나로 땋아 내려간 모양새가 제법 그럴듯했다. 심지어 귀밑머리를 몇 가닥 빼 놓기까지 했다. 디아린은 내심 감탄했다.

'툴툴대더니 솜씨는 제법……?'

곱슬곱슬하고 풍성해 한 갈래로 높이 묶어도 구름 같았던 머리다. 부피가 줄어들자 훨씬 편했다. 이 밤에 머리까지 열심히 묶은 이유가 있었다.

'그럼 나가 볼까.'

* * *

불침번 호위들의 경로에 대해선 이미 빠삭하게 익혀 둔 상태였다. 디아린은 조용히 주변을 살피다가, 재빠른 속도로 걸어 나왔다.

눈밭. 순식간에 시야가 새하얘진다.

밖으로 빠져나와서 보는 마을은 매번 신기했다. 거대한 마법 방어진에 감싸여서, 꼭 커다란 스노우 볼처럼 보였으니까. 초록빛을 띠는 값싼 유리로 둘러놓은 듯, 불투명하게 보이기는 했지만.

감상은 잠시였다. 디아린은 뒤도 보지 않고 걸어서 마을과 멀어졌다. 걸어가는 그녀의 몸에서 마력이 흐르기 시작했다. 잠자리 날개처럼 몹시도 얇은 마력이 디아린의 온몸을 완전히 감쌌다.

디아린의 눈에 검은 안개가 보인 것은 얼마 후였다. 연보랏빛 눈동자가 가늘게 뜨인다. 홱! 하는 소리와 함께 그녀가 서 있던 자리에 그림자가 까맣게 들이찼다.

마물이었다.

거대한 근육이 덕지덕지 붙은 마물은 누가 봐도 신의 섭리에 어긋난 모습이었다. 디아린의 두 배는 넘는 엄청난 키. 온몸에 달린 눈알은 족히 수십 개. 각기 눈알에서는 피가 줄줄 흐르고 있었다.

마물은 그대로 디아린에게 덤벼들었다. 거대한 덩치가 박차고 달려드는 속도는 조금도 둔하지 않았다. 바람처럼 빨랐다. 사냥감을 물어뜯기 위해서 달려든 포식자. 드러난 이빨이 칼날처럼 푸르게 빛났다. 순식간에 디아린의 머리까지 달려든 마물은.

"끼이야아아아악!"

까마귀 같은 비명소리를 내며 온몸을 비틀었다. 핏줄기처럼 붉은 마력이 마물을 그대로 공중에서 묶어 버린 것이다. 마물이 발광할 때마다 마력으로 된 새빨간 실이 파고들어 피가 뿜어져 나왔다.

눈 깜빡할 새 마물을 산 채로 전시한 디아린이 주변을 살폈다.

"중급…… 같은데. 왜 마을 가까이에 이 정도의 마물이 있지?"

로르가 대답했다.

〈상급 마물의 흔적을 발견했다면서.〉

"그거랑 연관이 있나."

〈높은 확률로.〉

디아린은 다시 마물에게로 시선을 옮겼다. 그리고 등 뒤에서 화살을 꺼내듯 빈손을 움직였다. 아무것도 없던 손과 텅 빈 등 사이에서, 새까만 스태프가 형성되더니 빠져나왔다.

"역시 돈이 좋긴 좋아. 스태프에 은신 각인을 새겼거든."

보호 마법 각인 9개에 대응해 새길 수 있는 굉장히 값비싼 각인.

이건 사계탑에서 제작할 수 있는 게 아니라 광산의 다이아몬드처럼 고대 마법 유적지에서 발굴하는 거라 가격이 엄청났다. 덕분에 갖고 있던 돈의 95%를 썼지만 후회는 없었다.

"이 정도가 있으면 내가 마법 약간 써도 의심할 사람이 없으니까."

조잡한 마감, 엉성한 모양새. 디아린이 얼마 전 샀던 흑단목 스태프는 누가 봐도 어설픈 물건이었다. 다른 사람을 방심시키기 딱 좋다.

〈하지만 그 스태프로 보호 마법 외의 수준 높은 마법을 구사하면 의심을 받을 텐데.〉

"그러니까 남들 앞에선 보호 마법만 써야지. 지금 같은 경우는 아니지만."

디아린은 스태프를 땅에 짚은 채, 마물을 올려다보았다. 그 조용한 눈빛. 이지가 없는 마물이지만, 그들에게도 본능은 있었다. 압도적인 포식자를 알아보는 본능.

"키에에엑!"

마물이 키메라 같은 울음소리를 냈다. 동시에 피어오르던 검은 안개의 농도가 짙어졌다. 어느 순간 눈밭을 헤치고 달려오는 마물들. 동료를 구하려는 의식이 아니라, 저 거대한 마력 덩어리를 남김없이 찢어 먹기 위해 달려드는 것이다.

수십 마리의 마물이 땅을 박차고 디아린에게 뛰어든다. 구름에 가려져 있던 달이 드러나며 눈밭의 정경을 적나라하게 비추었다.

새까만 스태프에 새겨진 각인이 빛이 점멸하듯 빠르게 깜빡인다. 구심점은 디아린. 그녀를 중심으로 혈관이 뻗어져 나가듯 붉은 마력이 펼쳐졌다.

키에에엑!

목이 찢기는 비명과 함께 마물들이 수백 개의 시침핀에 꽂힌 벌레처럼 온몸을 뒤틀었다. 두꺼운 몸이 발악할수록 마력은 살갗을 무자비하게 파고들었다. 디아린의 마력은 그 자체로 이미 지상에서 가장 날카로운 칼날이었다.

눈 깜빡할 사이에 디아린의 주위는 생지옥이 되었다. 로르가 입맛을 다셨다.

〈멋지군.〉

디아린의 등 뒤로 로르의 날개가 피어났다. 개화하는 꽃처럼 자라나 버린 날개는 디아린의 체구에는 과할 정도로 크고 넓었다. 날아오를 듯이 펼쳐진 날개가 순식간에 마물들을 한 입에 삼켰다.

피 한 방울까지 흘리지 않고 게걸스럽게 없애 버린 붉은 날개는 언제 그랬냐는 듯 디아린의 몸으로 스르륵 돌아갔다.

"어때? 마력 양 충분해?"

〈훌륭할 정도다.〉

"다행이네."

디아린은 완전히 사라진 마물의 흔적을 바라보았다.

〈무슨 생각 하나?〉

"수문석 지하에서 있었던 일. 초반 부분 빼곤 아무것도 생각나진 않지만. 너희도 생각 안 난댔지?"

〈그래.〉

지하에서 2년이나 헤매고 다녔으면서, 그때의 일은 선명하지 않았다. 디아린이 겪었던 2년 그 자체가 시험이었다.

……라고는 하는데, 자신이 정확히 어떤 시험을 겪었는지는 기억이 나지 않았다. 올과 로르도 마찬가지였다. 적조의 시험이라는 게 원래 그런 거라고, 로르가 말했었다.

"내가 치렀다던 시험이 대체 뭐였을까?"

〈대답 못 해 줘서 미안하군.〉

"정말 기억 안 나?"

〈……내가 네게 거짓을 말할 이유가 있나? 나도 궁금하다.〉

"그건 그렇지. 다른 신수 소환사가 있으면 어떻게 물어볼 수라도 있을 텐데. 지금 신수 소환사는 단 한 명도 없고."

〈한 번 더 사과하란 소리인가?〉

"아냐."

미쳐 날뛰는 적조의 두 영혼을 사역마로 만든 시험.

듣기만 해도 정말 엄청난 시험을 치렀을 것 같은데, 하나도 기억이 안 났다.

디아린이 기억하는 건 자신의 끔찍했던 모습이었다. 죽이고 피를 빼앗은 마물의 껍데기들을 닥치는 대로 주워 입느라 온갖 부위가 덕지덕지 붙었었지. 그래서 어떤 부분은 팔이 여러 개, 어떤 부분은 다리가 여러 개······.

이 세계에도 지옥도가 있다면. 그래서 가장 깊은 곳에 사는 괴물의 모습이 필요하다면. 그때의 내 모습을 보여 주는 걸로도 충분하지 않을까. 냉소적으로 생각하던 디아린은 스태프를 성의 없이 휘둘렀다.

휘이익!

스태프의 움직임을 따라 강한 바람이 불었다. 천천히 내리던 눈이 바람에 붙잡혀 휘몰아쳤다. 한순간에 생성된 눈보라가 마물들이 흘린 핏자국을 뒤엎어 은닉시킨다. 눈이 덮였던 그곳에 검은 깃털이 쌓이다가 스르르 사라진다.

스태프를 소환 해제시킨 디아린이 걸음을 옮기며 말했다.

"올은 뭐해? 계속 말이 없어."

〈아예 눈 감고 잠들었다.〉

"너흰 그런 게 보여?"

〈보인다기보다는 기운이 그렇게 느껴진다는 것이다. 올이 속상한 건 이해해 줘라. 그 녀석은 너랑 정말 떨어지기 싫어하니까. 그렇다고 네가 일찍 죽는 것도 싫어하고.〉

필멸자와의 계약은 이러니저러니 해도 신수들에게도 꽤 가슴 아픈 일일까.

〈올 버리지 마라.〉

"안 버려. 나한테 너흴 빼면 남는 게 뭐가 있다고."

디아린은 올을 버릴 생각은 조금도 없었다. 스스로 일구어 낸 2년이다. 마법사의 성취. 없애고 싶지 않다. 잊고 싶지도 않다. 올과 로르, 이 붉은 신수를 완전한 사역마로 계약했다는 사실을.

죽는 날까지 악착같이 기억할 생각이다.

새벽 2시.

디아린은 살금살금 마을로 돌아왔다. 작은 회중시계를 가져가서 시간을 딱 맞춰 계산할 수 있었다. 기사들이 잠시 비는 곳과 시간을 노려 재빨리 안으로 들어왔다. 물론, 들어오기 전에 망토에 쌓였던 눈을 툭툭 터는 것도 잊지 않았다.

마을에 손쉽게 들어선 디아린은 밤 산책을 하러 나온 사람처럼 유유히 걸었다. 예비 황자비라는 신분은 이럴 때 좋았다. 굳이 와서 "뭐야? 왜 지금 산책을 다녀와? 제정신이야?" 하고 물어볼 종자가 없으니까.

집에 들어선 디아린은 난로 위에 주전자부터 올렸다. 따뜻하게 데운 물을 놋대야에 부었다. 종자들이 아침에 미리 갖다 놓은 수건을 물에 적셔서 얼굴을 파묻었다. 얼어붙은 손도 닦았다. 얼었던 피부에 열기가 닿자 따끔따끔했다.

'그나마 성에서 마도석 챙겨 와서 다행이었지.'

한참 동안 그러고 있던 디아린은 남은 물은 창문을 열어 따라 버렸다. 수건은 잘 개서 놋대야에 올려 두었다. 아침이 오면 종자들이 다시 치울 것이다.

차라도 한 잔 마실까 싶던 참이다. 똑똑. 나지막이 문을 두드리는 소리가 들렸다.

'이 시간에 누구지?'

디아린이 의아해하면서도 자리에서 일어났다. 문밖에 있는 사람을 본 그녀는 눈을 동그랗게 떴다.

"에제트?"

"디아린."

눈밭을 헤매고 온 사람 같은 모습으로, 에제트가 서 있었다.

"아직 안 자고 있었군요."

"어……. 잠이 안 와서."

"자고 있을 줄 알았습니다."

그래서 문을 작게 두드렸구나.

에제트의 재킷에는 눈이 많이 묻어 있었다. 마을 안에는 눈이 많이 쏟아지지 않았다. 가루눈처럼 약간씩 쏟아지는 게 전부였다. 그런데도 이 정도로 쌓여 있다는 건 바깥에 나갔다 왔다는 뜻이다.

"밖에 나갔다 왔어?"

"예."

"왜?"

"그 전에 디아린, 좀 들어가도 되겠습니까?"

디아린이 그제야 깜짝 놀라 들어오라고 했다.

에제트는 들어서기 전, 재킷에 쌓인 눈을 털어 낸 후 아예 벗었다. 디아린은 저도 모르게 마른침을 삼켰다. 안에 들어오니까 외투를 벗는 건 당연한데도.

넓게 벌어진 어깨와 길게 뻗은 다리. 등은 또 언제 저렇게 넓어졌지. 본의 아니게 에제트의 뒷모습을 지척에서 보게 된 디아린은, 그가 고개를 돌리기 전 획 몸을 돌렸다.

그녀는 난롯가로 다가가며 물었다.

"차 마실래? 마침 마시려고 했거든."

"주시면 감사하죠."

"잠시만."

디아린은 아무렇지도 않은 척 표정을 갈무리했다.

난로 앞에 선 디아린은 펄펄 끓고 있던 주전자를 조심스럽게 들어 올렸다. 시간이 없으니 급하게 찻잔을 데웠다. 본인 취향대로 진한 맛이 나게끔 찻잎을 풍족하게 떠 넣는다. 예비 황자비라서 좋은 건 또 있다. 이런 곳에서도 상등품 차를 마실 수 있다는 점이다.

나무 서랍 안에는 클라라에게 받아 둔 쿠키도 있었다. 말린 크랜베리가 박힌 곡물 버터 쿠키, 뜨겁게 끓인 차. 그럭저럭 괜찮은 티타임을 보낼 수 있을 것 같았다.

맑은 수색의 스트레이트 티 두 잔. 과자 접시와 티팟까지 테이블로 가져온 디아린은 에제트의 맞은편에 앉았다.

"그런데 무슨 일이야? 이 시간에."

"첫날에 램드한테 업혀 가셨다고 아까 들었습니다."

사실 각인자가 녹초가 되는 일은 흔한 일이었다. 에제트는 아주 어린 소년 때부터, 눈앞에서 기절하는 각인자도 몇십 번이나 봤다. 디아린도 그만큼 지쳐 램드한테 업혀서 왔다는 말을 전해 들었다.

'영애님은 지금은 푹 쉬셔서 괜찮으십니다.'

에제트는, 늦은 밤이 되어 혼자 결계 밖으로 나갔다.

겉으로 보기에는 눈이 쌓인 그저 한적하고 고요한 설산. 그러나 멀리서 피어오르는 검은 안개로 인해 인간은 불안감을 느끼는 북문석 숲. 몸에 흐르는 용혈 덕분에, 에제트는 각인자 없이 혼자 숲을 돌아다닐 수 있었다.

발자국도, 마물도 없었다. 눈밭은 지나칠 정도로 깨끗했다. 한참 살핀 후 마을에 돌아와서는 이곳으로 왔다. 디아린이 자고 있었으면 그냥 돌아갔을 텐데. 그녀는 창백한 얼굴로 깨어 있었다.

각인자 없이 돌아다니느라 곤두선 신경이라든지 불쾌했던 기분은 디아린을 마주하자마자 스르르 풀려 버렸다.

'황자 저하. 말씀드리기 참 외람되지만……, 영애님의 각인 수치가 하위 100%로 나왔습니다.'

'겨울 물결'에서 보고해 오던 목소리가 떠올랐다.

그때 디아린이 말했다.

"아예 쓰러진 각인자도 있다고 들었어. 나 정도면 괜찮지."

대외적으로 알려진 '심해 속 병아리 수준'으로 할 말은 아니긴 했다. 하지만 디아린은 뻔뻔했고 에제트도 전혀 상관치 않는 표정이었다.

"괜찮으시다면 다행이고요."

"괜찮아. 진짜로."

디아린은 차를 따라 에제트에게 건넸다. 그는 사양하지 않고 마셨다. 찻잔을 기울이는 에제트의 손이 차가워 보였다. 디아린은 무의식적으로 그 손을 향해 손을 뻗다가 아 참 하면서 거둬들였다.

'막 만질 수 있는 사이는 아니니까.'

대신, 말은 할 수 있었다.

"추워 보여."

"눈밭이라 좀 춥더군요."

"참. 그러고 보니 바깥엔 왜 다녀온 거야? 이 늦은 시간에."

에제트가 찻잔을 내려놓았다. 길게 깔린 속눈썹 사이로 잔잔한 황금색 눈동자는 디아린에겐 보이지 않았다.

"이 시간엔 순찰을 해야 하니 다녀왔습니다."

"순찰? 그걸 왜 네가 하는데?"

무슨 순찰을 토벌단에서 가장 높은 신분인 황자님이 한단 말인가. 준기사나 종자들이 돌아가면서 하는 게 일반적이지 않던가?

"글쎄요. 그게 황족의 의무니까?"

'저 말……'

순간 확 기시감이 들었다. 디아린이 토벌에 가느냐 마느냐 하는 문제로 더블렌 남작과 실랑이를 하면서 썼던 말이었다. 디아린이 눈썹을 살짝 치켜 올리며 물었다.

"……더블렌 남작한테 들었구나?"

"예. 편지로요."

"그렇게 안 봤는데 기록광이었네."

에제트의 입가에 미소가 맺힌다. 그가 미소 비슷하게 웃는 건 자주 있는 일이 아니었다. 그는 긴 손가락으로 둥근 찻잔을 감싸 쥐면서 말했다.

"상급 마물의 흔적도 있고 해서 제가 다녀왔습니다. 당분간은 밤 순찰도 기사들 위주로 재편성될 예정이고요."

"아하."

디아린은 납득한 표정을 지었다.

"하긴, 넌 수문석 지하에서 스켈루스를 잡아 왔댔지."

"저 혼자 잡은 건 아닙니다."

"음, 맞아. 램드 경이랑 딜리스 룬도 함께 잡았겠지."

에제트는 그 말에 잠시 무언가 생각하는 듯 찻잔을 내려다보았다. 그리고 다시 디아린을 향하는 시선. 그가 자신을 향해 얼굴을 조금 들어 올렸기 때문에, 디아린은 그 움직임을 눈치챌 수 있었다.

"왜 그래?"

"보통 여기까지 말하면, 다들 지하에서 어떤 일이 있었는지 미친 듯이 물어보거든요. 황궁에선 한 발자국 떼는 것도 힘들었습니다."

"그래?"

'에제트는 거의 항상 무표정이라고 들었는데.'

황족의 교육을 철저히 받아, 항상 동요가 적은 편인 목소리만 들어도 충분히 짐작이 갔다. 그런 표정으로 뚜벅뚜벅 걸어가는 황자님한테 날파리처럼 매달리는 귀족들이라.

하긴 누구라도 궁금했을 터다. 그 지하는 정말 말 그대로 지옥인가요?

"난 그런 소문도 들어 본 적 있어. 사실 마물들이 엄청난 미형이라서, 지하가 천국이라고."

"그 질문도 받아 본 적 있습니다."

"진짜 믿는 사람이 있었나 보네."

"몽마들의 천국이라고 믿는 사람들이 꽤 있으니까요."

"뭐라고 대답했어?"

"직접 내려가 보라고요."

디아린은 웃음을 터뜨렸다. 그녀는 참, 하면서 두 손을 들어 올려 보였다.

"혹시나 해서 말하는데 에제트, 난 전혀 궁금하지 않으니까 걱정할 필요 없어……"

그렇게 말하면서 디아린은 고개를 살짝 기울였다.

"……라고 하면서 연막 치고 캐묻는 사람도 당연히 있었겠지?"

"예."

"많았어?"

"많았지요."

황궁에 특히 그런 부류가 득시글댔다.

"스무 명 정도 됐습니다."

"스무 명이나? 진짜 고생 많았네."

"고생까진 아닙니다."

"긍정적이구나."

"그런가요?"

"응."

차를 다 마실 때쯤엔 차갑게 얼어붙어 있던 손이 완전히 녹았다. 에제트는 한결 혈색이 돌아온 디아린의 얼굴을 바라보다가, 이윽고 돌아갔다.

* * *

토벌 사흘째.

상급으로 확인된 악몽 마물의 흔적이 마을과 멀지 않은 곳에서 발견됐다.

교대로 나아가며 하급 마물들을 처리하던 작업이 끝나고, 상급 마물을 마을과 먼 곳으로 유인시켜 처리하기로 결론이 났다.

애초에 이너럴이 환각 마물의 처리를 위해서 북문석 숲까지 온 것이라서, 사계탑에서부터 만반의 준비를 해 왔다. 황실에서의 지원을 기다리지 않아도 되는 이유 중 하나였다. 아침 일찍 동태를 확인한 선발대가 계획한 쪽으로 출정했다.

디아린은 의아했다. 상급 마물이다. 난리가 날 줄 알았는데, 의외로 다들 침착했다. 좀 술렁이는 정도가 끝이었다. 디아린의 의문에 클라라가 "아아." 하면서 말했다.

"리더의 표현대로라면……, 믿는 구석이 있는 거니까요."

"믿는 구석. 맞네요."

"그렇죠?"

클라라, 아니 리브리의 표현은 정확했다.

에제트. 6계급 마법사. 램드. 이 셋이 포함된 선발대이니만큼 상급 마물은 어렵지 않게 잡을 수 있을 것이다.

전설의 주역 중 한 명인 딜리스는 선발대에서 빠졌다. 베이스캠프 격인 마을에도 병력이 잔류해 혹시 모를 사태에 대비해야 했다. 테트반 기사단장과 오벨라 부단장이 선발대에 합류한 만큼 딜리스는 마을에 남아서 방어막을 지키기로 했다.

로르가 물었다.

〈저 마법사 말이다. 너를 싫어하지 않았던가?〉

"싫어하지."

디아린은 자그마하게 대답했다. 그녀는 앞서가는 딜리스를 바라보았다.

4계급의 마법사는 자신의 은발과 잘 어울리는, 은백색 로브를 입고 성큼 성큼 걸어가고 있었다. 이 넓은 눈밭에, 함께 걷고 있는 건 디아린과 딜리스 둘뿐이었다.

어쩌다 보니 둘이 한 조가 되었다. 정확히는 둘만 한 조가 되었다. 선발대로 미리 떠난 램드가 보았으면 '와우. 정말 숨 막히는 조합이잖아.' 하고 중얼거렸을 게 틀림없다.

"크르릉!"

마물 하나가 피를 토하며 죽었다. 딜리스가 숨을 몰아쉬었다. 미친 듯이 내리던 눈은 그쳤지만, 원체 춥다 보니 호흡이 하얗게 부서졌다.

딜리스는 마물 사체에 간단한 표식을 한 후에 몸을 일으켰다.

'이상해. 너무 편해. 숨 쉬는 게 힘들지가 않아.'

마법사만큼 오감이 예민한 이들이 또 있을까? 그들은 검은 안개에 몹시 민감하다. 덕분에 마법사들은 수문석 숲을 잘 견디지 못했다. 기사들은 부족하지 않은 수문석 숲에, 마법사가 항상 귀한 인재인 이유에는 이런 것도 있었다.

심하면 온몸을 바늘로 따끔따끔 찔러대는 느낌이다. 신기하게도 오늘은 전혀 그렇지 않았다. 수문석 숲이 이 느낌의 반만 유지해 줘도 매일 와서 산책도 할 수 있을 것 같았다.

'각인 능력은 최하위 100%로 떴다면서. 이상하네. 나랑 상성이 무척 잘 맞는 건가? 그건 그것대로 찝찝한데.'

딜리스가 뒤따라오는 디아린을 흘긋 보았다. 눈이 그쳐서인지 망토 모자는 쓰지 않은 상태였다. 대신해서 털실로 짠 모자를 푹 내리 쓴 디아린의 뺨은 발갛게 얼어 있었다. 추위에 익숙하지 않은 모습으로 한 마디 불평도 없다.

정확히는 서로 거의 말을 걸지 않았다.

'자존심 하고는.'

자신도 못지않게 꼿꼿한 편인데 저 여자도 마찬가지다. 생긴 건 말랑말랑 우유 크림 같아서 콕 찌르면 푹 들어갈 것 같은데 참 대단하다.

딜리스도 별달리 말을 걸고 싶진 않아서, 고개를 막 돌렸을 때였다.

"······!"

예고도 없이 디아린이 딜리스의 팔을 확 잡아당겼다. 거의 낚아채듯 당겨 제 쪽으로 확 끌어냈다. 갑작스러운 일에 딜리스는 하마터면 혀를 깨물 뻔했다.

"이게 무슨 짓······!"

화를 내려던 딜리스의 입이 얼어붙었다. 방금까지, 그러니까 눈 깜빡하기 직전까지 자기가 서 있던 자리가 검은색으로 푹 파여 있었기 때문이다.

곧장 주변을 빠르게 훑어본다. 예민하게 곤추세워진 마법사의 기감에 선명한 검은 안개가 붙잡힌다. 흐릿했던 안개가 숨 한 번 내쉴 사이에 선명해진다. 바닥에서부터 벌레처럼 검붉게 몰려드는 군집들. 언뜻 보면 빛바랜 이끼들이 떼거지로 움직이는 것 같다.

"꿈인가."

딜리스가 멍하니 중얼거렸다.

"악몽 마물이라니. 그것도 상급……."

상급 악몽 마물.

마물은 디아린과 딜리스를 그물 안에 몰아넣듯 조금씩 둥글게 진을 치고 있었다. 나비를 앞에 둔 거미 같았다. 딜리스는 금세 정신을 차렸다. 그녀는 바로 디아린을 제 뒤로 보냈다. 앞에 버티고 선 딜리스가 조용한 목소리로 속삭이듯 말했다.

"너무 긴장할 필요 없어요. 악몽 마물은, 무조건 반경 내에 있는 가장 강한 마법사한테 달라붙어요. 그러니까 이너럴 룬에게 가겠죠."

지금은 자신의 마력을 감지하고 온 게 틀림없다. 그때까지, 최대한 조용하게 보호 마법을 완성해야 한다. 이후에 쥐 죽은 듯 있으면 된다.

"그러니 최대한 조용히 있어요. 자극하지만 않으면 물러갈 거예요."

디아린은 대답하지 않았다. 대신한다는 듯 로르가 입을 열었다.

〈인간. 넌 저게 갈 것 같나?〉

"아니."

목소리는 자그마했지만 바로 앞에 붙어 있는 딜리스의 귀에는 선명히 들릴 크기였다.

"안 가겠지."

"뭐라고요? 영……."

정신을 집중해 보호 마법을 만들던 딜리스가 급하게 소리를 질렀다.

"영애! 내 뒤에 바짝 붙어요!"

천천히, 느긋하게 술렁이던 악몽 마물이 갑자기 거대한 뿔처럼 날카롭게 솟아난 것이다.

확!

4계급 마법사의 마력이 좁고 두꺼운 보호막을 긴급하게 형성하기 직전. 전갈의 독침 같은 뿔이 딜리스의 뺨을 스친다. 상처를 만들고 지나간다. 찰나가 아주 느리게 흐르는 것 같은 그 순간.

'내가, 표적이 아냐?'

다급히 뒤를 돌아보는 그 시간이 딜리스는 더디게만 느껴졌다.

'어째서? 어째서!'

의문의 정립보다 몸이 먼저 튀어 나갔다. 긴급하게 완성된 마법 보호막이 딜리스가 아닌 디아린에게 옮겨갔다.

"영애! 왼쪽으로 피해!"

방어막을 포기하면서 딜리스는 완전히 무방비로 노출됐다. 상급 마물 대항 보호막을 순식간에 두 개나 만들 수는 없었다. 마물의 뿔이 그녀의 배를 그대로 뚫을 게 틀림없었다. 고통을 예감한 딜리스가 반사적으로 눈을 찡그렸으나.

고통은 없었다.

어디서 피어난 것인지 모를 강력한 마력이 딜리스를 완전히 보호했다. 철근을 수십 개 뭉쳐서 만든 듯 두껍던 뿔이 보호막에 짓눌려 찌그러졌다. 볼품없이 망가진 가시가 부르르 떨더니 그림자처럼 순식간에 사라졌다.

"방금…… 뭐였지……?"

딜리스가 멍하니 중얼거렸다. 순간 그녀의 앞에 둘러졌던 보호막. 자신이 만들었던 것과 차원이 달랐다. 딜리스가 극도로 집중하여 완성시킨 보호막 열 개를 합친 것보다 두껍고 넓었다.

'말도 안 돼…….'

꿈이라고 해야 겨우 믿을 정도였다.

"콘클이스터 영애님! 딜리스 룬! 괜찮으십니까!"

멀리서 기사들이 달려온다. 마력을 감지한 모양이다. 디아린이 비틀거렸다. 긴장이 풀린 듯했다. 그제야 딜리스는 겨우 정신을 차렸다. 일단 기사들을 전원 데리고 마을로 복귀해야 했다. 그 후에 선발대 쪽에 이 사실을 전해야 했다.

꿈같던 광경.

딜리스는, 너무 강력한 마력을 본 탓인지 한동안 정신을 차릴 수 없었다.

상급 마물이 출몰한 토벌이 마무리되고, 디아린과 함께 나란히 성으로 귀환할 때까지도 마찬가지였다.

* * *

넓고 푹신한 침대. 사선 무늬가 난 돌을 깎아 만든 아름다운 욕조. 몸이 노곤해지는 달콤한 프리지어 향유. 따뜻하고 맛있는 식사는 말할 것도 없었다.

성으로 귀환한 디아린은 정신없이 자다 일어났다. 낯선 하녀가 처음 보는 난로를 살피고 있었다. 난로에는 보석이 잔뜩 박혀 있었다.

"안녕히 주무셨어요, 아가씨?"

디아린이 어리둥절한 표정을 지었다.

"샤이 양은요?"

"만찬 준비로 더블렌 남작님이 호출하셨답니다."

"아……. 어제도 못 봤는데."

"불러올까요?"

"아니에요. 바쁘잖아요."

"그럼 오늘 아침은 무엇을 드시겠어요? 특별히 드시고 싶은 게 있으세요?"

"주방도 바쁠 텐데, 아무거나 괜찮아요."

이너릴 룬과의 만찬이 예정되어 있었다. 하녀가 검지를 턱에 올리고 고개를 갸웃했다.

"그러시다면 베이컨과 오믈렛, 뱅쇼는 어떠세요?"

뱅쇼는 레몬과 사과, 와인을 끓여 만든 차로 몸이 아주 따뜻해진다. 맛도 좋았다. 북쪽 지방에서는 흔히들 즐겨 마시는 음료였다. 디아린은 좋다고 대답했다. 샤이는 없었지만 오늘도 침실의 커튼은 꼼꼼하게 잘 닫혀 있다. 빛이 들어오는지 아닌지도 모르겠다.

"참. 아가씨. 그 얘기 들으셨어요?"

"무슨 얘기요?"

하녀가 수건을 따뜻한 물에 적시며 말했다. 그녀의 왼쪽에는 귀가 한 개다.

"북문석 숲에서 마물이 몇 기어 나온 모양이에요. 조심하라는 말을 들었어요. 정원도 며칠간은 나가지 마시고요."

"그래요? 오랜만에 정원에서 산책하고 싶었는데."

"그럼 이따가 저녁 즈음에, 기사분들과 함께 나가는 게 어떨까요?"

"많이 위험한 마물인가 봐요?"

"제가 듣기로는 중하급 이상이라고 들었어요. 그러니까 나가시되 항상 조심하세요. 그럴 일은 없겠지만, 혹시 마물과 마주치면 뒤를 돌아보지 말고 도망치셔야 한답다니."

순간 디아린이 멈칫했다. 물수건을 들고 다가오던 하녀가 고개를 가볍게 갸우뚱했다. 그녀의 오른쪽에는 귀가 두 개다.

"왜 그러세요, 아가씨?"

끽.

"제가 무슨 말을 잘못했나요?"

끼익.

"어떤 말을 잘못했나요? 말을 잘못했나요? 잘못했나요? 그냥 저는 마물이 나타난다면뒤를돌아보지말고도망치라고했잖아끽끽끽끽끽익."

왼쪽으로 기울어지던 하녀의 고개가 완전히 꺾였다. 귀가 어깨에 닿았다. 그 상태로 입이 찢어질 듯 환하게 웃는다. 피가 덕지덕지 말라붙은 칼을 들어 올려 디아린을 향해 내리꽂는다.

순간 디아린의 등에서부터 붉은 날개 한 쌍이 피어났다. 눈 깜빡할 새 그녀를 감싸듯 둥글게 말린 날개 위로 귀가 찢어지는 것 같은 파열음이 들렸다. 그녀가 누워 있던 침대가 사라졌다. 입고 있던 잠옷도 없어졌다. 어느새 디아린은 딜리스와 마물을 토벌하던 그 모습으로 돌아가 있었다.

망토와 털실 모자. 부츠와 튜닉. 머리는 높게 묶어 놓았고 뺨은 추위에 얼어붙어 있다. 디아린은 날개를 없앴다. 인간 형태의 마물이 네 발로 느리게 기어오고 있었다. 하녀의 모습은 완전히 사라진 상태였다.

"끼이, 끼, 끼흐흐……."

괴기스러운 웃음소리와 함께, 검은 안개가 피어올랐다. 디아린은 마력을 뽑아내며 다른 손으로는 본인의 뺨을 강하게 때렸다. 골이 띵하니 울린다. 어떤 얇은 막이 깨진다는 느낌이 든다. 동시에 시끄럽게 들려오는 목소리.

〈……간! 인간! 이봐! 정신이 드나!〉

"로르?"

디아린은 머리를 몇 번 흔들었다. 잠기운을 억지로 털어내려는 사람처럼. 디아린은 날카롭게 벼려 낸 마력을 망설임 없이 휘둘렀다. 그녀에게 벌레처럼 달려든 마물이 반으로 쩌적 갈라졌다. 로르가 사체를 집어삼켰다.

"으으……."

디아린은 손으로 이마를 짚으며 비틀거렸다. 수면 마취에 절어 있던 사람처럼 기분이 영 이상했다.

"로르……."

잔뜩 갈라진 목소리가 흘러나왔다.

"대체 얼마나 잠식되어 있던 거야?"

〈물리적 시간으로 세 시간.〉

"미쳤네……."

디아린은 진저리를 쳤다. 주변으로 붉은 마력이 파동을 쳤다. 그녀의 마력이 훑고 지난 모든 곳이 괴기스럽게 변했다. 아주 낡고 더러운 고성 같았다. 자수정 방의 우아하고 아늑한 느낌은 완전히 사라졌다.

〈네 무의식이 커져서 대화가 안 되더군. 아주 깊게 잠에 빠진 것 같았다.〉

"방금 날개는 뭐였는데?"

〈내가 대화가 안 되는 중에, 따로 날개를 꺼낼 수 있는 놈이 누가 또 있겠나.〉

"아하……?"

디아린이 스태프를 소환해 내며 말꼬리를 늘였다.

"올이구나?"

물론 돌아오는 대답은 없었다. 디아린은 피식 웃으면서 창밖을 바라보았다. 잘 쳐져 있던 커튼도 이미 부식된 상태였다. 유리 밖으로 보이는 하늘은 완전히 어두웠다. 달도 별도 없는 완벽한 암흑.

디아린은 시간을 더듬어 보았다.

'그러니까 눈밭에서 딜리스가 외쳤지?'

'영애! 왼쪽으로 피해!'

"숲에서 딜리스가 옆으로 피하라고 했을 때부터 환상 마물에 걸린 거였나 봐. 상급 마물이라더니 대단하긴 하네."

〈네 마력을 중심으로 진이 쳐지니까 더 그렇다. 마력이 강할수록 힘도 강해지지. 됐고, 뒤쪽이나 돌아봐라.〉

"물론. 알고 있어."

디아린은 뒤를 돌아보았다. 소리를 죽이고 다가오던 하인이, 시선이 마주치자마자 환하게 웃었다. 입이 귀 끝까지 올라갔다. 하인의 두 눈에서 피가 흐르기 시작했다.

＊ ＊ ＊

"갈수록 괴기하네."

처음에는 낯선 사용인들. 기사들.

하지만 로르가 그들을 삼키는 횟수가 잦아질수록 마물의 모습은 변했다. 점점 디아린에게 안면이 있는 사람들의 외피를 걸치고 나타났다. 디아린은 더블렌 남작에 이어 샤이의 모습을 한 마물까지 처리한 후 이마를 잔뜩 찡그렸다.

"미친 새끼들이 이거 진짜 무슨 악취미야?"

〈그러니까 트라우마를 주는 거지.〉

"하지만 난 남작한테 쌓인 게 있어서 이런 걸로 트라우마가 생기지 않지."

디아린은 턱을 한껏 들어 올리고 말했다.

"그러니 적당히 좀 했으면 좋겠네."

에제트로 변신한 마물은 기왕이면 없으면 좋겠다. 그러니 그 전에 '문'을 찾아 열어야 했다. 지금 디아린이 갇힌 곳은 미로와 마찬가지였다. 탈출구인 문을 열어야만 악몽 마물로부터 벗어날 수 있었다.

있던 층의 문을 다 열어 본 후에는 위층으로 올라갔다. 계단에 올라가 가장 먼저 보이는 방에 들어가자마자 연보라색 눈이 동그래졌다.

"딜리스 룬?"

방 안에 딜리스가 죽은 듯이 널브러져 있었다. 재빨리 다가간 디아린이 그녀의 목에다가 손을 올렸다. 마물과 인간을 구분하는 가장 직접적인 방법이었다. 인간에겐 확연한 온기가 느껴지니까.

"진짜 딜리스 룬이네."

다행히 숨도 쉬고 있었다.

〈죽은 건 아니군.〉

"그러게."

마물들과 꽤나 격렬한 전투를 치른 모양이다. 딜리스는 몰골이 말이 아니었다. 은백색 망토는 너덜거렸고 머리카락도 피가 엉겨 붙어 지저분했다. 얼굴이며 손이며 상처투성이. 마력을 극심하게 소모했는지 피를 토한 자국도 있었다.

'이거 괴롭지.'

망토를 벗어 바닥에 깐 디아린은 딜리스를 낑낑대며 끌어 올렸다. 이곳도 침실이라 제대로 된 침구가 바로 뒤에 있었지만, 전부 환상이다. 디아린이 건드리면 전부 으스러질 게 틀림없다.

"얠 데려갈 수도 없고."

쓰고 왔던 털모자도 딜리스에게 씌워 주었다.

주변을 둘러본 디아린은 딜리스에게서 네 발자국 정도 떨어졌다. 딜리스와 문의 거리를 대강 가늠해 본 그녀는 들고 있던 스태프를 바닥에 그대로 꽂았다.

빛나는 각인. 스태프를 통해 확장된 마력이 순식간에 완전한 돔 모양을 이루었다. 반투명한 마법 보호막의 색깔은 살아 있는 듯 술렁이는 붉은색.

디아린은 스태프를 그 자리에 두었다. 그런 다음 쪼그리고 앉아 딜리스 근처의 아직 굳지 않은 생피를 손에 묻혔다. 얼굴에 덕지덕지 처바르고, 입고 있는 옷에도 열심히 찍었다.

로르가 물었다.

〈뭐 하는 건가?〉

"쟤 꼴을 보니까 나도 좀 다쳐 있어야 할 것 같아서."

너무 멀쩡하니까 위화감이 들잖아.

〈하긴. 너는 공인된 병아리니까.〉

"병아리한테 지배당하는 빨간 새가 말이 많아."

〈……〉

로르는 충격 받아 입을 다물었다.

마지막 층까지는 얼마 걸리지 않았다. 애초에 이 고성의 원형인 북문석성이 4층짜리였다. 꿈은 현실에 기반하니까. 다만⋯⋯.

"이건 좀 편법 아니야?"

디아린은 말 그대로 '미궁'처럼 뻗은 복도를 보고 질색한 표정을 지었다. 언뜻 보기에도 문만 수백 개가 있어 보였다.

〈하나씩 열어 보려면 꼬박 며칠은 걸리겠군.〉

쾅!

〈아니군.〉

근처 여섯 개의 문을 한 번에 부순 디아린이 자박자박 걸음을 옮겼다.

"황자비 저하!"

그때 들리는 익숙한 목소리. 디아린은 순식간에 모든 마력들을 소거시켰다.

"⋯⋯이너럴 룬?"

"몸은 무사하신가요? 오, 이럴 수가! 악몽 마물이 저하와 딜리스 룬을 삼켰다는 소식을 듣고 급하게 뚫고 들어왔습니다!"

급하게 들어왔다는 말처럼, 이너럴도 말쑥한 모습은 아니었다. 하지만 딜리스처럼 크게 다친 것도 아니었다.

"혹시 딜리스 룬은 만나지 못하셨습니까?"

"아. 딜리스 룬은 밑층에 있어요."

"다행입니다. 함께 찾아서 어서 나가야겠습니다. 황자 저하가 몹시 걱정하고 계십니다."

이너럴이 내민 손 위에 디아린이 손을 뻗으며 물었다.

"에제⋯⋯, 저하가요?"

"예. 그러니 어서⋯⋯."

〈마물 주제에.〉

순간 올의 낮은 목소리가 귓가를 울렸다. 동시에 날개가 돋아나더니, 디아린의 눈앞을 완전히 가렸다. 순식간에 유리 조각처럼 깨져 사라지는 날개.

선명해진 시야. 선명하게 보이는 마물. 이너럴의 외피가 흐물흐물 벗겨져 흘러내렸다.

"저하, 저흐아⋯⋯, 컥!"

목이 뚫린 마물이 바르르 떨었다. 붉은 촉수처럼 솟아난 수십 가닥의 마력이 마물의 숨통을 완전히 끊으며 넘실거렸다.

"올."

〈⋯⋯.〉

"올?"

〈⋯⋯.〉

"야."

〈⋯⋯여기 있어요.〉

마지못해 대답하는 목소리. 하지만 분명히 올이었다. 디아린은 어휴 하면서 왼쪽 어깨를 손톱으로 잡아 긁듯이 쓸었다. 아무것도 없던 손바닥에 붉은 깃털이 하나 잡혀 있었다. 신비롭게 감도는 황금빛.

올은 깃털을 바동거리면서 물었다.

〈왜 이러세요, 주인님?〉

"너, 토벌하는 동안은 나랑 말도 안 하겠다며?"

〈⋯⋯그랬죠.〉

"근데 왜 방금은 나온 거야?"

〈답답하니까 나왔어요. 로르는 마력이 부족해서 이런 것도 모르잖아.〉

"내가 마물한테 잡혀 죽을까 봐?"

〈방금 조금 흘렸었잖아요. 주인님.〉

그래서 불안해져서, 어쩔 수 없이 나왔다고요.

〈바보처럼 팔에서 피도 철철 흘리면서─〉

웅얼대던 올이 순간 이상함을 느꼈다. 디아린이 피식피식 웃고 있었기 때문이다. 올은 바로 그녀의 속임수를 간파했다.

〈아니, 아니다. 속은 척했던 거지? 그런 거지! 나 불러내려고 일부러! 팔도 일부러 더 많이 다친 거지!〉

디아린이 바로 정색했다. 정색하는 척했다.

"아니야."

〈아니기는!〉

손에서 빠져나간 깃털이 허공을 뱅글뱅글 돌았다.

〈주인님은! 대체! 성격이! 왜! 그 모양이에요!〉

"너한테 그런 말 들을 정돈 아니거든?"

〈난! 원래! 이렇지만! 주인님은 겉으로만 따뜻한 척하고 있을 때부터 알아봤어!〉

"어머, 겉으로라도 따뜻하면 됐지."

가볍게 대답한 디아린의 오른손에서부터 마력이 피어오른다. 공성전에 사용하는 트레뷰셋처럼 거대해진 마력이 힘껏 쏟아져 근처 복도를 완전히 부쉈다.

문 10개, 32개, 157개, 289개……

절반 정도 왔을까. 발밑으로 떨어진 깃털이 길을 이루었다. 불현듯 디아린이 앞을 보고 멈칫했다. 반딧불처럼 그녀의 주변을 떠다니던 마력들이 완전히 자취를 감추었다. 반사적인 행동이었다.

익숙한 인영이 걸어오고 있었다. 안개를 펴 바른 듯 보이지 않는 얼굴.

"……에제트?"

'아니. 아니야. 이너럴도 가짜였잖아.'

그 짧은 동안에도, 에제트의 형상을 한 이는 성큼성큼 걸어왔다. 디아린은 시선을 떼지 못하고 작은 목소리로 물었다.

"올. 마물이야?"

〈…….〉

"올?"

〈…….〉

"올. 올? 올. 올."

에제트가 디아린의 바로 앞에 설 즈음에야, 심통 난 대답이 돌아왔다.

〈진짜예요.〉

진짜?

디아린은 멍하니 바로 앞에 선 에제트를 올려다보았다.

꿈을 꾸는 듯 가려져 있는 얼굴. 아무것도 보이지 않는 게 익숙한 그 낯.

차라리 무슨 말이라도 하면 모를까. 평소에도 그랬지만, 지금의 에제트는 정말로 조금도, 현실성이 없었다.

신기루 같았다.

침묵이 흘렀다. 에제트가 먼저 손을 움직였다. 그는 말문을 잃고 자신을 응시하는 디아린의 손을 잡았다. 그리고 느리지도 빠르지도 않은 속도로 제 목에 갖다 댔다. 확인시키는 듯한 움직임.

무방비한 접촉에서 체온이 느껴진다. 마물 특유의 소름 끼치는 냉기가 아닌, 그 확연한 온기.

"……에제트?"

자그마한 중얼거림에 에제트가 느리게 입을 열었다.

"드디어 찾았군요."

드디어…….

문득, 디아린의 시선이 에제트의 목에 닿았다. 그에게 새로운 상처들이 늘어나 있다는 사실을 깨닫는다. 흰 손끝에 작게 묻어난 핏물. 없던 상처다. 쉽게 파악이 갔다. 마물이 인간처럼 다가와, 체온을 확인하며 손을 올렸을 때.

에제트가 바로 쳐내지 않아서 생겼을 상처였다.

"……대체 마물이 누구를."

따라 하고 그의 앞에 나타난 걸까. 반 토막 난 혼잣말에 의외로 꼭 맞는 대답이 돌아온다.

"당신이요."

디아린이 고개를 들어 올렸다.

"당신이 계속 나타나서."

"……."

그의 망토가 가볍게 펄럭인다. 에제트가 디아린의 손을 그대로 잡아당겨 끌어안았다. 침묵과 함께 내려앉는 옷자락. 까맣게 무너지는 폐허에서도 에제트는 조금도 흐트러지지 않았다. 그는 아키르의 황족답게 거의 대부분의 상황에서도 무표정을 유지할 수 있었다.

물론 이마저도 공평한 피에겐 보이지 않겠지만.

디아린은 안긴 채로 약간 머뭇거렸다. 그녀가 에제트의 등에 망설이며 손을 올렸다. 디아린이 작게 토닥였다.

"나 괜찮아. 별로 안 다쳤어. 죽었을까 봐 그래?"

"……아뇨."

죽음을 걱정한 건 아니다. 에제트는 느리게 디아린을 놓아주었다.

"그리고 별로 안 다치신 건 아니잖습니까."

피투성이가 된 디아린의 왼쪽 팔. 피는 에제트의 옷에도 조금 묻어 있을 정도였다. 로르가 내 그럴 줄 알았다는 듯 핀잔을 던졌다.

〈상처 좀 내겠다고 마물 앞에 가만히 서 있으니까 많이 다치지. 감각도 어중간하면서.〉

'이렇게까지 다칠 생각은 없었다니까.'

마력으로 공격받는 건 이게 문제다. 아프지 않으니 얼마만큼 다치는지도 잘 모른다.

에제트는 검으로 걸치고 있던 망토 끝을 길게 찢었다. 피가 뚝뚝 흐르는 디아린의 팔을 단단히 묶어 주었다. 마력이 담기지 않은, 순수한 기사의 힘으로 지혈하는 감각이 이상할 정도로 선명하다.

"괜찮으십니까?"

"괜찮아."

"안 괜찮아 보이는데요. 업어라도 드릴까요."

"딜리스 룬이랑 날 동시에 업겠다고?"

디아린이 농담을 들었다는 듯 웃으면서 되묻자 에제트가 눈썹을 살짝 치켜세웠다. 그가 갑자기 디아린의 허리를 감싸 안고 한순간에 들어 올렸다. 가볍게 들리는 몸에, 디아린은 깜짝 놀라서 "에제트?" 하고 양손으로 그의 어깨를 짚었다.

"이 정도면 넷도 업을 수 있겠는데요."

"세상에……. 잘 알겠어요. 황자 저하. 이젠 내려 주세요. 내려 달라니까?"

겨우 내려온 디아린이 "휴." 하고 작게 숨을 내쉬었다.

'키만 큰 줄 알았더니 힘도 세졌네…….'

"이쪽으로 가야겠습니다, 디아린."

"응."

디아린이 고개를 끄덕였다.

"돌아가자마자 딜리스 룬의 응급 치료부터 해야 할 것 같아."

딜리스는 에제트의 한쪽 어깨에 짐짝처럼 업혀 있었다. 에제트와 함께 밑층으로 디아린이 내려갔을 때, 딜리스는 여전히 기절한 상태였다.

금강석보다도 강력했던 보호막은, 에제트가 보기 직전 평범한 보호막 정도로 변신시켜 놓았다. 디아린이 보호 마법이 걸린 스태프를 산 건 에제트도 이미 알고 있어서 상관없었다. 뭘 묻지도 않았다.

'문이 마력 더미로 돌아간 건 다행이야.'

걸레짝처럼 부서진 엄청난 양의 문들을 보면 뭐라고 물을 것도 같았는데. 이 고성 자체가 악몽 마물의 환상이다 보니까, 망가진 부분은 엉망으로 엉킨 거미집처럼 되돌아가 있었다.

에제트는 딜리스를 한 어깨에 들쳐 멘 채로 검을 휘둘렀다. 거의 대부분의 문이 부서진 상태여서 그런지, 마물들이 끊임없이 쏟아졌다.

"키에엑, 키에에엑!"

다만 디아린이 이미 상당수를 파괴시켜 놓은 것 때문인지 대부분의 마물들은 제대로 된 형상을 구축하지 못했다.

⟨이 어린놈, 나쁘지 않네요. 그죠. 로르?⟩

⟨생각보단 제법이다. 용혈은 용혈이라는 거군.⟩

머리가 천장까지 닿는 거대한 마물의 목에도 손쉽게 검을 꽂아 넣은 에제트는 보이는 문을 쉬지 않고 계속해서 파괴했다. 그럴 때마다 까맣게 굳어 있던 바닥이 천천히 녹아 사라졌다. 디아린은 스태프 끝으로 녹아 없어지는 바닥을 톡톡 두드렸다.

⟨그에 반해 우리 주인님은 너무 불쌍해. 마법도 몰래 써야 하고.⟩

올의 말대로였다. 디아린은 간단히 바닥을 확인하는 것처럼 보였지만, 사실 그 밑으로 마법진이 조용히 그려지고 있었다. 밑에서 몰래 기어 올라오던 마물들이 돌가루처럼 석화되어 파스스 흩날려 없어졌다.

마침내 고치 밖.

"저하! 비 저하! 헉, 딜리스 룬! 서, 설마 죽은 겁니까?"

가장 먼저 보이는 건, 밖에서 열심히 악몽 마물의 고치를 부수느라 얼굴이 대리석처럼 파리해진 이너럴이었다.

chapter 4

북문석 숲의 세 번째 정기적 토벌이 무사히 마무리되었다. 이 과정에서 상급 악몽 마물이라는 어마어마한 전리품이 추가되었다. 이너럴은 "이러려고 온 건 아닌데…… 멋집니다, 멋져요! 정말 잘 왔군요!" 하고 흥분을 감추지 못했다.

현재 각국에서 공수하느라 기를 쓰고 있는 요석. 마물의 급이 높아질수록 마물이 품고 있는 요석의 급도 높아진다. 다시 말해, 가격이 천정부지로 치솟는다는 소리다.

디아린은 다친 팔부터 치료받았다. 그 과정이 조금 시끄러웠다. 디아린은, 친분이 좀 있는 리브리며 클라라까지는 이해했지만 겨울 물결의 각인자들이 우르르 몰려올 거라곤 전혀 예상치 못했다.

"우리 아가님이 처음 토벌부터 이렇게 거대한 마물과 싸우시게 되다니……."

"아가님, 전 너무 마음이 아픕니다."

막내 취급은 해야겠고 예비 황자비라는 신분도 못 잊겠고. 그래서 디아린을 지칭하는 모든 말들이 요상해졌다. 다들 극존칭을 쓰면서 슬퍼했다.

"하지만 정말 드문 경험이었지요? 아가님. 솔직히 무사했으니 됐잖아요."

"맞아, 맞아. 색다른 경험이지."

디아린은 그쯤 되어 포기하고 순응했다.

'대체 누가 아가인가.'

사실 디아린의 상처는 어디 댈 것도 아니었다. 그녀와 같이 있던 딜리스야말로 이 토벌에서 가장 많이 다친 마법사였다. 한동안은 꼼짝도 할 수 없을 거라고 했다. 그래도 호의를 받아들여 얌전히 쉬고 있는데, 이너럴이 안부 겸 찾아왔다.

"황자비 저하. 몸은 좀 괜찮으십니까?"

그는 상급 마물의 사체에 흥분한 것과는 별개로, 디아린에게 몹시 미안해했다.

"악몽 마물 토벌 때문에 마력 축소기를 가져왔는데, 효과가 너무 좋았던 모양입니다. 탑주님께서 직접 빌려주신 마법 용품이었거든요. 아니었으면 악몽 마물이 딜리스 룬 쪽으로 가진 않았을 텐데……."

사실 이너럴은 뭔가 이상하다고 생각했다. 딜리스는 4계급. 이너럴은 6계급. 아무리 효능이 뛰어난 마력 축소기를 달아도 2계급이나 낮아질 수는 없다.

"혹시나 싶어서 임의로 측정해 보니, 딜리스 룬의 마력이 몹시 강해졌습니다. 5계급에 근접한 정도지요."

"5계급이요?"

"그렇습니다. 제 소견으로는 몇 년 안에 5계급을 달성할 것 같습니다. 정말이지 놀라운 일이죠. 마도 교과서에 실릴 게 분명합니다. 대체 2년간 수문석 지하에서 뭘 겪고 온 건지. 솔직히 말씀드려 60년 넘게 쌓은 제 상식이 전부 뒤집어지는 기분입니다."

그렇게 말하는 이너럴은 순수하게 눈을 반짝이고 있었다. 조금도 질투하지 않았다. 이너럴의 성품이 유달리 어진 게 아니다. 마법사들은 다 이랬다.

본인보다 강한 마법사에게 경외감을 느낀다. 기사가 뛰어난 명검을 흠모하는 것과 같은 이치였다. 사계탑이 단 하나의 탑주 아래서 뭉쳐 있을 수 있는 이유이기도 했다.

"어쨌든 두 분 저하도, 딜리스 룬도 무사하셔서 다행입니다. 에제트 저하가 직접 고치에 들어가겠다고 말씀하실 땐 얼마나 놀랐는지……."

고치. 마물이 마력으로 거대하게 생성한 미로를 일컫는 말이었다. 이너럴은 본인이 들어가겠다고 했지만 에제트는 전혀 듣지 않았다.

그 모습은 평소와는 조금, 아니 많이 달랐다.

명성에 어울리게 침착하고 차분했던 황금안이 해일이 일듯 흔들리고 있었다. 거대하게 굳은 고치에서 한시도 눈을 떼지 않고, 에제트는 건틀릿을 단단히 꼈다. 그는 이너럴이 입구를 뚫자마자 망설임 없이 안으로 들어가 버렸다.

"어쨌든 딜리스 룬이 다 나으면 다시 한번 사계탑에 와 주십사 청해야겠습니다. 저도 돌아가면 보고를 올려야 하고요. 탑주님께도 한 말씀 드려야겠죠. 덕분에 아주 큰일 날 뻔했다고요."

마력은 끊임없이 파도치는 바닷물과 같다. 자로 재듯 딱 재어지는 게 아니다. 악몽 마물이 딜리스 쪽으로 온 이유를 모두가 그렇게 납득할 것이다.

물론, 마물이 잡아먹으려고 했던 마법사는 딜리스가 아니었지만.

"그럼, 비 저하. 다음에는 아주 좋은 선물로 뵙겠습니다."

"선물요?"

"기대하셔도 좋습니다."

이너럴은 알쏭달쏭한 말을 남기고, 쾌차를 기원하며 떠났다.

* * *

디아린은 한동안 안정해야 했다. 더블렌 남작은 무례하게 팔짱을 끼고 말했다.

"영·애·님. 말씀하신 목표는 아주 잘 이루신 것 같더군요."

"아하하. 네, 뭐……."

노력한 덕에 기사들의 태도는 거의 절반 이상이 바뀌었다.

'콘클이스터 영애님. 나와 각인 상성이 잘 맞는 것 같아.'

'아니. 저와 더 잘 맞는 것 같습니다.'

'웃기는 소리. 난 숙면도 취할 수 있겠던데, 나와 제일 잘 맞지.'

기사들의 착각이 줄을 이었다.

북문석 기사단장인 테트반 요크가 콘클 공작을 후견인으로 둔 디아린을 경계하는 건 여전해서, 기사들의 절반 정도는 아직도 날을 세우고 있긴 했지만.

'그래도 이 정도면.'

장족의 발전이다.

처음엔 토벌에 따라가려고, 더블렌 남작에게 변명으로 대충 둘러댄 말이었지만, 남들이 마음 바꿔 잘 대해 주는데 싫어할 사람이 어디 있나. 더블렌 남작의 반복되는 잔소리만 빼면 모든 게 참 잘 흘러가고 있다는 생각이 들 정도였다.

"제가 분명히 위험하다고 말씀드렸잖습니까. 가장 뒤에만 있어도 위험한 곳인데 어쩌다가 상급 마물한테, 그것도 잡아먹히실 뻔하고. 후방에서 옴짝달싹도 하지 않겠다고 말씀하셔 놓고 이렇게 다쳐 오시면 어쩝니까?"

"남작? 나 갑자기 귀가 안 들리는 것 같아요."

"그럼 지금부터는 글로 써서 보여 드리겠습니다."

"어머? 갑자기 잘 들리네요?"

샤이가 쿡쿡 웃었다. 의사의 권고에 따라 디아린이 침대 생활을 한 지도 벌써 이주일이 다 되어 간다.

"에제트 저하는요?"

"수도에 무사히 도착하셨다는 연락이 왔습니다."

"벌써요? 사계탑에 진짜 이너럴 룬만 딱 데려다주고 가신 건가?"

"예. 시간상 그런 것 같습니다. 폐하께 보고를 올리면 또 바로 돌아오실 모양이고요."

"그건 에제트 마음대로 되는 게 아니니까……. 적어도 일주일은 넘게 걸리겠네요."

"그렇지요. 최소한 일주일이고 제 예상으로는 이주일은 더 걸릴 듯합니다."

더블렌 남작은 일정을 살펴보았다.

"이너럴 룬이 귀띔해 주시기를, 토벌에서 잡은 상급 악몽 마물의 등급표가 몹시 상위로 추정되어서, 아마도 황실 쪽에서 치하를 할 것 같다고 하시더군요. 근시일 내로 황제 폐하의 칙서가 올 것 같습니다. 미리 준비해 둬야겠군요."

"아, 그럼 나도 같이 도울게요."

"영애님께서는."

더블렌 남작이 몹시 냉정하게 말했다.

"그저 치료. 요양. 몸조리. 무조건 낫는 게 최우선이십니다. 대체 어느 영지에서 각인자를, 게다가 황자비 저하 되실 분을 이렇게 다치게 둔단 말입니까? 제가 정말 남부끄러워서 살 수가 없습니다."

디아린은 머쓱하게 "최대한 빨리 나을게요." 하고 약속했다.

사실 그녀보다 다친 사람은 많다. 기사들은 말할 것 없었다. 특히 딜리스는 얼마나 다쳤던가? 토벌에서 돌아온 이후, 디아린도 그랬지만 딜리스도 병상에 있느라 한 번도 마주친 적이 없었다. 없었는데…….

"딜리스 룬이 날 찾아왔다고요?"

"네, 아가씨."

"왜요?"

디아린은 어리둥절한 표정을 지었다. 샤이가 말했다.

"드릴 말씀이 있다고 하시던데요? 1층 응접실에서 기다리고 있으신데 여기로 부를까요?"

"아. 아뇨. 제가 내려갈게요."

디아린은 오랜만에 자수정 방에서 나와서 1층으로 혼자 내려갔다.

'다 나아서 온 줄 알았더니.'

붕대로 온몸을 감고 있는 환자가 응접실에 앉아 있었다. 딜리스 오안, 그녀는 디아린을 보더니 일어나 인사하려고 기를 썼다. 솔직히 아주 힘겨워 보였다.

'나 정도면 약과네.'

더블렌 남작도 참.

'괜히 내 상태를 부풀린 거였잖아.'

"그냥 앉아 있어요. 딜리스 룬."

디아린은 말에 딜리스는 "감사합니다."라고 말하며 다시 조심조심 앉았다.

한 명은 팔에 붕대를 칭칭. 다른 한 명은 온몸에 붕대를 칭칭. 환자 둘은 나란히 서로를 바라보았다.

"두 분 모두 따뜻할 때 드세요."

샤이가 그들 앞에 차를 내려놓았다. 데운 우유와 설탕을 듬뿍 넣은 찻잔에서는 달콤한 김이 풀풀 올라왔다.

"무슨 일이에요?"

샤이가 나가고 둘만 남은 응접실. 디아린은 딱히 인사를 덧붙이지 않고 물었다. 딜리스는 찻잔을 바라보고 있었다. 그녀가 느리게 입을 열었다.

"저는 영애를 영애라고 부르던데, 리브리 퀠던과 샤이 양은 영애를 아가님, 아가씨라고 부르더군요."

"네?"

디아린이 눈을 깜빡였다.

"네. 근데 그게 왜요?"

"친애의 표현이겠죠? 리브리 퀠던은 '겨울 물결'의 리더니까. 샤이 양은 말할 것도 없고. 게다가 클라라였던가. 그 각인자는 영애를 아예 이름으로 부르던데요."

"그렇죠? 그러니까 그게 왜요?"

"지금부터 저도 영애, 아니 영애님을 디아린 양이라고 부르겠습니다."

"네? 싫어요."

"……."

디아린은 이마를 찡그렸다.

"갑자기 왜 그러는데요? 우리 친한 사이 아니잖아요."

차가운 철벽에도 딜리스는 굴하지 않았다. 오히려 "그건 그랬죠." 하고 선선히 긍정했다.

"디아린 양."

딜리스는 갑자기 소파에서 일어났다. 절뚝거리는 다리로 디아린의 앞까지 온 그녀가 조심스럽게 한쪽 무릎을 꿇고 앉았다. 그 모습을 보자마자 디아린이 질색하며 몸을 비틀었다.

"뭐예요? 왜 이래요?"

"먼저 사과부터 드리겠습니다."

"뭘요?"

"그동안 저의 건방진 행태에 용서를 바라진 않지만……. 앞으로 다시는 그러지 않겠습니다. 맹세하겠습니다."

"아니, 갑자기 왜 이래요?"

"정말 죄송했습니다."

"……."

돌았나? 디아린은 진지하게 그렇게 생각했다.

"그리고 개인적으로 물어보고 싶은 게 있습니다. 영애."

"아니 자기 할 말만 할 거면……. 그래요, 뭔데요?"

딜리스의 표정은 몹시 어두웠다. 아주 오랫동안 무언가를 고민하던 딜리스는 천천히 고개를 들었다.

"영애님께서는."

"네."

"수문석 지하에서 저를 만난 적 있으시지요?"

폭탄 같은 말. 하지만 디아린의 표정에는 변화가 없었다. 외려 상냥하게 걱정까지 했다.

"헛소리를 하는 걸 보니 아직도 열이 많나 봐요. 딜리스 룬. 잠꼬대는 침대에서 하는 게 어떨까요?"

당장 샤이를 부르려고 하는 디아린의 손을 딜리스가 매달리듯 막았다. "결례를 부디 용서하시길. 하지만 제가 마지막으로 추론건대."라고 말한 딜리스가 입술을 꽉 깨문 후 아주 어렵게 입을 열었다.

"……영애의 등에 있던 그 붉은 날개는, 적조의 날개였지요?"

* * *

아는 사람은 극히 드문 진실 중 하나.

인간은 수문석 지하에서 시력의 대부분을 상실한다. 그 외의 감각들도 들쑥날쑥 엉망진창이었으며, 식욕이나 수면욕 등 기본적인 욕구 역시 완전히 사라져 버린다. 수문석 지하는 그런 식으로 인간을 밀어냈다. 이물질을 토해내려는 식도 같았다.

그런 면에서 딜리스와 램드는 운이 좋은 편이었다. 비록 시력은 거의 잃어, 물속에서 오랫동안 눈을 뜨고 있는 사람처럼 앞이 뿌옜지만. 그 외의 다른 감각들은 멀쩡한 편이었다. 귀도 들렸고 말하는 데도 문제가 없었다. 하지만 에제트가 아니었으면 벌써 시체가 되었으리라.

그리고 다른 하나. 붉은 날개의 주인.

그렇게 압도적인 마물은 수문석 지하에 떨어진 이래 처음 보았다.

흐린 시야에도 가득 들어찰 만큼 선명한 붉은색의 두 날개. 멀리서도 보일 만큼 날개가 피 칠갑을 한 듯 새빨갰다. 그 색에 걸맞게 깜짝 놀랄 만큼 강했던 마물.

붉은 날개는 그간의 상식을 완전히 깨부수는 압도적인 재해 같았다. 절대 조절할 수도, 감히 마음대로 움직일 수도 없지만, 닿는 모든 것들을 파괴시켜 버렸다. 딜리스도 휩쓸리면 죽겠지만, 다른 마물들도 휩쓸리기만 하면 모조리 죽여 버리는.

'저하. 저 괴물의 모습이 보이십니까? 전 잘 보이지 않는데도 손이 떨립니다.'

램드의 말처럼, 딜리스의 손도 덜덜 떨리고 있었다.

'……가자.'

에제트는 다만 그렇게만 말하고, 돌아섰다.

꼬박 1년하고도 반을 넘게 보낼 동안, 에제트를 위시한 그들은 수문석 지하에서 간신히 살아남았다. 피를 잔뜩 뒤집어쓴 모습에도 점차 감흥이 없어졌다. 살아서 탈출할 수 있는 명확한 방법이 아니었더라면, 딜리스와 램드는 진작 미쳐 버렸을 것이다.

수문석 지하 사방 네 군데에 자리한 고목에 용혈을 뿌리는 것.

아키르의 시조가 직접 남긴, 수문석 지하를 탈출할 수 있는 유일한 방법이었다. 세 그루의 고목에 용혈을 뿌리는 데에만 꼬박 2년 가까이가 소요됐다. 마침내 마지막 하나를 남겨 두었을 때…….

"일이 하나 터졌었죠."

딜리스가 말을 끊었다.

〈아니! 거기서 말을 끊으면 안 되지!〉

감질나잖아!

올이 투덜거리는 소리에 디아린은 돌연 딸꾹질을 시작했다. 그리고 그건 너무나도 확실한 증거였다.

"……디아린 양. 물 좀 드시겠어요?"

딜리스의 말에 디아린은 딸꾹거리면서 고개를 끄덕였다. 천천히 따뜻한 물을 마시자 다행히 딸꾹질이 가라앉았다.

"후."

디아린이 한숨 같은 심호흡을 내뱉었다.

'그 붉은 날개는……, 적조의 날개였지요?'

그 말을 듣는 순간 디아린의 온몸이 말 그대로 무섭게 반응했다. 영혼의 마력이 파동처럼 출렁였다. 바짝 붙어 있던 딜리스는 확실히 눈치챈 표정이었다. 게다가 딸꾹질까지. 빼도 박도 못하는 증거들.

〈기절 안 한 게 용하다. 이 마법사는 눈치가 지나치게 빠르군.〉

로르의 말이 맞다. 지나치게 눈치가 빠른 마법사.

"딜리스 룬."

딜리스는 마른침을 삼켰다. 디아린이 입을 떼는 것과 동시에, 자신의 몸이 꼼짝없이 묶여 버렸기 때문이다. 고개를 숙여 눈으로 확인하지 않고도 알 수 있었다. 디아린이 마력으로 자신을 완전히 제압한 것이다. 저항도 불가했다.

술렁술렁 뻗어 나온 마력.

"적조에 대한 이야기, 또 누가 알고 있나요?"

"……저 말곤 아무도 모릅니다."

마력 촉수가 딜리스의 턱을 들어 올렸다. 둘의 시선이 마주쳤다.

"정말로요?"

"예……."

딜리스의 목소리가 조금 떨렸다. 자신의 피부에 닿아 있는 이 마력이 마치 칼날처럼 느껴져 소름이 돋은 까닭이다.

"램드 경은요?"

"그 녀석은 짐작조차 못 하고 있을 거예요."

"사계탑의 주인은요?"

"말 한 마디 꺼낸 적 없습니다."

"그럼. 에제트도요?"

"……디아린 양."

연둣빛 눈동자는 조금씩 요동쳤다. 딜리스는 천천히 입을 열었다.

"사계절이 제게 허락한 모든 마력의 신의를 걸고, 마법을 다루는 이의 이름으로 맹세하건대, 저만 알고 있습니다. 누구에게도 말하지 않았으며 기록도 남기지 않았어요."

솔직한 대답. 하지만, 엄밀히 따지면 현명한 대답은 아니다. 딜리스만 알고 있다면, 딜리스만 죽으면 얘기가 끝나니까.

그런데도 들끓는 강렬한 탐구심. 지적 호기심 충족. 딛고 선 계단의 층이 아예 다른 마법사에 대한 열렬한 경외감. 이럴 때의 마법사들은 답이 없다. 딜리스의 말과 눈빛, 태도에선 그런 것들이 묻어났다.

디아린은 대답이 없었다. 약간의 침묵 끝에.

"헉!"

딜리스가 비명을 삼켰다. 몸을 단단히 결박하고 있던 마력이 그대로 그녀를 들어 올려 버렸다. 덜렁 들린 딜리스의 몸을 반대편 소파에 안전하게 안착시킨 디아린의 마력이 스르르 흩어졌다.

마력을 말도 안 되게 자유자재로 사용하면서도 디아린은 이쪽을 보고 있지도 않았다. 흰 손등에 턱을 괸 채 내리깐 시선. 긴 연갈색 속눈썹에 가려진 연보랏빛 눈동자. 디아린은 올이 열렬히 주장하는 걸 듣느라 시끄러운 머리를 살짝 흔들었다.

〈주인님? 저 마법사한테 하던 얘기, 마저 해 달라고 하면 안 돼요? 궁금하잖아요. 네? 궁금해요. 궁금해, 궁금해! 듣고 싶어.〉

로르도 은근슬쩍 끼어들었다.

〈……나도 궁금하다. 듣자고 말해라.〉

사실 여기서 제일 궁금한 건 디아린이 아닐까. 디아린은 흘러내리는 머리카락을 쓸어 넘긴 후, 왼손을 펼쳤다. 손목에 실처럼 그려지는 검은 문양과 함께, 붉은 깃털 두 개가 동실 떠올랐다. 딜리스의 눈이 자연히 커졌다.

"디아린 양, 이건……?"

"적조예요."

"네? 적조요!"

딜리스가 벌떡 일어나려다가 "으윽……." 하고 신음을 흘렸다. 디아린에게서 뻗어 나온 마력이 딜리스를 부축해 앉혀 주었다. 딜리스는 아픈 와중에, 부축을 받아 앉으면서도 어떻게 마력을 이렇게 쓰는 마법사가 존재하나 싶었다.

'정말 말도 안 되잖아…….'

간신히 진정한 딜리스는 떨리는 목소리로 부탁했다.

"이 깃털, 아니 신수. 한 번만 만져 봐도 될까요?"

〈싫어요.〉

〈나도 싫다. 인간.〉

디아린이 눈 하나 깜빡이지 않고 말했다.

"다른 마법사의 손길은 정중히 사양하겠대요."

"아아. 역시 신수는 로드에 대한 사랑이 지극하군요."

'그냥 얘네가 도도한 건데.'

딜리스는 아쉬워하면서도 적조의 깃털에서 눈을 떼지 못했다.

천 년 전, 사라진 게 분명했던 신수다. 천 년간 명맥을 잃지 않았던 다른 신수들조차 경외의 대상인데, 하물며 적조라니! 정말 만져보고 싶었지만, 감히 신수의 명을 거역할 수가 없었다.

그사이 디아린이 입을 열었다.

"딜리스 룬. 적조가 수문석 지하에서의 일이 궁금하다고 하네요."

"네? 그게 무슨 말씀이신지?"

"당시 적조는 마력 폭주 중이었거든요. 그래서 아무것도 기억이 나질 않는대요."

뜻밖의 말에 딜리스의 녹안이 동그래졌다.

"적조의 폭주⋯⋯. 그래서였군요."

혼자 중얼거린 딜리스는 "최대한 객관적으로 말씀드리겠습니다." 하고 기억을 더듬었다.

수문석 지하에서, 마지막 고목에 당도하기 직전이었다.

살아남았다. 마지막 고목을 앞두고, 램드도 딜리스도 손에 얼굴을 묻었다. 살아남아서.

마물은 용혈 냄새에 미친 듯이 환장했다. 에제트는 피를 내어야 할 때는 일부러 멀리 떨어져서 피를 낸 후, 몰려드는 마물을 마지막 한 마리까지 죽인 후 돌아왔다. 혹여 마물로 부상을 입었을 때에는 피가 멎을 동안 어떻게든 홀로 살아남았다.

극한이었다.

수면도 식사도 필요 없는 지옥의 땅에서, 세 사람은 그렇게 살아남았다. 그래서 마지막을 앞두고, 어마어마한 규모의 흡혈 마물과 맞닥뜨렸을 때는 정말이지 신의 장난 같았다.

'거짓말.'

'농담이지, 이거⋯⋯.'

램드가 검 대신 들고 다니던 송곳니는 산산이 부러졌다. 1년 반이 넘는 동안 검이 정상일 리가 없었다. 적당히 마물의 송곳니를 취득해 무기로써야 할 정도로 날 것 그대로의 환경이었다.

마지막 한 발짝을 앞두고 죽음을 맞닥뜨린 그때, 흡혈 마물이 몸을 뒤틀며 비명을 질렀다. 선명한 붉은색 날개. 그 괴물이 흡혈 마물을 공격한 것이다.

아군, 아니 구원?

마물 같은 한편 묘하게 인간 같기도 하던 정체불명의 존재.

태산 같은 흡혈 마물에 비해 붉은 날개는 너무 작았다. 날개만은 짙고 컸지만 몸체는 사람 크기에 불과했다. 그럼에도 싸움에서 밀리는 건 거대한 흡혈 마물이었다. 순식간에 주변이 피 바다가 되었다. 격렬한 전투 끝에 흡혈 마물의 패색이 확연해지기 전.

음험한 송곳니가 튀어나왔다. 흡혈 마물이 붉은 날개의 어깨에 이빨을 박아 넣기 직전.

'키에엑!'

흡혈 마물이 비명을 질렀다.

에제트가 흡혈 마물의 목에 검을 박아 넣은 것이다. 퍼덕거리다가 기어이 쓰러진 흡혈 마물을 뒤로하고, 누구도 입을 열지 못했다. 램드가 먼저 붉은 날개의 주인을 향해 "고, 고맙⋯⋯." 하고 떨면서 간신히 말문을 뗐을 때였다.

'⋯⋯!'

붉은 날개가 램드를 공격했다. 순식간이었다. 공격을 간신히 피한 램드가 넘어지고, 붉은 날개가 다시 달려들고, 에제트가 붉은 날개의 공격을 검으로 막아 낸 것은.

"⋯⋯그다음은요?"

"그다음은⋯⋯. 정확히는 모르겠어요. 흡혈 마물, 아니. 지상으로 살아 나온 후에는 그 마물의 이름을 알았죠."

흡혈 대마물 스켈루스.

"스켈루스에게 너무 피를 많이 빨려서인지, 저희가 정신을 잃었거든요."

"램드 경도요?"

"네. 그 녀석이 먼저 정신을 놨어요."

"그럼⋯⋯, 에제트는요?"

"저희가 다시 정신을 차렸을 때 저하는 깨어 계셨어요. 근데 다친 곳은 없으셨고요. 아마 어떻게 저흴 데리고 도망치신 것 같았어요. 여쭤 보니까 그렇게 대답하셨거든요."

스켈루스의 사체는 미리 표식을 해 두어 지상으로 가져올 수 있었고.

'다행이다……'

디아린은 가슴을 쓸어내렸다. 그때의 그녀는 몰랐다. 당시의 에제트가 램드와 딜리스를 데리고 도망간 건 사실이 아니라는 것을.

"음, 그리고 말이지요."

딜리스는 머뭇거리다가 말을 이었다.

"저하께서도 그 이후부터 시력이 흐려지신 것 같았어요."

"시력? 뭐라고요?"

뜻밖의 말을 들은 디아린이 벌떡 일어났다.

"그럼 그 전까지는 에제트 시력이 정상이었나요? 아. 램드 경하고 딜리스 룬만 시력을 잃었다고 했구나……."

힘이 쭉 빠졌다. 디아린은 다시 소파에 털썩 앉았다. 에제트의 시력만이 멀쩡했던 건 아마 용혈 덕분이리라.

용혈.

'정말 대단해.'

왜 시조가 친우인 천룡의 등에 칼을 꽂아 가면서까지 탐냈는지, 이해가 갈 정도였다. 디아린은 얼굴을 쓸어 넘기며 물었다.

"그럼 에제트도 나를 알아볼까요?"

"제 소견으로, 그건 절대 아닐 거예요."

"어떻게 확신해요? 딜리스 룬은 날 알아봤잖아요."

"저는 마법사잖아요?"

기사와 마법사는 그 근본이 다르다.

"감히 황자 저하를 폄훼하려는 건 아니지만, 마법사가 아닌 이상 그 마력을 구분할 수단은 절대로 없어요. 게다가 저는 디아린 양의 마력이 원체 충격적이어서 온 힘을 다해서 기억하고 있었고……."

하나씩 설명하면서, 딜리스는 새삼 자신 앞에 있는 디아린을 바라보았다.

딜리스의 생에 그토록 강한 마력은 다시 본 일이 없었다. 마법사로서의 인생을, 근간을 뒤흔드는 충격이었다. 그런 만큼 고치 안에서, 기절해 있던 자신을 감싸고 있던 두꺼운 보호막을 보고 새로운 충격에 빠졌다.

엉금엉금 기어가서 보호막을 만져 보고, 다시 기절했다. 설마 아닐 거라고 생각했지만.

'새까만 스태프요? 콘클이스터 영애님이 비슷한 걸 들고 다니시던데요? 그건 왜요? 아니, 몸도 덜 나으셨으면서 그런 건 왜 수소문하는 거예요? 딜리스 룬. 좀 쉬……, 딜리스 룬? 딜리스 룬! 어디 가세요!'

고개를 가볍게 휘저은 딜리스가 진지한 목소리로 말했다.

"하지만 디아린 양. 황자 저하께 말씀드려도 괜찮지 않을까요? 디아린 양도 아시다시피, 신수의 소환사는 제국이 아니라 대륙 전체에서 새로운 지위를 획득합니다. 더군다나 적조의 로드라면……."

그 사실을 말하는데 본인의 목이 다 멨다. 딜리스는 다 식은 차를 한 모금 마셨다.

"역사가 바뀌겠지요."

* * *

그날 저녁.

디아린은 성 본관의 서고로 달려갔다.

'황족의 의무에 관해 기록한 책이 여기쯤 있었는데. 아, 찾았다.'

낑낑대며 두꺼운 책을 꺼낸 후 곧장 페이지를 촤르르 펼쳤다.

"여기, 여기 아니고……. 아, 여기 있다!"

『아키르 황족의 의무 中』

1. 마물을 섭취한 신수 소환사의 영혼에는 마물의 기운이 반드시 남아 있다.

2. 마물을 섭취한 신수 소환사는 용혈을 탐하게 된다.

3. 시조의 명에 의거해, 마물을 섭취한 소환사는 반드시 수호자의 검으로 처단하여 신수의 영혼을 회수해야 한다.

4. 이를 묵인한 군주는 황족으로서의 모든 지위를 회수한다.

　(황제 이하의 모든 용혈 포함)

"……."

식은땀이 쭉 흘렀다. 디아린은 두꺼운 책을 탕 덮었다. 그녀는 바로 올과 로르의 깃털을 소환해 양손에 하나씩 쥐었다.

"빨리 말해 봐. 내가 어? 수문석 지하 거기서 정확히 뭘 했는지 어서 기억해 보라고. 에제트랑 무슨 일 있었어? 에제트가 나 알아봤어? 빨리 기억 살려 보란 말이야!"

마구 흔들자 로르와 올이 으엑 토하려는 목소리로 말했다.

〈진짜로 기억 안 난다! 진짜야!〉

〈주, 주인님. 멀미나요…….〉

"젠장……."

디아린이 흔들던 걸 멈추고 중얼거렸다.

"내가 그래, 극초반에 마물을 먹어 댄 건 기억 나."

씹어 먹을 마도석이 없었으니까!

마력을 채울 수가 없었으니까!

"근데 나중에 마력이 충분해졌다 싶어서 더 마물을 더 안 먹었을 가능성은? 있어? 없어? 그냥 마물들이랑 싸우고 그 사체는 버려두고 갔을 확률도 있지 않아?"

〈음……. 있긴 있어요. 로르가 갑자기 주인님한테 여보야 자기야 사랑해 뿌잉뿌잉 하고 말할 확률 정도로요.〉

올의 대답에 디아린이 절망했다.

"없구나! 젠장."

로르는 "너흰 비유를 꼭 그렇게 해야겠나?" 하고 한심해했다.

책을 더 뒤져 보니, '마물의 기운'을 측정하는 성물도 아키르 황궁에는 있었다. 디아린은 진심을 다해 다짐했다.

'에제트한테는 죽어도 내가 적조의 소환사인 거 들키지 말자. 절대로. 죽어도.'

* * *

"아가씨?"

침실에서 차를 준비하던 샤이가 눈을 동그랗게 뜨고 디아린을 맞았다.

"서고에 다녀오신다더니 얼굴이 왜 이렇게 창백하세요?"

"……괴담 책을 읽었거든요."

"아아. 그러셨구나."

샤이가 생긋 웃었다.

"저도 공포 소설을 읽으면 한동안 잠을 못 잤어요. 그런데도 가끔 찾아 보게 되니까 참 중독성이 있다니까요."

샤이가 나간 후, 디아린은 침대에 누웠다.

새 침대였다. 디아린이 토벌에 다녀온 사이, 더블렌 남작이 특별히 주문을 넣었다고 했다. 천장에는 사랑스러운 화풍의 명화까지 그려진 고급 침대. 디아린은 처음 써 봤다.

"이제 보니 아주 사치스러워. 더블렌 남작."

누우니 흰 뭉게구름 사이로 아기 천사들이 날아다닌다. 문득 딜리스가 권하던 게 생각났다.

적법한 신수의 로드로 나타나 모두의 광영을 받으라.

'난 꽁꽁 숨겨야 하는걸.'

마물을 먹은 것도 문제. 이 몸에 흐르는 콘클 방계의 피도 문제. 여기서 더 없어도 좋으련만 문제는 하나 더 있었다.

"그거 알아?"

〈뭘요?〉

〈뭐?〉

올과 로르가 나란히 물었다. 디아린은 눈을 깜빡이며 말했다.

"나 사실 매번 혼자 환생하는 게 아니다?"

〈뭐라고요?〉

〈뭐라고?〉

"저번 생에서도, 저저번 생에서도 매번 흰 사슴족의 원로들과 다시 만났어."

〈매번이요?〉

〈환생을 거듭할 때마다?〉

"응. 알고 보니까, 영원히 나랑 같이 환생하기로 본인들이 죽기 전 마법을 걸었대. 내가 반다를 살리기 전까지는 계속 만나게 될 거라고 하더라고."

〈와씨.〉

〈단체로 돌았군.〉

올이 기가 차다는 듯 말했다.

〈걔네 진짜 미친놈들 아니에요?〉

〈신수의 이름으로 정의 내려 주지. 그들은 개또라이들이다.〉

험한 말인데도 웃음이 나왔다. 그래, 사실 내심 디아린도 그렇게 생각했다.

'아무튼 이번 생은 태어나자마자 마법을 봉인해서, 흰 사슴족의 원로들을 만나지 않았지.'

저번 생과 더 저번의 생 끝에 알아낸 사실이었다.

첫 번째. 원로들은 항상 디아린보다 나이가 많은 인물들로 환생한다.

두 번째. 원로들은, 디아린을 만나기 전까지는 자신들의 전생을 기억하지 못한 채로 살아간다.

하지만 다시 태어난 디아린과 마주치는 시간이 길어지면 그들은 서서히 전생을 기억해 냈다. 그리고 세 번째는……

"역시 답은 죽은 사람이 돼서 사람 한 명도 없는 먼 산속으로 도피, 아니 망명하는 거야."

디아린은 산뜻하게 결론을 내렸다. 어차피, 처음부터 이런 계획이었으니까.

"너희, 카일 드미트리 부단장 기억나지? 콘클 공작 *끄나풀*."

〈기억난다.〉

〈기억나요.〉

로르와 올이 차례로 대답했다.

"걔가 처리된 것처럼, 나도 적당히 북문석 호수 어디에 빠져 죽은 척하고 이 제국을 뜰 거야. 망명이 답이지. 에제트한테 부탁하면 그 정도는 들어줄 것 같거든. 걔도 나랑 파혼은 해야 하니까."

물론 그때는 펜나투스 호수에 이미 들러서, 로르와의 계약을 해제한 후겠지만.

올이 물었다.

〈그럼 주인님, 망명한 다음은요?〉

"내 피에 걸린, 이 빌어먹을 고대 마법을 없앨 거야."

디아린은 한쪽 손을 들어 올리고 마법을 사용했다. 텅 비어 있던 허공에서 붉은 깃털이 팔랑팔랑 떨어진다. 베개 위를 채우고 큰 침대의 끝까지 메울 만큼 잔뜩 떨어질 무렵, 디아린의 발끝에서도 검은 깃털이 스르르 쏟아지기 시작했다.

오래지 않아 디아린의 얼굴이 창백해졌다.

"이렇게 해서 온몸의 피를 다 뺄 수 있으면 참 편할 텐데."

로르가 기막힌 얘기를 다 들었다는 듯 대답했다.

〈그러면 죽는다. 마력 그만 낭비해라.〉

"그래."

디아린은 순순히 그만뒀다.

허공에서부터 쏟아진 붉은 깃털이 한 가득. 디아린은 푹신한 깃털로 채운 새의 둥지에 누웠다고 생각하며 손가락을 꼼지락거렸다.

올이 또 물었다.

〈고대 마법 파훼한 다음은요?〉

"콘클 공작 죽일 거야."

그 새끼 아주 개새끼야.

〈그럼, 그다음은요?〉

"그다음?"

〈고대 마법 파훼하고, 복수도 다 끝낸 다음 말이에요.〉

"그다음엔."

디아린이 눈을 깜빡였다.

"……생각해 본 적 없네. 죽을까? 아냐. 죽으면 안 됐지."

디아린은 신수의 로드인 한 함부로 목숨을 끊지 못했다. 시조가 천룡과 다섯 신수의 도움을 받아 나라를 만든 탓인지, 제국령의 여러 부분은 신수와 연결이 되어 있었다.

"원래 내가 살던 남부령도 나락이 됐잖아. 백조의 소환사가 목숨을 끊으면서."

처음엔 전염병이라더니, 나중에 알고 보니 그날 백조의 로드가 스스로 목숨을 끊었다.

'하긴. 너무 갑자기 땅이 썩었지.'

몇 번의 삶을 거친 디아린에게도 잊을 수 없는 날이었다.

꽃이 한 번에 메마르고 풀이 썩어 흙이 된 날. 땅이 죽고 공기가 오염된, 그 날.

게다가 같이 돌기 시작한 전염병이 너무 치명적이었다. 무사히 빠져나온 사람도 많았지만 운 나쁘게 죽는 사람들도 있었다. 영지민들을 가장 최후까지 대피시켜 놓고는 정작 본인의 목숨들은 지키지 못한 영주 가문도 있었고.

'콘클이스터 가문처럼.'

남부에 자리했던 일곱 개 가문이 그렇게 한 번에 몰락했다. 전염병의 확산을 막기 위해 영지에 불을 지르고.

아직도 그곳은 잿더미일까?

로르가 말했다.

〈그렇게까지 몰살당하는 게 드문 일이라곤 말해 줬지? 보통은 얼마간 꽃이 피지 않는 정도인데. 백조의 로드는 희한한 경우다.〉

"응. 하지만 드문 일이라는 게 아무튼 일어나긴 한다는 일이니까."

〈그건 그렇지.〉

그래서인지 디아린은 적조의 소환사가 되자마자 가장 먼저 생각했다.

나는 절대 스스로 목숨은 끊지 말아야지. 정해진 수명은 꼭 다 지켜야지.

자신 같은 고아가 또 나오는 건 정말이지 사양이었다.

〈혹시나 해서 말하는데, 네가 첫 번째 생과 두 번째 생과 세 번째 생에서도 실패했던 대마법엔 집착하지 마라.〉

"반다를 되살리는 마법?"

〈그래. 반다인지 반딧불인지 뭔지.〉

로르의 충고에 올이 "아." 하면서 끼어들었다.

〈나도 로르 의견에 동감. 그러다 미쳐요, 주인님.〉

〈원래 마법사들이 좀 외곬수가 많지.〉

〈그 정도면 솔직히 좀 또라이들 같죠.〉

"올. 나 돌려 까는 것 같은데 착각이겠지?"

〈아휴 아휴~! 그럼요!〉

디아린은 올의 깃털을 꺼내 달랑달랑 흔들까 하다가 너그러운 마음을 가지기로 했다. 그녀가 인내심 다지는 표정을 어떻게 해석한 것인지, 로르가 말을 이었다.

〈잊기 싫은 기억이어도 흘려보내야지. 그게 맞는 거다.〉

"신수는 그래?"

〈그래.〉

잊기 싫은 기억이라.

갑자기 에제트가 떠오르는 이유를 디아린은 알 수가 없었다. 디아린은 두 팔을 허공으로 쭉 뻗었다.

"신수가 그렇다니 소환사도 그래 줘야지."

어느새 깃털들은 다 사라진 상태였다.

* * *

며칠 후였다. 더블렌 남작이 와서 말했다.

"영애님. 방금 전 전서가 도착했습니다. 칙서를 모신 이가 사흘 후 오후 중으로 성에 방문할 예정이랍니다."

"그래요? 에제트도 없는데 나 혼자 받아도 되나요?"

"예. 괜찮습니다. 저하께서는 황궁에 이미 직접 방문하셨으니까요. 그건 그렇고, 영애님."

더블렌 남작의 푸른 눈동자가 창밖을 흘긋 보았다. 그는 어쩐지 수심에 잠긴 표정이었다.

"그날까진 저도 영애님이 아니라 황자비 저하라고 호칭하겠습니다. 사용인들에게도 말해 놓을 참입니다."

"네? 어……."

디아린이 고개를 갸웃했다. 까다롭고 아는 것 많은 더블렌 남작은, 호칭 선용에도 물론 엄격했다. 사실 디아린은 아직 혼약자니까 '황자비 저하'는 좀 과한 호칭이었다.

"대체 누가 오는데 그래요?"

"벨루드 백작이 온다고 합니다."

"벨루드 백작요?"

디아린이 이마를 찡그렸다.

"'그' 벨루드 백작요?"

"예. 아. 알고 계시겠군요."

"모를 리가요. 남부 곡창 지대 장퇴유 평원의 소유자씩이나 되는, 대단히 부유하신 백작님인데."

"맞습니다. 그리고 벨루드 백작의 남편이……. 선대 켈스튜더 공작의 둘째 아들이었다고 합니다."

"아."

켈스튜더 공작이 제 딸을 에제트와 혼인시키려 한다고, 혀를 차던 콘클 공작의 모습이 아직도 선했다. 지금도 켈스튜더 공작은 에제트를 노리고 있었다.

'이건 뭐, 의심 안 하려고 해도 의심할 상황이네.'

그녀가 칙서를 모시고 오는 것이 순전히 황제의 명령 탓일까? 아니면 켈스튜더 공작의 부탁이었을까?

'하지만 어느 쪽이든.'

디아린을 직접 눈으로 확인하러 오는 건 틀림없었다.

"근데 더블렌 남작."

"예, 황자비 저하."

그 짧은 사이 호칭이 바뀌었다. 어색하지도 않다.

"나한테 갑자기 '황자비 저하'라고 부르는 걸 보니까, 급했나 봐요?"

"뭐가 말입니까?"

깍지 낀 손등 위에 턱을 괸 디아린이 은근하게 미소를 지었다. 그녀가 눈을 두어 번 깜빡였다.

"벨루드 백작을 통해 켈스튜더 공작한테 보여 주려는 거잖아요. 내가 혼약자이긴 하지만, 북문석 성에서는 이미 황자비 대접을 받고 있다. 이렇게요."

디아린도 태생이 영주 가문의 딸이었다. 이런 수는 당연히 알고 있었다.

"나 싫다고 할 땐 언제더니. 이제 마음 좀 변했나 봐요?"

"……."

"내가 놓치긴 좀 아깝긴 하죠?"

"……."

더블렌 남작은 차마 반박할 수 없었다. 사실, 그와 디아린은 말이 잘 통하는 편이었다. 디아린은 비록 시골이지만 영주 가문 출신이었으니까. 더블렌 남작이 요청하는 일도 성실하게 잘 들어주었다.

따지고 보면 디아린 콘클이스터는 그간 자신이 내내 딱 원하던 황자비 감…….

이어진 생각을 재빨리 자른 더블렌 남작은 헛기침을 했다.

"저는 만찬 준비를 하러 가 보겠습니다."

"남작?"

"비 저하가 직접 백작을 맞으셔야 하니, 준비를 해 주십시오."

"남……."

"샤이 양? 그날 하녀는 몇 명 보내 주면 됩니까?"

"……."

디아린이 샤이에게 공대를 해서, 더블렌 남작 역시 샤이에게 예의를 갖춰 주었다. 샤이는 쿡쿡 웃다가 손가락을 꼽았다.

"아가씨가 제대로 준비하셔야 하니까, 넷은 보내 주셨으면 해요."

"알겠습니다. 모레까지 호출해 보내죠."

그런 후 더블렌 남작은 바람처럼 사라졌다. 디아린과 샤이는 서로를 마주 보고 키득키득 웃었다. 웃음이 잦아든 후에 샤이가 물었다.

"그런데 아가씨, 벨루드 백작님이 무서운 분인가요? 더블렌 남작님이 왜 저러시는 거죠?"

"켈스튜더 공작의 딸이 에제트의 혼약자로 가장 유력한 사람이라서 그래요."

"네?"

샤이가 대번 이마를 찡그렸다.

"그게 무슨 말씀이세요? 황자비 되실 분은 아가씨잖아요."

"그러게요. 근데 이 자리가 여러 사람한테 탐나는 자리인가 봐요."

샤이는 바로 소매를 쫙 걷었다.

"목욕물 새로 준비할게요."

디아린은 그 며칠 동안 치장의 새로운 의미에 대해서 다시 알게 되었다.

물론 콘클 공작저에서 에제트를 보러 갈 때도 꼬박 일주일을 관리받고, 빡세게 꾸몄지만. 그땐 '최고의 상등품'을 만들어 내라는 공작의 지시에 팔아치워야 하는 물건이 된 기분이었다면 지금은 '여기 지배자가 나다'라고 선포하는 느낌이었다.

콘클 공작가에서 뜯어 왔던 비싼 드레스는 이미 팔아 치워서 없었다. 그래도 괜찮은 드레스를 공수할 수 있었다. 빡센 애정이 더해지니 결과물이 나무랄 곳이 없었다.

마침내 거사가 이뤄지는 날.

디아린은 아침 일찍 일어났다. 머리를 빗고 땋고 묶고 빗고 땋고 묶고 빗고 땋고 묶고 하는 과정을 거치면서 샤이의 표정이 실시간으로 펴지는 걸 지켜보았다.

준비가 끝날 때쯤, 샤이는 평소의 미소 띤 낯을 회복했다.

"비 저하. 벨루드 백작이 성문 앞에 당도했습니다."

디아린은 접은 부채를 든 채 내려갔다. 황금빛 깃털이 달린 아주 값비싼 부채였다. 이런 계절에 무슨 부채인가 했지만, 샤이가 하도 그렁그렁한 눈으로 "제발요……." 하고 내밀어서 그냥 들고 왔다.

벨루드 백작은 딱 명성에 어울리는 차림이었다.

그녀는 키가 크고, 눈매가 매서운 느낌이었다. 노회한 귀족이라는 티가 풀풀 났다. 하지만 걱정했던 것과는 달리, 디아린에게 무작정 적대감을 내비치지는 않았다.

"디아린 콘클이스터 영애님. 먼저, 같은 남부 귀족으로서 일전에 콘클이스터 영지에 들이닥친 비극에 애도를 보냅니다. 그간 경황이 없어 이제야 말씀을 드리는군요."

깍듯한 예의로 안타까움을 표한 벨루드 백작은 본격적인 용건도 말했다.

"또한 지엄하신 황제 폐하께서 북문석 성의 성과를 몹시 기뻐하고 계십니다. 영애님도 각인자로 토벌단에 참여하셨다고요."

"저는 별로 한 게 없습니다."

"겸손하신 말씀을. 폐하께서는 영애님에게도 상을 따로 하사하셨습니다."

"황공하기 그지없군요."

말이 칙서이지만, 실상은 포상과 비슷했다. 디아린은 생각보다 훨씬 넉넉한 부상 목록을 보고 새삼 에제트가 황제에게, 황실에서 어떤 위치로 각인되었는지 알았다.

'내가 딸 가진 부모라도 갖고 싶을 것 같아, 에제트는.'

"함께 다이닝 룸으로 가실까요, 벨루드 백작. 부족하지만 정찬을 준비해 놓았습니다."

"물론 응하겠습니다. 영광이군요."

* * *

디아린과 벨루드 백작은 북문석 성에서 며칠 전부터 정성껏 준비한 만찬을 즐겼다. 디아린은 화이트 와인을 마셨다.

"영애님은 화이트 와인을 좋아하시나 보군요. 고향에서부터 이어진 습관이신지요?"

'어머.'

몰락하다 못해 폐쇄된 고향을 이렇게 언급하다니. 디아린은 벨루드 백작을 보며 대답했다.

"저 역시 남부 출신답게 대부분의 와인을 좋아한답니다."

콘클이스터가 같은 남부임을 잊지 말라는 뜻이었다. 벨루드 백작은 충분히 알아들은 양, 잔을 들어 올렸다.

"제가 실례를. 건배하실까요."

"좋지요."

처음에는 깍듯하고 예의 바르다고 생각한 벨루드 백작인데, 말을 할수록 묘한 기분이 느껴졌다.

'마냥 친절한 건 아닌 것 같고…….'

만찬을 끝내고, 디아린은 벨루드 백작과 티 룸으로 자리를 옮겼다.

원체 정찬이 풍성했다 보니까 밸런스를 맞추기 위해 차와 티 푸드는 비교적 간단한 것이 준비되어 있었다. 디아린이 평소 선호하는 투명한 수색의 스트레이트 티가 대령되어 있었다.

"장미 차 좋아하시나요?"

"좋아합니다. 차든 무엇이든 깔끔한 걸 좋아하죠."

벨루드 백작의 말에 디아린은 의례적인 미소를 지었다. 더블렌 남작이 벨루드 백작에게 손수 차를 따라 주고, 디아린에게는 샤이가 차를 따라 주었다.

"차를 올리겠습니다. 황자비 저하."

샤이는 오늘 아침까지도 "아가씨."라고 불렀으면서, 백작이 온 후부터는 꼬박꼬박 황자비 저하라고 불렀다. 그런 샤이를 벨루드 백작은 묘한 눈으로 바라보았다. 재미있다는 듯 벨루드 백작의 입꼬리가 약간 올라갔다.

차 향기를 음미하며, 여유롭게 차를 마신 벨루드 백작이 말문을 열었다.

"남부 귀족 출신끼리 개인적인 사담을 나누는 것도 좋을 것 같은데. 어찌 생각하시나요? 제가 개인적인 선물도 준비했고요."

"아. 그냥 바로 말씀하셔도 좋습니다."

"이런."

벨루드 백작의 입가에 묻은 미소가 짙어졌다.

"여자들끼리 봐야 좋은 거라서요."

"어머."

이건 참, 너무 명백한 뜻이었다. 디아린은 더블렌 남작을 보았다. 외알 안경 속 푸른 눈에 힘이 잔뜩 들어가 있었다. '그냥 거절하십시오. 거절하시죠. 거절하세요!'라고 말하는 표시를 보았지만······.

'여기서 뭐라고 하면서 거절할 수 있는데?'

디아린은 미소를 머금고 물었다.

"제 전속 하녀는 남아 있어도 괜찮겠지요?"

"아주 특별한 선물이라, 영애의 아이가 탐낼까 저어되지만. 물론이지요."

"농담이 재미있으시네요."

그 선물 내가 분해해서 나눠 줄 건데.

"그럼 더블렌 남작, 자리를 좀 비워 주겠어요?"

더블렌 남작은 아주 잠깐 고민하는 듯 했지만, 버티고 서 있을 만한 근거가 없기는 했다. 무작정 못 가겠다고 하는 것도 문제였다. 디아린을 믿지 못하겠다는 뜻으로 비춰질 수 있으니까.

"모쪼록 담소 나누십시오. 황자비 저하, 벨루드 백작님."

벨루드 백작이 가볍게 고개를 끄덕였다. 더블렌 남작이 나가고, 그의 뒤를 따라 벨루드 백작이 데려온 보좌관 몇도 티 룸을 나섰다. 분위기를 정리하는 듯한 침묵이 한 차례 흘렀다. 먼저 입을 연 것은 벨루드 백작이었다.

"수문석성은 몇 군데 가 보지 못했지만, 북문석 성은 특히나 자유롭고 호쾌한 분위기 같군요."

첫 마디는 칭찬처럼 들렸다.

"사용인들이 영애님에게 꼬박꼬박 '황자비 저하'라고 호칭하는 것만 보아도 그렇답니다. 아키르 황실의 예법으로 따지면 영애님껜 아직 먼 호칭이 아닐는지요? 혼약자는 엄연히 혼약자이니까요."

너에게는 너무 과분한 말이 아닌가?

"엄격한 이가 들었다면 문제로 삼았을지도 모르겠습니다."

까놓고 보면 무시하는 말인데도 매끄러운 목소리다. 사교적 화술에도 경험치라는 게 있다면, 당연히 이 백작이 디아린보다 한 수 위일 터다. 그 사실을 벨루드 백작도 잘 알고 있는 듯 보였다. 하긴, 디아린은 고작 스물두 살 먹은 아가씨다. 맞수로 보이기나 하겠는가.

이 혼약자가 무어라 대답할까? 벨루드 백작은 느긋하게 기다렸다.

"걱정해 주셔서 감사합니다."

그런데 의외로 디아린은 웃고 있었다. 평소처럼 따뜻하게 웃는 게 아니었다. 묘하게 한쪽만 더 올라가 있는 비틀린 미소. 차 시중을 들기 위해 가까이 있던 샤이가 가장 잘 알았다.

저 표정 어쩐지 낯이 익은데. 아, 그 사람에게서 봤다.

'더블렌 남작님!'

웃으면서 독설을 날리는 더블렌 남작과 너무도 흡사한 낯빛이었다.

그랬다. 디아린은 가장 가까운 모델로 더블렌 남작을 선택했다. 왜냐하면 그녀가 아는 한 가장 재수 없게 미소를 머금고 비수를 꽂는 게 더블렌 남작이기 때문이다. 수도 귀족들에게도 절대 밀리지 않았다.

연갈색 머리카락의 예비 황자비는 딱 그런 표정을 유지하고 말했다.

"의례적인 호칭일 뿐이나, 이 성의 사용인들은 전부 저를 비 저하라고 부르지요. 얼마 전 토벌에 참여하였던 이너럴 룬이 저를 그렇게 호칭하셨기 때문이니 개의치 마시기를."

'……이너럴 룬이?'

벨루드 백작도 당연히 그 이름을 알고 있었다. 사계탑 소속 6계급 마법사. 이너럴이라는 인물 자체도 대단했지만, 사계탑은 수도의 난다 긴다 하는 귀족들도 함부로 대할 수 없는 힘을 가지고 있었다. 디아린의 말은 사계탑의 뜻이 그러하다는 소리처럼 들렸다. 그렇게 들리라고 의도한 말이었다.

예상대로 벨루드 백작은 바로 한 발을 뺐다.

"제 말은 그저 염려일 뿐이니, 부디 오해하지 않으셨기를."

디아린은 "물론입니다."라고 친절히 대답했다.

살얼음판이라고 해도, 완전히 깨지지 않는 한은 여전히 침몰하지 않은 얼음 위일 뿐이다. 먼저 중심을 잃고 빠져드는 이가 패배한다. 벨루드 백작과의 대화는 꼭 그런 분위기였다.

"한창때의 아름다운 영애님을 보고 있자니, 제 어릴 적이 생각나는군요. 저도 갓 스물이 지날 때까지만 해도 열렬한 사랑을 했답니다."

'열렬한 사랑? 누가?'

회색 얼음 같은 벨루드 백작과는 정말 어울리지 않는 단어였다. 벨루드 백작이 디아린의 속내를 읽은 듯 작게 미소를 지었다.

"별로 어울리지 않는다는 표정을 짓고 계시는군요."

"어머. 실례했네요."

"아닙니다. 그간 이 말을 듣는 이들은 거의 대부분 그런 반응을 보였으니 익숙하죠. 괜찮습니다. 어쨌든, 제 사랑의 상대는 동갑내기 소꿉친구였죠. 비록 벨루드 영지에서였지만, 수도에서도 뒤지지 않을 빼어난 외모를 가지고 있었습니다."

정말로 추억을 되짚는 듯 말하던 벨루드 백작이 등받이에 등을 기댔다.

"하지만 신분이 좋지 못한 게 흠이었답니다. 몰락한 남작 가문의 소생이었죠.

아버지—그러니까 선대 벨루드 백작께서는 그를 용납하지 못했어요. 제 마음을 돌리기 위해 좋은 혼처를 매일 가져다주셨죠. 그중 최고가 선대 켈스튜더 공작가의 둘째 아드님이었답니다."

벨루드 백작이 미소를 지었다.

"그래서 제가 어떻게 했을까요?"

"글쎄요."

"공작가 아드님과 혼인하는 쪽으로 결정을 내렸답니다."

"첫사랑을 별로 사랑하진 않으셨나 보네요."

"설마요. 아주 열렬히 사랑했답니다. 하지만, 결국 푸른 피는 더 높은 쪽을 택하는 게 현실이자 순리라. 하물며 저희보다 고귀한 피는 더욱 그렇지 않겠습니까?"

귀족보다 더 고귀한 피.

용혈. 오드 아 키르의 황족.

결국 벨루드 백작의 말은 그 뜻이었다. 켈스튜더 공작의 따님과 에제트 아스페르크 키르헨. 그 두 사람이 맺어지는 것이 현실이고 순리라고.

하긴, 남들 듣기엔 에제트가 사랑에 빠져, 혹은 옛정을 잊지 못해 디아린을 북문석 영지로 데려가 버렸다는 소문이 파다했으니까. 그렇게 오해할 만도 했다.

벨루드 백작이 가볍게 손짓을 했다.

"오랜 추억 팔이는 여기까지 하고 이제 제가 준비한 선물을 보실까요."

백작의 보좌관이 신호를 보내자, 세 명의 하인이 대단히 무거워 보이는 궤짝을 들고 왔다. 디아린의 바로 앞에 내려놓은 궤짝을 열자, 샤이가 저도 모르게 숨을 들이켰다.

"헉."

흘러내리는 진주 목걸이, 황금 잔, 루비, 사파이어, 다이아몬드. 엄청난 양의 금화.

"이건 격식일 뿐이고, 진짜 선물은 이쪽에 있지요. 제이미?"

벨루드 백작의 호명에 보좌관이, 아니 보좌관처럼 서 있던 남자가 바로 디아린 앞으로 가서 망설임도 없이 무릎을 꿇었다.

"인사드려라."

"귀한 분께 인사 올립니다. 디아린 콘클이스터 영애님."

그제야 이 남자의 얼굴을 제대로 본 디아린이 당황했다. 미소를 지은 남자가 두 눈이 휘둥그레질 만큼 아름다운 용모를 가지고 있었던 탓이다.

"그대."

벨루드 백작은 여유롭게 샤이에게 턱짓을 했다.

"그대 눈엔 이 청년이 어때 보이지?"

"……모, 몹시 아름답습니다."

"좀 더 자세히 평가해 보게. 누구와 닮은 것 같지 않나?"

백작의 말에 샤이의 얼굴이 하얗게 변했다. 샤이가 차마 말을 잇지 못하자, 디아린은 이상한 기분으로 그녀를 돌아보려고 했다. 벨루드 백작이 먼저 선수를 쳤다.

"저런, 얼어서 말을 못 하는군요. 아주 깍듯한 아이에요. 제가 대신 말씀드리죠. 황금색 눈동자, 새까만 머리카락……. 아마 영애도 이 정도는 알고 계시겠지요. 눈동자와 머리는 보인다고 들었습니다."

그야 알고 있다. 뿌연 안개 속 유일하게 보이는 것들이라 더욱 잘 알았다. 디아린은 이쯤에서 감을 잡았다. 다시 말해 이 남자.

'……에제트와 닮았다는 소리구나.'

"8황자 저하보단 조금 뒤떨어지지만, 꽤 닮은 외양이지요. 좀 더 벗겨볼까요?"

디아린은 홀린 듯 '제이미'라는 남자를 돌아보았다.

"……."

까만 머리카락. 황금색보다는 레몬색이라는 명칭이 더 정확하지만, 어찌

되었든 노란빛이 도는 눈동자. 균형이 잘 잡힌 아름다운 이목구비. 새콤한 야생 꿀을 품은 듯 녹진녹진한 눈빛.

길을 걷다가 마주친 사람들 중 절반은 다시 한번 뒤를 돌아볼 것 같은 미려한 외모였다.

"제가 준비한 이 미청년과, 또 한껏 얹어 드릴 보화를 생각해 보세요. 영애님."

벨루드 백작이 유혹하듯 속삭였다.

"서로 좋게 좋게 끝내면 좋은 게 아닐까요? 켈스튜더 공작님도 흡족해하실 겁니다. 뒤탈 없이 마무리 지을 수 있게 모든 걸 성심성의껏 준비해 드리겠습니다. 원하신다면 벨루드의 이름으로 계약서도 쓸 수 있습니다. 디아린 콘클이스터 영애님."

디아린은 대답 없이 깃털 부채를 살랑거리다가, 엄지 끝으로 청년의 턱을 느릿느릿 덧그려 보기 시작했다. 꿀이라도 발라 놓은 듯, 그녀는 청년의 얼굴에서 도통 눈을 떼지 못했다. 벨루드 백작의 미소가 깊어질 무렵이었다.

디아린이 손을 뗐다. 그리고 들고 있던 깃털 부채를 탁 접었다. 살랑이던 부채 끝이 청년의 턱을 들어 올렸다. 그가 약하게 미소를 머금자 금세 달콤한 느낌이 흘렀다. 기묘한 분위기에 샤이는 꿀꺽 마른침을 삼켰다. 디아린은 아무 말도 하지 않고 청년을 가만히 살펴보았다.

무심하게 바라보는 미인과 그녀에게 붙잡힌 듯한 미청년.

'명화로 남겨 두어도 좋겠군.'

구도며 뭐며 빠질 것 없이 멋진 그림이다. 벨루드 백작이 사감을 버리고 생각해도 그렇게 느껴질 정도였다.

"벨루드 백작."

청년의 턱을 내려놓은 디아린이 벨루드 백작을 바라보았다.

"아쉽지만 거래를 제시하려면 조건을 제대로 맞춰 주셨어야죠."

순간 벨루드 백작의 미소에 금이 갔다.

"특별히 준비하신 미청년이라지만, 제 눈엔 너무 모자랍니다. 마음이 조금도 동하질 않네요."

"……."

예상치 못한 말에 청년의 뺨이 수치심으로 붉게 달아올랐다. 테두리 짙은 레몬빛 눈동자에 눈물이 아른거리자, 확실히 시선을 잡아끌었다. 하지만 청년을 내려다보는 디아린의 눈빛은 무심하기만 했다.

"영애님의 안목에 부족한 아이를 데려왔군요."

벨루드 백작이 싸늘한 미소와 함께 손을 가볍게 까딱였다. 그녀의 뒤에 서 있던 보좌관 두 명이 청년을 데리고 나갔다.

분위기가 완전히 가라앉았다. 침묵을 한참 흘려보낸 후에야 백작이 다시 입을 열었다.

"콘클이스터 영애님."

"네."

"원래 취향이란 건 천차만별이라. 남들 눈엔 절세미인도 내 눈엔 그저 그런 꽃으로 뿐일 수도 있죠. 영애님이 말씀만 해 주신다면 더한 미청년을 대령할 수도 있답니다. 아니면 재물에 좀 더 흥미가 있으십니까?"

"글쎄요."

디아린은 접은 부채 끝으로 손등을 가볍게 톡톡 두드리며 말했다.

"지금 당장 말씀드릴 수 있는 건, 이 혼약자의 자리가 이렇게까지 할 정도로 비싼 자리라는 걸 새삼 느꼈다고 할까요? 아시다시피 제가 몸이 좋지 않아 계속 요양만 했었죠. 수도 사교계는 거의 참석하질 못했잖아요."

본능적으로 무언가 어긋남을 느낀 벨루드 백작이 눈을 가늘게 떴다.

"그 말씀은?"

"제가 가진 게 귀한 자리임을 톡톡히 깨달았으니, 좀 더 가지고 있어 보려고 합니다. 독점이 길어질수록 값어치가 상승하는 건 기본적인 상식이니까요."

"이럴 수가."

벨루드 백작이 부드럽게 웃었다. 하지만 눈빛만은 싸늘했다.

"제가 의도치 않게 영애님에게 좋은 가르침을 드린 것 같군요."

"네. 덕분에 좋은 가르침을 받았습니다."

다정하게 대답한 디아린이 차를 권했다. 벨루드 백작은 미소로 답하며 우아하게 찻잔을 기울였다. 백작의 얼음장 같은 눈빛만 아니었다면, 이 자리가 마치 친애의 장이라 착각할 법할 정도였다.

먼저 찻잔을 내려놓은 건 디아린이었다.

"하여, 지고하신 오드 아 키르 황제 폐하의 포상은 영광스레 받았습니다. 아까 백작이 말씀하셨다시피 나는 아직 혼약자에 불과해 이 성에 대한 권한이 전혀 없으니, 묵고 가라는 허락은 드리지 못하겠네요."

벨루드 백작의 차가운 미소는 견고했다. 먼저 디아린을 '황자비 저하'라고 부르지 않은 건 자신이 맞다. 귀족은 한 입으로 두말할 수가 없었다. 가문의 고귀함을 훼손시키고 싶은 게 아니라면.

"영애님의 뜻이 그러시다면 더 어두워지기 전에 출발해야겠군요."

"배웅은 멀리 가지 않겠습니다."

"그럼 이만 떠나 보겠습니다. 오늘 있었던 일은 비밀에 붙여 주시겠습니까? 동향 출신으로서 드리는 부탁입니다."

"동향 출신으로서요?"

"예."

디아린은 남부 귀족들에게 전해 내려오는 오래된 격언을 떠올렸다.

"남부의 명예는 한낮의 태양처럼 언제나 올곧죠."

"고맙군요. 영애님."

벨루드 백작은 냉기 어린 여유로움을 끝까지 보여 주며 떠났다. 그녀가 떠난 후에야 디아린은 헛웃음을 지었다.

"진짜 내공이 다르네……."

"아가씨."

그때 샤이가 말을 걸었다. 샤이는 잔뜩 열이 받은 표정이었다.

"왜 그래요?"

"아무리 세력 대단한 백작님이라지만, 아가씨에게 너무 무례해요. 고작 남자 한 명으로 아가씨를 유혹하려고 하다니요! 열 명 정도도 아니고요! 아가씨를 뭐로 보는 건지!"

"네? 어, 네……."

'열 명이면 안 무례하다는 건가?'

디아린이 고개를 갸웃했다. 샤이는 두 주먹을 쥐고 말했다.

"당장이라도 더블렌 남작님한테 이번 일을 전부 다 말씀드려 버리고 싶어요!"

"좋아요. 그렇게 해요."

파르르 떨던 샤이가 "응?" 하면서 되물었다.

"네?"

"말하자고요. 더블렌 남작한테."

"정말요?"

샤이는 얼떨떨한 표정이었다.

"하지만 아까 벨루드 백작님이 남부 귀족들끼리 비밀로 묻어 달라고……."

"무슨 상관이에요. 난 이제 남부 귀족도 아닌데."

그딴 한 줌 명예는 콘클이스터 영지가 폐쇄되면서 함께 묻힌 지 오래다. 게다가 이런 일 겪어 놓고 혼자 알고 있을 생각 따위 전혀 없었다. 그런 게 현명하다고? 디아린은 그딴 현명함 필요 없었다. 애초부터 더블렌 남작에게 상세히 말해 줄 생각이기도 했고.

하나도 빠짐없이, 전·부·다.

샤이는 안도하는 한편, 조심스럽게 말했다.

"사실 저는 아가씨가 집사님에게 말씀 안 하실 거라고 생각했거든요.

아가씨는 다정한 성격이시니까, 제가 걱정이 많았어요. 혼자 묵혀 두실 것 같아서요."

'다정하다고?'

문득 떠오르는 기억이 있었다.

'반다는 아닌데, 그 애는 왜 그렇게 차가운지 모르겠어. 봄바람처럼 따뜻하고 다정한 성격은 '흰 사슴의 아이'라면 반드시 갖고 태어나는 성향 아니던가?'

'그래. 그러니까 다들 뒤에서 말이 많지.'

디아린은 고개를 가볍게 흔든 다음 웃어 보였다.

"다정하게 보인다니 기쁘네요. 고마워요, 샤이 양."

"네? 고맙다고 말씀하실 필요까진 없으신데……."

"그냥 이것저것 챙겨 줘서 고맙다고요."

"아니에요. 제 일인걸요."

부드럽게 미소 짓는 샤이를 보며 디아린도 웃었다.

이번 생에선 그런 말들을 듣지 않고 살 수 있을까. 존재 자체를 부인하는 말들. 싸늘한 본성을 누르고 끝까지 다정함을 연기하는 게 그 이유인데.

"샤이 양, 차가 식었네요. 다시 데워 주겠어요?"

홀로 남은 퇴창에서 디아린은 작은 종이를 꺼냈다. 전서구의 다리에 매달아 보내는 용도의 종이였다.

〈어디다 보내려고?〉

로르의 물음에 디아린이 간단하게 대답했다.

"나는 내 적들끼리 싸우는 게 재밌더라고."

〈적들끼리요?〉

〈적들끼리?〉

"응."

올과 로르가 나란히 관심을 보였다. 디아린이 아주 가느다란 펜을 꺼냈다.

* * *

"이런 식으로 곧장 뒤통수를 맞을 줄은 몰랐는데."

벨루드 백작이 싸한 눈으로 말했다.

그녀는 눈앞의 남자를 차갑게 보았다. 온통 새까만 갑옷을 입고 있는 그는 콘클 공작의 수하인 흑기사였다.

몇 백 년 전에는 세력을 유지하기 위한 그림자들의 활동이 활발했다고 한다. 콘클의 그림자 역시 그랬으나, 아키르의 황권이 점차 강해지면서 고위 귀족들의 그림자들도 이제는 양지로 나와 수족으로 활동했다.

"파벤 경."

흑기사 중에서도 가장 지위가 높은 남자였다.

"오랜만에 인사드립니다. 벨루드 백작님."

"이게 인사라. 우아한 표현이군."

현재 벨루드 백작의 일행은 발이 묶여 있었다. 정확히는 크림슨 성문 바로 앞에서 출입을 못 하고 멈춰 있는 상태였다. 성문을 열어 달라고 했지만 30분째 소식이 없었다.

크림슨 성. 거대한 호반 위의 성으로, 북문석 성을 지나 수도로 가려면 거쳐야 하는 성 중 하나였다. 이 성에서 묵지 못하면 노숙을 하거나 아예 산맥을 넘어 다음 마을을 찾아야 했다. 하지만 지금은 비가 내리는 밤이었고, 이런 날 산맥을 넘는 건 자살 행위였다. 언제 검은 안개가 피어오를지도 모르니까.

'크림슨 영주는 콘클 공작과 연이 깊다곤 하지만.'

어떻게 바로 콘클의 수하가 나타나서, 크림슨 영지의 성문을 열어 주지 않게 되었을까? 답은 뻔했다. 콘클이스터 그 방계 여자가 그대로 일러바친 것이다.

"개인적으로는 디아린 콘클이스터 영애에게 실망스럽군. 그녀는 분명 남부의 명예로 우리의 비밀을 엄수해 주겠다고 하였는데 말이지."

검은 갑옷을 입은 파벤이 웃으면서 대꾸했다.

"남부의 명예를 운운하려면, 콘클이스터 영지가 폐쇄될 때 말이라도 보태주셨어야죠."

"……."

"하긴 그러실 필요는 없었겠죠. 콘클이스터 영지는 비옥하지만 작은 영지에 불과했으니까."

벨루드 백작은 말없이 파벤을 노려보았다. 능글능글하게 미소를 짓고 있는 그를 보며 말했다.

"콘클 공작님이 방계 영애를 이렇게 아끼시는 줄은 몰랐군."

"방계라고 다 같은 방계는 아니니까요. 콘클의 성이 붙은 방계는 몇 되지 않습니다. 일단은 콘클 공작님의 양녀이기도 하고요."

"어찌 됐든 근본이 시골 영주의 딸이었다는 점은 변하질 않지."

"8황자 저하의 현 혼약자라는 점도 변하지 않고요."

"그걸 따지러 온 건가?"

"경고하러 온 겁니다."

"경고?"

웃고 있던 파벤의 눈이 순식간에 차갑게 변했다.

"콘클이 벨루드의 사업에 투자했던 자금은 오늘부로 전부 회수하도록 하겠습니다. 벨루드 백작님."

"하."

정말 단단히 잘못 건드렸군.

벨루드 백작은 그렇게 짓씹듯이 생각했다.

"이 정도는 각오했으니 감히 수작 부릴 생각을 했겠지요. 오히려 콘클 공작님이 많이 봐주신 겁니다."

"……."

파벤이 싸늘하게 비소를 지었다.

"그리고 하나 더 저희에게 넘기고 가셔야겠습니다."

"뜯어 갈 게 또 남았나?"

"듣기로는 8황자 저하와 닮은 미청년이 있다고요. 이름이 제이미라고 했던가요?"

벨루드 백작이 입가가 비틀렸다.

"경. 나도 공작님께 한 말씀 전해 주겠나?"

"말씀하시죠."

"공작님은 콘클이스터 영애의 진심에 대해선 의심할 필요도 없으시겠어. 그런 사소한 것까지 일러바쳤을 거라곤 상상도 못 했거든."

"그 말씀은 전해 드리겠습니다."

벨루드 백작이 불쾌한 표정으로 거칠게 손짓했다.

"데리고 나와라!"

"예!"

보좌관들이 제이미를 데리고 나왔다. 제이미는 덜덜 떨며 외쳤다.

"백작님? 백작님!"

"몸값은 확실히 계산해 보내 드리겠습니다. 백작님."

"배, 백작님!"

제이미가 비명을 지르며 흑기사들의 손에 끌려가고, 파벤이 정중하게 허리를 숙였다. 내내 차가운 표정이던 벨루드 백작의 목소리가 툭 떨어졌다.

"파벤 경."

"예."

"아그란 콘클 공자께서는 잘 계시나?"

파벤의 표정이 티 나지 않게 굳어졌다.

"……공자님의 안부는 갑자기 왜 물으시는지요?"

"출중한 소공작이었는데 사고를 당하고 안타깝게 되셨지. 남부 방계 영지에도 자주 들르셨으니 나도 어느 정도 알고 있어서 말이야."

안타깝다는 내용과는 달리 벨루드 백작은 웃고 있었다.

"내 마음이 좋질 않아서 물었네. 나보다야 콘클 공작님이 더 마음을 쓰고 계시겠지만."

"물론이지요."

다시 고개를 든 파벤은 처음처럼 웃는 낯으로 말했다.

"참. 제가 듣기로는 모레 8황자 저하께서 이쪽 길로 지나가실 예정이라고 합니다. 사계탑이 8황자 저하께 몹시도 우호적이라고 하였지요. 게이트를 빨리 영지에 건설하고 싶은 영주라면, 일단 8황자 저하께 잘 보여야 할 텐데……."

"물론. 8황자 저하의 업적에 대해선 나도 잘 알고 있네."

게이트의 필수 구성품인 요석의 가격은 열 배를 훌쩍 넘은 지 오래였다.

"8황자 저하의 심기를 거스르는 건 피하시는 게 좋겠지요, 벨루드 백작님."

불쾌하지만, 틀린 말은 아니었다. 벨루드 백작은 여로를 급히 수정해야겠다고 생각하며 겉으론 내색 않고 차갑게 웃었다.

"충고 고맙네."

* * *

"왜 웃으세요, 아가씨?"

"그냥 기분이 좋아서요."

샤이가 고개를 갸웃했다.

〈적들끼리 잘 싸우게 돼서 그런 거겠지.〉

로르가 정답을 말했다. 디아린은 그저 룰루랄라 웃기만 했다.

그때 더블렌 남작이 노크를 하고 들어왔다.

"영애님."

"더블렌 남작?"

"목걸이 해체가 다 되어서 가지고 왔습니다. 참고로 바로 영애님이라고 호칭을 변경하는 이유는 일단은 이것이 호칭 선용의 원칙이기 때문입니다."

"……누가 뭐라고 했어요?"

"궁금해하실 것 같아 미리 설명 드린 것뿐입니다."

딱딱하게 말하는 더블렌 남작의 표정은 평소와 똑같다.

디아린은 키득키득 웃으면서 작은 상자 안에 차곡차곡 쌓인 다이아를 확인했다. 이 다이아몬드들은, 며칠 전만 해도 큼지막한 목걸이였다. 황제가 포상으로 내린 것 중 디아린의 몫이었다.

"자, 샤이 양? 이건 샤이 양 선물이고."

"네? 다이아몬드를요?"

"포상이에요, 포상."

다이아몬드를 몇 알 떼어 받은 샤이가 눈을 깜빡거렸다. 빙긋 웃은 디아린이 다이아 한 줌을 덜어 더블렌 남작에게 내밀었다.

"자."

"필요 없습니다."

"성 내정에 보태 써요."

더블렌 남작이 차갑게 거절했다.

"북문석 성의 내정은 지금도 충분합니다만."

디아린의 눈꼬리가 세모가 되었다.

"그럼 사용인들한테 연말 선물이라도 준비해 주면 되잖아요. 빨리 받아요. 안 받아요?"

"……그건 괜찮겠군요. 아니, 아주 좋은 방법이겠습니다."

예산 문제가 완벽히 해결되고 성 살림살이가 확연히 나아지면서, 기존의 출퇴근 사용인들을 전속 사용인들로 교체하고 있었다. 전속 사용인들은 봉급은 좀 더 비싸지만, 비밀 유지나 충성심, 소속감 등에서 훨씬 좋았다.

"영애님이 특별히 내리신 거라고 하겠습니다."

"좋아. 그 말 꼭 강조해요."

디아린은 남은 다이아몬드를 상자에 쓸어 담았다. 그런 다음 안락한 쿠션에 등을 기댔다. 고개를 돌리면 바로 넓은 창문이 보이는 멋진 퇴창이었다.

"영애님은 이곳이 참 마음에 드시나 보군요. 2년 전에도 이곳에 밀가루 반죽처럼 눌러앉아 책만 읽으셨죠."

"맞아요. 여기가 좋아요."

디아린은 찻잔에 차를 따르며 여상한 목소리로 말했다.

"콘클이스터 성에도 이런 게 있었거든요."

"……."

순간 더블렌 남작은 눈치를 살폈다. 샤이는 디아린을 안쓰러운 눈으로 보았다. 콘클이스터 영지가 어떻게 되었는지 모르는 사람은 적어도 이 자리엔 없다.

더블렌 남작은 헛기침을 하며 화제를 돌렸다.

"영애님, 마법 배우십니까?"

"네. 간단한 보호 마법은 알아야 할 것 같아서요."

낮은 테이블 위에는 종이가 어지럽게 놓여 있었다. 비교적 저렴한 가격의, 질도 그만큼 떨어지는 거칠거칠한 종이였지만 쌓아 놓고 사용하긴 좋았다. 그 위로 마법진 스케치가 한 가득이었다.

"딜리스 룬이 알려 주는 겁니까?"

"네."

"어쩐지 요즘 자주 오시더군요."

"더블렌 남작. 말이 나온 김에, 딜리스 룬한테 본성에 그만 좀 오라고 말 좀 해 주면 안 돼요?"

'정말 이러다가 방에서 시체 치울 것 같단 말이야.'

"확실히 그렇게 다친 몸으로 계속 왔다 갔다 하다간 문제가 생기겠죠. 제가 딜리스 룬에게 일러 놓겠습니다."

그렇게 말하며 더블렌 남작이 스케치들을 보았다.

'복잡하군.'

일반인인 자신의 눈엔 전혀 해독이 되지 않았다. 하지만 마법은 원래 어려우니까. 그렇게 납득했다.

그러나 사실, 이 마법진은 딜리스도 알아보지 못한 것이었다. 당연했다. 딜리스가 아무리 성취가 뛰어난 마법사여도, 이건 차원이 다른 마법이었으니까.

웬만한 상급 마법사들조차 어지러워할 정도로 굉장히 어려운 마법.

신수의 소환 해제 의식.

로르만을 역각인시키는 바로 그 마법이었다.

디아린은 마법진 스케치를 훑어보았다.

'최소 손실 부위가 왼팔.'

이마저도 많이 수정한 것이다. 처음에는 아예 왼쪽 육신 절반이 녹아 없어지는 결과가 도출됐었다. 줄이고 줄여서 이 정도였다.

'왼쪽의 무언가는 확실히 포기해야겠네.'

없어져도 가장 덜 아픈 곳은 어디일까?

디아린은 스케치에다가 몇 가지 메모를 한 다음, 잘 접어 갈무리한 후 다시 책으로 시선을 옮겼다.

* * *

책에 그림자가 드리워진 건 한참 후였다. 아마도 더블렌 남작이 차를 데워 다시 가져온 모양이다. 디아린은 성의 없이 손을 내밀었다가 딱 붙잡혔다.

"……?"

차가운 감촉. 딱딱하게 느껴지는 손. 디아린은 고개를 들어 올렸다가 깜짝 놀랐다.

"에제트? 언제 도착한 거야?"

그가 자신을 내려다보면서 대답했다.

"방금 전에 도착했습니다."

"방금 전에? 아무 말도 못 들었는데."

디아린은 그렇게 말하며 에제트에게 붙잡혀 있는 손을 슬슬 끌어 내렸다. 에제트는 쉽게 디아린의 손을 놓아주었다.

"아. 여기 앉았다가 갈래?"

"사양하지 않겠습니다."

"사양할 줄 알았는데."

장난스럽게 웃은 디아린이 자리 한쪽을 양보했다. 에제트가 옆에 앉자, 차가운 바람 냄새가 났다.

디아린은 빙글빙글 말고 있던 털 담요를 에제트의 무릎에도 나눠 덮어 주었다. 겹겹이 쌓였던 냉기 위에 내려앉는 온기. 혼자 앉기엔 넉넉한 자리. 둘이 앉으면 딱 맞는 자리. 디아린은 테이블에 펼쳐져 있던 마법진 스케치를 자연스레 정리하는 척하며 뒤집어 버렸다.

'알아볼 리는 없지만.'

에제트는 수문석 지하에서도 시력을 잃지 않았다고 했었지. 만약 에제트가 실은 8계급 최상위 마법사고 그 실력을 숨기고 있었다면 자신을 알아볼 수도 있었지만, 기사와 마법사는 마력을 다루는 방식이 아예 달랐다. 공존할 수가 없었다.

에제트가 퇴창 창문을 보며 입을 열었다.

"유리가 바뀌었군요."

"응. 두꺼운 유리로 갈아 끼웠대. 더블렌 남작이."

디아린이 토벌에 따라 간 사이 더블렌 남작은 성의 디테일한 부분을 여기저기 손보았다.

'그러고 보니 내가 자주 머무는 곳들 위주로 고친 것 같은데.'

생각하던 디아린은 약간 의아해졌다.

"어떻게 바로 알아보네?"

창문은 별로 티도 안 나는데.

"유리창 색이 약간 달라 보이더군요."

"그런 게 보여?"

"대충은요."

"역시 황족의 시력은 남다르구나."

그 말에 에제트가 조금 웃었다.

글쎄, 단순히 시력 때문은 아니었다.

함몰된 서북문석 지하에서 2년 만에 살아 돌아온 후. 에제트는 황명으로 수도로 귀환하게 됐다. 그때 에제트는 너무 많은 마물의 피를 뒤집어쓴 상태였다. 황자의 정복이 북문석 성에 있다는 핑계로, 북문석 성에 잠시 들를 수 있었다. 돌처럼 굳거나 기절하거나 오열하는 이들을 적당히 제치고, 에제트는 이 퇴창에 들렀었다.

변한 게 없었다.

발코니처럼 바깥으로 툭 튀어나간 커다란 유리창. 소파인 양 푹신하게 깔아 놓은 자리. 색깔이 다른 여러 개의 쿠션. 유리창 바로 옆 벽면에 마련된 책꽂이들.

'디아린 콘클이스터는 진작 콘클 공작저로 돌아갔습니다.'

'저하께서 실종되었다는 그 말을 듣자마자요.'

에제트는 몸에 흐르는 용혈 덕인지, 평범한 이들보다 더위나 추위에 훨씬 무감했다. 하지만 그때 다시 들렀던 퇴창은 새삼 싸늘했다. 이렇게 찬 바람이 많이 들어오는 줄 그전에는 미처 몰랐다.

어쩌면 더블렌 남작도, 오고 가던 사용인들도 잘 몰랐을 것이다. 그들은 전부 북쪽 태생이니까. 남쪽에서 나고 자란 사람에게 이곳은 추웠을 텐데. 분명히.

지금은, 조금의 외풍도 느껴지지 않는다. 에제트는 유리창에서 시선을 떼고 말했다.

"켈스튜더 공작의 사업에 타격이 생겼다더군요."

"켈스튜더 공작이? 벨루드 백작이 아니고?"

"공작이 백작의 차명으로 시작한 사업이었다고 들었습니다."

"아하. 수습하느라 바쁘겠네."

"그렇지요. 콘클만 한 자금줄을 찾긴 힘들 테니까요."

'역시 돈 앞에선 자존심도……?'

디아린은 고개를 끄덕였다. 어쨌든 당분간은 사업을 수습하느라 디아린에게 수를 쓸 여유가 없을 것이다. 좀 편하겠다고 생각하며, 디아린은 입을 열었다.

"에제트."

"예."

"얼굴 한 번 만져 봐도 될까?"

"얼굴이요?"

"응. 그게."

디아린의 손이 에제트의 뺨에 가볍게 얹혔다. 그의 눈동자가 제 뺨 위에 닿은 온기 쪽으로 움직였다.

"이렇게 비교해 보려고 기억해 놓고 있었거든."

"벨루드 백작이 데려왔다던 그 남자와요?"

"응."

그래서 일부러 그 청년의 얼굴을 천천히 만져 본 것이다. 에제트와 닮았다는 벨루드 백작의 말에 정말 궁금했으니까.

"닮은 것 같습니까?"

"음……. 글쎄. 많이는 아니지만 어느 정도는?"

디아린은 손끝으로 에제트의 뺨, 턱을 그러쥐었다.

"그런데 네가 더 잘생겼을 것 같아."

솔직한 감상평을 들은 에제트가 저도 모르게 웃었다. 디아린까지 확연히 알 수 있는 웃음이었다.

'가까이 있으면 더 제대로 알 수 있구나. 표정 변화를.'

새로운 사실을 알았다. 디아린은 신기한 기분으로 손을 거뒀다. 안개를 도려내 붙인 듯 제대로 보이지 않는 얼굴인데, 정작 만지면 사람의 온기가 도는 살갗인 게 희한했다.

"콘클 공작한테 편지를 한 통 더 쓸 거야. 벨루드 백작의 얘기를 좀 더 상세하게 보고해야 할 것 같아서."

충실히 보고를 하면 콘클 공작도 의심을 안 할 테니까.

"보낼 편지는 미리 보여 줄게. 혹시 의심스러우면 먼저 확인해도 돼."

에제트는 디아린을 응시하다가 "예." 하고 대답했다. 디아린은 약간 의기소침해졌다. 사실은, 의심은 이제 안 한다고 대답해 주지 않을까 하고 기대했었다.

'어쩔 수 없지.'

신뢰라는 게 원래 쌓으려면 오래 걸리니까. 게다가 따지고 보면 둘 사이에 이만큼 농담이라도 나누는 것도 장족의 발전이었다. 디아린은 당분간 조용히, 맡은 일이나 열심히 해야겠다고 생각했다.

'당장 황위 계승 전쟁이 일어날 것도 아니고.'

현 황제 브루노 9세는 아직도 정정했다. 게다가 브루노 9세는, 황태자가 스스로 목숨을 끊었다는 사실을 대단히 한심하다고 비난하며 부끄러워했다. 죽은 황태자의 생전 정복을 찢어 태우는 폐위제에 참석도 하지 않을 정도였다.

"디아린."

"응."

"흥정은 너무 무리하게 하지 마십시오."

혼약자 자리를 두고 하는 흥정.

"벨루드 얘기야? 아니면 콘클? 켈스튜더?"

"어느 곳이든요."

디아린은 고개를 끄덕였다. 흥정은 재밌다. 하지만 너무 흥정하다 보면, 물건을 안 팔겠다고 선을 그어 버리는 경우도 있다. 다시 말해서.

"뇌물 먹이는 걸 포기하고 치워 버리려고 할 수도 있으니까."

"누구를요?"

"나를."

"감히요?"

되묻는 말에 연보랏빛 눈동자가 멀뚱멀뚱 에제트를 보았다.

"가정일 뿐이야. 난 안 죽을 거야. 약속도 했잖아?"

기간이 정해진 약속.

둘 중에 하나가 먼저 죽는 것도 약속이 깨지는 일이다. 디아린도, 에제트도 그 계약서를 서로 잘 나눠 가지고 있었다. 에제트는 디아린을 물끄러미 바라보다가, 입을 열었다.

"약속은 어기지 않으실 거라고 믿습니다."

그 말에, 디아린이 다시금 에제트를 바라보았다.

잠시간 서로를 마주 본다.

표정조차 읽지 못하는 얼굴임에도, 에제트가 따뜻한 분위기는 아니라는 건 안다. 목소리나, 각 잡힌 태도나. 고귀한 한편 이 북쪽의 설원을 닮아 버린 듯 차갑다. 그렇게 차갑지만, 이전 생의 디아린처럼 인간미 없이 차갑지는 않았다. 정확히 표현은 못 하겠지만 그들은 달랐다.

먼저 고개를 돌려 버린 건 디아린이었다. 그녀는 아무렇지도 않은 목소리로 말했다.

"당연하지. 정 못 믿겠으면 계약서에 문항을 추가해도 돼. 죽지 말라고."

"어기면 어쩌려고요?"

"걱정 마. 지옥에서라도 기어서 돌아올 테니까."

〈푸흡.〉

내내 조용하던 올이 웃음을 터뜨렸다가 바로 정색했다.

〈아, 아니에요. 숨 잘못 삼킨 거예요. 신경 쓰지 말고 대화하세요.〉

"……."

영혼이 무슨 숨을 쉬어?

디아린이 떨떠름하게 있자 에제트가 물었다.

"왜 그러십니까?"

"아냐, 그냥. 그런데 계약서 조정하는 대가 비싼 거 아시죠, 황자 저하? 나중에 내 부탁 하나 들어줘야 해."

〈역시 훌륭한 기회주의자군. 용혈을 달라고 하면 되겠어.〉

로르가 디아린의 속셈을 정확히 읽었다. 그녀는 내색치 않고 말했다.

"딱 하나만 들어줘. 아, 지금 당장은 말고."

"그러죠."

너무 선선한 대답에, 디아린이 오히려 고개를 갸웃했다.

"어떤 건지 안 물어봐?"

"절 곤란하게 할 부탁은 하지 않을 테니까요."

"날 너무 믿는 거 아냐? 나 원하는 거 커."

디아린이 의미심장하게 말했다. 에제트가 "뭘 원하는데요?"라고 묻자, 디아린은 "다이아몬드 광산." 하고 대답하며 웃었다. 그녀는 그대로 세운 무릎 위에 한쪽 팔을 올렸다. 손으로 턱을 가볍게 괴자, 도톰한 담요가 조금 쓸려 갔다.

* * *

"참, 에제트. 오늘 새벽에 에브게니아 호수가 얼었대."

에브게니아 호수는 북문석 호수의 이름이다. 몇백 년 전, 가장 첫 번째로 북문석을 수호했던 황녀 에브게니아 랜베리 키르헨의 이름을 딴 것이다.

오랜 관례대로 호수가 언 날로부터 열흘 안에, 영지의 귀족들이 인사를 올리러 찾아온다. 사실 이 며칠이 아니면 북문석 성에서는 사교 파티를 잘 주최하지 않는다. 수문석성의 황족은 말 그대로 수호자일 뿐, 영주가 아니었기 때문이다.

"아흐레 날에 할까 하는데 어때?"

"괜찮네요. 저는 좋습니다."

"그래, 그럼 그 날로 할게."

작은 연회며, '기사의 밤'이라고 불리는 야회도 하나 더 준비해야 한다.

겨울 초입은 굉장히 바쁘겠지만, 일을 잘 해서 북문석의 환심을 사는 것도 좋을 터. 디아린은 의욕에 차 아주 꼼꼼하게 명단을 확인했다. 그런 다음 에제트에게 초청 귀족 명단을 보여 주었다. 이런 걸 준비해 보는 건 이번이 처음이어서, 한 명도 빠지지 않게 하느라 많이 신경 썼다.

"이렇게 초대할까 하는데 혹시 수정할 부분 있어?"

에제트는 명단을 가볍게 훑어 본 후 말했다.

"이샹스 백작 부인만 빼 주십시오."

"이샹스 백작 부인? 응."

디아린이 이샹스 백작 부인의 이름에 슥슥 줄을 치며 물었다.

"그럼 이샹스 백작은?"

"그는 괜찮습니다."

"알겠어. 백작 부인은 건강이 안 좋은가 봐?"

고개를 갸웃하는 디아린에게 에제트가 간단하게 대답했다.

"아뇨. 제가 어릴 때 그녀가 몰래 미약을 먹인 적이 있어서요."

"……?"

미약? 어릴 때? 어릴 때인데 미약? 디아린은 본인이 뭔가 잘못 들었나 싶었다.

"미약을?"

"예. 백포도주에 미약을 타서 제게 주었습니다. 귀한 거라고 해서 그냥 마셨고요."

쉽게 말 못 할 이야기를 하면서도, 에제트의 목소리는 평소와 똑같았다. 외려 디아린만 어안이 벙벙해졌다.

"몇 살 때?"

"열두 살 때요."

'미친 거 아냐?'

디아린이 숨을 내쉬었다.

"왜 먹였다는데?"

설마 이샹스 백작 부인이 에제트를……?

다행이라고 해야 할지 그런 건 아니었다.

"자신의 조카딸을 황자비로 만들고 싶었다고 들었습니다."

디아린이 이마를 찌푸렸다. 고전이긴 해도 이런 추잡한 짓이 예전에는 알음 알음 있긴 했었다.

"남들 눈을 피해 먹이려다 보니 계획이 어그러져서, 어쩌다 보니 저 혼자 먹고 북문석 숲에 들어가게 됐지요. 마침 그 날이 기사의 밤이라 숲을 지키는 인력이 적었거든요."

"세상에……."

멍하니 눈만 깜빡이는 디아린에게 에제트가 말을 덧붙였다.

"저는 그 날 이후로 백작 부인을 보지 않겠다고 했기 때문에 심문 결과만 들었습니다."

"……안 다쳤어?"

"다치진 않았습니다. 백작 부인이 미약을 너무 많이 넣어서, 얼마간 앓긴 했었죠."

그때 에제트는 무려 한 달을 심하게 앓았다. 명확한 목적을 가지고 백작 부인이 들이부은 미약은 지나치게 양이 과했다. 막 아이 시기를 지나고 있는 소년의 몸에는 전혀 맞지 않았다. 독을 섭취한 것이나 마찬가지였다.

"왜 근데……, 이샹스 백작 부인이 멀쩡히 살아 있는 거야?"

"이 북문석 성에서 제 유모 역할을 했던 사람이라서요. 3년 정도긴 하지만요."

"유모를 했었다면 같이 지낸 시간이 꽤 됐겠네."

"예. 제가 아홉 살 때부터 머물렀습니다. 3년간 했었지요."

디아린은 말문을 잃었다. 3년이면, 에제트가 아홉 살 때부터 유모 역할을 자처하다가 열두 살이 되니까 본색을 드러낸 거였다. 그녀는 얌전히 그어 놨던 줄 위에 빽빽하게 색을 칠했다.

"연회에서 백포도주 다 뺄게."

"그럴 필요까진 없는데요. 수문석 숲에 들어갈 때만 술을 안 마시는 정도입니다."

"내가 사실 백포도주 싫어해."

"그랬습니까?"

"그랬습니다."

며칠 전만 해도 디아린은 백포도주를 식사에 잘만 곁들여 마셨다. 연회 때 내올 술의 종류를 싹 수정하고서는 다른 싫어하는 음식은 없냐고 묻는 디아린에게, 에제트는 딱히 없다고 대답했다.

"기사의 밤에 꼭 백포도주만 마시란 법은 없으니까."

사실 백포도주를 마시는 게 오랜 관습이긴 했지만 법제화된 것은 아니다.

"샴페인 마시자. 샴페인 좋아하지?"

"샴페인이요?"

"응. 어……."

되묻는 말에 혹시나 해서 디아린이 물었다.

"혹시 싫어해? 아니면 스파클링 와인도 보관실에 있었던 걸로 기억해."

"아니요."

에제트는 디아린을 바라보며 대답했다.

"좋아합니다."

"다행이네. 나도 좋아해."

미소를 지은 디아린은 바로 샴페인이란 글자를 새로 기입했다.

그녀의 우윳빛 이마 위에 가볍게 내려앉은 연갈색 앞머리가 약하게 흔들린다. 에제트의 시선이 그곳에 머문다. 그림자처럼 짙은 검정색이라 언제나 그 자리에 머물 것 같은 제 머리카락과는 달리, 디아린의 머리카락은 색이 옅다.

그래서일까. 에제트는 가끔씩 디아린이 금방이라도 사라질 것 같은 기분이 들었다.

"에제트."

그녀가 종이에 시선을 고정한 채로 그를 불렀다.

"여기도 좀 봐 봐. 이건 어때?"

디아린이 가리키는 부분을 향해, 에제트도 함께 고개를 숙이고 문서를 살폈다.

"괜찮습니다."

"그래? 그럼 이대로 해야지."

둘은 한참 그렇게 기사의 밤을 준비하며 함께 시간을 보냈다. 바깥은 차가운데 그곳은 따뜻하여.

아늑하게 느껴지는, 조용한 오후였다.

chapter 5

시간은 쏜살같이 흘러서 어느새 아흐레 전날.

대규모 신년회나 정기적인 무도회도 열지 않는 수문석성의 특성 상, 그곳 영지의 귀족들이 성의 주인을 공식적으로 만날 수 있는 날은 사실상 이 며칠이 전부였다.

각 수문석 영지에는 두 개의 백작 가문들만이 있는 것에 반해, 수도와 가장 거리가 멀고 광활한 북문석 영지에는 총 네 개의 백작가가 존재했다. 원탁을 지탱하는 네 개의 기둥처럼, 네 개의 가문이 북문석 영지를 받치고 있는 것이다.

드리엄 백작가. 콘라드 백작가. 이샹스 백작가. 그리고 웨즈베타 백작가.

이 중에서 가장 오래 되고 영향력 있는 가문은 드리엄 백작 가문이었다. 가문의 상징인 종려나무처럼, 오래전부터 북문석 영지에 뿌리를 내린 그야 말로 정통 귀족이었다. 제국 수도에서도 후작에 준하는 대접을 받았다.

드리엄 외의 백작 가문들은 세력이나 흥망성쇠에 따라 몇 번씩 바뀐, 말하자면 신흥 귀족에 가까웠다. 물론, 가장 신흥 귀족인 이샹스 백작가조차 그 역사가 100년에 가깝다.

북문석 성은 며칠 전부터 비장했다.

"이번 아흐레 날은 정말 기념비적인 날입니다. 황자비 저하."

엄숙하게 말하는 더블렌 남작을 보며 디아린이 "으." 하고 이마를 찡그렸다.

"남작은 무슨 뱀이에요?"

"뱀이라뇨."

"아니. 어떻게 그렇게 호칭을 뻔뻔하게 잘 바꿔요? 어젯밤까지만 해도 영애님이라더니."

"황족을 모시는 귀족에겐 당연한 소양이지요. 비 저하."

"네, 네."

며칠 동안 많은 귀족들이 내방하니, 디아린은 또다시 황자비 저하로 호칭될 예정이었다. 더블렌 남작은 혼자서 심각하게 말을 이었다.

"그동안 8황자 저하께서 홀로 영지 귀족들의 인사를 받으셨는데, 내일은 드디어 두 분 저하가 함께 자리하게 되었습니다. 정말 감격스럽습니다."

수문석성은 특성상 항상 황족이 거하고 있진 않았다. 비어 있는 경우도 종종 있었다. 그러니 이번 아흐레 날은 몹시 특별했다.

디아린이 있으니까.

예비지만 황자비가 계시니까!

대를 거듭해 북문석 성을 관리해 온 더블렌 남작에겐 이번이 너무도 특별하게 여겨졌다.

"그러니 잘 좀 해 주십시오. 연회 준비할 때처럼만 해 주시면 차고 넘칠 것 같습니다."

"알겠어요."

디아린은 일정을 다시 상기해 보았다.

"내일부터 종일 바쁘겠네요. 제일 바쁜 건 저녁이려나······."

내일은 아침부터 에제트와 함께 가주 내외들의 인사를 받고, 점심에는 그 외 귀족들, 저녁 전에는 디아린 혼자서 따로 귀부인들의 인사를 받아야 한다.

특히 중요한 게 마지막, 귀부인들의 인사를 받는 시간이었다. 그때 귀부인들이 직접 가져온 선물을 바치면 이쪽에서도 답례를 해야 했다.

'이번 답례품은 이전들보다도 훨씬 비싸지.'

성의 내탕금이 아예 달라진 데다가, 디아린이 더블렌 남작에게 쥐여 준 다이아몬드가 생각보다 값어치가 높았던 덕이다.

"그럼, 오늘은 일찍 주무십시오. 황자비 저하."

"알겠어요."

* * *

〈알겠다면서.〉

〈알겠다면서요.〉

디아린은 사역마들의 불만을 가볍게 무시했다.

"오늘 밤부터 기사의 밤까지는 수문석 지키는 경비가 아주 굉장히 약화된단 말이야. 이런 날이 잘 없지."

〈그래서, 나가겠다고?〉

〈나가시겠다고요?〉

"응. 근데 너희 요즘은 로르가 먼저 말하고 올이 따라 하네."

〈주인님은 정말 사소한 걸 궁금해하시네요.〉

〈원래 마법사들은 다 이상하잖나.〉

〈아, 맞다!〉

디아린은 이미 준비를 다 끝낸 상태였다. 옷까지 갈아입을 수는 없어서 잠옷 그대로. 대신해서 위에 모피 망토를 걸쳤다. 발목이 추운 게 싫어서 임시로 손수건을 둘둘 말고 그 안에 마도석을 넣었다. 그래 봤자 짝짝이지만…….

등에 자루를 메고 주머니까지 알뜰살뜰 챙긴 디아린이 말했다.

"오늘은 좀 빡세게 잡을 거야."

〈그건 괜찮군. 마력이 많이 채워지겠어.〉

〈나는 싫은데에.〉

'요즘은 그래도 말을 하네, 올이.'

원래는 이 얘기만 나오면 입을 딱 다물고 '나 화났어.' 하는 티를 풀풀 냈는데. 칭얼거리는 정도로 변했다. 아무래도 입 딱 다물고 있는 것보다 차라리 이 시간을 소중히 여기자는 쪽으로 바뀐 것 같았다.

'아닌가, 그냥 답답해서인가? 하긴 올은 원래 말이 많으니까.'

활짝—

커다란 창문을 연 디아린은 곧장 의자를 밟고 올라갔다. 창틀 위에서 허공으로 발을 딛자, 떨어지는 대신 커다란 계단들이 발밑에 생성됐다.

〈인간. 네 마법이 점점 제대로 돌아오는 모양이군.〉

〈맞아. 첫날 왔을 땐 작은 발판만 한 계단이더니? 지금은 훨씬 크네요.〉

아마 나중에는 성 그랜드 홀에 맞먹는 계단이 나오지 않을까……. 하는 게 디아린의 예상이었다.

'그렇게 크게 만들어 봤자 쓸모는 없겠지만.'

디아린은 마법 계단을 밟고 성의 가장 북쪽 끝에 있는 첨탑까지 조용히 걸어갔다.

북쪽 끝 첨탑은 북문석 숲 입구와 가장 가까이 위치하고 있었다. 디아린은 첨탑 벽의 중간쯤 왔을 때 폴짝 뛰어내렸다. 그녀를 감싼 짙은 마력이 몸을 보호했다.

후원은 굉장히 한적했다. 평소보다 경비하는 인원도 훨씬 적었다. 경비 인력이 교체되는 시간쯤은 옛날 옛적에 알아 둔 상태였고. 디아린은 어렵지 않게 북문석 숲으로 넘어갈 수 있었다.

〈마력 봐라.〉

〈장난 아니네요. 나도 좀 먹고 싶어.〉

대부분의 마물은 햇볕을 싫어했고, 당연히 밤은 마물의 천국이었다. 디아린의 연보랏빛 동공에 마력이 감돌자, 저 멀리서 피어오르는 검은 안개가 보였다. 잠옷에 모피 망토를 걸친 그녀는 앞으로 열심히 걸어갔다.

"……!"

어느 순간, 그물 형태의 마물이 디아린을 덮쳤다. 성긴 그물 모습으로, 먹잇감을 덮치면 안에서 녹여 먹어 버리는 형태의 마물이었다. 하지만 디아린이 조금 더 빨랐다.

"캬아아악!"

날카롭게 찢어발겨진 마물을 로르가 그대로 먹어 치웠다. 디아린은 덩그러니 남은 요석을 챙겨 주머니에 집어넣었다.

숨 쉴 틈도 없이 또다시 달려드는 마물. 거대한 박쥐 형태의 마물은 눈알만 언뜻 봐도 서른 개가 넘었다. 피가 뚝뚝 떨어지는 끔찍한 형상이었지만 응시하는 디아린은 무표정하기만 했다.

"켁— 케엑!"

포획된 마물의 비명. 그 순간 수십 마리의 마물들이 떼처럼 날아들었다. 황소 한 마리를 뼈만 남기고 뜯어 먹는다는 식인 벌레들처럼, 엄청난 수의 마물들이 미친 듯이 피눈물을 흘리며 기어 왔다.

"키에에에에에에에엑!"

귀 찢어지는 울음소리. 모르는 사람의 귀에는 상위 마물이 하위 마물을 포식해 먹는 소리로 들릴 것이다. 다만, 그 소리가 조금 큰 게 흠이었다.

"음소거 마법을 걸까……."

이미 자수정 방 전체에 음소거 마법을 시전해 놓고 오긴 했지만. 디아린이 중얼거리며 스태프를 들어 올렸을 때였다.

"크에에엑! 키에에엑!"

"입 닥쳐."

마물이 그대로 로르의 날개에 삼켜져 사라졌다. 성격을 누르는 습관까지 버리고 마법을 본격적으로 써서 그런지, 디아린의 눈빛은 평소보다 훨씬 차가웠고 목소리도 건조했다. 얼음이 사람이 된 것 같았다.

이럴 때는 올도 로르도 알아서 입을 다물었다. 혹은 둘만 들을 수 있는 파장으로 속삭였다.

〈봐. 정말로, 인격이 완전히 변하질 않나.〉

〈우리 주인님 평소에도 저런 성격이었으면 나 사역마로 못 살아.〉

〈웃기는 소리 하지 마라, 올. 너라면 차가워서 좋다고 따라다녔겠지.〉

〈헤헤. 티 나요?〉

디아린은 계속해서 안으로 걸어 들어갔다. 숲에 걸려 있는 공간 왜곡 지점을 찾아 그곳을 약간 비틀어 돌아다녔다. 평소 수문석 결계가 작동하는 숲은 아무리 밤이라고 해도 디아린이 원하는 만큼 마물이 나오지 않았다.

그래서 나온 결론은.

안쪽, 아주 깊숙한 절벽에 멈춰 선 디아린이 고개를 들어 올렸다. 원래라면 말을 타고도 세 시간은 달려야 도착할 수 있는 곳이었지만 공간 왜곡 마법을 적당히 비틀고 융합한 덕에 걸어서 금세 도착할 수 있었다.

로르가 허, 하면서 작게 감탄했다.

〈내가 이곳을 직접 보게 될 줄은 몰랐는데.〉

〈와! 나도요.〉

디아린이 스태프를 들어 올려 바닥에 찍었다.

쿵!

찍힌 지점을 중심으로 흙바닥에 붉은색 마법진이 커다랗게 그려졌다. 마법진이 덩굴처럼 뻗어져 나가 절벽을 타고 올라갔다. 눈 몇 번 깜빡할 시간. 텅 비어 있는 삭막한 절벽, 그저 평범했던 장소가 서서히 깊고 둥근 호수로 변했다. 호수 중앙에는 커다란 푸른색 수정이 아무 지지대 없이 홀로 떠 있었다.

완벽하게 뾰족한 모양의 수정. 본체를 감돌고 있는 신비로운 황금색 글자들.

수문석이었다.

천 년 전 제국의 의뢰를 받은 사계탑의 주인들이 몇 백 년에 걸쳐 보호 마법을 고치고 고쳐서 걸어 둔 바로 그 수문석. 이 모든 숲의 결계이자 강력한 마력의 집합소.

보석처럼 은은하게 발하는 푸른빛이 무척이나 신비로웠다. 디아린은 수문석 쪽으로 걸어 들어간 후 자세히 관찰하기 시작했다.

쿡. 디아린의 스태프가 수문석 중앙에 꽂혀 들어갔다.

* * *

〈로르, 아까 수문석 보기 전까진 마물 몇 마리나 먹었어요?〉

〈29마리.〉

〈그럼 수문석 보고 난 후엔 몇 마리 먹었어요?〉

〈1,782마리.〉

〈먹보잖아!〉

〈너도 먹었잖아. 내가 못 본 줄 알아?〉

〈헤헤헤.〉

〈올. 너는 얼마나 먹었나?〉

〈난 얼마 안 먹었어요. 871마리.〉

〈오늘 먹은 걸 다 합치면 2,682마리군.〉

로르가 한 박자 쉬고 말했다.

〈돌았군.〉

〈동감.〉

엄청난 양의 마물을 먹고 마력을 흡수했지만, 그것은 온전히 적조인 그들의 몫이었다. 디아린은 마력을 쓴 만큼 발밑으로 새까만 깃털을 엄청나게 떨어뜨리는 중이었다. 그나마 부담을 덜겠다고 올과 로르가 감춰 놨던 날개를 꺼내 놓은 상태긴 했지만······.

올은 새까만 날개 끝만 펄럭거리며 물었다.

〈딜리스 룬인가? 주인님이 걔한테 들킨 게 되게 놀랐던가 봐요. 우리 날개까지 까맣게 보이게 환상 마법을 걸라고 그러고.〉

〈뭐. 그나마 우리 날개에 거는 마법은 우리가 알아서 해결할 수 있으니까. 이 악마한테도 부담이 덜하겠지.〉

〈솔직히 여기 사는 인간 놈들 우리 주인님한테 감사해야 하는 거 아니에요? 어떤 미친 마법사가 마물을 2천 마리 넘게 잡아 줘?〉

〈확실히……. 이 인근 인간들에게는 굉장한 희소식이지.〉

수문석 숲의 커다란 고목나무 위.

성인이 고개를 올려야 보이는 정도의 높이쯤에서, 올과 로르의 두 날개는 알을 품듯이 안쪽으로 둥글게 말린 상태였다. 언뜻 보면 상처를 입은 새가 날개로 몸을 감싸고 쉬고 있는 것도 같았다. 그 날개 안에 디아린이 잠들어 있었다.

〈인간이 마법을 너무 많이 썼군. 이러고 얼마나 지났지? 올.〉

〈한 시간이요. 주인님 잠든 지 한 시간 지났어요.〉

너무 창백해서 종잇장 같던 디아린의 얼굴에도 혈색이 아주 약간은 돌아온 상태였다. 엄청난 양의 마물을 잡은 대신 디아린은 반쯤 기절할 것 같은 모양새가 되었다. 결국 로르가 제안해 이렇게 북문석 숲에서 잠깐 눈을 붙인 것이다.

"그래도 좀 자니까 낫네."

잠에서 깬 디아린은 어느새 평소처럼 표정이 돌아온 상태였다. 그녀는 확 나아진 몸 상태에 기분도 좀 들뜬 듯 가볍게 말을 걸었다.

"어때? 로르? 마력 진짜 많이 채웠지?"

〈엄청나게.〉

〈나도 채웠어요!〉

"올 너도?"

뜻밖의 말에 디아린이 고개를 갸웃했다.

"너는 마력 채워서 어디다 쓰려고?"

〈나도 먹을 건 먹을 줄 안다고요. 나만 안 주고 말이야.〉

올이 툴툴댔다. 디아린은 피식피식 웃으면서 열심히 성 쪽으로 걸어갔다. 마물을 닥치는 대로 해치운 덕에 나타나는 마물도 없었다.

〈뒤에.〉

올의 속삭임에 디아린이 확 스태프를 휘둘렀다. 비교적 약한 마물이었는지, 금세 튕겨져 나갔다. 완전히 처리하기 위해서 제대로 마법을 시전하려던 디아린이 멈칫했다. 그녀가 바로 한 발 뒤로 물러섰다.

형태가 확실히 잡히지는 않았다. 하지만 인간 아이의 모습이었다. 제대로 굳지 못한 살덩이가 진흙처럼 계속해서 흘러내렸다.

"살려줘살려줘살려줘살려줘……."

"……."

"살려주세요살려주세요살려주세요살려주세요……."

"……."

〈주인님. 이거 마물이에요.〉

〈그래. 그것도 하급이다.〉

"알아."

어린아이 중에도 어른을 뛰어넘는 재능을 가진 경우가 가끔 있듯이, 이 하급 마물도 비슷했다. 이 마물은 우습게도 운까지 억세게 좋았다. 디아린과 마주하자마자 우연히 과거를 발견해 점점 형태가 확실해지는 것이다.

그러니까, 흰 옷을 입고 있는, 하얀 뿔에…….

'……반다?'

겹치는 형상에 디아린은 잠시 멈칫했다. 마물은 그때를 놓치지 않았다. 그녀에게 마물이 점점 손을 뻗었다.

"눈 감아라!"

그때 누군가 디아린의 앞을 막으며 동시에 망토가 펄럭였다. 가려진 등 앞으로 파괴하는 소리가 들렸다. 순식간에 정리된 마물. 마물을 처치한 인영이 홱 하고 돌아보았다.

"괜찮나?"

"……"

디아린은 흠칫 놀랐다.

에제트만큼은 아니지만, 자신보다는 훌쩍 큰 키. 기사다운 몸. 하나로 묶은 기다란 검은색 머리카락. 잘 보이지 않는 자주색 눈동자…….

저 여자가 입고 있는 견갑이나 망토가 최고급품이며 검도 굉장히 비싼 거라는 사실은 지금은 중요하지 않았다. 정말 중요한 건, 디아린의 시선에 얼굴만 보이지 않는다는 사실.

'아키르의 황족.'

디아린은 바로 망토 자락을 잡고 고개를 숙였다.

"이디즈 님께 인사 올립니다."

"오, 이런."

옛 이름은 이디즈 벨자 키르헨.

현 이름은 이디즈 키르헨 그리젤.

현 황제 브루노 9세의 하나 남은 동생. 황제와 나이 차가 많이 나서 그런지, 그녀는 고작 사십 대였다.

"이 북문석 숲에 내 얼굴을 아는 귀족이 있을 리는 없고……, 무엇보다 그 반응을 보아하니 공평한 피인가 보군. 그래, 8황자의 혼약자신가."

"네. 디아린 콘클이스터입니다. 구해 주셔서 감사합니다."

"희한하군. 왜 혼약자가 이런 곳에 있지?"

디아린은 혹시 몰라 만들어 두었던 변명을 머릿속에서 꺼냈다.

"저녁 즈음에 산책을 나왔다가 길을 잃고 헤매던 참이었습니다."

이디즈가 미심쩍은 목소리로 물었다.

"혼약자는 이런 곳으로 산책을 나오나?"

"내일이 아흐레 날이라 신경 쓸 게 많아 한적한 곳에서 걷고 싶었습니다."

"한적한 곳을 찾다가 저승으로 갈 뻔했다는 건 잘 알고 있겠지?"

"앞으론 주의하겠습니다."

그제야 이디즈가 잦아든 것 같았다. 디아린은 이디즈와 함께 성으로 걸음을 옮기면서 물었다.

"그런데 어찌 오신 건가요?"

"8황자에게 볼일이 있어서 들렀지. 며칠 후 떠날 것이니 신경 쓸 필요 없어."

"하지만 제가 알기로 북문석 영지에 들르신 건 몇 년 만이라고 들었어요."

"그렇지. 나는 그리젤 영지를 관리해야 하니까."

디아린이 듣기로, 선대 황녀인 이디즈는 그리젤 후작과 결혼했다. 하지만 남편이 일찍 죽었다. 그 이후 이디즈는 스스로 그리젤 후작이 되어 영지를 다스리고 있었다. 십여 년째 영지를 다스리는 영주의 역할에 충실할 뿐, 현 황족들과는 접점이 거의 없는 사람이었다. 그랬는데…….

"그런데 혼약자. 그대는 각인 능력이 어떻게 되나?"

"별로 좋지 못하답니다."

디아린이 의도한 바긴 했지만, 하위 100%로 나왔다고는 솔직히 쪽팔려서 말할 수가 없었다.

"그래? 이상하군. 나는 혼약자가 나타나니까 굉장히 마음이 편해졌는데."

"그러신가요?"

"아무래도 내가 그대의 각인과 상성이 잘 맞는 모양이군."

"영광입니다."

설원 토벌에서 거의 모든 기사들과 마법사들이 했던 착각이었다. 각인 능력이 현저히 낮아도 상성이 잘 맞으면 좋은 효과를 발휘하기 때문이다. 그래서 더욱 쉽게 그들의 경계를 풀 수도 있었고.

"혼약자, 괜찮다면 나와 몇 번 더 이쪽으로 산책을 나와 주겠나?"

"물론이지요."

에제트에게는 대고모인 항렬 높은 황족에게 잘 보여서 나쁠 건 없었다. 디아린은 미소를 지었다.

* * *

늦은 밤이었다.

에제트는 문득 기척을 감지한 듯 문밖을 바라보았다. 자리에서 일어나 문을 열자, 그 앞에서 팔짱을 끼고 있는 이디즈가 보였다. 그녀는 아무 말 없이 방으로 성큼 들어섰다. 그런 후 에제트를 훑어보았다.

"많이 자랐구나. 하긴, 6년 만인가."

이디즈는 마치 제집에 온 듯 자리에 앉았다. 껍데기 같은 안부 인사는 그걸로 끝. 이디즈는 곧장 본론을 꺼냈다.

"이샹스 백작이 부의장이 되었다고 들었다."

"예. 얼마 전에 그랬다고 들었습니다."

에제트는 그렇게만 반응했지만, 이디즈는 그렇지 못했다. 피식 헛웃음을 지은 이디즈가 말했다.

"사실 불가능한 일이지. 백작 부인의 죄를 생각하면, 당장 작위를 반납해도 모자랄 지경이야. 아마 네가 죽은 줄 알고 부의장 자리에 오른 모양인데. 네가 귀환하고도 자리를 내놓지 않는 걸 보니 어지간히 그 자리가 욕심이 나나 보군."

"반대표를 던지러 오셨습니까?"

"그럴 리가. 이샹스는 나의 영지 그리젤과 뿌리가 같은데. 이샹스가 승승 장구하면 죽은 내 남편도 기뻐하지 않겠느냐?"

"그렇겠지요."

에제트의 대답은 건조했다. 이디즈는 잠시 옛일을 회상했다.

6년 전의 그 사건.

아무리 에제트가 밀려난 황자라고 해도, 용혈을 지닌 황손이다. 어린 황자에게 미약을 먹여 북문석 숲까지 내몬 죄에 비해, 이샹스 백작 부인이 받은 처벌은 너무 가벼웠다. 기껏해야 근신이 끝이었으니까. 이 사건은 황실엔 제대로 보고되지도 않았다.

그때 이 사건을 담당했던 건 바로 이디즈였다. 왜 에제트에게 그런 짓을 했는지 심문은 정확히 하여 이유를 전달해 주긴 했지만, 그뿐이었다. 일부러 죄를 꺼내지 않고 덮어 버렸다.

"아스페르크."

이디즈가 물었다.

"나를 원망하느냐? 이샹스 백작 부인의 죄를 덮어 주어서?"

"제가 감히요?"

에제트가 조금 웃었다. 이디즈의 입가에 어린 것과 비슷한 미소였다. 즐거워서 웃는 게 아닌 무의미한 웃음.

이디즈가 어두운 창밖을 한 번 보았다.

"그래. 너는 잘못한 게 없지."

그녀가 말을 이었다.

"하지만 내 남편도 잘못한 게 없었단다. 네 어미의 거짓말에 속은 게 죄라면 죄겠지만."

"알고 있습니다."

에제트는 이디즈를 바라보았다. 그녀의 뺨을 가로지르는 긴 흉터가 보인다. 귀한 황녀에게 나기엔 과한 상처였다. 이디즈도 그 시선을 느꼈다. 무감한 시선이었기에 화를 내지는 않았다. 다만, 껄끄러움이 아닌 종류의 시선은 죽은 남편을 떠올리게 할 뿐.

이디즈는 어릴 적부터 검을 좋아하는 검사였고, 결혼 후에는 기사의 길을 걸었다. 그것을 전폭적으로 지지해 준 사람이 바로 전대의 그리젤 후작, 이디즈의 남편이었다.

그리젤 후작. 그는 순진한 남자였다. 후작이나 되는 남자가 어떻게 순진할 수 있을까 싶지만, 부유한 시골 영지의 고위 귀족은 아이러니하게도 때묻지 않은 사람이었다.

황녀의 부마가 되어, 시골 영지를 다스리면서 편하게 살 수도 있었을 텐데. 그런데도 욕심 없던 남편은 가 버렸다. 그 이후 이디즈는 아무도 용서할 수 없었다. 그 어떤 황손도.

"제 부모님의 잘못은 제가 갚겠다고 했습니다."

"그래, 아스페르크."

연좌의 죄가 남아 있는 지금, 이 어렸던 소년도 마찬가지였다.

"넌 어릴 때부터 정말 어른스러웠지."

그러니까 이샹스 백작 부인의 죄를 덮은 것도 아무 말 없이 넘어갔겠지. 지금은 처지가 완전히 달라졌는데도, 그때의 죄를 언급도 하지 않는 것만 봐도 알 수 있었다. 에제트가 이렇게 조용하니, 이샹스에서도 기를 펴고 부의장 자리를 유지하고자 발악하지 않는가.

"오는 길에 네 혼약자를 만났다."

"디아린을요?"

"이름으로 부르는 것이냐? 소문대로 애정이 깊구나."

에제트는 부정하지 않았다. 그저 입을 다물고 조용히 이디즈를 바라보았다.

낮게 가라앉은 황금색 눈동자를 물끄러미 쳐다본 이디즈가 픽 소리 내서 웃었다. "왜 황후가 너를 견제했는지 잘 알겠어." 하고 말한 그녀는 손등 위에 턱을 괬다.

"나는 너는 좋아하진 않지만, 너의 혼약자는 마음에 들더구나. 각인 능력도 나와 상성이 잘 맞고 말이지. 무릇 기사란 상성 잘 맞는 각인자에게 특별히 너그러워지는 법이니. 그리고 날 보고 움츠러들지 않는 공평한 피는 참 오랜만이라서…….”

“본론만 말씀해 주십시오.”

에제트가 말을 끊었다. 이디즈는 재미있다는 표정을 숨기지 않았다.

“내일이 북문석 숲의 아흐레 날이라지? 혼약자의 체면치레는 도와주겠다는 말이다.”

* * *

“굉장히 떠들썩하군요.”

램드가 살짝 질린 목소리로 말했다. 그 넓은 북문석 성이 바글바글했다.

오늘 램드는 아흐레 날을 맞아 평소와는 달리 완벽한 예장 차림이었다. 그 옆에서는, 마찬가지로 리본 타이까지 각을 잡아 맨 더블렌 남작이 바쁘게 명단을 체크하고 있었다.

더블렌 남작은 명단에 시선을 꽂은 채로 말했다.

“불참한 귀족이 한 명도 없습니다. 황자 저하의 명성이 전과는 달라졌으니 어떻게든 참석하려고 모두가 안달이었죠.”

“그래서 사람이 이렇게 바글바글하게 많은 거군요.”

“예. 게다가 이디즈 그리젤 후작님도 아흐레 날에 참석하신다고 갑자기 공문을 띄웠으니까 더 시끄러울 수밖에요.”

“그리젤 후작님이 갑자기 무슨 변덕이실까요?”

“저도 모르겠습니다.”

“역시 게이트 때문일까요?”

“아무래도 그분 역시 한 영지의 영주님이니 그렇지 않으시겠습니까?”

“하긴요.”

더블렌 남작이 말했다.

"일단 황자비 저하께는 좋은 일이지요. 비 저하의 샤프롱 격으로 더할 나위 없잖습니까."

"그건 그렇죠."

어디 공작 영애들도 그만한 샤프롱을 찾긴 어려울 터다. 램드는 명단을 정리하는 더블렌 남작을 보고 고개를 갸웃했다.

"그런데 남작은 왜 황자 저하의 곁에 안 계시고 여기 있습니까?"

"아. 저는 오늘 황자비 저하를 보좌할 예정입니다."

"영애를요?"

"예."

더블렌 남작은 "그럼, 수고하십시오." 하고 걸음을 옮겼다. 순식간에 멀어지는 남작을 보고 램드는 "후작님이 곁에 계시겠다는데 굳이 그럴 필요가 있나?" 하고 중얼거렸다.

* * *

저녁. 황자비가 혼자 귀부인들의 인사를 받는 시간.

디아린은 작은 홀의 가장 높은 상석에 앉아 있었다. 오늘 그녀는 하늘하늘한 연갈색 리본이 흘러내리는 크림색 드레스를 입고 있었는데, 치맛자락의 주름이 특히 풍성했다.

펼치면 자수정 방의 침실을 빙 두를 정도의 커튼을 만들 수도 있을 것 같이 사치스러웠다. 귀걸이와 목걸이는 백금. 중간에 박힌 사파이어의 색깔은 탐스러울 정도로 새파랬다.

"그 부유한 콘클 공작가에서 보낸 영애님이라니."

하고 자연스레 콘클의 위세와 연결할 만한 사치스러움이었다.

더블렌 남작의 엄숙한 목소리가 홀을 울렸다.

"드리엄 백작 부인은 황자비 저하 되실 분께 인사 올리십시오."

디아린의 우측에 마련된 의자에 앉아 있던 이디즈가 속으로 웃었다.

'교묘한 말이군. 머리 하난 좋아. 이런 북쪽 구석에 있기엔 아까운 인재란 말이지.'

더블렌 남작은 어지간히 디아린을 황자비로 대접받게끔 하고 싶은 모양이었다. '예비'라는 말도, '혼약자'라는 말도 쓰지 않는다. 어떻게든 말을 꼬아 공식 석상에서 황자비라는 호칭을 갖다 붙이게끔 머리를 썼다.

"에브게니아 호수의 겨울을 기리며. 마르셀 드리엄이 인사 올립니다. 8황자비 저하."

서열상 가장 높은 드리엄 백작 부인이 앞으로 우아하게 나와 허리를 숙였다. 인사를 올리고, 선물을 올리고, 의례적인 덕담 몇 마디를 나눈 후 자리로 돌아간다.

차례로 세 백작가의 귀부인들이 인사를 하고, 자작, 남작 순으로 내려갔다. 드리엄 백작 부인이 '황자비 저하'로 호칭한 후, 한 명도 빠짐없이 디아린을 그렇게 불렀다. 그녀의 곁에 있는 이디즈를 모르는 귀부인은 없어서, 모든 사람이 더 조심했다.

분위기는 괜찮게 흘러갔다.

"에브게니아 호수의 겨울을 기리며."

"에브게니아 호수의 겨울을 기리며."

명단에 작성된 마지막 귀부인이 인사를 올린 직후였다. 불리지 않은 한 명이 디아린의 앞으로 우아하게 걸어 나왔다.

"……?"

작은 소리였지만, 금세 홀이 웅성웅성해진다. 티 내진 않았지만 약간 지루한 기분으로 인사를 받고 있던 디아린이 허리를 제대로 세워 앉았다. 웬 귀부인이 가슴에 한쪽 손을 얹고 고개를 숙이고 있었다. 디아린이 그녀에게서 시선을 떼지 않고 입을 열었다.

"더블렌 남작. 저분은?"

"……이샹스 백작 부인입니다."

아하? 내가 실수로 초청장을 보냈던가?

절대 그렇지 않다. 아침에 에제트와 인사를 받을 때, 이샹스 백작은 혼자 인사를 올렸으니까.

초청을 받지 못한 귀족이 여기에 왔다?

디아린은 재미있다는 듯 다리를 꼬았다. 풍성한 크림빛 드레스 자락이 샹들리에 아래에 흔들리면서 고풍스러운 물결을 만들어 냈다. 살짝 흘러내린 잔머리까지 귀 옆으로 넘긴 디아린이 도도하게 말했다.

"남작, 저 귀부인의 소개를."

더블렌 남작은 내키지 않는다는 마음을 감추고 정석대로 소개했다.

"이샹스 백작 부인은 황자비 저하 되실 분께 인사 올리십시오."

"에브게니아 호수의 겨울을 기리며. 캐롤라인 이샹스가 인사 올립니다."

의도적으로 들리는 호칭 생략. 그에 그치지 않고 이샹스 백작 부인은 이디즈에게 인사까지 했다.

"오랜만에 뵙습니다. 그리젤 후작님."

"……."

어떤 귀부인도 이 자리에서 이디즈에게 인사를 하지 않았다. 그녀에게 인사를 할 기회는 뒤에 있었으니까. 이디즈는 친애의 대답으로 화답하는 대신 의례적인 미소와 함께 가볍게 한 손을 들어 올려 주기만 했다.

귀부인들 앞에서 이디즈와의 친분을 과시하려던 계획이 조금 비틀렸지만, 이샹스 백작 부인은 미소를 잃지 않았다.

디아린이 입을 열었다.

"이샹스 부인. 나는 초청장을 보내지 않았는데, 어떻게 여기까지 발걸음을 하셨나요?"

디아린의 질문에 "역시." 또는 "이번에도 초대는 받지 못했다네요."라는 수군거리는 소리가 들려왔다. 하지만 이샹스 백작 부인은 그런 수군거림은 들리지도 않는다는 듯, 곧장 목을 가다듬었다.

"제가 그간은……."

"이렇게 멋대로 오면 참 곤란하죠."

디아린이 말을 끊었다.

"못 배워 먹은 시정잡배도 아니고."

이샹스 백작 부인의 얼굴이 새빨갛게 달아올랐다.

"시정잡배라니 말씀이 너무……!"

"심하다고 말하려는 건 아니겠죠?"

"……."

디아린은 피식 웃으며 거만하게 등을 기댔다.

"앞으론 주의해 줘요. 나는 예의 없는 행동을 마주하면 분노가 치솟아
오르거든요?"

그 말과 동시에 디아린이 협탁에 있던 찻잔을 바닥에 힘껏 내던졌다.

쨍그랑!

"……."

"……."

"……."

찻잔이 박살 나는 소리와 함께 홀 안이 쥐 죽은 듯 고요해졌다. 디아린은
방금 찻잔을 내던진 사람이라곤 믿을 수 없을 만큼 상냥하게 웃었다.

"다음에는 뭘 던질지 궁금하면 또 이래도 되고요."

상상도 못한 반응에 이샹스 백작 부인이 말을 더듬으며 "아, 아. 아닙니
다……." 하고 말했다. 디아린은 다듬은 손톱을 살피며 물었다.

"그래서 사과는요?"

"제가 불민하여……."

떨리는 목소리로 겨우 겨우 형식에 맞는 사과를 끝낼 수 있었다. 이샹스
백작 부인은 애써 웃음을 그리며 말했다.

"분위기를 망쳐 죄송합니다. 소박하지만 이샹스의 성의를 올립니다."

잘 차려입은 하인이 이샹스 백작 부인에게서 선물을 받아 디아린에게 가져왔다. 디아린은 상자를 보고 고개를 갸웃하더니, 망설이지도 않고 묶어 둔 리본을 스르르 끌러 풀어 버렸다.

"어머!"

"바로 푸시네요."

귀부인들이 소곤댔다. 이 또한 예상 못 한 이샹스 백작 부인의 얼굴이 약간 굳었다. 이런 자리에서는, 선물을 받은 자리에서 바로 열어 보지 않는 게 보편적이었다. 선물의 값어치와 상관없이 상대방을 존중한다는 가벼운 예의였다.

디아린은 이제까지의 선물은 그 보편에 따라 고용인들 손에 넘겼지만, 이샹스 백작 부인의 선물만이 예외였다. 그리고 그건 참 잘한 선택이었다. 디아린은 자태를 드러낸 와인 병을 보면서 물었다.

"이샹스 백작 부인?"

"예."

"선물에 대한 설명을."

"남부 몰루뉴드 고원의 와인입니다. 골드 라벨로, 몰루뉴드의 특산품이지요."

풍부한 햇살을 받아 토실하게 여문 포도알. 그중에서도 최고급 품질만 엄선해 까다롭게 숙성시킨 포도주. 확실히 귀한 선물이긴 했다. 하지만, 차라리 값싼 선물을 주는 게 더 나았을 것이다. 디아린이 가볍게 병을 톡톡 두드렸다.

"백포도주군요."

백포도주.

디아린의 말에 가만히 앉아 있던 이디즈의 입매가 설핏 굳었다. 몰루뉴드 백포도주. 그러니까, 에제트 아스페르크 키르헨이 꼬꼬마였을 때 이샹스 백작 부인이 미약을 타서 먹였던 술이 바로 저 백포도주였다.

'무슨 의도지?'

디아린을 향한 조롱인가. 조롱이라면 참 고약한 조롱이었다. 이디즈는 헛웃음을 삼켰다.

'이 혼약자가 그때 일을 알 리도 없고.'

일단 에제트 아스페르크는 자신의 일을 남에게 거의 말하지 않는 성격이었다. 차갑고 딱딱한 성정. 냉담한 눈빛. 그런 황자가 아무리 혼약자라고 해도 타인인 디아린에게 치부와 같은 일을 말했을 리는 없었다.

'게다가 그 일을 알고 있다면 저렇게 미소를 짓고 있지도 못하겠지.'

시종일관 머금고 있는 햇살처럼 따뜻하고 부드러운 미소. 이디즈는 디아린의 성격이 참 마음에 든다고 생각 중이었다. 디아린은 백포도주 병을 갈무리한 후, 답례품을 가져오라 손짓했다. 이샹스 백작 부인의 뜬금없는 출현으로 굳었던 분위기는 의외로 금방 풀렸다.

"푸른 얼음 산호입니다. 부인의 눈동자 색깔과 잘 어울릴 것 같아서 준비했지요."

답례품들이 하나같이 작년과는 비교도 할 수 없게 값비쌌으며.

"부인은 작문을 즐긴다고 들었어요. 잉덤의 장미로 불리는 붉은 수정 깃펜이랍니다."

디아린이 하나하나 친절하게 이유까지 덧붙여 주었기 때문이다. 성의가 굉장했다. 더블렌 남작만 속으로 당황했다.

'목록을 언제 다 외운 것인가?'

집사의 본분으로, 답례품을 준비한 건 더블렌 남작 본인이었다. 그런데 집사가 작성한 수많은 답례품 목록과 곁들인 사유를 달달 외우는 주인이 어디 있던가? 서류로 작성해 보여 주긴 했지만 설마 저걸 다 외웠을 거라곤 상상도 못 했다.

"그리고 이샹스 백작 부인?"

"……."

"이샹스 백작 부인?"

몰래 빠져나가려다가 실패한 이샹스 백작 부인이 어쩔 수 없이 앞으로 나왔다. 디아린은 답례품을 달라는 듯 샤이에게 손을 내밀었다. 당연히 이샹스 백작 부인에게 준비된 답례품이 있을 리가 없었다. 샤이는 당황해서 디아린에게 속삭였다.

"답례품 더 없어요, 비 저하."

"그래요?"

안 불렀으면 모를까, 두 번이나 호명이 된 상태이니 이샹스 백작 부인은 이미 가장 앞으로 나와 있었다. 디아린은 안타까운 얼굴로 말했다.

"아쉽네요. 이젠 답례품이 없다는군요."

"저는 괜찮습니다."

"물론 괜찮으셔야죠."

'……물론? 방금 뭐였지?'

연보라색 눈동자가 음흉하게 번뜩인 걸 스치듯 본 이샹스 백작 부인이 마른침을 삼켰다. 아까부터 자신이 뭔가 잘못 건드린 게 아닌가 하는 싸한 직감이 들었다.

하지만 사람은 직감을 온전히 붙들지 못하고 흘려보내는 때가 있는 법.

"답례를 주지 못한 내 마음이 좋지 못하니, 정찬 자리에선 내 옆에 앉아 주면 좋겠어요. 이샹스 백작 부인. 사양은 하지 않을 거라고 믿어요."

이샹스 백작 부인에게는 거부권이 없었다.

애초에 이런 계획이 아니었다. 원래는 백포도주만 올리고 조용히 빠져나가려고 했는데, 홀의 문이 닫혀 있었다. 디아린이 답례품을 건네받으며 문부터 걸어 잠그라고 더블렌 남작에게 몰래 지시한 사실은 아무도 몰랐다.

"자, 이샹스 부인? 이쪽으로."

* * *

쨍그랑!

"마, 마님! 찻잔이 깨졌어요, 다치시겠어요!"

이샹스 백작 부인, 캐롤라인 이샹스는 저택에 돌아와 부들부들 떨고 있었다. 값싼 도자기들을 연이어 던져 깨 버리고도 속이 풀리지 않았다.

정찬 자리에서, 예비 황자비의 옆자리. 얼마나 콧대가 높아지는 자리인가? 하지만 이샹스 백작 부인에겐 지옥이나 마찬가지였던 자리였다.

디아린 콘클이스터. 그 여자는 가장 먼저 애피타이저로 나온 수프를 한 입 떠먹더니 스푼을 탁 하고 내려놓았다.

'수프가 식었어.'

그다음엔 자신을 보면서 말했다.

'부인도 수프가 차갑게 느껴지지요? 당장 다시 해 오라고 이르지요.'

웃기는 소리! 수프는 아주 뜨겁고 먹음직스러워 보였는데!

'샐러드를 내오라 했더니 푸성귀를 가져와? 내가 우습지?'

벌벌 떨던 사용인들이 서둘러 주방으로 뛰어가 새로 샐러드를 가져왔다. 무려 다섯 번이나!

'스테이크가 얼마나 덜 익었는지 초원에서 뛰어놀아도 되겠어.'

사색이 된 사용인들이 다시 스테이크를 구워 왔다.

'다시.'

또 뛰어갔다.

'다시.'

푸르죽죽한 얼굴로, 거의 시체로 보이는 사용인들이 일곱 번을 왔다 갔다 했을 때. 디아린은 기어이 화를 내면서 전부 치우라고 말했다. 차라리 돌덩이를 씹어 먹는 게 낫겠다고 하면서! 얼마나 불편했는지 이샹스 백작 부인은 몇 입 먹지도 못하고 체할 뻔했다.

"내가 초청장이 없는데도 왔다고 모욕을 주는 거였어. 다른 귀부인들은 잘만 식사를 마치고 왔으니까!"

처음엔 디아린의 눈치를 보던 옆자리 귀부인들도, 그녀가 이샹스 백작 부인에게만 물어대자 의도를 금세 눈치챘다. 그러니까 솟아나는 비소를 감추지도 않고 맛있게 식사를 마쳤다. 북문석 성의 살림이 제대로 편 모양인지, 귀족들도 입맛을 다실 고급스러운 정찬이 나왔는데 마다할 리가 없었다.

"이디즈 님이 같은 테이블에 계셨다면 분명 크게 혼내 주셨을 텐데, 하필 8황자 쪽 테이블로 가시는 바람에!"

이디즈는 6년 전에도 자신의 죄를 덮어 준 사람이다. 그녀는 이디즈가 당연히 이쪽 편이라고 믿고 있었다.

이샹스 백작 부인은 마음을 가라앉히기 위해서 연거푸 심호흡을 했다.

"그래, 이 정도쯤은 우습지. 우스워."

디아린은 그렇게 독한 성격은 못 되는 것 같았다. 이샹스 백작 부인은 그렇게 생각하며 겨우 마음을 진정시켰다. 진짜 목표에 비한다면 이 정도 모욕은 따지고 보면 어린애 장난이나 마찬가지다.

이샹스 백작 부인은 방금 전 창고에서 직접 꺼낸 붉은 실크 드레스를 펼쳤다. 오늘 이샹스가의 침모 하녀들이 밤새 달라붙어 완벽하게 뜯어 고칠 예정인 드레스였다.

"내일 아침까지 반드시 완성시켜야 한다. 이 황금 귀걸이와 잘 어울리는 디자인으로."

하녀들이 분주하게 드레스에 달라붙는 걸 확인하면서, 이샹스 백작 부인은 계획을 다시 점검했다.

모든 게 완벽했다.

귀부인 모임보다 더 늦었던 정찬을 마친 이샹스 백작은 돌아오자마자 그녀에게 물었다.

"백포도주는 잘 전달했소?"

"물론이지요. 당신은요? 누아르 적포도주를 제대로 황자에게 올렸겠지요?"

이샹스 백작이 그린 듯한 미소를 지었다.

"나도 물론이오. 멍청한 자작 한 명의 손을 빌렸지."

* * *

"이 누아르 적포도주, 코르크 마개를 재포장한 거야."

디아린의 말에 에제트가 고개를 들었다.

"그게 보입니까?"

"콘클이스터 영지도 남부였으니까요. 황자 저하."

〈내가 먼저 알아본 건데 왜 네가 알아챈 척하나.〉

디아린은 로르의 말을 무시했다. 에제트는 신기하다는 듯 병을 돌려 보다가 물었다.

"남부에선 모든 가문이 와인을 만든다던데 진짜입니까?"

"아니?"

"제 편견입니까?"

"편견이야. 우리 가문은 아니었어. 물론, 포도밭이 몇 개 있기는 했지만."

에제트와 디아린이 나란히 웃음을 터뜨렸다.

에제트가 가주들과 따로 가진 정찬 시간에, 한 자작이 누아르 적포도주를 진상했다. 한낱 자작이 구하기에는 꽤 무리했다 싶을 정도로 최고급품으로, 신혼부부들이 첫날밤에 마시는 술로 인기가 좋았다. 술을 즐기는 몇몇 가주들이 감탄할 정도였다.

"이 누아르 적포도주랑 내가 이샹스 백작 부인에게서 받아 온 몰르뉴드 백포도주를 섞으면 로제 와인이 돼."

에제트가 의아해했다.

"적포도주와 백포도주를 섞어서 로제 와인을 만드는 건 불법으로 알고 있는데요."

"응. 그래서 이 두 개를 섞어서 로제 와인을 만드는 방식만 합법이야. 남부에서만 알려진 제조법이긴 하지만."

남부 귀족 출신인 디아린은 두 와인의 이름을 나란히 듣는 순간, 섞어서 로제 와인을 만드는 방법부터 떠올렸다.

"날 겨냥한 거겠지?"

"아마도요."

자작이 올린 누아르 적포도주 병에는 황금 라벨지가 붙어 있었고, 라벨지에는 개봉에 적합한 시각까지 각인되어 있었다. 그야말로 아주 돈지랄……, 아니, 값비쌈의 끝이었다.

"권장하는 개봉 시간은 내일 저녁 7시니까……."

어쩜 타이밍도 좋게 딱 파티 중반 즈음의 시간대였다.

"그러니까 그 시간에 따란 소리겠네. 신혼부부용이니까 너랑 나."

"그렇죠."

* * *

"장담하건대, 8황자는 6년 전 일을 혼약자에게 말하지 않았을 거예요."

이샹스 백작 부인의 자신 있는 말에 백작이 물었다.

"그건 직감이오?"

"3년이나 황자의 어머니 역할을 했었으니까요. 이 정도는 당연히 파악할 수 있죠. 용혈이 흐른다더니, 어릴 때부터 아이다운 맛이 없었거든요. 그래도 그때 일이 충격이긴 했나 봐요. 그날 이후로 한 번도 백포도주를 마시지 않았다고 하니까요."

"이제 와서 입맛이 바뀌진 않았겠지?"

"내 예상은 그래요."

"하긴. 나도 그렇게 생각하오."

이샹스 백작 부인의 말에 백작이 고개를 끄덕였다.

"이럴 때면 북문석 성의 사용인들이 전속으로 바뀐 게 아쉽구려. 예전에는 이런 소식쯤은 돈 몇 푼 쥐여 주면 금방 들을 수 있었는데."

"내 말이 그 말이에요."

이샹스 백작 부인은 아쉬워하며 한숨을 쉬었다.

"하지만 우리 계획엔 문제가 없을 거예요. 콘클이스터는 남부 귀족 출신이고, 누아르 적포도주와 몰르뉴드 백포도주를 섞어 로제 와인을 만드는 법을 생각할 게 당연하니까요. 내일 저녁 7시가 개봉 시각인 적포도주를 구해 오느라 당신도 고생깨나 했잖아요."

"성공만 한다면 이깟 고생이 대수겠소?"

그들의 예상 시나리오는 다음과 같았다.

에제트가 누아르 적포도주를 함께 마시자고 가져오면, 남부 출신인 디아린은 당연히 몰르뉴드 백포도주를 떠올리고 가져올 것이다. 그렇다면 분명 분위기는 가라앉겠지.

"내 예상엔 둘 중 하나예요. 여보. 황자가 그제야 혼약자에게 6년 전 일을 털어놓거나, 아니면 옛날 상처를 주체 못 하고 혼약자에게 나가 달라고 하거나."

에제트가 아직 아홉 살일 적부터, 이샹스 백작 부인은 주기적으로 소년에게 상처 주는 말을 던졌다. 그 애가 어떻게 행동하는지 파악하기 위해서였다. 에제트는 분명 혼자 있으려고 할 것이다. 확신했다.

"만약 혼약자가 그때 일을 다 듣는다면, 분명 곧장 우리 저택으로 와서 길길이 날뛰겠죠. 성격이 보통이 아니거든요. 그건 내가 감당해 볼게요."

"그냥 혼약자를 내쫓기만 해도 괜찮을 것이오. 일단 둘이 떨어지게 해야겠지."

"적포도주엔 확실히 약을 탔죠?"

"물론이오. 홀로 남은 황자가 안 마실 수도 없을 만큼 값비싼 와인인데 확실히 했지."

"나머진 릴리브 그 아이에게 맡겨야죠. 혼약자가 입을 거라는 붉은 드레스며 장신구도 거의 똑같이 준비했으니까. 더군다나 운 좋게도 이디즈 님도 와 주시지 않았어요? 문제가 생겨도 전처럼 막아 주실 게 틀림없어요."

이샹스 백작이 탐욕스럽게 웃었다.

"내가 의장 자리에 오를 날도 얼마 남지 않았구려."

* * *

"……래서 이렇게 그들의 뒤통수를 때려 버릴 거야. 어때? 괜찮아, 에제트?"

"예."

"다행이네."

디아린이 그제야 깃펜을 내려놓았다. 에제트는 '계획'의 키워드만 간단히 적힌 종이를 내려다보며 묘한 기분에 사로잡혔다. 누군가 진심을 다해 제 과거에 개입해 주는 이 상황이 익숙지가 않았다.

그런데 문득 식기가 달그락거리는 소리가 귓가를 울렸다. 에제트는 고개를 들어 올렸다.

"디아린."

"응?"

"왜 지금 식사를 합니까?"

아까부터 디아린의 책상 앞에는 식사가 한 쟁반으로 차려져 있었다. 저녁을 먹기엔 너무 늦은 시간. 거의 밤참 수준이었다.

지금 디아린은 소고기 스튜를 스푼으로 뜨고 있었다. 몇 시간 전까지만 해도 평범한 수프였던 스튜다. 심지어 그 안에 든 소고기는, 본래는 너무 많이 익혀서 딱딱해진 스테이크였다. 거기에 드레싱에 축 절여진 샐러드도 잔뜩. 표면만 겨우 보드랍게 되살린 흰 빵도 몇 개나 있었다.

"아까 내가 낭비한 요리거든."

이샹스 백작 부인을 가만 안 두려고 노력 좀 했지.

"그래도 값비싼 정찬인데, 버리기 아까워서."

"같이 먹어 드릴까요?"

"아니? 이거 좀 많이 딱딱한데."

"그래서 한 시간 째 식사를 하고 있는 겁니까? 내일까지 먹을 것 같은데요."

"아냐. 자정 전까진 먹을 수 있어."

"주십시오."

"황자 저하한테 이런 걸 먹이면 불경 아닐까?"

"흠흠."

디아린의 혼잣말에 옆에 대기하고 있던 더블렌 남작이 헛기침을 했다.

"말씀 중에 대단히 죄송하지만, 영애님이 그런 걸 드시는 이 상황도 집사 입장에선 충분히 불경스럽습니다."

에제트가 디아린을 돌아보았다.

"그렇다는군요."

에제트는 디아린이 들고 있는 빵을 눈짓으로 가리켰다. 결국 디아린은 빵을 에제트에게 먹여 주어야 했다.

* * *

대망의 연회 날.

디아린은 잘 차려진 연회장을 한 번 슥 둘러보았다. 춤을 추기 위해 일부러 비워 둔 댄스 플로어를 제외하고는, 곳곳에 흰 식탁보를 깐 테이블이 자리하고 있었다. 그 위에는 간단한 음식들과 함께 백포도주 병이 잔뜩 놓였다.

'오늘 백포도주 다 탕진하고 끝낸다.'

크리스털 잔을 채운 백포도주들이 빛을 받아 반짝반짝 빛났다. 디아린은 백포도주를 피해 샴페인 한 잔을 마시다가 슬슬 자리를 옮겨 테라스로 향했다. 놀랍게도 이 성에도 테라스가 있었다.

'2년 전엔 테라스가 있는지도 몰랐는데.'

폐쇄된 복도에 이렇게 멋진 곳이 있었다는 걸 누가 알았을까?

심지어 여기까지 싹 다 수리가 다 되어 있어서, 디아린은 정말 제대로 된 성에 들어온 기분이 들었다. 이런 성이면 평생 살아도 괜찮지 않을까 하는 생각도 들었다.

'나야 1년 후엔 떠날 존재지만.'

밤이 되니 정말로 싸늘했다. 디아린은 두르고 있던 망토를 더 꽁꽁 싸맸다. 그때였다. 잘 닫혀 있던 테라스의 문이 조용히 열렸다.

'누구지?'

커튼을 분명 내려놓고 들어왔는데. 두꺼운 겨울 커튼이 걷히며 드러난 인영은 뜻밖의 사람이었다.

"이디즈 님."

디아린의 인사에 이디즈가 커튼을 닫고 들어섰다. 그녀의 얼굴을 바로 앞에서 본 디아린이 약간 놀랐다. 눈에 들어온 건 용 비늘 가면. 하얗고 딱딱한 껍질을 뒤로 뒤집어쓴 듯한 얼굴이었다. 이렇게 보이는 날이면 눈동자 색도 잘 안 보였다. 흐릿한 눈동자를 하고, 이디즈가 가까이 걸어왔다.

"오늘은 내 얼굴이 다르게 보이는 모양이군."

"아……. 죄송합니다."

"사과 받으려고 물은 게 아니야. 가면을 뒤집어쓴 것처럼 보일 때가 있다고도 하던데, 맞나? 지금 내 얼굴이 그렇게 보이나?"

"네."

이디즈는 손을 들어 스스로의 얼굴을 조금 만져 보았다. 물론 그녀는 인간이라 부드러운 살갗이 닿아 왔다.

"혼약자 눈에는 내 뺨에 있는 흉터도 물론 보이진 않겠지?"

"흉터요?"

"그래."

이디즈의 물음에 디아린은 유심히 그녀의 뺨을 쳐다보다가 "안 보이네요." 하고 조심스레 대답했다. 친하지 않은 사람의 얼굴을 빤히 바라보는 건 당연히 결례였지만, 공평한 피들은 간혹 하는 실수였다. 사람의 얼굴이라는 걸 한 박자 늦게 인식하는 것이다.

"닮았구나."

"네?"

"아니다. 그저 아키르 황족과 혼인하는 공평한 피들은 참 안타깝다 싶어서."

이디즈가 픽 웃더니 품에서 병을 하나 꺼냈다.

'저거, 도수 굉장히 높은 술 아닌가?'

더블렌 남작이 창고에서 꺼낸 것들 중 가장 셀 텐데.

익숙하게 코르크 마개를 제거한 이디즈는 병째로 술을 들이켰다. 황족으로선 기품 없는 행동이라지만, 기사의 태가 풀풀 나는 이디즈와는 의외로 어울린다고. 디아린은 그렇게 생각했다.

순식간에 와인 병을 반이나 비운 이디즈가 물었다.

"8황자가 이렇게 보일 때면 그 녀석도 무섭겠어."

"에제트가요?"

'디아린을요?'

'이름으로 부르는 것이냐? 소문대로 애정이 짙구나.'

순간 겹쳐 떠오르는 목소리. 픽 웃은 이디즈가 말했다.

"그래. 에제트 아스페르크."

디아린이 눈을 깜빡였다.

"질문에 대답을 드리자면……, 무섭지 않아요. 이디즈 님."

"무섭지 않다고?"

"물론 평소보단 낯설긴 해요. 그런데 그게 무서운 건 아니잖아요."

"……."

이디즈는 디아린의 대답에 말없이 와인 병을 다시 들이켰다.

"예전에 '공평한 혈통' 출신인, 아주 뛰어난 화가가 있었지. 그는 공평한 피의 눈에겐 아키르 황족의 얼굴이 어떻게 보이는지 여러 개의 그림으로 남겼어. 찾아보니까 몇몇 개는 아주 섬뜩하더구나."

"에제트도 그 그림들을 보았나요?"

"아마도 보았겠지. 그 그림은 오직 '공평한 혈통'과 혼인하는 황족만 볼 수 있으니까."

"공평한 피와 혼인하는 황족만요?"

"그래."

연보라색 눈동자가 의문으로 가득 찼다.

"그 말씀은……?"

"맞아. 내 죽은 남편도 '공평한 혈통'이었지. 황제 폐하가 일부러 은폐시켰던지라 아는 사람은 적지만."

디아린이 바로 눈을 둥글게 떴다. 이디즈는 씁쓸하게 웃었다.

제 남편. 돈은 많고 권력 욕심은 없는 시골의 후작. 순진했던 남자는 자신과 처음 만나는 날 두 손을 꽉 쥐고 후덜덜덜덜덜 떨었다. 그렇게 떨면서도 레이디에게 갖추는 예의를 다 지킨답시고 고생깨나 했다.

귀족들이 보편적으로 갖는 욕망인 '대단한 권력'보다는 '화목한 가정'이 인생 목표였던 희귀 생물.

그는 자신의 얼굴을 볼 때마다 울기 직전의 소년처럼 주눅 들면서도 매일매일 같이 정원 산책을 나갔다. 덜덜 떠는 꼴이 보기 싫어 산책을 가지 않겠다고 하면 문 앞에서 몇 시간이나 기다리고 있더라.

처음에는 한심했는데.

그 한심함이 언제부터 귀여워 보이게 되었을까?

그렇게 떨면서도 본인이 좋아하는 검을 들면 자세가 남달라져, 배우자로서도, 같은 기사로서도 그를 아끼고 존중하게 됐다. 그 우직함. 순진함……. 현 황제 브루노 9세의 자식들로 이루어진 젊은 반역자들에겐 좋은 먹잇감이었으리라.

그들은 잠시 수도로 돌아온 이디즈의 여로를 방해해 고립시켜 놓고, 그리젤 후작에게 급히 연통을 넣었다. 철혈의 황제 브루노 9세가 결국 광기에 젖어 동생인 이디즈까지 죽이려고 한다고. 이디즈가 여행 중에 잃어버린 펜던트까지 치밀하게 챙겨 동봉한 편지였다.

그리젤 후작이 급히 수도로 보낸 전령까지도 매수당해 이디즈는 순식간에 '처형당하기 직전'이 되어 있었다. 그는 기사단을 이끌고 분연히 수도로 올라왔다. 수도 방어막을 뚫고 황궁 성문 앞에 당도한 그리젤 후작. 그는 그 앞에서 가까스로 빠져나온 이디즈와 마주쳤다.

자신의 얼굴을 본 그의 눈이 세차게 흔들렸던 걸, 이디즈는 죽어서도 잊지 못할 것이다.

그리젤 후작은 자신의 반역 행위를 정당화시키던 이유가 새빨간 거짓이었다는 걸 알자마자, 반역자들의 간교한 거짓말이었던 걸 알자마자 스스로에게 검을 찔러 버렸다.

그가 직접 목숨을 끊는 모습을 본 후 이성을 잃은 이디즈가 반역자들의 처단에 앞장서서, 그리젤 후작가는 멸문을 피할 수 있었다. 그리젤 후작 부인이었던 이디즈 또한 어떤 처벌도 받지 않았다.

이디즈 키르헨 그리젤 후작.

스스로 남편의 작위를 이은 그녀는 그 어떤 황족도 용서하지 않았다. 부모를 잃은 종손자들도 전혀 가엽지 않았다.

"아까 영애더러 누군가와 닮았다고 했지? 내 남편과 닮았다는 뜻이었다. 그도 내 얼굴에 난 흉터가 보이지 않느냐고 물으면 빤히 쳐다봤거든. 아, 영애가 좀 더 용감하긴 해. 그는 떨면서 내 얼굴을 쳐다봤거든."

한 번은 내 얼굴이 그렇게 무섭냐고 핀잔을 줬더니, "그게 아니라……. 설명을 잘 못 하겠는데……. 무서운 건 정말 아니고……."라면서 더듬거렸던 그가 떠올랐다.

'물론 평소보단 낯설긴 해요. 그런데 그게 무서운 건 아니잖아요.'

아마도 디아린처럼 말하고 싶었는데, 그땐 정확히 묘사를 못 한 게 아닐까.

'바보 같은 남자.'

이디즈는 그렇게 생각하며 조금 웃었다. 죽은 그를 떠올리며 웃은 건 정말 오랜만이었다. 마음이 아플 정도로.

"궁금한 게 있단다, 혼약자."

"무엇인가요?"

"공평한 피들은, 아키르 황족의 눈물은 볼 수 있나?"

"저는 아직 에제트가 우는 건 본 적이 없어요."

보고 싶단 뜻은 아니지만요.

디아린이 조심조심 눈치를 보며 덧붙인 말에 이디즈가 그답지 않게 미소를 지었다.

"궁금하구나. 그대 앞에서 울어라도 보고 싶은데 내 눈물은 이미 마른 지 오래라서."

다른 공평한 피를 찾아가면 알 수 있을지도 모르지만……. 이디즈는 그렇게 하진 않았다. 그저 마지막 마주침에서, 울고 있던 제 얼굴을 그 남자가 보았을까. 그게 궁금했을 뿐.

"내가 이 테라스로 온 건 혼약자에게 할 말이 있어서다."

사실은 말해 줄까 말까 계속 고민했지만. 조금도 취하지 않았지만, 이디즈는 술김에 저지르는 선행이라고 생각하고 말을 이었다.

"그대는 거짓된 금에 대해서 아는가?"

"거짓된 금이요."

거짓된 금. 장난을 치는 금. 바보의 금(Fool's Gold). 디아린은 대답했다.

"황철석을 말씀하시는 건가요?"

"잘 알고 있군."

그야 마법사였으니까.

광물은 수많은 마법사들의 가장 흔한 수집 대상 중 하나였다. 디아린은 광물 수집 취미까지는 없었지만, 그래도 기본은 알고 있었다.

이디즈가 말했다.

"황금과 비슷하지만, 황금은 아닌 광석이지. 겉보기에는 너무 비슷해 구분하려면 한 번 긁어 봐야 하지만. 황철석은 긁으면 검은 가루가 나오고. 물론 이것도 알고 있었겠지?"

"어느 정도는요."

조망을 위해서인지, 테라스는 북문석 숲이 보이는 후원이 아닌 영지가 보이는 정원 쪽으로만 나 있었다. 그곳을 바라보며 이디즈가 말했다.

"오늘 혼약자가 한 황금 귀걸이도 무척 아름다워. 하지만 황철석도 북문석 성의 샹들리에 빛 아래에선 꽤 아름답지. 하마터면 나 역시 구분하지 못할 뻔했어."

〈주인님.〉

얌전히 듣던 올이 도저히 못 참겠다는 듯이 물었다.

〈대체 저게 무슨 말이에요? 주인님이 하고 있는 금 귀걸이를 달란 소린가?〉

신수는 신수라 귀족적인 말에는 영 젬병이었다. 디아린은 피식 웃었다.

이디즈가 말했다.

"잡다한 이야기는 여기까지 하겠네. 재미있었나?"

자신의 말을 알아들었느냐는 뜻이다. 물론, 알아듣지 못했다고 해도 더 이상 친절을 베풀 생각까진 없었지만. 독한 술의 기운은 딱 여기까지였다.

이디즈의 물음에 디아린은 짙은 미소로 답했다.

"유익한 이야기였습니다."

이디즈의 말뜻은 그것이었다.

누군가 디아린과 똑같이 하고 돌아다니고 있다는 점.

더블렌 남작에게는 들키지 않기 위해 조심스럽게 다닌 모양이지만, 자신의 편이라고 생각한 이디즈 앞에는 나타났나 보다.

'이샹스 백작 부인한테 일부러 내가 입을 드레스를 알려 준 보람이 있네.'

디아린은 "먼저 물러가 보겠습니다." 하고 인사하고 곧바로 테라스를 나섰다. 홀로 남겨진 이디즈는 난간에 몸을 기댔다. 하늘을 바라본 그녀가 중얼거렸다.

"잘 지내고 있겠지, 당신."

이윽고 이디즈는 남은 술을 완전히 털어 마셨다.

* * *

이샹스 백작은 휴게실에 앉아 회중시계를 쳐다보고 있었다. 7시는 한참 전에 지났다.

'8황자의 침실엔 7시보다 살짝 늦게 들어가라고 했을 텐데.'

초조했다. 사람이 한 명도 없는 휴게실이라 그런지 이 초조함을 편하게 드러낼 수 있어서 다행이었다.

그때였다. 바람만 겨우 통하도록 아주 살짝 열어 놓은 문틈 사이로 나지막한 목소리가 들렸다.

"숙부님."

"……!"

이샹스 백작이 벌떡 일어났다. 그는 재빨리 두꺼운 문 쪽으로 다가갔다.

"나오지 마세요. 사용인들이 돌아다닙니다."

숨죽인 목소리에 이샹스 백작도 덩달아 작게 대답했다.

"그래. 그래, 릴리브."

문틈 사이로는 뒤돌아서 있는 연갈색 머리카락이 보였다. 예비 황자비와 최대한 비슷하게 꾸민 붉은색 드레스. 앞모습도 공들여 꾸며 정말 닮게 만들었는데, 뒷모습은 아예 그냥 예비 황자비와 쌍둥이 수준이었다.

"일은 어떻게 됐지?"

"성사되었답니다. 그런데…….."

"그런데 뭐? 어서 말하거라!"

"더블렌 남작이 절 쫓아냈어요. 어쩌지요?"

"황자는? 아직 미약에서 깨지 못했나? 이런, 하지만 일만 성사됐다면 나머진 문제없다. 게다가 네 숙모가 한때 황자의 유모였으니까 걱정 마라."

"그렇다면 숙모님을 어서 모셔 와 주세요."

"내 당장 불러오마. 너는 최대한 조심해서 걷거라."

* * *

접견실 안으로 들어서며, 이샹스 백작 부인은 오랜만에 재회하게 될 에제트를 고대했다.

"황자와 몇 년 만에 재회하는 건지 모르겠어요. 날 미워하진 않을까요?"

"부모 이기는 자식은 없지 않소. 분명 다 용서하셨을 게요."

"그렇지요?"

백작은 그렇게 말했지만, 이샹스 백작 부인은 항상 아쉬웠다.

자신이 처음 에제트의 유모 역할을 자처한 건 9년 전.

당시 아홉 살이던 8황자는 유모인 제 말을 제법 잘 들어주는 편이었다.

몇 년만 더 옆에 버티고 있었다면, 정말로 자신을 어머니로 여겼을 것이다.

'그랬다면 콘클이스터 따위가 아니라 내 조카딸과 혼약을 맺게 할 수도 있었을 텐데.'

하지만 진득하게 기다리는 건 백작 부인의 성향과 맞지 않았다. 그녀는 어린 황자와 제 조카딸과 혼인시키기 위해 온갖 노력을 기울였다. 한 번은 제대로 날을 잡고, 제 조카딸과 혼인하라고 윽박도 질러 보았지만 소용없었다. 어린 주제에 아키르의 황족이라고 혈통 값을 내는지 쉽지가 않았다.

애가 탄 이샹스 백작 부인은 계획을 바꾸었다.

'상처를 조금 건드리는 거지.'

당장 부모가 부재한 상처.

현 황제이자 에제트의 조부인 브루노 9세는, 제 맏아들이 반역을 일으키자 큰 배신감을 느꼈다. 당시 그리젤 후작까지 꾀어낸 교활함에는 치를 떨었다. 그런 만큼 황제는 반역에 연루된 친자식들을 전부 남기지 않고 처형시켰다.

그때 에제트의 친모인 황녀도 사형을 당했다. 그녀의 남편이자, 에제트의 친부 역시 함께 형장의 이슬이 되었다. 고귀한 친모와는 달리, 에제트의 친부는 황실 기사에 불과했다. 그러니 에제트를 양육하는 것도, 친부였다. 황녀는 항상 분주했으니까.

신분 낮은 배우자를 집 안에 두고 바깥으로 도는 황족이라. 뻔했다.

이샹스 백작 부인은 돈과 사람을 값비싸게 들여 어렵게 조사한 끝에, 애초에 그 둘의 혼인이 원치 않는 아이—에제트 때문인 것까지도 알게 되었다.

황녀가 성인군자였을까? 황실 기사는 어땠을까?

둘이 과연 에제트를 따뜻한 사랑으로만 대했을까? 한 번이라도, 너를 낳지 말았어야 했다고 저주하지 않았을까? 말은 하지 않았더라도 그런 기미를 완벽히 감출 수 있었을까? 자신도 알아낼 수 있었던 사실을, 8황자가 몰랐을까?

'그러니 자신과 비슷한 처지의 아이가 생긴다면, 절대 외면하지 못할 터.'

이런 결론을 통해 이샹스 백작 부인은 에제트에게 미약을 먹였다. 더블렌 남작의 감시망을 뚫기는 어려울 것 같아서, 미약을 먹인 에제트를 자신의 조카딸과 함께 북문석 숲으로 둘이서만 들여보낼 생각이었다.

하지만 계획이 꼬여, 에제트는 혼자 북문석 숲에 들어가 버렸다.

철저한 실패.

그래서 이번은 더욱 치밀하게 계획을 세웠다. 덕분에 결과는.

'성공했다지. 드디어.'

이샹스 백작 부인은 진한 흥분감과, 약간의 떨림. 그리고 강한 미소를 감추며 북문석 숲의 가장 큰 접견실로 들어섰다. 계단을 쌓아 높인 상석. 그 멋진 자리에는…….

"또 보네요. 이샹스 백작, 백작 부인?"

디아린 콘클이스터가 앉아 있었다.

"……?!"

이샹스 백작 부인이 재빨리 눈을 돌렸다. 하지만 에제트도, 릴리브도 없었다. 재빠르게 돌아가는 두 부부의 시선을 본 디아린이 피식 웃었다. 그녀는 샤이가 애정을 담아 정리해 준 단정한 손톱을 감상하며 여유롭게 물었다.

"성에 재미있는 걸 들여 넣었더군요. 백작 부인."

"무슨 말씀이신지? 아. 설마……? 릴리브가 아직 이곳에 있나요?"

"이름이 릴리브였군요. 이샹스가와 무슨 관계죠?"

"릴리브는 이이의 조카랍니다. 그 애가 무슨 사고라도 쳤나요?"

그렇게 되묻는 이샹스 백작 부인의 눈에는 숨기지 못하는 탐욕이 번들거리고 있었다. 디아린이 가볍게 한숨을 내쉬었다.

"이샹스 백작은 조카딸이 참 많군요. 더블렌 남작이 알아보니까 진짜 조카딸이 아니라 먼 친척 아이를 입양한 거라고 하던데요. 맞나요?"

"예. 맞습니다."

이샹스 백작 역시 넘실대려는 희열을 가라앉히느라 노력하며 대답했다.

"릴리브는 착하고 똑똑한 아이라, 가까이 두고 잘 교육시키려고 했지요."

"교육? 교육이라."

방중술이라도 가르쳤나. 디아린은 물었다.

"그 레이디가 나와 똑같은 드레스를 입고 왔던데요."

"아아."

이샹스 백작 부인이 미리 만들어 뒀던 변명을 꺼냈다.

"릴리브는 아직 철이 없죠. 황자비 저하와 비슷하게 입고 싶다고 떼를 쓰는 바람에 조금 거들어 주기는 했습니다. 그런데……."

그녀는 고개를 들고 조심스러운 표정으로 말했다.

"릴리브가 비 저하의 심기를 거스르는 짓이라도 했나요? 시골에서 자란 아이라 예의가 부족하니 너그러이 봐주세요. 너무 걱정이 되어 견딜 수가 없습니다."

애처롭게 말하는 이샹스 백작 부인은 눈물까지 글썽이고 있었다. 누구라도 의심치 못할 만큼 훌륭한 연기였다. 디아린은 그녀를 응시하다가 피식 웃었다.

'……웃어?'

무슨 일이지? 이샹스 백작 부인이 당황하는 사이, 디아린이 손을 까딱였다.

"가져와."

금세 와인 두 병과 크리스털 잔 여러 개가 차려졌다. 이샹스 백작은 순간 마른침을 삼켰다. 하나는 자신이 손을 쓴 누아르 적포도주였고, 다른 하나는 아내가 진상했던 몰루뉴드 백포도주였다.

"자, 이샹스 백작. 한 잔 마셔 봐요."

디아린이 적포도주를 따라 내리자 이샹스 백작이 정중하게 거절했다.

"8황자 저하께 바쳐진 진상품입니다. 감히 제가 어찌."

"허락은 내가 구했으니 상관없어요. 왜요. 뭐 찝찝한 거라도 있나 봐요?"

"······그럴 리가 있겠습니까? 감사히 마시겠습니다."

이 누아르 적포도주에는 미약이 다량 섞여 있었다. 하지만 극소량 입만 대는 정도라면, 전혀 몸에 해가 되지 않았다. 이샹스 백작은 섭취 양에 주의하며 아주 조금, 적포도주를 홀짝였다.

"컥······!"

"여보? 여보!"

갑자기 이샹스 백작이 가슴을 부여잡고 목이 졸린 듯 끅끅 소리를 냈다. 누군가 흉부를 힘껏 압박해 조르는 것처럼 심한 고통이 느껴진 까닭이다. 이샹스 백작은 숨이 넘어갈 듯이 몸부림쳤고, 백작 부인은 비명을 질렀다.

"화, 황자비 저하!"

디아린은 태연히 "네?" 하고 물었다.

"지금······! 지금 이게 무슨 짓인가요? 포도주에 독약을 탄 것입니까?"

"독약이라뇨? 의회 부의장을 대놓고 독살할 만큼 내가 멍청해 보이나요?"

디아린은 가볍게 손끝을 까딱였다. 그녀의 손짓을 따라 이샹스 백작의 갈비뼈를 부러뜨릴 듯 강하게 조여 매던 마력이 삽시간에 흩어져 흔적도 없이 사라졌다. 압박에서 겨우 풀려난 이샹스 백작이 미친 듯이 기침을 토해 냈다.

"허흑, 허흑······."

이런 고통은 태어나 생전 처음이었다.

그사이 자리에서 내려와 가까이 다가온 디아린은 백작을 살피며 물었다.

"아무래도 이샹스 백작이 사레라도 들렸나 봐요. 독약이면 피를 쏟아야 하는데, 그렇죠?"

"······."

이샹스 백작 부인은 할 말을 잃었다. 디아린의 말처럼, 이샹스 백작은 피라고는 한 방울도 토하지 않았기 때문이다. 디아린이 여전히 고개를 들지 못하고 있는 이샹스 백작에게 몸을 숙이고 물었다.

"이샹스 백작. 이제 좀 괜찮은가요?"

"……괜, 괜찮습니다."

"다행이네요."

디아린의 마지막 말은 거의 속삭임처럼 들렸다. 그 순간, 이샹스 백작은 문득 기시감을 느꼈다.

연갈색 머리카락. 붉은색 실크 드레스. 그리고 휴게실 문 너머에서 들린 것 같던 나지막한 목소리…….

'숙부님.'

"……!"

이샹스 백작이 벌떡 일어났다. 백작 부인이 당황해하며 따라 일어났지만, 지금 백작은 눈에 뵈는 게 없었다. 백작이 디아린을 향해 손가락질하며 뭐라 입을 열려고 할 때였다. 그의 가슴이 아까보다 더한 힘으로 거세게 졸렸다.

"컥!"

백작이 단말마 같은 비명을 지르더니 이번에는 아예 쓰러져 기절했다.

"여보! 여보! 의, 의사를……!"

"그렇게 기침을 하다가 갑자기 일어나면 어지럽죠. 잠시 쉬게 두면 정신을 차릴 거예요. 그건 그렇고, 이샹스 백작 부인. 이 백포도주는 부인이 내게 진상한 것이죠?"

"……예."

이샹스 백작 부인이 입술을 깨물었다.

북문석 영지의 귀부인들은 굉장히 신중한 편이었다. 특히 이샹스 백작 부인은 오래전부터 기사의 밤에 초청받지 못했기 때문에, 티 파티에 서로 부르긴 해도 친하게 지내 주는 귀부인이 없었다. 모두 그녀를 은근히 꺼렸다.

친분 없는 자작에게 누아르 적포도주를 여러 경로로 넘기는 것만 해도 많은 비용을 소모했다. 후일 의장 자리를 위해선 일정 수준 이상의 재산

규모를 유지해야 했다. 더 이상의 자금 융통은 무리였다. 그래서 결국 이샹스 백작 부인이 직접 백포도주를 올린 것이다.

하지만 백포도주는 에제트의 심기를 거슬릴지언정, 아무런 위험도 되지 못했다. 정말로 값비싼 몰루뉴드 고원의 골드 라벨 와인일 뿐이니까! 그랬는데…….

"이샹스 백작 부인. 이 백포도주에는 왜 독을 탄 건가요?"

"그게 무슨 말씀이시죠?"

이샹스 백작 부인이 당황해서 말했다.

"저는 그 백포도주에 아무 짓도 하지 않았습니다!"

디아린은 대답 대신 자리로 돌아가, 와인과 함께 올라온 아름다운 은 스푼을 집어 들었다.

풍덩.

눈 몇 번 깜빡할 시간이 지나자, 은 스푼이 까맣게 변색되었다. 이것 좀 보라는 듯 디아린이 은 스푼을 딸랑딸랑 흔들었다.

"이래도요?"

이샹스 백작 부인이 두 눈을 부릅떴다.

"황자비 저하! 맹세코 그 백포도주는 깨끗했습니다. 더군다나 그 와인은 이제야 개봉된 상태이지 않습니까?"

"그래서요? 이건 계속 내가 보관하고 있었는데요? 남들 손은 타지도 않았고."

이샹스 백작 부인은 고래고래 소리를 지르고 싶었지만 차마 그러진 못했다. 가슴에서부터 치솟아 오르는 불길을 겨우겨우 눌러 담으며 외치듯이 입을 열었다.

"비 저하의 말씀대로라면, 그 와인에 독을 탈 사람도 한 분뿐이지요!"

"한 명?"

디아린이 고개를 갸웃했다.

"설마 나?"

"불경하여 차마 제 입으로 말씀드리진 못하겠습니다! 하지만, 릴리브의 일이 있고 하니 이샹스 백작가에 분풀이를 하고 싶으셨던 모양입니다. 그러나 황족 독살 모의라니 화풀이여도 지나치십니다!"

"어머, 그쪽 친척 아이한테 난 유감이 없어요. 백작 부인."

디아린은 백포도주 잔을 들어 올려 까딱였다.

"친척 아이랑 황자 저하는 아무 일도 없었거든요."

"……!"

이샹스 백작 부인이 이를 악물었다.

"거짓말 마십시오! 릴리브는 이샹스의 보호 아래 있는 아이입니다! 은폐를 시도하시겠다면, 그리젤 후작님께 말씀드려서라도……!"

"나한테 말해서 어쩌겠다는 거지?"

뚝 떨어지는 차가운 목소리. 순간 이샹스 백작 부인의 눈이 부릅떠졌다.

"그, 그리젤 후작님!"

문을 열고 들어 온 이디즈가 냉정한 목소리로 물었다.

"내가 아무리 6년 전에 자네를 봐줬다곤 하지만, 이번엔 아예 내게 제 편을 들어 달라 고해 바칠 작정이었나? 날 너무 만만한 도구로 보는 모양이군."

"그, 그게 아니라……."

"정말 불쾌하군. 내가 한갓 도구로 보였다니."

"후작님!"

"입 닥치게나. 감히 내 앞에서 목소리를 높이다니. 혀가 도려지고 싶어 안달이 난 것도 아니고."

싸늘하게 일갈한 이디즈가 덜덜 떠는 이샹스 백작 부인을 훑어보았다.

"아까, 뭐라 하였나. 그래, 이샹스가의 릴리브 말이지? 릴리브라면 정말 8황자와 아무 일도 없었어. 나와 계속 같이 있었거든."

"……!"

"왜, 이 말도 은폐라고 주장하겠나? 내가 그럴 이유가 없지 않나?"

"……."

원수의 자식인 증손자들 따위. 불행한 생활을 하든 말든, 계략과 간교에 휩쓸리든 말든. 이디즈는 12년을 그렇게 살았고 그렇게 사는 것을 표현하는 데 주저하지 않았다. 현 황제조차도 잘 알고 있는 사실이었다.

이디즈는 냉정한 눈으로 이샹스 백작 부인을 바라보면서 말했다.

"요행을 또 바라는 사람만큼 멍청한 이도 없지."

"후, 후작님!"

눈이 찢어질 듯 커진 이샹스 백작 부인을 뒤로하고, 이디즈는 디아린에게로 고개를 옮겼다.

"잠시 큰 소리가 들려 지나가다 들렀네. 참견한 것을 부디 불쾌해하지 말아 주기를."

"물론이지요."

이샹스 백작 부인이 풀썩 자리에 주저앉았다. 이디즈는 뒤도 보지 않고 나가 버렸다.

'아냐. 아직 끝나지 않았어! 잘만 하면 빠져나갈 구멍이 있어!'

재빠르게 머리를 굴리는 이샹스 백작 부인에게, 디아린이 물었다.

"가장 큰 도구를 쓰지 못하게 된 기분이 어때요?"

"저, 저는 감히 그리젤 후작님을 도구로 쓴 적이 없습……."

"그럼 그 친척 소녀는 도구로 썼고?"

"릴리브를 도구로 쓴 적도 없습니다!"

"그럼 뭐야. 당신 도구는 에제트뿐이었겠네."

"……."

디아린은 색깔을 기억하기도 싫은 이샹스 백작 부인의 두 눈을 노려보며 속삭였다.

"난 당신들 같은 쓰레기가 정말 싫어."

"······."

이샹스 백작 부인이 마른침을 삼켰다. 무표정한 디아린의 눈빛이 꼭 얼음을 품은 칼날 같았기 때문이다. 자신이 마치 뱀 앞에 선 쥐가 된 기분이 들었다.

디아린은 단상 위 자리에 털썩 주저앉았다.

"이샹스 백작 부인."

다시 다정해진 얼굴로 디아린은 물었다.

"내가 옛날 일까지 터뜨릴까 봐 두렵죠, 지금?"

"······그 일이라면, 저도 충분히 반성했습니다. 그리고 옛일을 다시 캔다면 8황자 저하의 명성에도 좋지 못하겠지요······."

"맞아요. 내 혼약자께 좋지 못한 일을 할 순 없죠."

디아린은 옆에 놓여 있던 잔을 들어 빙글빙글 돌렸다.

"그러면 전제를 바꿔 볼게요. 이샹스가 새로이 큰일을 저질렀는데, 그 피해자가 '콘클가'의 피후견인인 나라면 어떻게 될까?"

대번에 이샹스 백작 부인의 얼굴이 굳었다.

"비록 내가 친딸이 아닌 수양딸이지만, 공작님이 나를 꽤 아끼시거든요. 기껏 8황자 저하와의 결혼을 앞두었는데, 갑자기 내가 당신이 올린 백포도주를 마시고 중독되었다는 소식을 들으시면······."

'······협박하는 거야! 괜히 나를 겁주려는 거야!'

"곱게 죽진 못하겠네요. 게다가 예비 황족 살해 기도까지 덤으로. 축하해요?"

이샹스 백작 부인의 얼굴이 완전히 새파래졌다. 아까 저 백포도주에 담근 스푼이 새까맣게 변하긴 했다. 확실히 독이 들어 있다는 소리다. 하지만, 제정신이라면 독이 들어 있는 와인을 마실 리가······.

"······!"

비명이 터졌다. 디아린이 마신 백포도주 잔이 바닥을 구르며 카펫을 적셨다. 기다렸다는 듯 더블렌 남작이 기사들을 이끌고 쳐들어왔다.

"황자비 저하!"

쓰러진 디아린을 보고 더블렌 남작의 얼굴이 희게 질렸다.

"당장 독살범들을 결박하라!"

끌려가는 이샹스 백작 부인을 스치고 에제트가 빠르게 걸어 들어왔다. 이샹스 백작 부인의 바로 앞을 지나가는 황자는 그녀 쪽은 돌아보지도 않았다. 순식간에 디아린 앞에 당도한 그녀 앞에 에제트가 무릎을 굽히고 앉았다. 그 모습이 이샹스 백작 부인이 본 마지막 모습이었다.

* * *

까만 날개 속이었다. 그 어둠은 천천히 변하더니, 어느새 녹음이 가득한 초원과 푸른 하늘로 변했다.

디아린은 그 넓고 화사한 초원에 가만히 누워 하늘을 바라보고 있었다. 작은 흰 꽃이 점점이 보였다. 야생 풀꽃의 내음이 쏴아아— 하는 소리와 함께 바람에 따라 실려 왔다.

'꿈?'

디아린은 천천히 일어났다. 그녀의 먼 시선을 따라 다가오는 인영이 있었다. 하얀 옷. 흰 사슴의 아이라는 말에 어울리게 언제나 흰 옷을 입고 있던 반다였다. 그 애가 다가와 디아린을 꼭 끌어안았다.

오랜만이니까.

멸망으로 걸어 들어가는 세계 속에서 흰 사슴족을 지키려면 디아린이 마법사가 되는 길밖에 없었다. 종족의 원로들은 그렇게 결정을 내렸다.

'너는 치유의 힘이 약하니까, 마법을 배워서 흰 사슴족을 지켜 주어야 한다.'

타고난 능력이 부족하니까. 다른 것으로라도 메우는 게 맞으니까.

뛰어난 마법사가 되기 위해서는 흰 사슴족에 안온하게 머물러 있을 수가 없었다. 디아린은 마법사가 되기 위해 부족을 떠나 바깥으로 나갔다. 마법 실력이 유달리 대단한 게 아니었다면 진즉 사슴뿔이 따여서 죽었을 것이다.

원래도 다정하지 못한 성격이었다. 흰 사슴족의 이지를 물려받아서인지, 천성인지. 고위 마법사가 되어 갈수록 그녀는 얼음처럼 차가워졌다. 나날이 강해지는 마법의 힘을 자랑스러워하면서도 한편으로는 그녀에게 거리감을 느끼던 흰 사슴족들.

하지만 반다만은 달랐다.

빛 같았던, 그래서 빛이라고 불렸던 반다는 자신을 항상 반겨 주었다. 얼음도 온기를 느낄 줄 알아서, 같은 흰 사슴족의 아이라서. 내가 지켜야 할 흰 사슴족엔 너도 포함되어 있으니까.

'나는……, 살고 싶었어.'

'나는 네가……, 싫어.'

순간 반다를 끌어안고 있던 손이 멈칫 굳었다. 흐릿했던 기억 속에서 떠오르는 그 말.

뭐라고?

반다. 뭐라고 한 거야?

어느새 장면이 바뀌었다. 자신의 품에서는 마법에 휩쓸린 반다가 피를 흘리고 있었다. 누군가 머릿속에서 비명을 질러 대는 것 같다. 방금 떠올린 말이 머릿속에서 정신없이 울렸다.

* * *

에제트는 사파이어 방을 향해 걸음을 옮겼다.

방금 전, 이샹스 백작이 부의장 자리를 사직했다. 그 이후 이샹스 가문 재산의 98.25%에 해당하는 엄청난 황금을 북문석 성에 헌납했다. 자의는 아니었다. 이샹스 백작가는 둘 중에 하나를 골라야 했다.

독살 사건을 인정하고 다 죽을 것인가, 작위만 반납하고 목숨은 건질 것인가.

"너무나 과하십니다, 8황자 저하!"

이샹스 백작은 받아들이지 못하고 버럭 소리를 쳤다. 그는 스스로에 대한 긍지가 아주 높았다.

"하신다면 차라리 제 아내만을 벌하시지요! 당장 그 악독한 독살범에게 이혼장을 보내겠습니다! 그러니 저하께선 저까지 이리 엮으실 이유가 전혀 없……, 아아악!"

이샹스 백작이 고통에 찬 비명을 질렀다. 어깨에 검이 꽂힌 것이었다. 조금만 더 깊숙이 들어가면 힘줄이 잘려 버릴 정도였다.

"실수했군. 백작의 혀에다가 꽂으려고 했는데."

"……!"

그 섬뜩한 진심에 백작은 간신히 비명을 삼켰다.

"내가 이 선택지들까지 전부 거둬 주길 바라나?"

"헉, 허어억……!"

이샹스 백작의 손이 와들와들 떨리기 시작했다. 말도 안 됐다. 이샹스 백작도 젊은 시절 기사 서임을 받은 적 있어서 더욱 잘 알았다. 그는 방금 에제트의 검이 움직이는 걸 보지 못했다.

사람에게 이미지는 중요하다. 개에게 물린 적 있는 사람은 작은 개도 무섭게 보는 것처럼, 만만하게 여기고 있는 사람은 실제보다 하찮고 작게 보인다.

이샹스 백작에게 에제트는 작고 어린 황자에 불과했다. 아내의 좋은 먹잇감 정도. 에제트가 수문석 지하에서 살아 돌아와 북문석 영지의 귀족들도 몹시 열광했지만, 거기에 이샹스 백작은 끼어 있지 않았었다.

심지어 아흐레 밤 정찬 시간에도 에제트를 보고 내심 코웃음을 쳤던 이샹스였지만, 지금은 전혀 아니었다. 낮게 가라앉은 황금색 눈동자가 말없이 자신을 훑어보는데, 꼭 뒷덜미를 물어뜯으려고 숨을 죽인 투견 같았다.

'어떻게 저렇게 무시무시한 걸 손쉽게 이용해 먹을 수 있다고 생각한 거지? 캐롤라인은!'

이샹스 백작이 비명을 삼키며 서류에 서명을 하는 동안, 백작 부인은 의외로 에제트를 만나 달라고 행패를 부리지 않았다. 콘클의 검은 손이 무서운 것인지, 이디즈의 경고가 두려운 것인지.

물론 에제트 역시 굳이 이샹스 백작 부인을 만나고 싶진 않았다. 이게 트라우마라면 트라우마라고 할 수 있을지도 모르겠지만.

생각을 접은 에제트는 사파이어 방에 들어섰다. 곧바로 나오는 커다란 거실. 문을 닫고 한 발자국 들어선 에제트의 눈썹이 슬쩍 올라갔다. 누군가 있었다.

눈 깜빡하기도 전, 에제트가 인영을 낚아채 벽에 밀어붙였다. 벽에 장식되어 있는 두툼한 태피스트리 덕에 소리도 충격도 거의 없었지만, 제압 목적이라 상관없었다.

암살자로 착각한 눈앞의 사람의 정체를 아는 순간.

"……디아린?"

차갑게 가라앉아 있던 황금색 눈동자가 동요로 흔들렸다. 에제트는 서둘러 잡고 있던 양 손목을 풀었다. 디아린이 붙잡혀 손자국이 붉게 남은 두 손목을 천천히 내렸다. 에제트는 당황한 표정으로 물었다.

"왜 여기에……."

쿵!

부딪히는 소리와 함께 순식간에 그들의 위치가 뒤바뀌었다. 두꺼운 카펫이 깔린 바닥에 완전히 누운 에제트. 디아린은 위에서 그의 양손을 잡아 누른 채로 에제트를 내려다보고 있었다.

디아린의 얼굴은 평소와 달랐다. 몹시 싸늘했다. 항상 다정하던 연보라색 눈동자는 얼음처럼 차가워서, 꼭 온기가 없는 파충류처럼도 보였다. 둥글게 말린 연갈색 머리카락이 에제트의 뺨 위를 맴돌았다.

"……내가 아무리 차가워져도 넌 괜찮다고 그랬잖아."

반다의 피투성이 얼굴.

"너도 사실은 내가 싫었어?"

에제트의 손목을 옥죄는 힘은 점점 강해졌다. 장검도 제대로 못 들 것 같은 가느다란 손가락에 마력이 감돌자, 악력이 금세 기사의 수준을 뛰어넘었다.

"디아린."

두 손목이 끊어질지도 모를 상황에서, 에제트는 디아린에게서 시선을 떼지 않았다.

"북문석을 수호하는 제가 차가움을 싫어할 수 있을까요."

나지막한 목소리였다. 말을 고르고 고르다 보면 할 수 있는 말이 많지가 않았다. 아마 그녀의 귀엔 들리지 않겠지만.

"……디아린."

불이 켜지듯, 디아린이 서서히 정신을 차렸다.

"……?"

디아린은 자신의 밑에 깔린 에제트를 보고 당황해서 벌떡 일어났다. 무표정하던 얼굴에 감돌던 냉기가 언제 그랬냐는 듯 한순간에 사라졌다. 에제트는 붉어진 손목을 전혀 내색치 않고 흑표범처럼 가뿐히 일어났다.

디아린은 비명을 지르고 싶었다.

'미쳤어!'

내내 조용하던 로르가 즐겁게 빈정댔다.

〈마법 부작용 한번 화끈하군, 인간.〉

〈저게 원래 주인님 성격이긴 하죠. 얼굴은 귀여운데 어쩜 성격이 저렇게 차가울까?〉

〈이중인격자다.〉

〈오, 그 단어도 생각이 난 거예요. 로르? 잘 됐네.〉

올도 따라서 키득거렸다. 디아린은 새빨개진 얼굴이었다.

'이 빌어 처먹을 부작용 같으니라고!'

적조의 힘을 최대한 가리려다 보니, 예기치 않은 오류가 생긴 것이다. 방금처럼 예상치 못한 공격을 받았을 때 자동으로 바로 반격하게끔 되어 있는 마법. 예전 성격까지 끄집어 튀어나온 게 이 보호 마법의 치명적 오류였다.

"미안해. 괜찮아?"

"사과할 필요 없습니다. 제가 먼저 실수했으니까요."

디아린은 긴장감으로 가슴이 마구 뛰었다.

'콘클의 명에 따라 자길 죽이려고 한다든가 그런 거라고 생각하면 어떡하지?'

디아린은 불안해지자마자 바로 입 밖에 냈다.

"내가 콘클 공작의 명으로 널 죽이려고 한다든가 그런 거 절대 아니야……."

"……그런 생각 하지도 않았는데요."

"다행이다. 그, 방금은 내가……. 가끔 눈 뜨고 몽유병을 겪어."

"몽유병이요?"

"으응."

"그럼 위험한 것 아닙니까."

"가끔만 그래. 아주 가끔만. 10년에 한 번 정도."

"그렇군요. 수면 장애는 적잖으니까요."

디아린은 안도의 한숨을 내쉬었다. 어렵게 쌓고 있는 신뢰가 순식간에 곤두박질칠까 봐 얼마나 염려했는지.

에제트는 소매를 끌어 내려 손목을 가리며 물었다.

"그런데 왜 제 방에 계시는 겁니까?"

"아. 이샹스가 어떻게 됐는지 물어보려고……."

반다의 꿈을 꾸고 깨니까 기분이 영 찝찝했다. 혼자 있기는 싫어서 나왔는데, 다들 연회 준비 때문에 바빴다. 그래서 그냥 곧장 에제트한테 가자 싶어서 사파이어 방으로 향했다.

"더블렌 남작이 거실이라면 들어가서 기다려도 된다고……, 어, 에제트?"

디아린이 순식간에 에제트에게 덜렁 들렸다.

"등 아프신 것 같은데요."

"아니. 내 발로 갈 수 있는데."

에제트는 대답도 하지 않고 순식간에 안쪽으로 들어섰다. 거실 안쪽 문을 열자, 방문이 여러 개 나왔다. 그중 하나를 열자 어스름하고 널찍한 침실이 눈에 들어왔다. 에제트는 성큼성큼 안으로 걸어갔다.

눈 깜빡할 새 디아린은 침대 위로 곱게 옮겨졌다.

자신을 내려놓고 곧장 멀어지는 에제트를 보며 디아린은 무의식적으로 그런 생각을 했다.

'몸, 되게 단단하네. 허벅지도 꼭…….'

이상한 쪽으로 이어지려는 생각을 급하게 차단한다. 때마침 에제트가 새 용건을 꺼내 주었다.

"아까 이샹스가 어떻게 됐는지 궁금하다고 하셨죠."

"응. 난 아직 나갈 수 없으니까."

디아린은 아무튼 독을 먹고 쓰러져 있는 상태라고 북문석 성의 사용인들이 다 알고 있었다. 하지만 더블렌 남작의 재빠른 대처와, 의사가 마침 운 좋게 해독제를 구비하고 있던 덕에 후유증 없이 곧장 해독할 수 있었다—

정도.

'사실은 독 먹은 것도 아니지만요.'

처음부터 전부 연기. 독은 얼어 죽을, 디아린은 독의 뚜껑도 먹지 않았다. 에제트는 디아린의 모든 예측이 그대로 들어맞은 게, 아니, 그대로 진행시킨 디아린의 실행성이 신기했다. 그걸 아는지 모르는지 디아린은 태평하게 물었다.

"릴리브라고 했지. 그 여자는 어떻게 됐어?"

* * *

결론부터 말하자면, 릴리브는 유부녀였다.

옅은 갈색 머리카락에, 자색 눈동자를 지닌 이십 대 초반의 사람은 어지간히 구하기 힘들었던 모양이다. 거기다가 황족에게 하룻밤의 책임을 운운하려면, 하룻밤을 보낸 이가 정말 최소한 하급 귀족은 되어야 했다. 조건이 까다로워서 결국 이샹스에서는 유부녀까지 데려다 쓴 모양이었다.

당연히 있었을 반발은 백작 가문의 힘과 권력으로 찍어 눌러서 해결.

하지만 그것도 이제는 옛일일 뿐이다. 몰락한 이샹스 백작 부부는 북문석 영지에서 쫓겨나, 서부의 황야로 터를 옮기기 위해 밤중에 초라하게 떠날 예정이었다.

'황자 저하. 그 이후는 릴리브 커티스의 남편한테 넘겨주겠다고 전했습니다.'

이 일의 최종 처리를 맡은 테트반 요크가 그렇게 보고했다.

'아내를 보내지 못하겠다고 하니까, 이샹스가에서 남편의 다리까지 분질러 놓았더군요. 그 후에는 사람까지 붙여서 집에 가둬 놓고 감시하고 있었습니다.'

릴리브 커티스와 동갑내기인 젊은 남편이 피눈물을 흘리며 감사하다고 머리를 바닥에 찧어 대는 모습이 아직도 눈에 선하단다.

디아린은 에제트의 말을 들으면서 "정말 생각보다 더 쓰레기였어." 하면서 고개를 절레절레 저었다. 그런 줄 알았으면 이샹스 백작을 마력으로 확조일 때 좀 더 힘을 써서 갈비뼈라도 부러뜨려 버렸을 것이다.

'아니, 혀를 뽑을 걸 그랬나?'

〈무슨 생각하는지 알겠는데, 안 된다. 마력으로 힘을 강화시키는 건 인간의 몸에 부담이 많이 간다.〉

〈로르 말이 맞아요. 주인님, 지금도 또 창백해질랑 말랑 하면서?〉

'올로르 말이 맞긴 해. 이건 잘 안 쓰도록 해야지.'

디아린은 그렇게 생각하며 눈동자를 빙글 굴려 하늘을 바라보았다. 차가운 냉기가 코끝에 닿아온다. 호흡을 할 때마다 하얗게 입김이 부서졌다.

새까만 하늘에 총총 뜬 별.

디아린은 샤이가 씌워 준 망토를 만지작거리며 물었다.

"에제트. 정말 우리 나와도 되는 거야?"

"기사의 밤 구경하고 싶다면서요?"

"음⋯⋯. 그랬지."

북문석 성에서 열리는 기사의 밤은 당연하게도 기사단의 기사들이 주를 이루었다. 사교계의 각 잡힌 연회가 아닌, 더 자유로운 느낌의 연회였다.

그들도 귀족이니까 품위 없고 방탕하게 놀지는 않지만. 많이 먹고 많이 마시면서 기력을 보충하는 것이다. 한참 먹을 땐 개도 안 건드리니까, 제일 윗사람들은 적당히 늦게 들어가 주는 게 미덕이었다.

원래라면 방 안에서 적당히 시간을 보내다가 홀에 입장해도 되겠지만.

디아린은 사파이어 방에 난 커다란 창문으로 보이는 영지를 보았다. 오늘따라 야경이 유달리 반짝거리기에 물었더니 기사의 밤은 북문석 영지민들도 기리는 기념일이라는 답이 돌아왔다.

'궁금하다고 지나가듯 말했더니 어느새 여기고.'

얼떨결에 나왔지만 정말로 궁금하기는 했다. 해가 일찍 떨어지는 북문석 특성상, 이미 하늘은 어두웠는데도 사람이 무척 많아 북적북적했다.

"에제트, 우리 광장 쪽으로 가 볼까?"

그는 가볍게 고개를 끄덕이며 디아린에게 가까이 걸어왔다. 그러더니 망토에 달린 모자를 제대로 만져 주었다.

"아직 본격적인 겨울은 아니지만, 그래도 추우니까요."

"고마워. 그런데 에제트."

디아린이 팔을 뻗어 에제트의 머리 위에 손을 살짝 얹었다. 그리고 그대로 자신의 머리 위로 손을 쭉 당겨 키를 재어 보았다. 그사이 또 차이가 더 커진 느낌이었다. 바로 앞에 있으니까 차이가 더 확실하게 느껴졌다.

'2년 전에 처음 만났을 땐 나랑 비슷하더니. 쑥쑥 크네.'

"키 또 큰 것 같아. 성장기라서 그런가?"

"이 정도에서 멈추면 안 되죠."

"아키르 황족들은 다 키가 크니까. 나중에 사랑받으시겠어요."

"사랑이요?"

"응. 사교계에서. 귀부인들이나, 레이디들한테."

에제트가 이마를 찌푸렸다. 그가 단칼에 잘랐다.

"필요 없습니다."

디아린은 픽 웃었다. 에제트의 얼굴은 제대로 보이지 않았지만, 목소리만으로도 기분을 충분히 유추할 수 있었다. 이렇게 차가운 목소리며 태도가 과연, 사교계에서 에제트의 인기를 떨어뜨리는 요인으로 작용할까?

'전ㅡ혀 아니지.'

게다가 에제트의 외모가 뛰어나다는 건, 충분히 들어서 알고 있었다.

아름다운 소년의 얼음처럼 차가운 태도? 뭇 여성들의 마음에 불을 지르고도 남았다.

'난 그런 치정극도 볼 수 없겠지만.'

광장에 가까워질수록 사람은 점점 많아졌다. 점점 북적대는 사람들 때문일까. 생생한 활기가 느껴졌다.

대부분 평민들이지만, 다들 나쁘지 않은 옷을 입고 있었다. 추위가 혹독한 북쪽이다 보니, 가죽 손질하는 솜씨들이 타 영지보다 좋았다. 덕분에 웬만한 영지민들도 때깔 좋은 가죽 외투들을 걸치고 있었다.

언뜻 듣기엔 혹독할 것 같은 북문석인데, 생활 수준은 평균 이상이었다.

'광물들 덕분이겠지.'

북문석 영지는 농업의 축복을 받지 못한 대신 광업의 축복은 받아서, 질 좋은 광산들이 어마어마하게 많았다. 북문석 영지에 뿌리를 둔 귀족 중엔 그래서 알부자들이 많았다.

'그런 영지를 수호하는 것치고, 에제트에 대한 대접은 좋지 못했지만 말이야.'

애초에 북문석 영지는 밀려난 황족들이 수호하러 오는 경우가 대부분이었다. 하지만 지금은 에제트의 입장이 달라졌고.

작금의 상황으로 볼 때, 에제트는 언제 수도로 불려가도 이상하지 않을 경우가 됐다.

'어쨌든 북문석은 구석에 있으니까.'

수도 귀족들에게 북문석 영지의 이미지는, 신비롭긴 하지만 굳이 가서 살고 싶진 않은 곳이었다.

광장은 밝았다. 줄지어 선 가로등에서 빛이 쏟아졌다. 값싼 최하급품의 마도석을 대량으로 넣어 작동시키는 가로등이었다. 곱고 우아한 빛은 아니었지만 광장의 누구도 개의치 않는 표정이었다.

내일 아침이면 살얼음이 얼 게 분명한 커다란 분수대. 기사의 밤을 축하하기 위해서인지 어디선가 연주하는 행진곡.

"에제트."

디아린은 분수대를 보면서 말했다.

"난 북문석 영지가 무척 어두침침할 거라고 생각했어."

"다들 그렇게 생각하지요."

"그렇지? 실제로 보면 아닌데."

콘클 공작의 가신도 겁을 잔뜩 줬었다. 척박한 곳에 가서 얼어 죽을지도 모른다고, 제대로 먹을 것을 구하기도 어려운 곳이라고. 수도에서 안온하게 나고 자란 귀족들은 다 비슷하게 생각했다.

"왜 수도에서 북문석 이미지가 그렇게 잡혔을까?"

"여기 귀족들이 그런 이미지를 조장하니까요."

"귀족들이?"

왜?

"그 덕에 북문석에는 세금 우대 혜택이 있다고 들었습니다. 정확히는 북문석 영지에 지나치게 낮은 세율이 매겨져 있는 거지만, 인상하자고 주청하는 관료가 거의 없잖습니까."

"어……, 그러고 보니까 그러네?"

겨울마다 혹독하게 추워서 장작값도 빠듯할 북문석 영지에서 뭘 빼먹느냐고. 디아린도 그런 식으로 생각하고 있었다.

'뭐야. 생각보다 현실적이잖아?'

돈은 물론 중요하니까. 가장 중요한 문제일지도.

디아린은 그렇게 생각하면서 에제트를 살짝 보았다. 오늘도 에제트의 얼굴은 블러 마도구로 꾹꾹 누른 듯 이상하게 보인다. 그나마 좀 보이는 흐릿한 황금색 눈동자. 에제트는 물끄러미 광장을 보고 있었다.

"기사의 밤이면."

갑자기 입을 연 에제트 때문에 디아린은 움찔 놀랐다.

"항상 이렇게 나와서 여길 보고 있었습니다."

"홀에 늦게 들어가야 하니까?"

"예."

"혼자서?"

"혼자서요."

'하긴…….'

기사의 밤이다. 당장 램드도 기사니까 참석해야 하고. 또 명칭만 기사의 밤이지 토벌단 소속 마법사들도 전원 참석했다. 더블렌 남작은 북문석 성의 집사니까 연회를 주최하느라 정신이 없었을 거고. 에제트가 혼자 나오는 게 당연했다.

아마 에제트에게 진짜 가족이 생기기 전에는 계속 그럴 것이다.

디아린은 분수대를 새삼 응시했다. 분수대의 높은 중앙에는 커다란 방패를 배경으로, 검과 창이 사선으로 교차되어 조각되어 있었다. 기사를 상징하는 문양이었다.

"에제트."

문득 샤이의 말이 떠올랐다.

"북문석에선 기사의 밤에 '지키고 싶은 것들의 안녕'을 기원하면서 소원을 빈다며."

북문석 영지만의 오랜 전통이었다. 디아린은 굉장히 흥미롭게 들었다.

"같이 빌자. 같이 나왔으니까."

"빌고 싶은 거라도 있습니까?"

"그럼?"

디아린이 기도하듯 두 손을 모았다.

"제가 사랑하는 것들을 지켜 주세요. 따뜻한 저녁 식탁을, 졸린 눈을 비비며 건네는 아침 인사를. 빗방울이 떨어질 때 함께 쉴 수 있는 나무 아래를, 행여나 아플 때 받게 될 다정한 위로를."

에제트는 디아린을 곁눈으로 디아린을 내려 보다가, 그녀가 눈을 뜨려고 하자 재빨리 고개를 돌리고 성실하게 기도에 임하는 척했다. 그 동작을 눈치 못 챈 채 디아린이 말했다.

"남부에서 내려오는 기도야. 가족의 기도."

"가족의 기도요."

"응. 계약자들끼리의 기도 이런 건 없어서."

디아린의 말에 에제트가 피식 웃었다. 그는 고개를 들어 올려 시야 높게 설치된 기사의 문양을 올려다보았다.

"디아린."

"응."

"하나만 더 기도해도 되겠습니까?"

"좋지. 어떤 거?"

디아린이 그렇게 물으면서 다시 눈을 감았다.

자기가 어떤 걸 빌 줄 알고 저렇게 바로 눈을 감는 걸까. 에제트의 입가에 약하게 미소가 그려졌다.

"제가 수호해야 할 것들을 반드시 지킬 수 있기를."

디아린은 눈을 감은 채로 생각했다.

'수호해야 할 것이라면, 북문석 영지구나.'

비록 밀려나듯 온 곳이지만, 에제트는 북문석 영지를 싫어하지 않는 것 같았다. 반평생을 걸쳐 수호하던 땅이라서 그런 걸까.

'애정이 생기는 것도 당연하겠지.'

어느새 광장을 떠나 집으로 삼삼오오 돌아가는 사람들이 보였다.

"에제트. 여기에 언제까지 있었어?"

"적당히 있다가 북문석 숲으로 갔습니다. 아흐레 밤 전후로 며칠간은 경계가 느슨해지니까요."

'경계가 느슨해진다.'라는 말에 디아린은 어깨를 살짝 움츠렸다. 그 틈을 타서 북문석 숲으로 넘어가 신나게 마물 사냥을 하고 왔던 그녀였다. 괜히 찔려서 헛기침을 한 디아린은 화제를 돌렸다.

"그러고 보니 이디즈 님이 북문석 숲에 한번 같이 가자고 하셨는데."

"대고모님이요?"

"응. 내 각인 능력이 상성이 잘 맞다고 그러셨던가……."

에제트가 지나가는 목소리로 말했다.

"기사들도 그런 말을 하더군요."

"어?"

"당신과 각인 능력이 잘 맞는 것 같다고요."

디아린은 자기도 모르게 침을 꿀꺽 삼켰다. 아뿔싸!

이디즈는 하위 100%라는 어마어마한 수치가 나온 디아린의 정확한 능력 수준을 모르고 있지만, 에제트는 아니었다. 그리고 에제트는 수문석 지하에서 변형된 자신과 마주친 적이 있는…….

'화제 잘못 돌렸잖아.'

디아린은 갑자기 식은땀이 쭉 났다.

"아얏!"

그때였다. 디아린은 발을 헛디딘 소녀 한 명과 부딪혔다. 아니, 부딪힐 뻔했다. 눈으로 확인도 못 했는데 어느새 에제트가 소녀를 붙잡은 상태였다. 그는 넘어지기 직전의 소녀를 똑바로 세워 놓았다.

"죄, 죄송해요! 죄송합니다! 돌부리를 못 봐서, 죄송합니다……."

디아린의 허리까지나 올 법한 작은 소녀였다. 왼팔에는 짙은 갈색 바구니를 끼고 있었는데, 그 안에는 종이로 만든 꽃이 가득 있었다. 아마 꽃을 파는 길거리의 꼬마 같은데, 지금은 계절이 계절인지라 종이를 접어 파는 모양이었다.

"죄송합니다! 죄송해요……."

와들와들 지나칠 정도로 떠는 소녀를 보자 디아린은 의아해졌다.

"너 혹시 내 돈 훔치려고 했니?"

"네?"

소녀의 눈이 더 커질 수 없을 만큼 커졌다.

"아니에요! 제가 어떻게 감히……! 전 태어나서 한 번도 도둑질을 해 본 적 없어요."

"그런데 왜 이렇게 떨어?"

소녀는 침을 꿀꺽 삼켰다. 목소리를 한껏 낮춘 소녀가 겁에 질려 말했다.

"노, 높으신 분들이신 것 같아서……. 죄송합니다. 죄송합니다."

디아린은 의문을 느끼며 자신과 에제트의 옷차림을 다시 한번 살펴보았다. 둘 다 평범한 차림새였다. 물론 옷감은 고급이지만 다이아를 줄줄 박은 것도 아니고 금박으로 떡칠을 해 놓은 것도 아니었다. 이 정도는 부유한 평민도 입을 수 있는 정도였다.

"제, 제가 귀족 저택에서 일을 했었거든요. 그래서 그냥 느낌이……."

"일을 했었다고?"

"네에. 지금은 물론 아니지만요……."

"혹시 이샹스 백작가에서 일했니?"

"네? 어, 어떻게 아셨어요?"

'어쩐지.'

어느 귀족 가문에서 오늘 같은 날, 기사의 밤에 고용인을 내보내겠는가. 가문의 기사들을 먹이고 연회를 열어 주느라 비번인 고용인들도 싹 다 불러서 연회를 준비하게 할 텐데.

디아린은 흘긋 바구니를 보았다. 종이꽃이 가득했다. 이런 길거리 종이꽃 장사가 으레 그렇듯, 그다지 팔진 못한 모양이다. 알록달록한 종이꽃을 보고 있자니 문득 더블렌 남작과 했던 대화가 떠올랐다.

'저는 종이 공작품이 제일 싫습니다. 처리하기도 애매하고. 하나하나 펼쳐서 이면지로 쓰는 것도 고생이잖습니까.'

더블렌 남작은 태생이 소금쟁이라 이런 걸 버리지 못하는 성격이었다. 디아린은 사악하게 비어져 나오려는 웃음을 참았다.

이 종이꽃들, 잔뜩 사서 선물해 주면 그 알뜰한 집사가 무슨 표정을 지을까?

"그거……."

내가 좀 사겠다고 말하려던 디아린이 얼떨떨한 표정을 지었다. 어느새 에제트가 소녀에게 돈을 건네고 있었다.

"이걸 다 사시겠다고요? 전부 다요?"

소녀가 깜짝 놀라서 에제트에게 고개를 숙였다.

"가, 감사합니다, 도련님! 그런데 이 꽃들을 다 어떻게 들고 가시려고요? 아! 제 바구니를 빌려드릴게요. 제가 내일 찾으러 갈 테니까 어디 사시는지만 알려 주세……, 헉. 네네. 알겠습니다."

저 멀리 배경처럼 깔린 북문석 성을 본 소녀의 눈이 휘둥그레 변했다. 잔돈은 필요 없다는 에제트의 말에 소녀는 꾸벅 세 번이나 절을 하더니 날 듯이 사라졌다. 통통 뛰어 가는 모습이 그제야 좀 제 나이 대의 아이로 보였다.

남은 건 에제트. 디아린. 그리고 종이꽃 한 바구니.

디아린은 얼떨결에 종이꽃이 한 아름 든 바구니를 껴안게 되었다.

"에제트?"

"눈을 못 떼던데요. 갖고 싶으신 거 아니었습니까?"

"그……. 나 말고, 더블렌 남작한테 줄까 싶었지."

"더블렌 남작이요?"

예상치 못한 말에 에제트가 고개를 갸웃했다.

"이런 걸 좋아하지 않을 텐데요."

"그러니까 재밌을 것 같아서."

"그래서 준다고요?"

"응. 아니, 아니. 그럴까 생각만 했지."

디아린의 말을 들은 에제트가 헛웃음을 지었다. 그럼 뭐, 더블렌 남작에게 주자고. 그렇게 말하려던 에제트는 바로 앞에서 고개를 들어 올리는 디아린 때문에 멈칫했다.

"선물 고마워."

자신을 향해 빙그레 웃는 디아린의 얼굴은 선명했다. 즐거운 감정을 가득 담은 연보라색 눈동자가 반짝반짝 빛나는 것도. 그래서 에제트는 간혹 착각하게 됐다.

디아린의 눈에도, 자신이 평범한 사람처럼 보이고 있을 거라는 착각.

하지만 아주 가끔, 디아린은 아주 낯선 것을 보듯 자신을 보았다. 눈앞에 사람이 아닌 전혀 다른 무언가를 맞닥뜨렸을 때의 눈빛.

그때 다시 실감하곤 했다. 그녀는 공평한 피. 자신은 아키르의 황족이란 사실을.

세상에서 가장 완벽한 평행선.

'공평한 혈통' 출신 화가가 그린 그림들도 그랬다. 생생한 그림 속에서의 아키르 황족은 굉장히 이상한 모양새였다. 추상화를 그린 게 아닐까 처음엔 의심도 들 정도였다.

하지만 디아린을 대하고 있다 보면, 그 그림들이 다 거짓말처럼 느껴졌다. 그렇게 이상하게만 보일 자신의 앞에서 이렇게 웃어 줄 수 있다니 너무도 이상해서.

"에제트."

디아린이 갑자기 손을 뻗었다. 에제트의 입가 근처에 닿는 손.

그가 당황해서 몸을 굳혔지만, 떨어져 있는 디아린은 잘 몰랐다. 에제트는 디아린의 손이 떨어져 나가는 그 순간까지 저도 모르게 숨까지 참고 있었다.

"안개가 좀 옅어진 기분이네."

착각인지, 오늘 에제트의 얼굴은 평소보다 조금 선명해 보였다. 감싸고 있는 안개가 살짝 옅어진 기분이라고 할까.

"착각인가?"

디아린이 고개를 갸웃하며 말하자 그제야 에제트는 정신이 들었다. 아니, 좀 늦게 들었던 것 같다. 아니었으면 "이제 북문석 숲에 갈까? 또 혼자 가지 말고."라는 디아린의 말에 얼떨결에 고개를 끄덕이진 않았을 테니까.

* * *

디아린은 스태프를 들고 에제트의 뒤를 따라갔다. 그녀의 발걸음을 따라 스태프가 총총 흔들렸다. 연보라색 눈동자가 스태프의 뾰족뾰족한 상단을 보았다. 구입할 때는 몰랐는데, 이제 와서 보니까.

'꼭 사슴뿔 같아.'

이전 삶의 디아린의 머리엔 당연히 사슴뿔이 돋아나 있었다. 아름다운 흰 사슴뿔은 마법사의 길을 걷기 위해 마을을 나가야 할 땐 굉장히 골칫거리였다.

'흰 사슴뿔은 희소해서 노리는 사냥꾼이 너무 많지.'

'그러니 평범한 사슴 종족으로 보이게 갈색으로 칠하는 게 좋겠구나.'

원로들이 내놓은 해결책은 이런 것들이었다.

눈처럼 새하얀 흰 사슴뿔이 칙칙한 갈색이 되는 것도 싫었지만, 그보다 더 중요한 건 그 과정이 무척이나 힘들었다는 점이다. 평범한 인간으로 따지자면 얼굴에다가 무겁고 두꺼운 잉크를 잔뜩 덧칠해 놓은 거나 마찬가진데, 심지어 사슴족의 뿔은 피부보다 더 예민했다.

그래도 어쩔 수 없으니까. 사슴뿔이 뜯겨 죽는 건 싫어서 따랐던 기억이 났다.

반다의 여전히 아름다운 흰 사슴뿔을 내심 부러워했었지.

"디아린."

그때 문득 에제트가 디아린의 팔을 잡아 당겼다.

"빠지겠습니다."

"아, 구덩이네. 고마워."

디아린은 정신을 차리고 길바닥을 살피며 에제트를 따라갔다.

기사의 밤이면 축제 분위기가 정점을 찍는다더니, 경비가 정말 허술했다. 번갈아 가며 지켜야 하는 기사들조차 샴페인을 한두 병씩 먹곤 했으니까. 취하진 않았다고 해도 또렷한 맨 정신은 아니었다.

저녁에 민간인이 북문석 숲에 들어오는 경우는 없으니, 대충 마물이 혹시

나왔나 싶어 확인하는 정도긴 했다. 숲에 설치된 마법 알람을 에제트는 익숙하게 확인했고, 디아린은 종종 따라다니며 생각했다.

'너무 허술한데. 내가 좀 고쳐 줄까?'

그때였다. 올이 디아린에게 말을 걸었다.

〈주인님? 쩌—어기 안쪽에 어린 인간이 있어요.〉

'응?'

〈그쪽 말고 왼쪽이요.〉

"에제트. 에제트."

디아린이 앞서 걷는 에제트의 등을 톡톡 건드렸다. 그가 돌아보자 그녀가 스태프 끝으로 왼쪽 먼 곳을 가리켰다.

"저쪽에."

"누가 있군요."

말도 안 했는데 알아챈 에제트가 바로 걸음을 옮겼다. 올이 〈오~〉하면서 감탄했다.

〈천룡 뒤통수 때려서 피 빼내더니 기감이 남다르긴 하네요.〉

'……비꼬는 거지?'

로르가 입을 열었다.

〈저 황자 놈이 용혈을 물려받은 것치고는 유독 월등한 것 같은데. 타고난 능력 같군.〉

〈그것도 대단한데요?〉

에제트와 디아린은 꽤 깊은 곳까지 들어갔다. 더 들어가면 마물이 나올 게 분명한 정도까지였다.

'대체 누가 여기까지 나와 있지?'

디아린은 이마를 잔뜩 찌푸렸다. 이 시간에, 혼자서, 이 장소까지 나올 법한 사람이 자기 말고 또 있을 리가 있나?

'혹시 나랑 같은 처지의 신수 소환사……?'

불현듯 떠오른 생각에 디아린은 정신이 번쩍 들었다.

기척을 따라 좀 더 안쪽으로 걸어갔을 때였다. 둘은 어느 지점에서 나란히 멈춰 섰다. 멀지 않은 곳에서, 북문석 기사단 종자 차림을 한 소년 한 명이 얼굴을 감싸고 흐느끼고 있었기 때문이다.

왜 저런 애가 저런 곳에서 저러고 있지, 하는 생각보다는.

"검은 안개야."

디아린이 나지막이 중얼거렸다. 소년의 몸을 감싸고 검은 안개가 풀풀 피어나고 있었다.

올이 아휴 하면서 말했다.

〈당했네, 당했어.〉

〈정신계 마물이다. 인간.〉

온갖 안 좋은 기억을 가져와 끊임없이 재생시키는 질 나쁜 마물.

디아린은 요즘 유독 환각 마물을 많이 마주친다고 생각하며 스태프를 고쳐 잡았다.

〈그나마 하급 같기는 하군.〉

로르의 평가가 끝나는 순간 에제트의 목소리가 들렸다.

"왼쪽에 한 명 더 있습니다."

그제야 디아린이 시선을 옮겼다. 나무 등치 앞에 쓰러져 기절해 있는 소년 종자가 또 보였다. 다행히 저쪽은 마물에 심하게 잠식되지 않은 모양이었다.

판단을 끝낸 에제트는 검을 집어넣었다. 그는 자신을 향해 비틀비틀 걸어오던 소년과 순식간에 거리를 좁히더니, 명치를 주먹으로 가격했다. 눈 깜빡할 새였다. 소년의 동공이 인간 같지 않게 커다래졌다.

"큭……"

소년의 몸에 감돌던 검은 안개가 분리된다. 검은 안개는 금세 마물로 변했다. 슬렁슬렁. 에제트를 새로운 숙주로 노리며 입맛을 다시던 마물은, 검을 맞고 석화돼 파스스 사라졌다.

에제트는 마물이 사라진 것을 확인한 후, 나무 앞에 쓰러진 소년을 살피러 움직였다.

"흐음."

디아린은 방금 쓰러진 소년 앞에 쪼그리고 앉았다. 기절한 소년을 흔들자, 그가 천천히 눈을 떴다.

"……?"

'눈동자에 검은 안개가……?'

디아린이 막 의아함을 느꼈을 때였다. 소년이 디아린의 뺨에 손을 얹는다. 그러더니 애처로운 미소와 함께 속삭였다.

"주인님……?"

'잘못 들었나?'

"주인님? 주인님……."

디아린이 눈을 깜빡였다. 올이 당황스러운 목소리로 끼어들었다.

〈야, 야? 뭐라는 거야? 내 주인님인데?〉

〈이상하군. 이 악마는 노예를 산 적이 없는데. ……듣지도 않고 있군. 올? 이봐. 정신 좀 차리고 내 말을 들어라. 올!〉

로르가 무언가 잘못되었음을 직감한 순간이었다.

〈아니……. 내 거라니까? 내 거라고. 내 주인이라니까? 내 주인한테서 떨어져. 떨어지라고! 꺼져!〉

정신 나가듯 중얼거리던 올의 목소리가 확 사나워졌다.

〈올!〉

순간, 디아린의 드레스 자락 안에서 엄청난 양의 검은 깃털들이 후드득 쏟아졌다. 그녀의 뺨이 한순간에 시체처럼 창백하게 질리더니 손마저 덜덜 떨기 시작했다.

〈정신 차려!〉

한계치까지 확장되려는 신수의 급격한 마력. 로르는 간신히 그 마력에제동을 걸었다. 로드의 정신까지 덮을 뻔했던 치명적인 위험도가 겨우 사그라졌다.

올은 그제야 정신을 차렸다.

〈헉, 주, 주인님? 괜찮아요? 와, 어떡해? 내 목소리 안 들리나 봐. 어떡해. 어떡해요?〉

〈내가 임시로 끊었다. 마력을 갑자기 그렇게 소모하면 어떡해? 이 악마가 즉사하는 꼴을 봐야 정신 차릴 건가? 제발, 그 빌어먹을 질투 좀 자제해라.〉

〈아, 젠장. 젠장…….〉

올이 안절부절못하는 사이, 쓰러지기 직전의 디아린을 소년이 끌어안으려고 했다.

"주인, 님……?"

소년이 빼앗긴 디아린을 멍하니 올려다보았다. 에제트가 디아린을 그대로 안아 올린 것이다. 어느새 그녀의 팔다리가 시체처럼 축 늘어져 있었다.

디아린의 발밑으로 눈송이처럼 떨어지는 까만 깃털.

소년은 멍한 눈으로 깃털을 잡고자 손을 뻗어 보았지만, 어디에도 닿지 않은 깃털은 영영 사라졌다. 소년은 마치 담을 타고 오르는 담쟁이덩굴처럼 디아린의 품을 향해 움직였다.

"주인님……, 큭!"

다리를 걷어차인 소년이 뒤로 넘어졌다. 걷어차인 와중에도 눈빛은 술을 잔뜩 들이마신 듯 멍해서 이쯤 되면 에제트 역시 소년이 정상이 아님을 알았다. 아니, 평소라면 알아차리고도 남았을 것이다. 하지만 에제트 역시 지금은 평소의 냉정함과는 거리가 멀었다.

에제트는 디아린의 이마에 이마를 대어 보았다. 열은 없다. 차갑다. 얼굴은 파리하고 핏기도 없다. 감긴 눈매는 죽은 이처럼 미동도 없다.

"디아린, 디아린!"

대답도 없었다. 하지만 맥은 뛰고 있다. 마치 마법사가 마력을 급격히 잃었을 때처럼…….

〈젠장!〉

로르가 재빨리 디아린 손목에 있는 각인자의 문양을 빛나게 했다.

〈각인자의 마력 소실도 간혹 있는 일이니까. 이 용혈이 의심이라도 하면 큰일이다.〉

에제트의 황금색 눈동자가 까맣게 그려지는 선을 보았다. 그는 재빨리 디아린을 내려놓고 한쪽 무릎을 꿇고 앉았다. 허리에서 검을 풀어내 검집 그대로 디아린의 품 안에 안긴다.

올이 초조하게 중얼거렸다.

〈이 황자 자식 뭐 하는 거……, 아. 아키르 황실의 검이구나.〉

짙푸른 손잡이에 순은으로 마무리가 되어 있는 보검.

〈그래. 손잡이 안에 굉장히 순도 높은 마도석들이 고압축돼서 들어 있어.〉

수문석의 수호자에게 대대로 전해지는 이 검은 시조의 작품 중 하나였다. 저 안에 대마법으로 압축 시켜 놓은 최고품질의 마도석은, 몇 백 년이 지났음에도 마력이 빛바래지 않았다.

침묵이 흐른다. 에제트는 인내심이란 인내심은 닥닥 긁어모아 간신히 견뎌 냈다. 그렇게 얼마나 지났을까. 내내 미동도 없던 디아린의 눈꺼풀이 살며시 떨렸다.

제일 먼저 보이는 건 황금색 눈동자.

"……?"

디아린은 반사적으로 자신이 방금 정신을 잃었다는 사실을 깨달았다. 더해서 품에 안겨진 검에서 느껴지는 강력한 마력.

로르는 재빨리 다시 목소리를 연결했다.

〈괜찮다, 인간. 내가 네 문양을 빛나게 만들었어. 각인자의 마력 소실이라고 둘러…….〉

마력이 부족해 끝까지 들리지도 않았다. 하지만 충분히 알아들었다.

'아…….'

마력 폭주. 디아린의 손은 이제 심각할 수준으로 떨리고 있었다.

"저 애한테 아직 마물의 지배가 잔류해 있었나 봐. 내가 저 애한테 마력을 갑자기 뺏겨서……."

당장 기절해야 옳은 신색으로 만들어 뱉는 변명.

나무랄 데는 없다. 하지만 떠듬떠듬 변명을 이을수록, 자신을 응시하는 황금색 눈동자가 이상하게 보였다. 알 수 없는 감정으로 흐려지는 것 같았다.

뭘까. 뭔 걸까.

아무것도 보이지 않는 게 이렇게까지 답답한 건 또 오랜만이었다. 진짜 미치겠다고 생각하면서, 디아린은 바들바들 떨리는 손으로 제 두 눈을 꾹꾹 눌렀다.

눈을 마구 눌러대는 손을 에제트가 잡아 내린다. 핏기 없는 눈가에 아무렇게나 힘을 줘 벌겋게 자국이 나고 있다는 걸 디아린은 전혀 모르는 모양이었다.

"각인자도 마력을 한 번에 잃으면 위험하잖습니까. 알겠으니, 이제 그만……."

에제트가 순간 말문을 잃었다. 디아린이 두 팔을 벌려 그의 목을 끌어안아 당긴 것이다. 목에 닿는 그녀의 부드러운 입술에 에제트의 몸이 돌처럼 굳어 버렸다.

"……?"

멍하니 있던 디아린이 화들짝 놀라서 정신을 차렸다.

"미, 미안. 내가 지금 뭐 한 거지?"

"용혈 때문이겠지요."

"용혈? 아……."

마력을 갑자기 잃었으니, 강한 마력을 품고 있는 용혈에게 끌릴 수밖에.

에제트는 검을 회수하고 디아린을 안아 들었다. 그리고 그녀의 얼굴을 품으로 끌어안았다.

"……."

순간 당황했던 디아린은, 천천히 에제트의 어깨를 그러안았다. 에제트의 말 그대로였다. 마력이 갑자기 크게 소모된 상태여서, 그의 피부 아래 흐르는 용혈이 지나치게 달콤하게 느껴졌다.

'이래서야, 흡혈 마물의 기분을 알아 버리면 어쩌자고…….'

디아린은 에제트의 목에 완전히 얼굴을 묻었다. 안식처럼 잠이 쏟아졌다. 마력을 강렬히 원하는 마법사의 몸은 도저히 용혈이 주는 안식을 거부하지 못했다.

어느새 잠든 디아린.

에제트는 아직까지도 간헐적으로 떨리는 디아린의 손을 단단히 잡고 있다가 천천히 놓아주었다. 그는 조금 젖은 자신의 눈을 한 번 감았다가 이내 다시 걸음을 옮겼다.

* * *

디아린이 눈을 떴을 때, 기사의 밤은 벌써 끝난 상태였다. 뿐만이 아니었다.

"이틀이나 잤다고요?"

"네. 아가씨. 얼마나 걱정했는지 몰라요."

샤이가 울 것 같은 표정으로, 아니 실제로 울먹이면서 말했다. 그녀뿐만이 아니었다. 더블렌 남작은 얼굴이 허옇게 질려 있었다.

"제발. 영애님. 제발 몇 번째 말씀드리지만 제발 본인의 목숨을 제발 좀 소중히 여겨 주시면 제발 안 되겠습니까?"

"더블렌 남작. 방금 그 한 마디에 제발이 몇 번 들어가 있는지 압니까?"

램드는 한숨을 내쉬었다. 사실 그도 표정만은 더블렌 남작 못지않았다.

'이 영애가 피까지 토하는 걸 알면 더블렌 남작은 호흡 곤란으로 숨지겠어.'

한 집사의 목숨을 지켜 주기 위해 이 사실은 영영 묻혀야 했다.

'정말 얼마나 놀랐는지.'

에제트의 품에 안겨서 온 디아린은 꼭 밀랍 인형 같았다. 그만큼 얼굴이 창백했다는 소리다.

정문에서 대기하던 램드가 당황해서 두 손을 뻗었지만, 에제트는 그에게 다른 쪽 손으로 질질 끌고 온 소년 둘을 턱 하니 넘겨주었다. 곱게 끌고 온 게 아니다 보니 둘 다 얼굴이며 팔다리에 생채기가 가득했다.

그리고 그 녀석들은……

"안드라 요크."

기사단 숙소. 그 앞에 기사단장, 테트반 요크의 무시무시한 목소리가 꽂혔다.

"모범을 보여야 할 네가 기사의 밤을 틈타서 북문석 숲에 몰래 놀러가? 그것도 이작 드리엄과 함께?"

테트반은 이글이글 타오르는 눈으로 말했다.

"내 손자라는 녀석이, 북문석 기사단의 종자라는 녀석이, 8황자 저하를 보필하지는 못할망정! 북문석 숲에서 마물한테 당하기나 하다니!"

테트반은 곧장 갑옷을 챙겨 들며 말했다.

"새벽 4시까지 제2 연무장으로 나와라!"

"……"

안드라는 얼굴이 창백해졌지만, 아무 말도 할 수 없었다. 그리고 그나마 자신은 차라리 처지가 나았다. 지금, 자기보다 더 심각한 놈이 바로 옆에 있었기 때문이다. 함께 몰래 북문석 숲에 놀러갔던 이작 드리엄은 아예 얼굴에 핏기가 없었다.

"이작 드리엄."

"예, 예. 아버지……."

이작의 아버지안 드리엄 백작이 무거운 목소리로 물었다.

"한 번 더 말해 봐라. 방금 콘클이스터 영애님을 뭐라고 불렀지?"

"주, 주인님이요……."

뻑!

"뭐라고 부른다고?"

"영……, 주인님……."

뻑!

"뭐?"

"여, 영애, 주인……, 잘못했어요! 그만 때리세요!"

이작 드리엄은 무시무시한 아버지의 눈치를 보면서도 기어 들어가는 목소리로 말했다.

"하지만 주인님이란 말이 입에서 떨어지지 않는데요……."

옆에서 이작 드리엄을 살펴본 마법사가 진단했다.

"드리엄 백작님. 이건 정신계 환각 마물이 숙주에서 떨어질 때 간혹 일으키는 부작용입니다."

"부작용? 부작용이라고?"

"예. 백작님."

"무슨 부작용이 이따위인가?"

"그러니까 부작용이죠."

드리엄 백작이 끄응 하고 이마를 찌푸렸다.

이 미친놈이, 보필해야 할 황자의 덕으로 거의 반 죽었다가 살아 돌아온 것도 부끄러워 죽겠는데, 미치기라도 한 것인지 디아린 콘클이스터를 자꾸만 '주인님'이라고 불러댔다. 본인도 빨개진 얼굴로 어떻게든 수습하려고 했지만, 혀를 깨물어도 '주인님'이라는 말을 떨어뜨리질 못했다.

드리엄 백작이 마법사에게 물었다.

"고칠 수는 없는 건가?"

"일단은 시간이 가는 수밖에 없습니다. 게다가 이 정도면 양호한 경우입니다."

"양호? 양호하다고 했나? 지금 이런 꼴사나운 모습이?"

"예. 정말입니다. 사례에 따르면 특정인을 볼 때마다 울어서 탈진해 죽은 경우도 있으니까요. 그에 비하면 귀족이죠."

"……."

드리엄 백작은 서릿발 같은 눈으로 아들을 노려보았다.

"이작 드리엄. 가문의 명예는 지키지 못할망정, 종자의 신분으로 이런 누를 끼쳐?"

뻑!

"기사로서 명예롭게 죽는 것도 아니고 눈먼 호기심에 죽을 뻔하다니! 네 형의 반만 닮아 봐라! 차남이라는 녀석이 이렇게 멍청할 수가!"

뻑!

드리엄 백작은 젊을 때 기사로 꽤 한 가닥 날렸었다. 악력도 일반 성인 남자보다 훨씬 강했다. 그 손으로 계속 언어맞으니 이작은 정말이지 죽을 맛이었다. 하지만 정말이지, 도저히 '주인님'이라는 그 호칭이 입에서 떨어지지 않았다.

이작의 등이 터진 게 아닐까, 하고 주변 사람들이 슬슬 그의 안위를 걱정할 무렵이었다.

"이작 드리엄."

드리엄 백작은 무언가를 결심한 듯 이작을 노려보았다.

"길 잃은 너를 처음 찾은 게 콘클이스터 영애님이라고 황자 저하께서 말씀하셨다."

"네, 네. 주인님……, 아니 영애님이, 아니 주인님이……."

"……."

"잘못했습니다!"

이작은 또 맞을까 봐 눈을 질끈 감았지만, 의외로 돌아오는 폭력은 없었다. 아니, 그뿐만이 아니라 갑자기 목덜미를 턱 잡혔다.

"아, 아버지?"

"아버지란 말은 술술 잘도 나오는구나. 주인님이라는 말은 입에서 떼질 못하면서!"

드리엄 백작은 이작을 잡고 질질 안쪽으로 끌고 갔다. 그들이 향한 곳은 다름 아닌 자수정 방이었다.

"영애님께 드릴 말씀이 있다고 전해 주시게. 안에 황자 저하가 계시는가?"

"예. 지금 함께 계십니다."

"잘 됐군. 저하께도 말씀을 올려야 하니까."

곧 드리엄 백작 부자는 자수정 방으로 들어갈 수 있었다. 디아린은 침대에 앉아 있었는데, 얼굴이 창백했다. 마력의 소모가 그만큼 컸다는 소리였다.

이작은 저도 모르게 걱정스레 입을 열었다.

"주, 주인님……, 헙."

이작은 미칠 노릇이었다.

디아린 콘클이스터? 친분은 무슨 멀리서 몇 번 본 게 전부였다. 안면도 없는 저 사람이 진심으로 걱정되는 스스로가 너무 당황스러웠다. 두 손으로 서둘러 제 입을 막았지만, 바로 옆에 있던 드리엄 백작은 똑똑히 들었다.

백작은 한숨이 나오려는 걸 겨우 참고 말했다.

"북문석의 귀한 두 분께 인사 올립니다."

"이, 인사 올립니다."

드리엄 백작의 손에 뒷덜미를 잡혀 인사를 하는 둘째 아들.

무언가 이상한 분위기를 감지한 샤이는 "아가씨. 차를 다시 데워 올게요." 하고 눈치 빠르게 방을 나갔다. 넓은 방에 남은 건 에제트와 디아린, 그리고 드리엄 백작 부자가 전부였다.

드리엄 백작이 정중하게 입을 열었다.

"영애님. 몸은 좀 괜찮으신지요?"

"괜찮답니다."

"영애님께 드릴 말씀이 있어서 본의 아니게 실례했습니다."

"무슨 일인가요?"

"영애님께서 제 둘째 아들 녀석을 발견해 주셨다고 들었습니다."

〈그래. 내가 저 녀석을 발견했어! 그러니까 데려가서 영영 눈에 띄지 마!〉

올이 염원을 담아 외쳤다. 현재 그 말이 들리는 건 로르뿐이었다.

"드리엄은 북쪽의 수문석과 뿌리를 함께한 가문입니다. 보은은 목숨을 걸고 하는 것이 철칙이지요."

〈데려가! 데려가!〉

"그러니 이 녀석. 이작 드리엄을 영애님의 종자로 드리겠습니다."

〈썩 데려……! ……뭐라고?〉

"종자요?"

디아린이 되물었다. 그녀가 당황스러운 눈빛으로 이작 드리엄을 보았다. 여전히 뒷덜미는 토끼처럼 잡힌 채, 그는 반항도 없이 축 늘어져 있었다.

디아린은 뺨을 긁적이며 말했다.

"호의는 감사한데요, 백작. 저는 개인 종자가 필요 없는데요."

"그럼 하인으로라도 쓰십시오."

"네? 드리엄의 핏줄을요?"

"지금은 부작용에 찌든 한심한 놈일 뿐입니다."

"부작용이라니요?"

"직접 보면 바로 아실 겁니다."

드리엄 백작이 이작의 뒷덜미를 놓았다. 그리고 아들의 엉덩이를 앞으로 뻥 걷어찼다. 디아린의 침대 앞에 털썩 쓰러진 이작의 얼굴이 확 빨개졌다.

그는 벌떡 일어나 뒷걸음치려고 했지만, 파리한 낯의 디아린과 눈이 마주친 순간……

'안 돼. 안 돼! 날 이상한 사람으로 생각하면……!'

감정과 이성이 따로 움직였다.

"모, 몸은 좀 괜찮으신가요? 주인님……."

그 말과 동시에 올이 환하게 웃으면서 말했다.

〈결정했어요. 나 쟤 죽일래.〉

* * *

'환각계 부작용이네.'

거친 신수와 다르게, 디아린은 바로 진단을 내릴 수 있었다.

'드리엄 직계 핏줄이 환각계 부작용에 걸렸다니.'

더군다나 그를 종자로 삼으라고? 좀, 아니 아주 많이 희한한 일이었다.

북문석의 드리엄은 아주 오래전부터 시작된 긍지 높은 가문이었다. 이샹스 같은 가문과는 격이 다른 백작가.

예전부터 이샹스 같은 가문이 없던 건 아니었다. 신흥 가문들. 같은 백작 작위를 가졌지만, 드리엄과 같은 전통은 죽었다 깨어나도 가질 수 없는 가문들. 그런 신흥 가문들은 주로 황족과 연을 맺어 신분을 상승시키고자 했다.

하지만 드리엄은 초대 당주가 가문을 세운 이후, 단 한 번도 그런 음모를 꾸며 본 적이 없었다. 그들은 그들로서 완벽하니까. 다시 말해 드리엄 백작의 제안은 굉장히 이례적인 일이라는 소리였다.

드리엄의 직계 핏줄인 이작이, 디아린 콘클이스터의 개인 종자로 들어오게 된다면……. 만약 이 자리에 더블렌 남작이 있었다면, 바로 얼굴이 환해져서 좋다고 의견을 표했을 얘기였다.

"마침 영애님께 개인 호위가 없다고도 들었습니다. 이작 드리엄, 이 녀석이 제법 쓸 만할……, 헉!"

드리엄 백작이 말을 잇지 못하고 헛숨을 들이켰다. 난처한 표정으로 앉아 있던 디아린의 목에 순간 검이 들이대졌기 때문이다.

검을 꺼낸 사람은 다름 아닌 에제트.

혼약자의 목에 돌연 검을 들이대고도 소년의 얼굴은 언제나처럼 무표정하기만 했다. 에제트는 시선을 내려 제 검을 가로막은 이작을 응시했다.

"……."

반사적으로 몸을 던져 디아린의 앞을 가로막은 이작이 침을 꿀꺽 삼켰다. 자신의 목 바로 앞. 종이 한 장이나 겨우 통과할 정도의 아슬아슬한 간격을 두고 멈춘 칼날이 시퍼렇게만 보였다.

"저, 저하……."

이작은 딱딱하게 굳은 채로 연거푸 마른침을 삼켰다. 그는 자신이 디아린 앞으로 뛰어 들어와 놓고는, 스스로 본인의 행동을 이해 못 해 어쩔 줄 몰라 하는 표정이었다.

드리엄 백작이 겨우 침착함을 되찾고 말했다.

"황자 저하. 방금 그 검은……."

에제트는 검을 다시 집어넣으며 말했다.

"드리엄 백작. 그 제안은 거절하지요."

"……어째서이신지요?"

에제트의 낯빛은 아무 일 없었던 것처럼 평온하기만 했다. 이작 드리엄의 파리해진 안색만 아니었다면, 방금 아무 일도 없었다고 착각하고도 남을 정도였다.

에제트가 대답했다.

"혼약자의 호위는 안드라 요크가 맡기로 했습니다."

"예? 안드라 요크 말입니까?"

"두 번 말해 줘야 합니까?"

"하지만 저하……. 예. 알겠습니다."

드리엄 백작은 여전히 넋이 반쯤 빠져 있는 이작의 뒷덜미를 다시 잡아 챘다.

"그럼 영애님. 다음에 다시 뵙겠습니다. 부디 보중하시길."

질질 끌려 떠나는 이작 드리엄을 보면서, 올은 아쉽다는 목소리로 말했다.

〈로르. 방금 이 황자 녀석의 검, 저 이작 드리엄이라는 놈 목 쪽으로 조금만 더 옆으로 옮겨 볼 걸 그랬죠?〉

〈인간을 죽이려고?〉

〈쟨 제거하고 싶단 말이에요.〉

〈돌았군. 돌았어.〉

로르는 한숨을 내쉬었다.

그런 신수 간의 대화는 알지 못한 채 드리엄 백작 부자가 나간 후, 디아린이 입을 열었다.

"……에제트."

포슬포슬해 보이는 연갈색 머리카락이 가볍게 흘린다. 디아린이 손을 달라는 듯이 에제트에게로 손을 뻗었다. 에제트가 무의식적으로 손을 내밀었다. 디아린은 에제트의 손을 잡자마자 홱 제 쪽으로 끌어당겼다.

그대로 에제트는 디아린 쪽으로 끌어당겨졌다. 디아린의 힘이 유달리 센 게 아니었다. 그녀의 악력은 솔직히 에제트에겐 아이처럼 느껴졌다. 그런데도 쉽게 당겨진 것은 당황해서.

에제트는 쓰러지듯 무너져 디아린 바로 앞에서 멈췄다. 지척에 있는 연보라색 눈동자. 에제트는 바로 일어서려고 했지만, 그러지 못했다. 디아린이 두 손으로 에제트의 멱살을 턱 잡아 당겼기 때문이다.

"놀랐잖아."

"……."

"말도 없이 검을 겨누면 어떡해?"

조금만 더 세게 힘을 주면 황자의 멱살을 잡아 들어 올리는 꼴이 될 터다. 하지만 에제트는 그런 쪽엔 신경이 쏠리지 않았다. 그는 디아린의 눈동자가 너무 가까이 있는 게 신경 쓰였다.

뿌리치려면 얼마든지 뿌리칠 수 있었지만, 에제트는 바로 앞의 시선을 피한 채로 말했다.

"잘못했습니다."

"어?"

"잘못했어요. 놓아주시면 무릎도 꿇겠습니다."

"……."

너무 순순한 사과. 아키르 황족의 화술이라면 정말 고단수다.

디아린은 힘이 빠져 에제트를 놓아주려다가, 이마를 찌푸리면서 다시 세게 멱살을 붙잡았다. 에제트의 몸이 다시 긴장으로 굳었다.

"이 일 나중에 뭐로라도 보상해 줘야 해."

"그러겠습니다."

에제트는 풀려나서 말했다.

"왜 겨눴는지는 물어보지 않으십니까?"

"이유가 있겠지. 갑자기 콘클이 너무 증오스러워 날 죽여 버리려고 했다 이런 건 아닐 테고."

"아닙니다."

"아니지?"

"콘클과 당신을 엮어서 생각해 본 적도 없습니다."

"……정말?"

"정말이요."

디아린이 얼떨떨한 표정을 짓자 에제트가 외려 되물었다.

"그런 걸 신경 쓰고 계셨습니까?"

"어떻게 안 쓸 수가 있겠어."

애초에 내가 이렇게 최선을 다해서 환심을 사려는 것도, 너한테 잘하는 것도, 다 콘클과 나를 분리해 봐 주길 바라서인데.

디아린은 속으로 고개를 끄덕였다.

그래서 에제트의 용혈을 얻어야 하고. 그걸 받아 황궁의 성물인 펜나투스 호수에 들어갈 수 있어야 한다.

〈진짜 그게 다인가?〉

로르가 중얼거리는 말은 디아린의 귀에 들리지 않았다. 그녀는 에제트를 향해 물었다.

"그런데 에제트. 안드라 요크라면, 테트반 요크 기사단장의 손자 말하는 거 아니야?"

"맞습니다. 아까 그 이작 드리엄과 함께 북문석 기사단 동기죠. 당신이 북문석 숲에서 발견한 종자 중 한 명이기도 하고요."

디아린이 눈을 깜빡였다.

"난 안드라 요크가 내 호위가 된다는 말은 못 들었는데."

"없는 말이니까요."

"그럼 왜 그런 말을 한 건데?"

"조금만 있으면 아실 겁니다."

* * *

"안드라 요크. 잠깐 말 좀 할 수 있나?"

"아? 드리엄 백작님?"

암울한 얼굴로 해도 안 뜬 새벽부터 연무장에 나갈 준비를 하던 안드라가 고개를 들어 올렸다.

"무슨 일이십니까?"

"내, 한 가지 확인하고 싶은 게 있어서 말이다."

드리엄 백작은 골치 아픈 표정으로 안드라를 보았다.

"자네가 영애님의 개인 호위 업무를 맡았다는 게 진짠가?"

"콘클이스터 영애님이요? 아뇨?"

반사적으로 대답해 놓고 안드라는 아뿔싸 하고 입을 다물었다.

"헉, 이거 북문석 성의 중요한 정보 아닙니까? 저 지금 말실수한 것 같은데……."

"아니. 아닐세. 누가 문책하거든 내가 책임질 테니까. 됐어. 연무장이나 잘 다녀오게나."

드리엄 백작은 지끈거리는 관자놀이를 꾹꾹 누른 다음에 화가 치솟은 듯 말했다.

"가는 김에 이작 드리엄 그 멍청한 자식도 데려가 주길 부탁하지. 자네 할아버님께 부디 잘 부탁한다고도 말씀드려 주고."

* * *

드리엄 백작이 디아린에게 깊게 고개를 숙였다.

"드리엄의 가주가 북문석의 귀빈께 인사 올립니다."

바로 몇 시간 전보다 훨씬 더 정중해진 인사였다. 그는 사용인이 갖다준 의자에 앉아 바로 입을 열었다.

"영애님. 다시 말씀 드리겠습니다. 드리엄 가의 직계 핏줄이자, 저의 차남인 이작 드리엄을 개인 호위로 받아 주시겠습니까?"

디아린은 난감한 목소리로 거절했다.

"호의는 고마운데 호위는 필요 없습니다."

"이런……."

드리엄 백작은 작게 탄식했다. 그는 흘긋 에제트를 바라보았다. 마찬가지로

의자에 앉아 있는 황자는 평소보다 더 날카로운 눈빛으로 자신을 응시하고 있었다.

'온몸에 용의 피가 흐른다더니.'

노련한 계산도, 흥정도, 상대방이 받아 줄 생각이 있을 때나 시도해 봐야 하는 것이다. 지금 불리한 건 전적으로 드리엄 백작 본인이었다.

만약 디아린이 이작 드리엄을 호위로 받아 주지 않는다면…….

천천히 굳어가는 드리엄 백작의 낯을 보면서, 디아린은 고개를 갸웃했다.

'진짜 에제트 말 그대로네.'

몇 시간 전, 자수정 방에서.

"디아린."

에제트는 이렇게 말했다.

"디아린. 이작 드리엄이 환각계 부작용에 시달리고 있는 걸 보셨지요."

"응."

'왜 하필 나보고 주인님이라고 부르는지는 모르겠지만.'

그것 때문에 올이 화가 많이 났던 것 같은데, 정확히는 모르겠다. 마력의 급격한 확장 때문에 정신을 잃어 버렸으니까.

'더군다나 둘은 지금 연결도 끊고 있고.'

아무래도 디아린의 몸에 부담이 많이 가 있기 때문에 그런 것 같았다.

"계속 '주인님'이라고 부르는 걸로도 모자라서, 당신한테 검이 겨눠지니까 앞뒤 생각 없이 곧장 몸으로 막으려 뛰어들더군요."

"응. 꼭 방어 기제처럼……. 아. 그러네. 그게 방어 기제였네?"

그런 거라면 이야기가 좀 달라진다. 디아린이 이마를 찌푸렸다.

"생각보다 더 심하게 부작용에 시달리는 모양이야. 목숨까지 스스럼없이 바칠 정도면 가장 심한 쪽에 해당되는 거잖아."

"환각계 부작용은 시간이 지나면 자연히 나으니까 상관없지만요."

"상관이 없다는 게 우리한테만 상관이 없다는 소리구나?"

디아린의 말에 에제트가 슬쩍 웃었다. 그녀의 말이 맞다.

"주군도 아닌 레이디에게 '주인님'이라고 부르며, 당신에게 위협이 가해지면 방어 기제로 몸을 날려 막는 이상의 행위들. 드리엄 직계 핏줄의 격에는 몹시 어긋나는 행위잖습니까."

"아하……"

드리엄 백작이 왜 굳이 디아린에게 자신의 차남을 개인 호위 종자로 넘겨주려고 했는지, 그 이유가 이것이었다.

"내가 진짜 주인이 되면, 상관없어지니까."

호위 대상에게 주인님이라고 부르고, 몸을 던져 보호하는 건 '기사의 미덕'에 어긋나지 않는 모습이었다.

"아마 몇 시간 있으면 드리엄 백작이 다시 찾아올 겁니다. 그때까지 자지 않고 기다리실 수 있습니까?"

"그럼? 네가 잠들면 내가 깨워 줄 수도 있어."

디아린의 말에 에제트는 픽 웃었다.

두 사람의 예상대로 다시 찾아온 드리엄 백작은 한숨을 내쉬었다.

'대단하군, 대단해.'

에제트가 왜 디아린의 목에 검을 겨눴는지 그 이유를 다 알고 나니까 혀를 내두를 수밖에 없었다. 밑지는 거래는 하지 않는다고. 돌발 상황에서 일어난 일을 이렇게 재빠르게 판단하다니. 아직 어린 황자는 그 머리가 참 대단했다.

'용혈은 용혈이라는 건지.'

백작은 처음 에제트가 북문석 영지로 왔을 때도 접견차 그를 만난 적이 있었다. 그때 이 소년 황자는 정말 작고 어린 꼬마였다.

아키르 제국의 황족은 열여섯 살 때까지는 남들보다 성장이 느려 또래보다 작지만, 그 이후로는 폭발적으로 자라기 시작한다. 황실 핏줄의 특징이었다.

'지금 생각해 보니 일부러 작았던 것 같군. 보호색을 띠는 맹수처럼 말이야. 더 이상 주변의 위협이 아무것도 아닐 때에야 비로소 성장하는 짐승의 왕처럼.'

드리엄 백작은 연거푸 한숨을 내쉬고 말했다.

"저하의 말씀대로, 실은 모두 제 아들 녀석을 위한 거래였습니다. 드리엄은 남들의 이목을 무시할 수가 없으니까요."

정통성 있는 북문석 최고의 가문.

그 말은 다시 말해 남들의 이목을 많이 신경 써야 한다는 소리이기도 했다. 드리엄 백작은 평생 명성 관리에 힘썼다.

"이작, 그 녀석은 분가를 물려받을 둘째지만, 그래도 엄연히 제 아들입니다. 남들 입에 나쁘게 오르락내리락하고, 입소문의 중심이 되는 건 원하지 않습니다."

장남보다 모자란 구석이 있는 차남이라고 했지만, 그래도 친아들이다. 아꼈다. 드리엄 백작은 비싸게 치르는 교육비라고 생각하자며 포기했다.

"그러니까 영애님께서 꼭 좀 제 아들 녀석을 호위로 받아 주시면 좋겠습니다."

호소하듯 말하며 드리엄 백작은 뛰어난 협상가의 기질을 발휘해 디아린과 눈을 마주쳤다. 그리고 약간의 기이함을 느꼈다.

'표정은 참 다정한데, 뭔가…….'

항상 웃는 낯이라고 생각한 귀여운 얼굴인데. 막상 협상을 위해 찬찬히 뜯어보자 묘하게 찬바람이 느껴졌다. 상냥한 레이디들과는 가장 중요한 무언가가 근본적으로 달랐다.

"드리엄 백작?"

"아. 흠흠. 죄송합니다. 제가 너무 넋을 놓고 영애님을 바라보았군요. 참으로 기품이 흐르셔서 저도 모르게 말입니다."

헛기침을 한 백작이 결국 최후의 카드를 꺼내 놓았다.

"만약, 영애님이 이작을 받아 주겠다고 하신다면……."

* * *

새벽, 오팔 연무장.

오팔이라는 호화로운 이름으로도 쉬이 추측할 수 있듯이 황족들을 위해 지어져 있는 연무장이었다. 북문석 성 안쪽에 있는, 상당히 개인적인 연무장으로, 바닥은 짙은 암회색 대리석.

대리석은 값이 비싼데다가 비교적 석질이 무른 편이고 미끄러워, 연무장의 바닥재로는 적절치 않은 편인데, 이 연무장엔 몇 백 년이나 된 보존 마법이 걸려 있었다. 아무리 흠이 나고 파괴되어도 여명이 뜨기 직전 원래의 멀쩡한 모습으로 돌아가는 것이다. 그래서 오히려 연무에 적당했다. 뛰기도 힘든 모래밭에서 체력 단련을 하는 것과 비슷한 이치였다.

차가운 공기를 가르고 긴 숨이 흩어졌다. 오늘 치 새벽 수련을 막 끝낸 에제트가 검을 검집에 집어넣었다. 온몸에서 땀이 흘러 더웠다.

"수도와 가장 먼 북문석이라 해도, 연무장 하나는 기가 막히는군."

마찬가지로 기사의 수련으로, 새벽부터 검을 휘둘렀던 이디즈는 흐르는 땀을 닦으며, 에제트에게 물었다.

"그건 수호자의 검이구나."

남청색 손잡이. 유려한 키용(quillon)과 폼멜은 균열 하나 없는 깨끗한 순은으로 뒤덮여 있었는데, 특별한 세공이 들어갔음을 알 수 있었다.

"기어이 손에 넣은 줄은 몰랐군. 언제 받았지?"

"열네 살 생일이 지나고 얼마 후 받았습니다."

"상상 이상이군."

이디즈가 드물게 진심으로 감탄했다.

수문석을 수호하는 황족들은 '수호자의 검'이라는 특별한 검을 하사받을 수 있는 자격을 지닌다. 하지만 아무에게나 주어지지는 않았다. 조건이 붙었다.

　하나, 열네 살 이상일 것.
　둘, 마물 일만 마리를 잡을 것.

　"마물 일만 마리를 잡는 건 보통 일이 아닌데."
　"효율적으로 북문석의 마물을 사냥하려면 이 검이 필요했지요. 그래서 그런 것뿐입니다."
　"필요했을 뿐이었다고."
　그래서 닥치는 대로 마물 토벌 지원을 나가고, 북문석 숲에서 살다시피 했던 모양이다.
　"확실히 좋아 보이는구나."
　"좋은 검이지요. 수문석 지하에서도 멀쩡했으니까요."
　"수문석 지하. 그래. 그곳은 소문대로 그리 끔찍했느냐?"
　흥미를 보이는 이디즈의 질문에, 에제트는 잠시 생각에 잠기다가, 천천히 입을 열었다.
　"예."
　새벽이라 그런 걸까. 순금 같은 눈동자는 어쩐지 무기질처럼 보일 정도로 차갑게 느껴졌다.
　"끔찍했습니다. 몹시."
　"……."
　"할 수만 있다면 두 번 다시 보고 싶지 않을 정도로 말이지요. 이쯤이면 궁금한 게 풀리셨는지."
　"아아. 그래. 그쯤이면 충분하지. 아스페르크."
　새벽 연무장의 짧은 대화는 그렇게 마무리되었다.

"혼약자 그대는 참 영리하군."

이디즈는 턱을 괴고 다른 손으로 카드를 들었다 놓았다. ACE 카드가 카드 테이블 위로 후드득 떨어졌다.

"드리엄가(家)는 '계보의 계승자'라는 별칭을 가지고 있지."

이샹스가 몰락하며 백작 작위가 하나 비었다. 이럴 때 드리엄 백작은 가문에 내려오는 계보를 뒤져, '백작가'에 걸맞은 푸른 피를 추적해 데려와 새로운 백작가로 황실에 추천한다. 그게 드리엄이 전승하는 의무였다.

드리엄은 몇 백 년이나 이 일을 잘 수행해 왔다. 그동안 네 번이나 있었던 계보의 계승에서, 한 번도 황실에서 퇴짜를 맞은 적이 없는 것만 봐도 알 수 있었다. 원래는 철저히 비밀리에 진행되는 일인데.

"새로 뽑혀 올 차기 백작을 미리 만나 보겠다니. 드리엄 평생 그런 청은 받아 본 적 없었을 거야."

"……한 번 보고 싶다고밖에 안 했는데요, 저."

"그러니까 영리하단 소리지. 새로 올 차기 백작이 혼약자 그대를 가장 신뢰하게 될지도 모르잖나?"

"으음."

황제보다도 디아린에게 먼저 보인다. 드리엄 백작은 새로운 백작 후보에게 디아린에 대한 좋은 말을 엄청나게 해 놔야 할 것이다. 새로운 백작 후보는 대부분 계보의 끄트머리에 있는 평민들이었으니까.

'사실 내 소식통으로 써먹으려고 한 건 맞지만요.'

1년 후에 북문석을 떠나도, 에제트 소식만은 간간이 궁금할 것 같았다.

'하지만 난 특별히 친한 귀족이 없으니까. 평민 출신 백작이랑 친해져 놓으면 1년 후에도 에제트 소식을 전해 듣는 용으로 알뜰히 쓸 수 있을 것 같았고…….'

"난 혼약자가 여러모로 마음에 들어. 함께 그리젤 후작가로 가겠나? 그대가 내 참모 부관이면 그리젤 후작가가 더욱 번성할 것 같아서 말이지."

"이디즈 님."

이디즈는 카드를 섞으며 고개를 들어 올렸다. 디아린은 살짝 한숨을 섞어 웃었다.

"카드 게임에서 지셨잖아요."

"내가 이겼으면 그리젤 후작가로 따라올 것처럼 얘기하는군."

"그럴 생각도 어느 정도 있었어요."

"이런. 미리 말해 줬다면 열과 성을 다해 게임에 임했을 텐데."

이디즈는 너털웃음을 터뜨렸다.

"농담이야. 혼약자를 이길 자신은 없어. 카드 게임이라는 게, 운도 따라 줘야 하지만 기본적으론 지능 싸움이거든. 혼약자는 머리가 참 비상해."

카드 게임을 세 판이나 했는데 세 판 다 졌다. 처음은 장난으로 져 준 이디즈였지만 두 번째부턴 성의를 다해서 임했다. 그런데도 다 졌다. 디아린의 머리가 마법사처럼 뛰어나다는 생각이 얼핏 들었다.

"이샹스는 그리젤과 몇 대 전 갈라진 방계였어. 말해 주었지?"

"네. 저번에요."

"그래. 그러니 드리엄에서 이번에 데려올 백작가 후보 역시 그리젤과는 먼 친척일 가능성이 높지."

그렇게 알려 준 이디즈가 어깨를 으쓱했다.

"물론, 걱정이라면 접어 둬도 좋아. 만약 아스페르크에게 해가 가는 일이 생긴다면 이번에는 방관하지 않을 테니까."

"이샹스 백작 부인 때처럼요?"

"……그래. 이샹스 백작 부인 때처럼. 혼약자에게 졌으니까 베푸는 친절이다."

"감사합니다."

디아린이 웃었다. 이디즈는 이 혼약자가 간혹, 아니 자주 신기했다.

귀염상인 얼굴. 전염병으로 완전히 폐쇄된 가문의 영지. 콘클 공작가도 진짜 이 영애의 뒷배가 아니다. 이디즈는 그 사실을 잘 알고 있었다. 그런데도 디아린은 자신을 별로 무서워하지 않았다. 예의가 없다는 소리는 아닌데, 겁을 내지 않았다. 방금처럼 당돌한 이야기, 이샹스 백작 부인의 말을 꺼내는 것만 봐도.

'에제트도 전혀 무섭지 않겠지. 이 혼약자는.'

'공평한 혈통'이 그럴 수 있다는 게, 이디즈는 신기했다.

"그대가 이렇게 열심히 아스페르크를 챙겨 주고 있는 걸, 그 녀석이 알까 모르겠구나."

"에제트를 위한 것만은 아니에요."

"아니라면?"

"절 위해서도 하는 일이니까요."

차곡차곡 에제트의 신임을 쌓는 일. 물론 속뜻은 드러나지 않으니, 이디즈는 다르게 해석했다.

"후일 혼약자가 황자비가 된 후를 말하는 모양이군. 북문석에 차곡차곡 편을 쌓아 두는 건 아주 좋은 일이지."

원래 수문석의 후계자로 내려 온 황족들, 특히 자치 구역처럼 불릴 정도로 토종 귀족들의 힘이 센 북문석의 수호자로 내려온 황족들은 주로 비슷한 선택을 했다.

수호의 의무를 다하고 나면 다시 수도로 돌아가, 황족에게 주어지는 적당한 봉토를 하사받아 그곳에서 사는 것.

그런 황족이 택하는 지방은 대부분 남쪽 혹은 동쪽이었다. 수문석 영지는 후보에 포함되지 않았다. 북쪽도 마찬가지였다. 가끔 수문석 영지에 정을 붙여 남는 황족들은 영주의 지위를 받아, 새로운 성에서 일평생을 머무를 수 있게 되었다.

"하지만 아스페르크는, 그 업적이 남다르지. 만약 그 녀석이 후일에 북문석에 남기로 선택한다면 적어도 후작 작위—더 한다면 공작 작위도 받을 수 있을 거다."

더 잘하면 그보다 높은 자리. 가장 존귀한 자리도 불가능해 보이진 않았지만.

이디즈는 그런 말까진 말하지 않았다.

'이 둘은 어쩐지 복잡한 수도보단 북문석에서 평화롭게 사는 게 더 잘 어울려 보이니까.'

편견인지는 모르겠다. 이디즈는 속마음을 감추며, 디아린의 건강해 보이는 혈색을 훑었다.

"그대의 몸이 다 나아서 기쁘군."

"저 때문에 사흘이나 늦게 돌아가 주셔서 감사합니다."

"혼약자가 내 마음에 들어서 그런 것이니 감사할 필욘 없어."

"그래도요."

"그런가?"

"네. 그리고 이디즈 님."

디아린은 비밀을 속삭일 때처럼 고개를 살짝 숙였다. 이디즈도 덩달아 앞으로 고개를 숙였다.

"이건 제가 드리는 감사의 답례라고 생각하셔도 좋은데요."

"무엇이지?"

"저번에 제게 물어보셨잖아요? '공평한 혈통'의 눈에 황족의 우는 모습이 보이느냐고요."

아흐레 밤 때 이디즈가 지나가듯 물었던 이야기다.

"아마 보일 것 같아요."

"아마라면?"

"표정이 흐려지면 조금 더 선명하게 보였거든요."

"그 말은……."

이디즈는 현명하게 입을 다물었다. 디아린은 말을 이었다.

"흐려진 다음, 그러니까 정말로 우는 얼굴을 본 건 아니에요. 보고 싶지도 않으니까요. 하지만 제 예상으로는, 아마 보였을 거라고 믿어요."

보였을 거라는 말.

'이 혼약자는 머리가 좋지.'

자신이 왜 그런 질문을 했는지, 디아린은 벌써 짐작해 버린 눈치였다. 이디즈가 제 죽은 남편을 떠올리며 꺼낸 이야기임을 안 모양이다. 감정을 드러낸다는 게 황족에겐 부끄러운 일이었지만, 이디즈는 굳이 정정하지 않았다.

'그가 살아 있었으면, 이 혼약자와 말이 잘 통했을 것 같군.'

그리움은 계절처럼 불현듯 몰려오곤 했다. 이디즈는 드물게 깊은 미소를 지으며 말했다.

"알려 줘서 고맙다. 이 답례는 감사히 받도록 하지."

chapter 6

이디즈가 수도로 떠나고 며칠 후.

디아린은 마차에 앉아 반쯤 넋을 놓고 있었다.

"아가씨, 저 수도는 처음 올라가 봐요."

함께 마차에 타고 있던 샤이는 잔뜩 긴장한 모습이었다.

단순히 수도만 올라가는 거면 모르겠는데, 처음 가 보는 수도의 종착지가 황궁이라면?!

"너무 떨려요……."

샤이가 가슴에 손을 올리고 연거푸 심호흡을 했다.

이틀 전. 황제가 돌연 마차 행렬을 보내면서, 디아린과 에제트를 당일 곧 바로 올라오라 호출했다.

"8황자 저하는 아가씨보다 하루 정도 늦게 도착하신댔고요."

샤이의 말에 디아린이 고개를 끄덕였다. 곧장 황궁으로 호출된 디아린과 달리, 에제트는 서북문석 영지에 한 번 들렀다가 오라는 황명을 받았다. 디아린은 창문 밖을 한번 보았다.

꽤나 호화로운 마차 행렬이었다. 더군다나 마차 바퀴는 마도석도 잔뜩 박아 넣은 최고급품이라 그런지 속도가 무척 빨랐다. 그래서 금방 수도와 가까워졌다. 하지만 전혀 기껍지 않았다. 할 수만 있다면 한숨을 푹푹푹 내쉬고 싶었다.

'왜 하필 지금 황제가 부르는 거지?'

콘클 공작이 현재 수도에 있는지, 공작령에 있는진 모르지만 혹여 수도에 있다면 만나야 할 수도 있었다.

'문제는 지금 내 상태가 그렇게 좋지 못하다는 거야.'

어떻게든 황궁에 들어가기 전에 해결해야 할 문제가 하나 있었다.

"아가씨? 어디 가세요?"

마차 행렬이 휴식을 위해 정지했을 때였다.

"산책 좀 하고 올게요."

"혼자 가시려고요? 저도 같이……."

"아니에요. 이쪽 숲만 좀 돌다 올게요."

디아린은 최대한 한가로운 표정으로 설렁설렁 숲으로 들어갔다.

"영애님."

"산책을 나오셨군요."

행렬에 사용인들도 적지 않게 타고 있었던지라, 북적북적했다. 마주친 이들이 디아린에게 가볍게 인사를 하다가, 무심코 고개를 돌렸다. 어쩌다가 시선이 한 번에 떨어진 바로 그 순간.

"어? 영애님, 바로 아까까지 여기 계시지 않았어?"

"마차로 돌아가셨겠지."

"벌써? 그런가?"

사용인들은 고개를 갸웃하다가 볼일을 위해 흩어졌다.

"휴."

디아린은 숨을 내쉬었다. 그녀는 높은 고목 위에 당도해 있었다. 밟고 뛰어 온 반투명한 계단이 스르르 흩어져 사라졌다.

넓게 펼쳐진 숲. 푸른 하늘.

하지만 디아린은 이런 아름다운 정경엔 조금도 관심이 없었다. 그녀는 손목에서 붉게 빛나는 문양을 응시하면서 입을 열었다.

"올, 로르."

〈…….〉

"나 이제 몸 괜찮거든? 좀 나와 볼래?"

〈…….〉

"정말 괜찮다니까? 마력이 갑자기 팽창돼서 놀라긴 했지만, 긴급 처치도 다 잘 받았어. 약도 계속 먹어서 오히려 체력이 늘었어. 너무 튼튼해져서 기사단 입단도 고민 중이야."

〈…….〉

"올로르. 얘들아. 야."

〈…….〉

끈질기게 답이 없다. 결국 디아린은 한숨을 내쉬었다.

"그래. 알겠어. 화 안 낸다고 약속할게."

〈…….〉

"진짜. 진짜로."

그제야 머뭇거리며 말문이 트인다.

〈정말인가……?〉

〈정말요……?〉

로르와 올이 조심스레 대답하는 바로 그 순간이었다. 디아린이 번개 같은 속도로 어깨를 쓸어 깃털 두 개를 손에 쥐었다. 그녀가 음흉하게 웃자 붉은 깃털 두 개가 파르르 떨었다.

〈화 안 낸다고 했잖나. 이, 이 악마 같으니라고…….〉

〈다, 다시는 안 그럴게요.〉

〈역시 좀 더 목소리를 끊어 놓고 있었어야 했나…….〉

무섭다고, 못됐다고 칭얼거리는 소리를 듣던 디아린이 에휴 한숨을 내쉬었다. 그녀가 깃털들을 놓아주었다.

〈음?〉

〈으응?〉

두 개의 깃털들이 어리둥절해져서 둥실둥실 날았다.

"난 약속은 안 깨. 화 안 낸다고 약속했으니까, 화 안 낼게."

〈와! 감사해요! 주인님! 마음도 넓으셔!〉

올의 깃털이 디아린의 품으로 달려들려던 순간이었다. 디아린이 깃털을 잡아 막았다.

"하지만 올. 한 번만 더 이러면 정말 곤란해. 알지? 에제트는 용혈이야. 그런데 황궁엔 용혈이 더 넘쳐."

혹여 의심이라도 받게 되면, 상황이 아주 골치가 아파진다.

"나도 마물을 먹었으니 나한테 마물의 기운이 남아 있을 거란 말이야. 아키르 황실에서 측정이라도 하면 바로 들통 날 텐데. 그럼 난 죽는다고. 게다가 내가 적조의 로드라고 공표되면 콘클 공작이 어떻게 나오겠어?"

가뜩이나 이 몸에 흐르는 피 때문에 콘클 공작은 어떻게 할 수도 없는데. 그야말로 살아 있는 콘클 공작의 꼭두각시나 될 것이다.

올이 시무룩해져서 대답했다.

〈으응. 명심할게요…….〉

〈명심한다고 하니 한 번 봐줘라. 이 녀석, 반성 많이 했다.〉

"그래. 그래서 이작 드리엄이 나보고 주인님이라고 부르는 게 그렇게 화났어?"

〈네?〉

〈뭐?〉

올과 로르가 당황해서 되묻자 디아린이 고개를 갸웃했다.

"왜? 올이 그래서 화났다며."

〈네, 맞긴 한데……. 그게 들리셨어요?〉

〈들릴 리가 없는데.〉

"없다니? 무슨 말이야, 로르?"

〈그 일 후로 내가 너와의 연결을 쭉 끊고 있었다.〉

"……그래? 어…….."

로르의 말을 듣고 보니까, 좀 이상했다. 그들의 대화 하나하나가 다 들린 게 아니었다. 얼핏얼핏 지나가듯 기억에 남은 대화들. 의아해진 디아린이 다시 곰곰이 생각해 보았다.

"다시 생각해 보니까 너희 대화가 들렸던 것도 아니네. 근데 왜 들렸다고 혼자 생각하고 있었지? 너희가 나랑 연결 끊고 있다는 것도 이미 짐작하고 있었는데."

그래서 일부러 여기까지 올라와서 이젠 나오라고 재촉한 것이었다.

"뭐지, 이 상황?"

디아린이 혼란스러워했다. 올과 로르도 당황해서 그녀의 주위를 빙글빙글 돌다가, 뚝 멈췄다. 올이 혹시나 하는 목소리로 물었다.

〈주인님.〉

"응."

〈마법 아무거나 하나 써 보세요. 마력 소모 높은 걸로.〉

"마법? 어, 이거 써 볼까."

디아린은 순순히 환각 마법을 아무거나 써 보았다. 밝은 하늘에 붉은 별이 떨어지다가 사라졌다. 굉장히 반짝거려서, 별거 없음에도 마력 소모 하나는 끝장나는 장식용 마법이었다.

디아린의 얼굴이 조금씩 창백해질 무렵이었다. 디아린의 주변을 빙글빙글 돌던 올과 로르가, 동시에 같은 걸 발견하고 작게 탄식했다.

"왜 그래?"

〈주인님. 발밑을 좀 보세요.〉

"발밑?"

디아린이 아래를 보았다. 곧 연보라색 눈동자가 크게 뜨였다.

"왜 붉은 깃털이 같이 떨어지지?"

디아린은 당황스러웠다. 항상 백 퍼센트 검은 깃털만 떨어지던 발밑에, 붉은 깃털이 점점이 쌓이고 있었다.

"내 마법에 문제가 생긴 건가? 그럴 리가 없는데."

〈아니에요. 이거⋯⋯. 제가 아무래도 마력을 폭주시켜서 그런 것 같아요.〉

올의 말에 로르가 놀랍다는 목소리로 말했다.

〈그렇군. 네 마력이 제멋대로 순간적으로 확장되면서, 이 인간의 몸에 동기화 비율이 높아졌군.〉

"아."

언뜻 이해하기 어려운 말이었지만, 디아린은 마법사의 지식으로 이해할 수 있었다.

"쉽게 말하면 내 마력에서 올의 비중이 커졌다는 거네."

인간의 마력을 흰색으로 비유하면, 신수의 마력은 검은색으로 비유할 수 있다. 원래는 마력이 적절히 섞여 있어서, 회색 정도의 색깔이던 디아린의 마력이다. 그런데 마력이 갑자기 확장된 충격으로, 마력이 더 진한 색으로 변해 버렸다는 소리였다.

디아린은 곧장 몸 상태를 다시 확인해 보았다.

'특별히 내 몸에 새로운 부담은 없는데.'

정확히 말하면 그 부담이란 건 며칠 동안 앓으면서 다 끝난 거겠지만.

'에제트 덕분이지.'

북문석 수호자의 검과, 그리고 용혈. 그 둘이 아니었으면 이렇게 금세 털고 일어나진 못했을 것이다. 초기 대응이 좋았다.

디아린은 한 발씩 들어 올려 살펴보았다. 엄청나게 많은 붉은 깃털과 간간이 섞인 검은 깃털들이 떨어지다 사라진다.

"일단은 환각 마법부터 다시 걸어야겠네. 다 흑조의 깃털로 보여야 하니까. 이거 시간 좀 걸리는데. 왜 하필 마차 이동 중에 이런담?"

귀찮다고 투덜거릴 시간조차 없었다. 최대한 빨리 마법을 완성하고, 돌아가야 했다. 아니면 자길 찾느라 난리가 날 것이다. 곧장 마법을 시전하는 디아린의 곁에서 올이 말을 꺼냈다.

〈근데 주인님.〉

"응."

〈하나 말씀 안 드린 게 있는데요.〉

햇볕을 받아 하얗게 그려지는 마법진. 디아린이 "또 뭐?" 하고 성의 없게 대답했다. 올이 천진난만하게 말했다.

〈주인님, 수문석 지하에서의 기억 되찾을 수도 있어요.〉

"어?"

* * *

'수문석 지하에서의 기억을 되찾을 수 있다고?'

조금 더 캐묻고 싶었으나 시간이 없었다. 서둘러 마차로 돌아간 디아린은 곰곰이 생각해 보았다.

기억을 되찾을 수 있다.

그렇다는 건, 그 공백이던 기억에 무언가 커다란 돌이 던져진다는 소리였다.

'궁금한 건 많지.'

크게 범주를 잡아 보면 세 가지였다.

1. 수문석 지하에서 대체 무슨 시험을 치렀는가?
2. 에제트와 마주친 그때 별일은 없었는가?
3. 어떻게 다시 콘클 성의 육체로 돌아왔는가?

콘클 성에서, 손목에 적조의 영혼석을 주입당해 영혼만 급히 빠져나온 것, 그 상태로 수문석 지하로 간 건 기억이 난다. 마물을 연달아 해치우며 이상한 형상이 되었던 것까지도 역시 기억에 있었다.

그런데 그 끝은 아무리 뒤져 봐도 기억이 나지 않았다. 그저 다시 눈을 떴을 때 디아린의 영혼은 다시 육체로 고이 돌아온 상태였다.

'마법을 계속 쓰다 보면 알 수 있다니까.'

그게 정확히 언제인진 몰라도, 근시일 내일 거라는 건 짐작할 수 있었다.

'제발 긴급한 상황에서 갑자기 기억이 펑 떠오르진 마라.'

디아린은 그렇게 빌었다.

"아가씨. 계속 안색이 안 돌아오시네요. 이렇게 창백하셔서야……."

샤이가 걱정이 어린 얼굴로 따뜻한 수병을 내밀었다. 안에 들어 있는 건 생강과 레몬즙, 꿀을 탄 차였다.

"일단 이거라도 좀 드셔요."

디아린이 고맙다는 인사와 함께 차를 마셨다.

이미 황궁에 도착했던지라, 몇 모금 제대로 마시기도 전에 황제 직속 시종의 안내를 받아 곧장 움직여야 했다.

"폐하께서 알현실이 아닌, '여름 하늘 응접실'로 영애님을 초대하셨습니다. 폐하께서 친애하는 이들만 들어올 수 있는 아주 귀한 공간이지요."

시종의 설명처럼, 여름 하늘 응접실은 사적인 공간이란 느낌이 물씬 났다. 스카이블루 빛깔로 톤을 맞춘 대리석으로 벽과 바닥을 짜 넣어서 탁 트인 시원한 느낌이 들었으며, 짙은 크림색 기둥에는 푸른 계열의 오팔들이 나선을 그리며 장식된 채였다.

황제는 응접실 소파에 앉아 차를 마시고 있었다.

용혈. 안개가 낀 얼굴.

디아린은 드레스 자락을 잡아 올리고 허리를 굽혔다.

"용혈의 계승자, 오드 아 키르의 파수꾼이시며 다섯 신수의 축복을 전승하시는 분. 제국의 태양과 달인 위대하신 황제 폐하께……."

"됐다."

브루노 9세가 손을 들어 막았다.

"늘 듣는 인사니 생략해도 좋아. 여기 앉지. 영애."

"황공하옵니다."

제국법에 의거해 황제의 맞은편에 앉을 수 있는 사람은 오직 황후뿐이었으므로, 디아린은 예법에 따라 왼편에 마련된 소파에 앉았다.

"차부터 한 잔 들게."

"감사히 마시겠습니다."

시종장이 절제된 태도로 차를 따라 주었다. 눈이 반짝 뜨일 만한 최고급 차. 혀에 부드럽게 감긴다. 디아린은 차를 마시는 척하면서 황제를 살짝 살펴보았다.

'미친 황제.'

암암리에 떠도는 브루노 9세의 별칭이었다. 그가 자신의 친자식들을 죄다 죽여 버린 과거에서 비롯된 말이기도 했다.

비정한 황제. 철혈의 왕.

그런 강인한 이칭 때문인지, 아니면 용혈의 소유자여서인지. 황제는 예순을 넘긴 나이에도 사십 대 후반 정도로만 보인다고 들은 적이 있었다. 디아린이 보기에도 그만큼 눈빛이 날카롭고 분위기도 예리했다.

'애초에 황족들이 반란을 일으킨 이유도.'

황제가 잔인한 탄압 정치를 했기 때문이다. 황명에 거역했다는 이유로 재판도 없이 즉결 처형된 귀족 중에는, 후궁들의 친정 가문도 종종 있었다. 말이 즉결 처형이지 도륙이나 마찬가지였다.

'뭐, 황족 중에는 정말 그냥 권력을 탐해서 반역에 가담한 이들이 더 많다고는 하지만.'

대대로 아키르의 황제들은 적은 자손만을 두었다. 그런데 브루노 9세의 자식은 몹시 번성했다.

'낳으면 낳는 대로 족족 용혈의 소유자인 아이를 낳는데 무엇 하러 이 위대한 피를 아끼는가?'

브루노 9세가 했던 유명한 말이었다.

황제의 말처럼, 수많은 황녀와 황자들 모두가 뛰어난 황족이긴 했다. 다만 하나같이 뛰어나 군주로서의 야망을 가진 데 반해, 황위는 단 한 명만 이어받을 수 있었다.

그래서 황자녀 사이에서의 타협안이, 반역을 일으켜 제국을 여러 개의 대공령으로 찢어 각기 다스리는 것이었다. 거기에는 황제 브루노 9세의 지나친 철혈 정치도 한몫했다.

'결국 다 처형당했지.'

한 명도 남김없이 전부.

반역에 가담하지 않았어도 생전 반역자들과 친분이 있던 자식들도 다 죽였다. 그래서 브루노 9세는 미친 황제라고도 불렸고 '용을 잡아먹는 용'이라는 수식어까지 붙었다.

"콘클이스터 영애."

"네, 폐하."

"일전에 내가 벨루드 백작을 북문석으로 보내 토벌의 성과를 치하한 적이 있지."

브루노 9세는 턱수염을 쓰다듬었다. 북문석 토벌의 성과는 곧 에제트의 성과. 그리고 에제트의 성과는 곧 황제 자기 자신의 성과라고, 브루노 9세는 생각하고 있었다.

"개화가 좀 늦어도 한 번 피면 유달리 활짝 피는 꽃들이 있지. 8황자가 딱 그런 경우다."

그 말에 디아린은 하마터면 웃을 뻔했다.

에제트는 늦게 피는 꽃 같은 게 아니었다. 그 애는 어릴 때부터 똑똑했고, 성실했으며, 검술에 매진했고, 여러모로 뛰어났다. 그저 황제가 이제야, 뒤늦게 보았을 뿐이지.

'그것도 에제트가 간신히 수문석 지하에서 살아 돌아온 후에야. 나도 양심이 없지만 이 황제는 정말 양심이 없네.'

"영애. 해마다 이맘때에 신성한 '은의 산'에서 결실제 의식이 열리는 것을 알고 있지?"

"예. 알고 있습니다."

"그동안 의례에 따라, 가장 뛰어난 황족 셋이 의식에 참석했다. 그리고 이번에는 8황자가 처음으로 참석하게 되었지."

8황자가 결실제 의식에 참여하니, 혼약자인 디아린 콘클이스터 역시 함께 은의 산으로 가야 했다.

"북문석 영지에서 바로 출발해도 되었겠지만, 황궁만큼 다양한 편의성을 보긴 힘들지. 황궁에서 제대로 준비를 하고 가야 영애가 편할 것 같아 불렀다네."

"폐하의 은혜에 감사드립니다."

"그동안 북문석에서 하지 못한 사치를 마음껏 하고 가게."

황제가 아무리 말을 이렇게 한다고 해도 절대 "예." 하고 대답해서는 안 됐다. 그러면 대번 싸늘해진 황제의 눈초리를 볼 수 있게 될 터다.

디아린은 적당히 대답했다.

"검소함은 아랫사람에게 보일 수 있는 최고의 미덕이지요."

"어린데도 현명하군."

하지만 피복비를 아주 빵빵하게 청구하겠다고, 디아린은 속으로 웃으면서 응접실에서 물러났다.

'생각한 것보다는 별로 나를 곤란하게 안 하네.'

디아린은 고개를 갸웃했다. 그녀는 콘클 공작저에 오래 머물렀기에, 황가와 콘클의 관계도 어느 정도 알고 있었다. 황제 브루노 9세가 은근히 콘클 공작을 견제한다는 사실도.

'황제가 이젠 콘클과 협력하기로 한 걸까? 콘클 공작을 엿 먹이려면 나를 괴롭히는 게 가장 쉬운 방법일 텐데.'

그때였다.

"콘클이스터 영애님."

디아린에게 손수 차를 따라 주었던 황제의 직속 시종장이었다.

"은의 산으로 떠나야 하는 시간이 넉넉지 않아, 궁에선 3일 정도 체류하게 되실 겁니다."

"아. 네."

"본래는 황후 폐하께서 8황자 저하와 영애님을 티 파티에 초청하셔야 하지만, 황후 폐하의 옥체가 미령하시어 부득이하게 황제 폐하께서 손수 다른 정찬 자리를 마련해 주셨습니다."

"황제 폐하께서 손수요?"

"그렇습니다."

시종장은 품에서 초청장 하나를 꺼내 디아린에게 건넸다. 고급스러운 종이 한 장을 받아 본 디아린이 '그럼 그렇지.' 하고 속으로 피식 웃었다.

"켈스튜더의 정찬은 굉장히 유명하지요. 타국의 왕족들도 초청받고 싶어 할 정도고요. 분명 영애님도 들어 본 적 있으실 겁니다."

"물론이지요. 저도 들어본 적 있답니다."

켈스튜더라니. 콘콜의 정적 중 하나 아닌가.

심지어 정찬은 오늘 저녁 시간이었다. 에제트는 아직 수도에 오지 않았으니 참석할 수 있는 건 디아린 혼자. 역시, 수십 년을 황제로 군림했던 남자는 녹록지가 않았다.

디아린은 미소를 지으며 시종장을 바라보았다.

"황제 폐하께 감사하다고 전해 주세요."

* * *

"네? 켈스튜더로 가신다고요? 언제요? 네?! 지금요?!"

샤이가 두 손으로 입을 막고 소리 없는 비명을 질렀다. 그녀는 당장 밖으로 뛰어나갔다. 3분도 되지 않아 향유 병들을 쓸어온 샤이는 디아린을 황급히 욕조로 이끌었다.

눈 깜빡할 새 목욕하고 바람처럼 머리의 물기를 말리고 재빨리 정리하고. 샤이는 역대 가장 빠른 속도로 디아린을 단장시키기 시작했다.

샤이는 아직 그때의 대화를 기억하고 있었다.

'아가씨, 벨루드 백작님이 무서운 분인가요? 더블렌 남작님이 왜 저러시는 거죠?'

'켈스튜더 공작의 딸이 에제트의 혼약자로 가장 유력한 사람이라서 그래요.'

아키르 제국에서는 오직 황족만이 상급 사용인을 '시녀'로 호칭할 수 있었다. 따라서 아무리 대귀족 가문이라도, 황족이 아닌 이상 하녀만을 부릴 수 있는 것이다.

하지만 법이 이럴 뿐, 귀족가에도 시녀 격인 하녀들은 왕왕 있었다. 디아린에게는 샤이가 그런 하녀였다. 실제로 더블렌 남작은, 디아린이 에제트와 결혼해 진짜 황족이 되면, 황궁에 입성한 후 측근 시녀로 붙여 줄 용도로 샤이를 전속으로 고용했다.

잡일만 도맡는 하녀와 달리, 시녀는 교양이 있어야 했고, 최하급 단승 귀족의 피가 이어지는 정도의 혈통은 반드시 갖춰야 했다. 또 은퇴한 시녀들이 교수로 있는 귀족 하녀 학교를 졸업해야 했다. 그러니 샤이도 당연히 '켈스튜더의 정찬'에 참석한다는 게 무슨 의미인지 잘 알고 있었다.

〈이 하녀, 머리를 굉장히 잘 땋는군.〉

로르가 중얼거렸다.

〈그렇다고 뭘 그렇게 유심하게 봐요? 아, 저번에 주인님이 머리 잘 땋는

다고 칭찬해 줘서 그렇죠?〉

〈아니다!〉

〈아니기는!〉

로르와 올이 투닥거리는 소리를 한 귀로 흘리는데 샤이가 다른 말을 꺼냈다.

"아가씨. 그런데 조금 있다가 참석이시면……, 황자 저하는 함께 가시는 건가요? 아가씨 호위는 누가 가요?"

"에제트는 모르겠어요. 내일쯤 오지 않을까 싶으니까, 같이 못 가는 거고. 호위는 음."

만약 황제가 진짜 디아린을 배려했다면 알아서 호위를 붙여 주었어야 했는데.

'하긴, 배려하려고 했으면 켈스튜더의 정찬에 날 보냈을 리가 없겠지.'

아마 황후가 아프다는 것도 거짓말일 것이다. 황후는 8황자를 싫어하고 콘클 역시 싫어한다. 그러니 황후가 미치지 않고서야 디아린을 티 파티에 초청해 줄 리가 없었다.

"저 혼자 가도 돼요."

"네? 안 돼요!"

샤이는 세상이 무너진다는 소리를 들은 듯 경악했다.

"예비 황자비이신 몸인데 호위도 없이 공작가의 정찬에 간다니요? 절대 안 돼요!"

"하지만 램드 경도 없는걸요. 호위로는 최소한 어느 정도의 작위가 있는 기사를 데려가야 하잖아요."

그렇지 못한다면 차라리 안 데려가는 게 낫다. 샤이는 이마까지 잔뜩 찡그리고 디아린의 연갈색 머리카락을 열심히 리본과 땋다가 "아!" 하면서 말했다.

"아가씨! 그럼 그분 데려가시면 어때요?"

"누구요?"

"이작 드리엄 경이요!"

샤이의 소리 높인 대답에 디아린은 순간 긴장했다. 그러나 다행히도, 마력 파동은 없었다.

⟨그 자식……! 안……! 절대……!⟩

올의 목소리가 아주 멀리서 웅웅대는 것처럼 들리다가 그마저도 순간 뚝 끊겼다.

'로르가 이번엔 잘 끊었나 보네.'

디아린이 생각하는 사이, 샤이는 열심히 어필했다.

"테트반 단장님이 임시로 이작 경을 기사로 승진시켜 주셨잖아요. 그러니까 되지 않을까요? 북문석의 드리엄가(家)는 수도에서는 후작에 준하는 대접을 받는다고 들었어요."

따지고 보면 후작의 차남이 디아린의 호위로 붙는 거니까. 이보다 더 괜찮은 호위는 없었다.

"그럼 이작 경을 데리고 갈게요."

"잘 생각하셨어요! 휴, 이작 경 덕분에 한시름 놨네요."

샤이가 웃는 걸 보면서 올은 비명을 질렀다.

⟨안 돼! 그 자식 싫어요!⟩

물론 디아린에겐 전혀 들리지 않았다. 로르는 이 녀석이 제발 포기라는 단어를 좀 알길 바라면서 말했다.

⟨네 의견 안 중요하다. 올. 이미 저 인간은 호위로 그놈을 데려가겠다고 정했어.⟩

⟨아냐! 있어 봐요! 아, 왜 난 아직 현신을 제대로 못 해서! 내가 현신만 혼자 할 수 있었어도!⟩

⟨어쩔 수 있나. 네가 지금 멋대로 현신했다간 이 인간 오늘 정찬 끝날 때쯤 죽을 텐데.⟩

〈으으으으…….〉

올이 결국 한숨을 푹 내쉬었다.

〈그건 싫으니까 안 할래.〉

〈잘 생각했다. 그리고 이작 드리엄? 그래 봤자 환각 마물의 부작용 때문에 '주인님'이라고 부르는 인간에 불과한데 신수인 네가 좀 참아라.〉

〈몰라요. 참기 싫단 말야. 내가 그래서 오드 그 자식도……. 아니, 됐다. 됐어요.〉

올이 한 번 더 한숨을 내쉬었다.

〈마음 넓은 내가 참는다.〉

〈잘 생각했다. 그럼 좀 조용히 해라. 난 저 하녀가 머리 땋는 걸 지켜봐야겠으니.〉

로르는 진지하게 디아린의 머리카락을 보면서 말했다.

〈저런 식으로 땋으니까 더 예술적이고 괜찮군.〉

〈……진짜, 나 빼고 다 이상해.〉

올이 마구 투덜댔다.

* * *

"켈스튜더 공작가에 방문하신 걸 환영합니다. 디아린 콘클이스터 영애님. 다이닝 룸으로 안내하겠습니다."

집사가 손수 나와 디아린과 이작 드리엄을 안내했다. 그들이 떠나자, 근처에서 정숙하게 서 있던 켈스튜더 공작가의 사용인들이 소곤댔다.

"아까 들었어? 저 기사가 저 영애를 '주인님'이라고 부르더라?"

"호위니까 그럴 수도 있지. 용병 아냐?"

"아냐! 저 기사, 드리엄 가문의 차남이란 말이야."

"드리엄 가문이라고?"

"그래! 명망 있는 가문의 소생인데 저렇게까지 자길 낮추는 게 말이 안되지 않아?"

"흐음. 글쎄. 8황자 저하한테 아부하려고 저러는 거 아냐?"

"맞아, 아부겠지."

"아부여도 대단하네. 저 영애."

"내 말이."

이작 드리엄이 저도 모르게 디아린을 '주인님.'이라고 불렀다가, 귀가 새빨개지는 걸 그들은 미처 보지 못했다.

디아린이 수치심에 내적으로 몸부림치는 이작을 이끌고 도착한 켈스튜더 공작가의 다이닝 룸은 그레이트 홀만큼이나 넓었다. 이렇게 다이닝 룸을 크게 빼 놓는 귀족 가문은 별로 없다.

대대로 켈스튜더는 미식을 사랑했고, 귀한 식재료에 돈을 아끼지 않았다. 주방장에게도 아주 높은 급여를 지불했다. 주방 솜씨만큼은 황제궁과도 비견될 정도였다. 그래서 유명세를 탄 것이 바로 '켈스튜더의 식탁'. 켈스튜더 공작가의 특별한 정찬을 이르는 별칭이었다.

디아린은 지정된 자리에 앉아 주변을 한 번 슥 훑어보았다. 아직 주인의 자리는 비어 있었다. 초청받은 이들은 당연히 대부분 귀족들. 여러 귀족들 사이에서 가장 눈에 띄는 이는 일리룸 공작이었다.

'당연히 콘클 공작은 없고.'

켈스튜더와 콘클이 으르렁대는 게 하루 이틀 일이 아니니까.

디아린과 눈이 마주친 일리룸 공작은 홱 고개를 차갑게 돌려 버렸다. 그때였다.

"귀한 분들이 이렇게 참석해 주셔서 정말 감사합니다."

오만하게 들리는 목소리. 켈스튜더 공작인가, 싶어서 옆을 쳐다 본 디아린의 눈이 살짝 커졌다. 그녀의 의문을 대변하듯, 앉아 있던 손님들이 웅성 댔다. 일리룸 공작이 입을 열었다.

"이는 켈스튜더 공자. 아버님은 어쩌고 그대가 나온 것이오?"

"아아. 일리룸 공작님. 잘 물으셨습니다."

싱긋 웃으며 이논 켈스튜더가 말했다.

"아버지는 사업차 잠시 젤멘항에 내려가셨지요. 오늘 켈스튜더 식탁을 주최하는 건 바로 저입니다."

"호오?"

여기저기서 감탄이 터져 나왔다.

"대대로 '켈스튜더의 식탁'은 가주님만 주최하시지 않습니까?"

"아니면 후계자가 말이지요."

"켈스튜더 공작님이 이논 공자를 참 많이 생각하시나 봅니다."

켈스튜더 공작은 자식이 많았다. 네 명의 아들과 한 명의 딸.

이논 켈스튜더는 공작의 차남이었고 권력 욕심도 많았다. 다른 아들들도 다를 바가 없었다. 벌써부터 물밑으로 후계 싸움이 일어나고 있다는 건 공공연한 비밀이었다.

"자자."

박수를 두 번 쳐 좌중을 진정시킨 이논이 주최자 자리에 앉았다. 그의 맞은편 자리는 텅 비어 있었다. 가장 높은 신분이 주최자의 맞은편에 앉는다는 걸 생각했을 때, 이 자리는.

"8황자 저하는 불참하셨군요."

에제트의 자리였다. 이논은 빈 에제트의 자리 왼편에 앉아 있는 디아린에게로 시선을 옮겼다.

"안녕하십니까, 콘클이스터 영애님. 어찌 8황자 저하가 불참하셨는지 여쭈어도 되겠습니까?"

"황명으로 인해 서북문석에 가신 터라, 피치 못하게 불참하게 되었습니다."

"이런, 이렇게나 아쉬울 수가. 어쩔 수 없죠. 저희끼리라도 미식을 즐겨 보도록 합시다."

"하하! 좋지요."

"정말 기대되는군요."

이논은 자연스러운 미소와 함께 귀빈들을 응시했다. 디아린에게도 비슷하게 예의 바른 표정을 지었다.

'……는 무슨. 얕잡아 보네.'

입꼬리를 샥 올린 것부터 알 수 있었다.

디아린은 미소와 함께 앞에 내려진 은 식기를 보았다. 음식 하나하나에도 은 뚜껑이 덮여 있었는데, 식사 시중을 드는 사용인이 직접 열어 주었다.

"대단한 맛입니다."

"송로버섯을 이런 식으로도 조리할 수 있군요."

"이 희귀한 재료를 어디서 공수해 오는 겁니까?"

'켈스튜더의 식탁'은 실로 과장이 아니라, 귀빈들은 진심으로 감탄하면서 식사를 했다.

수도에 도착한 후, 대체 몇 번째 속으로만 웃는 건지 모르겠지만 디아린은 또 속으로 웃었다. 디아린에게 나온 음식들은 다른 이들의 음식과는 미묘하게 겉모습이 달랐다. 고개를 살짝 갸웃하며 맛을 가볍게 보니까 알았다. 맛이 엉망진창이다 못해, 고약할 지경이었다.

흘긋 시선을 옮기니, 이논 켈스튜더 공자가 디아린을 은근히 살펴보다가 능숙하게 고개를 돌려 버렸다. 입가에 걸린 재수 없는 미소만 봐도 무슨 그림을 기대하는지 알 만했다.

디아린은 속눈썹을 내리깔고 미소를 지었다. 그녀가 스푼을 들어 앞에 놓인 이상한 수프를 한 입 떠 입 안으로 가져갔다.

'드디어 먹는군!'

이논 켈스튜더는 디아린이 그 이상한 맛을 견디지 못하고 웩 뱉어 낼 것을 확신했다. 그렇게 망신을 주고자, 일부러 디아린을 빤히 보았다. 그가 의도한 대로, 이논과 대화를 주고받던 귀족들도 디아린에게 시선을 옮겼다.

"공자. 왜 그럽니까?"

"콘클이스터 영애님에게 무슨 문제라도……."

"아, 그게 말이지요. ……어, 음?"

의기양양하게 웃던 이논의 표정이 금세 일그러졌다. 디아린이 아무렇지 않게 수프를 계속 떠먹었기 때문이다. 약간의 동요도 없이, 외려 이논을 보며 되묻기까지 했다.

"제 얼굴에 무엇이 묻었나요? 공자가 아까부터 계속 저만 쳐다보시니 굉장히 민망하네요."

디아린이 곤란한 미소를 지으며 물었다.

"왜 자꾸 쳐다보시는 거죠?"

이논이 순간 당황해 말을 더듬었다. 귀족들이 너털웃음을 터뜨렸다.

"아하하! 영애님의 아름다움에 이논 공자도 순간 홀렸나 봅니다."

"젊은 혈기니까요. 하지만 영애님은 8황자 저하의 혼약자시니까 바라보아야 할, 하늘에서 빛나는 별일 뿐이죠."

"이논 공자도 어서 혼인을 해야 하지 않겠습니까!"

"하하하! 맞습니다!"

순간 무릎에 올려져 있던 이논의 왼쪽 주먹에 힘이 들어갔다. 저 농담들은 그를 조롱하는 말들이었다. 이논 켈스튜더가 여색을 밝힌다는 건 알 만한 사람들은 다 아는 일이었기 때문이다. 장차 8황자비가 될 레이디의 미모에 반해서, 이런 공적인 자리에서도 정신 못 차리고 티를 내야겠냐는 소리기도 했다.

자신이 작은 왕처럼 군림할 수 있었던 정찬 자리에서 예상치 못한 조롱을 들은 이논은 화가 났다. 그래도 웃으면서 품위를 잃지 않았다.

"도련님, 잠시."

조용히 다이닝 룸에 입장한 집사가 작게 속삭였다. 집사에게서 뜻밖의 소식을 전해 들은 이논이 저도 모르게 되물었다.

"8황자가 오셨다고?"

"예?"

"8황자 저하요?"

그 말에 식사와 담소를 함께 즐기던 사람들의 눈이 그대로 쏠렸다. 그 중에는 물론 디아린도 있었다. 이논이 용수철처럼 벌떡 일어나 다이닝 룸 바깥으로 나갔다.

잠시 후, 그는 정말로 에제트와 함께 다이닝 룸으로 돌아왔다.

'에제트?'

진짜 에제트였다. 그가 비어 있던 제 옆자리에 앉을 때까지, 디아린은 어안이 벙벙해 있었다.

뿌연 얼굴 속, 황금색 눈동자가 디아린을 응시한다. 그는 그녀에게 가볍게 눈짓만 하고 시선을 앞으로 옮겼다. 디아린도 얼떨떨하게 다시 앞을 보았다.

한편, 이논은 들뜰 수밖에 없었다. 자신이 호스트로서 주최하는 정찬에 8황자까지 왔다는 사실에! 비단 이논뿐만 아니라, 다른 참석자들도 마찬가지였다.

"오늘 저하를 뵙지 못한다는 말에, 내심 안타까웠는데 이렇게 뵈니 정말 기쁩니다. 서북문에서 어찌 이리 빨리 도착하셨습니까?"

"최대한 빨리 왔습니다. 말을 갈아타면서요."

"세상에! 하긴, 켈스튜더의 식탁은 내로라하는 왕족들도 탐낼 만큼 대단한 미식의 향연이니까요."

"예. 기대되는군요. 그런데 이번에 따님을 얻으셨다고 들었습니다. 늦었지만 축하드립니다."

"맞습니다! 기억해 주신다니 이런 영광이 또 없군요!"

귀족들이 너도나도 에제트와의 대화에 끼어들었다. 디아린은 물을 마시면서 생각했다.

'황족은 황족이구나.'

에제트도 이렇게 매끄럽게 사교계의 대화를 나눈다는 게 좀 신기했다.

디아린은 어쩐지 재미있어졌다. 오늘은 절대 보지 못할 거라고 생각한 에제트가 옆자리에 앉으니 한층 더 기분이 좋아졌다.

훨씬 활기차진 분위기에서, 새로운 식기가 나왔다. 스테이크였다. 이번에는 다행히 냄새가 좋았다. 아마 에제트가 바로 옆에 앉아서, 이상한 향신료를 쓰는 건 포기한 모양이었다.

그런데.

'뭐야. 엄청 딱딱해.'

스테이크의 표면이 굉장히 차가웠다. 한 일곱 시간을 작정하고 얼음 대야 위에 띄워 둔 것 같았다. 두꺼운 소고기 요리는 지글지글 뜨거워야 맛있다. 다 식은 스테이크는 써는 것도 힘들고 씹는 건 더 힘들었다. 맛없는 건 당연했다.

'치사하게 끝까지 먹을 걸로 이래.'

이제까지 디아린은 음식을 먹는 척하면서, 입에 넣는 순간 잿더미까지 태워 버렸다. 상식적으로 불가능한 마법이지만, 마력을 굉장히 섬세하게 조절할 수 있는 디아린에게는 가능했다. 그렇게 다 태워 없앴으니 남들 눈엔 잘 먹는 걸로 보였다. 디아린은 이번에도 그러지 뭐, 하면서 스테이크를 썰었다.

에제트가 말을 걸어온 건 그때였다.

"저와 가니쉬가 다르군요. 바꿔 드시겠습니까?"

'가니쉬?'

디아린의 접시에 놓인 가니쉬는 단호박, 작은 옥수수, 버섯이었다. 연보라색 눈동자가 에제트의 접시도 보았다. 아스파라거스. 작은 옥수수. 버섯.

'단호박을 좋아하나?'

디아린이 호박을 덜어 주겠다고 말하려고 할 때였다. 에제트가 먼저 식사 시중을 드는 사용인에게 그릇을 바꾸라고 말했다.

"저하……."

사용인이 주저하자 에제트가 싸늘하게 되물었다.

"내 말 안 들리나?"

사용인이 헉 하고 놀라 바로 둘의 스테이크를 바꿔 주었다. 에제트는 시장했다는 듯 바로 스테이크를 썰었다.

'포크 대자마자 알았을 텐데.'

저 스테이크가 돌덩이 같다는 걸. 게다가 냉기도 은은하게 올라오고 있었다.

디아린은 고개를 틀어 맞은편의 이논 켈스튜더를 보았다. 그의 얼굴은 눈에 띄게 굳은 상태였다. 옆에서 대화를 나누던 가신이 "공자, 어디 불편하신가요?" 하고 물을 정도였다. 심지어 켈스튜더의 집사조차도 손끝을 조금 떠는 게 보였다.

디아린은 흠 하고 느긋하게 눈앞의 스테이크를 썰었다. 뜨겁고 잘 익어서 아주 부드럽게 잘렸다. 지글지글 끓어오르는 기름기.

에제트는 스테이크를 한 입 썰어 입 안에 넣었다. 균형이 잘 잡힌 그의 얼굴은 약간의 동요도 없다. 조용히 스테이크를 씹어 삼킨 에제트가 포크와 나이프를 내려놓았다. 그리고 더 이상 식사를 이어 가지 않았다.

이논 켈스튜더의 얼굴에선 핏기가 가시기 시작했고, 집사의 손도 티 날 정도로 떨리기 시작했다. 에제트를 예의주시하고 있던 몇몇 귀빈들이 서서히 의문을 가질 때였다.

에제트의 오른편에 자리를 배정받아 앉아 있던 일리룸 공작이 물었다.

"왜 더 드시지 않으십니까? 황자 저하."

"오른쪽 손을 조금 다쳐서 식사가 불편하군요."

"아, 그럼 제가 대신 썰어 드려도 되겠습니까?"

에제트는 대답하기 전 이논 켈스튜더를 한 번 보았다. 이논이 지레 움찔 놀라 당황했다. 에제트가 평이한 어조로 말했다.

"부탁드립니다."

일리룸 공작은 식사 시중을 드는 사용인에게서 새 나이프와 포크를 받았다. 그가 에제트의 스테이크를 대신 썰어 주다가 멈칫했다. 일리룸 공작이 갑자기 나이프로 스테이크의 중심부를 팍 찍었다.

"……?"

"일리룸 공작님?"

"왜 그러십니까?"

공작은 대답 없이 스테이크를 포크째로 휙 들어 올렸다. 차갑고 돌덩이 같은 커다란 고기가 돌덩이처럼 허공에서 흔들렸다.

"음식을 영 잘못 내온 것 같군요."

흔들흔들.

"이게 뭡니까. 너무 차갑습니다."

흔들흔들흔들.

"켈스튜더의 명예라더니 별거 없군요. 이논 켈스튜더 공자."

"……!"

"……!"

"……!"

이논 켈스튜더의 얼굴이 결국 터질 듯이 새빨갛게 변했다. 식탁 여기저기서 이논을 보며 쑥덕대기 시작했다.

"요, 요리 과정에 실수가 있었던 것 같습니다. 지, 집사!"

허둥지둥. 300년 전에 처음 시작되어, 그 긴 시간 동안 명맥을 잃지 않았다는 켈스튜더의 식탁. 단 한 번의 흠집도 없던 명예에 처음으로 쩌적 크게 금이 갔다.

'이 정도로 망신을 주는 것도 나쁘지 않기는 한데…….'

디아린은 안색이 회색빛이 된 이논을 보았다.

현재 이논의 머릿속은 백지장처럼 변해 있는 상태였다. 가문의 명예를 망쳐 버렸다. 가주인 아버지가 가장 중요하게 여기는 켈스튜더의 식탁을!

'아버지가 날 가만두지 않으실 거야!'

그때였다.

'……왜 발이 뜨겁지?'

아래를 내려다본 이논의 두 눈이 커졌다.

"부, 불이야!"

"예? 허억!"

"카펫에 불이 붙었습니다!"

"도련님!"

"발을 빼십시오!"

켈스튜더가 자랑하던 명예로운 다이닝 룸이 엉망진창이 되었다. 갑자기 카펫에 왜 불이 붙었는지는 아무도 모른다. 더 이상 식사도 못 이어 갈 분위기라, 디아린도 포크와 나이프를 성의 없이 내려놓았다.

'내가 화를 냈으면 이런 결과의 반의반의 반도 나오지 않았겠지.'

콘클은 켈스튜더와 대척점에 서 있었으니까.

하지만 일리룸은 달랐다. 완벽한 중립파. 어디에도 쏠리지 않으며 편을 따라, 이익에 따라 옮겨 붙지 않는 공작가. 디아린은 일리룸 공작을 보다가 흠, 하면서 살짝 웃었다.

* * *

만찬장은 엉망이 되었다.

모욕과 화재. 연이은 충격에 이논 켈스튜더는 식사를 끝까지 마치지도 못했다. 무엇보다 음침하게 대접한 차가운 스테이크가 큰 문제였다.

"켈스튜더 공작이 8황자비 자리를 딸에게 주려고 한다더니."

"백 년 넘게 지켜 온 명예면 뭐합니까. 권력 앞에 무너지는군요."

젤멘항에서 볼일을 마치고 수도로 돌아올 켈스튜더 공작이 이논을 가만두지 않을 것이라는 사실도 자명했다.

난리가 났지만, 일리룸 공작은 신경도 쓰지 않았다. 그는 외려 디저트까지 태연하게 먹고, 적당히 다이닝 룸에서 일어났다. 어차피 호스트인 이논 켈스튜더는 에제트에게 붙어서 온갖 변명을 하느라 정신이 없었다.

'사용인들도 똑같이 정신이 없군.'

일리룸 공작이 한적한 복도까지 홀로 걸어 나왔을 무렵이었다.

'음?'

모퉁이에서 기다리고 있는 여자 한 명이 보였다. 솜씨 좋게 땋아 장식한 연갈색 머리카락. 옅은 자수정 같은 눈동자. 얼굴을 모를 리가 있나, 콘클 공작의 방계 수양딸이었다.

일리룸 공작도 대귀족이라 어느 정도 알고 있었다. 몇 년 전, 콘클이스터 영지를 포함한 남부의 도시 일곱 개가 쑥대밭이 되었다는 것. 그 여파로 콘클이스터 가문은 막을 내렸다는 것.

그날 이후 디아린의 아버지는 콘클 공작이 되었다. 물론 말만 아버지였고, 수양딸이었다. 디아린은 공작 영애가 된 게 아니었고, 콘클이스터의 성을 그대로 썼으며, 콘클 영지의 성과 수도의 대저택을 왔다 갔다 했다.

눈이 마주쳤으니 인사를 해야 맞지만, 무시하고 넘어간다고 해서 공작인 자신에게 크게 문제를 삼을 수는 없었다. 디아린을 무시하고 지나가려는 일리룸 공작의 귓가에 목소리가 꽂혔다.

"아들이 아프다면서요?"

일리룸 공작은 전혀 속도를 줄이지 않고 뚜벅뚜벅 걸어 나갔다. 들은 척도 않고 지나가려는 일리룸 공작의 폼은 의연하게 느껴졌다. 하지만 의연한 건 디아린도 마찬가지였다. 그녀는 아무렇지 않게 그를 졸졸 따라가며 말을 이었다.

"마법 사고에 휘말리는 바람에, 반쯤 미쳤다고 들었는데요."

"……."

일리룸 공작이 멈칫했다. 그가 뒤를 돌아보고 디아린을 쏘아보았다.

본래 일리룸 공작은 예리하고 날카로운 인상이었다. 가문 자체가 중립이라곤 하지만, 항상 중립을 유지하면서 살아오는 것도 웬만한 감과 담이 아니면 불가능한 일이었다. 검정색 눈동자가 흑요석처럼 차가웠다.

"방계라고 해도 콘클의 성을 딴 방계는 남다르군요. 그런 이야기도 들어서 알고 있고 말입니다."

"네, 뭐. 제가 귀가 좋은 편이라서요."

일리룸 공작은 말없이 디아린을 노려보았다. 그 눈빛의 의미를 굳이 말로 표현하자면, '좋은 청력도 귀가 잘리면 끝인 걸 알고 있지?' 정도로 할까.

'하지만 하나도 안 무섭지.'

게다가 디아린이 말한 건 모두 사실이었다.

일리룸 공작의 외아들은 크게 아픈 것으로 암암리에 알려져 있었다. 황제에게 허락을 구해, 황실 수석 마법사까지 데려가 진단을 받아 보았지만 차도는 전혀 없었다.

"그래서, 그 이야기는 왜 하시는지?"

디아린은 일리룸 공작에게 한 발자국 가까이 걸어갔다.

"아드님의 경우엔 폭주한 마력이 육체뿐 아니라 정신까지 뒤덮은 경우잖아요."

"……"

일리룸 공작은 속으로 당황했다. 폭주한 마력에 정신까지 휩쓸리는 경우는 결코 흔한 사례가 아니다. 일리룸 소공작이 그렇게까지 심하게 당했다는 사실을 아는 사람이 정말로 드물었다.

'콘클 공작이 이미 알고 있었나 보군. 더러운 악당 놈.'

방계 영애에게 흘린 걸 보니 다른 놈들에게도 흘렸을지도 모른다. 디아린을 쳐다보는 일리룸 공작의 눈빛에는 경멸감이 가득해졌다. 그는 오히려 태연을 가장해 말했다.

"거기까지는 황실 수석 마법사도 이미 진단을 내렸습니다."

"저는 치료하는 법도 알고 있는데요?"

"……!"

일리룸 공작의 새까만 눈동자가 순간 동요를 드러냈다.

"제 가문의 비망록에 공작님의 아드님과 비슷한 경우가 있어서요."

"……콘클의 비망록에 말입니까?"

"아뇨. 콘클이스터요."

"실례. 콘클이스터의 비망록에 그런 사례가 기록되어 있었습니까? 치료하는 방법까지도?"

"네."

일리룸 공작의 눈빛이 진중해졌다.

대부분의 가문에는 비망록이 내려져 오고, 그 비망록은 외부에 웬만해선 공개되지 않는다. 거기에는 가문의 숙원이나 비밀, 또는 비기가 전해져 내려오는 경우도 심심찮게 있었다.

'하지만 콘클이스터 영지는 이미 불탔고.'

남부 전염병의 확산을 막기 위해서 시골 영주 가문의 영지 따위, 한 줌의 장작으로 판단되었다.

'지금 남아 있는 콘클이스터는 이 여자뿐.'

하지만 콘클이기도 했다. 연보랏빛 눈동자는 '악당'의 수족이라기엔 너무 귀여워 보였지만, 외양일 뿐이질 않나. 겉모습에 넘어갈 정도로, 일리룸 공작은 녹록한 성격이 아니었다.

"저를 못 믿으시네요. 좋아요."

일리룸 공작의 경계심을 그대로 읽은 디아린이 말했다.

"아까 켈스튜더의 사용인이 제게 차가운 스테이크를 내왔었죠? 황자 저하께서 가져가시긴 했지만, 원래는 제 몫이었죠. 켈스튜더의 식탁에 망신을 준 건 일리룸 공작님 덕이에요."

"저는 그런 얼어 있는 스테이크를 내놓는 게 결례이며 옳지 않은 대접이라고 생각했을 뿐입니다."

"네. 하지만 결례인 대접을 받으면서도 모른 척 넘어가 줘야 하는 약자들도 있는 법이죠."

일단 디아린 그녀 자신이 그 약자의 범주에 포함되고.

물론 에제트가 스테이크 접시를 가져가지 않았어도, 디아린이 어떤 식으로든 켈스튜더의 식탁에 엿을 먹였겠지만.

'아까도 이논 켈스튜더 그 자식이 앉아 있는 쪽에다가 불 질러 줬고 말야. 촛대를 마력으로 몰래 움직였지.'

하지만 그뿐이다. 켈스튜더가 목숨처럼 생각하는 명예에 타격을 주는 게 훨씬 더 좋았다. 그런 면에서는 일리룸 공작이 디아린을 많이 도와준 것이다.

"덕분에 감사했어요. 감사의 의미로, 공작님의 저택에 방문해 일리룸의 정원을 감상하고 싶은데 어떨까요?"

"재미있군요. 저를 황궁에 초청하는 게 아니고요?"

"황궁은 지겹게 보셨을 테니까요."

그러니까 그때까지 찬찬히 생각해 보면서, 영 아니다 싶으면 일리룸 공작 저의 정원만 구경시켜 주고 내보내란 뜻이었다.

일리룸 공작은 잠시 대답을 않고 디아린을 바라보았다. 나이보다도 어려 보이는, 귀염장한 얼굴의 영애는 잘 생각해 보라는 듯 재촉 않고 눈만 깜빡이고 있었다.

거절해야 안전하다. 콘클 놈의 수일지도 모른다.

'저는 치료하는 법도 알고 있는데요?'

"……좋습니다. 사흘 안에 초청장을 보내지요."

그렇지만 한번 걸어 보기로 한 그를 향해 디아린은 어깨를 으쓱했다.

"아뇨."

지금 디아린보다 바쁜 일정인 사람도 없을 거다.

"저는 3일 후 은의 산으로 떠나니, 내일까지 결정하셔야 해요."

"……."

* * *

"일리룸 공작님이요?"

"네."

"와!"

샤이가 양손으로 뺨을 감싸고 뺨을 붉혔다.

"아가씨, 정말 수도에 와서 느끼지만 대단하세요. 켈스튜더의 식탁에도 초대받아 가시고, 이젠 일리룸의 정원에도 초청을 받아 가시다뇨……! 제국의 다섯 공작 가문 중 벌써 세 개의 공작가에 가 보신 거잖아요!"

내 영애님이 이렇게 대단하신 분이다! 샤이는 그런 의미로 굉장히 기뻐하고 있었다. 디아린은 어쩐지 웃음이 나왔다.

샤이가 물었다.

"자, 그러면 이렇게 입고 가시겠어요?"

"좋아요."

"황궁의 옷감은 정말 훌륭한 게 많아요. 아가씨, 이 옷감들 다 챙겨서 북문석으로 돌아가면 황궁 시녀들이 험담을 할까요?"

"설마요?"

"그럼 오늘부터 차곡차곡 챙겨 볼게요!"

본격 황궁 털어먹기를 실행하는 샤이는 의욕이 넘쳤다. 그런 전폭적인 지지 아래 도착한 공작가지만, 들어가는 과정이야 어제와 크게 다를 바 없었다.

"어서 오십시오."

"안녕하세요."

"이쪽으로."

디아린은 일리룸 공작의 뒤를 따라서 걸음을 옮겼다.

'저택이 조용하네.'

켈스튜더는 물론, 콘클도 여기보다는 사람이 많았다. 그런데 일리룸은 조용했다.

'게다가 꽤 소박하고.'

대륙 전체에서 전설로 통하는 시조의 건국 이후, 제국은 언제나 부유했다. 건국 후의 나라는 흥망성쇠를 겪는 게 당연한 이치라지만, 아키르 제국은 부흥기와 안정기만을 누렸다.

당연히 그런 제국의 5대 공작가 중 하나라면, 이보단 고급스러워야 할 텐데. 랑브리도 없고 장식하고 있는 오브젝이 하나도 없었다.

'저택은 무척 크던데. 사실 사정이 어렵나?'

디아린이 그렇게 아무렇지 않게 속으로 품평이나 할 때였다.

"너희는 물러가라."

"예. 공작님."

사용인으로 보이는 이들이 문 앞에서 허리를 숙이고 물러갔다.

"아드님을 제게 보여 주기로 결정하셨나 보군요."

"예. 그렇지만."

일리룸 공작은 디아린을 보며 차갑게 경고했다.

"오늘 본 걸 어디서도 발설치 않겠다고 서약을 쓰십시오."

"그 정도야. 네. 알겠어요."

너무 순순히 수락하는 말에 일리룸 공작은 이마를 찡그렸다. 그는 미리 가져온 서약서를 꺼내 디아린에게 내밀었다. 그녀는 별 고민도 하지 않고 서명을 했고, 일리룸 공작은 작게 한숨을 내쉬었다.

"잠시 기다리십시오."

일리룸 공작은 안주머니에서 직접 열쇠를 꺼냈다. 디아린은 그 모습을 흘긋 보았다.

로르가 입을 열었다.

〈마법 처리된 자물쇠와 열쇠군.〉

〈응. 안쪽에서 위험이 감지되면 자동으로 개폐되는 마법이 걸려 있는 것 같은데요?〉

'그런 마법이면 정말 굉장히 고가일 텐데.'

일리룸 공작은 열쇠를 꽂고 자물쇠를 해제한 후 안으로 들어갔다. 디아린도 따라서 들어섰다. 바깥의 소박한 정경과 비슷하게, 방 안도 크게 화려하진 않았다. 그저 넓고 깨끗했다.

하지만 한 가지 특이한 건.

'힐란 향이잖아.'

힐란은 신전에서만 자라는 나무로, 신성력을 머금고 있다. 힐란 나무의 열매를 가공해 만든 힐란 향은 마음을 편안하게 해 줄 뿐 아니라 실질적인 진정제 효과도 굉장히 뛰어났다. 깊고 편안한 잠을 자게 해 주지만, 중독성은 전혀 없었다.

하지만 매입하는 게 몹시 어려워 값이 무척 비쌌다. 그만큼 비싼 향이, 커다란 방 안을 가득 채우고 있었다. 지금 이 광경을 소금쟁이 더블렌 남작이 보았다면 이렇게 말했을 것이다.

—돈뭉치를 태워 향을 피워도 이것보단 싸겠습니다.

방 중앙에는 침대가 놓여 있었다. 새하얀 침대보 위에는 남부의 휴양지 섬에서나 열린다는 코코넛 열매와 비슷한 모양새의 힐란 열매가 잔뜩.

—돈뭉치로 빵 반죽을 만들어 뭉쳐 놔도 이것보단 싸겠습니다.

'더블렌 남작이라면 이렇게 말했을 거야. 분명.'

"이리 가까이 오십시오. 콘클이스터 영애님."

일리룸 공작의 말에 디아린이 가까이 다가갔다. 연보랏빛 눈동자가 침대 위의 소년을 보았다. 힐란에 둘러싸인 소년이었다.

'눈을 뜨고 있네.'

일리룸 공작과 꼭 닮은 새까만 눈동자가 초점 없이 허공을 보고 있었다. 이건 깨어 있는 것도, 잠들어 있는 것도 아니었다. 그야말로 정신이 마력으로 미쳐서 혼이 텅 빈 상태였다.

'게다가 어려.'

일리룸 공작의 나이는 대략 마흔 초중반. 그런데 소공작은 기껏 다섯 살 정도로 보였다. 그렇다고 일리룸 공작이 늦게 본 아들도 아니었다. 디아린이 아주 어릴 때 '빅토르 일리룸'이라는 일리룸 소공작의 이름을 들은 적 있으니까.

다시 말해 이 일리룸 소공작─빅토르 일리룸은, 다섯 살의 몸을 하고 있지만 실제로는 스무 살이라는 소리였다.

일리룸 공작이 초조한 목소리로 물었다.

"되겠습니까?"

"네. 되겠네요."

일리룸 공작의 눈이 대번 커졌다. 그의 목소리에 내내 감돌던 딱딱한 경계가 순식간에 무너졌다.

"어, 얼마나 걸리겠습니까? 반년? 일 년? 당장 보좌관을 황궁에 보내서 장기 체류 서류를……."

"그런 건 됐어요."

연보라색 눈동자에 마력이 희미하게 감돌기 시작했다.

"10분이면 될 것 같으니까."

"……10분? 10분이라 하셨습니까?"

일리룸 공작이 귀를 의심했을 때였다. 디아린이 힐란 열매를 헤치고 빅토르의 옆에 앉았다.

"영애님! 그렇게 갑자기 힐란을 치우면……!"

일리룸 공작은 끝까지 말을 잇지 못했다. 디아린이 빅토르의 이마에 손을 올린 순간, 그녀의 손을 중심으로 검붉은 마력이 뻗어져 나오기 시작한 것이다.

"……!"

엄청난 마력이었다. 침대의 휘장이 휘날릴 정도였다. 평소의 냉정한 얼굴은 어디 가고, 일리룸 공작은 얼빠진 얼굴을 할 수밖에 없었다.

그렇게 엄청난 숫자의 마력 촉수가 그대로 소년의 몸을 휘감았다. 온몸이 세게 옥죄인 소년의 입에서 신음이 터졌다.

"흑, 으……!"

"영애님!"

금방이라도 자그마한 소년의 몸이 산산조각이 날 것 같았다. 일리룸 공작은 너무 놀라서 디아린의 어깨에 손을 뻗었다. 그녀의 어깨에 손이 닿는 순간.

치직!

강렬한 거부 반응과 함께 일리룸 공작의 손이 튕겨져 나왔다. 보이지 않는 방어막이 디아린과 소년을 감싸고 있는 것 같았다.

"이게 다 무슨……."

일리룸 공작은 충격과 혼란에 휩싸여서 중얼거렸다. 그가 생을 살면서 본 것 중 가장 커다랗고 짙은 마력이었다. 이 정도는 마도 교과서에서조차 본 적이 없었다.

그렇게 영겁 같은 10분이 흘렀을 때였다. 일리룸 공작의 눈이 더 커질 수 없을 만큼 더 커졌다. 영영 감기지 않아서, 감지를 않아서. 매일 성수를 조금씩 흘려 눈에 내려앉은 먼지를 수고로이 씻겨 내려줘야 했던 어린 아들의 눈이 느리게 깜빡인 것이다.

무려 15년 만이었다.

소년이 천천히 입을 열었다.

"아버……."

오랫동안 말을 하지 않아서, 잔뜩 긁힌 목소리가 나왔다. 그마저도 목이 아픈지 소년은 말을 끝까지 잇지 못하고 눈을 감고 이마를 찡그렸다.

사람이 너무 충격적인 장면을 목도하면 잠시간 그 자리에서 움직이질 못한다고 했던가. 일리룸 공작은 그런 이유로 그 자리에서 번개 맞은 듯 서서 움직이지를 못했다.

디아린이 마력을 거둬들이고, 소년의 뺨을 쓸어 보다가 입을 열 때까지도 마찬가지였다.

"일리룸 공작님."

"……예."

그제야 돌아본 디아린의 안색은 몹시도 파리해져 있었다. 조금 헐떡이는 것도 같았다.

"지금 소공작한테 할 말이 있으면 빨리 하세요. 이따가 잠들면 하루에 스무 시간은 내리 잠만 잘 테니까요."

"그, 그렇다면 그냥 바로 재워도 됩니다. 당장 할 말은 없……."

"안 돼요."

디아린이 단호하게 잘랐다.

"공작님한텐 폭주한 마법에 오래 묶여 있는 흔적이 있어요."

"……."

일리룸 공작이 차가운 스테이크를 들고 달랑달랑 흔드는 모습을 보다가, 문득 알아챈 사실이었다.

"타인의 마법 흔적이 몸에 자취로 남을 정도면, 정말로 오랫동안, 하루도 빼놓지 않고 붙어 있어야 가능해요. 다시 말해 공작님은 아들을 10년 넘게 매일 손수 간호했다는 소리겠죠."

"……."

"그런 사람이 아들한테 당장 할 말이 없다고요? 방금 직접 만져 봐서 알았으니까 거짓말은 그만해요. 이 꼬마, 스스로의 마력으로 자길 미치게 만들었는데?"

"……!"

15년 동안 오직 일리룸 공작과 그의 미친 아들만 알고 있던 사실이었다.

마법 사고에 휘말렸다고 난 소문은 사실 거짓이었다. 아들은 스스로 자신을 미치게 만들었다.

"대화 몇 개 나눈다고 안 죽으니까 그냥 해요. 용서는 사과를 해야 받을 수 있잖아."

그 말에, 일리룸 공작이 고장이라도 난 듯이 엉금엉금 걸어 침대로 향했다.

"……빅토르."

"아버……, 아……."

빅토르는 여전히 말하는 게 힘들어 보였다. 저래선 제대로 된 대화도 못할 게 뻔해서, 디아린은 한숨을 푹 내쉬었다.

"한 번만 더 써 줄게요."

"무, 무엇을……, 헉!"

디아린의 마력이 뻗어져 나와 빅토르의 목을 가볍게 쓰다듬은 후 사라졌다. 일리룸 공작의 두 눈이 화등잔처럼 크게 뜨였다.

"……아버지."

여전히 가라앉은 것 같았지만, 아까보다는 훨씬 나았다. 그리고 그 목소리는, 내내 꿈에서만 듣던 어린 아들의 목소리와 너무 똑같았다. 일리룸 공작은 천천히 이름을 읊었다.

"빅토르 일리룸."

"……아버지?"

"일어날 필욘 없다."

"예……."

차가운 말에, 빅토르는 잔뜩 경직된 채로 대답했다. 어차피 팔다리에 힘도 안 들어갈 텐데 일어나려고 하는 게 참 대단했다.

로르가 흠 하고 관망하다가 말했다.

〈어린 녀석이 말투는 애늙은이 같은 게, 어릴 때부터 후계 교육을 빡세게 받은 모양이군. 저 아비 놈이 어지간히 굴렸나 봐.〉

〈음. 그러면 괜히 이야기 나누라고 등 떠민 거 아니에요, 주인님?〉

'……그럼 안 되는데.'

디아린이 예상한 그림은 그런 게 아니었다.

'나쁜 말 하려고 하면 공작 뒤통수를 후려쳐서 기절시켜 버려야지.'

밀랍보다 창백해진 얼굴로 그렇게 마음을 먹는 사이. 팔다리도 제대로 가누지 못하는 빅토르를, 가만히 내려다보던 일리룸 공작이 두 손으로 스스로의 얼굴을 감쌌다.

"아버지……?"

"……빅토르."

물기 어린 목소리로 일리룸 공작이 말했다.

"미안하다."

"……."

"지난 15년 동안, 매일 아침마다, 하늘을 바라볼 때마다, 수면제를 먹을 때마다, 눈을 감지도 잠들지도 못 하는 네 얼굴을 볼 때마다 수도 없이 한 말이었어."

"……."

"왜 네가 좋아하는 마법을 못 배우게 하냐고 그랬지?"

빅토르가 마법을 좋아해서, 마법사를 초빙해 마력 진단을 받아 보게 해 주었다. 그런데 결과가 신통치 않았다. 아무리 죽을힘을 다해 노력해도, 1계급도 간당간당하다는 게 결과였다.

일리룸 공작이 어렸을 때 진단받았던 결과와 똑같았다. 마법을 좋아하지만 마법사로서의 재능은 전혀 없는 사람.

자신이 겪었던 좌절감을 아들이 겪게 하고 싶지 않았다. 그 좌절감에 시달리다가 구렁텅이에 빠지고, 종국에는 위험한 마법에까지 손댈지도 몰랐다.

후계 수업을 열심히 받는 빅토르였지만, 마법에도 쏟는 열정이 마뜩잖았다. 마법 공부 때문에 잠을 못 자 시름시름 몸살이 난 아이를 보니 화가 났다.

결국 재능도 없으면서 왜 자꾸 마법에 손대냐고 언성을 높였다.

빅토르는 그날 저녁에, 스스로의 마력을 높여 보려다가 폭주해 육체와 정신에 큰 상처를 입혔다.

"저승에 가면 네게 엎드려 빌려고 했어. 네가 날 찔러도 좋으니 네 목소리를 한 번만 더 들을 수만 있으면 소원이 없을 거라고 신전에 수도 없이 빌었어. 그런데 이렇게 네게 직접 사과할 수 있구나."

"……."

"빅토르, 비타."

15년 만에 다시 불러 보는 애칭이다.

얼굴을 가렸던 손을 떼고, 소년을 바라보는 공작의 두 눈을 따라 눈물이 주르륵 흘러내렸다.

"미안하다. 아비가, 아비가 정말 미안해……."

빅토르는 숨도 쉬지 못하고 공작의 얼굴을 올려다보았다. 15년간, 성수로 겨우 수분을 유지하던 소년의 눈동자에서도 눈물이 서서히 차오르기 시작했다.

* * *

"영애님. 괜찮으십니까?"

"공작님이야말로요. 괜찮으신지요?"

디아린과 일리룸 공작. 둘은 한동안 서로를 말없이 쳐다보았다. 일리룸 공작은 붉게 충혈된 눈가가 민망한지 고개를 옆으로 돌리고 큼, 하고 헛기침을 했다.

항상 중립파. 누구에게도 쉽게 화를 내지 않으며 진심으로 감정을 내비치지 않는 일리룸. 결코 약점도 노출하지 않는 공작이 남이 보는 앞에서 눈물을 보였다. 그의 손에는 젖어서 구깃구깃해진 손수건이 들려 있었다.

"어쨌든 영애님이 피를 토해 너무 놀랐습니다."

"아까 공작님이 제 어깨를 건드렸잖아요. 그때 충격이 가해져서 피를 토해 버린 거예요."

"……."

일리룸 공작이 식은땀을 흘리며 연신 사과를 했다. 로르가 중얼거렸다.

〈사기가 참 수준급이야. 깃털로 떨어뜨릴 수 있는 걸 일부러 부분 해제해서 피를 토한 거면서.〉

〈손해 본 척 하는 게 인간들의 마음을 움직이긴 좋죠. 봐요. 이 공작 벌써 주인님한테 큰 빚을 두 개나 졌다는 표정이잖아요.〉

두 영혼이 신나게 주인을 사기꾼으로 몰아가는 사이, 디아린은 테이블 위의 시원한 얼음 주스를 한 모금 마셨다.

'아까랑은 표정이 많이 다르군.'

디아린이 마법을 쓴 직후, 사실 일리룸 공작은 내심 당황했다. 계속 귀엽고 선량해 보이던 그녀의 얼굴이 싹 바뀌어 있었기 때문이다. 굉장히 고압적인 표정이었다. 딴사람이라고 해도 믿을 정도였다.

'피를 토할 만큼 힘들어서 그랬나.'

테이블에 앉기 전, 일리룸 공작은 디아린에게 혹시 마법사냐고 조심스레 물어 보았다. 그러자 "네." 하고 순순한 긍정이 돌아왔다. 하긴 디아린이 재야의 고수든 숨은 마법사든 사실은 마왕이든 중요한 문제가 아니었다.

그러니까 적어도, 일리룸 공작과 그의 아들에게는.

'용서는 사과를 해야 받을 수 있잖아.'

그 말 덕분에 15년간 묵혀 두었던 진심을 쏟아낼 수 있었다. 빅토르에게 사과할 수 있었다.

"오늘 제가 빅토르와 대화를 나누지 않았다면, 그래서 한 달 후에 빅토르가 일어났다면 저는 아마 오늘처럼 솔직하게 사과의 말을 꺼내지 못했겠죠."

그래서 오히려 후련했다. 후련했고 감사했다.

"제 아내가 빅토르를 출산하다가 산고로 목숨을 잃은 후, 제겐 빅토르가 전부였습니다. 일리룸 공작가와 빅토르 중 하나를 선택하라면, 예. 빅토르를 선택하겠죠. 우습게도 그게 아비의 마음이더군요."

그도 젊었을 때 이런 말을 듣는다면 거짓말이라고 생각했을 것이다. 고위 귀족에게 명예와 작위는 그만큼 중요한 것이니까. 하지만 거짓말처럼 들리는 게 진심일 때가 있다. 지금처럼.

"다시 말해 영애님은 제 모든 걸 돌려주신 분입니다. 그렇기에 단순히 오늘의 은혜에 빚을 갚겠다, 라는 정도론 마무리가 되지 못할 것 같습니다."

일리룸 공작의 말을 '빚을 잘 지워 놨어. 좋아, 좋아.' 하면서 흡족하게 듣고 있던 디아린이 마지막 말에서 이상함을 느꼈다.

'마무리가 되지 못해?'

"그게 무슨 말씀이에요?"

"영애님의 현 위치가 그리 녹록지 않음은 알고 계시겠지요."

"네. 알고 있죠."

"콘클 공작가는 3황자를 황위에 올리고 싶어 합니다. 작고한 콘클 공작 부인이 3황자의 대모였으니까요."

"네."

"3황자의 친조모는 황후죠. 문제는 황후와 콘클 공작의 사이가 몹시도 나쁘다는 겁니다. 황후가 죽은 콘클 공작 부인을 증오했다는 건 세상이 다 아는 사실이지요."

황후도, 콘클 공작도 3황자를 황위에 올리고 싶어 한다.

문제는 '누가 뒷배가 되느냐'였다.

황후는 온전히 자신만이 3황자의 뒷배가 되고 싶어 했고, 콘클 공작은 당연히 반대였다. 두 커다란 세력이 팽팽하게 줄다리기를 하다 보니까, 오히려 3황자에겐 독이었다.

"그래서 콘클 공작은 영애님과 8황자님의 혼약을 계속 밀어붙이는 겁니다.

그래야 자신의 세력이 더 커지고, 향후 황후에게서 3황자를 빼앗아 올 기회도 많아지니까."

디아린이 천천히 고개를 끄덕였다.

"그러니까, 약속을 하나 드리죠."

"어떤 약속이요?"

"만약 영애님이 8황자와의 혼약을 순조로이 이행하고 싶으시다면, 저는 일리룸의 이름을 걸고 최선을 다해 돕겠습니다. 하지만 영애님이 정말 만약에, 그 번잡한 자리에서 벗어나 혼약을 깨고 싶으시다면."

"……?"

"영애님을 차기 일리룸 공작 부인으로 만들어 드리겠습니다."

"뭐라고요?"

"일리룸은 오직 직계만 존재하는 공작가라, 그 어떤 잡음도 없지요."

〈헉, 주인님! 전 주인님보다 늙은 남자는 싫어요!〉

〈은혜를 원수로 갚다니 파렴치한이군.〉

"저, 죄송한데요."

디아린이 바로 얼굴을 찡그렸다.

"공작님은 제 취향이 아니신데요."

"예? ……아니. 죄송합니다만, 영애님. 저도 제 인생에서 여자는 셰인스 밖에 없습니다."

"셰인스요?"

"죽은 제 아내의 이름입니다."

"아. 그러면……."

디아린을 눈을 깜빡였다.

"소공작이랑 결혼하라는 말씀이셨어요?"

"맞습니다. 빅토르를 영애님의 대피소 정도로 생각해 두시란 말씀입니다. 나이 차이도 빅토르가 두 살 어리니 딱 적당하고……."

'일리룸을……, 대피소로?'

제국 5대 공작가 중 하나를?

몹시 해괴한 말이다. 디아린의 표정이 딱 그렇게 변하자, 일리룸 공작은 진지하게 말했다.

"뭐 어떻습니까? 생명의 은인인데. 아니면 빅토르를 나중에 영애님의 개인 호위 기사로 쓰시는 건 어떻습니까?"

"저는 벌써 개인 호위 기사가 있답니다? 이작 드리엄이라고……."

"북문석 드리엄 백작가의 차남 말입니까?"

"네."

일리룸 공작은 찻잔을 들고 진지하게 말했다.

"역시 북문석 전통의 가문 드리엄이라 안목이 남다르군요. 벌써부터 영애님의 가치를 알아보고 약삭빠르게 차남을 넘겼다니……."

'……그런 거 아닌데.'

하지만 다른 가문의 일을 떠드는 것도 예의가 아니었다.

"참. 말씀드리는 걸 깜빡했는데."

그래서 디아린은 일부러 화제를 돌렸다.

"빅토르 소공작은 1년에 대략 세 살씩 나이가 들 거예요. 그렇게 본래 자기 나이까지 성장하면 정상적으로 돌아올 거고요."

그동안 마력의 폭주 때문에 육체도 정신도 전혀 자라지 못했으니까. 그걸 보완해 주고자 디아린이 마력을 많이 썼다.

"정말 많이 먹고, 많이 자고, 많이 배우겠죠. 그러니까 당분간은 일선에서 물러나 아이를 돌봐 주는 게 어떨까요?"

"음."

일리룸 공작이 고개를 끄덕였다.

"당분간은 내정에 집중하라는 뜻이군요. 일리룸의 예산도 이제 다시 정상화를 시켜야 하니, 마침 잘 되었군요."

공작은 새삼스레 응접실을 둘러보았다. 제국의 전통에 따라 이 응접실만은 손을 대지 않아서 여전히 화려하고 고풍스러웠지만, 다른 곳들은 아니었다. 당장 복도만 가도 그림 하나 걸려 있지 않았다.

'내일 신전을 방문해야겠군.'

위세 높은 콘클만큼은 아니지만, 일리룸도 원래는 공작가의 체면과 위신에 걸맞은 부를 소지했다. 하지만 빅토르가 쓰러지고, 신전에서 힐란을 충분히 조달받기 위해 15년째 기부금 명목의 엄청난 황금을 쏟아붓고 있었다. 이제는 그 어마어마한 돈을 더 내지 않아도 된다.

일리룸 공작이 자신만만한 표정으로 말했다.

"영애님에게 초라한 대피소를 보여 드릴 수는 없죠."

그때였다. 집사가 노크한 후 들어와 고개를 숙였다.

"공작님. 바깥에 손님이 도착하셨습니다. 8황자 저하께서 오셨다는군요."

"호오."

일리룸 공작이 디아린을 바라보았다.

"황자 저하가 영애님을 데리러 오신 모양입니다."

'날 왜?'

"사교계에 쫙 퍼진 소문대로 사이가 좋으시군요."

디아린이 아, 싶어서 고개를 끄덕였다. 이곳은 제국의 수도. 북문석과 달랐다. 모두에게 주목을 받고 있으니까 당연했다.

계단 밑, 정원의 석판 위에서는 에제트가 기다리고 있었다. 일리룸 공작은 계단 위에서 그를 보며 생각했다.

'어렸을 때 우연히 보았을 땐 새끼 범 같다고 생각했지.'

용혈의 소유자들은 어느 나이를 기점으로 훌쩍 키가 자라고 덩치가 커진다. 새까만 머리카락. 황금색 눈동자. 차갑고 건조한 표정. 흑표범이 생각났다. 에제트가 이쪽을 바라보았다. 그의 차가운 표정에, 일리룸 공작도 잠깐 인사말을 고르는데, 디아린이 공작을 지나쳐 에제트에게 걸어가며 물었다.

"내가 너무 늦었어?"

"아뇨."

"그러면?"

"그냥요."

"그냥 데리러 왔다고?"

"안 됩니까?"

"그럴 리가요?"

디아린이 에제트의 말투를 따라 하며 미소를 지었다. 그녀가 잡으라는 듯 손을 내밀자 에제트가 약간 아리송한 표정을 짓다가 잡았다.

"안 오시는 줄 알았습니다."

"그렇게 시간이 많이 흘렀어?"

"샤이에게는 세 시간만 있다가 오겠다고 말씀하셨다면서요."

"지금 몇 신데?"

"3시 반이요."

"고작 30분 넘었잖아."

"아무튼요."

뒤에서 이 상황을 지켜보던 일리룸 공작은 문득 의아해졌다.

'디아린 영애, '공평한 피' 아니었던가?'

일리룸 공작에게 그런 의문이 든 건, 에제트를 바라보는 디아린의 얼굴에 두려움이 전혀 없기 때문이다. 사실 저 연보라색 눈동자엔 황자의 얼굴이 비치는 게 아닐까, 하는 생각마저 잠깐 들 정도로.

'나조차도 이런 생각이 드는데, 이 황자는 오죽하겠나.'

그 사실은 아키르 황족에게 굉장히 특별하게 다가오지 않을까.

일리룸 저택에서 두 귀빈이 떠나고, 공작은 몸을 돌려 다시 저택으로 돌아갔다가 깜짝 놀랐다.

"빅토르?"

"아, 아버지."

커다란 현관문에 몸을 반쯤 기대 숨기고, 새 잠옷으로 갈아입은 빅토르가 바깥을 바라보다가 고개를 들어올렸다.

"여긴 왜 나와 있는 거야? 팔다리에 힘도 들어가지 않으면서! 잠은 또 어떻게 깼고⋯⋯."

스무 시간은 내리 잔다고 들었는데. 디아린의 마력이 생각보다 더 강했던 모양이다.

"앞으로 나오고 싶으면 이 아비에게 말을 하거라. 내가 업고 나오면 되니까."

일리룸 공작은 허리를 굽혀 조심스럽게 빅토르를 안아 들었다. 오랜만에 제대로 안아 보는 아들의 몸은 비쩍 마르고 힘이 없었지만, 그래도 괜찮았다. 부서질까 봐 걱정되는 점을 제외한다면 말도 안 되게 감동스러웠다.

"아버지. 아까 그 예쁜 레이디는 가셨나요?"

빅토르가 망설이다가 꺼낸 질문에 일리룸 공작은 고개를 끄덕였다.

"디아린 콘클이스터 영애님이시지. 이미 떠나셨다."

"또 안 오시나요?"

"내일 아침에 은의 산으로 간다고 하셨지. 그 다음엔 북문석 영지로 내려간다고 하셨고."

일리룸 공작이 꽤 장고한 탓에, 아슬아슬한 시간에 초청장을 디아린에게 보냈다. 그러니 당장 재방문은 무리일 터다. 그렇게 대답하던 일리룸 공작은 고개를 갸우뚱했다.

"빅토르? 너 왜 뺨이 붉은 게냐?"

"아, 아니에요!"

"아니기는⋯⋯. 사과가 네 뺨보다 덜 붉겠는데? 잠시만, 호오? 비타, 너 설마? 디아린 영애님이 좋은 것이냐?"

"……!"

"반한 거지?"

성장을 멈췄던 몸에 맞춰, 아직 정신연령이 완전히 올라오지 않은 빅토르의 얼굴이 터질 듯이 새빨개졌다. 일리룸 공작은 헛웃음을 지었다. 그는 디아린과 에제트가 있던 자리를 쳐다보며 고개를 설레설레 저었다.

"가주가 될 놈이라 여자 보는 눈은 있구나. 난이도가 너무 높은 게 문제이긴 하지만."

* * *

은의 산으로 향하는 날은 아침부터 맑았다.

디아린은 마차에 앉아, 두 손을 펼쳐 빤히 응시했다. 세 번째 손가락에 끼운 연녹색 천 반지를 따라 부드러운 소매가 길게 이어져 내렸다. 가장자리를 따라 금사가 잎사귀 무늬를 그린다.

신관복 같기도 하고, 나이트가운 같기도 한 이 연녹색 의복은 의식에 참여하는 황족들만 입는 것이다.

'난 아직 황족이 아니지 않나?'

신전의 기준은 알다가도 모르겠다. 어쨌든 디아린도 결실제 의식에 참여해 보는 건 이번이 처음이었다.

'깊은 곳에 있다고 들었는데.'

은의 산 대신전.

대륙 서쪽 고원 아래, 굉장히 외딴 곳에 위치하고 있는 커다란 신전이었다. 수도와는 물리적인 거리가 상당히 멀었지만 이동 시간은 문제가 되지 않았다. 결실제 의식을 주관할 때가 오면, 은의 산과 아키르 황궁에 특별한 게이트가 열리기 때문이다.

기존 이동 게이트들과는 달리 신전 성물의 일종으로, 어마어마한 힐란 열매를 게이트의 에너지원으로 쓴다는데,. 디아린도 직접 사용해 본 건 이번이 처음이었다.

'신기해. 요석은 하나도 안 들어가 있다더니, 진짜로 구조가 전혀 다르네.'

대륙의 게이트들이 대부분 파괴당할 때도, 신전의 힐란 게이트만은 안전히 보존되었다. 그렇다고 해서 신전이 유달리 이득을 본 건 아니었다. 이건 신전 성물의 일종이라 의식이 열리는 날에만 제한적으로 작동하기 때문이었다.

디아린은 게이트의 딱딱한 외관을 몇 번 만지작거리다가 인기척을 느끼고 고개를 돌렸다.

"영애님. 오래 기다리셨습니다. 이쪽으로 모시겠습니다."

평신관의 안내를 받아 들어간 안쪽은 소재는 고급이었으나, 신전답게 장식은 단출했다.

"8황자 저하께서는 서쪽 별관에 묵으실 거고, 영애님은 이 동쪽 건물에 묵으시면 됩니다. 잠자는 숙소만큼은 각기 금녀, 금남의 구역이니 정숙해 주시길 바랍니다."

"네."

"영애님이 묵으실 방은 여기입니다. 오늘 늦은 밤에는 3황자, 4황자 저하의 레이디분들이 도착하실 겁니다."

"인사를 하러 나와야 하나요?"

"아닙니다. 그냥 푹 쉬십시오. 어차피 각기 다른 층에 묵으실 테니 마주칠 시간도 몹시 적을 테니까요."

디아린은 고개를 끄덕이면서 생각했다.

'무도회도 아니고, 무슨 신전 의식을 거행하는데 파트너가 필요해?'

일 년에 단 세 명.

결실제에 참석하는 아키르의 황족들은 각기 파트너를 데려와야 했다. 무척 영광스러운 자리이고, 사교계의 주목이 확 쏠리는지라 탐내는 귀족들은 몹시 많았다.

하지만 수요에 비해 공급이 적어도 너무 적은 자리였다. 대부분 그 해 사교 시즌을 휩쓴 공자나 레이디만이 결실제 의식의 파트너가 될 수 있었다. 사교계 햇병아리들의 꿈이 하나같이 결실제의 파트너로 참석하는 정도일 지경이었다.

디아린은 잠옷으로 갈아입고 침대에 누웠다.

"올. 로르?"

돌아오는 대답이 없었다.

"올로르?"

〈……잘……, ……려…….〉 (우리 말 잘 안 들려요?)

동굴에서 웅웅대는 것 같은 목소리가 들렸다.

"진짜 대화가 안 되네."

평범한 신수라면, 대신전에 아무런 영향을 받지 않았을 터다.

급하게 각인을 하느라, 적조를 사역마로 삼았던 게 문제였다. 일종의 편법. 황궁에 있는 게이트에 디아린이 서자마자 올과 로르가 〈이거 큰일 났네.〉 하고 말했었다.

"신전에 있는 동안 대화가 안 될 거라니."

맨날 심심하면 떠들어 대던 애들이 조용하니까 뭔가 좀 허전했다.

샤이도 먼저 북문석 영지로 돌아가고, 에제트는 아예 다른 건물.

디아린은 천장을 바라보며 눈을 깜빡였다. 이렇게 완전히 홀로 있는 건 정말 오랜만이었다. 에제트와 혼약을 맺기 전, 콘클 공작저에서는 항상 혼자 있었는데.

'콘클이스터의 영지민을 전부 다른 영지로 보내느라 바빴고.'

모든 콘클이스터가 죽으면서, 영주의 자리는 열여덟 살이던 디아린이 물려받았지만. 영지의 출입이 불허되었는데 영주의 자리가 무슨 소용일까?

피신해 살아남은 콘클이스터의 영지민들을 전부 다른 영지로 보냈다. 황실에서 매년 실시하는 영지 평가에서 B등급 이상을 받은 영지들로만

추려 보내려니 돈이 많이 들었다. 다행히 콘클이스터는 작지만 건실한 가문이었던지라, 가주였던 아버지가 저축해 둔 돈이 제법 있었다.

열여덟 살부터 스무 살 때까지.

매일 몇 시간도 자지 못하고 매달린 덕에, 그 과제는 정말 완벽하게 완수할 수 있었다. 물론, 콘클이스터 가문의 계좌금도 바닥이 났다.

'내가 가지고 있어 봤자 콘클의 회계관이 뜯어 갔을 테니까.'

콘클이스터의 숨겨 둔 보물 금고가 없냐고 살살 꾀던 늙고 나쁜 욕심쟁이 회계관 놈이 있었다. 마지막 영주로서의 임무를 끝내자마자, 디아린이 갓 스무 살이 되자마자 콘클 공작은 디아린을 에제트와 혼약시켜 북문석 영지로 보내 버렸다.

'원래 내 계획은 신전에 귀의하는 거였는데.'

'공평한 혈통'의 상징적인 의미는 비단 아키르 황실에서만 쳐주는 게 아니었다. 신전에서도 '공평한 혈통'의 의미를 중요하게 생각했다. 요직을 욕심내는 게 아니라면, 적당한 규모의 괜찮은 자리 정도라면 얼마든지 갈 수 있었다.

"아!"

불현듯 디아린이 상체만 벌떡 일으켰다.

"그래서 나한테 이런 의복을 내준 거구나! 내가 공평한 피라서."

깨달았다는 듯 말하다가 디아린은 후 하고 한숨을 내쉬었다.

"……이쯤에서 올이나 로르가 이제 알았냐고, 바보냐고, 지들도 몰랐으면서 알았던 척 떵떵거리며 말을 걸어야 하는데. 난 신전에 오래 못 있겠다."

디아린은 다시 털썩 누웠다. 신전의 침구는 하얗고 깨끗했지만 면이 까슬까슬했다. 원래 청렴이 미덕인 곳이라 황제가 와도 이런 침구를 내어 준다.

"그래도 햇볕 냄새는 좋네."

눈을 천천히 깜빡였다. 길게 내려앉은 연갈색 머리카락을 바라보는 연보랏빛 눈동자가 서서히 감겼다.

"북문석으로 빨리 돌아가든가 해야지……."

—하고 중얼거린 디아린이 어느새 잠에 빠졌다.

* * *

다음 날 새벽.

은의 산에 처음 부임한 고위 신관 아만드넨. 그는 굉장히 바빴다.

"3황자, 4황자님 두 분 다 도착하셨다고?"

"넵."

3황자 벨마르 엔리프 키르헨.

4황자 권체스터 가이오 키르헨.

특히 3황자는 아키르 제국의 오블리잔 황후의 친손자였다.

'황후의 손주면서 황자(皇子)라니.'

"아키르의 개족보는 유명하지요."

보좌 신관의 소곤대는 말에 고위 신관 아만드넨이 이마를 찌푸렸다.

"말을 삼가게."

"주의하겠습니다."

아만드넨은 표정을 풀고 앞을 보았다.

3황자 벨마르는 몇 년 넘게 항상 은의 산 결실제에 초청받는 중요한 입지를 가진 황자였다. 하지만 말수가 굉장히 적고, 음울했다. 때에 따라선 가끔씩 음침하게도 느껴졌다. 그에 반해서 4황자 권체스터는.

"유명한 개양아치죠."

"말을 조심하라고 했네."

"주의하겠습니다."

고위 신관 아만드넨은 한숨을 내쉬었다. 보좌 신관의 말이 틀리진 않았다. 4황자 권체스터는 몇 년 전 어린 소녀 신관들을 희롱하려다가 들켜서 신전이

한바탕 뒤집어진 적도 있었다. 그래서 그 이후엔 아예 결실제에 어린 신관을 데려다 놓지도 않았다. 그 이야기를 전해 듣고 아만드넨은 몹시 분노했었다.

"그래도 4황자가 제국에서의 처세술은 상당하다고 하더군요."

"저렇게 사람이 똑바르지 않은데 처세술이 상당해 봤자 그걸 예쁘게 봐 주나?"

"예. 게다가 황자니까요. 높은 분들 중에는 강자가 약자를 괴롭히는 걸 단순히 일탈이나 철없는 유희라고 생각하는 경우도 있습니다."

"철이 없다고? 유희?"

"그렇게 포장해 주는 거죠."

"아주 썩어 빠졌군."

"공감합니다."

보좌 신관은 아만드넨을 보며 말했다.

"아만드넨 신관님은 20년이나 빈민들을 도우며 수행을 하셨으니, 이런 식의 썩어 빠진 푸른 피—아니 용혈은 더 용납지 못하시겠지요. 강직한 성격이시니까요."

"그간 쭉 수행만 하느라 이런 사정에 무지하기도 하지."

그 말대로, 20년이나 빈민촌을 돌아다니며 수행을 다니던 아만드넨은 복잡한 알력 싸움에는 많이 무지했다. 하지만 이런 아만드넨도 한 사람의 이름만은 알고 있었다.

"8황자님—에제트 아스페르크 키르헨 저하는?"

"의식 설명을 들으러 저쪽으로 가셨습니다. 8황자님은 이 결실제 의식에 처음 참석하시는 거라서요."

"그분의 혼약자가 공평한 피라지."

"그렇습니다. 아, 8황자님이 저기 오시는군요."

수문석 지하에서 살아 돌아온 유일한 황자. 그에게는 사계탑뿐 아니라 교단에서도 엄청난 관심을 보였다.

교단에서는 마물의 멸절을 신의 뜻으로 삼았다. 사계탑에서는 등급 높은 마물을 가리지 않고 사들였다. 그러니 교단에서도, 사계탑에서도 8황자가 가져온 흡혈 대마물 스켈루스의 사체를 굉장히 갖고 싶어 했다.

하지만 비공식으로 치러진 경매에선 교단이 패했다. 사계탑의 자금력은 혀를 내두를 수준이었다. 아직도 추기경들은 그 얘기를 하면서 종종 아쉬워했다.

아만드넨은 그 생각을 하면서 황자들을 쳐다보다가, 고개를 갸웃했다.

"그런데 세 분은 서로 인사를 따로 안 하시나? 친족인데 회포를 풀고 하는 게 없는 것 같군."

"회포는 무슨요."

보좌 신관이 목소리를 한껏 낮춰 말했다.

"한 명은 너무 대단해져 버렸고, 다른 둘은 황위를 노리고 있는 게 빤히 보이는데 말입니다. 보자마자 8황자님의 등에 칼을 꽂고 싶어서 손이 근질근질할걸요."

하지만 되레 자기가 당할 게 뻔하니까 참는 거죠.

"삭막하군, 삭막해."

"그러니까요. 삭막하다 못해 사막 같습니다."

보좌 신관의 말에 아만드넨은 천천히 고개를 끄덕이며 동의했다.

"사정이 그렇다니, 충돌이 없게끔 최대한 신경을 기울이게. 그리고 8황자님의 혼약자에게도 각별히 신경을 쓰게. '공평한 혈통'이지 않은가."

"알겠습니다. 용혈을 지닌 황족이 셋이나 바로 근처에 있는데 신경 쓰이지 않겠습니까. 기절이라도 하면 곤란하겠죠."

* * *

디아린은 흐린 눈을 하고서 황자들의 얼굴을 보고 있었다.

'생각해 보니 이디즈 님이랑 에제트도 내 앞에서 나란히 있었던 적이 한 번도 없네.'

아키르 황족이 두 명만 같이 있는 경우도 몇 번 겪어 본 적이 없는데, 세 명이라니.

'폐위제에서는 황족들이 다 따로따로 떨어져 있어서 몰랐어.'

이런 자리가 생각보다 정신력을 요하는 자리라는 걸.

"은의 산에 오신 걸 환영합니다."

앞에 선 아만드넨 고위 신관이 간결하게 공지했다.

"황자 저하들께서는 각기 맡은 날 의식을 치를 것이고, 파트너로 오신 레이디들께서는 의식에 태울 신전의 교리집을 쓰게 될 것입니다."

디아린은 저도 모르게 꾹꾹 머리를 누르고 싶어지는 걸 간신히 참았다. 그나마 에제트와 4황자는 블러를 꾹 누른 듯 뿌연 모습이라 괜찮았다. 문제는 3황자 벨마르였다.

기이한 가면을 뒤집어쓴 것 같은 얼굴.

그 가면도 파충류의 비늘이 다닥다닥 돋아난 듯 한 요사스러운 모습이었다.

물론, 가끔이지만 에제트도 가면을 쓴 것처럼 보일 때가 있긴 했다. 이디즈도 그랬고. 심지어 황제 브루노 9세도 첫 만남 땐 저런 비늘 가면을 쓴 것 같은 모습이었다. 하지만 그땐 낯설어서 당황하는 정도였는데, 저 3황자는 유독.

'꺼림칙하다.'

그나마 다행인 건 두 황자 모두 에제트와는 눈 색깔이 다르다는 점.

'공평한 혈통'의 습관으로, 황족들의 보이지 않는 얼굴 대신 주변이나 살피던 디아린은 3황자의 특이점을 발견했다.

'화상 자국이 있어.'

3황자의 손목에는 화상 자국이 남아 있었다. 소매 안쪽으로 이어지는 걸 보니 더 길게 있을지도 몰랐다. 얇은 망사로 가리고 있어서, 자세히 보지 않으면 보이지 않는 흉터였다.

문득 3황자가 이쪽을 돌아보려고 해서, 디아린은 표정을 갈무리하며 한 걸음 물러섰다. 그녀의 옆에 서 있던 에제트는 그 움직임에 의문을 느꼈다. 왜 그러느냐고 에제트가 물어보려고 할 때였다. 안내를 맡은 평신관이 다가오더니 공손히 허리를 숙였다.

"두 분을 이쪽으로 모시겠습니다. 저를 따라오시지요."

그 말에 에제트는 디아린에게 손을 내밀려고 하다가, 그녀가 여전히 3황자를 쳐다보고 있는 걸 알았다. 에제트의 눈썹이 슬쩍 꿈틀거렸다.

"디아린."

"응."

시선이 자신 쪽으로 돌아온다. 에제트는 그대로 디아린의 손을 잡고 걸음을 옮겼다.

"어?"

디아린은 얼떨결에 에제트를 따라갔다. 멀어지기 전, 수런거리는 소리에 뒤를 흘긋 돌아보았다.

3황자와 4황자의 파트너는 둘 다 모르는 레이디였다. 하지만 둘의 상황은 많이 달랐다. 3황자 벨마르는 신관의 안내에 따라 먼저 성큼성큼 걸어가고, 그의 뒤를 레이디가 황급하게 쫓아가고 있었다. 4황자 귄체스터의 경우는 어땠는가 하면.

"가시죠, 나의 레이디."

"어머나, 무도회라고 착각하겠어요, 저하."

"이렇게 아름다운 레이디가 있으니 경건한 신전도 화려한 대연회홀이라고 착각할 만하지 않겠어?"

"말씀은 잘 하셔라."

까르르 웃은 레이디가 4황자의 손을 잡고 다정하게 걸어갔다. 그 둘이 혼약을 앞둔 사이라는 건, 나중에야 듣게 됐다.

＊ ＊ ＊

다음 날, 늦은 저녁.

"수고하셨습니다."

평신관의 말에 디아린은 기지개를 쭉 켰다. 그녀의 앞에는 교단의 교리를 베껴 적은 종이가 잔뜩 쌓여 있었다.

평신관은 종이들을 챙기면서 말했다.

"대단하시네요."

"뭐가요?"

"벌써 열두 시간이나 교리만 계속 적으셨잖아요. 게다가 이틀째니까 24시간 꼬박 교리를 적으셨죠. 보통 이 정도면 어떤 공자든 레이디든 몸을 비틀거든요. 신관들도 힘들어하는 고강도니까 당연하지만요."

의식의 일정 중 하나치곤 독하죠?

그 말에 디아린은 웃었다. 그녀는 어깨가 좀 결리는 것 말고는 별달리 힘들지 않았다. 교리 내용은 별로 재미가 없었지만, 같은 글을 계속 쓰는 건 마법사의 습관으로 익숙해진 일이라서.

디아린은 주변을 둘러보았다.

지금 그녀에게 주어진 이곳은, 대신전 안에 마련된 커다란 서재 같은 공간 중 하나였다. 책상 옆에 있는 향로에선 계속해서 마음을 진정시키는 부드럽고 좋은 향기가 났다.

이 향은 일리룸 공작가에서 맡아 본 적 있어서 알았다.

'힐란 향이잖아.'

속세에서만큼은 아니지만, 신전 내부에서도 귀하게 취급되는 향. 이 힐란 향을 디아린의 서재 공간에 갖다 놔 준 건 순전히 고위 신관 아만드넨의 배려였다.

중앙 대신전에는 '공평한 혈통' 출신인 신관들이 여럿 존재했다. 그런 신관들이 용혈인 황족들 여럿과 우연찮게 같은 공간에 있다가 공황 발작을 일으켜 쓰러져 버린 경우가 왕왕 있었다. 아만드넨의 예상과는 달리, 디아린은 아키르 황족의 얼굴을 전혀 무서워하지 않았지만.

아무튼 덕택에 디아린은 가뿐하게 교리 베껴 쓰기 과제를 완수했다.

"신관님께 의식에 쓸 교리집이 완성되었다고 말씀드리고 돌아올 테니 잠시만 기다려 주세요. 혼약자님."

평신관이 나가고, 디아린은 혼자 남아 창밖을 보았다. 어느새 밖이 깜깜했다.

'에제트는 돌아왔을까?'

어제는 3황자 벨마르가 은의 산, 깊은 제단으로 들어가 서원을 올렸고, 오늘은 4황자 권체스터가 서원을 올렸다. 그 모든 의식에는 모든 황자들이 매일 참석해야 했다.

'마지막 날인 내일은 에제트가 제단에 오른댔지.'

디아린이 책상 위의 종이와 깃펜들을 하나씩 정리할 때였다. 갑자기 누군가 어깨를 부드럽게 짚어 왔다.

"......?"

뒤를 돌아본 디아린의 눈이 약간 커졌다. 짙은 초록색 눈동자.

"4황자 저하?"

권체스터 가이오 키르헨.

이 사람이 여기 왜 있어?

"4황자 저하에게 인사 올립니다."

디아린은 가볍게 묵례를 하며 두어 걸음 물러섰다. 그녀의 어깨를 짚었던 권체스터의 손이 자연히 스르르 떨어졌다.

"내 얼굴이 안 보일 텐데 바로 알아보는군요. 아주 영민합니다."

권체스터가 미소를 지었다.

"하지만 그렇게 격을 차린 인사는 됐습니다. 황족의 혼약자이잖습니까?

다른 레이디들과는 달리 '영애님'이라고 불리는데 격이 다르다는 뜻 아닙니까. 레이디라면 날 이름으로 불러도 좋은······."

"그럴 수는 없지요."

웃음과 함께 선을 그은 디아린이 말했다.

"그리고 저하? 레이디 테미즈는 이 건물에 없답니다."

"하하."

권체스터는 자신의 파트너인 레이디 테미즈가 어디 있는지 잘 알고 있다. 적어도 이 건물에는 없다는 사실도. 다시 말해서.

"나는 레이디 콘클이스터를 만나러 온 겁니다."

"저를요? 무슨 용건이신데요?"

갑자기 권체스터가 디아린의 손을 잡았다.

'뭐야 이 새끼?'

⟨······야······! ······꺼······! ······끼가······!⟩ (야! 당장 손 놓고 꺼져! 이 새끼가 어디다 손을 올려!)

또 멀리서 웅웅대는 목소리가 들려왔다. 올인 것 같았다.

"레이디 콘클이스터."

"네."

"정말로 내 얼굴이 보이지 않습니까?"

"안 보이는데요."

권체스터가 디아린의 손을 포개 잡은 채로 제 왼쪽 뺨까지 부드럽게 끌고 왔다.

"이 왼쪽 뺨에 있는 점도요?"

"안 보입니다."

"그렇겠죠. 사실은 오른쪽 입술 위에 점이 있거든요."

그러면서 은근슬쩍 입술 쪽으로 가져가려는 손을 디아린이 힘을 주어 잡아뺐다. 하지만 권체스터는 조금도 당황하지 않은 목소리로 말했다.

"내게는 레이디 콘클이스터의 이 아름다운 얼굴이 그대로 보이는데 정말로 안타깝군요. 특히 레이디의 눈동자는 이제껏 본 보석들 중 유독 아름답습니다."

"4황자 저하."

"이름으로 불러 주……."

"귄체스터."

"오우."

흡족하게 웃는 귄체스터에게 디아린이 말했다.

"레이디 테미즈와 혼약을 앞두었다면서요."

"정략 교제입니다."

"그래서요?"

"저는 디아린 양에게 끌리는군요."

"저는 저하의 동생과 혼약한 사이인데요. 그리고 내 이름 멋대로 부르지 마세요."

"혼약한 사이지, 혼인을 한 건 아니잖습니까. 아직 혼약자인데 혹시 잠자리도 가졌습니까?"

귄체스터의 손이 디아린의 허리 쪽으로 슬금슬금 들어왔다.

"아스페르크도 혈기왕성한 나이니까 못 할 것도 없죠. 게다가 이런 미녀가 혼약자라고 옆에 있는데, 침대가 마를 날이나 있겠습니까?"

귄체스터가 짓궂은 농담이라고 생각하며 한 말에, 디아린이 눈을 깜빡였다. 그 우윳빛 얼굴은 '콘클 공작의 수양딸'이라는 명분을 제하고 봐도 제 것으로 만들고 싶을 만큼 귄체스터의 마음에 쏙 들었다.

"아? 그 화병은 왜 갑자기 챙깁니까?"

화병을 들어 올린 디아린이 태연하게 대꾸했다.

"제가 짐승 새끼랑 대화하고 있다는 걸 방금 알아서요."

'짐승 새끼라고? 이 내가?'

순간 울컥했던 권체스터는 일단 진정하고 말했다.

"장미도 가시가 돋쳐 더욱 아름답지요. 그나저나, 그걸로 설마 나를 때려 보려고요? 이런, 나도 제법 뛰어난 기사입니다."

여자의 발버둥 따위 권체스터는 수도 없이 겪었다. 이 정도는 귀여운 축에 속할 정도였다. 어차피 자신이 황자라는 고귀한 신분인 이상 때리려고 흉기를 들었다가도 결국 내려놓고 마는 게 부지기수였다.

간혹 진짜 때리는 경우도 있었지만, 권체스터는 용혈을 타고나 신체 능력 이 몹시 뛰어났다. 큰 힘을 들이지 않고도 뛰어난 기사의 자질을 갖췄으니 제압은 숨 쉬는 것처럼 간단했다.

권체스터는 사교계에서 자신을 쓰레기니, 개망나니니 하고 욕하면 크게 분노했다. 자기가 하고 있는 짓은 개망나니 짓이 절대 아니라고 생각했다.

이 정도면 그냥 철없는 장난이 아닌가?

"봐요. 화병까지 들어 놓고 결국 날 때리진 못하잖습니까? 자, 위험한 건 내려놓자고요. 그 예쁜 손이 다치면 내 마음이 얼마나 아프겠어요?"

권체스터가 디아린의 손에서 화병을 가져가려고 할 때였다. 디아린이 화병으로 책상을 내리찍었다. 커다란 서재에 쨍그랑! 하는 소리가 메아리처럼 크게 울렸다. 권체스터조차 순간 멍해져서 '뭐지?' 하고 생각할 때였다.

"혼약자님, 방금 무슨 소리가……? 꺄아아아악!"

평신관이 문을 젖히더니 비명을 질렀다. 그녀의 곁에 서 있는 고위 신관 아만드넨의 얼굴도 경악으로 물들어 있었다. 그리고 딱 그만큼, 아니 그보다 더 경악에 물든 목소리가 권체스터의 바로 옆에서 들렸다.

"세상에, 4황자 저하!"

디아린이 두 손으로 입을 가린 채 놀라 외친 것이다.

"아무리 화가 나셔도 그렇죠!"

어떻게 이런 일을 저지를 수 있어요?

아무리 화가 나도 어떻게 화병을 책상에 던져요!

단 한 마디에 그런 의미가 잔뜩 함축되어 있었다.

"무, 무슨……."

귄체스터의 말은 끝까지 이어지지 못했다.

"4황자님!"

무시무시한 고함 소리가 터져 나왔기 때문이다. 귄체스터가 움찔해서 시선을 옮겼다. 고위 신관 아만드넨. 그가 성큼성큼 걸어와 얼굴을 굳혔다.

"하다 하다 이제 제단에 태워야 하는 교리본까지 망가뜨리십니까? 이건 교단에 대한 모욕입니다!"

화병이 깨지는 바람에, 안에 들어 있던 물이 흘러나와 한가득 쌓여 있던 교리본이 축축하게 젖어 버렸다.

"하하. 진정하세요, 신관님. 이건 레이디 콘클이스터가 한 일이지 저와는 전혀 상관이……."

"혼약자님이 그랬다는 겁니까?!"

아만드넨이 옆에서 안절부절못하는 평신관에게 소리 높여 물었다.

"대답하거라! 지금 이 교리를 누가 적었나?"

"호, 혼약자님이 적으셨습니다!"

"몇 시간이나 적으셨지?"

"오늘만 꼬박 열두 시간입니다!"

"들으셨습니까! 4황자님!"

아만드넨의 눈에서 불꽃이 튀었다. 결실제 의식이 주관된 몇 백 년 동안 교리집이 이런 식으로 망가진 적은 단 한 번도 없었다.

"열두 시간이나 쉬지 않고 베낀 교리본을 스스로 이렇게 망가뜨린다고요? 그게 말이 됩니까?"

"레이디 콘클이스터가 절 곤란하게 하려고 그런 겁니다!"

"혼약자님이 왜 갑자기 4황자님을 곤란하게 하려고 한다는 겁니까? 게다가 여긴 혼약자님에게만 제공된 공간인데 왜 4황자님이 계시는 겁니까!

4황자님이 8황자님이십니까?"

정곡을 찔린 귄체스터가 눈에 띄게 당황했다. 아만드녠의 얼굴이 붉으락 푸르락해졌다.

"왜 말을 못 하십니까! 어디 한 번 대답해 보십시오!"

"그, 그건……."

당연히 왜 자신이 이곳까지 찾아왔는지도, 방금까지 디아린 콘클이스터와 있었던 일도 말할 수가 없었다. 귄체스터가 머뭇거리자 아만드녠은 목에 핏줄까지 불거질 정도로 크게 분노했다.

"대신전의 모든 신관들에게 전해라!"

아만드녠이 홱 몸을 돌리자 제의 밑자락이 크게 펄럭였다.

"4황자님이 결실제 의식에 씻을 수 없는 누를 끼친바! 내일 결실제 의식에 4황자님의 자리는 아만드녠의 이름으로 없애겠다!"

"예? 시, 신관님!"

귄체스터의 얼굴이 대번 파리해졌다. 이건 조금도 예상지 못한 초강수였다. 추기경도 아닌 고위 신관이 단독으로 결정하기엔 굉장히 부담이 큰 결정. 하지만 귄체스터는 모르고 있었다.

'아만드녠 신관님은 20년이나 빈민촌을 돌아다니며 수행하셨으니까, 이런 식의 썩어 빠진 푸른 피—아니, 용혈은 더 용납지 못하시겠지요. 강직한 성격이시니까요.'

가뜩이나 소녀 신관들을 희롱하려던 사건으로 인해 귄체스터를 몹시도 싫어하던 아만드녠이었다.

"아만드녠 신관님! 잠시만 기다려 보십시오!"

이건 여태 4황자가 벌였던 일과 차원이 다른 문제였다. 황제에게 분명히 전해질 것이고, 황제는 대외적 위신을 몹시도 중요하게 생각했다.

그대로 홱 몸을 돌려 나가 버리는 아만드녠을 귄체스터가 어찌할 바 모르고 쫓아갔다.

* * *

"혼약자님이 지금부터 추가로 쓰신 교리본 한 장에 힐란 하나씩의 가치. 그리고 힐란 하나를 황금으로 계산하면 대략 이 정도가 나옵니다."

평신관의 말에 디아린이 양손으로 산을 크게 그려 보았다.

"그럼 제게 주어지는 황금이 약 이 정도겠네요?"

"그렇죠."

'우와.'

속으로 계산하다 입을 벌린 디아린을 모른 채, 평신관은 걱정스레 말을 이었다.

"하지만 혼약자님. 이걸 다시 다 쓰시려면 거의 새벽이 될 텐데요."

"괜찮아요. 맞다, 제가 쓰는 양만큼 4황자님도 똑같이 교리본을 쓰셔야 한다면서요?"

4황자 권체스터의 이름이 나오자 평신관의 얼굴이 굳었다.

"그렇습니다. 물론 그 교리본도 힐란으로 계산해, 다시 황금의 가치로 환원시켜 혼약자님에게 지급하기로 결정되었습니다. 물론 그 돈은 4황자님이 개인 내탕금으로 지불하시기로 했죠."

"그걸 4황자님이 받아들이시던가요?"

"그 결과로 내일 결실제 의식 자리를 간신히 사수하셨으니까요."

"그렇군요."

디아린이 고개를 끄덕였다.

"저도 아만드넨 고위 신관님께 하나 전해 주시겠어요?"

"어떤 말씀을 전해 드릴까요?"

"4황자님이 지급하실 황금은 제 이름으로 신전에 전부 기부할게요."

"기부라뇨!"

평신관이 깜짝 놀랐다.

"혼약자님이 그러실 필요는……!"

"결실제 의식에서 이런 불미스러운 일이 있었잖아요? 제 성의 표현이니까 받아 주셨으면 합니다."

평신관은 감동한 얼굴로 알겠다고 말했다.

"아만드넨 신관님도 몹시 감격하실 거예요. 제가 아주 잘 말씀드리겠습니다. 혼약자님."

'그 고위 신관의 호의를 사면 나야 좋지.'

아만드넨은 다른 고위 신관들과는 조금 달랐다.

디아린은 4년 전, 콘클이스터 영지민들을 이주시키기 위해, 수백 개나 되는 영지들의 자료를 거의 다 읽었다.

가난한 영지에는 항상 '아만드넨 신관'의 이름이 빠지지 않았다. 20년 가까이 빈민촌을 돌아다니며 빈자를 돕는 수행을 했다. 이런 건 결코 보여 주기식 선행이라고 말할 수 없다. 말하자면 아만드넨 신관의 뒷배는, 만민이 인정해 준 명성이라는 소리였다.

이런 건 그 어떤 권력자라도 쉽게 부술 수가 없다. 그러니까 아키르 제국의 황자인 귄체스터에게도 그리 쉽게 화를 낼 수 있었지. 이런저런 정치 관계를 따져 봐야 하는 다른 신관들은 쉽게 할 수 없는 일이었다.

'정치 관계만 따지면 모를까, 그런 행동을 묵인해 주자고 강하게 주장하는 신관도 있으니까.'

교단도 덩치가 크다 보니 썩은 물들의 집합소였다. 작년까지 툭하면 이은의 산 대신전의 결실제를 주관하던 '룩다'라는 이름의 고위 신관이 딱 그랬다.

'아만드넨 신관님이 승승장구하면 좋겠는데.'

"평신관님?"

"아. 잠시 다른 생각을 하고 있었습니다."

평신관은 웃으면서 힐란 향료를 더 가져오겠다고 말하고 자리를 떴다. 엄청나게 비싼 향이 이 공간엔 꽉꽉 채워졌다. 디아린은 깃펜을 다시 챙겨 들면서 웃었다.

'어차피 내가 그 황금 갖고 돌아가 봤자, 4황자가 분명 돌려 달라고 그럴 거야.'

상식적으로 제국의 황족이 그런 체면 구기는 일은 하지 않을 것 같지만, 4황자 귄체스터는 충분히 비상식적이었다.

'무기명 기부도 아니고. 기부한 금액은 대륙의 신전 어디를 가든 동전 한 닢 단위까지 기록된 걸 확인할 수 있잖아.'

그리고 교단에서는 기부금을 내면 0.1%를 특별한 숫자로 적립해 주었다. 후에 이를 사용해 힐란 구매, 혹은 신전의 인적 도움을 요청할 수도 있었다.

'오늘은 정말 일하는 만큼 돈으로 돌아오겠네.'

시급이 금괴로 계산되는 수준이다. 디아린은 갑자기 웃음이 나오기 시작했다.

'이런 노동이라면 정말 감사합니다.'

심지어 노동을 열심히 할수록 그 거지 같은 4황자 귄체스터의 팔도 너덜너덜해질 것이다!

디아린은 바로 열심히 교리집을 베끼기 시작했다. 날리는 필기체로 쓸 수 없고, 한 글자 한 글자 전부 정자로만 써야 해서 꽤 정성을 들여야 했다.

'하지만 난 저번 생에서도 저저번 생에서도 저저저번 생에서도 고위 마법사였다고?'

지난 세 번의 삶을 통틀어 디아린은 제대로 쉬어 본 적이 거의 없었다. 특히 두 번째와 세 번째 삶에선 제대로 자 본 적도, 놀아 본 적도 전무했다. 원로들의 강요로, 마법진을 끊임없이 그려야 했기 때문이다.

'그때에 비하면 새 발의 피도 아니지.'

디아린이 무시무시한 속도로 교리본을 쌓아 놓기 시작했다. 힐란 향료를 가지고 돌아온 평신관이 신기한 표정으로 한참 쳐다볼 정도였다.

얼마나 지났을까.

똑똑.

갑자기 누가 문을 두드렸다.

똑똑똑.

벽에 기대 앉아 꾸벅 졸던 평신관은 고개를 들어 올렸다. 디아린은 너무 집중해 저 소리도 들리지 않는 모양이었다. 평신관은 문 밖으로 나갔다가 깜짝 놀랐다.

"……8황자 저하? 아, 혼약자님을 보러 오셨군요. 들어오시지요."

가볍게 묵례하고 들어가는 에제트의 머리카락 끝이 살짝 젖어 있었다. 내일 마지막 의식을 주관하는 황자이니, 이 시간까지 계속 목욕물에 담가 놓았을 것이다. 신체를 정결히 하는 단계였다.

'무척 피곤하실 텐데.'

에제트는 신전에 도착한 후, 총 3일을 합쳐 세 시간도 자지 못했다. 그만큼 가혹한 일정이었다. 거기다가 저 안은 현재 진정제인 힐란 향으로 뭉글뭉글했다. 기절을 안 하면 용할 지경이었다.

'하지만 용혈이니까 의외로 버틸지도.'

평신관은 일단 담요나 몇 개 더 가져와야겠다고 생각하다가 문득 디아린이 생각나 안타까워졌다.

"저런 얼굴인데, '공평한 혈통' 눈엔 전혀 보이지 않는다니."

초상화를 그려도.

조각상을 만들어도.

황족의 얼굴을 담아 낸 예술품은 그 자체도 '공평한 혈통'의 눈에 보이지 않는다고 들었다. 속세적인 것과는 담을 쌓은 신관이지만, 얼굴의 미추는 구분할 줄 알았다. 평신관은 절레절레 고개를 젓고 건물 밖으로 나갔다.

에제트는 신관이 나가는 것을 느꼈으나 굳이 반응하진 않았다. 중요한 사람은 지금 눈앞에 있었으니까.

'신관님! 아만드녠 신관님! 제 말을 좀 들어 보십시오!'

몇 시간 전, 에제트는 그렇게 쫓아가는 권체스터와 잠깐 마주쳤다. 권체스터의 눈동자가 잠깐 에제트를 찢어 먹을 듯 보았다가, 그마저도 급한지 뒤도 보지 않고 가는 고위 신관을 다시 쫓아갔다.

4황자 권체스터는 옛날부터 욕심이 많았다.

암암리에서 쓰이는 표현, 아키르의 개족보.

현 황실을 일컫는 말이었다.

작금의 황제인 브루노 9세는 젊은 시절 황비를 여럿 두었다. 그 많은 황비들 중 단 한 명만이 타국인이었다. 바로 예가른 왕국의 공주인 리재스 황비.

그녀는 아키르 제국으로 시집와 황자를 낳았고, 그 황자가 권체스터의 부친이었다. 하지만 권체스터의 부모 역시 반역에 가담한 것이 들통나 처형되었다. 리재스 황비는 그 충격에 몸져누웠다가 세상을 떴다.

군주의 나라에서 반역은 가장 큰 죄였다.

죄를 탕감해 달라고 비는 순간 같은 역적으로 몰리는 것이다.

부유하고 국력 높은 나라인 예가른 왕국에서도 감히 살려 달라, 자비를 베풀어 달라 입을 대지 못한 이유가 이런 이유 때문이었다.

그래도 예가른 왕실은, 핏줄을 이은 권체스터를 귀히 여겼다. 어차피 브루노 9세에겐 더 이상 변변찮게 남은 황비도 거의 없다. 자식 부부가 남편의 손에 의해 줄줄이 처형되었는데 쇠약해지지 않고 멀쩡하게 살아 있는 쪽이 희귀했다.

권체스터는 예가른 왕국의 뒷배를 믿고, 본인의 난잡한 성향대로 사교계를 휩쓸며 탐욕스럽게 놀았다. 그렇게나 타고난 욕심이 많은 성격이다. 권체스터가 황위를 욕심내지 않을 거라고, 에제트는 결코 생각하지 않았다.

황금색 눈동자가 잠깐 감겼다가 서서히 드러났다.

커다란 나무 책상 앞에 앉아서 교리를 열심히 베껴 쓰는 디아린의 뒷모습이 보였다. 문득 디아린이 입을 열었다.

"신관님. 혹시 잉크가 더 없을까요?"

에제트는 주변을 둘러보다가 옆에 있던 잉크병을 발견해 책상 위에 놓아주었다.

"고맙습니다."

디아린은 여전히 책상에 고개를 처박은 채 말했다. 손이 움직이는 속도가 정말 빨랐다. 깃펜이 지나갈 때마다 똑바른 글자가 종이에 수도 없이 적혔다. 방이 건조한지 다음 순간 디아린이 입을 막고 콜록댔다. 에제트는 이번엔 뒤에 있던 물병에서 물을 따라 디아린의 책상에 놓아주었다.

"어? 감사합니다. 신관님."

정말 일분일초가 아까운 모양이다. 디아린은 물만 얼른 마시고 또 바로 책상에 고개를 처박았다.

"아. 나머진 괜찮으니까 앉아 계셔도 돼요."

그 말을 들은 에제트가 뒤를 한 번 돌아보았다. 벽에는 신관이 앉는 일인용 의자가 하나 있었다. 다시 디아린을 본다. 그녀가 지금 앉아 있는 의자는 기다란 나무 벤치 같았다.

에제트는 디아린의 옆에 앉았다.

"……?"

그제야 디아린이 옆을 돌아보았다. 지척에서 자신을 쳐다보는, 안개로 뭉개 놓은 것 같은 얼굴.

"……?!"

화들짝 놀라며 낮은 비명과 함께 옆으로 넘어갈 뻔한 디아린을 에제트가 잡았다. 깃펜에 과하게 찍어 버린 잉크가 에제트의 흰 손목에 점점이 튀었다. 그는 순식간에 낚아채 잡은 디아린의 손을 놓아주었다.

"……왜 이렇게 놀랍니까?"

"갑자기 옆에 나타나면 놀라는 게 당연하잖아."

"권체스터가 당신한테 가까이 붙으려고 했군요."

"어? 맞아."

디아린이 눈을 깜빡였다.

"어떻게 알았어? 4황자님이 그런 얘기도 했어?"

직접 그 말을 꺼냈다면 자폭한 거나 다름없는데? 디아린의 의문을 에제트는 간단히 부정했다.

"아뇨."

에제트가 들었던 건 귄체스터가 디아린의 교리본을 실수로 망가뜨렸다는 말밖에 없었다. 그나마도 방금 전에야 전해 들었다.

"당신이 제 얼굴을 보고 이렇게 놀란 적이 처음이니까요."

"그래?"

디아린이 고개를 갸웃했다.

"처음 만났을 때는 좀 놀랐던 것 같은데."

"이 정도는 아니었습니다."

첫 대면에서 오히려 긴장했던 건 따지자면 에제트였다.

누군가가—그것도 정략이든 뭐든 어쨌든 혼인을 할 사이인 혼약자가 자신의 얼굴이 '그 그림'에 그려진 것처럼 이상하게 볼 거란다.

그때 에제트의 나이는 기껏 열여섯 살이었다. 물론 냉엄한 황실 태생이니 다른 열여섯 살과는 달리 몹시 어른스러웠지만. 그래도 불안한 마음은 어쩔 수가 없었다.

자길 보고 소리를 지른다든지, 도망을 간다든지. 그럴지도 모른다고 생각했다. 왜냐하면 에제트를 그림이 보관된 거대 금고로 안내한 황제 직속 시종장조차 그 그림들을 오래 보지 않고 눈을 돌렸으니까.

안개로 눌린 정도로만 보이면 좋겠다고 생각했는데.

그렇지 않으면 묵묵히 혐오스러운 눈으로 봐 주는 정도.

하지만 디아린은 에제트의 예상을 가볍게 깨부쉈다.

'안녕……, 하세……요? 황자 저하?'

낯선 걸 보듯 하는 시선은 고작 하루.

그다음 날부턴 친애하는 혼약자들이 으레 하듯이, 찾아와서 방문을 가볍게 두드렸다. 털이 달린 케이프로도 모자란지 담요까지 어깨에 두르고서.

그렇게 추우면 따뜻한 방 안에나 있지.

저 연보랏빛 눈동자에 자신의 얼굴이 어떻게 보이는지. 무섭지도 않은지. 진심으로 궁금할 지경이었다.

어떤 날은 디아린을 피해 더 일찍 연무장으로 나간 적도 있다. 수호자의 검은 대단히 훌륭한 대신 그만큼 무거웠다. 완벽히 길을 들이려면 매일을 성실히 임해야 했다. 그렇게 일부러 며칠을 디아린이 올 시간에 일부러 말도 없이 가 버렸다. 돌아오면 디아린은 문 앞에 없어서, 드디어 포기했나 싶었는데.

검을 종일 휘두르다 드디어 내려놓았을 때, 갑자기 뒤에서 짝짝 박수 소리가 들려서 굉장히 당황했다. 그러자 디아린이 더 당황하면서 손을 내저었다.

'훔쳐보려고 한 게 아니라 너무 집중하는 것 같아서…….'

'……제가 당황하는 얼굴은 보입니까?'

'아니, 얼굴은 안 보이는데. 황자님은 당황하면 이렇게 왼손에 힘이 확 들어가곤 해서……. 미안해. 이런 말이 더 기분 나쁘려나…….'

에제트는 자신한테 그런 습관이 있는지도 몰랐다.

미안. 미안해.

파리해진 얼굴로 "기분을 상하게 하려고 한 게 절대 아니었는데."라고 계속 사과하는 디아린을 보니 외려 마음이 이상해졌다.

그날 문득 기사의 밤이 떠오른 이유는 뭐였을까. 항상 혼자 나가 있는 게 익숙한 그 밤. 왠지 이 혼약자라면 기사의 밤에도 함께 나가자고 찾아올 것 같다. 그냥 그런 생각이 들었던 열여섯 살의 겨울.

"에제트? 무슨 생각해?"

디아린이 고개를 갸웃하며 물었다. 에제트는 조금 웃으며 고개를 저었다.

"아닙니다. 그런데, 권체스터가 당신한테 뭐라고 했습니까?"

열심히 교리본을 베끼던 디아린의 손이 순간 뚝 멈췄다.

"에제트."

그녀가 한쪽 눈썹만 슬며시 일그러뜨렸다.

"4황자님이랑 친해?"

"전혀요. 어제 보셔서 알지 않으십니까."

인사도 한 번 슥 하는 게 전부였다.

"평소에도 그 정도야?"

"평소에는 그 정도도 못 됩니다."

"다행이네."

디아린은 평소처럼 미소를 지으면서 말했다.

"난 그 자식 죽이려다 말았어."

그 말에, 에제트가 아무런 말없이 이마를 살짝 찌푸렸다.

'종형제니까 죽이겠단 말은 좀 심했나?'

……라고 디아린이 생각한 순간이었다. 에제트가 디아린에게서 시선을 떼고 의자에서 일어났다.

"어디 가?"

"4황자한테요."

"왜?"

"죽이려다 마셨다면서요."

"……그래서?"

"제가 죽이고 오면 되잖습니까?"

'농담인가?'

디아린은 멍하니 눈을 깜빡이다가 에제트의 손을 홱 잡았다.

"아니야. 아냐. 가지 마."

"왜요?"

'농담 아니잖아!'

그 목소리에서 디아린은 에제트가 몹시 진심이라는 걸 깨달았다.

"신전에서 살인 사건을 일으키려고 그래?"

"설마 제가 대놓고 죽이겠습니까?"

"혹시 암살하겠다는 뜻이야?"

"대충 그렇게 되네요."

"……들키면 어떡해?"

"안 들킬 자신이 있으니까 일어난 겁니다."

"안 들킬 거라고?"

"예."

'안 들키고 그 자식을 죽일 수 있다고?'

혹했다. 에제트가 고개를 기울였다.

"지금 좀 혹하신 것 같은데요."

"응, 솔직히 조금……."

"그럼 다녀오겠습니다."

"아냐!"

디아린이 에제트의 손을 잡아당겼다. 그는 또 그 힘에 그대로 끌려 그대로 다시 앉았다.

"지금은 안 돼. 나, 4황자한테 받아야 할 황금이 있어."

"황금이요?"

그걸 못 받게 되면 얼마나 피눈물이 날까? 디아린은 아만드넨이 결정한 처분을 설명해 준 다음, 다른 중요한 이유도 말했다.

"4황자가 암살이든 뭐든 죽어 버리면 당연히 신전이 발칵 뒤집어질 거 잖아? 의식도 제대로 진행이 안 될 거야. 내일은 에제트가 처음 하는 의식 인데."

더블렌 남작도 또 얼마나 눈을 반짝이면서 기대하고 있을까? 샤이한테 전해 들었을 테니까.

"4황자한텐 그만한 가치가 없어."

권체스터가 무가치하다는 건 정말로 진심이었다.

"그러면 그냥 넘어갑니까?"

"나중으로 미루면 되지."

"나중이요?"

"응. 더 좋은 타이밍도 있을 테니까."

그 개망나니는 죽든지 없어지든지 사망하든지 해야 한다. 공공의 이익과 약자들의 복지를 위해서. 권체스터는 겉모습만 좀 깔끔했지 속은 굉장히 더러웠다.

'대외적으로 에제트의 혼약자인 나한테도 그따위로 말하는데.'

디아린보다 더 신분이 낮고, 지위가 낮은 여자들한테는 얼마나 더 개망나니처럼 굴었을까? 분명 더한 짓도 더 했을 것이다. 디아린은 확신했다. 이 확신에 올과 로로도 걸 수 있었다.

〈……또……, ……가에……, ……군…….〉 (이 악마. 또 뭔가에 우리를 걸었군.)

〈……대로……! ……리……, ……걸……!〉 (주인님 마음대로 우리 막 걸지 말라고요!)

웅웅대는 소리를 디아린은 무시했다.

'일단은 의식이 끝나고, 제국으로 돌아가는 길? 그때 거기를 짓뭉개 버리자.'

싹둑 잘라 버리는 것도 좋지만, 우연한 사고로 위장하기가 어려웠다. 대신 마차 바퀴를 마력으로 급격하게 닳아 버리게 만들어서…….

그런 계획을 세우는 와중에도, 디아린의 손은 부지런히 움직이고 있었다. 이 정도면 기계를 세워 놓은 정도였다.

에제트는 손등으로 관자놀이를 짚은 채, 얼굴을 모로 기울여 디아린을 보았다. 교리본을 베껴 쓰는 데 몹시 집중하고 있는 연보랏빛 눈동자가 종이 위에 딱 고정되어 있었다.

그녀가 쥐고 있는 깃펜은 성물의 일종이었다. 처음 쓰기 전 사용할 이의 피를 한 방울 묻히면, 한동안은 오직 피의 주인만 깃펜을 쓸 수 있었다. 신성한 제단에 태워야 하는 교리본이니, 대리 쓰기를 철저히 금해 놓은 것이다.

그때 문득 뒤에서부터 인기척이 느껴졌다. 에제트가 먼저 고개를 들어 돌아보았다. 평신관은 조심조심 걸어오다가 깜짝 놀랐다.

'아직 안 잠들었네!'

역시 용혈은 용혈. 평신관은 그렇게 생각하며, 에제트에게 웃어 보였다. 냉담한 분위기가 풀풀 피어나는 금안의 황자는 고개만 까딱 숙였다.

평신관은 헛기침을 했다.

"흐흠흐흠~! 혼약자님?"

"……네? 아, 오셨어요? 신관님?"

평신관은 디아린에게 챙겨 온 담요를 내밀었다. 새하얀 담요는 면이 까슬까슬했지만 역시 햇볕 냄새가 났다. 포근했다.

"밤은 온도가 뚝 떨어지니까 담요를 가져왔어요. 8황자 저하가 덮으실 것도 좀 챙겨 왔는데……. 오래 계실 건가요?"

디아린이 참, 하면서 에제트를 쳐다보았다.

"여기 있어도 돼? 가 봐야 하지 않아?"

"오늘 해야 할 일정은 다 끝냈습니다만."

"그럼 가서 일찍 자는 게 좋지 않을까?"

"별로 안 피곤한데요."

에제트의 대답에 평신관이 잔뜩 의문을 가졌다.

'안 피곤하다고?'

그럴 리가!

하지만 에제트의 얼굴은 정말 평소랑 비슷해서, 평신관은 갑자기 인지부조화가 왔다. 용혈의 소유자는 하루에 한 시간만 자도 사실 안 졸린 건가?

디아린은 평신관을 한번 쳐다보고, 새하얀 담요를 무릎 위에 펼치며 말했다.

"신관님. 피곤할 텐데 가서 쉬세요."

"아닙니다. 혼약자님을 혼자 두고 갈 순 없죠."

"제가 오늘 밤을 새야 해서, 신관님도 추가로 밤을 새게 되신 거잖아요. 내일 의식에 참여하다가 졸기라도 하면 어떡해요."

"아, 으음……."

확실히 그건 좀 아찔한 일이었다. 사실 이 평신관은 태생적으로 잠이 많은 편이었다. 잠시 고민하던 평신관은 그럼 옆에 있는 골방에서 잠깐 눈만 붙이고 오겠다면서 물러났다.

신관이 물러나자마자 디아린은 에제트를 불렀다.

"에제트."

디아린이 부르자 그가 "네." 하고 대답한다. 그녀는 갑자기 에제트의 허벅지로 손을 뻗었다. 그의 몸이 순간 움찔 떨렸다.

디아린이 가져간 건 그의 무릎에 있던 담요였다. 그녀는 에제트의 목에 담요를 망토처럼 둘러 준 후, 리본까지 묶어 주었다.

"저 안 피곤하다고 말씀드렸잖습니까."

"신관들은 그렇게 생각 안 할 텐데요, 황자님?"

'별로 안 피곤한데요.'

에제트가 그렇게 말하는 순간, 평신관이 에제트의 얼굴을 보며 의문을 담아 눈을 몇 십 번이나 깜빡이는 걸 디아린은 아주 잘 보았다. 내내 무릎 위에 올려 두고 있던 쿠션도 에제트 앞에 놔주었다.

"내일 의식 치러야 하니까, 어서 잠들어 줘."

"여기서요?"

"응. 혹시 불편하면……."

"불편하진 않은데요."

수문석 지하에서는 이보다 훨씬 더 불편한 자세로도 많이 쉬었다. 디아린이 미소를 지으며 에제트의 어깨를 눌러 숙였다.

"그럼 됐네. 잘 자."

얼떨결에 쿠션 위에 뺨을 대고 책상에 엎드리게 된 에제트가 눈을 깜빡거렸다. 디아린은 여전히 펜을 움직이고 있었지만, 아까와 비교하면 속도가 현저히 느려진 상태였다.

"계속 안 자면 나도 계속 이 속도로 쓸 거야."

"무슨 협박이……."

그러냐고.

에제트는 그답지 않게 헛웃음을 터트렸다.

쿠션엔 아직 남아 있는 온기. 부드럽게 피어오르는 힐란 향. 어깨에 둘러 준 담요. 옆에 앉아 사각사각 글씨를 쓰는 혼약자.

이런 식으로 잠드는 건 처음인데.

어느새 교리집의 글자를 옮겨 적는데 또 푹 빠져 있던 디아린이 문득 정신을 차렸다. 옆을 본 그녀가 속으로 웃었다.

고른 호흡. 감겨 있는 눈.

황족이 눈을 감으면 그 부분도 안개에 눌린 듯 보인다. 그래서 보이는 건 그저 까만 머리카락이 전부다. 처음 들어왔을 땐 조금 젖어 있더니, 어느새 다 마른 상태인.

디아린은 잠든 에제트에게서 시선을 거두고, 다시 교리본을 옮겨 써 내려가기 시작했다.

얼마만큼의 시간이 더 흘렀을까.

디아린은 팔에 찌르르한 통증이 몇 번 오고서야 옮겨 적는 걸 멈췄다.

깃펜을 내려놓고, 엄청나게 늘어 난 종이 뭉치를 갈무리했다. 제대로 쌓아 놓으니 탑 같았다.

'4황자 그 자식 참을성 있는 성격은 절대 아니야.'

대리 쓰기도 철저히 금지된 신전이니. 4황자 권체스터는 아주 팔에서 피가 터질 거다. 음흉하게 웃은 디아린이 고개를 돌렸다.

'안 피곤하다더니.'

에제트는 처음 자세 그대로 잠들어 있다. 하긴, 황자의 파트너 명목으로 따라온 자신도 이런 고강도 노동에 시달리는데. 의식을 치러야 하는 황자는 훨씬 더 별의별 일정과 노동에 끌려다녔을 거다.

디아린은 손등으로 턱을 괴고, 잠든 에제트의 얼굴을 응시했다. 이래 봤 자 보이는 건 뭉개진 선과 색깔뿐이긴 했지만.

'내가 공평한 피가 아니었으면 어땠을까?'

잠깐 상상해 보았지만 곧 고개를 저었다. 만약 디아린이 '공평한 혈통'이 아니었다면, 아예 에제트를 만날 기회도 없었을 것이다.

'그래도 에제트 얼굴 정도는 보였으면 좋겠는데.'

조심스레 손을 뻗어 에제트의 얼굴을 슬쩍 쓰다듬어 보았다. 대륙을 들 썩이게 만든 소년 기사의 뺨은 희한하게도 부드럽다. 평소의 무미건조하며 차가운 분위기는 떠오르지 않을 정도였다.

'4황자 때문에 여기 와 준 거겠지?'

권체스터가 보복이라도 하러 와도, 에제트가 있으면 당연히 함부로 굴 수 없을 테니까. 그 쓰레기 자식은 무대포인 주제에 사람을 봐 가면서 굴었다.

디아린은 에제트의 머리카락을 한번 만져 보았다. 잊고 싶지 않은 감촉이 었다.

chapter 7

다음 날.

디아린은 퉁퉁 부은 뺨을 꾹꾹 눌러 보았다.

'어제 너무 무리했네.'

교리본을 다 옮겨 쓰고도 성에 차지 않았다. 그래서 마침 책장에 꽂혀 있던 아키르 황실 예법서를 찾아 꺼내, 그것도 써서 종이 장수를 늘렸다.

'4황자님이 옮겨 적으실 종이 장수를 추가로 기록하러 왔습니다.'

'어이쿠. 정말 성실하게도 많이 쓰셨군요.'

신관들이 장수를 기록해 간 다음엔 예법서를 옮겨 적은 종이들만 골라 재빨리 처리했으니, 제단에 들어갈 염려도 없었다.

'내 이름의 기부금도 엄청나겠다.'

웃고 있던 디아린에게 평신관이 다가왔다.

"오늘은 8황자 저하와 함께 움직이실 거랍니다, 혼약자님."

평신관의 은근한 목소리에 디아린이 머쓱하게 웃었다.

'어제 나도 거기서 잠드는 바람에.'

이른 새벽에 잠이 깬 평신관의 눈에는, 연인이 사이좋게 책상에서 잠든 걸로 보인 모양이다. 하지만 양심적으로, 에제트더러 여기서 자라 해 놓고 혼자 편한 침대에 가서 잘 수는 없었다. 깨우자니 너무 곤히 잠든 것 같아서 그것도 그랬고.

'내가 기사였으면 에제트를 안아서 옮겨 놓았을 텐데.'

오늘은 결실제 의식의 마지막 날.

황제의 선발과 추기경들의 수락으로 8황자가 주관하는 의식.

전통대로 '은의 산'이라고 불리는 신성한 산속 제단으로 직접 들어가야 했다. 걸어가기엔 너무 멀어서, 대신전에서도 마차를 타고 들어가야 한단다.

"자, 도착했답니다."

털털 달린 끝에 도착한 곳.

평신관이 웃으면서 마차 문을 직접 열어 주었다. 내리자 우거진 녹음 사이로 햇볕이 쨍하게 비산했다. 디아린은 한 손으로 그늘을 만들어 눈가를 가렸다.

"바깥은 싸늘한데 여긴 녹음이 우거졌네요. 여름 같아요."

"은의 산의 깊은 곳에는 계절을 봄처럼 만들어 주는 성물이 보관되어 있거든요. 산 자체로도 몹시 신성한 곳이죠."

친절히 설명해 준 평신관이 잠시 불려가고, 디아린은 잠시 혼자 있게 되었다. 그녀가 제단이 있는 쪽으로 걸어가며 주변을 눈에 담고 있을 때였다. 익숙한 뒷모습이 보였다. 까만 머리카락, 그리고 황족들만 입을 수 있는 의복!

'에제트인가?'

북문석이었다면 당연히 에제트였겠지만, 여긴 대신전의 신성한 산이다. 에제트 말고도 황족이 둘이나 더 있었다. 디아린은 살금살금 걸어 그 남자 쪽으로 향해 보았다. 혹시라도 꺼림칙하게 느껴지는 3황자나, 아니면 4황자 그 개망나니 자식이면 못 본 척 피해 갈 생각이었는데…….

인기척에 그가 뒤를 돌아보았다. 안개 속의 황금색 눈동자가 살짝 커진다.

"에제트!"

디아린이 활짝 웃었다. 큰 지뢰 하나, 덜 지뢰 하나 이렇게 지뢰 두 개를 나란히 피해 에제트부터 만나게 되다니, 기분이 확 좋아졌다. 그런데 에제트는 이마를 살짝 찌푸렸다.

"어제 우셨습니까?"

"아니?"

에제트가 불신으로 가득 찬 눈으로 디아린을 보았다. 그 표정까진 디아린이 읽을 수 없었지만, 말없이 자신을 빤히 보는 것만 봐도 알 수 있었다.

"목욕을 너무 오래 시켰어, 신전에서."

몸을 정결하게 해야 한다면서 꼭두새벽부터 깨우더니 무려 다섯 시간이나 목욕을 시키더라. 힐란 꽃으로 만든 입욕제를 가득 쏟아 부은 따뜻한 물에서 나오질 못하게 했다. 나중엔 거의 둥둥 떠다녔다.

덕분에 디아린의 뺨은 둥근 빵처럼 통통 부풀어 있었다. 신관들이 힐란의 특이한 성질 때문에 젖살이 오른 듯 이러는 경우가 자주 있다고 웃으면서 말해 주었다.

"내 볼 많이 부었지."

"……."

에제트는 바로 대답하지 못하고 하늘 쪽으로 눈동자를 굴렸다. 이럴 때 바로 본 대로 대답하는 게 맞는 건가?

"그냥 솔직하게 말해도 돼."

"그럼, 음. 약간이요."

"약간?"

"약간 많이요."

"정말 고마워. 이렇게 티 나게 거짓말을 해 줄 줄 몰랐어."

그 말에 에제트가 픽 웃었다. 디아린은 에제트의 뺨으로 손을 뻗어 만져 보았다. 그러더니 괜히 심술궂은 목소리로 묻는다.

"에제트도 조금 부은 것 같은데?"

"전 그대로인데요."

"내가 안 보인다고 거짓말하는 게 아니고?"

"진짜입니다. 보여 드릴 수도 없고."

"……차라리 이게 낫겠네. 오늘 하루 종일 같이 움직여야 하는데, 둘 다 뺨이 물에 불린 빵처럼 부풀어 있으면 웃기니까."

디아린은 그렇게 합리화하며, 에제트의 뺨에서 손을 내리려고 했는데. 문득 손등을 다 감싸오는 체온이 느껴졌다. 에제트가 디아린의 손등 위에 그대로 손을 포개 올려 잡은 것이다. 그는 그대로 눈길만 조금 움직여 디아린을 바라보았다.

"항상 제 허락 없이 만지시던데."

"응?"

"저도 그래도 됩니까?"

"……어?"

디아린이 움찔 놀랐다. 진심으로 당황해서 "이젠 허락을 먼저 받을게, 미안." 하고 사과하는 디아린을 보며 에제트가 순순히 손을 놓아주었다.

"농담입니다. 자꾸 놀리시길래 저도 그냥 놀려 봤습니다."

"……."

너무 아이 취급을 하니까. 그냥 이런 식으로 디아린을 한번 당황시켜 보고 싶었다. 만약 디아린이 당황하지 않았다면 에제트는 자존심이 상했을 것이다.

물론 그런 말은 하지 않았다. 다만 새하얀 손이 자신의 얼굴을 말없이 만질 때면 정말 몸이 순간 굳어 버린다. 그때면 심장도 잠깐 멈추는 것 같은 착각이 들었다. 그러니까 말을 먼저 하고 만져 달라는 건 농담이 아니었다.

디아린의 눈에는 자신의 얼굴이 보이지 않아서인지. 그녀에게 그는 아직 많이 어린 존재 같았다. 아키르 제국은 열여덟 살부터 성인으로 인정하니까, 어린 나이가 아닌 건 아니지만.

혼인이 가능한 연령은 또 다르다. 아키르 제국의 평민과 귀족은 스무 살부터 혼인이 가능했지만, 직계 황족은 열아홉부터 결혼 서약이 가능했다.

그렇게 둘은 안쪽으로 향했다.

산 안쪽으로 긴 계단을 따라 내려가면, 작은 신전이 나왔다. 그 중앙에 있는 중정에는 3황자와 4황자, 그리고 그들의 레이디들이 각기 이미 자리하고 있었다. 디아린은 3황자부터 보았다가, 조금 놀랐다.

'오늘도 가면이야!'

심지어 오늘도 특유의 그 꺼림칙한 분위기가 폴폴 피어올랐다. 3황자의 레이디는 오늘도 조금 주눅 들어 있었다. 그에 반해 다른 쪽은 난리도 아니었다.

"저하, 얼굴이 상하셨어요."

레이디 테미즈는 귄체스터를 보며 안타깝게 말했다.

"밤새 교리본을 만드신다고……. 왜 갑자기 저하에게 그런 일을 시켰는지 모르겠어요."

'지 파트너가 무슨 염병을 떨었는지 잘 모르나 봐.'

"저하께서 약간의 실수를 하실 수도 있지, 그걸로 귀한 분을 쥐 잡아먹을 듯 괴롭히는 게 말이 되나요? 하여튼 악당의 피는 어쩔 수 없는 거겠지요."

'아니구나. 대충 알고 있네.'

알면서도 저래?

디아린은 고개를 절레절레 젓고 싶은 걸 겨우 참았다. 콘클도 쓰레기 집합소이긴 한데, 그쪽네 황자님도 개망나니 쓰레기라고 말해주고 싶었다.

"미려한 얼굴이 이토록 상하셔야 어쩌면 좋아요?"

레이디 테미즈의 푸념에 귄체스터가 점잖은 체 말했다.

"신실하게 임해야 옳으니까 어쩔 수 있겠어? 나는 괜찮으니 걱정 말아요, 나의 가련한 레이디."

"저하……."

레이디 테미즈가 감격한 듯 권체스터에게 안겼다.

〈……주……냥, ……꼴……깝…….〉 (아주 그냥 꼴값들을 떨고 앉았네.)

그때 웅웅대는 목소리에 디아린은 허공을 응시하며 픽 웃었다. 그 아주 작은 소리를 어떻게 들은 것인지, 레이디 테미즈가 확 디아린 쪽을 쳐다보았다. 눈썹을 일그러뜨린 얼굴이었다.

"지금 절 보고 웃으셨나요?"

그 말에 자리에 있던 모든 황족들의 시선이 둘을 향했다. 디아린은 갑자기 주목을 받자 눈을 깜빡였다.

'내가 언제 자길 봤다고?'

아예 다른 쪽을 보고 웃었던 디아린은 어이가 없어졌다.

"절 보고 웃은 거 맞죠?"

"……."

"제 말이 들리지 않나요? 절 보고 웃었잖아요!"

"……."

"콘클이스터 영애님!"

"……."

디아린이 아무 대답도 없자 레이디 테미즈는 점점 화가 치밀어 오르기 시작했다. 심지어 에제트도 날카로운 눈빛으로 바라보고는 있을지언정, 아무 말도 하지 않았다.

한 박자 늦게 에제트의 침묵 이유를 깨달은 권체스터가 "마거릿, 잠시—" 하고 조용히 손을 잡아당길 때였다.

"인사를 올리지 않았습니다. 테미즈 후작 영애."

에제트가 처음으로 말을 꺼냈다. 레이디 테미즈는 당황하며 되물었다.

"……인사라니, 그게 무슨 말씀이시죠?"

권체스터가 "쯥." 하고 입술을 당겨 물었다.

황실 예법으로 따지고 들어가면 신분 낮은 이가 인사를 먼저 올려야 용건을 말할 수 있었다. 근래는 거의 지키지 않아서 잊은 사람이 더 많은 예법이지만, 아무튼 아키르 황실 문서에 엄연히 존재해 황족들은 알고 있는 법이었다. 귀족인 저 혼약자가 이 법을 어떻게 알고 저리 행동하는지는 모르겠지만. 황실 예법서를 샅샅이 옮겨 적기라도 했나?

"마거릿."

권체스터가 레이디 테미즈의 귓가에 작게 속삭였다.

"저쪽은 8황자의 혼약자고, 그대는 아직 후작 영애니."

아키르 황실의 황법으로 따지자면 모든 귀족 자제가 혼약자보다 지위가 낮았다. 그 말을 들은 레이디 마거릿 테미즈는 믿을 수 없다는 표정을 지었다.

'지위가 높아? 누가? 저 방계가?'

어느 곳이든 법과 현실은 좀 달랐다. 아키르 제국 수도 사교계에서 디아린은 '콘클 방계 영애'라고 불리는 게 보통이었다.

에제트가 높낮이 없는 목소리로 말을 이었다.

"테미즈 후작 영애, 인사부터."

"……"

에제트의 표정은 굉장히 차가웠다. 레이디 테미즈의 얼굴이 새하얘졌을 때, 권체스터가 대신 입을 열었다.

"레이디 테미즈가 잘 모르고 실수를 하였으니, 좋게 넘어가는 게 어떻겠나? 아스페르크, 이렇게 따지면 너도 나한테 인사를 해야 맞……."

"인사라뇨."

에제트가 냉담한 어조로 말을 끊었다.

"저는 형님에게 할 말이 없는데."

개무시도 이런 개무시가 없다. 순식간에 권체스터의 얼굴이 붉으락푸르락해졌다. 그가 홱 3황자를 돌아보았다.

"형님! 형님이 말씀 좀 해 보십시오!"

조용히 관망하던 3황자. 그는 자신을 쳐다보는 각각의 얼굴은 오래 보지 못했으나, 유독 디아린만은 조금 더 길게 보았다. 3황자가 느리게 입을 열었다.

"8황자의 말에 틀린 말이 없지 않나."

"······!"

3황자의 목소리는 생각보다 더 무겁게 느껴졌다. 음울한 그의 분위기와 잘 어울렸다. 권체스터는 믿을 수 없다는 표정으로 외쳤다.

"형님!"

하지만 3황자는 더 이상 말을 하지 않았다. 에제트는 다시 레이디 테미즈에게 말했다.

"테미즈 후작 영애."

"······예. 8황자 저하."

"두 번 말하게 하지 마십시오."

"······!"

결국 테미즈 후작 영애가 벌게진 얼굴로 디아린에게 인사를 했다. 기껏 인사를 했지만, 이런 분위기를 만들어 놓고 네가 나보고 웃었느니 어쨌느니 따질 수도 없었다.

권체스터 역시 분노로 손을 덜덜 떨었지만, 결국 별다른 말은 하지 못했다. 황족은 황법을 앞서 지켜야 하는 자. 3황자와 8황자가 나란히 동의한 말에 혼자서 반박하는 건 부담이 너무 컸다.

심해처럼 가라앉은 분위기는 다행히 오래가진 않았다.

"오래 기다리셨습니다."

때마침 아만드넨 고위 신관이 수십의 신관들과 함께 나타난 것이다.

* * *

어느새 밤이었다.

디아린은 피곤한 목을 까딱거렸다. 교리집을 읽고, 교리본을 태운 재를 뿌리고, 교리집을 읽고, 교리본을 태운 재를 뿌리고. 읽고 뿌리고 읽고 뿌리고 읽고 뿌리고. 마흔 번은 반복한 것 같다.

'이런 게 왜 사교계의 선망 대상이 되는 거지?'

아마도 다들 이 미친 노동의 실체를 모르는 게 틀림없다.

'제단'은 지하와 지상 두 개의 공간으로 나뉘어 있었다. 커다란 중정과 긴 계단을 사이에 둔, 꼭 두 개의 독립된 건물 같았는데, 오늘 의식을 주관하는 에제트는 지하 제단에 종일 거했다.

대부분의 신관들과 타 황자들은 바깥 제단에 있었는데, 디아린도 계속 바깥에 있다가 지금 막 지하 제단으로 들어가는 길이었다.

거대하고 웅장한 제단은 세련되었다기보다는, 예스러운 느낌이 강했다. 잘 관리된 유적지 같기도 했다. 디아린의 키보다도 훨씬 높은 기둥들만 수십 개.

'저쪽에만 불이 켜졌네.'

디아린은 걸어갔다. 지상 제단으로 올라가던 신관들이 디아린을 보고 인사한 후 주르륵 줄을 지어 나갔다.

'촛불의 마지막은 에제트가 꺼야 한다니까.'

인적이 아예 끊겼을 때였다. 누군가 디아린의 어깨를 짚었다. 그리고 나지막이 부르는 이름.

"디아린."

이곳에서 자신을 이름으로 부르는 건 오직 에제트뿐이다. 하지만 묘하게 목소리가 다르게 느껴진다면 착각인가? 디아린의 찝찝함은 정확하게 적중했다.

"4황자 저하."

"이름으로 불러 달라고 했는데, 벌써 잊었나?"

그녀의 뒤에 서 있던 권체스터가 히죽 웃었다. 디아린은 그의 손을 쳐내며 말했다.

"네, 권체스터."

말해 줄 테니까 빨리 꺼졌으면 좋겠다고 디아린은 생각했다.

"대답은 이렇게 순순한데."

그는 쳐내진 손을 보더니 어깨를 으쓱했다.

"왜 태도는 순순하질 못할까."

"또 무슨 용건이신데요."

권체스터는 디아린의 어깨에 이마를 기댔다.

"……?"

디아린의 얼굴이 사정없이 일그러지는 걸 모르는 그가 처연한 어조로 말했다.

"나 말이다. 그대 때문에 많이 힘들었어. 한숨도 못 잤는데 오늘 여기 오기 전까지도 교리본을 계속 옮겨 썼지. 그런데도 모자라서 또 돌아가서 교리본을 써야 해. 대체 글을 얼마나 빨리 적어 대는 거야. 손에 마도석이라도 달았나?"

고개를 들어 올린 권체스터가 디아린의 손을 펼쳐 만지작거렸다. 하얗고 말랑한 손을 질기게 쓸어 보던 그가 웃었다.

"단도직입적으로 말하지. 난 그대가 마음에 들어. 이성적으로도, 그 외의 이유로도 말이야."

'이 새끼 진짜 미쳤나?'

버릇을 못 버리고 여자들을 희롱할 때처럼 디아린을 건드려 댔지만, 본 목적은 이것이었다.

"나는 황위가 탐나거든. 하지만 다섯 공작가 중 누구도 내 편을 들지 않아. 내가 이끌어 낼 수 있는 최대치는 기껏해야 테미즈 후작가 정도고."

외가인 예가른 왕국은 말 그대로 타국이라 제국의 황위 다툼에 간섭하는 데 한계가 있었다.

"다들 황후 폐하의 친손자인 벨마르 엔리프나, 아니면 그대의 귀여운 혼약자의 업적에만 관심을 가지지."

저 두 황자는 각기 태생과 공적으로 빛나는데, 불쌍한 자신은 그림자처럼 그늘져서 마음껏 뜻을 못 펼쳤다. 그런 논리였다.

"그대는 내가 가엽지 않은가?"

말없이 듣던 디아린이 입을 열었다.

"4황자님이 너무 개망나니처럼 살아와서 그런 거잖아요."

"뭐, 뭐라고?"

"제가 5공작가의 가주여도 황자님 같은 개망나니한테는 기대를 걸지 않을 거예요. 그들도 눈알이 달려 있으니까요."

"그대……."

"그리고 제 혼약자의 업적이 부러우면 4황자님도 직접 수문석 지하에 뛰어드세요. 아, 안 되겠네요? 4황자님은 수문석 영지 수호도 하다 말고 일부러 다친 척해서 수도로 돌아오신 분이었죠?"

"이게 보자 보자 하니까!"

머리끝까지 화가 치솟은 귄체스터가 디아린을 벽에 확 밀쳤다. 그가 말아 쥔 주먹이 디아린의 뺨 바로 옆 벽에 꽂혔다. 망나니라고 하지만 그 역시 용혈의 소유자. 귄체스터의 주먹에 대리석으로 되어 있던 벽에 금이 갔다.

연보라색 눈동자가 살짝 움직여 제 바로 옆에 내리꽂힌 주먹을 보았다가, 다시 귄체스터의 얼굴을 응시했다. 움직이는 시선을 좇던 그는 약간 마음이 풀어졌다.

'정말 얼굴 하난 끝내주는군.'

확 치솟았던 분노가 좀 가라앉았다. 하지만 기왕 디아린이 겁을 먹은 것 같은데(사실 전혀 겁을 먹지 않았지만) 더 협박하는 게 낫겠다는 생각이 들었다.

"잘 들어. 디아린 콘클이스터. 8황자가 아무리 잘났다고 한들 그 녀석은 황위에 전혀 관심이 없어. 그렇지 않고서는 백조의 로드를 만났을 때 그렇게 돌아가 버리지 않았을 테니……."

뒷말은 혼잣말에 가까웠다. 권체스터의 이야기에 디아린의 귀가 쫑긋했다.

'백조의 로드?'

에제트가 백조의 소환사를 만난 적이 있다고?

권체스터는 의도적인 흉흉함을 품은 초록색 눈동자로, 협박을 이어 갔다.

"내 심기를 거스르지 말고, 내게 협조해. 아니면 내가 보좌에 올랐을 때 8황자 그놈과 함께 그대도 가만두지 않을 테니까……, 다시 얼음 창고에 들어가고 싶진 않을 거잖아?"

순간 디아린의 눈에 동요가 스쳐 갔다. 그제야 권체스터가 여유롭게 웃었다.

"콘클 공작의 휘하 가문인 필리프 후작가에서 들었지. 그대, 내가 그대를 갖기 위해 생각보다 공을 많이 들였다고?"

원래는 엘리제 콘클 공작 영애를 유혹하려고 했는데, 쉽지가 않았다. 그러다가 우연히 콘클의 휘하 가문인 필리프 후작가에게 들은 말이었다.

"콘클의 수양딸을 잘 다루는 방법이라고 했던가. 이참에 그대를 얼음 창고에 좀 집어넣어 볼까? 아, 그렇다고 그렇게 창백해질 필요는 없어. 내가 함께 들어가 줄 테니까."

트라우마를 한껏 자극하는 상황에서 옆에 매달릴 게 자신밖에 없으면 어쩔 수 없이 감정이 확 풀어지겠지.

"마침 바로 옆에 얼음 창고가 있다지? 나는 운도 좋아."

웃으면서 디아린의 손목을 잡아끌고 얼음 창고에 처넣으려던 권체스터가 "힉!" 하고 숨을 들이켰다. 그는 마력으로 걷어차인 배를 부여잡고 숨을 헐떡였다. 권체스터의 초록색 눈동자에 핏발이 섰다.

"너, 너! 뭐야! 뭐였지?!"

'방금 마력을 썼어? 저 계집이?'

자신을 노려보는 연보라색 눈동자가 경계심으로 한껏 곤두서 있었다. 겁을 먹은 게 분명한 두 손. 꽉 쥐여져 바르르 떨리고 있었다.

'마법사였군. 마법사였어!'

용혈인 권체스터는 자신의 배를 냅다 때린 마력을 제법 정확히 파악할 수 있었다. 생각 이상으로 강했다. 최소한 2~3계급은 된 것 같았다. 콘클 공작은 그런 말을 하지 않았다. 어디서 들어 본 적도 없다. 이 콘클 방계는 능력을 숨기고 있던 거였다!

"이것 참, 마법사였다니! 콘클의 수양딸이 마법사였다니!"

웃음이 마구 터졌다. 권체스터는 폭소했다.

"내가 뜻하지 않은 대어를……, 그대? 하하. 왜 점점 다가오지? 원래 이런 상황엔 그대가 놀라서 도망가야 하지 않나?"

몇 번 묻던 권체스터의 얼굴이 점차 하얘졌다.

"설마 나를 죽여서 입이라도 막으려는 건……."

거기까지 말한 권체스터는 몸을 돌려 도망치기 시작했다. 그는 용혈로 인해 뛰어난 신체의 소유자이긴 했지만, 지금은 아무 무기도 없었다. 계급을 정확히 파악할 수 없는 마법사와 전투를 벌이기보다는, 안전을 도모하는 게 후일을 위해 현명한 결정이었다.

"컥!"

마력으로 발목이 잡힌 권체스터의 얼굴이 그대로 바닥에 쓸려 피가 철철 났다. 그래도 여기서 죽어 줄 순 없는 노릇이다. 권체스터는 만신창이가 되어 간신히 도망쳤다.

황자가 대기하는 제단 앞, 커다란 문까지 도망쳐 온 권체스터가 그렇게 물었다.

"당연히 아스페르크 그 녀석도 그대의 정체에 대해 모르겠지?"

2계급 이상의 마법사가, 사계탑에 공식적으로 등록하지 않고 존재를 숨긴다면 그 자체가 불법이었다. 그런 마법사의 존재를 알면서도 묵인하는 것을 아키르 제국은 국가 보존에 대한 위협 행위로 규정했다. 특히 황족이 이런 마법사를 묵인하는 건 반역 행위로까지 취급했다.

디아린이 차가운 눈으로 권체스터를 노려보았다. 그녀의 손목에서 흑조의 문양이 둥글게 그려지는 찰나였다.

끼익.

굳게 닫혀 있던 문이 열렸다.

권체스터의 얼굴이 순간 환해졌다. 금사로 끝을 수놓은 제의를 입은 신관들이 타이밍도 좋게 막 나온 것이다. 그리고 그 중심에서 에제트가 함께 걸어 나오고 있었다.

"아스페르크! 마침 잘 나왔……!"

"4황자님!"

노호 같은 소리가 들려왔다. 권체스터가 반사적으로 움찔 어깨를 움츠렸다. 에제트와 함께 이 시간까지 의식을 살핀 아만드넨이 권체스터를 보고야 만 것이다. 아만드넨은 머리끝까지 화가 난 상태였다. 그는 성큼성큼 걸어 권체스터의 앞에 멈춰 섰다.

"왜 또 4황자님이 여기 계십니까! 대체 교단을 어디까지 우습게 보고 계신 겁니까!"

권체스터가 당황해서 디아린을 손가락으로 가리켰다.

"고위 신관님! 이 여자가……!"

디아린의 마력이 꿀렁거리며 권체스터의 뒤통수를 거하게 내리치기 직전.

쿵!

갑자기 지하 제단이 세차게 흔들렸다. 눈 깜짝할 새였다.

쿠쿠쿵!

벼락이 치는 듯한 굉음과 함께 지하 제단 자체가 붕괴되기 시작했다. 대리석이 부서지고 흙이 무너져 내렸다. 이곳은 지하였다. 매립되면 살아남을 확률이 희박했다.

"헉!"

"신관님!"

권체스터는 아만드녠을 밀쳤다. 그는 재빨리 바깥 출입구 쪽을 향해 몸을 돌려 뛰어갔다. 다음 순간이었다. 무너지던 천장에서 거대한 화살들이 쏟아졌다. 권체스터가 비명을 질렀다.

"크아악!"

디아린은 끝까지 그 모습을 확인하지 못했다. 문을 연 채로 뛰어나온 에제트가 그녀의 앞을 순식간에 막아섰기 때문이다. 시야를 가로막는 등은 넓어서 아무것도 보이지 않았다.

폭풍 같은 소리가 지나간 후, 거짓말처럼 적막이 찾아왔다. 머리를 감싸고 몸을 웅크리고 있던 아만드녠이 헉 하고 고개를 들었다. 그의 두 눈이 크게 부릅떠졌다.

"4황자님? 4황자님!"

"까, 깔리셨습니다!"

"말도 안 된다! 어떻게 이런!"

순식간에 들어찬 혼란에 디아린이 마른침을 삼켰다. 무너지는 소리는 물론, 권체스터의 비명 소리도 더 들리지 않았다.

"8황자 저하, 혼약자님! 일단 피신해야 합니다!"

아만드녠이 서둘러 디아린의 소매를 잡았다. 그의 손은 온통 피투성이였다. 권체스터의 피였다. 깔린 권체스터를 직접 끄집어내리다가 실패한 것이다.

"모든 신관들은 침착하게 제단 안으로 이동한다. 비밀 통로가 있으니까……, 헉! 라쉬! 자허드! 데니스!"

어떻게든 주변을 다독이며 상황을 수습하려던 아만드녠이 숨을 크게 삼켰다. 디아린은 물론이고, 심지어 에제트도 놀라긴 마찬가지였다.

"아만드녠 신……."

"이, 이게 무슨……!"

평신관들의 몸에 푸른빛이 돌더니, 그들이 하나씩 사라지기 시작한 것이다.

"아만드녠 님! 아만드녠 님!"

"로만!"

아만드녠은 허겁지겁 마지막 남은 평신관의 손을 잡으려 했지만, 그마저도 완전히 사라져 버렸다. 아만드녠은 텅 빈 손을 보며 망연자실하게 중얼거렸다.

"이게……, 대체 무슨 일이지?"

* * *

"그게 무슨 말인가?!"

지상 제단에서 대기하던 보좌 신관이 눈을 부릅떴다.

"지하 제단이 무너지다니! 974년 동안 한 번도 조금의 금조차 가지 않았던 은의 산인데!"

게다가 지금 제단에는 몹시 중요한 인물들이 들어가 있었다. 고위 신관인 아만드녠을 비롯해…….

"황자님들! 황자님들과 레이디들은!"

"3황자님은 아까 몸이 미령하다며 레이디와 함께 먼저 돌아가셨고, 4황자님은……."

급히 각 황자들의 행방을 들은 보좌 신관은 치솟는 혈압에 뒤로 넘어갈 것 같았다.

"왜 4황자가 지하 제단에 들어가 있어!"

"콘클이스터 영애님의 행방을 묻더니 그곳으로 바로 향했답니다. 신관들이 들어가면 안 된다고 막았는데 몰래 들어간 모양입니다."

'대체……!'

"발정 난 망아지도 그보단 조신하겠어!"

보좌 신관은 겨우 진정했다. 일단 그래, 구조 작업이 먼저다.

"아만드넨 님은 비밀 통로를 알고 계신다. 아마 큰 문제는 없을 거야. 당장 중앙 대신전에 연락하고, 성기사단을 급히 파견해 달라 요청해라. 그리고……."

급하게 움직이던 보좌 신관이 멈칫한 건 그때였다.

"오랜만일세, 아만드넨의 보좌 신관?"

느글거리는 목소리가 들려왔다. 뒤를 돌아본 보좌 신관의 표정이 급격하게 구겨졌다.

"룩다 고위 신관님?"

작년까지 은의 산을 주관했던 룩다 고위 신관이 걸어오고 있었다.

"지나가는 길에 들렀네. 안 좋은 일이 있다지 뭔가?"

"아신다면, 실례를 무릅쓰고 급히 자리를 먼저 뜨겠습니다. 제가 구조 작업을 지휘하러 가야 하니까요."

"쯧쯧. 명색이 보좌 신관이란 자가 이렇게 품위가 없어서야. 그런 건 아랫것들이 도맡아서 하는 일일세."

룩다 고위 신관이 혀를 찼다. 그럴 때마다 그의 목에 장식된 사치스러운 황금 목걸이가 번쩍거렸다.

"그래. 안에 그 유명한, 지하의 생환자─8황자가 함께 묻혔다지?"

"그걸 어떻게……."

"다아 아는 수가 있어. 알다시피 나는 고위 신관으로 지낸 지 20년이 넘어서 말일세. 신전 내 소식이야 자연히 들리지 않겠나."

음흉하게 웃은 룩다 고위 신관이 말했다.

"8황자는 교단에서도 몹시 중요히 생각하는 인물인바, 만약 8황자가 참변을 겪는다면……."

최소한 아만드녠은, 직위를 내놓고 평신관으로 강등될 것이다. 그리고 이번 생에 다시는 고위 신관으로 올라오지 못할 터. 그렇게 생각하니 룩다는 먹지 않아도 배부른 기분이 들었다.

'그렇다면 차기 추기경의 자리는 분명 내 것이 된다.'

보좌 신관은 딱딱한 목소리로 대답했다.

"그럴 일 없게 지금 최선을 다해 구조를 할 겁니다."

8황자는 수문석 지하에서도 살아 나온 전설적인 인물이다. 지하 제단에서도 살아 나올 확률이 더 컸다. 하지만 문제는 그게 전부가 아니었다.

"자네. 은의 산 지하 제단의 깊숙한 곳에 보관되어 있는 최상위급 성물. '은의 탑'을 알고 있지?"

보좌 신관의 안색이 싹 변했다. 룩다는 킬킬 웃으면서 살찐 손가락으로 지하 제단 쪽을 가리켰다.

"그 귀한 성물까지 제대로 챙겨 나오지 못한다면 아만드녠은 물론 여기 있는 모든 신관들은 끝이야. 귀한 성물을 제대로 관리하지 못하였으니…….강등보다 더한 벌을 받을 수도 있겠지."

그리고 그 편이 더 재밌겠지?

룩다의 주름진 눈꺼풀에 웃음기가 졌다. 오늘은 돌아가서 가장 좋은 와인을 따도 좋을 것이다.

'아만드녠 그 건방진 놈. 저 혼자 공덕이나 쌓는다고 빈민촌이나 싸돌아다니며 십수 년을 고고한 척하더니. 또 그런 놈이라고 좋다고 보좌 신관을 자청하더니, 꼴이 참 좋구나!'

사실 오랫동안 결실제를 주관해 온 룩다는 유사시에 '은의 탑'을 구조하는 방법을 알고 있었다. 다른 누구에게도 알리지 않고 오직 그만이 알고 있는 방법.

'물론 말해 줄 마음은 없지.'

그때였다.

"보좌 신관님! 보좌 신관님! 큰일 났습니다!"

"또 뭔데!"

신경이 날카로워진 보좌 신관이 홱 뒤를 돌아보았다. 그의 눈이 금세 커졌다.

"로, 로만 평신관……?"

흙먼지를 뒤집어쓴 로만이 업혀서 온 것이다. 그는 분명 오늘 지하 제단 의식에 배정된 이였다. 게다가 로만뿐만이 아니었다. 밑에 깔린 게 분명했을 신관들이 전원 지상 제단에 올라와 있었다.

"아만드넨 님이 벌써 빠져 나오신 건가? 8황자님은? 혼약자는?"

"그, 그게 아니라……."

신관들은 굉장히 당황한 기색으로 말했다.

"갑자기 지상 제단에 푸른빛이 돌더니 평신관들이 전원 나타났습니다! 한 명도 빠짐없이요!"

"뭐라고?"

이게 대체 무슨 조화인가? 보좌 신관이 서둘러 로만의 멱살을 잡고 흔들었다.

"어떻게 너희만 나온 건가? 어?!"

"저, 저희도 모르겠습니다. 일단 아만드넨 님은 무사하십니다! 8황자님도, 혼약자도 무사했습니다. 다만……."

로만이 말꼬리를 흐렸다.

"4황자님이 혼자 바깥으로 피신하려다가 그만……, 그만 유명을 달리하셨습니다."

순간 뒤에서 듣고 있던 룩다의 눈이 커졌다.

"뭐?!"

룩다는 뒤뚱뒤뚱 뛰어와 보좌 신관을 밀치고 로만의 멱살을 잡았다.

"4황자님이 지하에서 죽었다고? 진짜로? 진실인가!"

"예, 예······. 저희 모두가 보았습니다만······."

"혹시 4황자님의 사체에 피가 터졌나?"

"예? 예. 거의 피바다가 될 정도로······."

"······!"

룩다의 얼굴이 하얗게 질렸다. 보좌 신관은 흐린 눈으로 물었다.

"이번엔 또 왜 그러십니까?"

"아니······, 아닐세. 하하. 아니야. 그럼, 보좌 신관? 자네는 가서 어서 열심히 8황자를 구조하게나. 중요하신 분이니까, 아주 중요하신 분이잖아?"

하하 억지로 웃던 룩다가 "내 권한으로 바로 성기사단을 파견해 주겠네."라고 말하며 급히 뛰는 척을 했다. 어느 정도 멀어졌을 때, 룩다가 자신의 보좌를 바라보았다. 룩다의 안색이 드물게 시퍼렇게 질려 있었다.

"당장 마차를 준비해라! 여기서 최대한 빨리 도망쳐야 하니까!"

* * *

아만드녠은 새파래진 안색으로 말했다.

"대체 이게 무슨 일인지 모르겠습니다만. 일단 빠져나갑시다. 저는 은의 산을 주관하는 신관으로서 두 분의 안전을 끝까지 책임질 의무가 있습니다."

비틀대는 아만드녠을 디아린이 잡아 주었다. 아만드녠은 고맙다고 말하며 제단 안쪽으로 들어갔다.

"에제트, 괜찮아?"

"전 괜찮습니다. 당신은요."

"나도 괜찮아. 그런데 4황자는?"

에제트가 말없이 뒤를 돌았다. 그가 말했다.

"화살 더미에 깔렸습니다."

반사적으로 움직이려는 디아린의 시선을 에제트가 가로막았다. 그녀의 뒷머리를 손으로 감싸 어깨 쪽으로 끌어와 안았다.

"보지 마십시오."

"상태가 심해?"

"예."

에제트가 순순히 긍정했다.

"심합니다."

디아린은 눈썹을 찡그렸다. 고인의 명복 따위 빌 가치도 없었다. 하나도 불쌍하지 않았다. 저런 놈은 빨리 죽는 게 세상을 위한 이득이다.

애초에 귄체스터의 머리를 반 터뜨려 백치로 만들기 위해 쫓아왔는데.

"들어갈까요."

"응."

에제트는 디아린과 함께 안으로 들어가면서, 흘긋 뒤를 돌아보았다. 엄청난 화살 더미 밑. 붉은 피가 처참할 정도로 흥건했다. 주인 잃은 팔들이 끊어져 나뒹굴었다.

* * *

비밀 통로는 생각했던 것보다 굉장히 넓었다. 직경 거리를 가늠해 보니 마차도 달릴 수 있을 정도였다.

"이대로 쭉 가면 단거리 이동 마법진이 있습니다. 그걸 작동시키면 위로 바로 이동할 수 있지요. 일방향이라 위에서는 쓰지 못하는 게 참 아쉽군요."

이야기하면서 걷는 아만드녠은 여전히 얼굴에 핏기가 없었다. 디아린이 눈을 깜빡이다가 물었다.

"아만드녠 고위 신관님."

"……상황도 급박한데 짧게 부르셔도 됩니다."

"네, 그럼 신관님. 업어 드릴까요?"

"예?"

"걷는 게 힘들어 보이셔서요."

아만드녠이 재미있는 농담이라고 대답하려던 그 순간이었다. 갑자기 시야가 한번 들리더니, 아만드녠은 어느새 에제트의 등 위였다.

"⋯⋯?"

"제가 업고 가면 됩니다."

에제트가 디아린에게 시선을 옮기며 물었다.

"당신도 업어 드릴까요."

'⋯⋯이 상태에서 혼약자도 업는다고?'

아만드녠은 경황이 없는 와중에도 그런 생각이 픽 들었다. 아만드녠의 의문을 읽은 건지 뭔지, 에제트는 아만드녠을 밀가루 포대처럼 어깨 한쪽으로 옮기려고 했다.

"됐습니다! 됐어요! 내려 주십시오, 8황자 저하."

겨우 내려온 아만드녠이 헛기침을 했다.

"황자 저하의 성의는 정말로 감사하나, 저는 그냥 걷겠습니다. 아까는 넋이 빠져서 그런 겁니다."

오히려 방금 그걸로 정신이 번쩍 들어서 안색에 핏기도 돌아오고 있었다. 한결 나아진 낯빛으로, 아만드녠이 말했다.

"왜 갑자기 지하 제단이 무너진 건지 모르겠습니다."

신성한 은의 산에 위치한 지하 제단. 수백 년간 결실제 의식을 올렸던 곳이니 안전이 보장된 건 당연했다.

"자연적으로 무너질 확률은 정말로 희박한데⋯⋯."

"누군가 일부러 만든 함정일 수도 있지요."

에제트의 말에 아만드녠의 눈이 조금 커졌다.

"함정이라 하셨습니까?"

"전 그렇게 생각합니다."

"아아……. 하지만 고작 이 정도로 저하에게 해를 끼칠 수 있을 거라고 생각했을까요?"

이 밑에는 비상 통로 마법진도 있는데. 에제트는 눈썹을 까딱거렸다.

"제가 아니라 신관님을 노렸겠지요."

"……!"

에제트가 다치면 필시 모든 건 아만드넨의 책임이 된다. 확실히. 알아들은 아만드넨이 이를 갈았다.

"그렇다면 짐작 가는 사람이 있습니다."

투실투실 욕심이 가득한 얼굴을 떠올린 아만드넨이 눈살을 찌푸렸다.

"룩다 고위 신관일 겁니다."

4황자 귄체스터가 어린 신관들을 희롱했을 때, 아키르 제국과의 원만한 관계를 위해 모른 척 덮어 준 이가 룩다라고 들었다. 그런 악명이 쌓여서 결국 은의 산을 주관하던 자리에서 밀려났다. 아만드넨을 볼 때마다 이를 얼마나 빠득빠득 갈던지, 조만간 틀니를 할 게 분명할 정도였다.

"무사히 빠져나가면 정말 가만두지 않을 겁니다. 제가 이래 봬도 영지민들을 착복한 영주의 홀에 드러누워 사흘 동안 꼼짝도 안 했던 사람입니다."

에제트가 픽 웃었다. 그 역시 아만드넨의 명성에 대해선 잘 알고 있었다.

'일단 이 둘을 무사히 올려 준 다음에, 다시 '은의 탑'을 가지러 돌아와야겠군.'

이 속도라면 한 시간 안에 도착할 수 있을 것이다. 디아린은 문득 에제트를 보고 고개를 갸웃했다.

"에제트?"

"예."

금세 거리를 좁혀 온 디아린이 에제트의 바로 앞에 멈춰 섰다.

"왜 피가 안 멈춰?"

"⋯⋯피요?"

그제야 에제트가 자신의 귓가를 만졌다. 붉게 묻어 나오는 피. 아까 지하 제단이 무너질 때, 디아린을 감싸느라 미처 피하지 못한 돌조각에 맞고 생긴 상처였다. 아만드넨이 놀란 얼굴로 다가왔다.

"용혈이 멈추지 않는다고요? 이런, 분명히 문제가 있는 것 같은데 확실히 무엇인지 알 수가 없군요."

은의 산을 주관하는 고위 신관에게 대대로 내려오는 '기밀'이 있다. 보관된 성물인 '은의 탑'에 관해 자세히 적힌 기밀이라곤 들었는데, 룩다에게 아직 전달받질 못했다.

'좀 더 빨리 간 다음 무조건 성물을 챙겨 와야겠어.'

'은의 탑'은 훨씬 더 복잡한 결계로 휩싸여 있었다. 그것만 무사히 가져온 다면⋯⋯. 대충 '은의 탑'이 보관되어 있는 쪽을 가늠해 쳐다본 아만드넨이 눈을 몇 번 마구 비볐다.

"⋯⋯혼약자님?"

"네?"

"혹시 저게⋯⋯, 보이십니까?"

"뭐가요? 어?"

뒤를 돌아본 디아린의 눈도 동그래졌다. 신관복을 입은 어린 소년이 웅크리고 쓰러져 있었다. 에제트가 이마를 가볍게 찌푸렸다.

"저런 신관도 있었습니까?"

"그럴 리가요. 은의 산엔 어린 신관이 없습니다. 마물? 이라고 하기엔 검은 안개도 없는데⋯⋯."

아만드넨은 얼떨떨한 얼굴로 다가가서 소년을 깨웠다.

"일어나거라, 얘야. 일어나 봐!"

부스스 일어난 소년이 눈을 떴다.

"넌 누구냐? 왜 여기 있어?"

"저, 저는……."

소년이 겁에 질려 하자, 아만드녠이 손을 잡아 주었다. 소년이 아만드녠의 손을 꼬옥 잡았다.

"아만드녠 고위 신관님."

"그래. 내가 누군지 아는구나. 이름이 뭐지? 왜 여기 있는 것이냐?"

"그게……."

아만드녠의 손을 쥔 채로 소년이 대답했다.

"룩다 고위 신관님이……."

"뭐? 그놈이 왜?"

생각지도 못한 이름이 아만드녠이 되물었다.

그때였다. 아만드녠과 소년의 몸이 동시에 들렸다.

"8황자님?"

"이쪽으로."

에제트는 눈 깜빡할 새 둘을 디아린 쪽으로 옮겼다. 아만드녠이 눈을 크게 떴다.

"……검은 안개?"

이 신성한 은의 산에서, 저렇게 짙은 검은 안개라고?

"키에엑!"

순간 벽이 크게 흔들렸다. 잘 다져진 바닥을 뚫고 거대한 몸통의 마물이 솟구쳤다. 엄청난 양의 흙과 돌이 튀어 마구 쏟아져 내렸다.

마치 지네처럼 기다란 마물이었다. 성인 남성 일곱 명이 족히 팔을 둘러야 할 정도로 굵은 몸통. 수백 개의 다리는 바위조차 산산이 부술 정도로 단단했다.

에제트가 검을 든 채로 마물의 아가리를 향해 뛰어들었다. 제단 벽에 걸려 있던 장식용 검이지만, 없는 것보단 나았다. 무딘 날을 단단한 피부 위에 꽂아 넣자 마물이 몸을 비틀며 비명을 질렀다.

집어삼키려는 입을 발로 걸어차 막고, 에제트는 재빠르게 안쪽을 훑었다. 가장 위협적으로 보이는 송곳니를 선택해, 그대로 잡아 뜯어 버렸다. 피가 솟구쳤다.

"키에에엑!"

'악력 미쳤어⋯⋯.'

간단한 보호 마법을 걸면서 디아린은 속으로 감탄했다. 아만드넨이 벽에 붙어서 소리쳤다.

"혼약자님! 이쪽으로 오십시오!"

디아린이 재빨리 아만드넨을 향해 뛰어갔다.

"새로운 문을 개폐해야 하니까, 잠깐만 기다리십시오!"

"오래 걸리나요?"

"대략 15분 정도는 걸릴 것 같습니다."

"알겠어요."

디아린은 바로 스태프를 꺼냈다. 각인이 빛나면서 동그란 보호 마법이 반구 모양으로 생성됐다.

이때 문득, 손을 잡아오는 서늘함.

"⋯⋯?"

디아린이 아래를 내려다보았다. 아까 그 어린 소년 신관이 어느새 다가와 디아린의 손을 잡고 있었다.

"무섭니?"

"네에."

'엄청 예쁘게 생겼네.'

찰랑거리는 은발에, 푸른 눈동자는 깊은 바다처럼 오묘했다. 깨끗한 색감의 조합 덕인지, 굉장히 신비로워 보이는 미소년이었다.

미묘한 이쪽 분위기와는 달리, 아만드넨은 머리가 곧 터져도 이상하지 않겠다고 생각하는 중이었다.

'한두 마리 우연찮게 나타난 건 이해할 수 있다. 지금 제단에 문제가 생겼으니까.'

애써 납득하려고 해도…….

"허억! 8황자님!"

아만드넨이 비명을 질렀다. 갑자기 천장에 구멍이 나더니 마물이 떼로 쏟아지기 시작한 것이다.

에제트는 무딘 검을 바닥에 던져 버렸다. 뜯어 놓은 마물의 송곳니를 잡아 도약했다. 몸부림치며 덤벼드는 마물의 몸을 밟고 뛰어올라 눈과 눈 사이에 정확히 송곳니를 꽂아 넣었다.

"끼야아악!"

까마귀가 울부짖는 듯한 소리를 내며 마물들이 수도 없이 쓰러졌다. 숨통을 끊어 놓는 순간 곧장 다음 마물을 처리하는 속도는 가히 경이로웠다. 아만드넨은 순간 문 개폐하는 것도 잊고 멍하니 바라볼 뻔했다.

"신관님?"

"아, 예! 죄송합니다!"

디아린의 부름에 정신을 차린 아만드넨이 서둘러 개폐 작업을 이어 갔다. 안쪽으로 상반신을 넣어 뒤의 잠금 장치도 해제했다.

디아린은 아만드넨과, 에제트를 번갈아보았다. 에제트가 의도적으로 이쪽에 마물의 사체로 벽을 만들고 있어서, 바리케이드 같은 게 쳐진 효과를 주었다. 슬슬 에제트의 머리카락 끝도 제대로 보이지 않을 무렵이었다.

디아린은 소년에게 시선을 다시 내렸다. 푸른 시선과 마주친 그 순간.

소년이 주변을 감싼 공기를 쳐다보았다.

"……."

아무것도 변하지 않은 허공. 일반인은 물론 웬만한 마법사조차 그 흐름의 변화를 감지하지 못하고 넘어갈 투명한 마법 방어막이 방금 전, 생성됐다. 문제가 있다면, 바깥의 위험에서 안을 지키려고 하는 게 아니라는 거였다.

그 반대.

안의 위험에서 바깥을 지키기 위한 마법.

디아린은 그 상태 그대로 소년의 앞에 쪼그리고 앉았다. 상냥하게 웃는 입가와 대비되는 차가운 눈동자.

"왜 자꾸 마물을 불러내는 거야, 너?"

"마물이라뇨? 그게 갑자기 무슨 말씀이세요?"

"똑바로 대답 안 하면 더 이상 마법을 걸 수 없게 손을 봉인할 거야."

자를 수도 있어.

디아린의 말에 소년이 고개를 들어 올렸다.

"눈치가 빠르군."

푸른 시선이 이미 보이지 않는 에제트 쪽을 향했다.

"적조의 소환사라 그런가."

"……!"

순간 소년의 머리카락이 은빛으로 환하게 빛났다. 디아린의 등에서 한 쌍의 날개가 펼쳐져 방어한다. 주인의 생명에 본격적인 위협을 느낀 신수의 자발적인 판단이었다. 눈 깜빡할 새 펼쳐졌다가 사라진 날개의 색깔은 붉은색.

'환상 마법이 풀렸어. 그렇다면, 이 녀석의 정체는 틀림없이…….'

디아린의 머리가 재빠르게 굴러갔다.

"바, 바바바방금……."

그때, 덜덜 떠는 목소리가 들렸다. 아만드넨이 파리하게 질린 낯으로 자신을 보고 있었다.

"붉은 날개가……?"

급하니까 대충 환상 아티팩트라고 둘러대…….

"적조의 소환사?!"

퍽!

"컥!"

마력으로 뒤통수를 얻어맞은 아만드넨이 그대로 기절해 축 늘어졌다. 그와 동시에 디아린의 목에 갈고리 같은 황금빛 끈이 걸렸다. 소년이 중얼거렸다.

"용혈보다 위협적이군. 너, 소환사."

황금빛 끈은 디아린의 목을 조르지 못했다. 그녀의 시선에 에제트의 뒷모습이 들어찬 바로 그 순간이었다.

어느 순간 다가와 디아린을 향한 끈을 맨손으로 끊어낸 에제트가 소년의 몸을 걷어찼다. 그대로 뒤로 날아간 소년은 넘어지지 않았다. 중력을 아예 무시하는 것처럼 똑바로 서더니 멈춰 섰다.

"그 끈, 놓는 게 어떤가. 나는 저 여자를 공격하려 했을 뿐이다."

"내가 잘도 놓겠군."

끈이 파고든 손바닥에서 피가 배어 나왔다. 멈추지 않는 피를 흘긋 본 에제트가 끈을 확 잡아당겼다. 소년이 약간 당황해 뒷걸음질 쳤다. 그의 몸을 따라 푸른빛이 확 뿜어져 나왔다.

"에제트?"

디아린의 눈동자가 커졌다. 마치 리본 같은 끈이 에제트의 사지를 완전히 휘감아 묶은 것이다. 한 가닥이었던 황금빛 끈이 눈 깜짝할 새 수십 가닥이 되어 에제트를 허공으로 띄워 올렸다.

눈까지 끈으로 가려진 에제트가 신음 소리를 냈다. 끈 밑으로 고여 들기 시작한 피가 뚝뚝 떨어지기 시작했다. 순식간에 작은 웅덩이가 만들어질 정도로 빠른 속도였다.

"용혈은 이 끈을 절대로 피할 수가 없지."

붙잡힌 에제트를 올려다보던 소년이 순간 뒤로 물러섰다. 그가 방금까지 서 있던 자리가 까마득하게 파여 있었다.

"대단하군……."

소년의 중얼거림은 오래가지 못했다. 갑자기 허공에 산발적으로 퍼진 마력이 소년의 목을 찢어 놓을 듯 공격해 왔기 때문이다.

뒷걸음질 쳐 피하고 나면 발밑에서 다른 마력이 다시 솟구쳐 발목을 자르려고 덤빈다. 긴급히 생성된 방어막은 공격을 이기지 못하고 유리처럼 산산이 깨졌다.

쨍그랑!

소년의 미간에 작은 주름이 졌다. 방어막을 다시 생성하는 그 짧은 시간, 또다시 만들어진 거대한 붉은 마력이 칼날처럼 소년을 공격했다. 이번에도 간신히 피했으나 속도가 차원이 달랐다. 소년의 잘린 은발이 바닥에 떨어졌다가 부스스 사라졌다.

"무슨 속도가……."

한숨 돌릴 틈도 없었다. 눈 깜빡할 새도 없이 또 마력으로 만들어진 공격이 날아왔다. 이제까지 쓴 마력이 엄청난 양임을 생각하면 정말 말도 안 되는 속도였다.

"……."

툭.

소년이 잘려서 바닥에 떨어진 팔을 쳐다보았다. 신체가 절단되었음에도, 피는 전혀 흐르지 않았다. 디아린은 소년의 잘린 팔을 마력 줄기로 회수해 손에 쥐었다.

소년은 눈짓으로 에제트를 움직였다. 끈에 감긴 에제트는 소년의 바로 앞까지 움직였다. 피가 계속해서 흘렀다. 디아린이 무표정한 눈으로 에제트의 몸을 따라 흐르는 피를 보았다.

은처럼 창백해진 얼굴, 얼음 같은 싸늘한 낯.

"그 얼굴이 진짜 얼굴이군. 적조의 로드여."

"내 혼약자를 내놔."

"네 것인가?"

붉은 마력이 소년의 팔을 부러뜨릴 듯 세게 휘감아 말았다.

"마물 아가리에 던져지고 싶지 않다면 입 닥치고 내놔. 아니면 네 장식 하나까지 깡통처럼 찌그러뜨려 줄 테니까."

"⋯⋯."

저 살벌한 말을 듣자 하니, 이미 눈치챈 모양이군.

소년은 남은 손 하나로 은발을 쓸어 넘겼다. 성물의 힘을 담은 여러 개의 인이 이마 위에서 은빛으로 빛났다.

은의 산에 잠든 최상위급 성물.

현신한 '은의 탑'이 말했다.

"보아라. 나는 성물의 현신임에도 네가 진심으로 싸움에 임하려고 하니 이기지를 못한다."

디아린을 응시하던 푸른 시야가, 한순간에 뒤집혔다.

'은의 탑'은 바닥에 눕혀져 강제로 천장을 보았다. 사지, 아니 삼지가 디아린의 마력 촉수로 완전히 묶인 채였다. '은의 탑'은 그대로 눈을 몇 번 깜빡이다가, 말문을 뗐다.

"자비가 없군⋯⋯."

말도 끝까지 잇지를 못했다. 붉은 촉수가 '은의 탑'의 턱을 거칠게 들어 올렸다. '은의 탑'이 한숨을 내쉬었다.

"알겠다. 사실 나도 이게 한계였다. 다른 놈의 용혈을 흡수해서 이 정도 힘을 낼 수 있었지만⋯⋯, 그것도 끝이 났군. 질기게도 이 어린 용혈은 죽지도 않고."

에제트를 죽이고 있던 끈이 천천히 풀린다. 두 손으로 에제트를 받아 든 디아린은 무게를 못 이기고 그대로 주저앉았다.

"혼약자를 돌려줬으니 나도 이젠 풀어 주겠나?"

"입 닥쳐."

디아린이 이를 갈았다.

"지금 이렇게 사람을 너덜너덜하게 만들어 놓고……."

끈 자체가 칼날과 같았는지, 에제트의 몸은 엉망진창이었다. 옷이 찢어져서 드러난 수많은 상처들은 온통 자흔.

안 그래도 피가 갑자기 멈추질 않던데…….

'아니야. 에제트 피가 멈췄어.'

피가 더 흐르지 않았다. '은의 탑'이 여전히 묶인 채로 말했다.

"용혈은 그 정도로 죽지 않으니 걱정 마라."

이렇게 갈기갈기 사람이 찢겨져 왔는데 안 죽는다고? 디아린은 '은의 탑'에게 시선도 주지 않고 말했다.

"당장 에제트 치료해. 신성력으로 치료해."

"내 신성력은 용혈을 치료할 순 없다."

"그 입을 찢어야 정신을……."

"진짜다."

'은의 탑'은 보여 주겠다는 듯 신성력을 흘려보냈지만, 정말로 에제트의 몸에 맺히지 못하고 흩어졌다. 원래 신성력은 상처에 이슬처럼 맺히면서 치유를 한다.

"최상위급 성물의 신성력은 너무 순수하기 때문이지. 그래서 내가 치유할 수 있는 이는 '공평한 혈통'밖에 없다."

푸른 신성력이 디아린의 몸에 맺히더니, 순식간에 돌에 긁힌 상흔을 없애고 사라진다. 신성력은 일정 부분 마력과도 비슷해서, 디아린의 몸에 흡수됐다. 그제야 얼음처럼 무표정했던 디아린의 얼굴이 조금 풀렸다.

디아린이 후, 하고 숨을 내쉬었다.

"'공평한 혈통'과 성물의 신성력이 무슨 상관인데?"

"왜 '공평한 혈통'이 용혈의 얼굴을 보지 못하는지 아는가?"

"알 리가 있어?"

사계탑에서도 원인을 몇 백 년간 연구하다가 포기했다고 들었다.

"그건 '공평한 혈통'이 '그자'의 마지막 남은 미련이기 때문이다."

"그자?"

"그래."

"그자가 누군데?"

'은의 탑'이 신비로운 목소리로 되물었다.

"누군지 궁금한가? 마저 설명해 주길 원하나?"

"응."

"그럼 알려 주지. 대신에 너는 성물에게 숨겨진 전설을 들은 부작용으로 미치거나 백치가 되겠지만."

"……미친다고?"

"그래. 듣겠나?"

"안 들을게."

역사를 사랑하는 건 고고학자다. 디아린은 마법사였다. '은의 탑'은 "좋은 선택이다."라고 대답해 주었다.

"왜 에제트를 공격한 거야?"

"너희가 먼저 용혈을 제물로 바쳐서 나를 깨웠지 않나. 한 번 깨어난 나는 이 제단 위에 존재하는 모든 용혈을 정화해야 다시 잠든다."

"그래서 에제트 몸의 피를 빼려고 한 거야?"

"그래."

"그럼 죽잖아!"

"하지만 저 저 정도의 상처로 용혈은 죽지 않는다. 물론 피를 다 빼면 죽었 겠지만."

"……."

디아린이 말없이 마력 칼날을 생성하자 '은의 탑'이 바로 사과했다.

"미안하다. 하지만 어쩌겠나. 내가 이렇게 만들어진 것을."

그때 땅이 쿠쿠쿵 떨렸다. 디아린이 바로 보호막을 만들어 에제트와 자신을 감쌌다. 슬렁슬렁 움직인 촉수가 '은의 탑'을 놓고, 아만드넨도 옮겨 와 보호막 안에 집어넣었다.

"정말 대단한 마력이군. 그래서 네 몸엔 마물의 기운이 느껴지는구나."

"마물의 기운?"

"그 붉은 것들 말이다."

"붉은 것이라면……. 혹시 올로르?"

"그래."

⟨……이……! ……친……! ……죽……! ……늙탱……!⟩ (이 미친 죽으려고 늙탱이 성물 자식이 어디서 막말이야!)

디아린은 깜짝 놀라서 몸을 웅크렸다. 내내 들리지 않던 올의 웅웅거림이 갑자기 엄청 크게 들렸기 때문이다.

'은의 탑'이 물었다.

"역시 마물인가?"

"아냐."

디아린이 고개를 저었다.

"내가 각인이 급해서 마물을 먹은 적이 있거든. 그래서 마물의 기운이 남은 거랬어. 얘넨 마물 아냐."

"그런가……."

'은의 탑'은 시선을 돌려서, 벽 쪽에 축 늘어져 있는 아만드넨을 보았다.

"손에 용혈이 묻어 있지만 않았어도 아까 신관들과 함께 올려놔 주었을 텐데. 네겐 조금 미안해지는군."

안 그래도 아만드넨 손을 꽉 쥐고 겉 표면 기억을 읽는 데 쓰기도 했는데.

푸른 눈이 디아린을 향했다.

"이 녀석은 죽이지 말아 달라. 적조의 소환사여."

"너 때문이잖아. 네가 다짜고짜 신성력으로 공격해서, 적조의 마법이 풀리고 붉은 날개인 것도 드러났단 말이야."

"……천 년 전에 마지막으로 보았을 때, 신수의 로드는 가장 빛나는 자리에 있었다. 나는 당연히 이번에도 같은 줄 알았어."

그 대단한 업적을 숨기고 있는 경우라곤 상상도 못 했다.

"내 실수 때문에 모처럼 강직한 신관이 죽어 버리는 일은 보고 싶지 않구나……."

"그래?"

디아린이 팔짱을 꼈다. 사실 마법사의 윤리에 따라, 무고한 신관을 죽일 수도 없었지만.

'굳이 정정할 필욘 없지.'

디아린은 무너지고 있는 게 틀림없는 주변을 둘러보았다. 그녀의 입가에 미소가 걸렸다.

아주 잘 걸렸다.

"그런데 남한테 부탁을 하려면, 먼저 부탁부터 들어줘야 하는 걸 인간 세상에선 이치라고 해."

"……."

* * *

"은의 산이 무너진 것은 전적으로 아만드녠 신관의 책임입니다!"

룩다 고위 신관이 탁자를 쾅쾅 찍으면서 열렬히 주장했다. 갑작스러운 사태에 모일 수 있는 고위 신관이 모두 모인 자리였다.

"제가 관리하는 17년 동안은 아무 문제도 없었는데, 주관 신관이 바뀌자마자 이런 대참사가 일어나다니요! 심지어 아키르 제국의 4황자는 사망이 공식적으로 확인되었습니다!"

"사망이라니?"

"룩다 고위 신관! 그게 정녕 진실입니까?"

"저도 아까 보았는데, 정말로 시체도 찾지 못하고……."

고위 신관들이 웅성댔다. 이 사안은 정말로 큰일이었다. 불안감에 가득한 웅성거림을 훑은 룩다 고위 신관은 회심의 미소를 지었다. 그에게는 더한 비장의 카드까지 남아 있었다.

'그' 8황자의 실종.

아만드녠과 '공평한 혈통'인 혼약자의 실종까지.

"하지만 정말로 큰일은 다른 게 아닙니다. 아만드녠 고위 신관은 '은의 탑'마저 회수하지 못했습니다!"

앉아 있던 고위 신관들 중 몇몇이 벌떡 일어났다.

"뭐라고요?"

"최상위급 성물이 진흙 속에 파묻혔단 소리입니까?"

"성기사단은 파견했습니까? 그렇다면 이대로 앉아 있으면 될 일이 아니지 않습니까!"

몇몇 성격 급한 고위 신관들이 뛰어나가고, 분위기는 한층 어수선해졌다. 룩다는 안타까운 목소리로 말했다.

"안타깝게도, 모두 사실입니다. 방금 전 제게 분명히 보고가 들어왔기 때문이죠."

다시 말해 아만드녠은 끝이라는 소리다. 비상 마법진을 통해 어떻게든 올라온다고 해도, 죽느니 못한 삶을 살게 될 것이다!

강등. 파면. 혹은 그 이상.

잘나게 강직한 성격이니, 죄책감을 이기지 못하고 목을 매 스스로 목숨을 끊을지도 모른다. 어떻게든 가장 위협적인 정적은 제거되고. 차기 추기경의 자리는 자신이 거머쥐게 되는 것이다!

룩다는 엄숙한 목소리로 선고하듯 말했다.

"1789기. 고위 신관 아만드녠은, 은의 산을 주관하는 신관으로서의 책임을 다하지 못하였기에……."

그 순간.

"허참."

나직하게 들린 목소리에 룩다의 두 눈이 찢어질 듯 커졌다.

"저 없는 사이에 제 얘길 참 잘도 하고 계시는군요."

"……!"

"……!"

"……!"

고위 신관들이 망령이라도 본 듯 대경했다.

"아만드녠!"

"아만드녠 신관!"

문 쪽으로 거의 기다시피 들어 온 아만드녠의 신색은 엉망진창이었다.

"죄송합니다. 막 기어 나온다고 의복을 정제할 시간도 없었군요."

머리는 엉켜 있고 얼굴엔 흙이 한가득 묻어 있다.

"룩다 고위 신관님. 덕분에 생고생 좀 했습니다. 은의 산의 출입구를 아예 폐쇄해 버리셨더군요."

"그, 그건!"

룩다가 깜짝 놀라서 변명했다.

"4황자님이 죽었다는 소식을 듣고 그런 것이오! '은의 탑'은, 용혈에 특수하게 반응하니 반드시 산이 무너질 걸 알아서……!"

"안에 8황자님이 계시는 걸 알고 계셨으면서도요?"

룩다를 비롯한 고위 신관들의 안색이 싹 변했다. 아키르 제국의 8황자. 그가 죽을 뻔했다는 건, 4황자가 죽은 것과는 전혀 다른 무게였다.

룩다가 벌게진 얼굴로 버럭버럭 소리쳤다.

"아만드녠! 너무도 비겁하군! 자네가 '은의 탑'을 관리하는 방법을 제대로 숙지하지 않아 생긴 일을! 내가 급박해 저지른 실수에 묻어가려고 하다니!"

"아. 좋습니다. '은의 탑'을 관리하는 방법이라……."

아만드녠이 뚜벅뚜벅 걸어와 원탁에 앉은 고위 신관들을 둘러보았다.

"여러 신관님들. 혹시 신관님들 중에 '은의 탑'이 용혈에 특수하게 반응한다는 사실을 알고 계신 분 있으십니까?"

"처음 듣는데……."

"나도 처음 듣습니다."

"저도 그렇습니다."

아만드녠이 작게 한숨을 내쉬었다.

"당연히 다들 모르시겠지요. 저 이야기는 은의 산의 주관 신관에게만 대대로 내려오는 기밀 중 하나니까요. 그리고 저는 그 기밀을 룩다 신관에게서 받지 못했습니다."

"……!"

"뭐라고요?"

"그건 엄청난 문제가 아닙니까!"

"저 말이 사실이오? 룩다 고위 신관!"

고위 신관들이 벌 떼처럼 들고 일어났다. 주눅 들 상황이겠지만, 룩다는 조금도 그러지 않았다. 오히려 그는 웃고 싶어서 씰룩이는 광대를 가라앉히느라 고생했다.

'그 사실을 어떻게 알았진 모르겠지만. 아만드녠, 이 멍청한 녀석!'

억울한 표정으로 룩다가 목소리를 높였다.

"아만드녠은 저를 모함하고 있습니다! 저 말이 사실이라면, 제 방을 샅샅이 뒤져 보십시오. 제가 주관하는 로네즈 신전을 전부 수색해 보셔도 좋습니다."

그 어느 장소에서도 절대 찾지 못할 거니까. 룩다의 자신만만한 말에 아만드녠이 고개를 저었다.

"그렇게 시간을 들일 필요는 없습니다. 어디 있는지는 이미 알고 있으니까요."

"어디 있는지 안다니요?"

"그게 진짜입니까?"

"예. 기밀은 인간이 기록한 게 아니라 '은의 탑'의 현신이 직접 기록하신, 성물의 일부죠. 그러니……."

아만드녠이 숨을 한 번 골랐다. 그때, 대회의실의 문이 열리더니 성기사들이 아마천으로 싸인 커다란 무언가를 들고 들어왔다.

"저건?"

"설마……!"

홱.

아마천을 벗겨내자 순은의 탑이 모습을 드러냈다. 각도에 따라 다채로운 빛을 내는 작은 탑에서는 강력한 신성력이 감돌고 있었다.

"'은의 탑'!"

"'은의 탑'입니다!"

"분실한 게 아니었습니까?"

룩다의 두 눈은 더 커질 수 없을 만큼 커져 있었다.

"성물에게 힘을 빌리면 어디 있는지 알 수 있겠지요."

아만드녠은 '은의 탑' 앞으로 걸어가 허리를 깊게 숙였다. 공손하게 두 손을 모아 '은의 탑' 위에 올리자, 신성력에 감응한 푸른빛이 솟아나 한곳으로 쭉 쏘아지기 시작했다.

삽시간에 조용해진 대회의장. 모두의 시선이 한곳을 향했다.

"……!"

"……!"

"……!"

푸른빛이 향한 곳은 다름 아닌 룩다의 목. 옆에 앉아 있던 고위 신관이 굳은 얼굴로 말했다.

"……실례하겠소. 아만드녠 고위 신관."

덜덜 떨고 있던 룩다의 목에는 숨겨 둔 성물의 일부분이 반짝이고 있었다.

* * *

"······따라서, 4황자 저하의 장례식은 이렇게 치러질 예정입니다. 폐하께서 소란스러운 걸 좋아하지 않으시니, 가장 간소하게 치러질 것입니다."

궁내무관의 말에 디아린이 고개를 끄덕였다.

"알겠어요."

"그럼 쉬십시오. 콘클이스터 영애님."

'와.'

저 호칭을 들으니 정말로 아키르 제국으로 돌아왔음이 실감났다. 신전에서는 다들 혼약자님, 혼약자님이라고만 불렀었다.

디아린은 어제 오후 제국의 황궁으로 귀환했다.

'원래는 북문석 영지로 바로 돌아가는 일정이었는데. 권체스터의 장례식 때문에 어쩔 수 없었지.'

일국의 황자가 죽은 것치고는 굉장히 급박하고 초라한 장례식이 배정되었다. 그 이유는 은의 산의 신관들의 진술 때문이었다.

'황태자도 자살했다는 이유로 몹시 부끄러워하던 황제였으니까. 제멋대로 지하 제단에 들어갔다가 시체도 찾지 못하게 된 손자는 아깝지도 않다 이거지.'

자식이 그렇게 많으면, 핏줄이 그렇게 번성하면. 그럼 한 명 한 명에게 애정도 덜해지는 걸까?

디아린은 알 수가 없었다.

'물론 권체스터가 뒤져야 했던 놈인 건 사실이니까.'

그녀는 아만드넨이 보내 온 편지를 보면서 고개를 갸웃했다. 편지에는 룩다가 진술한 결과가 적혀 있었다.

1. 아만드녠을 견제하려고 제단에 금이 가게 한 건 맞다.
2. 하지만 룩다 본인은 침입자 처단 기기인 '화살 더미'를 작동시켜 놓은 적은 없다.
3. 성물의 기밀을 아만드녠에게 바로 넘겨주지 않은 건, 자리를 빼앗긴 게 괘씸해서 그런 것일 뿐이다.

[……룩다의 진술은 이렇습니다. 용혈을 이용해 산을 무너뜨릴 계획은 전혀 없었다고 하더군요. 진술이 거짓일 수도 있지만, 제가 보기엔 거짓일 확률은 적어 보였습니다.]

아만드녠의 추신을 읽고서 디아린은 생각에 잠겼다.
'만약 귄체스터가 화살 더미에 깔리지 않았다면 살아서 제단을 나갔겠지. 그럼 '은의 탑'이 깨어날 일도 없었을 거고.'
처음에 룩다가 원한 그대로 적당한 사고가 났을 것이다. 아만드녠은 좌천되는 정도로 끝났을 것이고.
'그럼 다른 누군가가 룩다의 계획을 미리 눈치채고 거기에 심하게 양념을 뿌린 건데…….'
아무리 부패한 신관들이라도, 최상위급 성물인 '은의 탑'을 완전히 포기할 만큼 미친놈은 거의 없다. 디아린은 신전 소속 신관은 범인이 아니라는 데 초점을 맞췄다.
신관이 아니고. 그간 은의 산에 정당하게 있었고. 아만드녠이 아닌 다른 황자들을 노릴 사람은 단 한 명.
'3황자.'
3황자 벨마르 엔리프 키르헨.

몇 번 마주칠 때마다, 언제나 비늘 가면을 뒤집어쓴 모습으로 디아린을 꺼림칙하게 만들던 그 황자뿐이었다.

'그날도 피곤하다는 이유로 먼저 돌아가서 털끝 하나 안 다쳤다고 했지.'

디아린은 편지를 접어서 주변을 둘러보았다. 종이를 태울 마땅한 불이 보이지 않아서 그냥 침대에서 일어났다. 그때 마침 들어오던 이작 드리엄이 깜짝 놀랐다.

"어디 가시는 건가요? 주……인님?"

그렇게 묻는 것과 동시에 이작의 얼굴이 빨개졌다. 디아린은 미소를 지으면서 종이를 팔랑거렸다.

"이걸 좀 태우고 싶은데 불이 없네."

온통 빛을 내는 마도석 수정구들뿐이었다. 마법으로 불을 피우자니, 황궁에는 삼엄한 마법 결계들이 수천 겹 둘러져 있었다. 편지 한 장 태우자고 결계들을 피해 마법을 쓰는 건 비효율적인 일이고.

"그러면 주인……님. 제가 초를 하나 얻어올까요? 주인……님은 아직 좀 더 쉬셔야 하지 않을까요? 주인……, 으으으! 쉬고 계세요!"

얼굴이 불타는 사과가 된 이작이 결국 바람처럼 달려 나갔다. 디아린은 눈을 깜빡이다가 다시 침대에 앉았다.

"정말 부작용 심하게 들었네."

〈주인님.〉

심기가 잔뜩 불편한 목소리가 들려왔다. 올이었다.

〈저 자식 대체 언제 낫는 거예요.〉

"상태를 보니까 두 달은 더 저럴 것 같아."

〈그럼 저 자식의 장례식은 두 달 안쪽이 되겠군요. 범조는 저예요.〉

〈죄 없는 사람을 죽이면 못 쓴다. 올.〉

"로르 말이 맞아. 올."

〈쟤가 왜 죄가 없어요! 죄가 넘치는데!〉

디아린은 찻물을 편지에 흘린 후 침대에 다시 앉았다. 푹신푹신한 침구가 피부에 닿으니 기분이 좋아지는 한편 졸음이 쏟아졌다.

"피곤해."

〈인간. 너는 좀 피곤해해도 싸다.〉

〈맞아!〉

로르와 올이 나란히 툴툴댔다. 디아린이 누운 채로 눈을 깜빡였다.

"둘이 아직도 그 일 신경 쓰는 거야?"

〈어떻게 안 쓰나.〉

〈어떻게 안 써요!〉

* * *

서서히 무너지던 은의 산. 묻히지 않은 성물이 디아린을 향해 말했다.

"그래서, 적조의 소환사여. 그대는 무슨 부탁을 들어주길 원하나?"

"난 말이야."

디아린은 '은의 탑'에게 아만드넨을 도울 방법을 빨리 생각해 내라고 탈탈 털었다. '은의 탑'은 "음……." 하면서 곰곰이 생각하다가 입을 열었다.

"그러고 보니 내 성물의 일부가 다른 곳에 있더군. 지난 몇 백 년은 항상 이곳을 지키던 신관이 물려주고 물려받곤 했었는데. 이번은 아니었어."

"그 성물 일부는 어떻게 찾는데?"

"……."

"어쩔 수 없지."

디아린은 마력을 그러모았다.

"강직하고 청렴하며 평생 빈민을 위해 헌신한 신관, 아만드넨은 성물의 잘못으로 인해 오늘 죽는 걸로……."

"……신성력이 있으면 된다!"

좋아.

그렇게 해서 아만드넨을 도울 방법을 만들었다.

'어차피 이 신관. 내 정체를 안 것 같으니까, 기왕이면 내 편으로 알뜰하게 써 먹어야지.'

게다가 아만드넨은 인간적으로도 디아린 마음에 꽤 들었던 성정인지라 나쁠 게 없었다.

"그런데 아까 나한테 한 말 말이야."

'그래서 네 몸엔 마물의 기운이 느껴지는구나.'

디아린은 살짝 의심이 됐다.

"혹시 올로르가 마물인 건 아니지? 신수인 척하는 가짜라던가?"

〈……떻게……! ……조……! ……너무……!〉 (어떻게 적조를 의심할 수 있어요? 너무해요!)

어디선가 웅웅대는 소리가 들리는 것도 같았지만 디아린은 살포시 무시했다. 확인하면 좋지 않은가.

"확인해 줄 테니, 잠시 눈을 감아 보겠나?"

디아린이 순순히 눈을 감았다. 푸르게 빛나는 신성력이 그녀의 몸으로 흘러 들어왔다.

금세 디아린은 잠에 빠졌다. 디아린의 몸으로 흘러 들어가던 푸른빛이 다시금 확장되어 '은의 탑'을 감쌌다. 몸에서 떨어져 나갔던 팔이 도로 붙고, 어느새 '은의 탑'은 아름다운 청년의 모습이 되어 있었다.

"올로르, 신수 적조여."

'은의 탑'의 나지막한 호명이 통로를 울렸다.

〈야! 야! 와! 드디어 말이 되네!〉

〈오랜만이다. 은의 탑.〉

'은의 탑'이 희미하게 웃었다.

"너희는 여전하구나."

〈……지금 뭐 하는 거예요? 주인님 등은 왜 만져요?〉

"아까 너희의 주인이 말하지 않았던가. 너희가 둔갑한 마물인지 아닌지 확인을 좀……."

〈아, 진짜! 넌 그 눈깔 두 개는 장식이에요?〉

"나는 성물이니까 따지고 보면 장식이지. 700년 전에 아기 신관들이 고사리 손으로 조각해 붙여 준 것이다."

〈하, 이 자식 말 안 통하는 건 천 년 전이나 지금이나 똑같네요. 그래. 진단해라. 진단해 봐요.〉

"안 그래도 그럴 참이었다. 올로르. 그나저나, 안 본 사이 성격이 많이 유해졌군. 말투도 고와졌어."

〈네가 나보다 더 성격 개 같은 주인 밑에 있어 봐요.〉

"흠……."

다정해 보이던 얼굴은 겉모습일 뿐. 마력을 드러내며 함께 드러난 태도는 얼음으로 만든 송곳을 수천 개 꽂은 것 같았다.

"이해 가는군. 좋다. 날개나 제대로 꺼내 봐라."

미처 마법을 다시 걸지 못한 탓에, 붉은 날개가 그대로 떠올랐다. '은의 탑'의 새하얀 손가락이 깃털을 차근차근 만졌다.

"다섯 신수 중 하나. 영원히 타오르는 새. 죽지 않는 불꽃. 적조 올로르, 너희가 맞구나."

〈진짜 눈이 장식이냐고…….〉

올이 한숨을 내쉬었다. '은의 탑'은 표정 변화 하나 없이 대꾸했다.

"나도 오랜만에 현신한 것이니 어쩌겠나. 게다가 용혈 때문에 강제로 깨워진 것을……. 게다가 이 소환사는 마력이 부족해 마물을 씹어 먹었다지 않은가. 오해할 만하지."

로르가 응수했다.

〈그러니까 네 감이 오락가락해서 실수했다 이거잖나.〉

〈게다가 내 주인님을 공격하고요.〉

올이 까칠하게 말했다.

〈내가 상태만 제 정상이었어도 널 찌그러뜨려 놨을 거예요. 감사한 줄 알아요.〉

"……그래. 그건 다행이군. 적조는 헛말을 하지 않으니까."

〈흥.〉

올이 말했다.

〈내 주인님이나 소중히 위로 옮겨 놔요.〉

"너희가 직접 하지 그러나."

〈아직 현신을 못 해요.〉

"로르 너도 못 하나?"

〈그래. 나도 못 한다. 게다가 나는 아예 현신을 못 하고 신수계로 돌아갈 예정이지.〉

"신수계로? 아아. 그렇구나. 하긴, 인간의 몸으로 다른 신수도 아니고 적조를 깨운 게 이미 법칙을 뛰어넘은 일이니."

만 년을 넘는 시간 동안 살아온 '은의 탑'에게도 인상적일 만큼, 디아린은 정말로 강한 마법사였다.

"너희도 잠시 눈을 감아라. 사역마라면, 성물의 힘과는 조금 달라서 다칠 수도 있으니까. 이만 너희의 주인을 위로 옮겨야겠다."

〈곱게 옮겨 놔요. 아, 그리고 저 밑에 용혈 녀석도.〉

〈그래. 아니면 넌 정말 부서질지도 모른다.〉

"소환사가 이 용혈을 마음에 품었나?"

〈그건 모른다. 우린 소환사의 속내까진 못 읽으니까.〉

겉 감정을 읽는 게 전부지.

올이 말했다.

〈근데 주인님이 저 녀석이랑 있을 땐 기분이 좋아지거든요.〉

〈그래서 우리 생각엔 저 녀석이 애착 인형이나 장난감의 위치가 아닐까 예상하고 있다.〉

"……."

'은의 탑'이 한숨을 내쉬었다.

"신수는 정말 여전하구나. 알겠으니, 이만 눈을 감아라."

날개가 스르르 사라졌다. '은의 탑'은 몸을 숙여 디아린의 손을 잡았다. 손등 위에 입을 가볍게 맞춘 '은의 탑'이 두 손으로 디아린을 안아 들어 올렸다.

"스스로 전생의 기억을 잊지 못하게 만든 마법사라니."

'은의 탑'이 홀로 중얼거렸다.

"너는 정말로 가엾구나."

이윽고 '은의 탑'의 몸이 은빛으로 빛나기 시작했다. 푸른색으로 변한 신성력이 거대한 구를 만들어 그들을 감쌌다.

〈다음 권에서 계속〉